LION
FEUCHTWANGER

GESAMMELTE WERKE
IN EINZELBÄNDEN
1

LION
FEUCHTWANGER

JUD SÜSS

Roman

Aufbau-Verlag

Mit einer Nachbemerkung von Gisela Lüttig

ERSTES BUCH

DIE FÜRSTEN

Ein Netz von Adern, schnürten sich Straßen über das Land, sich querend, verzweigend, versiegend. Sie waren verwahrlost, voll von Steinen, Löchern, zerrissen, überwachsen, bodenloser Sumpf, wenn es regnete, dazu überall von Schlagbäumen unterbunden. Im Süden, in den Bergen, verengten sie sich in Saumpfade, verloren sich. Alles Blut des Landes floß durch diese Adern. Die holperigen, in der Sonne staubig klaffenden, im Regen verschlammten Straßen waren des Landes Bewegung, Leben und Odem und Herzschlag.

Es zogen auf ihnen gewöhnliche Postwagen, dachlose Karren, ohne Polster, ohne Lehne, humpelnd, oft zusammengeflickt, und die schnelleren Wagen der Extrapost, viersitzige, mit fünf Pferden, die bis zu zwanzig Meilen im Tag fahren konnten. Es zogen auf ihnen die Eilkuriere der Höfe und Gesandten, auf guten Pferden, oft wechselnd, mit versiegelten Taschen, und die langsameren Boten der Thurn-und-Taxisschen Post. Es zogen Handwerksburschen mit Ranzen, biedere und gefährliche, und Studenten, hager und sanft die einen, die andern fest und verwegen, und eng schauende Mönche, verschwitzt in ihren Kutten. Es zogen die Planwagen der großen Kaufleute und die Handkarren hausierender Juden. Es zog in sechs soliden, etwas schäbigen Kutschen der König von Preußen, der den süddeutschen Höfen Besuch gemacht hatte, und sein Gefolge. Es zogen, ein endloser Wurm von Mensch und Vieh und Wagen, die Protestanten, die der Salzburger Fürstbischof geifernd aus seinem Land verjagt. Es zogen bunte Komödianten und Pietisten, nüchtern von Tracht und in sich verloren, und in prächtiger Kalesche mit Vorreiter und großer Bedeckung der hagere, hochmütig blickende venezianische Gesandte am sächsischen Hof. Es zogen auf dem Weg nach Frankfurt unordentlich auf mühsam zusammengestapeltem Fuhrwerk vertriebene Juden einer mitteldeutschen

Reichsstadt. Es zogen Magister und Edelleute und seidene Huren und tuchene Referenten des Kammergerichts. Es zog behaglich in vielen Kutschen der dicke, schlau und fröhlich schauende Fürstbischof von Würzburg, und es zog abgerissen und zu Fuß ein Professor der bayrischen Universität Landshut, der wegen aufsässiger und ketzerischer Reden entlassen worden war. Es zogen mit den Agenten einer englischen Schiffahrtsgesellschaft und mit Weib, Hund und Kind schwäbische Auswanderer, die nach Pennsylvanien wollten, es zogen fromm, gewalttätig und plärrend niederbayrische Wallfahrer auf dem Weg nach Rom, es zogen, den huschenden, scharfen, behutsamen Blick überall, Silberaufkäufer und Vieh- und Getreideaufkäufer des Wiener Kriegsfaktors, und es zogen abgedankte kaiserliche Soldaten aus den Türkenkriegen und Gaukler und Alchimisten und Bettelvolk und junge Herren mit ihren Hofmeistern auf der Reise von Flandern nach Venedig.

Das alles trieb vorwärts, rückwärts, querte sich, staute sich, hetzte, stolperte, trottete gemächlich, fluchte über die schlechten Wege, lachte, erbittert oder behaglich spottend, über die Langsamkeit der Post, greinte über die abgetriebenen Klepper, das gebrechliche Fuhrwerk. Das alles flutete vor, ebbte zurück, schwatzte, betete, hurte, lästerte, bangte, jauchzte, atmete.

Der Herzog ließ die prunkende Kalesche halten, stieg aus, schickte Kämmerer, Sekretär und Dienerschaft voraus. Auf die verwunderten Blicke seiner Herren hatte er nur ein ungeduldiges Prusten. Da, wo der Weg den sanftgrünen Hügel hinanstieg, hielten nun die Wagen, warteten. Kammerherren und Sekretär krochen vor dem feinen, endlosen Regen ins Innere der Kutsche, Jäger, Diener, Leibhusar sprachen gedämpft aufeinander ein, tuschelten, zoteten, pruschten heraus.

Der Herzog Eberhard Ludwig, fünfundfünfzig Jahre, ein dicker, großer Mann, vollwangig, starklippig, blieb zurück. Er stapfte schwerfällig, den Samthut in der Hand, daß der feine, warme Regen die Perücke stäubte, und er achtete nicht der Pfützen, die ihm die glänzenden Stiefel bespritzten und den tiefschößigen, silbergestickten, kostbaren Rock. Er ging langsam, beschäftigt, blieb oft stehen, in unmutiger Nervosität durch die starke, fleischige Nase schnaubend.

Er war in Wildbad gewesen, der Gräfin den Abschied zu geben. War das jetzt erledigt? Eigentlich nicht. Er hatte nichts gesagt. Die Gräfin hatte auf seine halben Worte nur verschleierte Blicke gehabt, keine Antwort. Aber sie mußte doch gemerkt haben, sie war ja so gescheit, sie mußte, mußte gemerkt haben, was er wollte.

Eigentlich war es gut, daß es so ohne Wetter und Geschrei gegangen war. An dreißig Jahre waren es jetzt, daß er mit ihr zusammenlebte. Was hatte seither die Herzogin gejammert, geschrien, gezetert, gewinselt, intrigiert, ihn von der Frau zu lösen. Was hatten seine Geheimräte angestellt, der Kaiser, die Prälaten, das verfluchte Gesindel vom Parlament, die Gesandten von Kurbraunschweig und Kassel. An dreißig Jahre war die Frau verhaftet mit allem, was das Land und er erlebt hatten. Sie war er, sie war Württemberg. Dachte man Württemberg, so dachte man: die Frau, oder: die Hure, oder: die Gräfin, oder: die Maintenon von Schwaben. Ob kühl oder hassend, wie immer interessiert, jeder Gedanke an das Herzogtum war ein Gedanke an die Frau.

Bloß er, er allein, und er lächelte, konnte die Frau denken, gelöst von Politik, gelöst von dem Herzogtum. Nur er konnte denken: Christl, und es war kein Gedanke an Soldaten, Geld, Privilegien, Zänkereien mit dem Parlament, verpfändete Schlösser und Herrschaften, sondern nur die Frau, allein, lächelnd, sich im entgegenräkelnd.

Und jetzt war es also aus, er wird sich wieder mit der Herzogin versöhnen, und die Landschaft wird jubeln und ihm ein großes Präsent machen, und der Kaiser wird zufrieden mit dem schlaffen Kopf wackeln, und der grobe, schlecht angezogene König von Preußen wird ihm Glückwünsche schicken, und die europäischen Höfe werden den Skandal vermissen, über den jetzt bereits die zweite Generation klatscht. Und dann wird er der Herzogin einen Sohn machen, und das Land wird einen zweiten richtigen Erben haben, und im Himmel und auf Erden wird Wohlgefallen sein.

Er blies heftig durch die Nase. Ein dumpfes Wüten stieg in ihm auf, wenn er an die Freude dachte, mit der das Herzogtum, das ganze Deutschland den Sturz der Frau feiern würde. Er hörte, hörte, wie das Land aufatmete, er sah die fetten Bürgerkanaillen seines Parlaments, wie sie triumphierend grunzten, breitmäulig, sich die Schenkel schlagend, er sah die nüchternen, steifleinenen, korrekten Verwandten der Herzogin und ihren magern, sauern, höhnischen Jubel. Das ganze Geziefer wird herfallen über die Frau wie über ein Aas. Sein Leben lang hat er die Frau gehalten gegen das Gesindel; jetzt, wenn er sie läßt, er ist fünfundfünfzig, wird es ihm das Gesindel als Greisenschwäche ausdeuten. Er hat zahllose Reskripte erlassen, die jedes unehrerbietige Wort gegen die Gräfin schwer bestrafen, er hat sich mit dem Kaiser brouilliert, er hat seinen Jugendfreund und Ersten Minister aus dem Land gejagt wegen eines frechen Wortes über die Frau, er hat sich herumgeschlagen mit seinen Räten, seinem Parlament, mit dem ganzen Land um Steuern, immer neue Steuern, um Geld, Geld, Geld für die Frau. Er hat sie gehalten, gegen Land, Reich und Welt gehalten an dreißig Jahre.

Was war das für ein Sturm damals durch ganz Europa, als er sich gleich zu Beginn ohne lange Umstände die Gräfin als zweite Gemahlin neben der Herzogin hatte antrauen lassen. Es regnete kaiserliche Bitten, Beschwörungen, Drohungen, die Stände kläfften wie tolle Hunde, die Verwandten der Herzogin, die Baden-Durlachischen, sahen grün und blau vor Wut und Verachtung, man wetterte von den Kanzeln gegen ihn, verweigerte ihm das Abendmahl, das ganze Land war ein Gischt und Strudel. Nun gut, er hatte sich gefügt, er hatte das Eheverlöbnis mit der Gräfin aufgehoben, hatte sich mit der Herzogin wieder ausgesöhnt. Was freilich die Zuneigung betraf und die daraus entstehende eheliche Beiwohnung – er lächelte, wie er sich der hübschen Phrase erinnerte, mit der er den Kaiser abgespeist hatte, der Bruder der Gräfin hatte sie ihm gedrechselt –, die Zuneigung also und die daraus entstehende eheliche Beiwohnung war eine Sache, die von Gott und ihm selbst abhing und zu der ein Reichsfürst durch Fremde nicht gezwungen werden konnte. Und dann auf frische, scharfe Befehle des Kaisers hin hatte er die Christl wirklich weit außer Landes geschickt und sich von seinem dankbaren Parlament viel Geld dafür bezahlen lassen, und das ganze Land hatte gejubelt. Aber dann – er schmunzelte, dies war doch der beste Streich seines Lebens – hatte er durch seine Agenten in Wien einen mürben Trottel von Grafen auftreiben lassen, und mit dem hatte er die Christl verheiratet und ihn zu seinem Landhofmeister gemacht, und als Landhofmeisterin kehrte die Frau zurück unter dem Toben des betrogenen Württemberg, dieweil der Kaiser ohnmächtig und bedauernd die Achseln zuckte: wer wollte es einem Reichsfürsten verwehren, die Frau seines Ersten Ministers an seinem Hof zu haben? Und wie hatte die Christl gelacht, als er ihr für das Geld, das ihm sein Parlament für die

Trennung bewilligt hatte, die Herrschaften Höpfigheim und Gomaringen kaufte.

Jetzt war es ruhig geworden. Wohl erschien da und dort noch ein Pasquill gegen die Gräfin, aber seine Verbindung mit ihr war nun an dreißig Jahre eine gegebene Tatsache deutscher, europäischer Politik. Die Stände knurrten, aber sie hatten gewissen Landverschreibungen an die Gräfin zugestimmt. Die Herzogin residierte kahl, sauer und resigniert im Stuttgarter Schloß, ihre Verwandten, die steifleinenen Markgrafen, hatten sich in ein ägriertes, hochmütiges Schweigen zurückgezogen. Man fand die Tatsachen unerhört, aber das tat man schon seit dreißig Jahren, man hatte sich hineingewöhnt, fügte sich.

Und jetzt also, eigentlich ohne bestimmten Anlaß, sollten alle Verbindungen mit der Frau sich lösen, fallen, nicht mehr da sein.

Sollten sie? Er hatte nicht gesprochen. Wenn er nicht wollte, war nichts geschehen.

Der Herzog stand auf der kotigen Landstraße, allein, barhaupt, in dem feinen, rieselnden Regen. Er zog den rechten Stulphandschuh ab und schlug ihn mechanisch gegen den Schenkel.

Oder war ein Anlaß gewesen? War ein Anlaß? Der polternde Preußenkönig hatte ihm, wie er jetzt in Ludwigsburg war, Vorstellungen gemacht. Er solle sich doch mit der Herzogin versöhnen, dem Land und sich einen zweiten Erben machen, sein Haus nicht auf die zwei Augen des Erbprinzen stellen, wo schon die Katholischen auf das Erlöschen der evangelischen Schwabenherzöge spitzten. Das war es nicht. Nein, das war es nicht. Soll sich der Preuße nach Haus scheren, zu seinem Sand und seinen Kiefern, mit seiner faden Nüchternheit und seinem kahlen, moralischen Sermon, der in jedem dritten Satz von Tod predigte. Er, Eberhard Ludwig, mit seinen Fünfundfünfzig, war Gott sei Dank noch in Saft und Schuß. Mag doch nach seinem Tod wer will das Land und seine Schulden auf den Buckel nehmen und sich mit dem lausigen Gesindel vom Parlament herumärgern. Darum der Christl den Abschied geben? Daß er ein Narr wäre!

Er nahm den Stapfschritt schneller, pfiff falsch und heftig eine Melodie aus dem letzten Ballett. Was hatte der Preuße weiter angeführt? Die Gräfin sei ein schlimmeres Unglück für das Herzogtum als alle Franzoseneinfälle und höchst beschwerlichen Reichskriege. Alle Drangsal, Jammer und Verwirrung in Württemberg, des sei sie Ursach und Stifterin. Sie schröpfe und quetsche gottserbärmlich, und aller Schweiß des Landes sei für ihre Taschen. Das kannte er. Kotz Donner! Die Melodie pfiff ihm aus hundert Schmähschriften entgegen, die Sauce servierten ihm seine Stände jede Woche zum Braten. Wenn Dürre war und Hagelschlag, war nicht auch daran die Frau schuld? Sollten froh sein, die Querulanten und filzig greinenden Pfeffersäcke, daß ihre lumpigen Batzen so prächtig in Glanz und Herrlichkeit umgemünzt wurden. Sie brauchte Geld, ja, ja, und immerzu, soviel Geld gab es im ganzen Römischen Reich nicht, wie sie brauchte, sie schmeichelte darum, bettelte, winselte, drohte, zürnte, schmollte, trotzte darum, es war oft ein Jammer und eine Verzweiflung, wenn er nicht wußte, woher mehr nehmen und immer mehr. Aber was war besser, die kahle, schäbige Haushälterei der Herzogin, wo kein Pfennig zuviel vertan wurde, oder der rauschende Glanz der Frau, wo die Schlösser und Forsten und alle Einkünfte der Kammer wie bunte Funken verprasselten?

Nein, mit solchen Argumenten konnte man ihm die Frau nicht verekeln. Er hatte auch dem Brandenburger fein heimgeleuchtet, und er wäre dem Grobian noch viel schwäbischer übers Maul gefahren, hätte er nur die paar tausend Soldaten mehr gehabt, die ihm seine Stände niemals, ach niemals verwilligen würden. Nein, das alles hatte ihm gar keine Impression gemacht, und wenn doch vielleicht der Knauser, der ungehobelte, den Anstoß zur Verabschiedung der Gräfin gegeben hatte, so war es mit etwas ganz anderem, mit einem viel leiseren Wort, auf das er wahrscheinlich selber kaum Gewicht gelegt hatte. Sie waren, der König und er, auf einen Aussichtspunkt hinaufgefahren, und wie der Brandenburger das weiche, wellige Land sah, die sanften, grünen, gesegneten Hügel mit Korn und Frucht und Wein und Forst, da hatte er vor sich hin geseufzt: »Wie schön! Wie schön! Und zu denken, daß ein altes Weib darüberliegt wie Meltau und Nonnenfraß.«

An dem Meltau und Nonnenfraß wäre nun Eberhard Ludwig nicht viel gelegen. Aber: ein altes Weib. Das biß sich ihm ins Herz. Er, Eberhard Ludwig, einem alten Weib verhaftet? Alle Flüche, Drohungen, Beschimpfungen waren an ihm abgeglitten wie Wasser von geöltem Körper. Aber: ein altes Weib?

Der Herzog erinnerte sich gewisser verjährter Geschichten. Trotz scharfer Edikte hatte sich immer wieder Geschwätz erhoben, die Frau habe ihn mit Zaubermitteln behext. Einer Sache vornehmlich entsann er sich bis in jede Einzelheit. Eine Zofe der Gräfin, sogar den Namen wußte er noch, Lampert hatte sie geheißen, war zu dem Hofprediger Urlsperger gelaufen und hatte dem von gottlosen, widerlichen und hexerischen Hantierungen erzählt, die die Gräfin treibe, um den Herzog an sich zu ketten. Der Hofprediger hatte ein Protokoll aufgenommen, von der Lampert unterschreiben lassen, versiegelt, das Geheimnis in seinem Sekretär verwahrt. Der Herzog war daraufgekommen, eine Untersuchungskommission hatte den Urlsperger seines Amtes entsetzt, die Lampertin mit Ruten peitschen lassen, sie des Landes verwiesen. Aber der Herzog war überzeugt, daß nicht nur das Volk, daß die Untersuchungskommission selber den ruchlosen, scheußlichen Unflat glaubte, der in dem Protokoll vereidet war. Darnach habe die Gräfin in Genf ein Hemd der Herzogin in kleine viereckige Stücke geschnitten, in den mit Branntwein präparierten allerfeinsten Wismut getunkt und hernach auf freche und obszöne Manier zu Wischläppchen gebraucht. In Urach habe sie sich das neugeborene Kalb einer schwarzen Kuh bringen lassen und ihm eigenhändig den Kopf abgehauen, ebenso habe sie es mit drei schwarzen Tauben gemacht, einem Bock aber habe sie die Hoden abgeschnitten, anderer ekelhafter und unsittlicher Hantierung nicht zu gedenken. Durch solche Mittel, hieß es, habe sie ihn dahin gebracht, daß er seine Gemahlin durchaus nicht ausstehen, ohne sie selbst aber nicht mehr habe leben können, indem er Beklemmungen bekommen, sobald er von ihr entfernt gewesen.

Die Esel die, die dürren, saftlosen! Faseln von Zauberei, können sich's nicht ohne Hexenhantierung zusammenreimen, wo jedem gesunden Mann auf die natürlichste Art das Blut ins Herz und zwischen die Schenkel schießen muß! Wenn er an Genf dachte, wie die Christl ihm entgegenlachte, damals, in dem blaßblauen Zimmer im Gasthof Cerf d'Or, auf dem breiten Bett lagernd, prangend. Da brauchte sie, weiß Gott, keine Kälber zu schlachten und keine Tauben, um sich ihm ins Blut zu brennen. Aber jetzt? Ein altes Weib? Er hatte doch Hände zu greifen, Augen zu sehen. Sie war etwas beleibt, ja, litt an Asthma: aber war es Teufelei und ruchlos hexerische Manipulation, was ihn weiter an sie kettete? Ihre grauen Augen waren immer noch bei aller Lindigkeit so groß zwingend wie vor zwanzig Jahren, ihr nußbraunes Haar hatte sich nicht verfärbt, und in ihrer Stimme läuteten noch alle Glocken vom ersten Tag. Freilich, die kleinen

Narben, die ihn damals so ohne Maß gereizt hatten – die Lästerer behaupteten, die Spuren einer schlechten Krankheit –, die versteckte sie jetzt hinter Puder und Schminke. Ein altes Weib? Sie war diesmal so schwermütig gewesen, so elegisch. Sie hatte ihn nicht verlacht, ihm keine Szene gemacht, nicht einmal Geld hatte sie verlangt. Spürte sie was? Aber wenn sie sanft wäre wie ein eintägiges Lamm: ein altes Weib liebte er nicht. Er, Eberhard Ludwig, nicht. Da könnte er gleich zu seiner sauern Herzogin zurückkehren und dem Land den zweiten Sohn machen und mit Gott und dem Kaiser und dem Reich und seinem Parlament in Frieden sein.

Dann freilich hatte sie Lux zu ihm gesagt, Eberhard Lux, und die Glocken hatten geklungen wie am ersten Tag. Und dann hatte sie sich über die Landschaft mokiert, die aus ihren, der Gräfin, Dörfern und Herrschaften die Juden verjagt haben wollte, ihre Juden, von denen jeder einzelne am Werktag mehr Hirn im kleinen Finger hatte als die ganze Landschaft am Feiertag im Kopf. Und wie sie sich über die dumm giftige, sackgrobe Petition der Landschaft lustig machte, so keine zweite helle, kluge, heitere Frau, ob jung, ob alt, hatte er nicht mehr erlebt, von Türkenland bis Paris, von Schweden bis Neapel. Es war doch gut, daß er nichts Entscheidendes zu ihr gesagt hatte.

Er winkte, unmittelbar vor ihm hielten seine Wagen. Er ließ wenden, er wollte jetzt doch nicht nach Stuttgart fahren, auch nicht nach Ludwigsburg. Nach Neßlach, dem kleinen, verlorenen Jagdhaus. Er wollte Ruhe haben, sich auslüften. Er schickte einen Läufer um den Geheimrat Schütz, mit dem wollte er die Affäre in aller Ruhe nochmals durchsprechen.

Ein altes Weib?

Noch auf dem Weg nach Neßlach schickte er auch den zweiten Jäger fort. Die neue, blutjunge, ungarische Tänzerin, die vor acht Tagen in Ludwigsburg eingetroffen war, soll ungesäumt ins Jagdhaus fahren. Donner und Türken! Er wird sich den preußischen Besuch vom Leib spülen.

Der herzoglich württembergische Hoffaktor Isaak Simon Landauer war in Rotterdam gewesen, wo er auf Rechnung des kurpfälzischen Hofes gewisse Kreditgeschäfte mit der niederländisch-ostindischen Gesellschaft geregelt hatte. Von Rotterdam berief ihn ein Eilbote der Gräfin Würben dringlich zurück nach Wildbad zur Gräfin. Unterwegs hatte er einen Geschäftsfreund getroffen, Josef Süß Oppenheimer, kurpfälzischen Oberhof- und Kriegsfaktor, zugleich Kammeragenten des geistlichen Kurfürsten von Köln. Josef Süß, der eine Reihe aufregender und anstrengender Geschäfte hinter sich hatte, wollte sich in irgendeinem Badeort ausruhen und ließ sich von Isaak Landauer leicht bestimmen, mit nach Wildbad zu gehen.

Die beiden Männer fuhren in dem eleganten Privatreisewagen des Süß. »Kostet mindestens seine zweihundert Reichstaler jährlich, der Wagen«, konstatierte mit gutmütiger, leicht spöttischer Mißbilligung Isaak Landauer. Hintenauf saß des Süß Leibdiener und Sekretär, Nicklas Pfäffle, ehemaliger Notariatsgehilfe, ein blasser, fetter, phlegmatischer Mensch, den er in Mannheim während seiner Tätigkeit in der Kanzlei des Advokaten Lanz kennengelernt hatte und den er, den Vielverwendbaren, seither für seine persönlichen Dienste auf alle Reisen mitnahm.

Isaak Landauer trug jüdische Tracht, Schläfenlocken, Käppchen, Kaftan, schütteren Ziegenbart, rotblond, verfärbt. Ja, er trug sogar das Judenzeichen, das ein Jahrhundert vorher im Herzogtum eingeführt war, ein Jagdhorn und ein S darüber, trotzdem keine Behörde daran gedacht hätte, von dem angesehenen, mächtigen Mann, der bei dem Herzog und der Gräfin groß in Gunst stand, dergleichen zu verlangen. Isaak Landauer war der geschickteste Geldmann im westlichen Deutschland. Seine Verbindungen reichten von den Wiener Oppenheimer, den Bankiers des Kaisers, bis zu den Kapitalisten der Provence, von den reichen Händlern der Levante bis zu den jüdischen Kapitalisten in Holland und den Hansestädten, die die Schiffahrt nach Übersee finanzierten. Er lehnte in unschöner, nicht natürlicher Haltung im Polster zurück und barg, der unansehnliche, schmutzige Mann, fröstelnd die magern blutlosen Hände im Kaftan. Leicht schläfrig vom Fahren, die kleinen Augen halb geschlossen, beobachtete er mit gutmütigem, kleinem, ein wenig spöttischem Lächeln seinen Gefährten. Josef Süß, stattlich, bartlos, modisch, fast ein wenig geckenhaft gekleidet, saß aufrecht, besah, den Blick rastlos, scharf, rasch, jedes Detail der Landschaft, die noch immer in feinem Regen wie hinter einem Schleier lag.

Isaak Landauer schaute mit wohlwollendem Interesse und amüsiert den Kollegen auf und ab. Den elegant geschnittenen hirschbraunen Rock, silberbordiert, aus allerfeinstem Tuch, die zierlich und präzis gekrauste und gepuderte Perücke, die zärtlich gefältelten Spitzenmanschetten, die allein ihre vierzig Gulden mochten gekostet haben. Er hatte immer ein Faible für diesen Süß Oppenheimer gehabt, dem die Unternehmungslust und die Lebgier so unbändig aus den großen, rastlosen, kugeligen Augen brannte. Das also war die neue Generation. Er, Isaak Landauer, hatte unendlich viel gesehen, die Löcher der Judengasse und die Lustschlösser der Großen. Enge, Schmutz, Verfolgung, Brand, Tod, Unterdrückung, letzte Ohnmacht. Und Prunk, Weite, Willkür, Herrentum und Herrlichkeit. Er kannte wie nur ganz wenige, drei, vier andere im Reich, den Mechanismus der Diplomatie, übersah bis ins kleinste den Apparat des Kriegs und des Friedens, des Regiments über die Menschen. Seine zahllosen Geschäfte hatten ihm das Auge geschärft für die Zusammenhänge, und er wußte mit einem gutmütigen und spöttischen Wissen um die feinen, lächerlichen Gebundenheiten der Großen. Er wußte, es gab nur eine Realität auf dieser Welt: Geld. Krieg und Frieden, Leben und Tod, die Tugend der Frauen, die Macht des Papstes, zu binden und zu lösen, der Freiheitsmut der Stände, die Reinheit der Augsburgischen Konfession, die Schiffe auf den Meeren, die Herrschgewalt der Fürsten, die Christianisierung der Neuen Welt, Liebe, Frommheit, Feigheit, Üppigkeit, Laster und Tugend: aus Geld kam alles und zu Geld wurde alles, und alles ließ sich in Ziffern ausdrücken. Er, Isaak Landauer, wußte das, er saß mit an den Quellen, konnte den Strom mit lenken, konnte verdorren lassen, befruchten. Aber er war nicht so töricht, diese seine Macht herauszukrähen, er hielt sie heimlich, und ein kleines, seltenes, amüsiertes Lächeln war alles, was von seinem Wissen und seiner Macht zeugte. Und eines noch. Vielleicht hatten die Rabbiner und Gelehrten der Judengasse recht, die von Gott und Talmud und Garten des Paradieses und Tal der Verwünschung als von Tatsachen mit genauen Einzelheiten erzählten, er persönlich hatte nicht viel Zeit für solche Erörterungen und war eher geneigt, gewissen Franzosen zu glauben, die derartige Dinge mit elegantem Hohn abtaten; auch in seiner Praxis kümmerte er sich nicht darum, er aß, was ihm beliebte, und hielt den Sabbat wie den Werktag: aber in Tracht und Aussehen klammerte er eigensinnig an dem Überkommenen. In seinem Kaftan stak er wie in seiner Haut. So trat er in das Kabinett der Fürsten und des Kaisers. Das war das andere tiefere und heimliche Zeichen seiner Macht. Er verschmähte Handschuhe und Perücke. Man brauchte ihn, und dies war Triumph, auch in Kaftan und Haarlöckchen.

Aber da war nun dieser Josef Süß Oppenheimer, die neue Generation. Da saß er stolz prunkend, mit seinen Schnallenschuhen und seinen Spitzenmanschetten, und blähte sich. Sie war plump, diese neue Generation. Von dem feinen Genuß, die Macht heimlich zu halten, sie zu haben und nichts davon zu zeigen, von diesem feineren Genuß des Still-für-sich-Auskostens verstand sie nichts. Berlocken und Atlashosen und ein eleganter Reisewagen und Diener hintenauf und die kleinen äußeren Zeichen des Besitzes, das galt ihr mehr als in wohlverwahrter Truhe eine Schuldverschreibung der Stadt Frankfurt oder des Markgräflich Badenschen Kammergutes. Eine Generation ohne Feinheit, ohne Geschmack.

Und dennoch mochte er den Süß gern leiden. Wie er dasaß, immer jede Fiber gespannt, gierig, sich aus dem Kuchen Welt sein mächtig Teil herauszufressen. Er, Isaak Landauer, hatte damals des jungen Menschen Schifflein ins Wasser gestoßen, als der trotz aller Mühe und wilden Getriebes nicht von Land kommen konnte. Nun, jetzt schwamm das Schifflein, es schwamm in vollem Strom, und Isaak Landauer schaute neugierig und geruhig zu, wie und wohin.

Eine Extrapost kam ihnen entgegen. Ein feister Mann saß darin, behäbig, das Gesicht stark, reckenhaft, daneben fett, rund, dumm eine Frau. Es mochte ein Ehepaar sein auf einer Reise zu einer Familienfestlichkeit. Während die Wagen umständlich und unter lärmenden Gruß-, Scherz- und Fluchreden der Kutscher einander auswichen, schickte der Mann sich an, mit Süß ein kleines, gemütliches Reisegespräch zu beginnen. Wie er aber Isaak Landauer sah in seiner jüdischen Tracht, lehnte er sich ostentativ zurück und spie in weitem Bogen aus. Auch die Frau suchte ihrem dummen, gutmütigen Gesicht Strenge und Verachtung aufzusetzen. »Der Rat Etterlin aus Ravensburg«, sagte Isaak Landauer, der alle Menschen kannte, mit einem kleinen, glucksenden Lachen. »Mögen die Juden nicht, die Ravensburger. Seitdem sie den Kindermordprozeß gehabt haben und ihre Juden gemartert, gebrannt und geplündert, hassen sie uns mehr als das ganze andere Schwaben. Das sind jetzt dreihundert Jahr. Heute hat man humanere Methoden, weniger komplizierte, dem Juden sein Geld zu stehlen. Aber wem man solches Unrecht getan hat, versteht sich, daß man weiter gegen den gereizt ist, auch nach dreihundert Jahr. Nun, wir werden's überleben.«

Süß haßte den Alten in diesem Augenblick. Die schmuddeligen Haarlöckchen, den fettigen Kaftan, das gurgelnde Lachen. Er kompromittierte einen mit seinem albernen, altmodischen, jüdischen Gehabe. Er verstand ihn nicht, den da, mit seinen senilen Marotten. Der hatte nun Geld wie Heu, einen unermeßlichen Kredit, Beziehungen zu allen Höfen, Vertrauen bei allen Fürsten, er, Süß, saß vor ihm wie eine Eidechse vor einem Krokodil: und solcher Mann ging in dem schmutzigen Rockelor, forderte Hohnrufe und Gespei heraus, begnügte sich, Geld zu häufen, das Schreiberei in seinen Kontoren blieb. Was war denn Geld, wenn man es nicht wandelte in Ansehen, Pracht, Häuser, Pferde, prunkende Kleider, Weiber? Verspürte dieser Alte nicht Lust, auf andere herunterzuspucken, wie man auf ihn herunterspie, Fußtritte weiterzugeben? Wozu schuf sich einer Macht, wenn er sie nicht zeigte? Der Ravensburger Kindermordprozeß! Solches Zeug lag ihm im Sinn! Verstaubt, vermodert, vergraben. Heute war es, Gott sei Dank, besser, gesitteter, zivilisierter. Heute, wenn es der Jud nur schlau anfing, saß er mit den großen Herren an einem Tisch. Hatte nicht sein Großvetter, der Wiener Oppenheimer, vor dem römischen Kaiser darauf pochen können: wenn jetzt gegen die Türken die kaiserlichen Waffen siegreich waren, so war des er, der Jud Oppenheimer, mit die vornehmste Ursach. Und die kaiserliche Kriegskanzlei und der Feldmarschall Prinz Eugen hatte das in bester Form und mit Siegel und Dank bestätigt. Brauchte sich einer nur nicht in alberne Capricen verbeißen und mit Kaftan und Schläfenlöckchen herumlaufen. Dann hätte auch der Ratsherr Etterlin aus Ravensburg seinen Diener und Kompliment gemacht.

Isaak Landauer saß immer in der gleichen unbequemen, aufreizend uneleganten Haltung. Er las dem Süß wohl die Gedanken von der Stirn; aber er schwieg, schloß halb die spähenden Augen, mummelte.

Süß hatte wirklich die Absicht, sich in Wildbad zu erholen, auszuruhen. Er hatte zwei gefährliche, aufregende Affären hinter sich. Einmal die Einführung des Stempelpapiers in der Kurpfalz. Der Kurhut hatte sich eine verdammt hohe Pacht zahlen lassen. Das Volk hatte sich gegen die neue Steuer gewehrt wie ein bissiger Hund. Je nun, er hatte sich nicht einschüchtern lassen, er hatte wider die Beschimpfungen, Drohungen, Aufläufe vor seinen Büros, Pasquille, Tätlichkeiten das Siegel und die Handschrift des Kurfürsten, er hatte von seiner Schrift kein Jota abgelassen, und das hatte sich auch gelohnt, er hatte den Vertrag mit einem Gewinn von zwölftausend Gulden weiterverkauft. Und er hatte sich dann nicht etwa Ruhe gegönnt, nein, die zwölftausend Gulden mußten sogleich weiterarbeiten. Entschlossen, schnell und gesammelt – man ließ ihm nur zwei Tage Bedenkzeit – war er in den Münzakkord mit Hessen-Darmstadt hineingesprungen. Ein gefährliches Geschäft. Sein Bruder, der Baron, der Getaufte, der doch in Darmstadt zu Hause war und das Terrain genau kannte, hatte es nicht gewagt; selbst Isaak Landauer hatte mit dem Kopf gewackelt und sein Lächeln eingestellt. Die Rentämter von Baden-Durlach, Ansbach, Waldeck, Fulda, Hechingen, Montfort waren erbitterte Konkurrenten und prägten, was sie konnten. Noch schlechtere Münze zu prägen, dazu mußte man verdammt kaltes Blut haben und eine Stirn, eisern bis zur Verzweiflung. Süß hatte sie. Und wußte auch dieses Geschäft mit Profit und zur rechten Zeit abzustoßen. Mochte sich jetzt sein Nachfolger mit den tausend Widerwärtigkeiten herumschlagen. Er war gedeckt durch ein Dekret des Landgrafen, er war mit gutem Profit, in Gnaden, aus seinen Diensten entlassen worden. Jetzt hatte er sein schönes Haus in Frankfurt, in Mannheim, beide schuldenfrei, dazu gewisse Liegenschaften, von denen niemand eine Ahnung hatte, in den östlichsten Teilen des Römischen Reiches. Kapital, Verbindungen, Titel, Kredit. Den Ruf eines findigen Kopfes, einer glücklichen Hand. Er durfte sich, weiß Gott, Ruhe und ein Leben aus dem vollen gönnen. Er wollte der Welt zeigen, wer der kurpfälzische Oberhof- und Kriegsfaktor war. Der Luxus selbst seiner Muße wirkte ja für sein Geschäft, empfahl ihn den großen Herren.

So fest er entschlossen war, die Tage in Wildbad seiner Erholung zu gönnen, so falsch ihm Isaak Landauers Grundsätze schienen – seine eigene Art, mit Fürsten und großen Herren umzugehen, sich ihnen anzuschmiegen, war sicher die zeitgemäße, einzig richtige –: es wäre Wahnsinn gewesen, von diesem Genie der vorigen Generation, diesem personen- und sachkundigsten Finanzmann nicht auf der Reise zu profitieren. Er fragte also geradezu nach der Gräfin, ihren Aussichten, Hoffnungen, Schwierigkeiten, ihrer geschäftlichen Bonität.

Isaak Landauer schüttelte, sowie von Geschäften die Rede war, die Schläfrigkeit ab und richtete kluge, sehr wache, spähende Augen auf den Gefährten. Es war ihm Geschäftsprinzip, wenn möglich, bei der Wahrheit zu bleiben. Gerade durch seine gewagten und verblüffenden Offenheiten hatte er die größten Profite gemacht. Er wußte, der Süß mochte die Gräfin nicht leiden; ihre Geldgier schien ihm unfürstlich, ordinär. Was sollte er den Kollegen nicht ein wenig ärgern, indem er die Sicherheit, die Chancen des Geschäfts ins vollste Licht rückte. Er analysierte kurz, klar, sachlich. Eine gescheite Dame, die Gräfin. Sinn für Realitäten. Sie hat sich jede Steigerung in der Liebe des Herzogs mit Terrains und Privilegien zahlen lassen, und nahm er ab in der Liebe, dann mußte er, wenn er wiederkam, mit Bargeld und Juwelen zahlen. Was hat sie in das Geschäft hineingesteckt? Ein hübsches Gesicht, einen kleinen Adelstitel, ein bißchen problematische Jungfräulichkeit. Nicht einmal Kleider hat sie gehabt, wie sie an den Hof kam. Und was hat sie herausgewirtschaftet? Die Gräfin von Würben, die Gräfin von Urach, die Landhofmeisterin Exzellenz, Präsidentin des Conseils. Die Oberaufsicht der herzoglichen Schatulle. Achtzehntausend Gulden Apanage. Die Stammkleinodien und Hausjuwelen. Alle Honneurs, Emolumenta und Privilegien einer reichsunmittelbaren Fürstin. Barkapital und Tratten auf Prag, Venedig, Genf, Hamburg. In ihren Schatullen, sagt mir der Sekretär Pfau, dreihunderttausend Gulden. Sollen es nur zweimalhunderttausend sein, ist auch mitzunehmen. Die Rittergüter Freudenthal, Boihingen, die Dörfer Stetten und Höpfigheim, die Herrschaften Wilzheim, Brenz mit Oggenhausen, Marschalkenzimmern. Eine gescheite Frau, eine liebenswürdige Frau, eine Frau, die weiß, worauf es ankommt. Sie verdiente, Jüdin zu sein.

»Sie soll in Disgrace sein«, meinte Süß. »Sie hat sich brouilliert mit ihrem Bruder. In der Landschaft tuschelt man, ihr eigener Bruder habe dem Herzog geraten, sie abzuschaffen. Auch der König von Preußen hat auf ihn eingeredt. Sie wird alt, störrisch, schwer traktabel. Und so fett. Der Herzog ist nicht mehr für soviel Fett in letzter Zeit.«

»Sie kennt sich aus«, erwiderte Isaak Landauer. »Sie weiß, die Bank von England hält sicherer als der Liebesschwur eines geilen Herzogs. Sie ist assekuriert, sie ist besser wie mancher Reichsfürst. Glaubt mir, Reb Josef Süß.«

Süß verzog den Mund. Was sagte er: Reb Josef Süß? Warum nicht: Herr Hoffaktor oder: Kollega oder so? Es war schwer, mit dem Alten zu verkehren. Er kompromittierte einen. »Wenn der Herzog sie fallenläßt«, sagte er nach einer Weile, »wird sie wenig retten können. Sie ist im Herzogtum angesehen wie Pest und Nonnenfraß. Sie hat den Haß des ganzen Landes gegen sich.«

»Haß des Landes!« sagte Isaak Landauer amüsiert, geringschätzig, wiegte den Kopf, kämmte sich mit den Fingern den rotblonden, verfärbten Ziegenbart, lächelte. Und Süß spürte, er hatte recht. »Wer, so er was taugt, hat nicht den Haß des Landes gegen sich? Wer anders ist als die anderen, hat den Haß des Landes. Haß des Landes hebt den Kredit.«

Süß wurde gereizt durch den friedfertig überlegenen Ton des anderen. »Eine Hure«, achselzuckte er, »geizig, unfürstlich von Manieren, dazu fett und alt.«

»Gered, Reb Josef Süß«, sagte Isaak Landauer gelassen. »Hure! Ein Wort. Trösten sich die tugendhaften alten adeligen Fräuleins damit, die ihr neidisch sind. Hat auch die Königin Esther zuerst nicht wissen können, ob sie nicht des Ahasverus Kebsweib wird. Ich sag Euch, Reb Josef Süß, die Frau ist gut für fünfmalhunderttausend Gulden. Sie ist gescheit, sie weiß, was sie will. Hat sie nicht die Juden zugelassen in ihre Dörfer und Herrschaften? Nicht aus Sentimentalität, bewahre. Aber sie ist klug, sie riecht, wer klug ist, mit wem man reden kann, handeln, klar, und es kommt was heraus. Fünfmalhundert? Sie ist gut bis zu fünfmalhundertundfünfzigtausend!«

Mittlerweile fuhr der Wagen beim Gasthof »Zum Stern« in Wildbad vor. Der Sternwirt stürzte heraus, zog die Kappe. Aber wie er den Kaftan Isaak Landauers sah, warf er patzig hin: »Hier ist kein Judenwirt«, und wollte in den Torgang zurück. Doch der blasse Sekretär stieg von seinem Sitz. »Das sind die Herren Hoffaktoren Oppenheimer und Landauer«, sagte er gelassen und über die Achsel, während er den Herren beim Aussteigen half. Und schon dienerte der Sternwirt mit tiefem Bückling voraus in die Zimmer.

Josef Süß hatte sich grimmig bewölkt bei den Grobheiten des Gesellen; aber er schritt schweigend neben Isaak Landauer. »Nu«, lächelte der, »auch vor einem galonierten Geheimratsrock hätte er nicht können mit seinem Fuß weiter nach hinten auskratzen.« Und er lächelte und kämmte sich mit den Fingern den schüttersträhnigen, verfärbten Bart.

Die Gräfin hatte den Herzog an den Wagen geleitet; während der schwere Mann umständlich in die Kutsche stieg, stand sie in der liebenswürdigen Sicherheit der an Bewunderung gewöhnten

Frau, schwatzte gleitend, freundlich, lächelte, winkte. Noch als sie sich wandte, die Stufen zu dem blauen Kabinett hinaufstieg, war Schritt und Haltung leicht, elastisch. Dort erst entspannte sie sich, die Schultern fielen, Arme, Hände hingen kraftlos, der Mund stand halb auf, das Gesicht erschlaffte jäh und erschreckend.

Aus, es war also aus. Sie hatte geschickt laviert, er hatte nicht zu sprechen gewagt, aber es war ja klar, es lag zutage, mit der Absicht, ihr aufzusagen, war er gekommen, und wenn ihm auch das entscheidende Wort steckengeblieben war, seine verlegene Höflichkeit sprach deutlich, war hundertmal schlimmer als gelegentlich früher Geraunz oder Zornausbruch oder beleidigtes Schweigen.

Sie saß schlaff, sie war so müde und ausgehöhlt; die gefaßt liebenswürdige Haltung, der elegische Hauch darüber, während ihr Herz tobte, fluchte, geiferte, diese Gefaßtheit war so aufreibend gewesen. Jetzt saß sie betäubt, in einer entsetzlichen Art bis zur Lähmung ausgeschöpft, auf dem niedern, breiten Lager. Puder und Schminke auf ihrem Antlitz klaffte, das heitere Feuer, das sie in ihren großen Augen angezündet, losch hin, der mächtige gestickte Atlasrock hing in toten Falten, und unter der kunstvollen, mit kleinen Rubinen besetzten Sbernia – sie hatte die Mode aufgebracht, und sogar in Versailles ahmte man sie nach –, unter der kunstvollen Sbernia verlor selbst das fröhliche, nußbraune Haar seine sorglose Frische.

Aus also. Und warum? Der Preußenkönig hatte gebohrt, der Hund, der schäbige, mit seinem schalen Geschwätz von Pflicht und Blödsinn. Ihr Bruder hatte gehetzt, der Intrigant, der verfluchte, tückische, eiskalte. Er brauchte sie nicht mehr, seine Stellung beim Herzog war fest genug; es war klüger, sie abzuschütteln, ehe er in ihren Sturz hineinverwickelt würde. Sie war ein Hindernis, kostete Rücksichten in der Politik gegen den Kaiserhof, kostete Geld, viel Geld, das man ohne den Umweg über sie bequemer und reichlicher in die eigenen Kassen lenken konnte. Oh, wie sie ihn durchschaute, den Rechner, den hundsföttischen. Pfui, pfui, pfui! Aber sie wollte es ihm heimzahlen. Noch stand sie, lebte sie, der Herzog hatte noch nicht gesprochen, noch regierte sie, sie, sie im Land. Aber das alles konnten für den Herzog keine Gründe gewesen sein. Sie hatte ganz andere Stürme bestanden. Sie hatte den Kaiser, das ganze Reich, Volk und Landschaft und Konsistorium zu Gegnern gehabt und hatte geatmet und war gestanden. Ihr Bruder! Der Preußenkönig!

Bah, das waren keine Gründe. Und sie sah den wahren Grund auf sich zukriechen, sah ihn schleimig ihre Gedanken umklammern, wußte ihn und wußte ihn nicht, schlug wie die Raupe an der Nadel dagegen, daß er aus dunklem Gefühl Bewußtsein werde. Ihr Blick suchte den Spiegel, mied ihn. Sie sank, die schwere Frau, noch hilflos tiefer in sich zusammen, ein Haufe schlaffen Fleisches in den prunkenden Stoffen.

»Auf deiner Stirne wohnt
Minerva hoch in Ehre,
In deinem Auge Zeus,
In deinem Haar Cythere«,

so hatte der Hofpoet gesungen, vor dreißig Jahren. Sie brauchte keinen Spiegel, sie wußte den Grund.

Sie stöhnte, lehnte vornüber, die Augen geschlossen, die Hand nach dem Herzen. Luft! Luft! Ihr Asthma preßte sie. Erholt, raffte sie sich auf, raste durchs Haus, befahl, widerrief, ohrfeigte die Zofe, schrie, sandte Kuriere nach allen Richtungen.

Noch war sie da. Man sollte sehen, daß sie noch da war. Er hatte nicht gesprochen. Das hatte sie verhindert, glücklicherweise. Sie hatte sich gezähmt. Übermenschlich war es gewesen, so an sich halten, aber sie hatte es gekonnt. Und jetzt hatte er nicht gesprochen, ah!, und jetzt mußten sie ihren schmutzigen Jubel noch zurückhalten in ihren Därmen, und jetzt war sie noch da und wird es zeigen, wie sie da war.

Sie hatte zuverlässige Korrespondenten um den Herzog. Eberhard Ludwig war noch immer in Neßlach, in seinem Jagdschloß. Das war gut, sehr gut war das. Sie erhielt täglichen Bericht. Täglich ritt ihr Kurier von Neßlach nach Wildbad. Um jede kleinste Anordnung des Herzogs wußte sie, was er aß und trank, wann er zu Bett ging, jagte, tafelte, spazierenging. Er hatte nur die Ungarin um sich, und die nur im Tag eine halbe Stunde. Sonst sah er niemanden, niemanden von seinen Räten ließ er vor. Gut, gut. Er schämte sich wohl, daß er das Wort nicht gewagt hatte, wollte nicht weiter in sich drängen lassen. Die Regierungsakten wuchsen, warteten auf seine Unterschrift. Der schwierige Handel mit Baden-Durlach wegen des Kostenbeitrags für die Festung Kehl stand vor einem günstigen Vergleich, der Geschäftsträger der Markgräfin drängte, aber der Herzog war nicht zu erreichen. Auch das Abkommen mit Heilbronn und Eßlingen über die Neckarregulierung forderte dringend Resolution: und kein

Herzog, kein Herzog. All gut, all gut. Dafür ließ er jetzt die Ritter seines Hubertusordens kommen und soff mit ihnen herum. Er selber legte das Ordenszeichen nicht ab, das goldene Kreuz mit dem rubinroten Schmelzwerk, den goldenen Adlern und dem Jägerhorn und der Devise: Amicitiae virtutisque foedus. Auch die ungarische Tänzerin mußte in Neßlach bleiben, die blutjunge, heillos törichte, makellos gewachsene. All gut, all gut. Mochte er mit den Jagdkumpanen saufen, mit dem blitzdummen Geschöpf huren, aber keine Räte, keine Hetzer, keine Intriganten.

Sie gönnt sich nicht Ruhe mittlerweile. An ihre Verwalter und Intendanten gehen verschärfte Ordres, aus ihren Gütern und Herrschaften den letzten Groschen herauszupressen. Sie schafft zwanzig neue Beamtenstellen, höchst überflüssige, und ihre Zutreiber müssen diese Ämter von heute auf morgen verkaufen, die Kaufgelder und Kautionen in die gräfliche Schatulle einliefern. Das herzogliche Kammergut, trotzdem ihr Holz, Wein, Früchte geliefert waren, erhält eine ungeheure Rechnung über Spesen, die ihr die letzten Besuche Eberhard Ludwigs verursacht hätten. Wie ein ausgehungerter Hund am Knochen nagt sie an allen Einkünften des Herzogtums, gierig und verbissen, und täglich geht Geld außer Landes, große Summen, an ihre Bankiers in Genf, Hamburg, Venedig.

Und der Herzog ist noch immer in Neßlach. Er hat sich aus dem Marstall die drei großen Gespanne kommen lassen, jedes von acht Pferden, mit denen kutschiert er jetzt alle Künste der Reitschule. Die Ungarin kreischt, die Herren vom Hubertusorden applaudieren in ehrlicher Bewunderung.

Endlich, hergewünscht, hergeflucht, heiß erwartet, kommt Isaak Landauer nach Wildbad. In seinem schmierigen Kaftan saß er im Arbeitskabinett der Gräfin inmitten von Lapislazuli und Zierat, Spiegeln und goldenen Putten. Die Gräfin ihm gegenüber, prächtig, am Sekretär, zwischen ihnen in hohen Stößen Akten, Tabellen, Rechnungen. Er schaute durch, prüfte, die Gräfin gab ihm hemmungslos Auskunft, er entdeckte hier und dort noch Lücken, wies schärfere Schrauben, Pressungen. Die Gräfin, den zu fetten Nacken wie die makellosen Arme nackt, hörte aufmerksam zu, machte Einwendungen, notierte. Schließlich verlangte sie auf drei ihrer Dörfer ein ungeheures Darlehen.

Isaak Landauer schaute sie an, wiegte den Kopf, sagte vorwurfsvoll: »Habe ich das verdient, Exzellenz?« – »Was verdient?« – »Daß Sie mich für einen ausgemachten Narren halten.«

Sie, auffahrend: »Was will Er, Jud? Wohin zielt Er? Hätt Er mir vor zwei Jahren das Geld nicht geliehen? Bin ich jetzt weniger gut?« Der Jude, behutsam: »Wozu braucht Euer Exzellenz das Geld? Es aus dem Land zu schaffen. Weshalb es aus dem Land schaffen? Doch nur, weil Sie Eventualitäten fürchten. Wenn aber Eventualitäten zu fürchten sind, dann sind die Güter keine Garantie. Wollen Sie, daß ich soll an Ihnen Geld verlieren?« Die Gräfin schaute vor sich hin, hilflos; dann zu ihm, und ihre Augen sagten ihm, daß es um viel mehr ging als das Geld, ihre Augen bekannten ihm all ihre Ängste, Hoffnungen, Zweifel. »Er ist klug, Jud«, sagte sie nach einer Weile. »Glaubt Er, daß ich es wagen darf, die Güter« – sie stockte – »nicht zu beleihen?«

Er hätte ihr gern etwas Freundliches gesagt. Aber sie war eine gescheite, feste Frau, sie brauchte, sie wollte keine Vertröstung und Verschleierung, es war geradezu unanständig, ihr mit so was zu kommen. Er schaute sie auf und ab, und sie war bedenkenlos offen zu ihm, er sah ihr entspanntes Gesicht, den gelösten, feisten Leib, und er wußte auf ihren dringlich fragenden Blick keine andere Antwort als ein Schweigen und ein Achselzucken. Da ließ sie sich vollends fallen. Sie brach in ein lautes, haltloses Weinen aus wie ein kleines Kind. Dann begann sie unflätig zu schimpfen auf die Minister, ihren Bruder, ihren Neffen und die andern alle, ihre Kreaturen, die sie fallenließen und keine Hand rührten, die sie noch stießen. Die Kanaillen, die schmutzigen! Sie hatte sie in ihre Stellungen gebracht, an ihr waren sie heraufgeklettert. Jeden Groschen, jeden Knopf an ihren Uniformen dankten sie ihr. Zudem hatten sie einen förmlichen Vertrag mit ihr, hier in der Schublade hatte sie das Papier, einander in günstigen und in widrigen Umständen nach Kräften beizustehen. Die Hundsfötter, zu schlecht für die Hölle und den Schinder! Denn selbst jeder Pracher, Teufel und Spitzbub hält solche Verträge und Kumpanei.

Der Jude sah still zu, wie sie wütete, ließ sie sich ausschäumen. Schließlich hustete sie, ihr Gesicht lief rot an, sie schnaufte, röchelte, weinte zuletzt haltlos, still vor sich hin. »Ach Jud«, jammerte sie, »ach Jud«, zerbrochen, geschüttelt, hemmungslos, die stolzen Stoffe hingen tot an ihr herunter.

Isaak Landauer kämmte sich mit den Fingern den strähnigen Bart, wiegte den Kopf. Dann ergriff er, behutsam, ihre große, warme Hand, murmelte vor sich hin, streichelte sie.

Gerüchte, niemand wußte woher, stoben im Lande auf von dem nahen Fall der Gräfin, hier, dort, an allen Ecken. Niemand wagte ein lautes Wort, aber flüsternd ging es durch alle. Es war ein großes, heimliches Aufatmen. In einzelnen Dörfern wurden schon Glocken geläutet, Dankgebete gesprochen, man verkündete nicht wofür, beließ es bei dem allgemeinen: für eine gnädige Fügung.

Aber es wurde nichts anders vorläufig, im Gegenteil, der Druck wurde härter, erbitterter. Alte Beamte wurden ihrer Stellen entsetzt, weil ein neuer Bewerber ihr Amt höher bezahlte. Die Generalvisitation wütete gegen Gemeinden und Privatleute mit Anklagen und Inquisitionen, von denen man sich nur durch hohe Zahlungen lösen konnte; alle Staatsstellen, selbst das Kirchengut und die Witwen- und Waisenkassen wurden zu hohen und sehr unsichern unverzinslichen Darlehen an die Schatulle der Gräfin gezwungen; die Agenten der Gräfin schalteten herrischer und maßloser als je zuvor. Und als gar ein scharfes herzogliches Reskript erschien, das von neuem und nachdrücklich alle übeln Reden gegen die Gräfin mit schweren Strafen bedrohte, sanken auch die leichtestflügeligen Hoffnungen lahm zur Erde.

Der engere Ausschuß des Parlaments, der Landschaft, hielt alle drei Tage Sitzung. Die Herren waren vom König von Preußen empfangen worden, sie wußten um das Zerwürfnis der Gräfin mit ihrem Bruder, sie spürten den nahen Fall der Gräfin, wollten ihn beschleunigen. Man beriet über die Möglichkeit einer neuerlichen Anklage bei Kaiser und Reich, über neue Beschwerden beim Herzog gegen gewisse Maßlosigkeiten der Grävenitzschen aus der letzten Zeit. Die elf Herren saßen beisammen, acht Mitglieder des engeren Ausschusses, die beiden Konsulenten, der Vorsitzende und Erste Sekretär. Sehr verschieden die einzelnen, von dem plumpen, massigen Johann Friedrich Jäger, Bürgermeister zu Brackenheim, bis zu dem feinen, eleganten, weltläufigen Konsistorialrat und Prälaten von Hirsau, Philipp Heinrich Weißensee; aber alle einig pochend auf die Rechte und Privilegien der Landschaft. Es polterte von wüsten Verwünschungen der Gräfin, mit Ruten müsse das Saumensch aus dem Land gepeitscht werden, und Johann Friedrich Bellon, Bürgermeister zu Weinsberg, haute auf den Tisch, wenn es soweit sei, werde er seine kleinen Kinder mit auf die Gassen nehmen und sie heißen, das Luder, das pockennarbige, von der Lustseuche zerfressene, ins Antlitz speien. Es dröhnten stolze Reden, wo in Europa gebe es noch ein Land mit soviel Freiheiten, nur Württemberg und England habe sich soviel parlamentarische Sicherungen erkämpft, und die Luft im Hause des Landtags war voll von Bürgerstolz, Schweiß und Demokratie. Aber es kam nur zu schwächlichen Beschlüssen, und da Eberhard Ludwig nicht zu erreichen war und die Geheimräte nur höflich verzögernde Antworten hatten, kamen auch diese Resolutionen ins Hinken und blieben nach drei Wochen vergilbende Akten.

Auch die Herzogin Johanna Elisabetha, die in dem verödeten Stuttgarter Schloß saß und wartete, hatte von der nahen Ungnade der Gräfin gehört. Die Herren von der Landschaft gingen bei ihr ein und aus, der Kaiser sandte ihr Spezialbotschaft, der König von Preußen hatte ihr in besonders feierlicher Form aufgewartet. Wie spottete man in den Kreisen der Gräfin über diese zeremoniöse Visite des schäbigen Königs bei der verschlissenen Herzogin. Die Herzogin hörte aufmerksam auf alle Stimmen, verzeichnete sorglich jede Schwankung Eberhard Ludwigs, aber ihre Hoffnung stieg nicht hoch, und ihre Enttäuschung fiel nicht tief, als sich der ersehnte Umschwung verzögerte. Sie hatte so lange gewartet. Dreißig Jahre saß sie jetzt in dem kahlen Schlosse, in dem der Herzog ihr nur den nötigsten Hausrat belassen hatte, saß trübselig, verstaubt, eigensinnig, sauer, wartete. Wohl machten auch ihr die fremden Gesandten untertänige Besuche, aber sie wußte, es war langweilige Pflicht, und man zeichnete sie nur aus, wenn man mit dem Herzog brouilliert war, ihn ärgern wollte. Das Leben war drüben in Ludwigsburg, in der Stadt, die Eberhard Ludwig der Rivalin gebaut hatte, als sie, die Herzogin, verbissen in Stuttgart aushielt, Demütigungen, Drohungen nicht achtend. Das Leben war drüben in Ludwigsburg, wohin der Fürst seine Residenz verlegt hatte, wohin er die widerstrebenden Ämter, Kollegien, Konsistorium, Kirchenrat zwang. Dort hatte er für jene, für die Mecklenburgerin, die Mätresse, die Person, das prunkende Schloß gebaut, dorthin aus dem Stuttgarter Palais alle Kleinodien, Prunkmöbel schaffen lassen.

Johanna Elisabetha erinnerte sich der Mecklenburgerin – auch in Gedanken nicht nannte sie den Namen der Verfluchten – vom ersten Tag an. Sie hatte ihren Gatten in Liebe und Ehren gehalten, sie war stolz auf den Kriegshelden und Kavalier, sie wußte auch, daß sie nicht schön genug war für ihn, und verdachte es ihm nicht, wenn er mit ihren Hoffräulein herumscharmutzierte. Auch als sie ihm einen Sohn und eine Tochter gebar und man ihr andeutete, die Schwächlichkeit der Kinder rühre von dem wilden Leben des Herzogs her, trug sie es ihm nicht nach. Wie die Mecklenburgerin an den Hof kam – ihr Bruder hatte sie hergebracht, der intrigante Kuppler, um durch sie seinen Weg zu machen –, begriff sie zwar nicht, was viel an der Person sei, aber wenn Eberhard Ludwig sie wollte: sie hatte zu so vielem die Augen zugedrückt, sie gönnte sie ihm. Überdies hatte sich der Herzog zuerst gar nichts aus ihr gemacht, erst später bei einer Liebhaberaufführung, in der er mit ihr spielte, entzündete er sich. Sie sah noch die frechen, nackten Brüste, mit denen die Person in dem koketten Phyllis-Kostüm sich an ihn drängte. Und seither war kein Tag vergangen, daß die Person sie nicht angehaßt hätte. Sie hatte den Herzog mit Hexerei an sich gelockt, das war ja klar; sie hatte auch versucht, sie, die Herzogin, zu vergiften; daß ihr damals auf die Schokolade so schlecht geworden war, da war das Gift der Mecklenburgerin schuld, und nur eine gnädige Fügung hatte sie vor Schlimmerem bewahrt und sie von dem Kuchen nichts genießen lassen. Für jeden, der Augen hatte, lag es am Tag, daß sie eine verfluchte Hexe, Giftmischerin und Teufelsbuhle war. War sie nicht auch vor der Zeit eines blauschwarzen, behaarten, verschrumpften Wechselbalgs genesen?

Aber sie, die Herzogin, hatte sich durch keine Untat, Kränkung und Hexerei aus ihrem Rechte treiben lassen. Es war längst kein saftiger Haß mehr in ihr, es war ein trockenes, dürres, scheeles, pedantisches, verstaubtes Warten auf den Zusammenbruch der Person. So saß sie in dem weiten, ausgeleerten Schloß, trübselig, kahl, sauer, und die Nachrichten, die zu ihr kamen, verloren ihre Farbe und wurden breiig, zäh, spinnwebfarben wie sie selber.

Um jene Wochen ward im schwäbischen Kreis bald hier, bald dort der Ewige Jude gesehen. In Tübingen sagte man, er sei in einem Privatwagen durch die Stadt gefahren, andere wollten ihn auf der Landstraße gesehen haben, zu Fuß, in der Post, der Torschreiber von Weinsberg erzählte von einem seltsamen Fremden, der einen sonderbaren Namen angegeben und ein merkwürdiges Gewese gehabt habe; wie er aber weiter in ihn gedrungen sei um gehörige Legitimation, habe ihn der Unheimliche mit einem so höllischen Blick durch und durch geschaut, daß er in seiner Verwirrung von ihm abgelassen habe, und jetzt noch spüre er den Teufelsblick wie Reißen durch alle Glieder. Überall ging das Geraune, die Kinder wurden gewarnt vor dem Aug des Fremden, und Weil die Stadt, wo er in der Umgebung zuletzt gesehen worden, gab ihrer Torwache verschärfte Instruktionen.

Kurze Zeit später erschien er in Hall. Am Tor erklärte er kecklich, er sei Ahasverus, der Ewige Jude. Der Magistrat, sogleich beschickt, verordnete, man solle ihn vorderhand in der Vorstadt belassen. Ängstlich neugieriges Volk sammelte sich. Er sah aus wie häufig Hausierjuden, mit Kaftan und Schläfenlocken. Er erzählte bereitwillig, gurgelnd, oft unverständlich. Vor dem Kreuz warf er sich nieder, heulte, schlug sich die Brust. Im übrigen handelte er mit Kleinkram, und man kaufte ihm viel ab, Amulette, Andenken. Schließlich vor den Magistrat gestellt, erwies er sich als Schwindler, wurde gestäupt.

Aber diejenigen, die ihn gesehen hatten, erklärten, das sei freilich nicht der rechte. Der habe nichts Besonderes an seiner Tracht gehabt, einen soliden holländischen Rock wie andere auch, leicht altmodisch, er habe ausgesehen wie ein hoher Beamter oder ein gutgestellter Bürger. Nur sein Gesicht und die Luft um ihn herum, sein Auge vor allem: kurz, man habe eben sogleich gespürt, das ist der Ewige Jude. So erzählten, an allen Ecken des Landes, übereinstimmend die Verschiedensten.

Die Gräfin fragte Isaak Landauer, was er von den Gerüchten halte. Er drückte herum, er sei kein Leibniz. Er sprach nicht gern von diesen Dingen, hier sah man nicht klar, er war geneigt, nichts zu glauben, aber seine Skepsis war ohne Sicherheit. Auch bekam, wer sich mit solchen Dingen befaßte, leicht mit der Polizei und den Kirchenbehörden zu tun. Sie, die Gräfin, glaubte fest an Magie und geheime Kunst. In Güstrow, als Kind, war sie viel mit der alten Johanne zusammengewesen, der Schäferin, die die Leute dann erschlagen hatten, weil sie das böse Wetter hergewünscht. Sie hatte manchmal offen, häufiger, wenn die Alte sie hinausjagte, heimlich zugeschaut, wie sie Salben und Tränke mischte, und ganz im Innern war sie überzeugt, ihr Aufstieg und ihre Macht rühre bloß davon her, daß sie sich nach dem Tod der Alten mit dem Bocksblut, das die zuletzt gerührt, heimlich Nabel, Scham und Schenkel bestrichen hatte. Sie unterhielt sich gern und voll prickelnd scheuer Gier mit den Alchimisten und Astrologen, die an den Ludwigsburger Hof kamen, und wenn sie auch in Gesellschaft die Philosophin spielte und den Freigeist, so mischte sie doch in der Stille gespannt und schwer atmend manches Rezept zur Erhaltung der Jugend, zur Gewinnung der Macht über den Mann. Daß die Juden ihre unerhörten Erfolge, ihre genialen Einfälle in allem Finanziellen magischen Mitteln verdanken, so dumm war sie nicht, das nicht zu durchschauen. Sie hatten solche Mittel übererbt bekommen von Moses und den Propheten her; weil Jesus diese Mittel allen Völkern verraten und sie dadurch wertlos machen wollte, darum hatten sie ihn gekreuzigt. Und wenn jetzt Isaak Landauer sich vor ihr wand und drehte und sie, die ihm soviel Vertrauen gezeigt, in ihrer Not verließ, so war das schäbige Konkurrenzangst und schweres Unrecht von ihm.

Die Gerüchte von dem Ewigen Juden hatten ihr von neuem den Vorsatz gefestigt, wenn alles andere versagte, den Herzog mit magischen Mitteln zurückzugewinnen. Sie drang mit Ungestüm in Isaak Landauer, sie zu dem Ewigen Juden zu bringen. Und wenn er dafür nicht zu haben sei – er solle keine Ausflüchte machen, natürlich könne er es bei einigem guten Willen –, dann solle er ihr doch wenigstens einen andern Kabbalisten beschaffen, der sich bewährt habe und an den sie glauben könne.

Isaak Landauer rieb sich leicht fröstelnd die blassen Hände. Ihr Ansinnen und ihre Heftigkeit war ihm sehr unbequem. Gott, er war ein zuverlässiger Kaufmann, er beschaffte alles, was man wollte, Geld, Ländereien, einen Adelstitel, eine kleine reichsunmittelbare Grafschaft, wenn es sein mußte, überseeisches Gewürz, Neger, braune Sklavinnen, sprechende Papageien: aber wo in aller Welt sollte er den Ewigen Juden hernehmen oder einen soliden Kabbalisten, mit dem man Staat und Effekt machen konnte? Natürlich dachte er einen Augenblick daran, einen geschickten Schwindler vor die Gräfin hinzustellen; aber er wollte schließlich diese gute Kundin, die sich so ganz auf ihn verließ, nicht übers Ohr hauen. Er war immer solid gewesen. Und dann war es auch zu riskant. Die Landstände haßten ihn sowieso, sie hätten ihn mit größter Freude vors Gericht und, Gott behüte, auf den Scheiterhaufen gebracht. Er beurlaubte sich von der Gräfin gegen seine Gewohnheit verstimmt und mit einem widerwilligen halben Versprechen.

Er ging zu Josef Süß Oppenheimer.

Der hatte sich mittlerweile redlich bemüht, müßig zu sein; aber er hatte nicht die Gabe, sich auf solche Art zu erholen. Er litt unter dem Nichtstun; er fühlte sich, der rastlose Mann, unbehaglich, krank, wenn er nicht Projekte anzetteln, mit großen Herren verhandeln, Bewegung auslösen, in Bewegtem wirbeln konnte.

Von klein auf hatte es ihn umgetrieben, ihm keine Rast gegönnt. Schon als Kind hatte er es durchgedrückt, daß er nicht bei seinem Großvater in Frankfurt bleiben mußte, dem frommen und stillen Reb Salomon, dem Vorbeter in der Synagoge. Seine Eltern, der Vater war Direktor einer jüdischen Komödiantengesellschaft, mußten ihn auf ihre Tourneen mitnehmen. So war er schon als Sechsjähriger an den Herzogshof von Wolfenbüttel gekommen und hatte große Herren kennengelernt. Der Herzog mochte den Vater und mehr noch die Mutter, die wunderschöne Michaele Süß, gern leiden, und die Herzogin fraß ihren Narren an dem hübschen, leidenschaftlichen, altklugen, koketten Knaben. Ah, wie war er anders als das flachsblonde Phlegma der Kinder am Wolfenbüttler Hof. Von daher schon rührte seine sehnsüchtige Neigung, mit großen Herren zu verkehren. Er brauchte Abwechslung, es mußten viele, viele Gesichter an seinem Wege stehen, er hatte Durst auf Menschen, eine wütende Lust, immer mehr Gesichter in sein Leben zu stopfen, er vergaß ihrer keines. Der Tag war verloren, an dem er nicht mindestens vier neue Menschen sah, er war stolz darauf, ein Dritteil aller deutschen Fürsten, die Hälfte aller großen Damen von Angesicht zu Angesicht zu kennen.

Er war kaum mehr in der Heidelberger Schule zu halten. Dreimal in vier Jahren brannte er durch, lief den Schauspielern nach. Und als gar der Vater starb, konnten alle Bitten, Tränen, Drohungen, Verwünschungen der Mutter ihn nicht zähmen. Der hübsche Junge, von der ganzen Stadt verhätschelt, frühreif, als Wunderkind im Rechnen angestaunt, stolz auf sein prinzliches Aussehen, machte die tollsten Streiche. Die jüdischen Nachbarn schlugen die Hände zusammen, die christlichen lachten amüsiert und wohlgefällig, die Mutter, unter Flehen, Flennen, Schimpfen, ward zwischen Stolz und Empörung hin und her geworfen. Auch in Tübingen, wo er die Rechte studieren sollte, hielt es ihn nicht in den Hörsälen. Mathematik und Sprachen bewältigte er im Spiel, die Rabulisterei der Jurisprudenz, die die Professoren sich in mühsamer Theorie zusammenklaubten, stak ihm in den Fingern. Viel wichtiger war es ihm, mit den adeligen Studenten zusammenzusein, und ließen sie ihn nur eine

Stunde als Kavalier und Kameraden gelten, so machte er ihnen gern dafür die ganze übrige Woche den Diener und Bajazzo. Er erkannte mehr und mehr: dies war seine Profession, große Herren zu traktieren und mit ihnen umzugehen, ihr Efeu zu sein. Wer verstand es wie er, in die Launen und Lüste der Fürsten hineinzukriechen, still zu sein zur rechten Zeit, zur rechten Zeit den Samen seines Willens in sie zu senken wie der Obstspinner seine Saat in die reifende Frucht. Und wer gar konnte sich dem Frauenzimmer anschmiegen wie er und mit weicher und sicherer Hand auch die Sprödeste herumbiegen. Es brannte in ihm: mehr Länder, mehr Menschen, mehr Frauen, mehr Pracht, mehr Geld, mehr Gesichter. Bewegung, Geschehen, Wirbel. Nicht in Wien litt es ihn, wo seine Schwester in stolzer Ehe lebte, glänzte, verschwendete, nicht in den Kontoren seiner Vettern Oppenheimer, der kaiserlichen Bankiers und Armeelieferanten, nicht in der Kanzlei des Mannheimer Advokaten Lanz, nicht in den Büros seines Bruders, des Darmstädter Kabinettsfaktors, der jetzt, Christ geworden, Baron Tauffenberger hieß. Es trieb ihn, es jagte ihn. Neue Frauen, neue Händel, neue Pracht, neue Sitten. Amsterdam, Paris, Venedig, Prag. Wirbel, Leben.

Bei alledem schwamm er in seichtem, abgespaltenem Wasser und konnte nicht recht auf den vollen Fluß hinauskommen. Erst die Hilfe Isaak Landauers hatte ihm ernsthafte Geschäfte verschafft, die kurpfälzische Stempelsache und den Darmstädter Münzakkord, und erst der flinke Mut, mit dem er diese riskanten Affären gepackt und im rechten Moment aus der Hand gelassen, hatte seinen Namen vollwichtig gemacht. Er hätte gültige Ursache gehabt, jetzt in Wildbad die Arme zu breiten, auszuatmen.

Aber dies war ihm nicht gegeben, Müßiggang juckte ihm die Haut, und er zettelte, nur um seine Kraft spielen zu sehen, hundert kleine Amouren, Projekte, Geschäfte an. Sein Leibdiener und Sekretär, Nicklas Pfäffle, den er dem Mannheimer Advokaten Lanz abgespannt hatte, ein dicker, gelassener, undurchdringlicher, unermüdlicher, blasser Mensch, mußte den ganzen Tag auf dem Weg sein, ihm Neuigkeiten zu schaffen, Adressen, Hantierung, Lebensläufe der Badegäste zu erkunden.

Süß sah sehr jung aus, und er war stolz darauf, daß man ihn gemeinhin auf rund dreißig schätzte, zehn Jahre jünger fast, als er wirklich war. Er mußte Frauenblicke in seinem Rücken spüren, umgewandte Köpfe, wenn er auf der Promenade ritt.

Die mattweiße Haut, die er von der Mutter geerbt, pflegte er mit hundert Essenzen, er ließ sich gerne bestätigen, daß seine Nase griechisch war, täglich mußte der Coiffeur ihm das reiche dunkelbraune Haar wellen, daß es ja nicht unter der Perücke leide; häufig auch trug er es ohne Perücke, trotzdem sich das eigentlich für einen Herrn seines Standes nicht schickte. Er achtete darauf, daß der kleine Mund mit den übervollen, sehr roten Lippen sich nicht durch viel Lachen verzerre, und ängstlich suchte er im Spiegel die freie Heiterkeit der glatten Stirn, die ihm das Zeichen des Kavaliers war. Er wußte, daß er auffiel, er brauchte Bestätigungen, immer neue, seiner Wirkung, und eine Frau, die er nach einer Nacht verabschiedet hatte, blieb ihm fürs Leben lieb, weil sie seine dunkelbraunen, blitzenden, raschen Augen unter den gewölbten Brauen fliegende Augen genannt hatte.

Wie die Mode und sein Behagen immer neue Speisen, Weine, immer anderes Kristall und Porzellan für seine Tafel forderte, so für sein Bett immer neue Frauen. Er brauchte sie und verbrauchte sie. Sein Gedächtnis, ein ungeheures Museum, das alles in zuverlässiger Konservierung hegte, hielt Gesichter, Leiber, Duft, Stellung in sicherer Treue fest; weiter rührte keine. Eine einzige hatte sich tiefer als nur in die Sinne in ihn hineingesenkt, das Jahr, das sie mit ihm zusammen war, das Jahr in Holland, stand fremdartig und sehr allein in seinem Leben, aber er hatte das Erinnern daran verkapselt, er sprach nicht davon, seine Gedanken gingen scheu an diesem Jahr und dieser Verklungenen vorbei, nur sehr selten schlug es große Augen auf und sah ihn bestürzend und verwirrend an.

Er hatte sich von Isaak Landauer auch deshalb so leicht bestimmen lassen, nach Wildbad zu gehen, weil die Kur in diesem Ort seit ein paar Jahren von jedem gebraucht werden mußte, der im westlichen Deutschland als Kavalier gelten wollte. Selbst von Frankreich kamen Gäste herüber, hier sah man das modischste Fuhrwerk, man hörte die eleganteste Konversation, man konnte an der Tenue von Versailles die Eckchen und Rauheiten abschleifen, die auch der modischste deutsche Hof nicht ganz zu vermeiden wußte. Hier war große Welt, man sah hier am deutlichsten die leisen Schwankungen in der Wertung der einzelnen und ganzer Schichten, wer hochkam und wer niederglitt, das lebendige Beispiel war hundertmal instruktiver als der »Mercure galant«. Nur hier in Deutschland konnte man mit Sicherheit feststellen, welches Fußgelenk der à-la-mode-Kavalier bei der

Auswahl seiner Herzdame zu bevorzugen hatte, wollte er nicht als rückständig angesehen werden.

Da Süß in keiner größeren Aktion stand, ging er ganz in diesem Gewese auf, trieb sich mit flinken Stößen in den galanten Nichtigkeiten herum. Nicht ausgefüllt und hungrig nach Geschehnissen, sog er aus dem Leben der andern. Er konversierte mit dem Wirt und machte Projekte, wie der Gasthof, in dem er wohnte, rentabler werden könnte, er schlief mit der jungen Aufwärterin, er bestellte für den Besitzer des Spielhauses neue, elegantere Pharaotische, wobei er vierhundert Gulden verdiente, er war der am liebsten gesehene Gast beim Lever der Prinzessin von Kurland, er renkte die Liebeshändel des Badedieners ein, er beschaffte durch die Gewandtheit seines Nicklas Pfäffle aus den Ludwigsburger Treibhäusern Orangeblüten für die Tochter des Gesandten der Generalstaaten, er durfte, wenn sie im Bad saß und mit den Kavalieren konversierte, auf der Holzdecke, die, nur ihren Kopf freilassend, auf der Wanne lag, ihr zunächst sitzen, und viele sagten, er dürfe sich noch ganz andere Freiheiten nehmen. Er machte einen vorteilhaften Kontrakt mit einem Amsterdamer Juwelenhändler über die Schleifung gewisser Steine, bei einem Streithandel mit einem Grafen Tratzberg, einem plump frechen bayrischen Herrn, schnitt er so gut ab, daß der Bayer anderntags sich aus Wildbad trollen mußte, er erwirkte dem Gärtner Kredit für neue Parkanlagen beim Badehaus und gewann dabei hundertundzehn Taler. Er hielt am Spieltisch, als alle deutschen Herren sich ängstlich zurückzogen, dem jungen Lord Suffolk als einziger Widerpart und verlor lächelnd und höflich viertausend Gulden. Er ohrfeigte einen Modehändler, der ihn beim Kauf eines Strumpfgürtels um vier Groschen betrügen wollte. Er antichambrierte täglich beim sächsischen Minister – der sächsische Hof suchte eine Anleihe – und stand barhaupt und tief gebückt, während der Minister, den Blick steif und hochmütig gradaus, grußlos vorüberging. Er beneidete brennend Isaak Landauer, der unter dem Spott der Gassenbuben, den Verwünschungen des Volkes, der Verachtung der großen Welt ins Haus der Gräfin ging, rechnete, Geld bewegte, Land bewegte, Menschen ledig machte, unter Ketten begrub.

In solcher Laune fand ihn Isaak Landauer. Er begann behutsam von den seltsamen Kaprizen, mit denen Gott, gelobt sein Name, die Christen bedacht und bestraft habe. Der alte Ratsherr aus Heilbronn mußte immer seine sieben Hündchen um sich haben, und von genau gleicher Größe, das Fräulein von Zwanziger hatte das Gelübde getan, am Freitag kein Wort zu sprechen, und der Herr von Hohenegg hatte den Ehrgeiz, bei allen adeligen Begräbnissen in der Umgegend zugegen zu sein, und scheute zu solchem Zweck keine Strapaze. Dann kam er vorsichtig auf das Gerede vom Ewigen Juden zu sprechen und endete mit der beiläufigen Mitteilung, daß die Gräfin die seltsame Laune habe, den Ewigen Juden oder sonst einen Magus oder Astrologus, am liebsten einen zuverlässigen Kabbalisten bei sich zu sehen. Dann schwieg er, wartete.

Süß hatte sogleich gemerkt, der andere wolle etwas. Er zog sich zusammen, lauerte. Daß Isaak Landauer von dem Ewigen Juden anhub, warf ihn aus seiner Rechnung. Dies rührte einen Punkt, der nicht ins Geschäft zu ziehen war, sich nicht in Ziffern umsetzen ließ. Rührte an das Verkapselte. Auch er hatte natürlich von den Gerüchten gehört; aber sein eingeborenes Talent, sich abzuschließen gegen alles, was ihm die Sicherheit verwirren konnte, hatte ihn leicht und rasch über Ahnungen, Trübungen weggleiten lassen. Nicht stoßen an das Verkapselte. Jetzt aber, wie Landauer damit begann, kroch das unbehagliche Gefühl unweigerlich ihn an. Er sah den Vorschlag Isaak Landauers an sich herankommen wie eine ferne Welle, er fürchtete ihn und wünschte ihn herbei, und wie jetzt Isaak Landauer einhielt, saß er in quälend prickelnder Spannung.

Und da fuhr der andere auch schon fort. Zögernd, die tastende Erwartung unter der Beiläufigkeit des Tones versteckt, fragte er: »Ich hab gemeint, Reb Süß, vielleicht Rabbi Gabriel.«

Da war es. Er zielte also, dieser Mensch, der da vor ihm saß und schlau und behaglich mit dem Kopf wackelte, mit sicherem Kalkül auf das, was er zu ahnen widerwillig abgelehnt, von sich abgeschüttelt hatte. Er zwang ihn, sich damit auseinanderzusetzen.

»Ich meine«, tastete er wieder, der andere, der Lockende, Beneidete, »ich meine, der Ewige Jude, von dem sie schwatzen, das kann doch nur er sein.«

Ja, ja, das hatte natürlich Süß auch gespürt, als er von jenen Gerüchten gehört hatte. Aber gerade davor hatte er sich abschließen wollen, daß solche Ahnung nicht Wissen werde. Rabbi Gabriel, sein Oheim, der Kabbalist, der Unheimliche, für jeden in seltsamem und beängstigendem Nebel, der einzige Mensch, über den er nicht ins klare kommen konnte, der einfach durch seine Gegenwart sein farbiges Weltbild entfärbte, seine Wirklichkeit entweste, seine klaren, runden Zahlen zweideutig machte, auswischte, der sollte für sich bleiben, weit weg. Es war nicht gut, nein, nein, es war bestimmt nicht gut, den ins Geschäft zu mengen. Er wird an das Verkapselte rühren. Wirrung wird herausspringen, Druck, Zwiespalt, Dinge, die sich jeder Rechnung und jedem Kalkül entzogen. Nein, nein, die Geschäfte waren hier, und jenes andere lag dort, behütet, fernab, und es war gut so, und es sollte so bleiben.

»Ich verlang es natürlich nicht umsonst, Reb Josef Süß«, tastete der andre sich weiter. »Ich würde Euch mit hineinlassen in das Geschäft mit der Gräfin.«

Josef Süß hatte alle Räder seines Kalküls angedreht. Er saß in großer Versuchung. In ihm arbeitete es, scharf, rasch, mit ungeheurer Energie und Präzision. Er wog sachlich und schnell alle Vorteile solchen Angebots, rieb sie blitzblank, zählte, rechnete. Verbindung mit der Gräfin, das war viel, das war mehr als ein großes Geldangebot. Beteiligt an diesem Geschäft, konnte er an den Herzog heran, von da zum Prinzen Eugen war ein Schritt. Er sah hundert Möglichkeiten, schwindelnd Weites rückte ganz nah.

Aber es ging nicht, es ging nicht. Alles auf der Welt konnte man preisgeben für ein Geschäft. Frauen, Freuden, Leben. Aber das nicht. Den Rabbi Gabriel in ein Geschäft ziehen, ihn verschachern, das nicht. Er glaubte an nichts, an Böses nicht und an Gutes nicht. Aber das hieß sich in Dinge stürzen, wo alles Rechnen und Wägen zu Ende war, das hieß sich in einen Wirbel stürzen, wo aller Mut so unsinnig war wie alle Schwimmkunst vergebens.

Er atmete heftig, gedrängt. Hob, mit einer Bewegung der Abwehr, jäh überfrostet, den Rücken. Es war ihm plötzlich, als schaute ihm ein Mensch über die Schulter, ein Mensch mit seinem eigenen Gesicht, aber ganz im Dämmer, nebelhaft.

»Ihr sollt nichts von ihm verlangen«, lockte Isaak Landauer vorsichtig weiter. »Ihr braucht ihm keinen Vorschlag tun. Alles, was ich will, Reb Josef Süß, ist, daß Ihr ihn herschafft nach Wildbad. Ihr brauchtet ja nur Euern jungen Menschen zu schicken, den Pfäffle, der würde ihn gewiß auftreiben. Ich würde Euch gut assoziieren an dem Geschäft mit der Gräfin.«

Süß schüttelte die Benommenheit von sich ab, raffte sich zusammen. Die Dinge traten wieder ein in ihre Farbe, Umriß,

Klarheit, Greifbarkeit. Das Nebelgesicht hinter seiner Schulter verschwand. Unsinn seine Bedenklichkeit. Er war doch kein verschwärmter, dummer Junge. Ja, damals, als man ihm den Vorschlag gemacht hatte, sich taufen zu lassen, am kurpfälzischen Hof, daß er da nicht zugriff, das waren verständliche Hemmungen gewesen. Er wußte zwar jetzt noch nicht recht, warum er es nicht gemacht hatte wie sein Bruder und sich auf so einfache Weise Glanz, Position und Baronie verschafft. Aber er tat es eben nicht damals und hätte es auch heute nicht getan und nie und für kein Geschäft der Welt. Doch jetzt, was dieser da von ihm verlangte, der Listige, Kluge, Gewiegte, was war da denn viel dabei? Kein Mensch doch verlangte von ihm, daß er den Rabbi, den Unheimlichen, den drohend Unbehaglichen, verschachere. Wie hatte ihm da wieder seine Phantasie, die galoppierende, viel zu rasche, die Begriffe gewirrt. Herrufen sollte er den Alten, nichts weiter. Und dafür die Verbindung mit der Gräfin, dem Herzog, dem Prinzen Eugen. Ein Narr wäre er, wenn er nicht zugriffe, weil es ein wenig, er suchte das Wort, ein wenig unbehaglich war.

Zögernd, in einem halben Satze, sagte er, nach dem Rabbi zu schicken, an sich ginge das ja allenfalls. Sofort hackte Isaak Landauer zu. Aber nun forderte Süß an dem Geschäft mit der Gräfin einen Anteil, den der andere unmöglich bewilligen konnte. Eingehend, scharf schachernd, besprachen sie die Einzelheiten. Nur Schritt um Schritt, heftig kämpfend, wich Süß zurück.

Als sie schließlich übereingekommen waren, dachte Süß, lebte, atmete er nur noch in diesem Geschäft. Rabbi Gabriel sank ihm in das Verkapselte, sowie er den Diener weggeschickt hatte.

Nicklas Pfäffle fuhr mit der Post. Der blasse, fette, schweigsame Mensch fiel nirgends auf. Gelassen, gelangweilt, leicht müde von Aussehen, versteckte er seine Betriebsamkeit hinter dem melancholischen Phlegma seines gedunsenen, blutleeren Gesichts. Die Aufgabe einmal übernommen, klebte er daran, harzzäh und gleichmütig.

Die Spur des Fremden führte kreuz und quer durchs Schwäbische, ohne erkennbares Ziel, willkürlich. Verlor sich dann, tauchte in der Schweiz wieder auf. Der blasse, fette Mensch folgte gewissenhaft, Wendung um Wendung, unentrinnbar, unerregt.

Das war eine seltsame Reise, die der Fremde machte, und sehr anders als sonst eine Fahrt. Selten, daß er die nächste Straße wählte, er schlug sich in die Nebenpfade, je rauher ein Weg war, so willkommener schien er ihm. Was in aller Welt suchte einer in Wüsten von Stein und Eis, die Gott mit seinem Zorn geschlagen hatte.

Die wenigen Bauern, Jäger, Holzfäller dieser Gegend waren stumpf, hart vom Wort. Stieg der Fremde höher als ihre höchsten Weiden, so wandten sie ihm wohl einen Blick zu, aber langsam und teilnahmslos wie ihr Vieh, und langsam und teilnahmslos wandten sie ihn wieder ab, war er vorbei. Der Fremde trug sich unauffällig, schwere Kleider von gleichgültiger Farbe, ziemlich altmodisch, wie sie in Holland vor zwanzig Jahren modern gewesen sein mochten. Klein, breit, dicklich, den Rücken leicht rund, wanderte er, schwer von Schritt und stetig. Hier in den Bergen, wo nie sonst ein Fremder hinkam, war es leicht für Nicklas Pfäffle, ihn nicht zu verlieren. In der menschenvolleren Ebene indes war es schwer gewesen, dem Unauffälligen zu folgen. Es war ein sehr Seltsames, schwer Deutbares, was trotz dem Mangel an äußeren Merkmalen seine Fährte kenntlich machte. Die Leute fanden die Worte nicht dafür, es war nicht zu fassen, und doch war es einmalig und nicht zu verwechseln, und es war immer das gleiche scheue Geraune, in dem man davon sprach. Sein Weg war gekennzeichnet durch seine Wirkung; wer ihn sah, atmete schwerer, das Lachen zerbrach vor seiner Gegenwart, sie legte sich wie ein schwüler, beklemmender Reifen um den Kopf.

Nicklas Pfäffle, blaß, fett, gleichmütig, fragte nicht weiter nach der Ursache. Ihm genügte die Fährte.

Drei Bauernhöfe lagen ganz in der Höhe, eine kleine Holzkapelle dabei. Weiter oben weidete Vieh. Dann war nichts mehr, nur Eis und Stein.

Der Fremde klomm die Schlucht entlang. Unten, dünn und laut, hastete der Bach, man sah deutlich bis dahin, wo er unter Gletscher und Geröll ans Licht brach. Auf der andern Seite krochen Zirben hinan, spärlich, zäh, erstickten am Stein. Gipfel, weiß leuchtend, der besonnte Schnee schmerzte das Aug, zackten scharf und bizarr in das flimmernde Blau, schlossen in starrem Bogen das Hochtal. Der Fremde klomm umständlich, vorsichtig, nicht sehr geschickt, stetig. Überquerte Sturzbäche, Glitsch, rutschende Erde. Stand endlich auf einem Vorsprung, vor ihm der sperrende Bogen der vereisten Wände. Unter ihm streckte ein Gletscher die nackte, breite, zerschrundete Zunge, von der Seite her mündete ein anderer, alles endete in Ödnis und Geröll, Felsblöcke, wild verstreut, bildeten geheimnisvoll starrende, zerrissene Linien. Hoch über allem leuchtete höhnisch besonnt und unerreichbar der adelig zarte Schwung der beschneiten Gipfel.

Der Fremde kauerte nieder, schaute. Das massige, bartlose, blasse Gesicht stützte er in die Hand. Über der kleinen, platten Nase sahen trübgraue Augen, sie standen viel zu groß in dem kurzen, fleischigen Kopf, sie standen in trübem Feuer und schwelten dumpfe, beklemmende, hoffnungslose Traurigkeit. Die Stirn lastete breit, schwer und nicht hoch auf sehr dichten Brauen. Den Ellbogen aufs Bein, die Wange in die Hand gestützt, kauerte er, schaute.

War hier das, was er suchte? Eines strömte ins andere, von der obern Welt in die untere, jedes menschliche Antlitz mußte seine Entsprechung haben in einem Stück Erde. Er suchte ein Stück Welt, aus dem ihm ein menschliches Antlitz entgegenschaute, größer, lesbarer, bedeutungsvoller, das Antlitz jenes Mannes, dem er verhaftet war. Er suchte den Strom, der jenen, und also ihn selbst, band mit Stern, Wort und Unendlichkeit.

Er kauerte tiefer, redete vor sich hin mit einer dunkeln, widrig gebrochenen, knurrenden Stimme, halb singend, Verse aus der heimlichen Offenbarung. Haut, Fleisch, Knochen, Adern sind ein Kleid, eine Schale, und nicht der Mensch selbst. Aber die Geheimnisse der höchsten Weisheit sind in der Ordnung des menschlichen Leibes. Siehe, die Haut entspricht den Himmeln, sie dehnen sich über alles und überdecken es wie ein Gewand. Siehe, das Fleisch entspricht dem Stoff der Welt. Siehe, die Knochen und Adern sind der Thronwagen Gottes, davon der Prophet singt, es sind die wirkenden Organe Gottes. Aber alles dies ist nur ein Kleid, und wie der wirkliche Mensch innen ist, so ist auch der himmlische Mensch innen, und alles ist in der unteren Welt wie in der oberen. Und wie am Firmament, so die Erde einschließt, die Sterne und Sternbilder sind und uns das Verborgene künden und tiefes Geheimnis, so sind auf der Haut unseres Leibes Linien und Falten und Zeichen und Züge, und sie sind die Sterne und Sternbilder des Leibes, und sie haben ihre Heimlichkeit, und der Weise liest sie und deutet sie.

Komm und sieh! Der Geist meißelt sich das Gesicht, und der

Wissende erkennt es. Wenn die Geister und Seelen der obern Welt sich bilden, haben sie ihre Form und sichere Bildung, und sie spiegelt sich später im Gesicht des Menschen.

Er verstummte. Nicht denken. Diese Dinge wollten nicht gedacht sein, man zerdachte sie nur. Man mußte sie schauen oder sie ruhen lassen.

War dies das Antlitz, das er suchte? Ödnis, Eis und Geröll, der höhnisch blaue Glanz darüber, ein kleines Wasser, mühsam herausrieselnd? Felsblöcke, auf zerschrundetem Eis, tollfinstere Linien bildend, war dies das Antlitz, das er suchte?

Er versenkte sich tiefer in sich. Er tötete jede Regung, die fernab war von dem Gesuchten. Drei Furchen, scharf, tief, kurz, fast senkrecht über der Nase, zerschnitten seine Stirn, und sie bildeten den heiligen Buchstaben, das Schin, den Anfang des Gottesnamens, Schaddai.

Der Schatten einer großen Wolke dunkelte die Gletscher, die Gipfel in der unendlich zarten Linie ihres flimmernden Schnees leuchteten unerreichbar in mildem Hohn. Ein Geier schwamm in dem blauen Geflirr, ruhevolle Kreise über dem versteinert wirren Gezack des Hochtals.

Der Mensch, auf dem Vorsprung kauernd, winzig in der maßlosen Landschaft, sog die Linien in sich. Des Steins, der Ödnis, des zerschrundeten Eises. Das zarte, höhnische Leuchten, die Wolke, den Vogelflug, die finster tolle Willkür der Blöcke, die Ahnung tieferer Menschen und weidenden Viehs. Er atmete kaum, er schaute, ergriff, begriff.

Endlich, fast taumelnd von so gespannter Reglosigkeit, hob er sich, erschöpft, die Stirne lösend von dem gefurchten Zeichen, in tiefer, gefaßter Trauer. Stieg mühsam, halb gelähmt noch, zu Tal.

Unten, aus dem ersten der drei Höfe, kam ihm ein fetter, blasser Mensch entgegen, ein Unbekannter, schaute ihn prüfend an, das Gesicht gleichmütig, wollte sprechen, einen Brief in der Hand. Rabbi Gabriel schnitt ihm das Wort ab. »Von Josef Süß«, sagte er, so leichthin, als wäre ihm der Mensch und seine Sendung längst angesagt, als bestätigte er Erwartetes. Nicklas, unerstaunt, daß der Fremde ihn kannte, neigte sich. »Ich komme«, sagte Rabbi Gabriel.

Die Gräfin war nach zehn Tagen wütender Tätigkeit in stumpfes Warten gefallen. In trüber Lähmung saß sie zwischen Lapislazuli und Gold, fett, die energischen Wangen schlaff, die Arme gelöst. Gedankenlos ließ sie, die sonst hier jedes Kleinste angeordnet, kontrolliert hatte, von ihren Zofen sich massieren, schmücken, in Kleider und Prunk hüllen. Sie ließ in der Nacht die Kaspara Becherin holen, die als Hexin und Wissende galt; aber das schmuddelige Weib, ängstlich und verblödet vor der Pracht ringsum, stotterte nur verstörten Unsinn. Und der Magus und Kabbalist, den Isaak Landauer ihr versprochen, kam nicht und kam nicht.

Die Boten aus Jagdhaus Neßlach meldeten immer das gleiche vorerst. Der Herzog jagte, hielt Tafel, schlief mit der Ungarin. Dann aber, von einem Tag zum andern, überholten sich in jäher Wendung überraschende Depeschen. Der Geheimrat Schütz war, verbindlich und unermüdlich, zum Herzog vorgedrungen. Anderntags traf der elegante Prälat Weißensee in Neßlach ein, der weltläufige Diplomat des parlamentarischen Elfer-Ausschusses. Der Herzog konferierte zwei Stunden mit Schütz, die Ungarin ward den gleichen Mittag nach Ludwigsburg geschickt, und am Abend gar empfing Eberhard Ludwig den Prälaten Osiander, den stiernackigen Polterer, den entflammtesten Anhänger der Herzogin.

Diese Kunde in Wildbad, konnte die Gräfin sich nicht mehr halten. Ah, Osiander beim Herzog. Osiander! Sie tobte. Als sie verlangt hatte, ins Kirchengebet eingeschlossen zu werden, hatte der plumpe, hundsköpfige Schuft sich erdreistet, sie stehe ja schon drin: Erlöse uns von allem Übel! und war breit schmunzelnd auf dem Gelächter des ganzen Deutschland herumgeschwommen. Der Herzog hatte nicht gewagt, den populärsten Mann Württembergs zu entlassen, aber er hatte ihn nicht mehr empfangen. Und jetzt war er in Neßlach, polterte gegen sie mit bäurisch groben Späßen. Nein, nein! Warten? Unsinn. Sie wäre erstickt an längerem Zusehen. Nicht einmal für die Karosse hatte sie Geduld genug. Befehle in rasender Hast: Intendant, Sekretär, Zofen, Lakaien sollten folgen. Sie selber, nur mit einem Reitknecht, flog zu Pferde nach Neßlach, gönnte sich nicht die Zeit zum Essen, ritt wie ein Dragoner des Satans.

Traf den Herzog mitten im Hallo seiner Hubertusritter, kunstreich kutschierend, lärmend. Eberhard Ludwig, hilflos überrascht, zwischen den verstummten, höflich tief geneigten, heimlich feixenden Herren, hochrot, flatternd verlegen, schnaubte durch die fleischige Nase, führte die Gräfin ins Schloß, befahl ein Bad, Erfrischungen. Ein Teufelsweib die Frau! Solcher Ritt! Diese Christl! Ein Teufelsweib!

Die Gräfin zwang ihn, noch im Reitkleid, heiß von der Anstrengung, dick eingestaubt, zu einer Auseinandersetzung. Nicht durchgehen jetzt. Halten. Niederhalten. Fest den Deckel der Vernunft auf das kochende Herz. Äugen, in das unsichtbare Dämmer hineinlugen, ruhig, ein kleiner Irrtum des Augs kann alles verderben. Das Tastende, sich Windende, Ausbiegende, Flatternde, Unklare da anpacken, wieder fest in die Hand kriegen. Jetzt es packen, wo es überrascht ist, nicht auskann, wo kein anderer dazwischenredet, ihm kluge, freche, hinhaltende Maßnahmen einflüstert. Ruhe, ihr zuckenden Nerven. Du stoßendes Herz, Ruhe.

Sie sprach leichthin, trank kleine Schlucke von der Limonade, scherzte über seine Anspruchslosigkeit; die Hubertusritter, die kleine Tänzerin, er gebe es billig mit seiner Gesellschaft. Dann sanfte Vorwürfe. Den Osiander hätte er nicht sollen empfangen. Sie verstehe ja, er wolle sich erlustieren an den groben Späßen des alten Tölpels, aber es werde falsch ausgelegt. Eberhard Ludwig, in dicker Verlegenheit, wußte nicht wohin vor dem grauen Glanz ihrer Augen, wand sich, schwitzte in seinem schweren Rock, schnaufte. Die Frau! Diese Christl! Solcher Teufelsritt! Kam da einfach angesaust auf eins zwei und leuchtete in sein zwielichtiges Nichtein und Nichtaus. Dann fragte sie geradezu, das mit der Herzogin, Versöhnung und so, das sei doch albernes Gerede. Oder nicht? Er, knarrendes Räuspern, ja, natürlich, es sei Geschwätz. Sie aßen vergnügt zu Abend, tranken, allein, ohne die Hubertusritter. Kein Schütz, kein Osiander. Die Gräfin erfüllte mit ihrer unbedenklichen, lärmenden Munterkeit das Zimmer, hüllte den erlösten Eberhard Ludwig ganz darin ein. Teufel! Dieser Ritt! Die Frau! Die Teufelsfrau!

Die Gräfin schlief eine traumlose Nacht, tief, froh, lang. Als sie erwachte, war der Herzog fort. In aller Heimlichkeit, im grauen Morgen, hatte er sich davongemacht. Sie, den devoten, achselzuckenden, innerlich grinsenden Kastellan geohrfeigt, dem Herzog nach, rasend, auf gehetzten Pferden. In Ludwigsburg das Schloß verödet. Kein Herzog. Der Herzog war fort, nach Berlin, den Besuch des Königs erwidernd. Das übliche Prunkgefolge erwarte er außer Landes.

Sie, entzügelt, verzerrt, die Reitpeitsche wippend, zwischen sich in die Wände verkriechenden Lakaien durch die leeren Säle. Endlich im letzten Kabinett, am Arbeitstisch des Herzogs, zwischen den Büsten des August und des Mark Aurel, vor dem Bild des italienischen Meisters, das sie mit den Insignien der Herzogin darstellt, ein Mann in der Perücke der hohen Beamten, unendlich höflich, tief gebückt, süß lächelnd: Schütz. Andreas Heinrich Schütz, ihre Kreatur, ihr Schütz, den sie nobilitiert, zum Geheimrat gemacht hat. Der Diplomat, peinlich nach der Mode die Uniform, nur Halbedelsteine an den Schuhen, was erst vor drei Wochen in Paris aufgekommen war, neigte wieder und wieder in tiefen Komplimenten die mächtige Hakennase, scharrte mit dem Fuß nach hinten aus und versicherte in geläufig näselndem, verbindlichst geschnörkeltem Französisch, ein Gott habe Serenissimus eine Ahnung eingehaucht von Ihro Exzellenz Ankunft, Serenissimus habe aber leider nicht warten können und seinen untertänigsten Diener durch den Auftrag beglückt, mit Ihro Exzellenz zu speisen und ihr dabei eine Eröffnung zu machen. Die Gräfin, hochrot, wild schnaufend, fuhr ihm übers Maul, er solle keine Faxen machen und ihr deutsch und rund sagen, was los sei, oder – und sie gestikulierte mit der Peitsche. Aber der Geheimrat, unbeirrbar höflich, blieb fest, er sei unglücklich, seiner hohen Gönnerin nicht dienen zu können, doch er sei an strikte Ordres gebunden.

Endlich, bei Tafel, mit hundert Komplimenten verbrämt, bestellte er ihr den Befehl des Herzogs, sie habe die Residenz zu verlassen, sich auf ihre Güter zurückzuziehen. Sie schlug ein großes, schallendes Gelächter auf. »Er Spaßvogel, Schütz!« rief sie. »Er Spaßvogel!«, immer haltlos lachend. Der alte Diplomat saß still, verbindlich, mit den scharfen, hellen Augen der Aufgesprungenen, auf und nieder Gehenden folgend. Heimlich bewunderte er sie, wie echt und gar nicht schrill ihr Lachen klang, wie gut sie spielte.

Die Gräfin blieb. Ah!, sie dachte nicht daran, Ludwigsburg zu verlassen. Sie hatte sinnlose Wutausbrüche, mißhandelte die Dienerschaft, zerschmiß Porzellan. Schütz, achselzuckend, er habe lediglich Ordre, ihr den Befehl Serenissimi zu übermitteln, freute sich mit vielen fein gedrechselten Worten, daß er noch weiter das Vergnügen und die Ehre ihrer Gegenwart habe, aber sie bleibe auf ihre Gefahr in der sichern Aussicht allerhöchsten Zornes und finstrer Ungnade. Sie nahmen die Mahlzeiten zusammen. Der alte, in allen Brühen gesottene Intrigant, der sich unter jedem Regime hielt, hatte ehrliche Sympathien für die Gräfin, für die Kühnheit ihres Aufstiegs, und sachkundige

Bewunderung vor den komplizierten geschäftlichen Manipulationen, mit denen ihre Juden in aller Ruhe die geraubten Schätze der Gräfin außer Landes praktizierten. Der dürre, ausgeglühte Kavalier hätte nie geglaubt, daß er eine fette, alternde Frau je noch mit solcher Aufrichtigkeit und Beflissenheit hofieren würde. Sie machten bei Tafel geistreiche, mit hundert frechen Anspielungen gewürzte Konversation, und er wartete mit Spannung, wie weit sie die Auflehnung gegen den strikten Befehl Eberhard Ludwigs treiben würde.

Der Herzog blieb nicht lange in Berlin. Schütz konnte der Gräfin mitteilen, die Herzogin sei gebeten, nach Schloß Teinach zu fahren. Auch Deputierte des Landtags seien hinbeschieden, desgleichen die Gesandten von Baden-Durlach, Kurbrandenburg, Kassel. Der Herzog wolle sich mit seiner Gattin vor Volk und Reich aussöhnen. Lang, still sah die Gräfin den Geheimrat an, der sie ernsthaft und aufmerksam betrachtete. Dann, mit einem erstickten, kleinen Schrei wollte sie aufspringen, fiel ohnmächtig um. Er bemühte sich um sie, rief ihre Frauen. Des Abends ließ er sich wieder bei ihr melden, fragte nach ihren Dispositionen. Sie, ganz stille Hoheit, erklärte, sie gehe auf ihr Schloß Freudenthal, zu ihrer Mutter, die sie vor fünf Jahren dort hatte hinkommen lassen. Schütz fragte, ob er ihr keine Eskorte mitgeben dürfe, er hatte Angst vor Ausbrüchen der Volkswut. Sie, den Kopf zurück, die Lippen schmal, lehnte ab.

Andern Tages zog sie aus Ludwigsburg. In sechs Karossen. Der Geheimrat stand tief geneigt an der Rampe des Schlosses, während ihre Pferde anzogen. Hinter den Portieren der hohen Fenster lugten grinsend die herzoglichen Lakaien. Die Bürger schauten stumm, ohne zu grüßen; zu höhnen wagten sie nicht. Aber der krähende Spott der Straßenjungen flog ihrer Kutsche nach.

Vorausgeschickt hatte sie einen ganzen Wagenpark mit Möbeln und Nippsachen. Das Schloß war kahl nach ihrem Abzug. Selbst das kostbare Tintenfaß des Herzogs fehlte, und die Büsten des August und des Mark Aurel standen sehr nackt vor dem Prunkbild des italienischen Meisters, das die Gräfin darstellte mit den herzoglichen Insignien.

Schütz hatte sie lächelnd gewähren lassen.

Von den vier Zimmern, die Süß beim Sternwirt in Wildbad behauste, mußte er zwei abgeben. Der Prinz Karl Alexander von Württemberg, kaiserlicher Feldmarschall und Gouverneur von

Belgrad, kam früher, als er sich angesagt hatte, und brauchte die Zimmer. Dem Prinzen war die Gräfin tief zuwider. Er war ohne jedes Vorurteil. »Eine rechte Hure, her damit!« pflegte er zu sagen: »aber eine filzige Hure, das ist der scheußlichste Sud des Teufels.« Und die Gräfin galt ihm als eine filzige Hure. So wollte er ihre Abreise abwarten, um ihren Anblick zu vermeiden. Nun sie früher gegangen war, konnte er seinen Würzburger Aufenthalt abkürzen.

Die Kurgäste des Wildbads begafften neugierig die Karosse des ankommenden Prinzen. Karl Alexander, Sieger von Peterwardein, rechte Hand des Prinzen Eugen, kaiserlicher Feldmarschall, zu Wien in hohen Gnaden. Überall in Deutschland, und besonders in Schwaben, hing sein Bild herum, wie er beim Sturm auf Belgrad unter türkischem Kugelregen mit siebenhundert Axtmännern die Höhe emporklimmt. Ein aufregendes Bild. Ein Held. Ein großer General. Bravo. Evviva. Im übrigen politisch völlig belanglos, ein kleiner Prinz aus einer Nebenlinie. Gänzlich ungefährlich. Galanter Herr nebenbei, gefälliger Kamerad, guter Kerl. Das allgemeine Wohlwollen flog ihm entgegen, die Damen vor allem interessierten sich für den Kriegshelden, und die Tochter des Gesandten der Generalstaaten warf ihm ein Lorbeerzweiglein in den Wagen.

Sein Aufzug war nicht gerade stattlich. Ein räumiger, solider, etwas abgebrauchter Reisewagen. Der Prinz selber freilich sehr elegant, das offene, fröhliche Gesicht, jetzt auf der Reise ohne Perücke, in dem schönen, langen, blonden Haar, die hohe, kräftige Statur imponierend in der reichen Uniform. Aber das Gefolge sehr dürftig. Der Leibhusar, ein Heiduck, der Kutscher, das war alles. Nur ein Auffallendes, Luxuriöses: auf dem Rücksitz ein braunschwarzer, schweigender, gravitätischer Kerl, ein Mameluck oder so was, der Prinz mochte ihn auf einem Feldzug erbeutet haben.

Süß und Isaak Landauer standen vor dem Gasthof unter gaffendem, »Hoch!« schreiendem Volk, als der Prinz ankam. Süß starrte neidvoll auf den riesigen, eleganten Mann. Mille tonnerre! Das war nun wirklich ein Prinz und großer Herr. Was sonst sich in Wildbad herumtrieb, reichte ihm nicht an die Achseln. Auch der Braunschwarze machte ihm Eindruck. Isaak Landauer aber taxierte abschätzig und mit gutmütigem Mitleid Kutsche und Livree. »Ein armer Schlucker, der Herr Feldmarschall. Ich sag Euch, Reb Josef Süß, nicht gut für zweitausend Taler.«

Der Prinz war in heiterster Laune. Er war jetzt drei Jahre nicht mehr im westlichen Deutschland gewesen, hatte lang unter den Heiden und Halbwilden seines Gouvernements Serbien gelebt, sich mit Tod und Teufel herumgehaut. So atmete der reife Mann, fünfundvierzig war er geworden, mit Behagen die heimatliche Luft.

Nach der langen Fahrt nahm er zunächst ein Bad, ließ sich von seinem Leibhusaren Neuffer den lahmenden Fuß – ein Andenken an die Schlacht von Cassano – mit Essenzen reiben, saß am Fenster, im Schlafrock, vergnügt, mit dem Kammerdiener plaudernd, während der Schwarzbraune auf dem Boden hockte.

Er war weidlich umgetrieben worden. Von seinem zwölften Jahr an war er Soldat, hatte in Deutschland gefochten, in Italien, den Niederlanden, in Ungarn und Serbien. Nächst dem Prinzen Eugen, den er herzlich verehrte, war er der erste General im Reich. Er hatte in Venedig und Wien die hohe Kavaliersschule durchgemacht, und seine stattliche Tenue, sein gutmütiger, etwas lärmender Humor waren beliebt bei Frauen, beim Wein, auf der Jagd. Was ein kleiner deutscher Prinz aus einer Nebenlinie erreichen konnte, das hatte er erreicht. Intimus des Prinzen Eugen, Wirklicher Geheimer Rat, Kaiserlicher Feldmarschall, Oberbefehlshaber in Belgrad und im Königreich Serbien, Inhaber von zwei kaiserlichen Regimentern, Ritter des Goldenen Vlieses.

In Belgrad war ein ewiger Wirbel von Offizieren und Weibern um ihn. Er fühlte sich wohl in dem unordentlichen Leben, dessen dürftige Regelung von Neuffer, dem Leibhusaren, und dem Schwarzbraunen besorgt ward und das die Belgrader Burg in ein Feldlager verwandelte. Er verdankte die serbische Statthalterschaft seinem Freunde, dem Prinzen Eugen. Er führte auch die militärischen Sicherungen dort unten so durch, daß man seine Methoden als Lehrbeispiele in allen Kriegsakademien rühmte. Und was die Verwaltung anlangte – Kreuztürken!, hier ließ er sich freilich oft mehr von seinem Impuls leiten als von Sachverstand: aber in dem gefährdeten Gebiet war ein Mann, auch wenn er manchmal sich verhaute, wertvoller als irgendein pergamentener Esel vom Hofkriegsrat in Wien.

Wenn den vergnügten, lebensvollen Soldaten eine Sorge ankroch, dann war es immer die nämliche: Geld. Sein Sold war gering, seine prinzliche Apanage lächerlich. Und er konnte nicht knausern. Da saß er als kaiserlicher Statthalter zwischen geschwollenen ungarischen Baronen und Paschas des Großherrn, die strotzten von allen Reichtümern der Königin von Saba. Er war nicht anspruchsvoll, er hatte schon gelebt wie der gemeinste Soldat, Dreck gefressen, daß alle Därme sich umkehrten, auf vereistem Kot geschlafen. Aber er konnte seine Kumpane nicht an leere Tafeln setzen, seine Weiber nicht in Lumpen laufen lassen, seinen Marstall nicht mit Schindmähren füllen.

Am Wiener Hof hatte man nur halbes Ohr für solche Klagen und Achselzucken. Gott, wenn es der Prinz nicht machen wollte, in den Erblanden gab es Herren und Reichlinge genug, die sich nach dem stolzen Posten des serbischen Statthalters sehnten und gern bereit waren, die Repräsentation aus eigener Tasche zu bestreiten. Die Wiener Bankiers hatten dem Prinzen gelegentlich mit kleinen Summen ausgeholfen; jetzt waren sie schwierig, beinahe unverschämt.

Ernsthafte Teilnahme fand er erst in Würzburg, beim Fürstbischof. Er kannte den dicken, lustigen Herrn seit langem, seit den frühen Jahren in Venedig. Dort hatten sie, der Prinz, der jetzige Fürstbischof und Johann Eusebius, jetzt Fürstabt in Einsiedeln in der Schweiz, gute Freundschaft geschlossen. Die drei jungen Herren, alle drei kleine Nebenäste großer Häuser, waren in Venedig, Leben und Politik zu lernen. Die alternde Republik, längst auf dem Abstieg, hielt, eine Kokotte, die nicht Schluß machen kann, noch immer die Allüren einer Weltmacht fest, hatte Gesandtschaften an allen Höfen, die Signoria zweigte über Europa und die neue Welt ein Netz von Intrigen, krampfhaft den Schein großer, lebendiger Politik wahrend. Gerade weil die Maschine leer lief, funktionierte sie um so besser, und der ganze junge Adel Europas studierte in den staatsmännischen Zirkeln der Republik die Routine der hohen Diplomatie.

Die beiden jungen Weltgeistlichen bewunderten sachverständig diesen vollendeten Mechanismus und warfen sich, groß geworden in der Schule der Jesuiten, mit wildem Eifer auf sein Studium. Der schwäbische Prinz aber stand, verständnislos lachend, in dem Wirbel; was er packte, entglitt ihm; so hielt er sich an das rauschende, glänzende Leben der Gesellschaften, Redouten, Klubs, an Theater, Spielsäle und Bordelle. Die jungen Jesuiten amüsierten sich herzlich über sein soldatisch naives Geradezu, gewannen ihn aufrichtig lieb wie einen gutmütigen, großen, täppischen Hund und setzten ihren Ehrgeiz darein, den unraffinierten, liebenswerten Menschen ungefährdet durch die

Strudel des wilden und bedenklichen venezianischen Lebens zu steuern. Mit feinem Lächeln bestaunten die jungen Diplomaten der Kirche soviel laute Harmlosigkeit, soviel gläubiges, lustiges, vertrauensseliges Im-Kreise-Plätschern. Das gab es also noch. Da ging einer herum, machte Visiten, tanzte, spielte, liebte in den Kreisen der Staatsmänner, und alles ohne Zweck, er dachte offenbar gar nicht daran, Karriere zu machen. Und sie faßten zu ihm eine offene, leicht überlegene Zuneigung.

Auf solcher Basis gründete die Freundschaft des Prinzen mit den beiden Jesuiten. Die waren jetzt Prälaten geworden, gefürchtet, standen mitteninne in allen Fragen der großen Politik. Er, der Prinz, saß draußen an der Ostgrenze des Reiches, ein tapferer und berühmter General, von den Herren, die die deutschen Geschicke machten, leicht und wohlwollend belächelt. Er spürte nichts von diesem Lächeln, er ging behaglich und geradeaus seine Straße, und was ihn kratzte, das war allein sein Geldmangel.

In Würzburg, bei Tafel, auch der Fürstabt von Einsiedeln hatte sich eingefunden, sprach er offen mit den beiden Freunden über seine Bedrängnis. Kein Geld, freche Gläubiger, es war eine ewige Kalamität. Man hatte scharf gegessen und sich heiß getrunken, die Kirchenfürsten lüfteten sich, der Prinz knöpfte die Uniform auf.

Der Bischof hatte das Prinzip, eine Antwort niemals auf der Stelle zu geben. Er versprach, den Fall zu überdenken.

Die Prälaten, nachdem sich der Prinz zurückgezogen, saßen im Park, schauten von beschattetem Sitz auf Stadt und Weinberge. Man wird dem Prinzen helfen, natürlich; es war ja sehr leicht, ihm zu helfen. Vielleicht könnte man ihm helfen und zugleich der guten Sache dienlich sein. Sie schauten sich an, lächelten, sie dachten beide das gleiche. Sie hatten dem Prinzen oft in Venedig, in Wien, jetzt in Würzburg katholische Messen gezeigt, sich gefreut über seine naive Begeisterung an Glanz und Weihrauch. Ein kleiner Prinz aus einer Nebenlinie, es stand so viel zwischen ihm und dem Thron, es war keine große Angelegenheit; immerhin, wenn ein Glied des stockprotestantischen württembergischen Hauses für Rom gewonnen würde, der Ordensgeneral würde den Erfolg buchen, ohne ihn zu überschätzen.

Die Arbeit durfte natürlich nicht plump gemacht werden. Kunstgerecht, mit feinen Fäden. Es mußte sich alles geben wie von selbst. Die beiden geübten Herren verständigten sich mit halben Worten; es war ja so leicht, ein vorgezeichneter Weg. Man wird Karl Alexander zunächst an protestantische Stellen weisen, an seinen Vetter etwa, den Herzog, der war durch die Gräfin beansprucht, an die Landschaft, die war kleinherzig, knauserig; man könnte ja für alle Fälle nachhelfen, daß sie bestimmt ablehne. Der Fürstbischof hatte einen Herrn an seinem Hof, den Geheimrat Fichtel, Spezialisten in allen schwäbischen Dingen, der wird das sicher zu Rande bringen. Wenn dann der Prinz eingeklemmt sitzt, kahl, naiv erbittert über die evangelische Filzigkeit, dann läßt man eine katholische Prinzessin auftauchen, die reiche Regensburgerin etwa, die Thurn und Taxis, und die Kirche empfängt den Bekehrten mit Gold und Weihrauch und Gloria.

Ruhevoll und wohlwollend, mit halben, lässigen Worten, spannen die beiden Prälaten das Projekt; von dem beschatteten Sitz im Park, Eis schlürfend, schauten sie auf die schöne Stadt und die besonnten Weinberge.

Der Fürstbischof half somit Karl Alexander mit einer kleinen Summe aus, und der Prinz richtete, um für zwei, drei Jahre aus dem Gröbsten zu sein, ein Ersuchen an die württembergische Landschaft, seine Apanage zu erhöhen oder ihm wenigstens einen größeren Vorschuß darauf zu geben. Das Schriftstück war von dem Geheimrat Fichtel klug und umständlich formuliert, so daß dem Prinzen der Erfolg so gut wie gesichert schien.

Und nun saß er also in Wildbad, mit der gewissen Aussicht auf das Geld, in heiterster Laune. Gewelltes Land, freundlich bewaldet, schaute zu den Fenstern seines Zimmers herein. Er fühlte sich durch das Bad und die Massage des lahmenden Fußes wohlig erfrischt, der Ort schien ihm nach dem Schmutz und der Schlamperei serbischer und ungarischer Dörfer doppelt artig und sauber, und er erwartete gute Zeit. Während er so behaglich zum Fenster hinausschaute und sich von Neuffer rasieren ließ, kam ein Heiduck der Prinzessin von Kurland mit einer verbindlichen Einladung zu einem Kostümfest, einer Wirtschaft, die die Prinzessin anderentags veranstalten wollte. Karl Alexander hatte kein Kostüm, Neuffer befragte den Wirt, der meinte, der Hof- und Kriegsfaktor Josef Süß Oppenheimer werde vielleicht aushelfen können. Oppenheimer? Gegen den Juden hatte der Prinz nichts einzuwenden, ein so scheeles Gesicht der Kammerdiener zog. Aber Oppenheimer hießen die Wiener Bankiers, die ihn so schlecht behandelt hatten. Doch mittlerweile war der beflissene Wirt schon bei Süß gewesen, und jetzt brachte er ein sehr passendes ungarisches Bauernkostüm, das Neuffer mit leichter Mühe für die Statur des Prinzen zurechtschneidern konnte. Karl Alexander schickte dem Süß durch Neuffer einen Dukaten, den Süß dem Neuffer als Trinkgeld gab. Der Prinz wußte nicht, sollte er den Juden prügeln, sollte er lachen. Da er guter Laune war, entschied er sich zu lachen.

Auf dem Fest war die Neugier und die Bewunderung aller um ihn. Die Prinzessin, als ländliche Wirtin gekleidet, sah frischer und reizvoller aus, als er von der Alternden erwartet hätte, und strahlte ihm Wohlgefallen und Neigung entgegen, deutlicher, als selbst die Freiheit des Maskenfestes es erlaubte. Er hatte eine Wirtschaft noch nie gesehen – solcher Mummenschanz war erst vor einem halben Jahr am Dresdener Hofe aufgekommen –, die bäuerlichen Kleider, das grobianische, dörfische Wesen, das zu zeigen man sich mühte, die ganze derbe Luft dieses Abends behagte ihm. Er schwamm in der Achtung der Männer, in der koketten Anbietung der Frauen fröhlich herum. Dann trat man zu einem kleinen Zug an, paarweise, und ein Tübinger Professor und Poet im Kostüm eines Scherenschleifers begrüßte jedes Paar mit saftigen Reimen, deren lustiger Unflat mit Jubel und Gegröl aufgenommen wurde. Selbst der hochmütige sächsische Minister bekam sauer lächelnd seine Fuhre Mist ab, nur der junge Lord Suffolk, in einem prachtvollen römischen Kostüm, wollte zufahren, doch er wurde bedeutet. Des Prinzen Dame war die Wirtin, die Kurländerin. Ihn begrüßte der Reimschmied ernsthafter und nannte ihn unter dem Jubel der Gäste den württembergischen Alexander, den schwäbischen Skanderbeg, den deutschen Achill.

Es fiel Karl Alexander auf, daß alle Gäste ihr Sprüchlein abbekamen, nur einer nicht. Es war ein jüngerer Herr, sehr gut gewachsen, er trug wie ein paar andere eine Halbmaske. Das Kostüm des Florentiner Gärtners hatte er vermutlich mit der Dame verabredet, deren riesiger, bebänderter Strohhut seiner Tracht entsprach, der Tochter des Gesandten der Generalstaaten. Er schien nicht weiter erstaunt, daß man ihn von dem Vorbeizug der Paare an dem Reimschmied ausschloß, er nahm diese offensichtliche Mißachtung in guter Haltung hin, lehnte bescheiden in einem Fenster, sah zu. Der Prinz erkundigte sich nach dem Herrn. Achselzucken: es war der Jud, der Frankfurter Faktor, Josef Süß Oppenheimer.

Ach, das war ja der, der in seinem Gasthof wohnte, der ihm das nette Kostüm geliehen hat, der mit dem Dukaten. Der Prinz hat getrunken, ist gut aufgelegt. Man könnte dem Juden eigentlich ein paar Worte sagen, er lehnt da so bescheiden und allein. Vielleicht auch wird man ihn aufziehen, seinen Spaß mit ihm haben. Der Prinz geht auf Süß zu, viele Blicke folgen ihm: »Weiß Er, Jud, daß ich Ihn fast geprügelt hätte, mit Seinem Dukaten?« Süß nimmt sogleich die Maske ab, neigt sich, lächelt, schaut dem Prinzen von unten her mit einer gewissen schmeichlerischen Frechheit ins Gesicht: »Da wär man nicht in schlechter Kompanie. Wenn ich recht weiß, hat auch der Großwesir des Padischah von Eurer Hoheit Prügel gekriegt und der Marschall von Frankreich.« Der Prinz lacht schallend: »Hör Er, Er weiß Seine Worte zu setzen, als hätt Er's in Versailles gelernt.« Die Florentinerin drängt sich herzu, eifrig: »Er war auch in Versailles, Hoheit.« Und Süß, bescheiden prahlend: »Ja, ich kenne den Marschall, der die Prügel gekriegt hat. Er spricht mit größtem Respekt von Eurer Hoheit. Ich kenne auch Freunde Eurer Hoheit. Den erhabenen Prinzen von Savoyen.«

»Ah, Er gehört zu den Wiener Oppenheimers?« fragte Karl Alexander interessiert. »Nur ein Vetter dritten Grades«, erwiderte der Jude. »Aber die Wiener mag ich nicht, sie haben nicht den rechten inneren Sinn für die großen Herren. Sie denken nur an ihre Ziffern.«

»Er gefällt mir, Jud«, und der Prinz schlug ihm die Achsel und nickte ihm zu, ehe er, einen Kopf größer als die meisten, wieder auf den Ring der Gäste zutrat, die sie umstanden.

Karl Alexander trank, tanzte, sagte den Frauen derbe Galanterien. Später saß er am Spieltisch, Gewinn und Verlust lauter kommentierend, als es Sitte war. Die Bank hielt der junge Lord Suffolk, steif, zeremoniös, schweigsam, mit sparsamen Gesten. Der Prinz gewann, ringsum verlor man. Schließlich hielt er allein dem Engländer Widerpart, heiß, mit etwas benommenem Kopf. Verlor plötzlich in wenigen Schlägen alles, was er hatte. Lachte, zu sich kommend, ein wenig unfrei. Ringsum ein Kreis gespannter Zuschauer. Man glaubte, der Engländer werde Kredit anbieten. Aber der saß, höflich, korrekt, stumm vor dem erhitzten, verlegenen Prinzen. Wartete. Plötzlich stand Süß halb hinter ihm, schmiegsam, gewandt, leise: wenn Seine Hoheit ihm die hohe Ehre vergönnen wolle. Der Prinz nahm an, gewann.

Bevor er ging, sagte er dem Juden, er habe dem Neuffer Auftrag gegeben, ihn beim Lever vorzulassen.

Süß stand verneigt, hoch atmend, küßte die Hand des Prinzen.

Isaak Landauer arbeitete mit Süß an den Geschäften der Gräfin. Die Energie der Gräfin, ihre Zähigkeit in dem Kampf um den Herzog würdigte er mit vielen Sympathien, und er mühte sich, ihren Handel möglichst schlau und sachgerecht zu Ende zu führen. Mit einer Berechnung, die Süß staunende Hochachtung abzwang, wußte er die schärfsten Gegner der Gräfin in dieses große Anleihegeschäft hereinzuziehen, so daß gerade ihre Feinde an der Erhaltung der gräflichen Güter geldlich interessiert waren. Sosehr Süß das geschäftliche Genie Landauers bewunderte, schränkte er dennoch seine Zusammenkünfte mit ihm nach Möglichkeit ein. Er fand, daß der Alte ihn vor dem Prinzen kompromittiere. Der lachte schallend über Kaftan und Löckchen, fragte gelegentlich den Süß, ob er nicht einmal seinem Freund den Neuffer schicken solle, daß er ihm die Perücke kämme. Landauer wiederum wiegte den Kopf, lächelte: »Ihr könnt doch sonst rechnen, Reb Josef Süß. Was steckt Ihr Zeit und Geld in den Schlucker, der nicht gut ist für zweitausend Taler?«

Süß wäre um eine Antwort verlegen gewesen. Gewiß, er sah in dem Prinzen das Ideal aristokratischer Haltung. Die Selbstverständlichkeit, die Sicherheit, mit der er sich gab, das Lärmende, Herrenhafte bei aller Gutmütigkeit, das fürstlich Ausfüllende bei der Dürftigkeit der Mittel imponierte ihm. Aber das war schließlich keine Erklärung. Es hatten ihm auch andere gefallen und imponiert, deshalb steckte man doch noch lange kein Geld in einen so unsicheren Kunden. Was ihn zu dem Prinzen trieb, war ein Anderes, Tieferes. Süß war gemeinhin kein Spieler. Aber er war gewiß, Glück war eine Eigenschaft. Wer jenes heimliche Wissen nicht besaß, jene Gabe, auf Augenblicke zu wissen, untrüglich, unumstößlich, dies oder jenes Unternehmen, dieser Würfel, dieser Mensch bringt Glück, der mochte von den Geschäften die Hand lassen, auf jeden Aufstieg im Leben verzichten. Und untrügliche Witterung band ihn an Karl Alexander. Der Prinz war sein Schiff. Das Schiff mochte abgetakelt aussehen jetzt, dürftig, nicht verlockend, kluge Finanzleute wie Isaak Landauer mochten die Nase rümpfen. Aber er, Süß, wußte, daß dies sein Schiff war, und er vertraute sich diesem unansehnlichen Schiff an, ohne Bedingung und mit allem, was er war und was er hatte.

Karl Alexander behandelte ihn vertraulicher als sonst große Herren, um ihn je nach Laune um so brutaler auszulachen. Keinen Morgen fehlte Süß beim Lever. Einmal, Neuffer ließ ihn ohne weiteres zu, kuschte sich erschreckt ein Mädchen unter die

Decke. Der Feldmarschall, während der Braunschwarze ihn mit Kübeln Wassers übergoß, prustete lachend, sie solle sich vor dem Beschnittenen nicht genieren, und verlegen und beglückt tauchte in den Kissen die junge Aufwärterin auf, mit der auch Süß geschlafen hatte.

Süß nahm die Vertraulichkeiten des Feldmarschalls als Geschenke hin und ließ sich seine Ausbrüche nicht verdrießen. Hatte ihm der Prinz, nachdem er ihn für Mittag bestellt, durch Neuffer sagen lassen, heut stehe ihm der Humor nicht nach hebräischem Gestank, so erschien er des Abends dennoch mit der gleichen lächelnd beflissenen Dienstwilligkeit. Nie hatte ihn ein Mensch so gefesselt wie Karl Alexander, er studierte jede kleinste Geste von ihm mit stiller Aufmerksamkeit, seine Vertraulichkeiten beglückten ihn, seine Brutalitäten imponierten ihm, alles, was der Prinz tat und ließ, diente nur, den Juden fester an ihn zu binden.

Mittlerweile kam Nicklas Pfäffle zurück und meldete, Rabbi Gabriel werde kommen.

Die Gräfin war fort, für seine Geschäfte brauchte Süß den Kabbalisten nicht mehr, die Verbindung mit der Gräfin, die Beteiligung an der Aktion Isaak Landauers war hergestellt. Süß, der glückliche Mensch des Augenblicks, vergaß den Anlaß, aus dem er den Rabbi berufen, wußte nur mehr, daß er ihm keinen andern Anlaß genannt als den dringenden Wunsch, in sein Auge zu sehen, von seinen Lippen zu hören. Er kam sich edel vor und hochherzig, daß er es wagte, an das Verkapselte zu rühren, und hatte in sich jedes Erinnern weggewischt, daß er den Unheimlichen, Unbehaglichen aus sehr anderen Gründen beschickt hatte.

Aber wie Rabbi Gabriel vor ihm stand, war seine schöne, elegant federnde Sicherheit jäh und unerklärbar weg. Er dachte noch: Daß er sich immer so altmodisch trägt! Aber das dachte er eigentlich schon nur nebenher und unüberzeugt. Das scheue, dumpfe Gefühl war über ihm, das unentrinnbar wie die Luft, die man atmete, überall lag, wo Rabbi Gabriel erschien.

»Du hast mich wegen des Mädchens beschickt?« begann die knarrige, mißlaunige Stimme. Der andere wollte erwidern, heftig, sich wehren, er hatte mehrere flinke, schöne Sätze vorbereitet, aber die endlose, hoffnungslose Traurigkeit, die von den trübgrauen Augen ausging, lähmte ihn, wand sich um ihn wie Schnüre. »Oder ist es nicht wegen des Mädchens?« Und trotzdem die Stimme jetzt müde klang und ohne Hebung, schnitt sie wie Hohn, und Süß in seiner guten Haltung und in seinen prächtigen Kleidern schien merkwürdig klein und gedrückt vor dem dicklichen, unansehnlichen Mann, den man für einen höheren Beamten halten mochte oder für einen Bürger.

Er konnte doch sonst so sicher und überzeugend sprechen. Oh, wie behend hüpften ihm die Worte von den Lippen und sprangen an dem Partner hinauf und kletterten hoch an ihm und schmiegten sich in jede Lücke und schwache Stelle. Warum fiel seine Rede jetzt so matt und unüberzeugt, daß er halb im Satz verstummte, ehe er zu Ende war? Gewiß, gab er zu, er habe versprochen, das Kind zu sich zu nehmen. Aber es sei nicht gut, wenn er das jetzt tue. Für ihn nicht und für das Kind nicht. Er habe so tausend Geschäfte und sei so gehetzt und hin und her getrieben. Und bei Rabbi Gabriel sei Naemi doch ganz anders behütet, und wenn er, Süß, sich auch für Bildung interessiere und Geistiges, für das Mädchen komme doch das Weltmännische weniger in Frage als eben die Dinge, die der Oheim besser verstehe als er.

Er flickte diese Argumente zusammen, hastig, fahrig und ohne Kraft. Verstummte. Sah die trübgrauen Augen vor sich, in dem massigen, lustlosen Gesicht die kleine Nase, die breit wuchtende Stirn, senkrecht über der Nase zerschnitten von drei Furchen, scharf, tief, kurz, und er sah, diese Furchen bildeten den heiligen Buchstaben, das Schin, den Anfang des Gottesnamens, Schaddai.

Rabbi Gabriel nahm sich nicht die Mühe, auf die Einwürfe des andern zu erwidern. Er schaute ihn nur an, langsam, mit den trüben steinernen, wissenden Augen, und schwieg.

Und während dieses Schweigens sprang plötzlich schmerzhaft das Verkapselte auf, und das Jahr lag bloß, jenes seltsame und unbegreifliche Stück Leben, das Jahr in der kleinen, holländischen Stadt, das Süß geflissentlich und doch mit einem geheimen Stolz, etwas Störendes und höchst Unpassendes, vor sich und aller Welt versteckte. Er sah das weiße, verschlossene Antlitz der Frau, voll Hingabe und doch so unsagbar fremd, er sah die rührenden, gelösten Glieder, er sah die Tote, die verlöscht war, wie sie aufgeglommen, kaum die neue Kerze gezündet. Er sah das Kind, sich selber in einer seligen und gleichzeitig so entsetzlich drückenden Ratlosigkeit. Er sah den Oheim, den unbehaglichen, unheimlichen, der jäh da war wie selbstverständlich und wie selbstverständlich wieder mit dem Kind ins Dunkle zurücktauchte, sehr selten nur, in einem Zwischenraum von Jahren wieder am Tag.

»Das Kind ist jetzt vierzehn Jahr«, sagte endlich Rabbi Gabriel. »Es macht sich seinen Vater aus meinem Wort. Es ist nicht gut, wenn dann die Wirklichkeit und mein Wort so auseinanderklafft. Ich bin wie der Heidenprophet Bileam«, fuhr der Kabbalist fort mit einem mißgelaunten Lächeln, »ich sollte fluchen, wenn ich ihr von dir spreche, und ich muß segnen. Ich werde sie also ins Land bringen«, schloß er, »daß sie dich sieht.«

Süß erschrak strudelnd tief. Das Kind! Da saß dieser Mann vor ihm, ganz gleichmütig, und sagte ihm einfach: Ich werfe dein Leben um. Ich setze mitten in dein Leben voll Glanz und Frauen und Wirbel das Kind, die Tochter, Naemi. Ich hebe dein Leben aus den Angeln, ich reiße die Kapsel auf, ich reiße dein Herz aus den Angeln.

»Ich bleibe noch hier«, sagte der Kabbalist, »dich aus der Nähe zu beschauen. Wann ich sie bringe, wohin, wie, das sage ich dir noch.«

Als Rabbi Gabriel gegangen war, saß der andere in Wut und Wirrsal. Als kleiner Junge nicht einmal hatte er sich so schelten und dumm machen lassen. Aber er wird es dem Alten sagen, er wird schon die rechten Worte finden, er wird ihm schon dienen, dem alten Hexer in seinem schäbigen, unmodernen Rock.

Aber tief innen wußte er, daß er das nächste Mal genauso stumm und klein sitzen wird wie jetzt.

In Schloß Freudenthal stand vor der Gräfin ihre Mutter, ein gewaltiger Fleischkloß, der sich nur mit Mühe fortbewegen konnte. Erdiges Bauerngesicht unter eisgrauem Haar, äugte die Uralte mit harten, gierigen Blicken die Oberaufsicht über Schloß und Gut, Dienerschaft und Bauern schindend, Geld raffend, langsam, gierig, unersättlich.

Aufgelöst tobte, jammerte die Gräfin: »Aus, Mutter, es ist aus! Davongejagt. Des Hofs verwiesen. Er küßt die alte dürre Gans in Stuttgart, und alle Welt schaut zu. Er will ihr ein Kind machen. Davongejagt. Nach dreißig Jahren davongejagt wie eine Hure, die nicht fürs Bett getaugt hat.«

»Knet ihn, Tochter«, rief mit röchelnd tiefer, heiserer Stimme die Alte. »Laß ihn bluten. Hat's ihn Geld gekostet, wie er heiß war, laß es ihn mehr kosten, wenn er kalt wird. Knet ihn! Walz ihn aus, bis kein Heller mehr herausgeht.«

»Und Friedrich hat dazu geraten!« empörte sich die Gräfin – Friedrich Wilhelm war ihr Bruder. »Gib's ihm, Mutter! Zeig's ihm! Mach ihn klein! Schlag ihn!«

»Ich werde ihn kommen lassen, ich werde hören, ich werd's ihm zeigen«, versprach die Alte. »Aber das ist nicht wichtig«, schloß sie und saß da, quellend von Fett, kolossig wie ein asiatischer Götze, das erdfarbene Gesicht strotzend unter dem eisgrauen Haar. »Du hast Wagen hergeschickt mit Sachen. Das ist gut, Tochter. Schick mehr. Schick außer Landes. Haben, das ist es. Besitzen. Geld haben, Sachen haben. Das andere ist nicht wichtig.«

Die Gräfin wartete, verzehrte sich. Isaak Landauer kam, berichtete, brachte Papiere. Alles Geldliche lief glatt, glänzend. Sie fragte nach dem Kabbalisten. Ja, der war jetzt auf dem Wege nach Wildbad. Es war schwer, ihn zu dirigieren. Ihro Exzellenz möge sich gedulden, in zwei, drei Wochen werde er ihn in Freudenthal haben.

Kaum war der Alte weg, kam die Nachricht von der Zusammenkunft des herzoglichen Paares in Teinach. Es war groß und feierlich zugegangen wie bei einem Beilager. Die verschlissene Elisabeth Charlotte hatte sich und ihre Hofdamen – dies Kuriositätenkabinett von Vogelscheuchen, höhnte die Gräfin – neu und kostbar gekleidet. Die Gesandten der Höfe, die sich um die Herzogin verdient gemacht, waren zugezogen worden, das ganze Kabinett; ihr Bruder, der Gräfin Bruder!, der Schuft, der glatte, giftig züngelnde, hielt eine Rede bei der Festtafel. Auch der engere Ausschuß des Parlaments war geladen. Die Hofkapelle spielte:

> »Der itzt den Feind vertrieben,
> Nun danket Gott nach großer Not!«,

und ihr Bruder, ihr Bruder!, stand dabei, barhaupt und fromm, und Schütz senkte ergriffen die Hakennase. Am ersten Abend gab es Ballett: »Die Heimkehr des Odysseus.« Ah, wie mochten sie alle gegrinst haben, als die böse Circe sich in den Feuerberg stürzte, und wie mochten sich die zähen alten Hofschneppen die Triefaugen wischen, als die fromme Penelope am Spinnrocken saß. Aber sie konnten warten, sie konnten noch lange warten, bis sie sich in den Feuerberg stürzen wird. Dann zog sich das herzogliche Paar zurück, und vor der Tür des Schlafgemachs spielte das italienische Quartett während der Beiwohnung.

Guten Appetit, Lux! Schmeckt's? So was hast du lange nicht gehabt. Spieß dich nicht auf den Knochen! Am zweiten Tag gab es Feuerwerk, prasselnde Raketen schrieben die Initialen der Herzogin flammend an den Himmel, das Volk, den Wanst gestopft mit kostenlosen herzoglichen Würsten, die Blase voll kostenlosen herzoglichen Weins – da ihre Aufsicht fehlte, wird der Kellerer um etwa hundertachtzig Gulden betrügen –, schnupfte gerührt hinauf und grölte: Es lebe die Herzogin!

Als die Gräfin die Meldung erhalten hatte, schloß sie sich ein und schrieb. Den Brief schickte sie durch einen Kurier nach Stuttgart. Er ging an den Kammerdiener des Herzogs, enthielt eine Anweisung auf dreihundert Gulden und das Versprechen weiterer achthundert, falls er ihr vom Blut des Herzogs verschaffe.

Dieser Brief war übereilt und töricht, und schon wenige Stunden, nachdem der Kurier abgegangen, bereute die Gräfin. Niemals hatte sie dergleichen schriftlich aus der Hand gegeben. Zum erstenmal, daß sie sinnlose Wut nicht hatte zu Ende toben lassen, ehe sie handelte. Auch Isaak Landauer war schuld mit seinem verflucht zögernden Kabbalisten.

Als der Kammerdiener Eberhard Ludwigs den Brief erhalten hatte, rechnete er. Vor dem Fest in Teinach wäre er wahrscheinlich noch der Gräfin zu Willen gewesen. Jetzt nach dem Teinacher Zeremoniell war es ausgemacht, daß die Gräfin nichts mehr zu hoffen hatte. Es waren also von ihr die achthundert Gulden herauszuholen, vielleicht ein paar Hundert mehr, und sonst nichts. Der Herzog hinwiederum wollte vor der Gräfin Ruhe haben, er wäre sicher dankbar für einen Vorwand, sie aus dem Lande zu jagen. Es war also klar, wo der Vorteil lag. Der Kammerdiener ging somit zu dem Präsidenten der Landschaft, ließ sich von dem für seine Tapferkeit tausend Gulden zahlen und übergab den Brief dem Herzog.

Eberhard Ludwig stand, der schwere, dumpfblütige Mann, einen Augenblick starr gebunden vor dem Unfaßlichen. Winkte dann dem Diener heftig Entfernung, schluckte, keuchte, stapfte auf und nieder, schnaubte durch die Nase. Jedes Blutteilchen gor dunkle Wut. Er war also betrogen. Er, er!, der Herzog war dreißig Jahre von einer verfluchten Hexe und Vettel betrogen. Die andern, die Bürgerkanaille, die greinenden Pfeffersäcke von der Landschaft, die kahl und dürr predigenden Pfaffen vom Konsistorium, der schäbige Preußenkönig, die ewig beleidigte, zitronensaure Johanna Elisabetha, sie hatten recht, sie hatten dreißig Jahre, dreißig Jahre!, recht gehabt gegen ihn, den Herzog.

Mord und Marter! Er hat Frauen gehabt von allen Sorten, blonde, schwarze, kastanienfarbene. Hat sich in kleine, spitze Brüste vergafft und in mächtige, schwimmende, in massige Hüften und in knabenhaft gestraffte, in feine, lange, braunglänzende Schenkel und in weiche, rosig-fette. Er hat müde, schlaffe, lässige Weiber gehabt und rasende, die das Mark aus den Knochen holten bis auf den letzten Zoll. Haben sich Weiber in ihn vernarrt ohne Zahl, herrliche, üppige, umstrittene. Er ist ja auch, Teufel noch eins, ein Kerl in Saft und Schuß und steht in aller Gloria dieser Welt. Haben sich an ihn gehängt mit Herz und Schoß und allem Blut, haben erlöst gestöhnt unter seinem Griff. Waren bessere, Kreuztürken, waren bessere dabei als die Christl. Aber er hat sich an keine verloren. Er hat sie gehabt und hat gelacht und ist darüber weg.

Daß ihm gerade die Christl so im Blut stak, dieses dumpfe Verhaftetsein und Beklommenheit und Nicht-Wegkönnen, natürlich war das nicht mit rechten Dingen zugegangen. Und er hat's nicht gemerkt und saß mit dem Gift und verruchten Zauber im Leib. Oh, oh! Das Hurenmensch, das vermaledeite! Die Zeilen jenes Protokolls krochen auf ihn zu, wandelten sich in fratzenhafte, scheusälige Bilder. Die schwarze Kuh mit dem abgehauenen Kopf, der Bock mit den abgeschnittenen Hoden. Sie mochte sich wohl eine Puppe von ihm gemacht haben, einen Teraph, sein Herz und lebendiges Blut in das Bild hineinzuzaubern, und der Satan, der neunschwänzige, mochte wissen, was für verfluchte und unflätige Hantierung sie mit dem Gebannten getrieben.

Aber jetzt war er ihr auf das Handwerk gekommen. Jetzt war es aus mit allem Zauber und vermaledeiter Hexerei. Er wird ihr zeigen, daß er auch den letzten Tropfen ausgeschwitzt von ihrem Höllengift und Satanstrank.

Er schrieb, siegelte, befahl Räte, Offiziere. Ein hastiges, heimliches, wichtiges Gewese hub an.

Schon andern Tages in aller Frühe erschien ein Detachement Husaren in dem Dorfe Freudenthal. Die Soldaten rückten vor das Schloß, besetzten alle Ausgänge. Der Führer, Oberst Streithorst, gefolgt von seinem Adjutanten, ging, an dem schlotternden Kastellan vorbei, in die Vorhalle. Hier trat ihm der Haushofmeister entgegen, an allen Türen tuschelte aufgeregte, ängstlich neugierige Dienerschaft. Die Exzellenz sei nicht zu sprechen, erklärte hastig der Haushofmeister, die Exzellenz sei noch zu Bette. So werde er einige Minuten warten, entgegnete gelassen der Offizier und setzte sich. Und der Haushofmeister dringlich, überhastet: die Frau Gräfin sei unpaß, sie bedaure sehr, überhaupt nicht empfangen zu können. Wenn der Herr Oberst Ordres von Seiner Durchlaucht bringe, möge er sie dem Sekretär übergeben. Der Oberst, immer korrekt und kühl, es sei ihm leid, er habe Befehl, unter allen Umständen die Frau Gräfin selbst zu sprechen.

Über dem erschien die Mutter der Gräfin. Kolossig stand die erdfarbene Uralte in der Tür, die zu den Zimmern der Tochter führte. Der Oberst salutierte, wiederholte, unerregt und sachlich, seinen Auftrag. Die Alte mit ihrer röchelnden, tiefen Stimme herrschte ihn an, er solle sich scheren; er wisse so gut wie sein Herr, ihre Tochter sei reichsunmittelbare Gräfin, nur der römischen Majestät unterstellt. Der Offizier achselzuckte, er sei kein Jurist, und so gehe sein Auftrag, und er gebe der Frau Gräfin eine halbe Stunde Zeit, sich anzukleiden; dann werde er die Tür sprengen lassen. Keifend und massig pflanzte die Alte sich hin: das sei Landfriedensbruch, und man werde sich bei schwäbischer Reichsritterschaft beschweren, und sein Herr werde es schwer büßen müssen, und er werde schimpflich kassiert werden. Es seien jetzt noch sechsundzwanzig Minuten, erwiderte der Oberst.

Die Gräfin indes, in rasender Eile, fegte in ihren Zimmern herum, verbrannte Papiere, schichtete, siegelte, übergab ihrem Sekretär. Als der Offizier bei ihr eindrang, lag sie in einem prunkvollen Nachtgewand zu Bett, richtete sich hoch, ganz empörte Unschuld. Fragte mit schwacher Stimme, was man von ihr wolle. Herr von Streithorst entschuldigte sich, er habe strikte Ordre von dem Herrn Herzog selbst, Ihre Exzellenz unter Bedeckung fortzubringen. Kreischen der Zofen, haßerfüllte, röchelnde Beschimpfungen der Alten, Ohnmacht der Gräfin. Der Offizier unerschütterlich. Als sie wieder zu sich kam, während die Alte den Oberst als Mörder begeiferte, sagte sie, die Stimme gebrochen und wie die eines kleinen Mädchens, sie sei in seiner Gewalt, sie wisse, daß er sie wegführen könne, ehe die Reichsritterschaft gewaffneten Widerstands fähig sei. Sie sei sehr ernstlich krank, dieser Überfall habe ihr schlimm zugesetzt, und wenn er darauf bestehe, sie in solchem Zustand wegzubringen, so werde das ihr Tod sein. Sie sprach mühsam, in Atemnot, ringsum flennten die Zofen. Es dauerte vier Stunden, bis der Oberst sie in der Kutsche hatte und sie inmitten der Reiter in den regnichten Tag wegführen konnte. Die Mutter und zwei Zofen begleiteten sie. An ihrem Weg standen dumm glotzend ihre Bauern. Aber die Freudenthaler Juden hatten sich in ihrem Betsaal versammelt, in großer Angst um Leib und Gut, und beteten für ihre Schützerin.

Die Gräfin wurde nach Urach gebracht und dort als Standesperson in allem Respekt gehalten, durfte aber Schloß und Park nicht verlassen. Sie gab sich hochfahrend, schikanierte die Dienerschaft bis aufs Blut und verblüffte sie durch ungeheure Trinkgelder. Den Kommissaren des Herzogs verweigerte sie jede Auskunft, sie habe als regierende Reichsgräfin nur dem Kaiser Red und Antwort zu stehen. Als gar die schwäbische Reichsritterschaft sich in die Sache mengte und über ihre durch die Verhaftung der Gräfin in dem reichsfreien Rittergut Freudenthal verletzten Rechte klagte, triumphierte sie, und ihr Sachwalter erhob in Wien Klage in einer Sprache, wie sie gegen das württembergische Haus noch nie geführt worden war. Überall im Reich sprengten ihre Agenten Gerüchte aus, wie groß die Rechtsunsicherheit sei im Herzogtum, wenn nicht einmal die Freiheit ritterschaftlicher Person gewahrt würde. Isaak Landauer erklärte, sacht den Kopf wiegend, dem Gesandten der Generalstaaten, unter solchen Umständen sei es eine mißliche Sache, in Württemberg Kapital stehenzulassen, seine Worte wurden in den Kontoren der großen Geldleute kolportiert und wirkten gefährlich weiter.

Im herzoglichen Kabinett verfolgte Geheimrat Schütz aufmerksam und bewundernd alle Schachzüge der Gräfin. Er ließ sie lange gewähren; dann aber bremsten er und der Bruder der Gräfin jäh und wirksam. Bei den Reichsrittern war einzusetzen. Der Herzog, selbstherrlich, haßte diese Körperschaft und lag ständig mit ihr in Fehde. Er lief rot an, nannte man nur den Namen, und hatte blindwütig mit eigener Hand aus dem Kirchenlied: »O heiliger Geist, kehr' bei uns ein«, die Verse gestrichen: »Laß uns dein' Salbungskraft empfinden, stärk' uns zu deiner Ritterschaft«. Aber diesmal mußte er sich überwinden, er mußte nachgeben. War die Ritterschaft der Teufel, so war die Gräfin seine Großmutter. Er anerkannte also die Klage der Ritter, entschuldigte sich höflich und in bester Form und gewährte auch andere Genugtuung, vor allem war er bereit, in einer strittigen Frage über die Befreiung der Ritter vom Weinzoll nachzugeben. Da bei weiterem Widerstand nur Ehre, bei Nachgeben aber etwa siebzigtausend Gulden zu gewinnen waren, zog die Ritterschaft ihren Protest zurück. Damit war auch die Wiener Klage erledigt.

Der Wind war aus den Segeln der Gräfin genommen, überall flauten ihre Anhänger ab. Schütz benutzte ungesäumt diese Flauheit, dem Handel für alle Zeit ein Ende zu machen. Die Gräfin wurde nach der Festung Hohen-Urach gebracht in engeren Gewahrsam, niemand von ihren Freunden hatte Zutritt. Die Dämme, bisher der Volkswut entgegengestellt, wurden niedergerissen. Allerorts erschienen Pasquille und schmähliche Karikaturen, in Kannstatt wurde eine Puppe mit den Zügen der Gräfin unterm Gejohl des Pöbels erst ins Hurenhaus gebracht, dann gestäupt und auf den Schindanger geworfen.

Unterdes suchte die Mutter ihren ältesten Sohn auf. Der aalglatte, eiskalt hochmütige Minister saß vor der schimpfenden Greisin geduckt wie ein Hosenmatz. Er legte dar, der Übermut und politische Ehrgeiz der Schwester hätte auf die Dauer sie alle ins Unglück gestürzt, so habe er eingreifen müssen. Jetzt, wo sie politisch außer Spiel gesetzt sei, werde er sein Bestes tun, ihren Abgang zu retten. Er denke nicht daran, ihr Vermögen anzutasten.

Der Vergleich, den man der Gräfin vorlegte, war denn auch von Anfang an günstig. Es zeigte sich, wie fein Isaak Landauer alles eingefädelt hatte. Alle Welt war interessiert, der Gräfin in Württemberg liegendes Vermögen zu retten. Der kaiserliche Gesandte, ihr Bruder, der Sachwalter des Kammergutes, wer immer in der Affäre mitzureden hatte, wirkte in solchem Sinn. So mußte sie zwar ihre Güter Brenz, Gochsheim, Stetten, Freudenthal abtreten und sich zu der Zusage bequemen, keine Forderungen und Ansprüche weiter an das fürstliche Haus zu machen, desgleichen das Herzogtum nie wieder zu betreten: aber Isaak Landauer hatte eine letzte ungeheure Summe für sie erpreßt, deren Höhe selbst ihre Juden nur zu flüstern wagten, und die Nutznießung vieler Liegenschaften blieb ihr auf Lebenszeit. Sie zählte zu den vermögendsten Damen des Römischen Reichs, als sie das Herzogtum verließ.

Eine starke militärische Eskorte begleitete sie außer Landes.

Ihre Straße war gesäumt von johlendem, Kot schmeißendem Volk. Vor ihr, hinter ihr, in endloser Reihe schleppten Wagen Kleider, Hausrat, Zierat.

Erst als das letzte Stück über der Grenze war, folgte, allein in der Kutsche, erdfarben, kolossig, unbeweglich die Alte.

Bei dem Prälaten von Hirsau, Philipp Heinrich Weißensee, Konsistorialrat und Mitglied des engeren parlamentarischen Ausschusses, war ein Gast eingekehrt, der Geheimrat Fichtel vom Hof des Würzburger Fürstbischofs. Die beiden Herren waren seit Jahren befreundet, der schlanke, weltmännische Protestant und der unscheinbare Diplomat des Fürstbischofs mit dem kleinen, klugen Gesicht. Beide passionierte Puppenspieler, undurchsichtig für ihre Umgebung, schlossen sie sich gegenseitig die Mechanik ihrer Künste auf, freuten sich kennerisch an dem feinen Getriebe der zahllosen Fädchen württembergisch-protestantischer Parlamentspolitik und höfisch-katholischer Diplomatie. Der Jesuitenschüler wie der protestantische Prälat liebten die Politik um ihrer selbst willen; wenig lag ihnen am Ziel, viel an seiner kunstgerechten Verfolgung.

Im Herzogtum schätzte man Weißensee, aber er war den meisten unbehaglich. Seine gelassene Liebenswürdigkeit und die leicht skeptische Überlegenheit seiner weitschichtigen Bildung legten eine feine Wand von Fremdheit und Undurchdringlichkeit zwischen ihn und die zahllosen Bekannten, die seine großen, behaglichen Räume füllten. Er war ein ausgezeichneter Mathematiker, war eng befreundet mit den beiden besten Theologen des westlichen Deutschlands, dem stillen, ernsthaften, wahrhaft frommen Johann Albrecht Bengel und dem geraden, festen Georg Bernhard Bilfinger. Seine kritische Ausgabe des Neuen Testaments, bis jetzt freilich nur zum kleineren Teil erschienen, war weit über Württemberg hinaus berühmt, sein Wort mit ausschlaggebend im landschaftlichen Ausschuß.

Aber es fehlte seiner mannigfachen Beschäftigung die Wärme. Wohl erfüllte er alles, daran er Hand legte, bis in jede Ecke mit Tätigkeit und sachkundigem Betrieb. Doch ob es das Neue Testament war oder ein Referat im Landtag oder die Anpflanzung einer neuen Sorte in seiner Obstkultur, er nahm es spielerisch, es gab nichts, das ihm über die Nerven hinaus ins Herz drang.

In den weiten Räumen mit den mächtigen, weißen Vorhängen ging groß und schlicht seine Tochter Magdalen Sibylle herum, neunzehnjährig, bräunliches, männlich kühnes Gesicht, weite, blaue, erfüllte Augen, sehr merkwürdig und verwirrend unter dem dunkeln Haar. Die Mutter war früh gestorben, zu der immer gleichbleibenden, lauen Freundlichkeit des Vaters fand sie keinen Weg. Der Umgang mit der Tochter des Stuttgarter Landschaftskonsulenten, Beata Sturmin, und die Lektüre Swedenborgs hatten die Vereinsamte in pietistische Zirkel getrieben.

Denn es blühten die Konventikel im Land, die Bibelkollegien. Trotz aller Verbote und Strafen traten unter der Not der Zeit überall im Herzogtum Gläubige und Erweckte auf. Freilich gab es in dem kleinen Hirsau keine Heilige wie Magdalen Sibyllens Stuttgarter Freundin und Führerin, die blinde Beata Sturmin, die mit Gott im Gebet rang, ihm die Ohren mit Verheißungen rieb, die er erhören mußte, ihm durch wahllos zufälliges Aufschlagen von Bibelstellen Orakel abnötigte. Aber es lebte in dem stillen Ort ein gewisser Magister Jaakob Polykarp Schober, der die Schriften Poirets, Böhmes, Bourignons, Leades, Arnolds gelesen hatte, auch die verbotenen Bücher vom Ewigen Evangelium und der Philadelphischen Sozietät, ein gutmütiger, einfältiger Mensch, der sanft vor sich hin trieb und lange sinnierende Spaziergänge liebte. Der hielt in Hirsau ein Bibelkollegium ab, und daran nahm auch Magdalen Sibylle teil, die Tochter des Prälaten. Die weiten, blauen Augen unter dem dunkeln Haar in ein Fernes, Erträumtes versenkt, saß sie groß und schön mit dem männlich kühnen, bräunlichen Gesicht unter den Frommen, Armseligen, Gedrückten, Blassen, Verhutzelten des Collegium Philobiblicum, sie suchte durch zufälliges Aufschlagen der Schrift Orakel, sie kämpfte im Gebet mit Gott, daß er ihrem Vater Gnade und Erweckung fließen lasse.

Der würzburgische Geheimrat war ihr in tiefer Seele zuwider, und sie grämte sich ab, den Vater in dieser weltlichen, heidnischen Gesellschaft zu sehen. Der Katholik hatte von dem neumodischen Zeugs mitgebracht, das die Kannibalen erfunden haben, Kaffee hieß es, und von dem mußte man ihm einen schwarzen, stark riechenden Saft bereiten. Magdalen Sibylle schaute mit scheuen, angewiderten Augen, wie auch der Vater von dem Teufelstrank genoß, und betete mit aller Inbrunst, Gott möge ihn nicht daran vergiften lassen.

Da saßen nun die beiden Männer bei solchem Trank oder beim Wein und sprachen endlos über die eitlen Dinge des Reiches und ganz verruchten Kirchenbabylons, Politik und Geld und Verfassung und Titel und Militär und Prozesse. Statt von dem Gesicht Gottes und seiner Herrlichkeit, wie es Dienern Christi ziemte.

Der Geheimrat kam natürlich auch auf den Prinzen Karl Alexander zu sprechen, der jüngst bei dem Fürstbischof zu Gast gewesen. Weißensee kannte den Prinzen auch. Ein scharmanter Herr. Sein Ruf drang von der untern Donau bis an den Neckar. Ein edles Blatt am Zederbaume Württembergs. Der Geheimrat sprach von den finanziellen Schwierigkeiten des Prinzen, er habe ja auch eine Eingabe an die Landschaft gemacht, soviel er wisse, um Erhöhung seiner Apanage. Ja, Weißensee hatte die Eingabe gelesen, der Stil sei ihm bekannt vorgekommen. In der Kanzlei des Prinzen jedenfalls sei das Schriftstück nicht entstanden; jetzt, nachträglich, sei es ihm, als erkenne er in gewissen Wendungen die Manier seines verehrten Freundes, schloß er lächelnd.

Die Herren saßen bequem in dem lauen Abend, tranken. Aber seitdem die Rede auf diese Affäre gekommen war, fiel Rede und Antwort in längerem Abstand, gewogener, und unter der lässigen Maske barg sich Bereitschaft. Wie die Dinge jetzt lägen, meinte Weißensee, vorsichtig, ausholend, sei es sehr erwägenswert, dem verdienten Prinzen die kleine Summe zu gewähren.

Das würde den Bischof menschlich gewiß sehr freuen, antwortete langsam der Geheimrat Fichtel, und man konnte seinem klugen, kleinen Gesicht ablesen, wie er vorsichtig die Worte formte, daß sie nichts sagen, doch alles bedeuten sollten. Der Bischof sei ja dem Prinzen sehr befreundet. Aber der bischöfliche Stuhl als solcher habe gar kein, sein verehrter Freund möge ihn wohl verstehen, aber auch gar kein Interesse daran, ob die Landschaft dem Prinzen helfe oder nicht. Die bischöflichen Kassen seien wohlgefüllt; wenn Seine Eminenz den württembergischen Herren den Vorrang gelassen habe, dem Prinzen aus der Not zu helfen, so sei das eine höfliche Geste, sonst nichts. Der Geheimrat verstummte, schlürfte seinen Kaffee.

Weißensee betrachtete ihn aufmerksam, sagte sacht: »Wenn ich Sie recht verstehe, Lieber, liegt dem Bischof wirklich nichts daran, ob wir das Geld geben oder nicht.«

Die Herren sahen sich an, behutsam, freundlich. Dann sagte der Katholik: »Wenn ich im Ausschuß säße, ich würde dagegen stimmen. Gerade jetzt, nach dem Zusammenbruch der Grävenitz, keine Konzession an das fürstliche Haus.«

Und die beiden Diplomaten lächelten sich zu, höflich, verständnisvoll, einander sehr gewogen, mit dünnen, feinen Lippen.

Als das Gesuch des Prinzen im landschaftlichen Ausschuß zur Sprache kam, war man geneigt, es zu bewilligen. Nach dem Sturz der Gräfin waren die Elf gemütlichen Humors, gebelustig. Das Referat hatte der plumpe, polternde Bürgermeister von Brackenheim, Johann Friedrich Jäger. Er führte aus, der Prinz Karl Alexander sei ein großer Herr und Feldmarschall, trage die württembergische Gloire über den Erdkreis und verbreite den Respekt vor schwäbischer Courage und Maulschellen bei Mohren, Türken und sonstigen Heiden; auch habe der Herzog das Saumensch, das pockennarbige, abgeschafft. So könne man sich nobel zeigen und die paar tausend Gulden spendieren. So ungefähr ging auch die Stimmung der andern. Da erhob sich Weißensee, und mit seiner feinen, höflichen, geschmeidigen Stimme warf er wie beiläufig hin, die Großmut und noble Manier der wohllöblichen Herren Kollegen sei hoch zu schätzen, auch gönne er dem verdienten Helden das Geld. Nur sei die Frage, ob es praktisch sei, gerade jetzt den Herzoglichen entgegenzukommen. Der Herzog habe endlich mit der Gräfin Schluß gemacht, gut. Aber das sei ja schließlich nur seine vermaledeite Pflicht und Schuldigkeit gewesen, und wenn man jetzt durch besonderes Entgegenkommen danke, so stemple man dadurch die Selbstverständlichkeit gewissermaßen zur Gnade und sanktioniere auf solche Art hinterher die Halsstarrigkeit, die der Herzog die dreißig Jahre hindurch bewiesen. Er stimme also dafür, das Gesuch Karl Alexanders abzulehnen, ohne daß dies eine Gehässigkeit gegen den sympathischen Prinzen bedeuten solle.

Die Mitglieder des Ausschusses wiegten die schwerfälligen Schädel, schwankten, waren schon überzeugt. Weißensee hatte sie gepackt, wo sie am schwächsten waren. Ja, das war es! Dem Herzog zeigen: keinen Schritt geben wir nach. Unsere Privilegien sind nicht auf dem Papier, wir brauchen sie. Das war etwas.

Das Gesuch des Prinzen Karl Alexander, Kaiserlichen Feldmarschalls, Hoheit, wurde abgelehnt.

Rabbi Gabriel hielt sich in Wildbad still, zurückgezogen. Gegen Abend pflegte er in der Umgegend spazierenzugehen. Regenwetter hatte eingesetzt. Er ging durch die feuchte, laue Luft, den Schritt schwerfällig, den Rücken leicht rund, den Kopf geradeaus, den Blick auf niemand. Er ging, so unauffällig er war, zwischen

Verstummenden, Aufschauenden, Betroffenen. Geraun stand auf hinter ihm, das Gerede vom Ewigen Juden war wieder da. Dreimal durchforschten die Behörden die Papiere des gleichmütig mürrischen Herrn. Sie waren in Ordnung. Er war legalisiert von den Generalstaaten als Mynheer Gabriel Oppenheimer van Straaten, er hatte den großen Paß, der alle Behörden ersuchte, ihm jeden Vorschub zu tun.

Der Prinz Karl Alexander hatte natürlich auch von dem seltsamen Badegast gehört und daß er mit seinem Leibjuden, dem Süß, zusammenstecke. Es kam den Prinzen nachgerade eine leise Ungeduld an, wie er da so endlos auf das Geld von der Landschaft wartete, und er begann sich zu langweilen. Er hatte sich in Venedig und auch sonst wie so viele andere große Herren mit Sternlesekunst und anderer Magie abgegeben, vor allem sein Freund, der Fürstabt von Einsiedeln, beschäftigte sich viel mit solchen Dingen. Erst in Würzburg hatte er wieder von einem Magus erzählt, den er jetzt an seinem Hof hielt und in den er großes Vertrauen setzte. Der Prinz verlangte also von Süß geradezu, er solle ihm den Kabbalisten beibringen und vor ihn hinstellen. Süß wand sich und drehte sich. Er wußte, Rabbi Gabriel wird sich zu solcher Schaustellung nie hergeben. Schließlich fand er einen Ausweg. Wenn der Rabbi bei ihm sei, werde er dem Prinzen Botschaft schicken. Suche dann der Prinz ihn auf, so ergebe sich zwanglos eine Zusammenkunft mit dem Rabbi. Karl Alexander erklärte lachend sein Einverständnis.

Der Kabbalist sagte zu Süß: »Ich werde also das Mädchen ins Schwäbische bringen. In der Nähe von Hirsau hab ich ein kleines Landhaus gefunden, ganz abgelegen. Laß das Haus kaufen. Es ist mitten im Wald, weitab von den Menschen. Nichts Schlechtes kann dort an sie hin.«

Süß nickte stumm. »Es wäre gut«, fuhr Rabbi Gabriel mit seiner knarrigen Stimme fort, »wenn auch du dich wegmachtest aus dem Leben hier und deinen Geschäften. Wenn du in der Stille bist, am Ufer, dann siehst du, daß dein Rauschen und Getrieb wirbelndes Nichts ist. Es ist Narrheit, daß ich an dich hinrede«, schloß er unwirsch. Er sah das Gesicht des Süß, er sah Fleisch und Knochen und Blut und kein Licht, und er war zornig auf jene tiefe und heimliche Bindung, die ihn gerade an diesen Menschen zwang zu immer weiteren Niederlagen. Oh, wieviel Ströme mußten kreisen, bis aus diesem Stein Leben sprang.

Wie er gehen wollte, ward die Türe aufgerissen, und an Dienern in Haltung vorbei kam der Prinz ins Zimmer, leicht hinkend, lärmend: »Ah, Er hat Besuch, Süß?«, und warf sich in einen Sessel. Rabbi Gabriel neigte sich, nicht tief und ohne Hast, und beschaute gleichmütig und aufmerksam den Prinzen, während Süß in tiefer Verbeugung stand. Vor dem ruhigen, trübgrauen Auge des Kabbalisten verlor der Prinz seine polternde Sicherheit, ein peinliches Schweigen legte sich zwischen die drei, bis Süß es löste: »Dies ist Seine Hoheit, Oheim, der Prinz von Württemberg, mein erhabener Gönner.« Da Rabbi Gabriel noch immer schwieg, sagte der Prinz, und sein Lachen klang nicht ganz frei: »Er ist wohl der geheimnisvolle Fremde, von dem hier alles schwatzt? Er ist Alchimist, kann Gold machen, was?«

»Nein«, sagte Rabbi Gabriel, unerregt. »Ich kann kein Gold machen.«

Der Prinz hatte den Handschuh ausgezogen, wippte ihn gegen den Schenkel. Aus dem massigen, bartlosen Gesicht mit der kleinen, platten Nase starrten ihn unbehaglich die viel zu großen grauen Augen an mit traurigem, trübem Feuer. Er hatte sich den Magus ganz anders vorgestellt; er erinnerte sich des amüsierten Kitzels, mit dem er gewissen magischen Séancen sonst beigewohnt hatte. Das hier war so dumpf, als wiche langsam die Luft aus dem Zimmer.

»Ich habe viel Interesse für alchimistische Experimente«, sagte er nach einer Weile. »Wenn Ihr zu mir ziehen wollt, nach Belgrad« – er gebrauchte jetzt das höflichere Ihr –, »ich bin nicht reich, Euer Neffe weiß das wahrscheinlich besser als ich, aber ein auskömmliches Jahrgehalt wird zu beschaffen sein.«

»Ich bin kein Goldmacher«, wiederholte der Kabbalist.

Wieder das Schweigen, das trist rinnend, lähmend das Zimmer füllte, sich um die Menschen legte, ihre Sicherheit, Unbedenklichkeit wegdrängte. Plötzlich, mit einer jähen Bewegung, als wollte er Fesseln mit Gewalt zerhauen, riß der Prinz die linke Hand hoch, dem Kabbalisten vors Auge. »Aber das könnt Ihr mir nicht abschlagen, Magus!« lärmte er mit einem bewölkten Lachen. »Sagt mir, was Ihr drinnen lest!« und drängte ihm die Handfläche vor das Gesicht. Es war eine merkwürdige Hand. Während ihr Rücken schmal, lang, behaart, knochig erschien, war ihr Inneres fleischig, fett, kurz.

Rabbi Gabriel hatte einen Blick auf die Hand nicht vermeiden können. Eine wilde, erschreckte Bewegung kaum unterdrückend, wich er einen halben Schritt zurück. Beklommenheit, grauer noch, enger, drückender, nebelte herab. »Sprecht doch!« drängte der Prinz. »Ich bitte Euch, erlaßt es mir!« entgegnete, kaum noch gefaßt, der Kabbalist.

»Wenn Ihr mir Schlechtes zu prophezeien habt, glaubt Ihr, ich falle in Freisen wie eine blutarme Jungfer? Ich bin in hundert Schlachten gestanden, ich habe mich übers Sacktuch duelliert, der Tod ist mir um Fingerbreite vorbeigepfiffen.« Er versuchte zu lachen. »Glaubt Ihr, ich kann's nicht hören, wenn ein alter Jud mir Unheil wahrsagt?« Und da der andere schwieg: »Kriecht nicht in Starrsinn wie eine Schildkröte in ihr Haus! Heraus mit der Sprache, mein Kalchas, mein Daniel!«

»Ich bitte Euch, erlaßt es mir!« sagte der Kabbalist. Er hob nicht die Stimme, aber seine Augen schauten, vereiste Seen, auf den Prinzen, daß der einen Augenblick kein Wort fand. Scharf, tief, kurz zackten die drei Furchen in die breite Stirn des Rabbi wie ein fremder, unheimlicher Buchstab. Aber da sah der Prinz den Süß, der gespannt und verängstigt zurückgewichen war, und er bäumte hoch, daß er so lächerlich und klein vor dem Alten stehe, und, ihm nochmals die Hand vor die Augen drängend, schrie er herrisch: »Rede!«

Rabbi Gabriel sagte, und sein mürrischer Alltagston fiel unheimlicher in die Erregung des Prinzen, als alle großen Gesten und magisches Gewese es hätten tun können: »Ich sehe ein Erstes und ein Zweites. Das Erste sag ich Euch nicht. Das Zweite ist ein Fürstenhut.«

Der Prinz, verblüfft, lachte durch die Nase. »Mille tonnerre! Ihr gebt's dick, Herr Magus. Ganz Gold und Purpur. Nicht so obenhin wie sonst ein Chiromant und Astrologus: großer Glanz und Gloire oder so. Sondern rund und nett und klar ein Fürstenhut. Kotz Donner! Da kann sich mein Vetter freuen.«

Rabbi Gabriel erwiderte nicht. »Ich reise heute abend«, wandte er sich an Süß. »Es bleibt bei dem, was ich dir sagte.« Er neigte sich vor dem Prinzen, ging.

»Er ist nicht sehr höflich, Sein Oheim«, sagte Karl Alexander zu Süß und versuchte, seine Betretenheit zu zerlachen. »Sie müssen ihn entschuldigen, Hoheit«, beeilte sich der Jude zu erwidern und mühte sich, auch er, seiner Erregung Herr zu werden. »Er ist knurrig und ein Sonderling. Und wenn auch seine Manier zu beklagen und zu tadeln ist«, schloß er, wieder beherrscht und der alte, »was er zu sagen hatte, war um so erfreulicher.«

»Ja«, meinte der Prinz, vor sich hin schauend und mit dem

Degen Linien des Fußbodens nachzeichnend, »aber das, was er verschwieg.«

»Er hat so seine Kauzgedanken«, beschwichtigte Süß. »Was er für wichtig hält und für ein großes Malheur, darüber lacht unsereiner, der das Leben anschaut, wie es wirklich ist. Ein Fürstenhut ist was Reales. Das Unheil, von dem er nichts verraten wollte, ist sicher Geträume für unsereinen und überhirnisch Zeug.«

»Der Fürstenhut!« lachte der Prinz. »Sein Oheim sieht bedenklich weit. Muß der Tod noch groß reine waschen, ehe daß ich an der Reihe bin. Vorläufig lebt mein Vetter noch und dann sein erwachsener Sohn und denken nicht daran, um die Ecke zu gehen. Hat vielmehr mit seiner Frau Herzogin Friede geschlossen, daß er ihr noch mehr lebendige Kinder mache.« Der Prinz stand auf, streckte sich. »Ho, Jud! Will Er mir eine Hypothek geben auf den württembergischen Thron?« Und schlug ihn laut lachend auf die Schulter. Süß schaute ihm ehrerbietig ins Auge: »Ich stehe Eurer Hoheit zur Verfügung mit allem, was ich habe. Mit allem, was ich habe«, wiederholte er. Der Prinz hörte zu lachen auf und schaute den Finanzmann an, der sehr ernst und mit größerer Ehrfurcht noch als sonst vor ihm stand. »Genug der Spaß!« sagte Karl Alexander plötzlich, rückte die Schultern, als würfe er etwas Fremdes und Lästiges von sich, und strammte sich. »Die kleine Kosel hat mich um türkische Schuhe gebeten«, sagte er dann in seinem alten Ton, »mit kleinen blauen Steinen. Schaff Er sie mir, Jud! Und das Beste!« Und während er hinausging, leicht hinkend: »Aber daß Er mich nicht mehr bescheißt als um drei Dukaten.« Und er lachte schallend.

Rabbi Gabriel verließ Wildbad mit der gewöhnlichen Post. In seinem soliden, etwas altfränkischen Rock, wie man ihn in Holland vor zwanzig Jahren getragen hatte, dicklich, den Rücken leicht rund, sah er aus wie ein verdrießlicher Bürger oder wie ein mürrischer hoher Beamter. Bevor er kam, hatte in der Postkutsche muntere Unterhaltung geflattert, jetzt saß man stumm und ungemütlich, und Rabbi Gabriels Nachbar rückte unmerklich von ihm ab.

Kaum aus dem Ort, begegnete die Post einer prunkhaften Reisegesellschaft. Es war der Fürst Anselm Franz von Thurn und Taxis, der Regensburger, der mit Glanz und großer Suite das Waldschlößchen Eremitage bezog, das er gemietet hatte. Der

Fürst, ein feiner, älterer Herr, der Schädel lang, sehr aristokratisch, an den Kopf eines Windhundes gemahnend, Witwer, war begleitet von seiner einzigen Tochter, Marie Auguste. Die Prinzessin, über Deutschland hinaus um ihre Schönheit gefeiert, auf zahllosen Bildern, Pastellen Bewunderer lockend, saß neben ihrem Vater mit der gewohnten Teilnahmslosigkeit der schönen Frau, die weiß, daß viele Augen jeder ihrer Bewegungen folgen. Mit lässiger Neugier schaute sie in den besetzten Postwagen, und ihr kleines, leicht spöttisches, hochmütig liebenswertes Lächeln verflog nicht vor dem Blick des Kabbalisten. Ihr Vater hatte ihr in seiner sachten Art Andeutungen gemacht, in Wildbad werde sie wichtige und, wie er hoffe, angenehme Entscheidungen zu treffen haben. So fuhr sie jetzt in der blinkenden Kutsche, bereit, zu jedem Erlebnis lieber ja als nein zu sagen, jung, lässig und doch hungrig. Unter strahlend schwarzem Haar äugte klein, ziervoll, eidechsenhaft das Gesicht, von der matten Farbe alten, edlen Marmors, spitz zulaufend, langäugig, klare, leichte Stirn, feine, gegliederte Nase, klein, geschwellt, spöttisch der Mund.

Die Damen in Wildbad waren erbittert über die neue Gastin. Die Prinzessin von Kurland, die Tochter des Gesandten der Generalstaaten, an die Wand gedrückt, verzogen hochmütig die Lippen und fanden die Thurn und Taxis männersüchtig und kokett. Die aber ging, den kleinen, ziervollen Kopf sehr hoch, mit lässigem, schwer deutbarem Lächeln ihre Straße, die gesäumt war von Bewunderern.

Der erste Abend, an dem die Prinzessin Marie Auguste in Gesellschaft erschien, war ein guter Abend für Josef Süß. In betontem Gegensatz zu den andern Herren machte er nicht den leisesten Versuch, den Regensburger Fürstlichkeiten vorgestellt zu werden. Während etwa der junge Lord Suffolk durch seine starre, großäugige, verblüffte Verliebtheit lächerlich wurde, hielt sich Süß an die jetzt vernachlässigten Damen, denen er bisher gehuldigt und bei denen er heute in doppelter Gnade stand. Selten nur und wenn es seine Damen nicht bemerken konnten, flogen seine großen, braunen Augen zu der Prinzessin, dann aber starrte aus seinem sehr weißen Gesicht so hemmungslos ergebene Bewunderung, daß Marie Auguste den stattlichen, eleganten Herrn mit ungenierter Neugier auf und ab sah. Im übrigen schritt sie mit ihrem leisen, erregenden Lächeln ziervoll und ein wenig spöttisch durch die Huldigungen des Abends.

Der sonst Gipfel solcher Feste war und auf den man ihre Spannung gelenkt hatte, Karl Alexander, Prinz von Württemberg, Kaiserlicher Feldmarschall, Held von Belgrad, Peterwardein und sonst vieler Schlachten, blieb wider Erwarten dem Abend fern. Grimmig saß er in seinem Zimmer beim Sternwirt, allein, auf dem Tisch eine einzige Kerze. Er saß im Schlafrock, den verwundeten, gichtischen Fuß, der heute besonders schmerzte, mit Tüchern umwickelt, er saß vor Flaschen und Karaffen. Aus dem Dunkel tauchte zuweilen Neuffer, der Kammerdiener, das Glas aufzuschenken, und im Schatten hockte der Schwarzbraune. Der Prinz saß, soff, fluchte. Die Flüche aller Sprachen, allen Unflat des Feldlagers fluchte er gegen die Landschaft. Am Nachmittag, mit der gewöhnlichen Briefpost, hatte er ein Schreiben des parlamentarischen Ausschusses erhalten, das nackt und ohne Umschweife sein Gesuch um ein Darlehen ablehnte.

Karl Alexander schäumte. Er wußte sich populär im Herzogtum, sein Bild hing in zahllosen Stuben, das Volk schrie ihm »Hoch!«. Und nun schickten ihm diese Kanaillen vom Parlament, diese ausgefressenen Rotzbuben und hochnäsigen Populace, einen solchen Dreck und Geschmier.

So saß er, soff, fluchte. Riß dann die Felle weg, mit denen Neuffer ihm den Fuß umwickelt, stapfte auf und nieder. Eine Krone! Da hatte ihm dieser alte Jud eine Krone geweissagt. Der Scharlatan! Eine nette Krone! Ein Lump und hergelaufener Bettler war er, dem die Bande einen solchen Scheißbrief hinzuschmeißen wagte. Er lärmte so grausam und lästerlich, daß der vom Fest heimkehrende Süß tief erschreckt noch in der Nacht den Kammerdiener befragte, was denn los sei. Aber Neuffer, der den Juden nicht leiden konnte, wich aus.

Andern Tages, gegen Mittag, er hatte schon zweimal vergeblich angefragt, machte Süß dem Prinzen seine Aufwartung. Er trat behutsam ins Zimmer, er trug neue Strümpfe von besonderer Art, die er dem Prinzen zeigen wollte; Seine Hoheit hatten immer für modische Dinge großes Interesse. Auch wollte er ihm von dem gestrigen Fest erzählen. Aber so grimmig hatte er ihn nie gefunden. Nackt und mächtig stand er da, während Neuffer und der Schwarzbraune ihn mit Kübeln Wassers übergossen und immer wieder abrieben. Er schmiß ihm den Brief der Landschaft hin, und während Süß geduckt und hurtigen Auges ihn überflog, polterte er triefend, prustend auf ihn ein: »Ein netter

Magus, Sein Oheim! Mit dem hat Er mich sauber angeschmiert! Schaut gut aus, meine Krone!«

Süß war ehrlich erbittert über die grobe Ablehnung der Landschaft und schickte sich an, dem Prinzen in gewandten Worten seine zornige Verachtung solcher Flegelei und seine tatbereite Ergebenheit zu versichern. Aber der Prinz, gereizt gegen jedermann, wie er den Süß elegant, mit dem gemeinen Brief in der Hand stehen sah, befahl plötzlich: »Neuffer! Otman! Taufts den Juden! Er soll schwimmen lernen!« Und der Kammerdiener und der Schwarzbraune gossen sogleich in mächtigem Schwall das Waschwasser gegen Süß, kläffend drang der Hund des Prinzen auf ihn ein, und der Jude retirierte eilends und erschreckt, die Hosen und die neuen Strümpfe patschnaß, die Schuhe verdorben, hinter ihm das schallende Lachen des Prinzen und der Diener.

Süß nahm es dem Feldmarschall nicht weiter übel. Große Herren hatten solche Launen, das war nun einmal so. Sie hatten das Recht dazu, man mußte sich darein finden. Und während er die nassen Kleider wechselte, überlegte er, er werde sich das nächste Mal ebenso höflich präsentieren, ja noch devoter als bisher, und vermutlich besser aufgenommen werden.

Am gleichen Tag traf der würzburgische Geheimrat Fichtel ein. Der unscheinbare Mann mit dem kleinen, klugen Gesicht suchte noch am Nachmittag den Prinzen auf. Ja, am Würzburger Hof wußte man bereits von der unvermuteten und ganz besonderen Insolenz der Landschaft. Der Herr Fürstbischof sei tief ergrimmt und voll Verachtung für solch erbärmliche und freche Knauserei, die diese dummdreiste Populace einem so großen und hochberühmten Feldherrn zu Schimpf getan habe. Aber sein Herr habe in seiner Weisheit ein anderes Heilmittel gefunden, das der Not des Prinzen abhelfen könne und der arroganten Rotüre zum Exempel und großem Ärger dienen werde.

Bevor er sich aber weiter explizierte, bat er um gnädige Erlaubnis, sich den Kaffeetrank bereiten zu dürfen, den er gewohnt war. Als er dann, neben dem stattlichen Prinzen doppelt unscheinbar, vor der heißen schwarzen Brühe saß, setzte er sacht und sachlich das Heiratsprojekt mit der Thurn-und-Taxisschen auseinander, der schönsten Prinzessin im Römischen Reich und immens begütert. Desgleichen werde sich eine insolente und rebellantische Landschaft gelb ärgern, wenn der Prinz katholisch werde. Der Herr Fürstbischof sei selbstverständlich bereit, dem Prinzen auszuhelfen, auch wenn er die Mariage ausschlüge. Aber er halte diese Lösung für die beste und gönne Seiner Hoheit von Herzen das viele Geld und die schöne Frau und der Landschaft den schönen gelben Ärger. Und der Geheimrat trank in behaglichen kleinen Schlucken seinen Kaffee.

Karl Alexander, wie er allein war, stapfte auf und nieder, den Schädel noch benommen von dem einsamen Gelage der Nacht, atmete, fuhr sich durch das starke blonde Haar. Die Füchse! Schau an die Füchse! Katholisch wollten sie ihn haben. Der Schönborn, der Friedrich Karl, der gute, lustige, freundhafte Kumpan. So ein Fuchs!

Er lachte. Ein Spaß. Kotz Donner! Ein exzellenter Spaß. Die weitaus mehreren hohen Offiziere waren katholisch, die Katholiken waren die besseren Soldaten. Er für sein Teil dachte seit Venedig sehr frei in Religionssachen, die katholische Messe hatte ihm immer gefallen, für den Soldaten war das Katholische mit seinem Weihrauch und Heiligenbildern und Skapulieren eigentlich das Passendere. Und wenn er seinen Freunden in Würzburg und Wien damit einen Gefallen tat, so besser. Sich tat er jedenfalls keinen Tort damit. Eine schöne, reiche Prinzessin. Zu Ende das ewige blödsinnige Lamento und Abschinderei um den Taler. Und der Possen, der herrliche, exzellente Possen, den er der aufsässigen Landschaft spielte. Kreuztürken! Anschauen wird er sich die Regensburgerin auf alle Fälle.

Als Süß kam, den Tag darauf, rief er ihm schallend in guter Laune entgegen: »Bist trocken, Jud? Ist die Taufe gut bekommen?« – »Ja«, erwiderte Süß, »wenn Euer Hoheit Ihren Spaß daran gehabt haben.« – »Wenn ich jetzt dreißigtausend Gulden verlang, würdest sie mir geben?« – »Befehlen Sie!« – »Und würdest mir die Gurgel zudrücken, daß ich Blut schwitz! Ho! Ich hab jemand, der gibt mir das Geld ohne einen Heller Zins!« – »Sie wählen sich einen andern Geldmann?« fragte erschrocken der Jude. »Nein«, lachte behaglich der Prinz. »Fürs erste brauch ich dich mehr als je. Ich will noch wenigstens zwei Wochen bleiben; aber ich möchte heraus hier aus dem Loch von Gasthof. Miet er mir die Villa Monbijou! Installier Er sie, daß man in Versailles nicht daran mäkeln kann, mit Möbeln und Livree. Ich ernenne Ihn zu meinem Hoffaktor und Schatullenverwalter.« Süß küßte dem Prinzen die Hand, dankte überschwenglich.

Karl Alexander schickte den Schwarzbraunen nach dem

Schlößchen Eremitage, zu fragen, wann er aufwarten dürfe. Fuhr dann, so kurz der Weg war, in seiner soliden Kutsche vor, die trotz der neuen Lackierung noch reichlich altmodisch aussah; den Neuffer und den Kutscher aber hatte Süß bereits in neue Livree gesteckt.

Auf Eremitage wurde der Feldmarschall mit größter Aufmerksamkeit empfangen. Außer dem Fürsten und Marie Auguste war noch der erste Thurn-und-Taxissche Intendant anwesend und der Geheimrat Fichtel. Franz Anselm von Thurn und Taxis war ein alter, erfahrener, sehr skeptischer Herr. Wohlwollend, heiter, neugierig, von umständlichen, sehr guten Manieren, liebte er Gesellschaft, medisierte gern und glaubte an nichts und niemand. Man hatte so viele gemeinsame Bekannte, am Wiener Hof, in Würzburg, in der Armee, im internationalen Adel. Der Fürst machte kleine, boshafte Anmerkungen, Karl Alexander sprach viel und lebhaft, stimmte bei, nahm in Schutz. Der Fürst hielt den feinen, langen Windhundschädel höflich hingeneigt, hörte aufmerksam zu. Karl Alexander gefiel ihm. Gewiß, er war etwas plump und erhitzte sich, was man nicht soll; auch hatte er wenig Urteil. Aber er hatte Temperament, und, mon Dieu, er war Feldmarschall, war Held, man verlangte Siege von ihm, keinen Verstand.

Marie Auguste sprach zunächst wenig. Sie saß da, sehr fürstlich in dem taubengrauen Samtkleid, mit den kleinen, fleischigen, gepflegten Händen artig und preziös, wie es die Sitte vorschrieb, die obersten Falten des mächtig ausschweifenden Rockes haltend. Sehr weiß rundeten sich aus feinen Gelenken die bloßen Arme, venezianische Spitzen fielen über den Ellbogen. Mit dem matten Glanz alten edlen Marmors leuchtete unter Spitzen Brust und Nacken, hob sich der schlanke Hals. Klein, ziervoll, eidechsenhaft äugte unter strahlend schwarzem Haar das pastellfeine Antlitz. Mit unversteckter, wohlgefälliger Neugier beschaute sie aus den lebhaften, fließenden, dringlichen Augen den Prinzen, der neben dem schlanken Vater ungeheuer breit und männlich wuchtete.

Der Geheimrat Fichtel sprach von einem Bravourstück Karl Alexanders. Marie Auguste erzählte, und schaute den Prinzen an, von einer welschen Opera in Wien, die sie gesehen, »Der Held Achilles«, wo Achilles, nachdem er die Leiche geschleift, etliches sehr Edle gesungen habe. »Ja«, bemerkte der Fürst, »in der Antike war man überhaupt edel.« Karl Alexander meinte, er handle nach dem Gefühl des Augenblicks und glaube nicht, daß er viel Anlage zum Edelmut habe. Worauf die Prinzessin, die Augen fest auf dem Errötenden, lächelte, es sei ja auch gar nicht von ihm die Rede gewesen. Und alle lachten.

Es wurden eisgekühlte Getränke gereicht, für den kleinen Würzburger Geheimrat Kaffee.

Dem blonden Württemberger gefiel die schwarze Prinzessin ausnehmend. Mille tonnerre! Wenn die in dem weiten Belgrader Schloß einem Ball präsidierte, da würden sie Augen machen, Türken und Ungarn und all das wilde Volk da unten. Das war eine Gouverneurin, mit der man Staat machen konnte, in Wien und überall. Und wo sie noch dazu die Dukaten mitbrachte, das wüste Belgrader Schloß zu renovieren. Ein Fuchs, der Würzburger, der Schönborn, und ein Freund, Kreuztürken, wirklich ein Freund und guter Kumpan, ihm so was zuzuschanzen. Und die war nicht nur repräsentativ. Ein Racker, da kannte er sich aus. Die Augen, der Mund! Das war was fürs Bett. Er strahlte übers ganze Gesicht und mußte an sich halten, nicht mit der Zunge zu schnalzen. Eine Prinzessin von der kleinen, geschmackvollen Agraffe in dem strahlend schwarzen Haar – Kotz Donner, die haben es dick, die Regensburger – bis zu dem Atlasschuh, der manchmal unter dem taubengrauen mächtigen Samtrock herauslugte, eine Prinzessin, und doch ein Staatsweib. Die war anders als die saure Durlacherin, die Frau seines Vetters, des Herzogs. Da brauchten sich nicht erst Kaiser und Reich bemühen, daß man der Kinder mache. Und wie gescheit sie schwatzen konnte! Wie sie züngelte, der Racker, und ihn aufzog und die Augen fließen ließ! Das wird gute Bilder geben, er und die da. Da wird Eberhard Ludwig Augen machen. Er, Karl Alexander, brauchte sich keine kostspielige Hure zuzulegen. Sein legitimes Weib wird schöner sein und ein besserer Bettschatz als die teuerste welsche Mätresse und ihm den Beutel füllen, nicht leeren.

Und das Parlament! Diese verfluchte Bürgerkanaille! Er mußte hochatmen vor geschwellter Befriedigung. Krank, gelb und krank werden sie sich ärgern. Da lohnte es sich, katholisch zu werden.

Er schaute Marie Auguste an, der Fürst sprach gerade mit den beiden andern Herren, er schaute sie an mit dem geilen, einschätzenden, gewalttätigen, leicht verwilderten Blick des Soldaten, der eine Frau ohne große Umstände aufs Bett zu werfen pflegt, und die Prinzessin tauchte ein in diesen Blick mit ihrem kleinen, schwer deutbaren Lächeln.

Als er ging, war Karl Alexander fest entschlossen, Katholik zu werden.

Josef Süß hatte das Schlößchen Monbijou mit großem Aufwand installiert, vor allem war er stolz auf die kleine Galerie und den anstoßenden gelben Salon. Den hatte freilich eigentlich Nicklas Pfäffle aufgetrieben, der dick und phlegmatisch Händler und Handwerker in weitem Umkreis durcheinandergewirbelt hatte.

So spreizte sich das neue Hotel des Feldmarschalls in großer Pracht, und der Prinz haute den Süß auf die Schulter: »Er ist ein Hexer, Süß. Und um wieviel bescheißt er mich bei dem Handel?« Der Braunschwarze nahm sich trefflich aus in diesem Rahmen, der Prinz glänzte Zufriedenheit, und selbst Neuffer, der einen Pick auf den Juden hatte und durch ständige kleine Intrigen den Nicklas Pfäffle aus seinem Gleichmut zu hetzen suchte, mußte zugeben, daß er es nicht besser hätte machen können.

Auch der Geheimrat Fichtel, dem Karl Alexander das neue Logis zeigte, bevor er darin die erste Fete gab, machte viel Rühmens. Im stillen aber fand er an allem einen Stich ins Überladene, Parvenühafte, und er veranlaßte den Prinzen, da und dort etwas wegnehmen zu lassen. An seinen Herrn, den Fürstbischof, berichtete er, der Prinz habe sich von einem Hebräer einrichten lassen; so sei es kein Wunder, daß er etwas östlich installiert sei und daß sein Wildbader Schlößchen mehr nach Jerusalem als nach Versailles schmecke.

Ähnliche Empfindungen hatte der alte Fürst Anselm Franz an dem Festabend, den Karl Alexander gab. Der alte Fürst, der Wert auf gutes Aussehen legte, war freilich auch gereizt, weil er einen blaßgelben Rock gewählt hatte, der sich in dem blaßgelben Hauptsaal von Monbijou nicht gut ausnahm. Karl Alexander hatte zu einer kleinen Spieloper eingeladen: »Die Rache der Zerbinetta«, da er wußte, Marie Auguste habe Freude an Komödie, Musik, Ballett. Süß mußte durch seine Mutter, die in Frankfurt lebte und noch viele Beziehungen zu Theaterleuten hatte, die kleine Truppe in aller Eile aus Heidelberg zusammenstapeln.

Die Gesellschaft war klein und glänzend. Der Prinz wollte erst den Süß ausschließen, aber den hungrigen und ergebenen Hundeaugen seines Faktors hatte schließlich seine Gutmütigkeit nicht standhalten können, zum großen Ärger Neuffers war der Jude erschienen. In hirschbraunem, silberbesticktem Rock, gewandt und glücklich, glitt er zwischen den Gästen herum. Als ob die ganze Fete nur für ihn gemacht wäre, giftete Neuffer.

Wie aber prangte, weinrot in Atlas und Brokat, Marie Auguste. Die Schärpe des Thurn-und-Taxisschen Hausordens schlang sich stolz um ihre Brust, an den Puffärmeln trug sie in Demanten den auszeichnenden Stern, den ihr der Kaiser anläßlich eines Patronats verliehen. Sie sprach wenig. Aber die Prinzessin von Kurland wie die Tochter des Gesandten der Generalstaaten – beide hatte sie mit devotester Liebenswürdigkeit als die Älteren begrüßt – glaubten in allen Ecken immer nur ihre lässige, kindliche Stimme zu hören. Sie schworen sich zu, in keiner Gesellschaft mehr zusammen mit der Regensburgerin zu erscheinen, überhaupt werden sie Wildbad in den nächsten Tagen schon verlassen. Unabhängig voneinander faßten sie diesen Entschluß, und Süß versicherte jede der beiden Damen mit den nämlichen Worten seiner Untröstlichkeit.

Man unterhielt sich über die neueste Nachricht, die von Stuttgart gekommen war: die Herzogin glaubte sich wieder schwanger zu fühlen. Hebammen und Ärzte bestärkten sie in diesem Glauben, das Konsistorium ordnete bereits Gebete für sie an, und Neugierige beschauten sich den Hagedorn in Einsiedeln, welchen einst Eberhard im Barte gepflanzt hatte nach seiner Rückkehr aus Palästina und der jetzt unerwartet neue Triebe bekam. Ein glückliches Zeichen!

Der Geheimrat Fichtel riß ein paar derbe, zotige Witze über den armen Eberhard Ludwig und seine sauren vom Kaiser befohlenen Bettfreuden; die Freundschaft Brandenburgs zu Württemberg sei immer eine bittere Angelegenheit gewesen, und der König von Preußen war der Brautführer dieses Beilagers. Es folgten körperliche Vergleiche zwischen der Herzogin und der abgeschafften Grävenitz. Die Herren in der Ecke um den Geheimrat pruschten heraus, das Gesicht des Fürsten war voll von lüsternen Fältchen. Die Damen erkundigten sich nach dem Grund der fröhlichen Laune. Süß übermittelte. Gekicher. Man hänselte den Juden wegen der Triebe des palästinensischen Hagedorns. Dröhnendes Gelächter. Selbst das schwer deutbare Lächeln auf dem Pastellgesicht Marie Augustens löste sich in herzhaft lauten Schall.

Karl Alexander höhnte: »Ein feiner Magus, dein Oheim! Der

Erbprinz glücklich verheiratet, der alte Herzog setzt einen zweiten Erben in die Welt. Da hast du mich fein angeschmiert mit deinem Zauberonkel.«

Marie Auguste hatte niemals so in der Nähe einen lebendigen Juden gesehen. Mit gruselnder Neugier erkundigte sie sich: »Schlachtet er Kinder ab?« – »Nur ganz selten«, tröstete der Geheimrat Fichtel, »im allgemeinen hält er sich lieber an große Herren.«

Die Prinzessin meditierte angestrengten Gesichts, ob wohl die Juden so ähnlich ausgesehen hätten, die Christum gekreuzigt haben. Der sei bestimmt nicht dabeigewesen, versicherte der Geheimrat.

Süß drängte sich mit kluger Taktik so wenig wie möglich in ihren Bereich und begnügte sich, sie mit seinen heißen, gewölbten Augen aus ehrfürchtiger Ferne zu bewundern. Nach der Oper ließ sie sich ihn vorstellen. Seine hemmungslose Ergebenheit schmeichelte ihr. »Er ist ganz wie ein Mensch«, sagte sie verwundert zu ihrem Vater. Karl Alexander gewann bei ihr durch seinen netten, galanten Hof- und Leibjuden. Ja, noch in die Erregung seines ersten Kusses hinein, während er noch erfüllt war von der Wärme ihres kleinen und üppigen Mundes, lächelte sie, sich das Kleid zurechtstreichelnd: »Nein, was Euer Liebden für einen amüsanten Hofjuden haben!« Damit kehrten sie aus dem kleinen Kabinett in den Hauptsaal zurück.

Der Prinz hatte übrigens, ohne daß er es recht wußte, das dunkle Gefühl, dieser wilde und kennerische Kuß sei nicht ihr erster gewesen.

Im Elfer-Ausschuß des Parlaments war man schlechter Laune. Die Schwangerschaft der Herzogin hatte sich als Irrtum herausgestellt, und jetzt kam noch obendrein die Meldung von des Prinzen Karl Alexander bevorstehender Vermählung mit einer Katholischen und seinem Übertritt – Rücktritt hatten es frecherweise die Jesuiten genannt – in die römische Kirche. Wollte man ehrlich sein, so mußte man sich sagen, daß man an diesem höchst ärgerlichen Religionswechsel des populärsten Mannes im Herzogtum nicht ganz unschuldig war.

Der Prälat Weißensee hatte auf die ersten Meldungen hin von dem Verkehr des Prinzen mit den Regensburgern die Drähte erkannt, an denen der Würzburger Hof und sein Freund Fichtel den Württemberger zogen. Er war voll lächelnder Anerkennung für diese feine Strategie; aber bei dem spielerischen, blutarmen Interesse, mit dem er seine Politik betrieb, ging ihm der Abfall des Prinzen nicht sehr zu Herzen. Er sah natürlich voraus, daß er im landschaftlichen Ausschuß als der eigentlich Schuldige, der die Darlehensverweigerung vorgeschlagen hatte, scheel werde angeschaut werden. Aber er wußte, daß man sich von seiner Überlegenheit, wenn auch leicht unbehaglich, werde überreden lassen, und hatte sich wirksame Verteidigung zurechtgelegt. Des weiteren war er ehrlich überzeugt, daß praktisch der Übertritt des Prinzen nicht viel zu bedeuten habe. Wenn auch die Hoffnung auf die Schwangerschaft der Herzogin zerplatzt war, es stand noch so vieles zwischen dem Prinzen und dem Thron. Er fragte sich ernstlich, ob eine so vage Aussicht die viele Mühe lohne, die die Jesuiten an die Konversion des Prinzen gewandt. Je nun, das Herzogtum und sein Parlament war auf Tatsachen gestellt, seiner Politik war kurze Frist gegeben; aber die katholische Kirche, und er seufzte neidvoll, war so etwas Altes, Stein-Ewiges, die Jesuiten hatten es gut, sie konnten säkulare Politik treiben, mit langen Fristen für späte Generationen. Im Elfer-Ausschuß schimpfte man zunächst ein breites, grobes, blödes auf den Prinzen. Endlich machte Johann Heinrich Sturm, der Präsident und Erste Sekretär, ein ernsthafter, bedachter, ruhevoller Mann, dem ziellosen, unsachlichen Geschimpfe ein Ende und fragte nach positiven Vorschlägen. Der grobe Bürgermeister von Brackenheim erklärte geradezu, eigentlich sei Weißensee an allem schuld, und es sei seine verdammte Pflichtigkeit, das Verrenkte wieder gerad zu machen.

Weißensee, lächelnd und beiläufig, fand, es sei nicht viel verrenkt. Nachdem der Prinz so auf eins, zwei habe konvertieren können, sei wohl für den rechten Glauben wenig an ihm verloren. Der Übertritt habe für die Katholischen nur Propagandawert, den Feldmarschall könne man beglückwünschen, daß er jetzt aus der Geldklemme sei und die Landschaft nicht weiter behelligen müsse. An andere praktische Folgen denke in der wohllöblichen Versammlung doch selber niemand.

Aber der grobe Brackenheimer beharrte: wenn auch das Herzogspaar, Gott sei Dank, noch rüstig sei und der Aussicht auf Nachfahrenschaft nicht beraubt, wenn auch der Erbprinz da sei und gesund, nachdem Rom Politik auf so weite Sicht mache, müsse man rechtzeitig Gegenminen legen.

Warum nicht? meinte leichthin Weißensee. Man könne sich

ja, durchaus unverbindlich und heimlich, ins Benehmen setzen mit des Prinzen Bruder Friedrich Heinrich. Für alle Fälle nur, akademisch mehr. Von diesem frommen und sanften Herrn drohe weder evangelischer noch ständischer Freiheit die geringste Gefahr.

Beklommenheit, Schweigen, Bedenken auf den Elf. Roch das nicht ein bißchen nach Hochverrat? Akademisch nur, gewiß, für alle Fälle nur, unverbindlich nur. Immerhin.

Der Vorsitzer und Erste Sekretär, Sturm, der gerade, ehrliche Mann, eng verhaftet seinem Vaterland, haßte so jesuitische Mittel. Er wußte schmerzhaft, es war ohne sie nicht auszukommen. Aber nur in der äußersten Not. Nur dann, nur dann.

Der Landschaftskonsulent, Hofgerichtsassessor Veit Ludwig Neuffer, wollte von solchen Plänen nichts wissen. Der noch junge Mann, knochiges, finsteres Gesicht, schwarzes, filziges Haar tief in die Stirn gewachsen, war ursprünglich ein wilder Fürstenhasser gewesen und entbrannter Verehrer aller Volksfreiheit. Seinem Vetter, der dem Prinzen Karl Alexander den Kammerdiener machte, hatte er mit Schimpf und Hohn die Freundschaft aufgesagt, trotzdem sie zusammen aufgewachsen waren in Haus und Spiel und Schule. Jetzt aber, er hatte zuviel gesehen, war er knurrig resigniert, das Böse war notwendig, er sehnte sich fast danach, mit dem grimmigen, zerstörerischen Wunsch nach Bestätigung, nach immer mehr Befestigung seines bitteren Wissens. Ja, anläßlich des Wildbader Aufenthalts hatte er seinen Vetter, den Kammerdiener, wieder gesehen, wenn er ehrlich sein wollte, hatte er ihn geradezu aufgesucht, und er hatte sich auf eine merkwürdige, höhnische, bissige Art mit ihm ausgesöhnt. Hatte der doch recht. Das war nun offenbar Naturgesetz, das mußte so sein: einige wenige standen droben, und die andern waren alle Hundsfötter, Stiefellecker. Ein Katholik auf dem württembergischen Thron? Gut so, das war eben Fürstenrecht, göttliche Schickung, und das Volk, Kotz Donner, hatte sich zu fügen.

Der geschmeidige Weißensee, immer sacht und beiläufig, explizierte weiter. Belgrad sei weit, es handle sich ja nur um Theoretisches, um Sicherungen für Eventualia, Problematisches. Selbstverständlich dürfe Geschriebenes nicht aus der Hand gegeben werden. Und das Corpus Evangelicorum habe man auf seiner Seite.

Die Schädel stierten, schwer, unbehaglich. Auch schon die entfernteste Möglichkeit eines katholischen Herzogs schien unfaßbar, unerträglich, machte krank. Ein katholischer Fürst war nicht anders denkbar denn als Despot, als Tyrann. Und dieser gar mit seinen Beziehungen zum Wiener Hof, dem Erzfeind aller Religionsfreiheit, jeder parlamentarischen Selbständigkeit. Die schönen Freiheiten! Sie Elf, die da saßen, rieten, tagten, sie waren diese Freiheit. Sie waren bedroht, sie selber, sie persönlich durch den katholischen Prinzen.

Man beschloß, Weißensee solle mit dem Bruder des Feldmarschalls verhandeln, mit dem sanften, protestantischen, ungefährlichen Prinzen Friedrich Heinrich. Aber ganz privatim und ganz unverbindlich und in aller, aller Heimlichkeit.

In Regensburg, im Dom, bei der Trauung Karl Alexanders, Geläut, Weihrauch, eine glänzende Versammlung. Der Kaiser hatte einen Abgesandten geschickt, der päpstliche Nuntius Passionei war da mit einem Handschreiben des Heiligen Vaters, der Fürstbischof von Würzburg, die besten Repräsentanten der kaiserlichen Armee, unter ihnen Karl Alexanders vertrautester Freund, der General Franz Josef Remchingen, der Jesuitenzögling, rotes, wulstiges, gewalttätiges Gesicht, weinselig leuchtend unter der weißen Perücke.

Kein schöneres Brautpaar im Römischen Reich. Der Prinz ragend wie eine Zeder, prunkend mit dem Stab des Feldmarschalls, dem Orden des Goldenen Vlieses. Marie Auguste, den kleinen, ziervollen Kopf leuchtend im Glanz alten edlen Marmors über weißem Atlas und Brokat, um die Brust die Schärpe des Thurn-und-Taxisschen Hausordens, an den Puffärmeln in blassem Gold den Stern des Kaisers, im Ausschnitt das Kreuz des päpstlichen Ordens. Weich federnden Schrittes, unter der Brautkrone, einem Wunderwerk der Juwelierkunst, zu dem Süß die einzelnen Teile überall aus Europa zusammengestöbert, trug sie ihr junges, schwer deutbares Lächeln in den Dom.

Höchst unbefangen war sie und eher geneigt, in all der Feierlichkeit und Gravität überall einen Rest von Komik zu erspähen. Mit der lässigen Neugier ihrer fließenden Augen musterte sie die Gäste, und während der Bischof sie feierte, daß sie den großen Türkensieger, den Löwen in der Schlacht, dem christkatholischen Glauben rückgewonnen habe, dachte sie, daß sicher der Geheimrat Fichtel sich während des ganzen Banketts nur auf seinen Kaffee freuen werde. Und wie komisch es sei, daß jetzt der Jude feierlich im Dom stehe. Er sei übrigens ganz nett und amüsant und gar nicht werwolfartig, wie sie sich ursprünglich die Juden vorgestellt. Eigentlich seien seine Manschetten sogar mehr à la mode wie die ihres Mannes. Komisch, jetzt hatte sie also einen Mann. Und sicher wird jetzt der Jud mit seinen großen, fliegenden Augen aus dem weißen Gesicht ihren Nacken unter dem Brautschleier anstarren.

Und es flackerten feierliche Kerzen, es brauste die Orgel, es wölkte der Weihrauch, es leuchteten selige Knabenstimmen zum Himmel.

Andern Tages noch, während Trompeten aus Silber zum Bankett riefen, bestiegen die Neuvermählten die Jacht, die sie die Donau hinunterführen sollte, ein Geschenk des Fürsten. Sie reisten mit großem Hofstaat, Jägern, Dienern, Heiducken, Zofen. Am Kiel hockte, die Beine gekreuzt, Otman, der Schwarzbraune, starrte aus uralten, grundlosen Tieraugen die Donau hinunter.

Am Ufer standen der Fürst, der Würzburger Bischof, der Geheimrat Fichtel, weiter rückwärts zwischen ihnen und der Dienerschaft Josef Süß. Leichter Wind wehte, die Luft war hell und anregend, man war fröhlich gelaunt. Scherzworte flogen zum Ufer und zurück, während die Anker heraufgeholt wurden. Marie Auguste stand in einem hellen, heitern Reisekleid, beschattete die Augen, schaute auf den weichenden Hafen. Der Fürst und der Geheimrat hatten sich schon zurückgewandt, das Letzte, was sie sah, war das schlaue, zufriedene Antlitz des Jesuiten und, elegant und in einer Haltung hemmungsloser Ergebenheit, der Jude.

»Ich hätte nie geglaubt«, lächelte sie zu Karl Alexander, »daß jemand so elegant sein könnte und dabei so demütig wie dein guter Jud.« – »Der gute Jud!« lachte dröhnend der Prinz. »Städte und Dörfer könnte man sich kaufen um das, was der uns beschissen hat.« Und auf ihr erstauntes Gesicht erklärte er sachlich: »Das ist sein gutes Recht. Dafür ist er ein Jud. Aber er ist sehr verwendbar«, fügte er voll Anerkennung hinzu; »er schafft alles, Juwelen, Möbel, Dörfer, Menschen. Sogar Alchimie und schwarze Kunst.« Lachend erzählte er ihr die Geschichte von Rabbi Gabriel. »Da hat er mich schön beschissen, dein guter Jud. Eine Krone! Da sind noch zwei dazwischen. Der Erbprinz ist pudelgesund. Auf der Jagd war er, wie er mir seinen Gratulationsbrief schrieb. Und der Herzog, ob seine Herzogin noch so sauer ist, wenn's der Teufel will, kann sie doch Kinder kriegen wie Kaninchen.« Und er lachte schallend und tätschelte ihre Hand, während das Schiff in leichtem Wind zwischen heiteren Ufern die blaugrünen Wellen hinunterglitt.

Vorne hockte reglos der Schwarzbraune und starrte über den Kiel nach Osten. In den Augen der Prinzessin waren die letzten Bilder der Heimat, das schlau fröhliche des Jesuiten und das servil elegante des Juden.

Noch bevor sie an der serbischen Grenze waren, erreichte sie eine Stafette des Süß. »Er hat es wichtig, dein Jud«, lächelte Marie Auguste. »Was hat er denn so eilig zu verkaufen?«

Karl Alexander riß die Depesche auf, las. Der Erbprinz war gestorben, unvermutet, während der Stuttgarter Hof einen Ball hielt.

Er reichte das Papier der Prinzessin. Das Blut schoß ihm zu Kopf, er hörte eine knarrende, mißlaunige Stimme, sah durch sein tanzendes Blut über trübgrauen, steintraurigen Augen drei kurze, tiefe Furchen, drohend, unheimlich wie ein fremder, verschlossener Buchstab.

ZWEITES BUCH

DAS VOLK

Zweiundsiebzig Städte zählte das Herzogtum Württemberg und vierhundert Dörfer. Getreide wuchs, Obst, Wein. Ein schöner, edler Garten im Römischen Reich hieß das Herzogtum. Bürger und Bauern waren heiter, gesellig, willig, geweckt. Geduldig nahmen sie das Regiment ihrer Fürsten hin. Hatten sie einen guten Fürsten, so frohlockten sie; war er schlecht, so war dies Fügung des Himmels, Züchtigung des Herrgotts. An zehn Goldgulden zinste jeder Württemberger, Mann, Weib, Kind, den herzoglichen Renteien.

War der Herzog gut, war der Herzog schlecht, Sonne kam und Regen kam, Weizen wuchs, Wein wuchs, gesegnet lag das Land.

Aber Fäden spannen sich von allen Seiten, Hände langten, Augen gierten, von allen Seiten wob sich Gespinst über das Land.

In Paris saß der fünfzehnte Ludwig und seine Minister. Ein Stück Württemberg, die Grafschaft Mömpelgard, war von seinem Gebiet eingezirkelt, er wartete nur darauf, sie zu verschlucken. In Berlin saß die Gräfin, zettelte mit der Reichsritterschaft, suchte hier und dort noch Letztes zu erquetschen, in Frankfurt und Heidelberg lauerten Isaak Landauer und Josef Süß, dem Herzogtum ihre Schrauben anzusetzen, der Staatssekretär des Papstes wob Fäden von Rom nach Würzburg zum Fürstbischof, das Land der Mitra zu unterwerfen, in Wien die kaiserlichen Räte ertiftelten von dem Erbprinzen, dem Katholiken, Feldmarschall des Kaisers, neue Verträge, Bindungen von Stuttgart nach Wien, in Regensburg der alte Fürst Thurn und Taxis blinzelte herüber, und in Belgrad der Feldmarschall Karl Alexander und Remchingen, sein Freund und General, wogen große Pläne.

Sie alle saßen, warteten im Kreis, beschielten sich mißtrauisch, warfen ihre großen, stummen Schatten über das Land.

Und Sonne kam, Regen kam. Weizen wuchs, Obst, Wein. Das Land lag gesegnet.

In den ersten Novembertagen starb so jäh, wie er zumeist beschlossen und gewirkt und gelebt hatte, Eberhard Ludwig, von Gottes Gnaden Herzog zu Württemberg und Teck, der Römischen Kaiserlichen Majestät, des Heiligen Römischen Reiches und des löblichen schwäbischen Kreises Generalfeldmarschall, auch Oberster über drei Regimenter zu Roß und zu Fuß.

Auf mächtigem Katafalk lag er nun, das Gesicht bläulichgelb vom Stickfluß, in großer Uniform mit vielen Orden, daraus der dänische Elefantenorden und der preußische Schwarze Adler hervorprunkten, viele Lichter um ihn, zu Häupten und zu Füßen auf Totenwacht zwei Leutnants. Kümmerlich hockte in dem großen, schweigenden Raum verstaubt und sauer Johanna Elisabetha, die Herzogin. Ihr Triumph hatte so kurz gedauert; und daß der Mann, der mit so zähem Warten, so blutigem Schweiß erkämpfte, jetzt nach den wenigen Monaten blau und tot und erstickt dalag, das hatte die andere ihm angewünscht, die Mecklenburgerin, die Hexerin, die Person. Aber sie saß da, sie allein, nicht die andere. Wer künftig in Württemberg herrschte, war ihr gleich. Der Katholik wahrscheinlich, mit seiner hochmütigen, leichtfertig aufgeputzten Frau. Aber sie war so ausgehöhlt, das interessierte sie nicht. Sie hatte nur mehr ein Geschäft auf der Welt: den zähen Brei ihrer Rache garzukochen. Noch saßen die Verwandten der Person an den Futternäpfen des Herzogtums, noch glänzte die Person in Reichtum und großem Glanz, noch zog sie durch hundert kleine Kanäle, durch die Verwalter ihrer Liegenschaften, durch ihre verfluchten Juden den Saft des Landes an sich. Jetzt, nun Eberhard Ludwig tot war, hatte sie keinen Schutz mehr, galt keine Rücksicht mehr. Sie, die Herzogin, wird sie von neuem peinlich anklagen, bei dem neuen Herzog, bei Kaiser und Reich. Die Person hatte ihr nach dem Leben getrachtet, sie hatte dem Erbprinzen, sie hatte dem Herzog den Tod angehext. Sie wird, die Herzogin, sich jetzt nicht im ersten Sturm ausgeben. Aber sie wird nicht ablassen von ihr; sie wird nicht schreien, aber ihre grämliche Stimme wird nicht schweigen, bis die andere bloß steht und in Lumpen und all ihrer Schmach. So saß sie an dem stolzen Katafalk, grau und kümmerlich, und drehte den armen Rest ihres Lebens in der Hand, und die schweren Blüten aus den Treibhäusern dufteten, und die großen Kerzen schwelten, und die Leutnants standen mit bloßem Degen und hielten Totenwacht.

Die Bürger, wie die Herolde den Tod des Herzogs verkündeten, nahmen die Hüte ab, waren ergriffen. Jetzt, wo der Herzog tot war, sahen sie nur mehr seine Stattlichkeit, Leutseligkeit, soldatische Tugend, Pracht, Eleganz, und sie waren geneigt, alles Elend seiner Regierung allein und ausschließlich der Gräfin und ihrer Hexerei zuzuschreiben. Nicht nur das Geld, das sie dem Land erpreßt hatte, wog man ihrer Schuld zu, man fluchte auch alle Verdammnis und Pestilenz auf sie herab, weil durch sie das alte festbegründete Ansehen des Fürstenhauses in Deutschland erschüttert und manche vorteilhafte Gelegenheit, neue Rechte und Vorzüge zu erlangen, verloren worden sei; denn man habe, um den kaiserlichen Hof nicht zu erzürnen, überall gar vorsichtig und behutsam agieren müssen, auch habe gewöhnlich gerade zur rechten Zeit das Geld mankiert. Und immer tiefer in den Kot sank das Bild der Gräfin, und immer leuchtender stieg der Herzog, und die Weiber wischten sich die Augen: und so prächtig war er, und so freundselig sprach er mit jedem, so ein guter Herr, so ein schöner Herr!

Und es liefen, fuhren, ritten die Kuriere. Einer nach Frankfurt, da wackelte Isaak Landauer mit dem Kopf, rieb sich die fröstelnden Hände und sagte: »Ei, da wird der Reb Josef Süß es wichtig haben und große Geschäfte.« Einer nach Berlin, da setzte der Gräfin das Herz aus, und sie fiel ohnmächtig auf den Estrich. Einer nach Würzburg, da lächelte der dicke, lustige Fürstbischof und rief seinen Geheimrat Fichtel zu sich, und einer nach Belgrad, da atmete der Prinz Karl Alexander, jetzt Herzog, Herzog jetzt!, hoch auf, und er sah sich den Krieg hineintragen tief nach Frankreich, und er sah seine Hände drehen an den Speichen der Welt. Über dem allem aber und gleichzeitig sah er trübgraue Augen, hörte er eine mürrisch knarrende Stimme: »Ich sehe ein Erstes und ein Zweites. Das Erste sag ich Euch nicht.« Und er betrachtete nachdenklich seine Hand, eine merkwürdige Hand, ihr Inneres war fleischig, fett, kurz, während ihr Rücken schmal, lang, behaart, knochig erschien.

Vor dem Spiegel aber stand Marie Auguste, da stand sie oft, und war nackt und lächelte. Mit den langen Augen unter der klaren, leichten Stirn beschaute sie ihren Leib, der weich war und schlank und von der Farbe alten, edeln Marmors. Sie dehnte sich wellig, der kleine, eidechsenhafte Kopf mit den sehr roten Lippen lächelte tiefer. Es war schön, jetzt nach Stuttgart zu fahren, durch huldigendes Volk, in goldenem Wagen, als Herzogin. Es war auch hier schön gewesen, in Belgrad, thronend über den wilden, begehrlichen, verehrenden barbarischen Menschen. Aber es war sehr willkommen, jetzt am Kaiserhof und an den andern deutschen Höfen Verehrung aufwölken zu sehen wie Weihrauch. Sie wird die Herzogskrone ohne Perücke tragen, es war gegen die Mode, aber sie wird es doch tun, und die Krone wird klein und hoch und sehr stolz auf dem strahlend schwarzen Haar sitzen. Sie hob, die nackte Frau, mit halb hieratischer, halb obszöner Gebärde beide Arme eckig zum Kopf, daß das schwarze Gekräusel in den Achseln sichtbar war, und feucht atmend, lächelnd, schritt sie mit biegsamen Schritten, tanzend fast, durch das Zimmer. Viele Herren werden an ihrem Hofe sein, deutsche, italienische, französische, nicht halbwilde wie hier; man wird ja nah an Versailles sein. Und viele, die halb frech, halb bewundernd die Prinzessin beschaut hatten, wie werden sie jetzt die Herzogin beschauen. Auch der Leibjude wird wieder am Rande ihres Kreises stehen, der hemmungslos galante, sie zuckte amüsiert die Lippen. Ah, es war gut, schön zu sein, es war gut, reich zu sein, es war gut, Herzogin zu sein. Wie herrlich, daß es Männer gab und schöne Kleider und Kronen und Lichter und Feste. Es war eine schöne Welt, es war schön zu leben.

Auf Schloß Winnenthal, vier Stunden nur vor Stuttgart, fiel Karl Alexanders Bruder, der sanfte Prinz Heinrich Friedrich, in tiefe Verwirrung, als er den Tod des Vetters erfuhr. Er lebte still in dem schönen, kleinen Schloß, las, musizierte. In den letzten Jahren hatte er eine Geliebte zu sich genommen, ein ruhiges, dunkelblondes Geschöpf, die Tochter eines kleinen Landedelmannes, mit weichen Bewegungen, schönen, tiefbefriedeten Augen und etwas schwer von Verstand. Als der Prälat Weißensee zu ihm gekommen war mit dem Projekt, ihm an Stelle des katholischen Bruders den Thron zuzuwenden, hatte der verträumte Mann mit beiden Händen zugegriffen. Aber der kluge Prälat mußte bald erkennen, daß der Prinz in seiner fahrigen, unsachlichen Manier politische Dinge als Phantasien betrachtete und sich in Farbig-Nebelhaftes verlor. Nein, mit diesem Prätendenten konnte man gegen den energischen, zufahrenden Karl Alexander nichts ausrichten. Nach dem Tod des Erbprinzen, als die Nachfolgerschaft aus müßigem Geträum greifbare Wirklichkeit hätte werden können, traf gar aus Belgrad – weiß der Himmel, woher der Feldmarschall von den Zetteleien mochte erfahren haben – ein unzweideutiges Schreiben ein, darin Karl Alexander den Bruder ernstlich vermahnte, von solchen Umtrieben und schnöder Aktion abzulassen. Erschreckt und verschüchtert zog sich der sanfte Prinz von allen Unternehmungen zurück, ja, er vermied in großer Angst jeden Umgang mit Weißensee. Jetzt, wie er den Tod des Herzogs erfuhr, stand all das bunte, phantastische Geträume wieder auf. Schwitzend, mit zittrigen Gliedern, groß erregt, ging der schwächliche Mann in dem fahlen Morgen herum, dichtete sich zusammen, was alles sein könnte, wenn er nur ein bißchen mehr Initiative hätte, wie er von der Macht Besitz ergriffe, an den Kaiser schriebe, Minister bestellte, entließe, mit Frankreich Verträge schlösse, zündende Reden an das Volk hielte. Aufseufzend kehrte er schließlich wieder in das Schlafzimmer zurück, er hatte seine liebe Geliebte nicht erst wecken wollen, leise und vorsichtig zog er sich aus, streckte sich bekümmert über seine Schwäche an ihrer Seite aus, umarmte tastend ihre großen, warmen Brüste, bis sie ihre schönen, dummen Augen aufschlug, tröstete sich an ihrer sanften Jugend und schlief endlich, seufzend, nachdenklich und befriedet, wieder ein.

Der Prälat Weißensee, auf die Todesnachricht hin, ging in kribbelnder Erregung durch seine weiten Räume mit den weißen Vorhängen. Wieviel Probleme, Komplikationen, Konflikte! Der katholische Fürst in dem stockprotestantischen Land: eine neue, unerwartete, noch nie dagewesene Konstellation im westlichen Deutschland. Er, Weißensee, hatte sich rechtzeitig eingestellt, es gab viele Möglichkeiten, er wird bei keiner ausgeschaltet werden können. Er hat sich nirgends exponiert, er hat überallhin Fäden geknüpft. Er ging auf und ab, konzipierte Pläne, verwarf, genoß wohlig Spannung, Bewegung, das Glück des großen Intrigenzettlers und Projektenmachers.

Magdalen Sibylle aber, seine Tochter, saß, und die blauen Augen in dem bräunlich kühnen Gesicht arbeiteten und wechselten zwischen Hell und Dunkel. Ein Katholik, ein Heide auf dem Thron. Jetzt brach Verwirrung und große Not über das Land herein. Hilf, Herr Zebaoth, daß das Land fest bleibe gegen die Versuchungen, mit denen der Götzendiener es locken, gegen die Drohungen, mit denen er es der reinen Lehre wird abspenstig machen wollen. Der heidnische Fürst fuhr einher mit Glanz und großer Gloire, er hatte Schlachten gewonnen, stand beim Kaiser in Gunst, seine Gemahlin trug sich hoffärtig und frivol. Hilf, Herr Zebaoth, daß das Volk fest bleibe in all der Not und Versuchung. Und ihr Vater, ihr Vater stand ganz vorne im Kampf, ihm lag es ob, Schild des bedrohten Evangels zu sein. Ach, sie wollte nicht sündigen gegen das vierte Gebot; aber sie hatte große Angst, ob er auch die rechte Festigkeit habe vor Gott und den Menschen. Sie flüchtete sich, wie immer in solcher Not, zu Gott, sie schlug die Bibel auf und betete um ein Orakel. Aber sie fand nur den Spruch: »Jeglichen reinen Vogel dürft ihr essen. Dies aber ist, was ihr nicht essen dürft von ihnen: den Adler und den Strauß und den Sperber und den Pelikan.« Sie dachte lange nach, aber sie konnte bei aller Gewandtheit im Orakeldeuten keinen Zusammenhang finden zwischen der Not des Landes, der Sorge um den rechten, festen Glauben des Vaters und dem Strauß und dem Pelikan, den die Israeliten nicht essen durften. Sie beschloß, das Orakel ihrer Freundin Beata Sturmin vorzulegen, der Erweckten, der blinden Heiligen im Stuttgarter Bibelkollegium. Vorerst aber betrachtete sie, Kummer und schweres Nachdenken in dem männlich kühnen Antlitz, den Vater, der gar nicht umwölkt, sondern höchst angeregt, das feine, lebendige Gesicht arbeitend, in wohliger Spannung auf und nieder ging.

Schon eine halbe Stunde, bevor die Sitzung beginnen sollte, hatten sich die elf Herren des engeren parlamentarischen Ausschusses im Landschaftshause zusammengefunden. Es stand nur Belangloses auf der Tagesordnung; aber alles war so ungeklärt, man saß in dicker Finsternis, man wollte wenigstens einen Nebenmann tasten, Antworten aus der Nacht hören.

Ach, daß man damals dem Prinzen das Darlehen abgeschlagen hatte, ach, daß man mit seinem jüngeren Bruder gezettelt hatte. Jetzt saß man in Dreck und großer Not. Der Prinz müßte ein Heiliger sein, wenn er jetzt, an der Macht, die Landschaft das nicht entgelten ließe. Und er war durchaus kein Heiliger. Ein Soldat, ein Feldmarschall, gewohnt an stumme, blinde Subordination. Man hörte, daß er in Belgrad mit seinen Räten durchaus nicht glimpflich verfuhr, daß er oft und abermals mit seinen Beigeordneten in wilde, tobende Zerwürfnis geraten war, bestialisch fluchte und tobte, keine Widerrede duldete und Geschirr und Zerbrechliches an den Schädeln seiner Räte zerschmiß. Kurz, daß er ein Despot war wie nur je ein heidnischer Cäsar. Man wird seine Not und Höllensabbat haben mit diesem Leviathan.

Denn man war nicht gewillt, auch nur ein Tipfelchen aufzugeben von seinen Rechten und Freiheiten. Ah, die süße Macht! Sie Elf, sie leckten den Honigseim der Verfassung. Der Rest des Parlaments war nur dazu da, zu bestätigen, was sie beschlossen. Aber sie, sie Elf, sie thronten über dem Land, sie tagten hinter verschlossenen Türen, wie die venezianische Signoria, sie spannen, handelten, schacherten unter sich und banden dem Herzog und seinen Ministern die Hände. Wohlig war es und süß, sich so wichtig und in der Macht zu fühlen. Da soll keiner herkommen und daran rühren. Man wird sich breit und kräftig hinstellen und das Land schützen vor Tyrannei und katholischer Knechtung. Denn man hat ja seinen festen Schutz und gute Verwahrung. So fest und gut ist das Gesetz, wonach der Herzog schwören muß, ihre und der protestantischen Kirche Rechte zu wahren. Von diesem Gesetz kann Rom mit all seiner schlauen Interpretierungskunst nichts wegtifteln. Diesen Riegel durchfeilt auch nicht der feinste Jesuiter. Soll er nur um sich beißen, der Heide und wütige Tyrann! An diesem Eisen wird er sich die Zähne ausknirschen. O klares Gesetz! O gesegnete Religionsreversalien! O gute, feste Verfassung und Tübinger Vertrag! O weise, heilsame, gepriesene altväterliche Vorsicht, die bissigen Herzogen solchen Maulkorb angehängt.

Pünktlich um zehn Uhr eröffnete Johann Heinrich Sturm, der Präsident, die Sitzung. Aber ehe man noch in die Tagesordnung eintreten konnte, erschien vor den verblüfften Herren der Regierungsrat Filipp Jaakob Neuffer, Bruder des Konsulenten. Er wies Dokumente vor, denen zufolge Karl Alexander als legitimer Nachfolger den württembergischen Thron übernehme und bis zu seiner Ankunft im Herzogtum die Räte von Forstner und Neuffer als amtierende Minister mit der Leitung der Staatsgeschäfte beauftrage.

Lächelnd und höflich erklärte der Rat den sehr betretenen Herren weiter, dem Herzog sei bekannt, daß man im Parlament gewisse Besorgnisse hege, die Religion und die ständischen Freiheiten anlangend. Er sei glücklich, den Herren im Auftrag Seiner Durchlaucht beruhigende Bestätigungen und Versicherungen jetzt schon überreichen zu können. Der Herzog habe Gelegenheit gehabt, noch als Prinz Fühlung zu nehmen mit einigen Mitgliedern des engeren Ausschusses über den damals möglichen, jetzt wirklich eingetretenen Fall, und die Herren hätten die abgegebenen Versicherungen für höchst wünschenswert erachtet, das nötige Vertrauen zwischen Herzog und Landschaft herzustellen.

Stumm und tief verwirrt hörten neun von den Elf diese Rede an. Selbst der ruhige, gefaßte Präsident Sturm zwang sich nur mit Mühe einige Sätze ab, in denen er die Vollmacht des Rates, jetzt also Konferenzministers, anerkannte, für die übergebenen Papiere dankte und erklärte, man werde sie in Ruhe prüfen.

Der Minister gegangen, blieben die Herren bestürzt, ratlos, mißtrauisch, tief erbost. Es gab also unter ihnen Männer, die auf eigene Faust zettelten? Die Nachbarn des Weißensee und des Neuffer rückten fast unmerklich ein wenig von ihnen ab.

Mittlerweile stellte sich der andere Neuffer, jetzt Minister, im Kriegskommissariat vor, verlangte auf Grund herzoglicher Vollmacht ein Detachement Soldaten, erhielt sie nach Anfrage bei der Landschaft. Drang, noch lag der alte Herzog nicht unter der Erde, im Ministerrat ein, verhaftete im Namen Karl Alexanders die Häupter der Grävenitzschen Partei, ließ die Knirschenden, mit allen Himmels- und Höllendrohungen Protestierenden auf den Hohentwiel schaffen. In Haft Friedrich Wilhelm, der Bruder der Gräfin, der eiskalte, der seine Schwester aus der Politik ausgeschaltet hatte, sich um so fester zu setzen, Oberhofmarschall und Ministerpräsident, in Haft seine beiden Söhne, der Oberstallmeister und der Konferenzminister. Aufgehoben auch ihre kleinen Mitläufer und Kreaturen, der Kirchenratsdirektor Pfeil, der geheime Referendar Pfau, die Regierungsräte Vollmann und Scheid und die zahlreichen Subalternen ihres Anhangs. Wie sie sich gespreizt hatten! Wie sie groß und hochnäsig getan hatten und kaum gedankt, wenn man sie grüßte. Jetzt saßen sie in der Zelle und in dicker Finsternis, und kein Hahn krähte nach ihnen.

Dann wartete Neuffer der Herzogin auf, teilte der aus Staub und Gram Aufleuchtenden, Triumphierenden das Geschehene mit. Ließ durch Herold und durch Anschlag bekanntgeben, daß Karl Alexander die Herrschaft übernommen habe, binnen kurzem von Belgrad eintreffen werde, gegen ungetreue Beamte, so für eigenen Vorteil das Volk bedrückten, bereits habe vorgehen lassen, alle Freiheiten, insbesondere der Religion, fürsorglich schon im vorhinein mit fürstlich wahren und treuen Worten bestätigt habe.

Jubel im Volk. Das war ein Fürst. Der griff zu ohne Ansehen der Person. Genau wie auf dem Bild, wo er Belgrad erstürmt. Bänder her, Tannenreiser her, das Bild zu bekränzen! Ein Herr und Held. Mit dem wird man gut fahren.

In der Nähe von Hirsau führte von der Landstraße ab ein Karrenweg. Von dem Karrenweg ab zweigte ein Fußpfad, verlor sich in Wald, hörte ganz auf vor einem starken, sehr hohen Holzzaun. Bäume sperrten den Blick weiter. Von den Einheimischen hatte nur ein Gärtner Zutritt und ein alter Taglöhner, der Botengänge besorgte, beide mürrische Männer, die Ausfrager stehenließen. Man wußte nur, daß ein Holländer das verfallene kleine Haus von den Erben des früheren Besitzers erworben hatte. Den Behörden war er als Mynheer Gabriel Oppenheimer van Straaten gemeldet, er hatte den großen Paß der Generalstaaten. Der Kauf war in aller Form vollzogen, allen Anforderungen der Polizei- und Rentämter wurde mit peinlicher Gewissenhaftigkeit genügt. Der Holländer wohnte dort mit einem sehr jungen Mädchen, einer Zofe, einem Diener. Man erzählte eine merkwürdige Geschichte von einem Strolch, der einen Einbruch in dem einsamen Haus versucht hatte. Er sei abgefaßt, überwältigt worden. Der Holländer habe ihm nichts getan, den Abgebrühten, Höhnenden nur eine Nacht über in ein Zimmer mit Büchern gesperrt. Schlotternd, tief verwirrt sei der Strolch anderntags durch den Wald getorkelt, habe die Gegend für immer verlassen.

Gerüchte flogen auf, der Holländer sei der Ewige Jude, verstummten wieder. Er hielt sich fern vom Ort, machte einsame Spaziergänge, gewöhnlich im Wald, selten bekam man ihn zu Gesicht. Schließlich gewöhnte man sich an ihn. Da war nun eben ein Zaun mit gewaltigen Bäumen, und dahinter wohnte der Holländer, und wenn er verbotene Dinge trieb, so tat er das zumindest sehr still und ohne jemand zu molestieren.

Nun lebte aber in Hirsau jener Magister Jaakob Polykarp Schober, der dort das Bibelkollegium abhielt, an dem auch Magdalen Sibylle teilnahm. Der junge, etwas fette, pausbäckige Mensch, der still vor sich hin trieb und lange, sinnierende Spaziergänge liebte, geriet auf einem solchen Spaziergang, halb unwillkürlich einem Vogel folgend, der ihn von Baum zu Baum lockte, an den hohen Zaun, überkletterte ihn ohne viel Gedanken und ohne besondere Mühe, durchschritt den Wall der hohen Bäume, stand plötzlich am Rand einer Lichtung und sah, inmitten von Tulpen und terrassenförmig steigenden Beeten anderer ihm unbekannter, sorglich gezüchteter Blumen, das Haus des Holländers. Es stach fremdartig, ein blendend weißer, kleiner Würfel, in die pralle Sonne. Vor dem Haus aber war ein primitives Sonnenzelt aufgeschlagen, und darin lag, sich dehnend und verträumt, ein Mädchen, nach fremder Sitte gekleidet, mattweißes Gesicht unter blauschwarzem Haar. Der Magister stand still, starrte rundäugig, demütig, machte sich auf Zehen wieder fort. In Zukunft aber schlich sich in seine Vorstellungen vom himmlischen Jerusalem das Bild des Mädchens im Zelt vor dem sehr weißen Haus mit den Tulpen.

Rabbi Gabriel ließ dem Mädchen jede Freiheit. Naemi blühte still und sanft und ohne viel Begehren. Sie hatte den alten, mürben, schweigsamen Diener und ihre holländische Zofe Jantje, die nun auch schon viele Jahre gutmütig, ergeben, geschwätzig und besorgt um sie herumwirtschaftete. Manchmal hätte sie gerne Menschen gesehen; aber da der Oheim sie fernhielt, war es wohl besser so. Geträumte Menschen, gelesene Menschen waren besser als die unten lebenden.

Sie erging sich mit Lust in den Büchern, die der Oheim mit ihr las. Es waren zumeist hebräische Bücher, die vieldeutigen, geheimnisvollen der Kabbala darunter. Sie dachte sie nicht, sie sah sie. Der kabbalistische Baum, der himmlische Mensch waren ihr wirkliche, greifbare Dinge. Es tanzten die Buchstaben-Ziffern des Gottesnamens einen heiligen Tanz, sie hatten ihre bunten, schimmernden Fahnen, es regten sich mit vielen Gliedern die Figuren der heiligen Wissenschaft, es klommen die Dreiecke, es sanken die Vierecke, es sprang von Gipfel zu Gipfel der fünfzackige Stern. Aber die Sieben- und Neunecke reckten viele Glieder, spießten bedrohlich nach einem, umschmiegten einen lieblich. Und alles schlang sich in vielwendigem, artigem Tanz.

Es lehrte der Oheim: Jeder Satz, jedes Wort, jeder Buchstabe der Schrift hat seinen heimlichen Sinn. Er öffnet sich, wenn du die Worte vergleichst mit anderen Stellen der Schrift, wenn du den Zahlenwert der Buchstaben zu neuen Gebilden destillierst. Sieh, hier ist Papier und ein wenig Schwärze darauf. Und ist lebendiger als ein lebendiger Mensch, ist sprechender Mund für die Ewigkeit. Ist dies nicht das Wunder der Wunder? Vor vielen tausend Jahren dachte einer, fühlte einer diesen Satz. Der Mund, der ihn zum erstenmal sprach, ist tot, das Hirn ist tot, das ihn zum erstenmal dachte. Aber seine Hand schrieb ihn nieder, und da er ihn niederschrieb, strömte Gott in die Buchstaben, und du denkst sie, spürst sie heute, nach den vielen tausend Jahren. In dem Geschriebenen ist Gott. Buchstaben leben, weben sich, Buchstab zu Zahl, Zahl zu Klang, in Ewigkeit. Was einer schreibt, das löst sich von ihm und lebt sein eigenes Wesen fort und spricht zu jedem andern. Aber wer sich heiligt, empfindet Gott in allem Geschriebenen.

So lehrte Rabbi Gabriel. Naemi hörte, mühte sich zu begreifen. Aber die heiligen Geschichten formten sich nur auf Augenblicke zu den strengen, mystischen Abgezogenheiten, die der Oheim ihnen abrang. Dann kehrten sie zurück und bekamen Farben und Fleisch und wurden in dem Blut des Mädchens zu bunten, lieblichen Fabeln und zu heroischen Abenteuern.

Sie las im Hohenlied: Mein Geliebter hebt an und spricht: Auf, meine Schäferin! Meine Schöne! Auf und komm! Sieh, der Winter ist vorbei. Junge Blüten erscheinen am Boden, die Zeit des Sangs ist da, der Turteltaube Stimme tönt in unserm Land. Auf, meine Schäferin! Meine Schöne! Komm! Meine Taube! Taube im Felsenriß, auf heimlichem Hang! Laß mich schauen deine Gestalt! Laß mich deine Stimme hören! Denn deine Stimme ist süß und lieblich deine Gestalt.

Sie saß, zart und aufmerksam, und glitt mit erfüllten Augen über die großen, blockigen, hebräischen Buchstaben. Das Gesicht, sehr weiß wie das des Vaters, drehte sich auf schlankem, stolzem Hals, die Augen trugen uralte Träume, den Kopf hatte sie in die Hände gestützt, sanft rundeten sich aus zarten Gelenken die Arme.

Rabbi Gabriel erklärte, was sie da gelesen habe, deute die Schöpfung der Welt, und die Blumen seien die Erzväter, und die Stimme der Jünglinge, welche die Geheimnisse der Schrift lernen, erwirke, daß die Welt sich erhalte und die Erzväter sich offenbaren. Und er legte es auseinander und wieder zusammen, mit viel Tiefe und Scharfsinn; und schließlich versank er und verstummte. Sie hörte gläubig zu; aber kaum hatte er geendet, so wurden die Blumen wieder Blumen, und sie hörte die einfache, süße Melodie: Der Winter ist vorbei, der Regen flieht und ist vorbei. Junge Blüten erscheinen am Boden, die Zeit des Sangs ist da, der Turteltaube Stimme tönt in unserm Land. Und sie schließt die Augen und hört auf die lockende Stimme, und sie lauscht hinter die Bäume und hält den Atem an: jetzt wird, gleich wird, im nächsten Augenblick, der Schäfer sichtbar sein, der die feinen Worte läutet, die silbern klingenden. Doch niemand kommt.

Auch die Helden und Frommen der Bibel bedeuteten gewiß das, was Rabbi Gabriel ihr erklärte. Doch war er nicht da, so schaute sie Naemi mit ihren eigenen Augen. Sie selber war Tamar, die den Amnon liebte, sie war Rahel, die mit Jakob floh, sie Rebekka an der Tränke. Auch Mirjam war sie noch, die das Siegeslied tanzte über den vom Herrn ersäuften Ägyptern. Doch nicht war sie Jael, die dem Sisserah den Nagel in die Schläfe schlug, nicht Deborah, die richtete in Israel. Mit den wenigen Menschen ihrer Umwelt staffierte sie die Geschichten der Bibel aus. Hagar trug die Züge der geschwätzigen Zofe Jantje, die Propheten hatten die trübgrauen, steintraurigen Augen des Onkels und seine platte Nase, und sie redeten mit seiner knarrenden, übellaunigen Stimme.

Die Helden aber hatten die Haltung des Vaters, sein Gesicht, seine Augen, die großen, gewölbten, fliegenden, seine schmiegsame, beredte, beredende Stimme. Ach, der Vater! Der helle, glänzende! Oh, daß er so selten kam! An seinem Hals hängen, das war Leben, und was sonst war, das war nur die Erwartung, daß er wiederkommen werde. Und alle die Helden der Schrift sah sie in seinem Bild. Simson, der die Philister schlug, trug seinen olivgrünen Rock und stapfte eilig, glänzend und gefährlich in seinen klirrenden Reitstiefeln. David, wie er dem Goliath obsiegte, wiegte sich in dem roten, zierlich geschweiften Frack, in dem der Vater das letztemal gefahren kam, und der gehobene Arm mit der Schleuder warf artig gefältelte Manschetten zurück. Und ach!, auch dies sah sie mit einem heimlichen, lüsternen Grauen, das Haar, daran Absalom im Baume sich verfing, war das reiche, gelockte, kastanienfarbene Haar des Vaters, und wenn David wehklagte: O Absalom! Mein Sohn!, dann jammerte er mit der knarrenden Stimme des Oheims, und es waren die feuervollen, geliebten Augen des Vaters, die er zudrückte.

Festlich fuhr der neue Herzog die Donau hinauf in der Jacht, die sein Schwiegervater ihm geschenkt hatte. Reglos am Kiel hockte unergründlichen Auges der Schwarzbraune. Neben der Herzogin saß massig der General Remchingen, hochrot das Weingesicht unter der weißen Perücke; schnaufend und modisch machte er in seinem plärrenden Österreichisch der schönen Frau seinen Hof. Der Soldat strahlte, hundert verwogene, draufgängerische Pläne blühten jetzt der Reife entgegen. Es war eine der ersten Handlungen des Herzogs, daß er den Freund zum Präsidenten des Kriegsrats und Höchstkommandierenden in Württemberg ernannte.

Glänzender Empfang in Wien. Die Majestäten äußerst huldvoll. Hochamt. Bankett in der Burg. Oper. Der alte Fürst Thurn und Taxis war dem Schwiegersohn nach Wien entgegengefahren; auch die beiden geistlichen Freunde hatten es sich nicht nehmen lassen, dem Herzog ihre Glückwünsche bis Wien entgegenzutragen. Als die Jacht anlegte, stand der Fürstbischof von Würzburg mit seinen Geheimräten Raab und Fichtel, stand der Fürstabt von Einsiedeln am Ufer, küßten den Herzog erfreut und herzlich, tätschelten blinzelnd Marie Augustens Hand.

Nach der Oper, die Majestäten und die Herzogin haben sich schon zurückgezogen, sitzen Karl Alexander, der Fürst von Thurn und Taxis, die beiden Prälaten noch zusammen. Dunkelgelber Tokaier leuchtet ölig, der Herzog hat sich in Belgrad an ihn gewöhnt, säuft ihn in großen Zügen, derweilen die Jesuiten sich an Schlücklein behagen. Die Luft ist schwer von Kerzen und Wein.

Karl Alexander, vor diesen Befreundeten und Vertrauten, kehrt sein Herz nach außen. Ah, er war nicht gewillt, als kleiner Dutzendfürst in seinem Land zu versauern. Sein Ehrgeiz ging nach mehr, als darüber zu wachen, daß seine Untertanen brav ihren Wein bauten, ihre Leinwand woben, ihren Kleinen den Rotz schneuzten und die Hemdzipfel rein hielten. Regieren lassen wird er seine Räte, er wird herrschen. Er war nicht umsonst so lange im Feldlager gewesen. Er war Soldat, ein Soldatenherzog. Hat er so lange für ein anderes, wenngleich befreundetes Haus gefochten und gesiegt, wieviel besser wird er können für sich selber fechten und siegen. Ludwig der Vierzehnte hat erobert, das kleine Venedig hat ein gut Teil Griechenland gefressen, von Schweden aus hat der zwölfte Karl seine Fahnen durch halb Europa getragen, in Potsdam rüstet man auf Eroberungen. Er spürt es, er ist der Mann dazu, aus seinem kleinen Staat einen größeren zu machen, vielleicht will's Gott, einen großen. So, wie es jetzt ist, jedenfalls läßt er sein Land nicht. Da stößt man sich ja blau und kaputt an all den Ecken nach innen und außen und kann keinen Arm und kein Bein ausstrecken. So viel Strateg ist er und versteht er von der Kriegskunst, daß sein kleines Land der Lage nach der Kern ist zu einem größeren. Und auch die Zeit, der Krieg mit Frankreich, ist günstig. Wenn man nur richtig vorstößt nach den württembergischen Besitzungen jenseits des Rheins, nach der Grafschaft Mömpelgard, die so mitteninne liegt im Französischen, und von da aus weiter: für einen Militär ist das eine exzellente Basis. Dann das viele Kleinzeug mitten im Herzogtum und an den Grenzen, die Reichsstädte Reutlingen, Ulm, Heilbronn, Gmund, Weil die Stadt, er begreift nicht, wie seine Vorgänger das haben so üppig wuchern und florieren lassen. Er wird sorgen, daß das dem Herzog nicht wie Steine im Magen soll liegen, sondern wie gedeihlicher Fraß.

»Euer Liebden sind sehr kühn«, lächelte der alte Thurn und Taxis und schnupperte mit dem feinen Windhundgesicht an seinem Tokaier. Wohlgefällig hörte er auf die temperamentvollen Projekte des Schwiegersohns. Er hielt das alles für bare Utopie, er glaubte nicht, daß sich davon auch nur ein Jota werde durchsetzen lassen; aber mein Gott!, der Herzog war Soldat, man verlangte keine politische Einsicht von ihm. Es war nett, anregend, amüsant, daß er so soldatisch ins Zeug ging. Zwei Monate in seiner Residenz, und das Feuer legt sich.

Die beiden Kirchenfürsten lauschten aufmerksam den starken Worten Karl Alexanders. Sie hatten seine Katholisierung mit großem Eifer betrieben, einmal weil man jeder irrenden Seele zum Licht verhelfen soll, dann weil es ein starkes Propagandamittel war, den Württemberger herüberzuziehen, vor allem aber aus Spielerei. Große politische Pläne hatten sie wirklich nicht damit verfolgt. Nun Gott es aber so glücklich gefügt hatte und dem Neugewonnenen ein so mächtiges Relief gegeben, konnte man schmunzelnd die vielerlei Komplimente über die eigene weise Voraussicht einstecken. Vor allem aber galt es, die unerwartete Chance nach Kräften auszunützen. Solch Feuer, wie es der Herzog da abbrannte, war immer gut. Daran war manches Süpplein zu wärmen.

Sachte begann der dicke Würzburger Fürstbischof. Der Bruder Herzog trage sich mit großen Plänen, zu denen ihm jeder christkatholische Fürst Gutes wünschen müsse. Aber er vergesse, daß Gott ihn ausersehen habe, in einem rebellischen und ganz verstockten Babylon zu herrschen. Diese verfluchten Evangelischen hätten die gottgewollten Rechte der deutschen Fürsten beknabbert wie die Ratten, daß sie nun gottsjämmerlich ramponiert in Fetzen hingen.

Der Herzog: Der Württemberger sei nicht schlecht, sei ein loyaler Untertan und dem Fürsten treu. Es sei nur diese verfluchte Bande vom Parlament, die obstinate Kompanie von filzigen Eseln, die ihm seinerzeit die Apanage geweigert, diese sperrigen, hochverräterischen Hammel, die mit seinem Bruder gezettelt. Aber er sei auf dem Quivive gewesen und habe sich nicht um seinen Thron bescheißen lassen, und jetzt, an der Macht, werde er es ihnen heimzahlen und sie kuranzen, daß sie sollen Blut schwitzen. Und so wolle er kein Fürst sein und Soldat, so er ihnen nicht den Fuß werde auf den frechen Nacken setzen.

Es lächelte der Abt: So einfach sei das nicht. Fürs erste habe der Bruder Herzog Vorausversicherungen gegeben für die Religion und allerhand Reversalien. Das sei Papier, Papier, Papier, schrie schwer vom Wein und wild der Herzog. Und gelassen der Jesuit: Gewiß; aber vorläufig bindend. Auch die Bibel sei zuletzt nur Papier, und doch stehe auf ihr Rom und die Welt. Geschmeidig mischte der Würzburger sich ein: Karl Alexanders Kraft und Weisheit, die Hilfe und List seiner Freunde, seine Soldaten und die Güte seiner Sache würden das Papier schließlich zerreiben. Die Katholisierung des Herzogtums, Basis und Eckpfeiler all dieser Pläne, sei schwer, aber nicht unmöglich. Man denke an die vorbildlich kluge und geglückte Katholisierung von Pfalz-Neuburg. Nur katholische Offiziere und Soldaten zunächst. Da kann keine Landschaft einreden. Dann alle Hofchargen mählich nur mit Katholiken besetzt, und schließlich alle Beamtenstellen im Land. Die Protestanten werden entlassen ohne Rücksicht, alle. Ei, wie sprangen damals in der Pfalz die Seelen in den guten Glauben! Wie viele wurden auf so einfache Manier der ewigen Verdammnis entrissen. Zuerst die Beamten, die Familie hatten, die am meisten um ihre Existenz fürchteten. Ei, wie rasch sie von der alleinseligmachenden Lehre überzeugt waren, ei, wie sie die protestantische Ketzerei abschworen, ei, wie sie liefen, hasteten, die guten, wackeren Seelen, atemlos, in den Schoß der Kirche.

Man lachte, trank. Mancherlei Wege öffneten sich. Der Fürstbischof versprach, er werde durch seinen grundgescheuten Geheimrat Fichtel Richtlinien ausarbeiten lassen, speziell auf Württemberg zugeschnitten. Man trennte sich angeregt, voll Hoffnung.

Andern Tages erschienen bei dem Herzog drei kaiserliche Räte, mit ihm über den französischen Krieg zu beraten, in den der Kaiser unbesonnen hineingeglitten war. Karl Alexander, bis jetzt vor den kaiserlichen Räten immer nur Bittender, Lästiger, besoldeter General, blähte sich nun, umworben. Lässig, mit großer Geste, schmiß er den Ministern die zwölftausend Mann Subsidien hin, um die man ängstlich ihn bat. Mit vieler Verklausulierung und in dunklen Andeutungen versprach ihm dafür der kaiserliche Geheimvertrag Schutz und Mehrung seiner Souveränität gegen eventuelle Übergriffe seiner Landschaft.

Als der Herzog Wien verließ, küßte ihn die römische Majestät vor Hof und Volk auf beide Wangen.

Josef Süß, wie er den Tod Eberhard Ludwigs erfuhr, stand eine kurze Weile ohne Atem, den sehr roten Mund halb offen, die linke Hand gehoben wie in leichter Abwehr, alles Blut zum Herzen. Am Ziel. Er war am Ziel. Ganz plötzlich stand er oben. Er hatte es so heiß gewünscht, er hatte hochfahrend getan vor sich und den anderen, als stünde er längst oben, aber innerlich war er immer zernagt und zerschüttelt von Zweifeln gewesen. Und nun mit einemmal war es da, es war wie ein Treffer, ein einmaliger, unter hunderttausend Losen, er hatte die rechte Eingebung gehabt, und er stand stolz und geniehaft vor dem klugen Isaak Landauer, der gelächelt hatte und mit dem Kopf gewackelt über seinen Glauben an den kleinen Prinzen und sich die fröstelnden Hände gerieben.

Ah, nun wird er stolz und mächtig herschreiten. Hundert glänzende Säle taten sich auf vor ihm. Mit einem Ruck schnellte er hoch. Er wird jetzt, Gleicher unter Gleichen, mit den Großen der Welt an prunkenden Tafeln sitzen; die eben noch verächtlich den Fuß gegen ihn hoben, werden vor ihm den Rücken rund machen. Die ihn antichambrieren ließen, werden vor seiner Tür warten, bis er sie vorläßt. Und Frauen, weiße, glänzende, vornehme, die sich seine Liebe gnädig gefallen ließen, werden ihm jetzt bettelnd die stolzen Leiber zutragen. Mit Wucher wird er die Fußtritte zurückzahlen, die er hat hinnehmen müssen. Er wird sehr hoch thronen und wird sich weiden an seiner Dignité, er wird den großen Herren weisen, daß ein Jud den Kopf noch zehnmal höher tragen kann als sie.

Er verkaufte seine Häuser in Heidelberg und Mannheim, erließ in hochfahrendem Ton eine Bekanntmachung, wer im Pfälzischen Forderungen an ihn habe, möge sie präsentieren. Mittlerweile kaufte er unterderhand durch Mittelsleute in Stuttgart in der Seegasse das Palais einer heruntergekommenen Adelsfamilie, ließ es aufs prächtigste renovieren, ergänzte seine Dienerschaft, seine Garderobe, seinen Marstall. Traf umständliche Vorbereitungen, dem Herzog fürstlich und feierlich entgegenzufahren.

Unter solchen Anstalten fand ihn Isaak Landauer. Unansehnlich, schmuddelig saß der große Finanzmann in ungefälliger, eckiger Haltung in einem großen Sessel, wärmte sich die mageren, blutlosen Hände, durch seine Schläfenlocken, seinen Kaftan, seine verwahrloste Judentracht den Süß tief reizend. Er hatte, mußte Süß enttäuscht und geärgert konstatieren, offenbar weder Bewunderung noch Neid für ihn. »Ihr habt Glück gehabt, Reb Josef Süß«, sagte er, kopfwackelnd, gutmütig, leicht spöttisch. »Es hätte auch können schiefgehen, dann hättet Ihr Euer ganzes Geld an den Schlucker verloren.« – »Jetzt ist er jedenfalls kein Schlucker«, sagte Süß ägriert. »Das meine ich eben«, gab der andere bereitwillig zu. Und, vertraulich, autoritativ: »Was macht Ihr für Gewese und Gepränge und große Geschichten? Laßt Euch sagen von einem alten Geschäftsmann, es ist unpraktisch, es ist bloß zu Schaden. Was macht Ihr Euch dick und stellt Euch in die Sonne? Es ist nicht gut, wenn sich ein Jud hinstellt, wo ihn alle sehen. Laßt Euch sagen von einem alten Geschäftsmann, ein Jud stellt sich besser in den Schatten.« Und mit einem kleinen, gurgelnden Lachen: »Eine Schuldverschreibung in der Truhe ist besser als eine Goldbordüre am Rock.« Und gutmütig, mit sachtem Spott, prüfte er die Stickerei an den Ärmeln des Süß, während der andere, angewidert fast, sich ihm zu entziehen suchte.

So sind diese Jungen, dachte Isaak Landauer, als er den Süß verlassen hatte. Sie sinken, sinken bis zu den Gojim. Sie brauchen Lärm, Glanz, gestickte Röcke. Sie müssen sich bestätigt fühlen von den anderen. Von dem feinen, heimlichen Triumph in Kaftan und Schläfenlöckchen ahnen sie nichts, diese Flächlinge.

Süß höhnte vor sich: Wie feig er ist. Immer sich verstecken. Wozu denn Macht, wenn man sie nicht sehen läßt? Diese dummen, ängstlichen, altmodischen Vorurteile. Nur ja die Christen nicht aufmerksam machen. Nur ja sich in den Schatten ducken. Gerade ins Licht stellen werde ich mich und allen mitten ins Aug schaun.

Mit großer Pracht fuhr er nach Frankfurt. Besuchte seine Mutter, sich ihr in seinem Glanz zu zeigen. Die schöne alte Dame – von ihr hatte er das sehr weiße Gesicht und die wölbigen, fliegenden Augen – lebte in behaglichem Wohlstand ein leeres Leben. Ach, wie waren früher ihre Tage erfüllt gewesen. Mit gehetzten Pferden hatte die Schauspielerin Michaele Deutschland durchjagt, und alle Straßen waren voll von Männern, Abenteuern, Begierden, Triumphen, Kümmernissen, Wirbel gewesen. Jetzt ließ sich ihr Dasein nur mehr äußerlich mit den Farben von Erlebnissen antünchen, sie mußte jedes Nichts aufblasen, um den Schein von Wichtigkeit und Geschäftigkeit zu wahren, sie füllte die Stunden mit Körperpflege, unterhielt eine vielfältige, lärmende Korrespondenz, kroch in das Leben ihrer zahllosen Bekannten hinein. Süß blähte und spiegelte sich vor ihr, sie weidete sich an seinem Glanz, sog, die Augen groß und töricht, seine lärmenden, gedunsenen Prahlereien ein. Er, vor der willigen, bewundernden Hörerin, steigerte sich immer höher.

In den farbigen Schaum ihrer Reden hinein erschien Rabbi Gabriel. Eben noch hatte mit lüsternem Triumph Süß von den Frauen geredet, die sich in seinen Zimmern drängten, und Michaele hatte gierig zugehört. Jetzt zerdrückte das breite, steinerne, mürrische Antlitz des Alten alle diese leichten, bunten Gesichte wie ein gewaltiger Block. Ja, er wußte, daß der neue Herzog schon von Wien aufgebrochen war, bald eintreffen werde. Süß war natürlich auf dem Weg zu ihm. Er sprach mit so kaltem, müdem Spott, daß alles Errungene kahl und zweifelswürdig erschien. Dann fragte er beiläufig, wann endlich Süß nach Hirsau kommen werde, das Kind habe seinen Anblick not. Da Süß sich wand, ausbog, bestand er nicht weiter, nur die drei Falten vertieften sich in der Stirn. Er sah von der Mutter zum Sohn, vom Sohn zur Mutter. Ging bald.

Michaele war fahrig, flatternd, ängstlich wirr wie ein hirnloser Vogel gewesen, solang er da war. Süß hatte die Mutter noch nie in seiner Gegenwart gesehen. Auch er holte nur mühsam seinen in allen Ecken geschlagenen Stolz und großen Glanz wieder zusammen. Langsam und nicht ganz sicher stelzte er sich den alten Prunk wieder an und machte sich vorsichtig lustig über den Alten. Allein die Mutter stimmte nicht ein, und sein Abschied war nicht ganz so strahlend und befriedigt wie sein Auftritt.

In rascher Fahrt nach Regensburg. Lärmend, in heiterster

Laune empfing ihn der Herzog. Sehr rot unter der weißen Perücke fiel ihn Remchingen mit groben Witzen an; er mochte die Juden nicht leiden, der da mit seiner überhöflichen, geschmeidigen Art war ihm doppelt zuwider. Auch der alte Thurn und Taxis verhielt sich reserviert; er hatte es dem Juden nicht vergessen, daß er damals in Monbijou mit seinem blaßgelben Salon seinen blaßgelben Frack geschlagen hatte.

Sehr wohlgefällig aber und amüsiert lächelte ihm die Herzogin entgegen. Ziervoll hob sich die schmale Taille mit dem spöttischen Kopf aus dem mächtig ausschweifenden, dunkelblauen Samtrock, in dem das winzige Hündchen fast verschwand. Gnädig reichte sie dem Juden zum Kuß die kleine, fleischige, gepflegte Hand, während sie mit der andern artig und preziös, wie es die Sitte vorschrieb, die obersten Falten des Rockes hielt. Ei, was mochte er für dunkle und ruchlose Gedanken mit in ihre Hand hineingeküßt haben. Er hatte noch immer diese Augen von hemmungsloser, beredter Ergebenheit. Und wie modisch bis ins letzte Härlein er sich trug. Es war amüsant, so einen Juden um sich herum zu haben, der aussah wie der galanteste Herr von Versailles und sein arges jüdisches Herz, das doch sicherlich voll war von jeder Bosheit und giftigem Gewürm, hinter so einem feinen, hirschbraunen Rock verbarg.

Hernach dann, als sie nur zu zweien waren, fragte ihn der Herzog nach der Stimmung im Land. Er fragte etwas von oben her und beiläufig; aber Süß durchschaute sofort und innerlich erheitert über so primitive Methoden seine Unsicherheit und wie sehr ihm an seinem Urteil lag. Sogleich stellte er sich auf Geschäft ein, auf Sachlichkeit, Konzentration, sorglichste Witterung. Saß, der kluge Finanzmann, mit gespannten Nerven, in Tätigkeit jede Sicherung. Drehte alle Räder seines Kalküls an, zerteilte rasch und präzis für alles zu Sagende Gründe und Gegengründe, rieb sie blitzblank, zählte, wog, rechnete. Holte den Herzog mehr aus als dieser ihn.

Drei Dinge, sah er, wollte dieser Herzog hören: daß das Volk, unzufrieden, von ihm Erlösung aus aller Not erwarte, daß er der größte deutsche Feldherr sei, dem das Land die Mittel zu einer stattlichen Kriegsmacht als etwas Selbstverständliches schulde, daß das Parlament sich zusammensetze aus einer Bande filziger, eigensüchtiger, querköpfiger, rebellantischer Lumpen. Klug richtete Süß seine Antworten so ein, daß sie alle hinausliefen auf Bestätigung solcher Grundsätze.

Unvermittelt schlug ihn der Herzog auf die Schulter: »Mit Seinem Magus hat Er mich nun doch nicht angeschmiert, Er Sapperlotter von einem Juden.« Süß zuckte zusammen, antwortete gegen seine Gewohnheit schleppend, unfrei, gezwungen, er habe sich die kabbalistischen Berechnungen auch was kosten lassen; kein Wunder, daß sie solid seien und stimmten. Der Herzog, lauernd und auch seine Laune nicht sehr echt: der Rabbi habe doch aber ein schlimmes Ende prophezeit. Wenn die Berechnungen so solid seien, warum Süß dann sein Geld und seine Dienste an ihn kette. Und Süß, nach einer Weile: was der Rabbi für gut und schlecht halte, das liege auf einem andern Gebiet, und nicht spintisierende Menschen wie Seine Durchlaucht und er brauchten sich um dergleichen subtile, metaphysische Dinge nicht hinter den Ohren zu krauen.

Er verstummte plötzlich, behindert am Atem, den Kopf seitlich gezogen. Es war ihm, als schaue ihm ein Mensch über die Schulter, ein Mensch mit seinem eigenen Gesicht, aber ganz im Dämmer, nebelhaft. Auch der Herzog schwieg. Die Dinge um ihn verloren ihm ihre Farbe, der Jude vor ihm verfahlte. Er sah sich schreiten in einem seltsamen, unwirklichen Tanz, vor ihm im Reigen schritt der Unheimliche, der Magus, Rabbi Gabriel, die eine seiner Hände haltend, die andere hielt Süß.

Aus dem Gesicht riß ihn der Jude. Lenkte auf anderes. Der Herzog hatte verächtlich und erbittert von seinem Bruder gesprochen, dem Prinzen Heinrich Friedrich, und seinen Zetteleien mit der Landschaft. Hier hakte er ein, machte sich behutsam lustig über den sanften, untüchtigen Verschwörer, sprach dann von seiner Geliebten, dem stillen, dunkelblonden, dümmlichen Geschöpf. Der Herzog hörte interessiert, belustigt, boshaft zu. Ei potz! Das Geschöpf hatte ein mageres Fressen an dem sanften Heinrich, das war ein dünner Braten ohne Sauce. Er lachte maßlos, in seine Augen stieg ein arges, planendes Glitzern. Der Jude kannte das Mädel natürlich, er solle sie schildern. Süß beschrieb sie vorsichtig, zerlegte sie kennerisch, die Tochter des kleinen Landedelmanns, sanft, groß, schwer, ihre Blondheit, ihre warme, dumpfe Jugend. Der Herzog lauschte hämisch, gierig, befriedigt; sein Plan war offensichtlich reif geworden. »Er ist ein Kenner, Jud«, lachte er. »Er versteht sich auf Christenfleisch, Er Filou.«

Süß, allein, lächelte tief, siegreich, überdachte seinen Weg. Er war klar. Dem Herzog schmeicheln, unbedenklich, ohne Furcht vor Übertreibung. Dem Herzog Geld schaffen, und durch Geld Weiber, Soldaten, Gloire. Mehr, immer mehr. Nicht übermäßig daran verdienen, aber so viel schaffen, daß man reich wurde, blieb auch nur ein kleiner Teil kleben. Keine Rücksichten auf die Landschaft. Sich klar und offen gegen sie stellen. Sie en canaille trätieren. Einziges Ziel: Geld für die herzoglichen Kassen.

Er hatte Karl Alexander von der rechten Seite genommen. Er hatte auch gut getan, das Palais in Stuttgart zu kaufen. Als er Regensburg verließ, dem Herzog voraus, war er herzoglich württembergischer Geheimer Finanzrat. Der Bestallung beigefügt war ein Dekret der Herzogin, das ihn zu ihrem Schatullenverwalter ernannte.

In Stuttgart ungeheure Vorbereitungen zum Empfang des neuen Fürsten. Drei Ehrenpforten mit stolzen lateinischen Inschriften und vielen allegorischen Figuren, unzählige Fahnen, Girlanden. Die Straßen gesäumt mit Volk, frostrot und angeregt durch den hellen, lustig klaren Dezembertag. Überall Ausrufer, die das Bild des Herzogs feilbieten, das berühmte Bild, wie er an der Spitze der siebenhundert Axtmänner höchst kriegerisch unter regnenden Kugeln die Festung Belgrad erstürmt. Süß hat das Bild in vielen tausend Drucken herstellen lassen, dem Herzog und dem Volk zur Freude und sich zum Verdienst, und nun balgen sich Bürger und Bauern um den billigen, patriotisch herzwärmenden Wandschmuck. Die ganze Stadt getaucht in Musik, Böllerschüsse, Geschrei. Endlich, zwei Meilen lang, der Festzug: Beamte, Offiziers, Soldaten zu Fuß und zu Pferd, Läufer, Pagen. Sechzehnspännig die Galakarosse des Herzogs. So fuhr er ein auf schneeglitzernden Straßen unter einem strahlend hellblauen Dezemberhimmel, und tausend bunte Fahnen wehten in die fröhliche Luft.

Herzen und Mäuler offen, freuten sich die Stuttgarter ihres imposanten Souveräns, der, den Pelzmantel über der breiten, vielbesternten Brust zurückgeschlagen, mit mächtigem Schädel und herrischen Augen dasaß, und mehr noch vielleicht ihrer wunderschönen Herzogin, die unter vielem weißen Rauchwerk, den kleinen, fremdartigen Eidechsenkopf unter dem Diadem, mit gelassener Neugier ziervoll und lächelnd auf sie niederblickte. Ei, was spottete sie innerlich über die Schwaben, die ihr zujubelten, ei, wieviel Lächerliches entdeckte sie an dem Sprecher der Tübinger Universität, dem dicken, befangenen, schwitzenden Professor, der sich abarbeitete an der schwäbelnden Deklamation der schwungvollen Verse, mit denen er das fürstliche Paar begrüßte. Sie hörte ernsthaft und aufmerksam zu, als er von den Völkern sprach, die der Herzog mit seinem Zepter zu weiden berufen sei, als er pathetisch verkündete, Karl Alexanders Name fasse alles zusammen, was man von Karl dem Großen und anderen Karlen spreche, was sich am Griechen Alexander weise, was Gottes Volk an Simson preise, was Herkules besessen habe, als er ihn schließlich mit dem römischen Cäsar verglich. Und nicht einmal da zeigte sie ihr Amüsement, als er den Herzog rühmte, er sei schon deswegen ewig in der Zeit, weil wie der Prinz von Ithaka sein Geist nach einem Mentor sah. Aber innerlich fragte sie sich, wer wohl dieser Mentor sei, der kleine, behutsame Geheimrat Fichtel mit seinem schwarzen Kaffee oder mit seiner Fuchsschläue und seiner Galanterie der elegante Jud.

Der stand bescheiden und in höchster Ehrfurcht ganz hinten in einer Ecke beim Gesinde. Er hatte es für klug gehalten, still und ohne großes Aufsehen in Stuttgart einzufahren, er hatte sein stattliches Haus bezogen und war vorderhand nicht sehr aufgefallen. Aus seinem Leibdiener, dem stillen, phlegmatischen Nicklas Pfäffle, war nichts herauszukriegen; es war eben ein großer Herr vom Hofstaat des neuen Herzogs. Allgemach erst erfuhr man, daß der Geheime Finanzrat, trotzdem er aussah und sich hielt wie jeder andere große Herr, ein ganz gemeiner, ungetaufter Jud war. Nun war eigentlich den Juden der Aufenthalt im Herzogtum verboten. Die Herren von der Landschaft machten auch scheele Gesichter und hätten den neuen Finanzrat am liebsten aus dem Land geschafft; aber man wollte nicht um solch ein kleines Ding sogleich Hader mit dem neuen Herzog haben. Das Volk begaffte den Juden neugierig und mißtrauisch; allein man sagte sich, bei den verwickelten Finanzverhältnissen des Kammerguts und bei der Schläue der Juden, die die Grävenitzschen Finanzen verwalteten, müsse man dem Herzog billig auch seinerseits einen Hofjuden zugestehen. Ferner mußte man zugeben, daß der neue Jud sich vorläufig anständig und unauffällig führte, und jetzt bei der Erbhuldigung hielt er sich trotz seines großen Titels und seiner stolzen Uniform bescheiden im Winkel.

Aber drei Tage später, beim Empfang der Landschaft, war er schon ganz anders. Stolz, kalt, scharf stand er unter den Ministern und blickte ablehnend fremd auf das Gewimmel der Landschaft. Das kleine Häuflein des Kabinetts, unter ihm der Jude, stand in bunten, prunkenden Uniformen, hochmütig getrennt von der dichten, schwärzlichen Masse der Parlamentarier. Vierzehn Prälaten zählte diese Kammer und siebzig Abgeordnete der Städte und Ämter. Nur wenige wie der feine, kluge Weißensee und der verarbeitete Konsulent Veit Ludwig Neuffer hielten sich über der Lage; die meisten trugen besorgte, befangene, schwitzende Gesichter und standen trotzig und unsicher vor der kalt blickenden, hoffärtigen Gruppe der Minister. Unter denen war der Präsident des Conseils, Forstner, und der zweideutige, geschmeidige Neuffer, die schon bei Lebzeiten des alten Herzogs die Stützen Karl Alexanders gewesen waren und die Pläne der Landschaft mit dem Prinzen Heinrich Friedrich gestört hatten. Dann Andreas Heinrich von Schütz mit der mächtigen Hakennase, Kreatur ursprünglich der Grävenitz, der sich unter jeder Regierung hielt. Nichts Gutes versah sich die Landschaft von diesen dreien, nichts Gutes auch von dem Juden, dessen Beiziehung zu dem feierlichen Empfang eigentlich eine Anmaßung war. Wie eitel und üppig der Kerl dastand! Es war, weiß Gott, eine Herausforderung der löblichen Landschaft. Nun, wart Er nur, man wird noch Wege finden, Ihm Mores beizubringen.

Zutrauen hatten die Stände nur zu einem einzigen von den Ministern, und daß der Herzog den ins Kabinett berufen hatte, machten den Neuffer und den Juden wieder wett. Das war Georg Bernhard Bilfinger, der Philosoph und Physiker. Karl Alexander hatte den behäbigen Mann mit dem offenen, fleischigen, energischen Gesicht kennengelernt, als er gewisse Berechnungen und Festungsentwürfe von ihm nachzuprüfen hatte. Und so mißtrauisch er gegen alle Philosophie war, konnte er der Lockung nicht widerstehen, den zuverlässigen Mathematiker und Festungsbauer in sein Kabinett zu rufen statt eines Juristen.

Die beiden Gruppen, die kleine der Minister und die große der Parlamentarier, standen sich gegenüber wie zwei feindliche Tiere, das eine groß, plump, schwärzlich, hilflos, das andere klein, schillernd, bunt, beweglich, gefährlich. Aber trotz der betonten äußeren Distanz liefen Fäden von der einen Gruppe zur andern, Fäden von dem Parlamentarier Neuffer zu seinem Bruder, dem Minister, von dem ernsthaften, biedern, patriotischen Landschaftspräsidenten Sturm zu dem ernsthaften, biedern, patriotischen Geheimrat Bilfinger und schon von dem nervösen, feinen, neugierigen Diplomaten Weißensee zu dem merkwürdigen, zweideutigen, glatten, eleganten, neuen Finanzienrat, dem Juden, der hebräischen Exzellenz.

Die Versammlung wartete sehr lange, eine Stunde fast über die angesetzte Zeit. Und noch immer kein Huldigungsmarsch, noch immer nicht die Präsentierkommandos der Garden im Vorsaal, noch immer die Türen verschlossen, die aus den Privatgemächern des Herzogs führten. Schwitzend in dem überheizten Saal, knurrend, finster traten die Repräsentanten des Volkes von einem Fuß auf den andern, auch die Minister begannen unruhig zu werden. Daß der Herzog vom ersten Augenblick an das Parlament dergestalt brüskierte, kam unerwartet. War es Absicht? Laune? Zufall? Vergeßlichkeit?

Nur *einer* wußte es. Der Jude stand, lächelte, kostete den seltsamen Triumph, den sich Karl Alexander ausgedacht, verstehend und genießerisch mit. Die Landschaft hatte mit seinem Bruder gezettelt? Gut, so mochte sie sich jetzt die Beine in den Bauch warten, dieweilen er sich mit der Freundin seines Bruders, dem sanften, dunkelblonden, ruhevollen Geschöpf, vergnügte.

Der Geheimrat Andreas Heinrich von Schütz las die Verfassungsakte vor, die der Herzog beschwören mußte. Beigefügt waren auch jene Bestätigungen und Versicherungen, die Karl Alexander noch als Prinz abgegeben hatte und die Neuffer unmittelbar nach dem Ableben Eberhard Ludwigs den Herren vom Parlament überreicht hatte. Furchtbar umständlich, vorsichtig, langatmig war alles festgelegt. Nicht sehr laut, mit gleichmäßiger, gewandter Stimme, durch die mächtige Hakennase leicht französelnd, las Herr von Schütz das endlose Schriftstück, der Saal war überheizt, eine Winterfliege summte, von den vielen Menschen in ihren schweren Kleidern ging Dunst, Atem, leises Geschnauf aus. Unwirsch, verärgert sah Karl Alexander in die vielen stumpfen Werkeltagsgesichter, die sich bemühten, pathetisch zu blicken, unwirsch, verärgert hörte er auf den Vortrag dieser steifen, feierlichen Urkunden, von denen jedes Wort für ihn Bindung, frechen, anmaßlichen, rebellantischen Zwang bedeutete. Und das näselte so fort, endlos, endlos. Er mußte an sich halten, um nicht dreinzufahren, nicht plötzlich laut und verdrießlich zu gähnen. Er kam aus einer Umarmung, er spürte noch in allen Poren die sanfte, warme Haut des dunkelblonden Geschöpfs, er hörte noch ihr hemmungsloses, stilles, verströmendes Geflenn, das ihm Gesicht, Arme, Brust feuchtete, er war erfüllt von einem schlaffen, rohen Grinsen. Sehr anstößig schien es den Herren von der Landschaft, wie er mit belegter, heiserer Stimme – eine Nachwirkung des Genusses, aus dem er kam – asthmatisch, empörend gleichgültig und mit den Gedanken offensichtlich wo ganz anders die feierliche Eidesformel nachsprach. »Ich konfirmier und bestätige bei meinen fürstlich wahren Worten mit gutem, reifem Vorbedacht und aus freiwilligem Herzen.« Und das klang, als sage er seinem Kammerdiener, das Rasierwasser sei nicht warm genug.

Gedrückt und voll Besorgnis entfernten sich die Abgeordneten. Hätte er sie beschimpft wie der verlebte Fürst, der Eberhard Ludwig, wäre er mit unflätigem Gekeife über sie hergefallen wie jener, dagegen hätte man viel leichter aufkommen können als gegen diese formlos verächtliche, verblüffend nonchalante Manier. Wie er sie hatte warten lassen wie lästig lumpige Bettler! Wie gleichgültig er, mit gelangweiltem Gerülpse, die Akte beschworen hatte! O schöne Freiheit! Man wird noch hart für dich kämpfen müssen. O süße Macht der herrschenden Familien, man wird viel Ärger und Verdruß haben, dich zu wahren.

Karl Alexander, nachdem die Abgeordneten fort waren, streckte sich, warf sich in einen Sessel, war vergnügt. Denen hatte er es gegeben. Wie sie sich wegschlichen, die Schwänze eingezogen. Er schnaubte durch die Nase, sehr zufrieden mit sich. Ein guter Anfang, ein guter Tag. Erst dem sanften Heinrich Friedrich eins versetzt, dem Duckmäuser, dem Aufmucker, und dann das freche, filzige, schwitzende Pöbelpack heimgeschickt, begossen, würgend an dem hinuntergefressenen Verdruß.

Er entließ auch die Minister, schmunzelte, sie verabschiedend, zu Süß: »Hab noch was zu trösten, was Blondes, Flennendes. Hat Gusto, der Duckmäuser, mehr Gusto, als ich ihm zugetraut.« Lachte schallend und schlug den geschmeichelten Süß auf die Schulter.

»Ich will selbst regieren«, sagte er zu einer Stuttgarter Deputation. »Ich will selbst mein Volk hören und ihm helfen.« Eine Flut von Bittschriften brach herein, mit eigener Hand nahm er sie. »Ich will dir und mir helfen«, sagte er einem Bittenden. Ins ganze Land ließ er ergehen, er werde sich durch keine Mühe und

Schwierigkeit von dem, was zu wahrer Aufnahme und Flor des Herzogtums gereichen werde, abhalten lassen, werde sorgen, daß in allen Stücken ohne Schleich, Intrigen und Verwicklungen nach der altberühmten württembergischen Treu und Redlichkeit gehandelt werde. Wer immer eine Beschwerde in solchen Stücken gegen einen Beamten habe oder sonst in diesem Behuf ein Anliegen, möge es umständlich zu Papier bringen und ihm, dem Herzog, zu eigenen Händen kommen lassen.

Drei Sonntage nacheinander wurde dieser Wille des neuen Herrn von allen Kanzeln des Landes verlesen; gedruckt war er angeschlagen am Rathaus jeder Gemeinde. Es jubelte das Volk: das war ein Fürst; der ließ nicht durch seine Kanzlei regieren, der regierte selbst. Wie Schnee im Mai schmolzen die Grävenitzischen. Machten sich fort, wurden verbannt, auf Festung gesetzt. Der treibt unsere Treiber hinwiederum ein! schmunzelten die Bauern. Auf blühte an dem Sturz der Grävenitzischen die saure Herzogin-Witwe. Das Bild Karl Alexanders aber, wie er Belgrad erstürmt mit seinen Axtmännern, ging reißend ab, und als gar ein Reskript das Niederknien der Supplikanten vor dem Herzog verbot, denn nur Gott gebühre solche Ehrerweisung, da mußte Süß eine neue riesige Auflage drucken lassen, und es gab kein Bürger- und kein Bauernhaus im Herzogtum, darin das Bild nicht am besten Platze hing. Und die Herren vom Parlament machten scheele Gesichter.

Den Prozeß gegen den früheren Hofmarschall, den Grävenitz, und seine Schwester förderte der Herzog mit allem Nachdruck, doch ohne rechten Erfolg. Wohl saß der ehemals Allmächtige auf der Festung Hohentwiel; aber wollte man sich nicht Zwang und Ungerechtigkeit vorwerfen lassen, so mußte man vorsichtig und langsam vorgehen. Was gar die Gräfin anlangte, so war sie außer Landes, die evangelischen Höfe unterstützten sie gegen den katholischen Herzog, und die leise, behutsame Hand Isaak Landauers löste immer wieder alle Fäden, aus denen die plumperen württembergischen Räte der Gräfin ein Netz knüpfen wollten. Wohl wurde ein spezialiter verordnetes Kriminalgericht gegen sie eingesetzt, der erste Jurist des Herzogtums, der um seiner strengen Rechtlichkeit willen in ganz Deutschland angesehene Tübinger Professor Moritz David Harpprecht, erhob peinliche Anklage gegen sie wegen Bigamie, gedoppelten, wiederholten, durch viele Jahre forgesetzten Ehebruchs, wegen dreier Mordanschläge gegen Eberhard Ludwigs Gemahlin, wegen Majestätsverbrechens, wegen Kindsabtreibung, wegen Fälschung, Betrugs, Unterschleifs, auch erkannte dies Gericht die Todesstrafe gegen sie. Ein besonderer württembergischer Agent, der Baron Zech, wurde nach Wien gesandt, Bestätigung und Exekution dieses Urteils durchzusetzen, und er gab viel Geld aus, die kaiserlichen Räte zu gewinnen, an hundertunddreiundvierzigtausend Gulden. Aber sei es, daß Isaak Landauer noch mehr ausgab, sei es, daß er einfach geschickter war, die Geschichte wurde langwierig und versackte schließlich in einen umständlichen, komplizierten Geld- und Vergleichshandel.

Dem Herzog wurde diese Affäre wie überhaupt die ganze Regiererei vom Kabinett aus bald öde und unbehaglich. Er hatte schöne Manifeste erlassen, die Liebe seines Volkes errungen, und seine Räte, der polternde General Remchingen, der geschmeidige Diplomat Schütz, der schlaue Finanzmann Süß, versicherten ihm Tag für Tag, jetzt seien alle Mißstände abgestellt, Württembergs goldenes Zeitalter angebrochen. Wo in Deutschland gab es einen zweiten so pflichtbewußten Fürsten? Stolz vor Gott, den Menschen und sich selbst, geschwellt von dem Gefühl, den Titel, mit dem eine Adresse der Tübinger Universität ihn angeredet, den Titel: treuester Hirt und Wonne des Menschengeschlechts sich zu Recht verdient zu haben, überließ er die Erfüllung seiner Versprechungen seinen Räten und fuhr, sich freuend auf das Soldatenleben, hungrig nach neuer Gloire, zur Armee.

Süß hielt Konferenz mit dem Geheimrat Bilfinger und dem Professor Harpprecht über den Prozeß gegen die beiden Grävenitz. Die Herren saßen in dem prunküberladenen Arbeitskabinett des Süß, der Jude schlank, elegant; gewichtig, breit die beiden Württemberger. Der Prozeß stand nicht gut. Wien hatte nahegelegt, den früheren Oberhofmarschall von der Festung zu entlassen und seinen Vergleichsvorschlag anzunehmen; er wollte seine württembergischen Güter gegen eine niedrige Summe abtreten. Auch das peinliche Verfahren gegen die Gräfin war man in Wien zu bestätigen nicht geneigt, man verwies auf den Weg finanziellen Ausgleichs. Dieser Kompromiß schien den beiden Württembergern mager und der herzoglichen Dignité nicht entsprechend. Süß hingegen meinte, der greifbarste Erfolg sei der, der sich in einer hohen Ziffer ausdrücke, und eine so real denkenden Dame wie die Gräfin könne schwerer als mit einer hohen Geldbuße nicht bestraft werden. Die geldliche Regelung solle man ihm überlassen, er werde sie bestimmt zur Zufriedenheit des Herzogs erledigen. Die beiden ernsthaften und gerechten Männer fanden diese Anschauung frivol und jüdisch, auch wußten sie, daß Süß Geschäfte mit der Gräfin hatte, und trauten ihm nicht recht. Aber schließlich war der württembergische Agent erfolglos aus Wien zurückgekehrt, es blieb keine andere Lösung als ein Vergleich, der Jude machte das wirklich besser als jeder andere, und der Herzog glaubte bedingungslos an seine glückliche und geschickte Hand. Verdrossen fügten sie sich darein, daß Süß die weiteren Verhandlungen führe.

Dies durchgesprochen, bat Süß den Juristen noch um einige Deduktionen über umstrittene Befugnisse der Landschaft. Das war eine Frage, die den beiden Württembergern das Herz von Grund auf bewegte. Harpprecht, der Jurist, der langsame, bedächtige, umsichtige Mann, gewohnt, die Dinge rundum zu drehen, genau und von allen Seiten zu beschauen, und Bilfinger, der vertraute Freund des großberühmten Philosophen Wolf, von seiner Professorentätigkeit in Petersburg her über ganz Europa bekannt, geneigt, die Dinge ernsthaft und aus großer Höhe zu übersehen, aufrechte Patrioten beide, ruhevolle, sachliche Männer beide, verschlossen sich nicht der Erkenntnis, daß einige wenige herrschende Bürgerfamilien auf der Verfassung saßen wie auf privatem ererbtem Eigentum und die Repräsentantenstellen des Volkes gleichwie sonstigen persönlichsten Besitz, wie Häuser, Möbel, Wechsel, sich überkamen, unter sich verschacherten; sie wußten, daß die Fahne der Freiheit immer dazu mißbraucht wird, daß einzelne sich Fetzen daraus schneiden für ihren privaten Vorteil. Aber sie waren trotzdem tief und von ganzem Herzen überzeugt, daß das Landesgrundgesetz und die landständischen Freiheiten die Pfeiler des Staates waren, und sie interpretierten alle strittigen Grenzfragen zwischen Fürsten und Volk aus dem freiheitlichen und verantwortungsschweren Ernst heraus, aus dem der erste württembergische Herzog, in kleinem Land ein wahrhaft großer Fürst, die Verfassung testiert hatte. Sicherung der Volksfreiheit war sein erstes Prinzip gewesen, »Attempto! Ich wag's!« seine Parole. Und daß der Fürst durch die Verfassung manchmal vielleicht selbst im Nützlichen, das er anstrebte, gehindert werden könnte, schien ihm nur ein kleines Übel gegen das große Gute, daß er durch ein Grundgesetz und seine Schranken vor vielen und großen Fehlgriffen bewahrt werde.

Es handelte sich um gewisse Steuerentwürfe und Monopolvorschläge des Süß, die zweifellos gegen den Geist der Verfassung verstießen; doch war der Wortlaut brüchig, und ein findiger und skrupelloser Tiftler konnte allenfalls durch die Bresche dringen. Harpprecht, sekundiert von Bilfinger, redete sich warm, und Süß hörte aufmerksam und höflich zu. Aber plötzlich sah der Gelehrte die Augen des Finanzmanns, diese großen, gewölbten, süchtigen, klugen, lauernden, gewissenlosen Raubaugen. Gesehen hatte er sie oft, aber jetzt mit einemmal erkannte er sie. Was waren vor diesen Augen Freiheit, Verfassung, Gewissen, Volk? Ein Mittel für etliche Jobber, emporzuklimmen, wo er stand, an dem Baum zu rütteln, auf dem er saß, an seinem Baum, dem Herzog. Der Gelehrte sah, daß dieser Mann in der Verfassung und ihren Vertretern nichts erblickte als die Konkurrenz, daß er sie haßte mit dem bedenkenlosen Haß des Konkurrenten. Vor dem klugen, raffenden, lauernden, giervollen und von keiner Idee gereinigten Blick des Juden zerwesten alle diese großen Dinge zu Dummejungenträumen, wurden angeschleimt, lächerlich. Er kam sich albern vor, wie er vor diesem Handelsmann vom Geist der Gesetze sprach, von ihrem schönen und würdevollen Sinn. Er sprach wie an eine hohle, farbige Larve hin; der andere klaubte aus seinen Worten sich nur das heraus, was er für seine schmierigen und selbstsüchtigen Projekte brauchen konnte. Harpprecht brach ziemlich unvermittelt ab, der langsamere Bilfinger hatte auch gespürt, was den Freund hemmte. Die beiden Württemberger entfernten sich bald, kühl, verdrießlich, von dem unentwegt höflichen Süß respektvoll geleitet.

Unter der Türe trafen sie in Kaftan und Schläfenlöckchen Isaak Landauer. Süß hatte ihn hergebeten, die Finanzangelegenheiten der Gräfin mit ihm zu regeln. Die beiden Männer verstanden sich, ohne daß sie einander auch nur hätten andeuten müssen, wohinaus sie wollten. Es kam darauf an, einen Vergleich zu formulieren, der dem äußeren Schein nach für den Herzog, in Wahrheit für die Gräfin günstig war. Scharf schachernd rückten die beiden gegeneinander vor. Jeder hatte noch seine besonderen Interessen, denn jeder hatte Ansprüche an den Herzog sowohl wie an die Gräfin. Schließlich rechnete Süß für den Herzog einen Gewinn von dreihundertunddreiundzwanzigtausend Gulden heraus, aber faktisch hatte der Herzog an die Gräfin hundertundachtundfünfzigtausend Gulden zu zahlen. Bei der Übergabe dieser Summe zog allerdings Süß der Gräfin dreißigtausend Gulden ab für angebliche Darlehen und Vorschüsse, und dem Herzog stellte er für seine Dienste in dieser Angelegenheit weitere fünftausend Gulden in Rechnung.

So endete der Liebeshandel der Gräfin, der so viele Jahre hindurch das Herzogtum in Wirren und Empörung gestürzt hatte, mit einem ansehnlichen Gewinn für den Geheimen Finanzrat Josef Süß Oppenheimer. Die Gräfin lebte fortan in Berlin ein glanzvolles und unruhiges Leben. Die saure Herzogin-Witwe hatte zeitlebens gekränkelt, ihr Übel nahm überhand, die Ärzte wunderten sich, daß sie immer wieder aufkam. Sie aber starrte voll kahlen, grauen, staubigen Hasses hinüber nach Berlin zu der Feindin, der Person, und sie starb erst drei Wochen nach ihr.

Karl Alexander war in den Festungen, bei den Schanzern, im Feldlager, ritt, fuhr herum, befahl, war groß tätig. Feierte ein herzliches Wiedersehen mit dem alten, sehr klugen, etwas steifen und trockenen Oberbefehlshaber, dem Prinzen Eugen. Vor der französischen Übermacht wich der vorsichtige Prinz zurück, bezog ein festes Lager bei Heilbronn. Schon standen wieder die Franzosen im Herzogtum, schrieben Brandschatzungen aus, Lieferungen. Doch Verstärkungen der Reichsarmee, vor allem von Karl Alexander bewirkt, zwangen sie über den Rhein zurück. Mit wildem Eifer betrieb jetzt der Herzog die militärische Sicherung der Grenzen. Die Festungen wurden ausgebaut, Schanzen angelegt, immerzu hatte der Herzog Konferenzen mit Bilfinger. Ein sehr weitausschauendes Projekt von wahrhaft strategischem Genie wurde ernsthaft und mit Geschick in Angriff genommen. Von Rottweil bis Rottenburg wollte man an einigen Stellen die Berge eskarpieren, da und dort kleine Schanzen aufwerfen; so war diese Grenze absolut zu passieren impraktikabel. Auf dem Schwarzwald wollte man von Schiltach bis Oberndorf Linien ziehen, bis an den Neckar, den Heuberg durch Verhaue sichern. Zur Besetzung dieser Befestigungen genügten fünf Bataillone und zehn bis zwölf Schwadronen. Und mit so verhältnismäßig kleinen Mitteln schuf man ein schwäbisches Thermopylä, an dem jeder welsche Xerxes sich den Schädel einrennen mußte.

Die Landschaft war den Plänen Karl Alexanders zunächst nicht entgegengetreten. Das Herzogtum hatte während der Regierung Eberhard Ludwigs unter den Einfällen, Brandschatzungen, Plünderungen, Raub, Mord und Gewalt der Franzosen zu sehr gelitten, als daß es nicht den starken, sachverständigen, soldatischen Schutz durch seinen jetzigen Fürsten aus ganzem Herzen gewürdigt hätte. Als aber die Franzosen über den Rhein zurückgeworfen waren und die unmittelbare Gefahr verschwand, wurden die Landstände schwierig. Sie reizten den Herzog durch mannigfache umständliche und pedantische Beschwerden. Jeden Augenblick erschien eine Deputation bei ihm mit Reklamationen über seine Maßnahmen bei der Aushebung und bei den Kriegsrüstungen, ärgerte ihn durch ihre dicken, stieren, kleinbürgerlichen Gesichter, durch ihre stumpfe, selbstbewußte Schwerfälligkeit. Schwierigkeiten überall. Der Ersatz der Truppen vollzog sich tröpfelnd und zögernd, Pferde, Material, Proviant wurde ohne rechte Lust und nie in dem geforderten Maße nachgeschoben, die Kriegssteuern gingen zäh ein, der Vollzug stockte, die Kassen waren erschöpft. Der Herzog, an sich zum Argwohn geneigt, begann seinen Räten zu mißtrauen, sie hielten es insgeheim mit der Landschaft. Er berief seinen Juden ins Lager.

Der hatte jedes unscheinbarste Detail der württembergischen Politik gespanntest belauert, gewogen, gewertet und wartete längst mit Gier auf diesen Augenblick. In seiner scharfen, klaren, sehr wachen Art hatte er sich seine Ziele abgesteckt, alle Schritte minutiös berechnet, jeder Zoll seines Weges, seines Terrains lag vor ihm wie eine mit mathematischer Präzision ausgeführte Landkarte.

So fuhr er prächtig und entschlossen ins Lager. Karl Alexander empfing ihn unverzüglich. Es war Nacht, Kerzen brannten, in einem Winkel hockte der Schwarzbraune. Der Herzog saß mit Bilfinger über geometrischen Tabellen. Er polterte seinen ganzen Unmut und Verdruß sogleich und jähzornig heraus, vor diesen beiden ließ er sich gehen. Sein Argwohn gegen die Minister, gegen Neuffer und Forstner vor allem, hatte sich verstärkt. Sie hatten ihn seinerzeit, als er noch Prinz war, dazu bewogen, der Landschaft jene Reversalien und feierlichen Urkunden auszustellen, um bei der Thronübernahme allen Intrigen für den Prinzen Heinrich Friedrich den Boden wegzuziehen. Jetzt redete er sich ein, die Ausstellung und Unterzeichnung dieser Urkunden sei überflüssig gewesen, und zudem hätten ihn die beiden Räte dabei betrogen. Sie seien im Einverständnis mit der aufsässigen und heimtückischen Landschaft, man habe aus der Reinschrift einen Bogen ausgelassen oder wegpraktiziert; die

Reinschrift laute anders als das Konzept, das ihm vorgelegen habe. Unmutig und erschreckt hörte Bilfinger diese grund- und sinnlosen Reden an, die der Herzog zornig und ohne viel Zusammenhang herauskläffte. Er zwang sich zur Ruhe, suchte den Herzog mit sachlichen Gründen zu überzeugen, daß er nichts anderes unterzeichnet habe, als was die Verfassung ohnehin von ihm verlangt und was seit dem Tübinger Vertrag alle seine Vorgänger beschworen hatten. Daß also die rechtzeitige Signierung nichts als eine schöne Geste, bei der Stimmung im Land aber zweckmäßig, ja unbedingt notwendig gewesen sei. Auf seine dringlichen Einreden schwieg Karl Alexander schließlich, unüberzeugt. Süß beschränkte sich darauf, genau zuzuhören; sein Gesicht mit dem vieldeutigen Lächeln stach in dem Geflacker der Kerzen weiß und ruhig ab von dem roten, erregten des Fürsten und seines Festungsbauers. Plötzlich wandte sich Karl Alexander an ihn: »Und Er, Jud?« Süß, achselzuckend, meinte, es sei allerdings auffallend, daß die klaren und weisen Befehle des Herzogs so schlecht und unvollständig ausgeführt würden. Sehr wohl sei es möglich, daß die Geheimräte mit aufsässigen Parlamentariern Konventikel hätten; aber ob untreu oder nicht, auf alle Fälle seien sie nach so ungenügenden Resultaten Unfähige, Diffikultätenmacher, Schikaneure. Was er denn vorschlage, fragte der Herzog. Nach seinen Erfahrungen bei den österreichischen Kriegslieferungen, erwiderte Süß, müsse man sehr hohe Geldbußen auf jede passive Resistenz setzen. Mit Geldstrafen komme man am weitesten. Der Bürger wie der Bauer hänge am Besitz, er opfere sein Leben lieber als sein Geld. Der Herzog sagte, er werde es sich überdenken, Süß solle Spezialvorschläge ausarbeiten. Der Jude erklärte, das habe er bereits getan, legte ein Bündel Akten und Berechnungen vor. Bilfinger setzte neu an, alle Gründe gegen den Argwohn des Herzogs säuberlich zusammenzutragen, mildere, langsamere Maßnahmen zu empfehlen. Karl Alexander, unwirschen Blickes, unterbrach ihn, begann von den geometrischen Tabellen zu sprechen, die vor ihm lagen.

Anderen Tages schon gab er Remchingen Ordre, die Vorschläge des Süß in strengste Praxis zu übersetzen. Die beiden Männer arbeiteten nun zusammen, der General die Faust, der Jude das Gehirn. Remchingen verhöhnte den Süß mit plumpen, unflätigen Späßen. Süß haßte und verachtete ihn, doch er ließ sich zu keinem Widerstand verlocken, empfing den Hohn und Schmutz des Soldaten in ein glattes, unempfindliches, verbindliches Lächeln. Nötigte durch seine unerhörte Sachlichkeit, Findigkeit, seine immer neuen Schliche und Tricks dem General knurrende, spöttische, widerwillige Bewunderung ab. Gemeinsam war den beiden Männern nur der unbedingte Ehrgeiz, dem Herzog zu gefallen, ihm Soldaten und Geld zu schaffen, gemeinsam auch die tiefe, selbstverständliche Überzeugung, das Volk gehöre dem Fürsten wie seine Hunde und seine Pferde; verbrecherische Frechheit sei es, mucke es nur im geringsten gegen ihn auf.

Wie durch Zauber war nun alles da, was früher weder Zureden noch Gewalt hatten schaffen können. Hatte die Werbetrommel bisher mit allem Gelärm nur ein paar tausend Freiwillige, und viel verrackertes Kruppzeug darunter, auf nicht sehr stattliche Beine gebracht, so barsten jetzt die Depots von Rekruten. In den Remonten tummelten sich die Pferde, die Kammern stapelten Uniformen, es bauchten sich von Geld und Wechseln die Kassen, Scheunen und Magazine boten keinen Raum mehr für das eindringende Getreide, den hoch sich schichtenden Proviant. Es quoll, strömte, junge, schäumende Flut nach der tristen Ebbe. Überall Nachschub, Reserven. Karl Alexander, triumphierend, schwoll an und rühmte vor aller Welt das Genie und die Geschicklichkeit seines Geheimen Finanzienrates.

Übers Volk aber senkte es sich bleiern, luftraubend. Wohl hatte es früher schon eine Art Zwangsmusterung gegeben; aber nur für Aushauser, für Vagabunden, arbeitsscheue, junge Kerls, die den Gemeinden zur Last fielen. Jetzt wurde diese Rekrutierung auf die gesamte unverheiratete Jugend des Landes ausgedehnt. Wer sich loskaufen wollte, mußte eine ungeheure Summe bezahlen. Verheiratete waren befreit von der Rekrutierung; wer aber vor dem fünfundzwanzigsten Jahr heiraten wollte, mußte den fünften Teil seines Vermögens als Taxe erlegen. Die Pferde wurden gemustert, alle tauglichen requiriert, die Regierung zahlte mit langfristigen Anweisungen. Handel und Hantierung wurde mit schweren Kriegsabgaben belastet, die Steuern mit Härte eingetrieben.

Ei, wie verschwanden die Kränze und Bänder von den Bildern des Herzogs. Beste Jugend stak, fluchend, in der Montur. Mütter, Weiber, Bräute flennten. Verluderten in der Abwesenheit der Männer. Durch das Heiratsverbot mehrten sich die unehelichen Kinder; Abtreibung, Kindsmord nahm zu. Die Felder wurden schlechter bestellt, es mangelte an Menschen, die besten

Pferde waren mit Gewalt weggetrieben. Teuerung drohte, Lebensmittel, Waren verschwanden. Laut fluchte es jetzt, empörte sich. Scharfe Erlasse verboten bei Leib- und Lebensstrafe jede respektlose Äußerung gegen die herzoglichen Verordnungen, jede Turbierung und Unruhestiftung. Es wurden auch etwelche Raunzer und Nörgler festgenommen und prozessiert. Die gelle Empörung verstummte, aber die Flüche murrten weiter, wo man vor Lauschern sicher war. Stumpf stierten die Weiber nach Westen, wohin die Söhne, die Liebsten verschwunden waren, aufgegriffen, knirschend, in die alberne, verfluchte Uniform gepreßt. Über ihren schlecht bestellten Äckern knurrten die Bauern: O die schönen, fetten, glatten Rösser! Jetzt werden sie zu Schindmähren gerackert vor diesen saudummen Kanonen!

Dem Süß rührte diese Stimmung nicht die Haut. In der Kurpfalz, als er dort das Stempelpapier eingeführt hatte, war er an Aufläufe vor seinem Haus, Beschimpfungen, Pasquille gewöhnt worden; das prallte ab von ihm wie Wasser von einer Teerjacke. Wer konnte an ihn heran? Er saß an der Macht, er war der nächste Ratgeber des Fürsten, keiner wußte ihn so zu behandeln wie er. Keiner verstand es wie er, mit unterwürfiger, demütiger Miene die bollernden Zornausbrüche des jähen, an soldatische Unterordnung gewöhnten Mannes hinzunehmen und sich, hinausgejagt, als wäre nichts geschehen, eine Stunde später von neuem zu präsentieren. Die Beamten des Herzogs hatten Weisung, sich in allen geldlichen Dingen unbedingt an seine, des Hoffaktors, Ratschläge zu halten, keine Finanzverordnung ging aus ohne sein Wissen und Willen. Und was wäre nicht mit Geld verquickt gewesen? Wer die Finanzen regierte, regierte das Land.

Mit geblähten Nüstern, wohlig, schnupperte Süß die Luft der Macht, in der er jetzt lebte. Seit seinen glücklichen Maßnahmen zur Auffüllung des Heeres war er der eigentliche Herrscher im Herzogtum. Er war sehr hoch, er war nah am Gipfel, es überrieselte den Rücken wie laues Wasser, sah man hinunter, wo es kribbelte und sich abzappelte, um heraufzuklimmen. Manchmal wohl, wenn sein Vorzimmer voll war von Wartenden, Ängstlichen, Bittstellern, ging er allein in seinem Arbeitskabinett auf und ab, die sehr roten Lippen in dem weißen Gesicht lächelnd offen, lauschte hinaus auf das Geflüster, das kaum hörbar hereindrang, dehnte die Brust, atmete, lächelte, schickte die ganze Antichambre wieder fort, ohne sie zu empfangen. Oh, es war süß, süß und herrlich war es, Macht zu haben unter den Menschen. Nicht ohne wohlig schauernden Kitzel spürte er den geduckten, ohnmächtigen Haß, der sein Gesicht servil grüßte, seinen Rücken bespie. Haß des Volkes ist gut, hatte Isaak Landauer gesagt, Haß bedeutet Macht, Haß bedeutet Kredit.

Ein Wort wurde ihm hinterbracht, das im Volk umging; der kleine, feiste, schweinsäugige Konditor Benz hatte es aufgebracht, der im Wirtshaus »Zum Blauen Bock« mit anderen Kleinbürgern zu politisieren pflegte: unterm vorigen Herzog hat eine Hur regiert, unterm jetzigen ein Jud. Süß ließ den Konditor vor sich kommen, der kleine, feiste Mann, schwitzend, mit feig ausweichenden Augen, leugnete. Süß versammelte sein ganzes Hausgesind, und vor den Grinsenden, Sichanstoßenden, die alle wußten, daß er das Wort geprägt hatte, mußte der kurzhalsige, schnaufende Mensch auf Ehr und Gewissen und bei seinem Heiland versichern, er wisse nichts davon und habe sich nie ein respektloses Wort über Seine Exzellenz erlaubt. Dann, dem lächelnden Süß die Hand küssend, nach rückwärts schreitend, konnte er sich entfernen. Süß aber klagte fromm dem Herzog, wie er um der treuen Dienste willen, die er ihm leiste, beim Volk in Verruf komme.

Er führte sein Haus auf fürstliche Art. Als Innenarchitekten hatte er einen Sizilianer berufen, den Meister Ubaldo Raineri, der vor allem durch Aufträge des französischen Hochadels bekannt und in Mode war. Seine Gemächer strotzten von prunkvollen Teppichen, Gobelins, von verschnörkelten, geschweiften Möbeln, von Stuck, von Lapislazuli und Gold, von Vasen und Büsten. Neben Homer, Solon und Aristoteles hatte der Architekt, war es Unschuld oder Hohn, die Büsten des Moses und des Salomo gestellt. Auf dem Deckengemälde des Speisesaals spreizte sich in vielfigurigem Fresko der Triumph des Merkur. Auf der Decke des Schlafzimmers aber ergötzte sich schlaff und schleierigen Auges Leda mit dem Schwan; von dem Prunkbett, das nackt, frech und mächtig zwischen zahlreichen Spiegeln stand, schwatzten, breit und grob lachend, die Bürger in den Wirtshäusern, wisperten gekitzelt die jungen Mädchen. Er war stolz darauf, als erster im westlichen Deutschland die von Paris kultivierte exotische Mode einzubürgern. Figuren von Chinesen, kleine, klingelnde Pagoden standen in seltsamem Widerspiel zwischen Moses und Solon, zwischen Homer, Salomo und Aristoteles. Das Erstaunen und die Freude der Damen aber war in seinem vergoldeten Bauer der Papagei Akiba, der »Bonjour, madame« krächzte und »Wie geruhen Euer Durchlaucht geschlafen zu haben?« und »Ma vie pour mon souverain«. Seine Tafel war erlesener als sonst eine im Land, er speiste nur von Gold und Silber, es war ein Wunder, woher er alle die fremden Fleischsorten, Muscheln, Früchte nahm, die, bisher in Schwaben nie gesehen, jeden Monat neue, auf seinen Tisch kamen. Mit scheelen Blicken sah der Konditor Benz auf die Kuchen, süßen Pasteten, Kunstwerke aus Eis und Früchten, die der welsche Konfiseur des Juden auf ziervolle, immer wechselnde Manier bereitete.

Die weinrote, silberknöpfige Livree des Juden war bald überall bekannt. Er hielt sich Sekretär, Bibliothekar, Läufer, Heiducken, Koch, Kellerer. Duch die Domestiken schritt mit fettem, blassem, phlegmatischem, unbeteiligtem Gesicht Nicklas Pfäffle, sah alles, ordnete, ergänzte. Der Kammerdiener des Süß hatte schwere Arbeit. Den »Mercure galant« mußte er auswendig wissen. Der Geheime Finanzienrat legte Wert darauf, der eleganteste Herr im Herzogtum zu heißen, seine Garderobe wurde alle zwei, drei Wochen ergänzt. Er hatte eine wilde Vorliebe für Schmuck. Der Solitär, den er am Finger trug, war berühmt, die Schnallen der Schuhe, auch die Handschuhe waren mit der Mode wechselnd steinbesetzt. In seinem Boudoir wie in seinem prunkenden Schlafzimmer waren Vitrinen mit Schmuck aufgestellt, durch seine Beziehungen zu den Amsterdamer und zu gewissen italienischen Juwelieren immer anders und reizvoll aufgefüllt. Er pflegte aus diesen Kästen seine Besucherinnen, Damen des Hochadels ebenso wie Mädchen aus dem Volke, zu beschenken. Man höhnte, schimpfte grimmig darüber, verspottete ihn ins Gesicht, daß er solche Mittel brauche; aber er lächelte, er wußte, gegen diese Manier gab es keinen Widerstand, die Beschenkte blieb ihm, gierig, verhaftet. An die Herren aber pflegte er, dies war sein Lieblingshandel, scharf und hart feilschend, Juwelen zu verschachern. Es war herrlich, die kleinen Kostbarkeiten, so viele, durch seine Hände rieseln zu lassen, einen kleinen Stein gegen Haufen Goldes zu vertauschen und wieder Haufen Goldes gegen einen kleinen Stein, spürend: soviel Macht lag in dem kleinen Stein.

Nicht groß, aber erlesen war sein Marstall. Er handelte gern um Pferde mit großen Herren bis hinauf nach Holland. Kaufte, verkaufte, tauschte. Die drei schönen Araber der Herzogin hatte er beschafft. Auch für den eigenen Gebrauch hielt er sich einen arabischen Schimmel, die Stute Assjadah, zu deutsch Die Morgenländische. Der Levantiner Daniele Foa hatte sie ihm verkauft, sie stammte aus den Ställen des Kalifen. Er liebte die Stute nicht eigentlich, aber er hielt sie gut; er wußte, wie prinzlich er auf dem nicht großen, nervösen, ziervollen Tier aussah. Selbst der Polterer Remchingen mußte dem Süß zugestehen, zu Pferde sehe er fast aus wie unsereins.

Der Zutritt zu Süß war schwerer zu erlangen als zum Herzog. Es kostete viele Briefe, Gelauf und Schererei, bis man eine Stunde zur Audienz bestimmt bekam, und dann oft schickte er den Wartenden wieder weg. Er war des Herzogs Bankier und hatte den Titel Geheimer Finanzienrat. Nichts sonst; nie stand unter einem politischen Akt seine Unterschrift. Die Verfassung verbot dem Juden jedes Staatsamt, und Süß war klug genug, sich vorläufig mit dem Besitz der Macht auch ohne ihre Titel zufriedenzugeben. Er wußte, kein Minister, auch der Herzog nicht, der fast immer bei der Armee weilte, er, er war der Regent des Herzogtums. Ihm warteten die Fremden von Stand auf, zu den kleinen Zirkeln, die er um sich versammelte – klüglich noch mied er es, größere Feste zu geben –, drängte man sich eifriger als zu den Assembleen der Minister. Schon bildete sich eine Partei, die offen zu ihm hielt, darauf sah, ihn zu begleiten, wenn er ausritt, sein Genie und seine Geschicklichkeit, seine Verdienste um Herzog und Volk vor aller Welt rühmte, ihn wie ein Hofstaat umgab. Der Tübinger Jurist Johann Theodor von Scheffer, Regierungsrat, ausgezeichneter Kenner des Staatsrechts, war einer der ersten, die sich offen zu ihm bekannten, die Räte Bühler und Mez von der herzoglichen Kammer folgten, der Waisenhauspfleger Hallwachs, der Requettenmeister Knab, die Räte Crantz, Thill, von Grunweiler. Der Domänenpräsident von Lamprechts gar schickte seine beiden jungen Söhne in den Dienst des Finanzienrats, daß sie bei ihm Manier und höfische Sitte lernten wie Pagen. Die hebräische Garde taufte man diesen Hofstaat, der Kammerdirektor Georgii hatte das Wort erfunden, Süß vergaß es ihm nicht, und man machte sich mit vielen billigen Witzen lustig über die Judenzer. Bald aber zeigte es sich, daß diese Judenzer den Mantel nach der rechten Seite gehängt hatten. Immer klarer erwies es sich, daß das Haus in der Seegasse die eigentliche Residenz des Herzogtums war. Auch die mächtige Hakennase des Geheimrats von Schütz tauchte jetzt in den Sälen des Süß auf, der finstere, verzehrte Landschaftskonsulent Neuffer sog als grimmige Bestätigung menschlicher Niedertracht die Atmosphäre des Juden ein, und leicht, elegant, geschmeidig schnupperte sie der kluge, neugierige Weißensee.

Die Frauen, die an dem Palais in der Seestraße vorübergingen, schielten neugierig und gekitzelt durch die mächtigen Torflügel in die Vorhalle, wo massig in seiner weinroten, silberknöpfigen Livree der Huissier ragte. Ritt Süß auf seinem Araberschimmel glänzend durch die Straßen, so langten voll begehrlichen Grauens viele Frauenblicke nach ihm. Man wisperte wilde, unheimliche und lüsterne Geschichten von ihm, wie er in Frauenfleisch wühle, wüte, sich mit schwarzen Mitteln den Frauen ins Blut brenne, sie dem Teufel verschreibe. Der Herzog hielt mehr auf den Geschmack seines Juden als auf den seiner anderen Vertrauten, und Süß mußte dem Unersättlichen unter allen möglichen Vorwänden immer neue Weiber ins Lager schicken. Machte sich Remchingen lustig über die Orgien des Beschnittenen, medisierte er neidisch, er kapiere nicht, wie ein anständiges Christenmensch dem Hebräer ins Bett kriechen könne, er müsse heillose schwarze Magie brauchen, so lachte dröhnend der Herzog, ein wohlschaffenes Gesicht und stramme Schenkel seien die beste Magie. Auch betraute er den Süß, ihm die Weiber für Oper und Ballett auszuwählen, und manchmal lachte er, der Jud sei ein Lecker und habe ihm aus vielen Schüsseln vorgeschmaust. Es zog auch ein langer Zug von Frauen, jungen und reifen, blonden und schwarzen, schwäbischen und welschen, lauen und heißen durch das vielspiegelige Schlafzimmer unter der üppigen Leda des Deckengemäldes. Doch der Jude, so prahlerisch er sonst sich spreizte, versperrte sich zäh und verriet keinen seiner Erfolge, die schweren, die ihn stolz machten, sowenig wie die zahllosen sehr leichten. Unter den vielen lärmenden, protzenden Kavalieren war er der einzig Schweigende, und weder die joviale Zudringlichkeit Karl Alexanders noch die verbindlich schmeichelnde Neugier Weißensees noch die grob spöttischen Anzapfungen Remchingens konnten seiner ausweichenden Liebenswürdigkeit die leiseste Andeutung entlocken. Wenn dennoch bei Hof, in den Schenken, unter den Soldaten viele saftige, ungewöhnliche, sicher nicht erfundene Details aus dem Bett des Juden begrinst, begeifert, belacht, bezotet wurden, so trugen des jene Frauen Schuld, die, stolz auf den gefährlichen, so anderen, von aller weiblichen Neugier umwitterten Mann, ihre unheimliche Heimlichkeit einer Freundin unter vielen Schweigensbeschwörungen, Kichern, Tränen in den Busen flüstern mußten.

Als der Jude sein Palais fertig installiert hatte, kam auf seine dringlich ergebene Einladung, begleitet von Remchingen, die Herzogin, sein Haus zu inspizieren. Preziös trug sie den kleinen, ziervollen Kopf von der Farbe alten, edlen Marmors durch die strahlenden Räume, äugte aus den langen, fließenden Eidechsenaugen auf die Chinoiserien, lächelte vor dem Papagei Akiba, der »Ma vie pour mon souverain« krächzte, klingelte mit den kleinen, sehr gepflegten Fingern an den Miniaturpagoden, ließ sich von Süß einen merkwürdig geformten, nicht sehr wertvollen Giftring schenken, schritt mit kleinen, gleitenden Füßen an den tief sich neigenden weinroten Lakaien vorbei zu den Ställen und reichte der edlen Schimmelstute Assjadah ein Stück Zucker. Genoß befriedigt die hemmungslose Ergebenheit des Süß. Andere hatten kleine Mohren, einen Schwarzbraunen vielleicht, ihrethalb sogar einen Chineser; aber so einen Juden mit Haus und Papagei und solch einem feinen Schimmel, santa madre di Loretto, den konnte nicht einmal Versailles aufweisen.

Aber, schon in der Karosse, zwischen gaffendem, barhäuptigem Volk sagte sie über den Nacken des tief auf ihre Hand geneigten Finanzienrats mit ihrer langsamen, aufreizenden Stimme: »Alles fein, Jud, alles schön. Aber das Zimmer, wo die kleinen Christenkinder geschlachtet werden, hat Er mir doch nicht gezeigt.« Und lachte ihr kleines, glockiges, amüsiertes Lachen und fuhr davon.

Süß aber stand barhaupt vor seinem Haus, und das Volk gaffte und stieß sich an, und er achtete es nicht und schaute ihrer Karosse nach mit den wölbigen, fliegenden, beredten Augen, die sehr roten Lippen leicht offen in dem weißen Gesicht.

Mit dem zunehmenden Frühling verließ Rabbi Gabriel plötzlich, wie es seine Art war, das weiße, kleine Haus mit den Blumenterrassen. Er reiste, unscheinbar, ohne Diener, sein massiges, schweres Gesicht tauchte hier auf, dort; er zeigte nie Eile, hatte nirgendwo besondere Geschäfte; aber er blieb auch nirgendwo rasten, er reiste stetig und, so zickzack seine Fahrt ging, immer weiter wie auf vorgezeichnetem Weg.

Tauchte in die Berge. Saß zwei Tage lang in einem Bauernhaus an einer kleinen Brücke über einen Wildbach, schaute zu, wie die geflößten Stämme das strudelnde Wasser hinabtrieben, sich stauten, überkreuzten, liegenblieben, in dem schwellenden Bach weiterschwammen. Hörte Nächte hindurch das endlose Geläute des Viehs, das auf die Almen getrieben wurde. Fuhr den langsamen Paß hinauf, der nach Süden führte. Wind kam von Mittag, es hatte geregnet, feuchte, schwere Luft ging, dunkelbläulich lagen die Berge. Er stieg aus, stapfte dem beschwerlich knarrenden Wagen voraus. Auf dem nassen, sonnglänzenden Weg schleppte eine große Schnecke ihr Gehäus; sorglich wich er, im letzten Augenblick, ihr aus. Eine Viertelstunde später zerknirschte sie sein Wagen.

Er überschritt, tief durch Schnee watend, die Paßhöhe. Freier wehte es, warm und wohlig ihm entgegen. Gesegnet breitete sich, hoch durchblüht, das Land. Er kam an einen weiten, sehr großen See. Verweilte. Hockte lange Stunden am Ufer, unbeweglich, schwer, wie besonnter Stein. Dunkelgrün standen satten Laubes die Orangenbäume, weiter unten klommen silbern und leicht Oliven die Uferhänge hinauf.

Unterdes fuhr Süß nach Hirsau. Seitdem der Oheim das Kind ins Land gebracht, seit seiner wortlos höhnischen Mahnung hatte er das Verkapselte niemals wieder so fest schließen können wie früher. Ein Hauch davon kroch über seine Papiere, wenn er rechnete, schlich sich in seine Nächte, wehte ihm in den Nacken, wenn er glanzvoll und angehaßt auf seiner weißen Stute Assjadah durch die Straßen ritt, daß das Tier unruhig wurde, leise bäumte, wieherte. Es kam vor, daß er, der sachliche Rechner, der die Dinge scharf und nüchtern und nackt in ihren Grenzen sah und bei ihrem Namen nannte, am lichten Tag überschreckt zusammenfuhr, atmete, die Schultern hochzog wie in Abwehr; ein Gesicht schaute ihm über die Schulter, im Dämmer, nebelhaft, und es war sein eigenes.

Längst trieb es ihn, nach Hirsau zu fahren in das weiße Haus mit den bunten, fröhlich feierlichen Terrassenbeeten. Was ihn, ohne daß er es sich gestand, immer wieder hemmte, war die Nähe Rabbi Gabriels, das Atemsperrende, Unbehagliche, Lastende seiner unausweichlichen, müden, fordernden, trübgrauen Augen.

Er gestand sich auch jetzt nicht ein, daß es die Abwesenheit des Alten war, die ihn nun auf einmal so rasch den Entschluß zur Fahrt hatte fassen lassen. Er fuhr zu Naemi, er fuhr, nur von Nicklas Pfäffle begleitet, er war so leicht und frei wie noch nie.

Er fuhr zu seinem Kind, und er war schon bei seinem Kind, und alle seine Ziffern und Politik und Macht und Eitelkeit blieb lahm und staubig dahinter. Er sah den jungen Acker, und er roch seinen Duft, und er rechnete nicht, wieviel dieses Feld bringen werde und wie man aus dem Umsatz dieses Getreides neue Steuern quetschen könne, sondern er sah nur die sanfte Farbe des jungen Korns und roch den wehenden Wind über dem Feld. Und er freute sich an den hohen, feierlichen Bäumen des Waldes ohne Berechnungen des Forstetats, ja er freute sich am Moos und, jungenhaft, an den Eichkätzchen, mit denen doch finanztechnisch gar nichts anzufangen ist. Und als er einen Bauernburschen sah, den Arm um die Hüften seines Mädchens, nickte er ihnen zu, und nur ganz ferne tauchte ein Gedanke auf an die raffinierte Steuerbelastung der jungen Ehen. Er fuhr zu seinem Kind, und sein Herz war schon bei seinem Kind. Wann endlich wird er den kleinen, weißglänzenden Würfel des Hauses sehen und die Blumenterrassen davor und sein Kind darin? Da, von der Landstraße ab, der Karrenweg. Er verläßt den Wagen, biegt, immer stärkeren Schrittes, in den Fußpfad ein. Hier ein Zaun, er öffnet das versteckte Tor, jetzt die hohen Bäume, die Beete jetzt, und jetzt, atmend, hingegossen hängt das Kind an seinem Hals, vergehend.

Spricht nichts. Spricht eine lange, ewige Weile nichts. Hängt an ihm, verströmend, klammert sich, trinkt ihn mit ihren großen, erfüllten Augen in sich hinein. Süß steht, und all das Gespannte, Äugende, Lauersame fällt von ihm ab. Gelöst läßt er sich treiben in dem lauen, wohligen Fluß der Stunde.

Wie schön ist sein Kind! Sie ist ganz vollendet. Es ist kein Zug an ihr, keine leiseste Bewegung, kein Haar, kein Flackern in der Stimme, das er anders wünschte. Schön ist sein Kind vor den Frauen, zart ist sie und rein ist sie, reinglühend wie ein zartes Licht, ihn selber glüht sie rein. Er hat mit ihr seine zutunliche Freude an der alten, watschelnden, herzlich ergebenen Zofe Jantje, er, dem alles Gewächs und Getier kalte, erdstumme Dinge waren, lernt die einzelnen Blumen verstehen, als sprächen sie; sie haucht den Dingen von ihrem sanften Atem ein, und er spürt ihr Leben in den Dingen.

War der Rabbi da, so hatte er fast Scheu vor dem Mädchen, er stand zwischen ihnen wie eine Wand. Jetzt wagten sich Wünsche und Ziele an sie hervor, die bisher geschwiegen hatten wie geduckte Hunde. Warum versteckt er das Kind vor den

Menschen? Eine Königin von Saba, eine Königin Esther soll sie werden. Strahlen soll sie vor aller Welt, Fürsten sollen kämpfen um sie, sollen bei ihm betteln um sie, aus phantastischen Reichen sollen Prinzen kommen und Gold und Gewürz und alle Schätze Edoms vor ihre kindlichen Füße legen.

Aber da stand er mit Naemi in der Bibliothek. Tafeln waren da mit magischen Figuren und astrologische Tabellen, und plötzlich überkam es ihn, als seien die Augen des Alten irgendwo im Zimmer, als starrten sie auf ihn, trübgrau, mürrisch, lähmend traurig. Und die goldenen Träume, mit denen er eben noch das Kind behängt hatte, schienen ihm plötzlich Schleim und Ekel.

Doch da sprach Naemi. Mit ihrer kleinen, kindlichen Stimme sprach sie von dem kabbalistischen Baum, dem himmlischen Menschen, den heiligen Buchstaben-Ziffern des Gottesnamens; ihre erfüllten Augen standen groß und fromm in dem sehr weißen Gesicht, und die schwere, lähmende Luft war fort. Süß setzte nicht wie an seinem Schreibtisch mit amüsiertem Hohn den Zeichen der Kabbala die höchst realen Ziffern seiner Hauptbücher entgegen, wehrte sich auch nicht mit stumpfem, gebundenem Trotz wie in der würgenden Gegenwart Rabbi Gabriels.

Und dann, belebter, sprach sie von den Menschen der heiligen Geschichten. Ihr Aug, hingegeben, verströmend, hing an ihrem Vater, und kühnen Schrittes trat David ins Gemach, stolz blickend, mit der Schleuder, Simson stürmte vor, und rechts und links sanken die Philister, voll heiligen Zornes jagte Juda der Makkabäer die Heiden aus dem Tempel. Und alle waren sie er, flossen sie in eins mit ihm, borgten von ihm ihre Kraft, Schönheit, ihren Eifer und Sturm. Doch da mit einemmal stockte sie und wölkte sich. Sie sah Absalom, hängend mit dem reichen Haar im Geäst. Und sie griff, die Augen groß auf, die Schultern überschauert, nach der Hand des Vaters, hielt sich an ihr, der warmen, lebendigen, hielt sich sehr fest. Er erwiderte den Druck, aber er ahnte nicht, was sie bewegte.

Drei Tage lebte er so, schwerlos und gelöst vom Wirbel seines Alltags. Am dritten Tage plötzlich, er war allein im Zimmer und Nicklas Pfäffle stand vor ihm, fetten, unbewegten Gesichts, fiel die Außenwelt ihn an, das Zurückgelassene. Er sah seine Akten, auf Unterschrift wartend, getürmt, er sah die wirbelnde Welt, und sie wirbelte ohne ihn. Beamte, Geschäftsleute, alle jagten, hetzten, kribbelten hinauf, zielten hin, wo er stand, gefährdeten ihn, und er hatte seine Hand nicht im Getriebe, er saß hier fernab, kümmerte sich um nichts. Was alles konnte ihm entgleiten mittlerweile, was alles gegen ihn gewendet werden. Unbegreiflich, daß er so ruhig hier saß, unbegreiflich, daß er die Tage her an nichts gedacht hatte. Die Blumen sanken ihm zurück in ihre Stummheit, nichts mehr spürte er vom Hauch und Leben der Dinge, die Ziffern und Figuren der heiligen Wissenschaft waren ihm albernes Zeug. Vor ihm standen Rentabilitätsberechnungen, herzogliche Reskripte, Intrigen der Landschaft, komplizierte Geschäfte, Leben, Macht. Mit halber Seele nur schaute er auf sein Kind, das ihm, verströmend, im Arm lag. Er riß sich los, und schon lag das Mädchen, das weiße Haus, die feierlich frohen Blumenterrassen wesenlos hinter ihm, und die Kapsel sprang zu.

Wie er durch den Wald ging, mit Nicklas Pfäffle, rasch, dem Karrenweg zu, sah er plötzlich unter einem Baum am Rand einer Lichtung ein Mädchen, bräunlich kühnes Gesicht, starkblaue, große Augen seltsam unter dunklem Haar, die Hände hinterm Kopf verschränkt, hinstarren schräg hinauf durch die Stämme. Aber nicht in der Haltung einer Ruhenden, sondern angestrengt, gekrampft. Er ging gerade auf sie zu; sie war schön, sehr anders als die Mädchen im Lande, auf dem bräunlich kühnen Gesicht standen sonderbare, nicht alltäglich schwäbische Gedanken. Erst als er auf dem weichen Waldboden ganz nah an ihr war, sah sie ihn, sprang auf, starrte ihn an aus schreckgeweiteten Pupillen, schrie: »Der Teufel! Der Teufel geht durch den Wald!«, lief fort. Dem erstaunten Süß erklärte der gleichmütige, alleswissende Nicklas Pfäffle: »Die Magdalen Sibylle Weißenseein. Tochter des Prälaten. Pietistin.«

In der Kutsche überlegte Süß, es sei praktischer, nun er schon unterwegs sei, gewisse Geschäfte mit seinen Frankfurter Geldleuten persönlich zu erledigen. Allein dies war ein Vorwand, mit dem er sich selbst belog. Was not tat, war nicht persönliche Besprechung jener Affären in Frankfurt, was ihm not tat, was er ersehnte nach dem seltsamen und unsichern Hin und Her in dem Haus mit den Blumenterrassen, das war Bestätigung seiner selbst, seiner Macht, seines Erfolges, Widerhall, Sicherung. Er schickte nach seinem Sekretär, nach Dienerschaft. Fuhr groß und glänzend in Frankfurt ein.

Es standen staunend und erregt die Frankfurter Juden, steckten wackelnde Köpfe zusammen, schnalzten verwundert, bewundernd, hoben vielbeweglich die beredten Arme. Ei, der Josef

Süß Oppenheimer! Ei, der württembergische Hoffaktor und Geheime Finanzienrat! Ei, was hatte er es weit gebracht! Sein Vater war Schauspieler gewesen, seine Mutter, die Sängerin, schön, elegant, nun ja, nun ja, aber eine leichte Person, keine Ehre für die Judenheit, sein Großvater, Reb Selmele, das Andenken des Gerechten zum Segen, ein braver Mann, Kantor, ein frommer, geachteter Mann, aber doch ein kleiner, armer Mann. Und nun der Josef Süß, so hoch, so glänzend, so mächtig, viel höher als sein Bruder, der Darmstädter, der Getaufte, der sich hat taufen lassen, um Baron zu werden. Ei, wie sichtbarlich hat der Herr ihn erhöht. Trotzdem er ein Jud ist, reißen die Gojim die Mützen vor ihm herunter und bücken sich bis zum Boden, und wenn er pfeift, kommen die Räte und Minister gerannt, als wäre er der Herzog selbst.

Süß schleckte gelüstig die Bewunderung. Er machte eine Spende, hoch zum Erstarren, für die Synagogenbedürfnisse, die Armen. Der Gemeindepfleger kam und der Rabbiner, Rabbi Jaakob Josua Falk, ein ernsthafter, kleiner, nachdenklicher Mann, welke Haut mit dicken Adern, tiefliegende Augen, sie bedankten sich, und der Rabbiner gab ihm Segenswünsche auf den Weg.

Und er stand vor seiner Mutter, und die schöne, alte, törichte Frau breitete ihre eitle Bewunderung unter seine Füße wie einen weichen Teppich. Er badete in dieser lauen, ungehemmt über ihn hinwellenden Bestätigung, aus hundert blanken Spiegeln strahlte alles Erreichte berauschend auf ihn zurück; seine heimlichsten Träume kramte er aus versteckten Winkeln vor diese willigste Hörerin, die selig lächelnd seine Hand tätschelte. Zäh entschlossen, von keiner Nachwallung des weißen Hauses beirrt, bis zum Rand gefüllt mit kühnen, unerhörten Entwürfen, kehrte er nach Stuttgart zurück.

Der Krieg war aus, Karl Alexander fuhr heim in seine Hauptstadt. Er war schlecht gelaunt. Der nächste Zweck zwar war erreicht worden, er hatte sein Land vor Überfall und Plünderung gewahrt. Auch waren alle Operationen kunstgerecht, methodisch vor sich gegangen, alle taktischen Fragen ausgezeichnet gelöst, er hatte gezeigt, daß er ein Faktor war, daß man mit ihm als Feldherrn wie als Besitzer einer ansehnlichen Armee rechnen mußte. Aber eigentlich waren das doch recht magere Resultate und weit entfernt von der Gloire, von der er geträumt. Verdrossen saß er in seiner Kutsche, das Übel seines lahmenden Fußes hatte sich verstärkt, sein Asthma bedrängte ihn.

Eine Diligence kam entgegen, bog respektvoll aus vor der herzoglichen Kutsche, hielt. Unter den in Demut erlöschenden Gesichtern erkannte Karl Alexander ein mürrisches, unerregt grüßendes. Breit, blaß, platte Nase unter mächtiger Stirn, trübgraue Augen. Er erschrak leicht, es war ihm, als höre er die knarrige Stimme: »Das Erste sag ich Euch nicht.« Jäh schnürte ihn unheimliche Gebundenheit. Er sah sich plötzlich schreiten in einem stummen, schattenhaften Tanz, der Rabbi vor ihm hielt seine rechte, Süß hinter ihm seine linke Hand. Schritt da ganz vorne, durch viele Hände mit ihm verstrickt, nicht auch der dicke, lustige Friedrich Karl, der Schönborn, der Würzburger Bischof? Wie schaurig possierlich er aussah. Und alles war trüb, nebelhaft, farblos. Tiefer verdrossen fuhr er weiter.

In Stuttgart hob sich von allen Seiten Ärgerliches. Die Herzogin hatte ihn erfreut begrüßt; in der Nacht dann, in seinem Arm, hatte sie in ihrer leisen, leicht spöttischen Art gefragt, was er ihr alles Schönes in Versailles erbeutet habe; als Braut habe sie geträumt, er werde dem französischen Ludwig die Perücke herunterreißen und sie ihr als Trophäe bringen. Es war gewiß harmlose Neckerei gewesen, aber ihn hatte sie tief gewurmt.

Dann rückte mit seiner langweiligen, zähen, enervierenden Nörgelei und Reklamiererei der parlamentarische Ausschuß an. Verlangte in einer zweiten Audienz dringlich und unumwunden jetzt, nach erfolgtem Friedensschluß, Abrüstung. Blaurot lief der Herzog an, der Atem setzte ihm aus. Nur mühsam zwang er sich, die Deputation anzuhören, nicht mit Fäusten über sie herzufallen, sie nicht verhaften, nicht kreuzweis schließen zu lassen. Höchst unwirsch und ungnädig, unter Atemnot und Husten, Flüche und Beschimpfungen polternd, jagte er schließlich die Verängstigten, Entsetzten fort. Berief den Süß.

Der trug, wie stets, ein fertiges Projekt in der Tasche. Karl Alexander empfing ihn nach dem Bad, im Schlafrock, der Neuffer rieb ihm den lahmenden Fuß, der Schwarzbraune lief, mit Tüchern, Kämmen, Bürsten, ab und zu. Lächelnd, verbindlich setzte Süß den feinen, giftigen Plan auseinander. In einer so wichtigen Angelegenheit solle Seine Durchlaucht sich nicht begnügen, mit den elf Herren des parlamentarischen Ausschusses zu verhandeln. Der Ausschuß müsse aus den übrigen Abgeordneten verstärkt werden.

Was damit gewonnen sei, fragte der Herzog, die blauen, gewalttätigen Augen unverwandt auf dem glatten, lächelnden, gewandten Mund des Juden.

Es seien natürlich, fuhr Süß leichthin und fließend fort, bei solcher Ergänzung nur diejenigen Deputierten beizuziehen, deren treue und loyale Gesinnung gegen den Herzog feststehe.

Karl Alexander sah dem Juden aufmerksam auf die Lippen, dachte scharf nach, wandte die Worte des Süß hin und her. Begriff, daß auf diese Art die Opposition mühelos aus dem Parlament ausgeschaltet, die Landschaft in eine Vereinigung ohnmächtiger Hanswürste gewandelt werden könnte. Sprang auf, daß der Kammerdiener Neuffer, der ihm den lahmenden Fuß rieb, zurücktaumelte. »Er ist ein Genie, Süß!« jubelte er los, stapfte, den einen Fuß bloß, im Zimmer herum, aufgewühlt. Der Schwarzbraune, in seinen Winkel zurückgewichen, folgte mit langsamen, rollenden Augen den Bewegungen seines Herrn. Dann, mit einem Ruck, blieb Karl Alexander stehen, zweifelnd, fragte bedenklich, wie denn die zuverlässigen Abgeordneten herauszufischen seien. Doch Süß, bescheiden-stolz lächelnd, erwiderte, der Herzog möge ihm das überlassen, ihn, sei ein einziger Aufrührer unter den beigezogenen Deputierten, mit Schimpf und Schande über die Grenze jagen.

Denselben Abend noch konferierte Süß mit Weißensee. Teilte ihm mit, der Herzog halte es für notwendig, in einer so wichtigen Affäre den Ausschuß zu verstärken; wer wohl nach des Prälaten Meinung von den Abgeordneten Verständnis für die großen Probleme und Sinn genug für die europäische Bedeutung Karl Alexanders habe, um mit Gewinn für den Fürsten und somit fürs Volk bei solcher Ergänzung beigezogen zu werden. Behutsam saß der andere, rühmte die Umsicht und Gewissenhaftigkeit des Herzogs, nannte nach langen Umschweifen, zögernd, vorsichtig, zwei, drei Namen. Bog sogleich wieder ab und sprach, verbindlich, von anderem Belanglosem. Süß ging höflich darauf ein, meinte dann, gelegentlich, beiläufig, der Präsident des Hofkirchenrats scheine dem Herzog alt und ausgeschöpft, ob er, Weißensee, zeitlebens in Hirsau sitzen wolle, ein Berater von seinem diplomatischen Blick und seiner Erfahrung und Gelehrsamkeit wäre in Stuttgart hocherwünscht. Lüstern, sehr gelockt, schnupperte der Prälat, griff zu, lächelnd und betrübt über die eigene Schwäche und Verräterei, nannte seufzend, als Süß wieder auf den einzuberufenden Landtag zu sprechen kam, die geforderten Namen, verriet in den nicht genannten die Verfassung und wer ihr anhing. Ach, es war durchaus nicht die beste aller denkbaren Welten, wie gewisse à-la-mode-Philosophen wollten, es war eine schlecht eingerichtete, widerwärtige Welt. Nur der Einfältige konnte sich rein halten; wer klug war und kompliziert und nicht ganz abseits bleiben wollte vom fließenden Leben, der mußte unsauber und zum Verräter werden.

Ausgeschrieben wurde die Tagung. Ausgeschlossen wurden nach der Liste des Weißensee alle Abgeordneten der Opposition, ihre Proteste nicht beachtet. Herzogliche Kommissarien erschienen mit starkem militärischem Geleit in den einzelnen Städten, Ämtern, redigierten gewalthaberisch Wünsche, Vollmachten, bindende Aufträge der Bevölkerung an die Deputierten.

Unter solchen Auspizien trat der Landtag zusammen, der über die auf Jahrzehnte hinaus wichtigste Frage schwäbischer Politik, die Unterhaltung eines ansehnlichen stehenden Heeres, zu entscheiden hatte. Nicht im Landschaftshause in Stuttgart hielt dieses Rumpfparlament seine Sitzungen ab, der Herzog hatte verfügt, daß die Session der bequemeren Kommunikation mit seiner Person wegen in seinem Ludwigsburger Schloß unter seinen Augen stattzufinden habe. Die kleine Stadt quoll über von Soldaten, die Deputierten tagten bewacht von einem starken Militäraufgebot, immer gefährdet, von ihren Schützern beim kleinsten Wort der Opposition festgenommen zu werden. Der Herzog erschien nach einer nonchalanten Eröffnungsrede überhaupt nicht mehr; er nahm Parade ab, hielt kriegerische Übungen in der Umgegend, während seine Minister lässig, gnädig den Deputierten auf schüchterne Fragen vage, hochmütige Antworten gaben.

Auf diese Manier wurden die ungeheuren Militärforderungen des Herzogs genehmigt, dazu Verdoppelung der Jahressteuer und der Dreißigste von allen Früchten. Geltung haben sollte dieser Steuermodus, solange die bedenklichen Zeiten dauerten und das Land es vermöge. Nicht schärfer wagten unter den Musketen der Soldaten die sonst so bedächtigen, vorsichtig um jedes Jota feilschenden Herren diese entscheidende Klausel zu präzisieren, und als sie in einer inoffiziellen Besprechung bescheiden die Frage aufwarfen, wer denn über die Bedenklichkeit der Lage und die Leistungsfähigkeit des Landes solle zu befinden haben, wurden Süß und Remchingen so grob, hochfahrend und drohend, daß die Deputierten mürb und erschrocken auf genauerer

Festlegung dieses wichtigsten Punktes nicht bestanden. Niemals hatte, seit es eine Verfassung im Land gab, ein württembergischer Herzog vom Parlament solche Zugeständnisse erreicht wie Karl Alexander und sein Jude.

Zwei Wochen nach der Tagung wurde der Prälat von Hirsau, Philipp Heinrich Weißensee, Präsident des Hofkirchenrats in Stuttgart.

Kurz nach diesem Sieg des Süß über das Parlament starb auf dem Familienschloß Winnenthal des Herzogs Bruder, Prinz Heinrich Friedrich. Seitdem Karl Alexander seine Geliebte gehabt und sie dann breit lachend, hochmütig, die Flennende, Aufgelöste, ihm wieder zugeschickt hatte, verzehrte sich der schwächliche Mann in Ohnmacht und grellen Rachephantasien. Er begann vorsichtig und ziemlich ziellos neue Zettelei mit der Landschaft, aber die Herren hielten ihn nicht für den rechten Mann und blieben reserviert. Er sah oft mit gequälten, gedrosselten Blicken auf das sanfte, dunkelblonde Geschöpf, dessen Dasein jetzt eine einzige traurige Bitte um Nachsicht war. Einmal legte er ihr die kraftlosen, schweißigen Hände um den schönen, vollen, gesunden Hals, drückte langsam zu, würgte, ließ erschrocken ab, streichelte sie: »Du kannst ja nichts dazu, du kannst ja nichts dazu.« Er malte sich wilde, phantastische Racheszenen aus: wie er die Geliebte ersticht, den Leichnam vor sich quer übers Pferd nimmt, durchs Land jagt, das Volk groß zur Rache aufruft. Oder wie er den Bruder fängt, ihn zwingt, der Geliebten die Füße zu küssen, wie er dann beide tötet, die Frau feierlich wie eine Kaiserin bestatten läßt, den Bruder einscharren wie einen Hund. Und er selber thront, ein theatralischer Rachegott, über allem. Tun aber konnte er von all dem nichts, er konnte sich nur daran verzehren und sterben.

Karl Alexander, sowie er den Tod des Bruders erfuhr, sandte den Minister Forstner und den Kriegsrat Dilldey nach Schloß Winnenthal, die Verlassenschaft des Toten zu versiegeln und insbesondere seine Briefschaften zu beschlagnahmen. Er hatte gerade während der Tagung des Rumpfparlaments von neuerlichen Zetteleien seines Bruders mit der Landschaft gehört, er brannte darauf, Beweise, schwarz auf weiß, in die Hand zu kriegen wider gewisse Parlamentarier von der Opposition. Ei, wie wollte er sie packen, ei, wie wollte er sie zwiebeln, der Hydra den Kopf zertreten.

Seine Abgesandten fanden auf dem stillen Schloß spärliche, bestürzt schleichende Dienerschaft, und an der Leiche, starrend, apathisch das blonde Geschöpf. Dem Herzog brachten sie nichts zurück als belanglose Schreiberei.

Der schäumte. Er war gewiß, der parlamentarische Ausschuß, die Elf, hatten Konventikel gehabt mit dem Toten, Kabale gemacht, ihm die Regierung zuzuschanzen. Er wütete gegen die Abgesandten, die ihm nur Wertloses beigeschafft hatten. Wegpraktiziert hatten sie das Belastende, verbrannt. Verhunzt hatten sie, absichtlich zerschmissen und kaputt gemacht die gute Gelegenheit, das Spiel zu entdecken.

Süß schürte, hetzte. So ein Moment, die Verhaßten zu stürzen, kam nicht wieder. Er hakte ein bei dem alten, sinnlosen Verdacht des Herzogs. Waren es nicht die gleichen Männer, die Karl Alexander seinerzeit die Reversalien abgepreßt hatten, jene unseligen Religionsversicherungen, die sich dann in Stuttgart in der Reinschrift anders lasen als damals in Belgrad im Konzept? Die den Bogenwechsel vorgenommen hatten, ein Blatt eingeschmuggelt in die endgültige Fassung? Hochauf schäumen machte Süß den alten Argwohn des in allem Diplomatischen kindlichen Soldaten. Jene, die Herren, mochten Übung haben im Verschwindenlassen eines Schriftstücks. War die jetzige erfolglose Suche nach den sicher vorhandenen Dokumenten des Hochverrats nicht recht eigentlich Beweis und Bestätigung ihrer damaligen Praktiken, Zeugnis des geheimen Einverständnisses mit dem meuterischen Parlament?

Karl Alexander war es müde – und Süß pries die Weisheit solchen Entschlusses –, mit diesem zweigesichtigen Kabinett weiter zu regieren, das, wenn nicht aus Hochverrätern, im besten Fall aus schwerfälligen Schikanierern, Pedanten, Angsthasen, Kompromißlern, Linkshändern bestand. In Ungnaden entlassen wurden die Minister Forstner, Neuffer, Negendank, Hardenberg. Nur Bilfinger blieb. An den weit über Württemberg ragenden, festen, gelehrten Mann wagte sich der kluge Süß nicht, auch genierte er wenig, beschäftigte sich mehr mit seinen Studien, hielt sich in der Politik, wenn auch drohend und bedenklich, im Schatten. Und schließlich schätzte der Herzog die Unterhaltung des festungsbaukundigen Mannes zu sehr, als daß Süß hier viel hätte ausrichten können.

Aber mit in den großen Sturz geriet der Kammerdirektor Georgii, der das Wort geprägt hatte von der hebräischen Garde. Zu spät hatte der um Brot und Stellung besorgte Mann jenen unseligen Scherz bereut, zu spät sich an Süß anzubiedern versucht. Tief genoß der Jude seinen Triumph, als er diese ungelenken Annäherungsversuche wahrnahm. Er spielte mit dem plumpen, schwerfälligen Herrn, behandelte ihn jetzt mit besonderer Verbindlichkeit, daß der Aufatmende schon glaubte, Süß habe von jenem Hohnwort nichts gehört oder es vergessen. Schreckte ihn dann wieder durch eine Anspielung, eine undurchsichtige Drohung. Bis er endlich selber dem Kammerdirektor seinen Sturz mitteilte. Er hatte ihn zur Tafel geladen. Man saß, ein kleiner Kreis, unter dem Deckengemälde, dem vielfigurigen Triumph des Merkur, hatte von goldenem und silbernem Schüssel- und Tellerwerk raffinierte, gewürzte Speisen gegessen, aus den kostbaren Kelchen fremde, starke Weine getrunken. Nun saß man schwer, dampfte, verdaute. Da sagte der Jude leicht und verbindlich zu dem Kammerdirektor, er bedaure, daß Serenissimus seine erfahrenen Dienste so gar nicht mehr schätze; aber der Herzog möge eben die alte Garde partout nicht mehr leiden, nicht riechen könne er sie mehr. Und zur neuen gehöre der Kammerdirektor eben einmal nicht. Der schwere Herr sah ihn fassungslos an, stammelte etwas, starrte verloren vor sich hin, schlotternden Kopfes, schwankte bald fort. Er war arm, ein gerader, beschränkter Mensch, gebannt in Enge und Konvention, er hatte sieben Kinder und kein Geld. Nun war er also in Ungnade, schimpflich aus seinem Amt gejagt. Er ging heim, erhängte sich.

Ein großer Beamtenschub kam. Bisher waren viele biedere, gemütliche, schwäbische, langsame, gutartige Männer an hohen Stellen gesessen; jetzt rückten glatte, flinke Leute an, viele Ausländer, gewandt, vielwortig, in mancherlei komplizierten Geschäften zu Haus, die Kreaturen des Süß, die Scheffer, Thill, Lautz, Bühler, Mez, Hallwachs. An allen entscheidenden Stellen saßen sie, alle Zugänge zum Herzog hielten sie besetzt. Süß selber aber lehnte noch immer jedes Amt ab, er hatte nichts als den Titel Geheimer Rat und Oberhoffinanzdirektor, auch Schatullenverwalter Ihrer Durchlaucht der Frau Herzogin; aber er war, und alle Höfe wußten dies, der wahre Regent des Landes, er hielt auch ohne Siegelring seine Hand über dem Herzogtum.

Befreit auf atmete das Land, streckte sich in fröhlicher Erwartung. Aus der Krieg. Zurückkehren werden jetzt die Söhne,

Männer, Liebsten. Geruhig, sicher wird jetzt das Leben fließen, nicht stoßweise, mit Lücken hier und Mangel dort und immer neuen Schikanen. Die jungen, festen Männer wird man wiederhaben, ihre entbehrten Fäuste für die Arbeit, die Männer wieder fürs Regiment im Hauswesen, fürs Bett. Einteilen wird man sich sein Geschäft können, nichts ins Ungefähr wird man wirtschaften. Die Pferde wird man wiederhaben, die lieben, kräftigen Rösser, sie werden abgerackert sein, aber man wird sie schon glatt und hoch bringen. Alle Äcker wird man bestellen wie früher, den Weingarten wird man nicht weiter verludern lassen, das Haus nicht verdrecken und verfallen. Die kleinen Bürger in den Städten werden ihr Auskommen haben wie vor dem Krieg, die Materialien für ihre Hantierung, Eßwaren reichlich und Wein. Nicht wird man vor Wagen, mit schönen Dingen hochbepackt, sich sagen müssen: Je, ist alles für die Soldaten! Selber im Land wird man haben, was man macht. Nach Westen alle Blicke, von wo die Truppen wieder herkommen, die Männer, die Pferde, die Zelte, Wagen, Troß, Proviant, das Entbehrte zurück, das Ersehnte, Mangelnde, Dung und Saft zurück. Nach Westen alle Blicke wie in Dürre nach aufziehenden Wolken.

Die fressende Enttäuschung, als der Landtag kläglich resignierte, als die Armee nicht aufgelöst wurde. Ins Feuer flogen, auf den Mist die Bilder des Herzogs, Belgrad, die siebenhundert Axtmänner. Verzweiflung brach aus, Rottierer hoben sich, drohender als bei Beginn des Krieges, aber rascher noch und energischer zur Ruhe gebracht. Mit Quartier belegt, denn Kasernen mangelten, alle Untertanen, auf je zwei Familien kam ein Soldat, überall im Land lagen sie bei Bürgern und Bauern. Spionierer gingen herum, wer murrte, verdächtig war, wurde mit doppelter Last beladen. Hatten die vielmögenden Herren des Parlaments so rasch gekuscht vor des Herzogs Truppen, so wurde der gemeine Mann doppelt eingeschreckt von den Garnisonen, von den fremden, katholischen Offizieren und ihrer Brutalität.

Ringsum die Länder, die freien Städte blühten auf jetzt im Frieden; im Herzogtum sah der Friede schlimmer her als der Krieg. Denn hatte Karl Alexander draußen Geld nur für sein Militär gebraucht, so mußte er es jetzt haben für die Truppen und seine Hofhaltung, die üppiger glänzte von Tag zu Tag.

Süß, es war ein Wunder, es war Zauberei, schaffte das Geld. Als hätte er eine Wünschelrute, spürte er jeden versteckten Fleck, es an den Tag zu scharren. Während des Krieges hatte er die Schraube erst angesetzt, jetzt, langsam, mit unheimlicher Ruhe und Fertigkeit, drehte er zu. Niedergehalten von dem würgenden Druck der Soldaten, schrie nicht das gequetschte Land, stöhnte gequält, blutete veratmend seinen Saft aus, seufzte gedrosselt, verging. Auflagen, immer neue, Stempel auf alles, auf Schuhe selbst und Stiefel. Giftige Witze flogen auf: nächstens werden auch die Menschen gestempelt, auf die flache Hand gebrannt oder auf die Fußsohlen, zu vier Groschen das Paar.

Auch unter Eberhard Ludwig und der Grävenitz waren Ämter und Stellen verschachert worden. Süß raffinierte das System, setzte eine eigene Behörde dafür ein, das Gratialamt, jede frei werdende Stelle kunstgerecht an den Meistbietenden zu versteigern, neue Ämter, Titel, zu solchem Behuf zu schaffen. Gekauft werden mußte jeder Posten, vom Expeditionsrat bis herunter zum Schultheiß und Dorfrichter, ja bis zum Badmeister und besoldeten Abdecker. Nicht alle Tradition, nicht noch so erwiesene Befähigung gaben den Landeskindern Anspruch auf ein Amt; wer kein Geld hatte, mochte zusehen, sich auf andere Art oder im Ausland fortzubringen. In Preußen machte der Stuttgarter Christoph Matthäus Heidegger rasche Karriere, in Württemberg hatte es ihm nichts genützt, daß seine Väter ein Jahrhundert hindurch Richter gewesen waren. Dem mittellosen Friedrich Christoph Koppenhöfer konnte selbst der warme Fürspruch Bilfingers nicht zu einer Professur in Tübingen verhelfen; in Sankt Petersburg, bei den Hyperboreern, mußte sich der ausgezeichnete schwäbische Physiker Ansehen und Würden erlehren. Dafür saßen jetzt aus allen Winkeln der Welt gewandte Geschäftsleute in den herzoglichen Ämtern. Wie sollte man Sachkunde finden, fördernde Verwaltung bei Beamten, die ihren Posten teuer bezahlt hatten, die keine andere Legitimation hatten als solche Zahlung, kein anderes Ziel kannten als wucherische Verzinsung des angelegten Kapitals.

Aber die ergiebigste kommerzielle Affäre, eine Quetsche, die nie versagen konnte, blieb die Justiz. Die Methode des Süß war von genialer Simplizität. Das Recht wurde nach den Prinzipien kaufmännischer Rentabilität verwaltet. Wer Geld hatte, konnte es kaufen und, was er wollte, mit Brief und Siegel legalisieren. Wer kein Geld hatte, dem nützte das bestverbriefte Recht nichts.

Sehr geschickt verwertete Süß jenes Reskript, mit dem Karl Alexander seine Regierung angetreten hatte. Die Grävenitzschen Beamten waren darin vor Gericht gefordert, Landeskommissionen eingesetzt worden zur Bestrafung von Bestechung und Unterschleif; das Volk hatte diese Verordnung bejubelt, das erhabene Antlitz der Themis leuchtete daraus, dichtete der Hofpoet. Süß machte mit wenigen meisterlichen Strichen aus diesem Antlitz ein anderes, wulstbackiges, frech blinzelndes: Gott Mammons. Ein Fiskalatsamt wurde eingesetzt zum Vollzug der herzoglichen Ordre. Spionierer reisten im Land herum, fanden sich freiwillig, spürten die reichen und vermöglichen Leute auf, die ohne Schutz standen, nicht versippt waren mit Herren am Hof oder vom Parlament. Dann hängte man ihnen einen Prozeß an, sie hätten ihr Vermögen unrechtmäßig erworben, schlug durch Drohungen, Erpressungen, falsche Zeugen auch den Redlichsten so lange weich, bis er, die Untersuchung los zu sein, die geforderte Summe zahlte. Selbst gegen längst Verstorbene wurden Prozesse instruiert, wenn sie nur Vermögen hinterlassen hatten.

Über die Grenzen hinaus Aufsehen erregte der Fall des Kammerrats und Hauptzollers Wolff. Dem eigenbrötlerischen, rechthaberischen Mann wurde grundlos der Prozeß gemacht. Der Expeditionsrat Hallwachs, eine Kreatur des Süß, schlug ihm einen Vergleich vor, Wolff bequemte sich nicht, bestand auf seinem Recht. Das Verfahren ging weiter, es wurde ihm seine Bissinger Mühle genommen. Als ihm die Pfändung seines Weinbergs angesagt wurde, sprang der sanguinische Mann dem herzoglichen Beamten, der ihm die Verfügung überbrachte, an die Gurgel. Jetzt wurde seinem Sohn der bereits erteilte Heiratskonsens wieder entzogen, der junge Mann beugte sich nicht, drang bis zum Herzog vor, hielt bei währendem Konferenzrat eine wilde Anklagerede gegen das Fiskalatsamt, wurde mühsam von den Schweizern entfernt. Karl Alexander, stark beeindruckt, forderte die Akten ein, ließ sich aber dann von dem Hofkanzler Scheffer beschwatzen, es sei alles in Ordnung und Fug, Wolff sei ein Radaubruder und Querulant. Nun wurde der Kriminalprozeß gegen ihn verschärft, Gefängnis gegen ihn verfügt. Er floh ins Ausland, verkam. Seine hinterlassenen Güter beschlagnahmte das Fiskalatsamt.

Sechseinhalb Tonnen Goldes quetschte innerhalb eines Jahres diese Justizbehörde in die herzoglichen Kassen. Einundeinviertel Tonnen davon berechneten die Kassiere des Süß als Spesen und Provision, über eine halbe Tonne außerdem behielt Süß zurück, sie verrechnend für gelieferte Preziosen.

In Stuttgart, trotzdem Süß noch immer kein offizielles Staatsamt innehatte, wußte man längst, daß nicht vom Schloß aus regiert wurde, auch nicht von der Residenz in Ludwigsburg, auch nicht vom Landschaftshaus. Alle diese verfluchten, kniffligen Reskripte, die so harmlos, ja wohltätig aussahen und die einem hernach um den Hals hingen wie Mühlsteine, daß man keine Luft kriegte und schnappte, gingen aus von dem Haus an der Seegasse. Jetzt ballte man Fäuste vor diesem Haus, knurrte Verwünschungen, spie aus, ein Kühner klebte wohl einmal ein Pasquill an, aber alles nur nächtlich, heimlich, spähend nach allen Seiten. Denn der Jude hatte überall seine Leibhusaren und Spione, und wer sich gegen ihn verging, konnte unversehens auf dem Neuffen sitzen oder in den Kasematten von Hohenasperg, kreuzweis geschlossen und in ewiger Nacht.

Im »Blauen Bock« aber saßen politisierend, raunzend die Kleinbürger, unter ihnen der Konditor Benz. Er hütete sich wohl, sich ein zweites Mal das Maul zu verbrennen. Aber jetzt war es ja einfach, jetzt brauchte man nur zu sagen: »Ja, ja, unterm vorigen Herzog regierte eine Hur«, und jeder ergänzte von selber: »Unterm jetzigen ein Jud.« Und Murren hob sich, und die Gesichter waren verzerrt von Gift und Ohnmacht, und der Konditor Benz saß, und die Schweinsaugen glitzerten über den fetten, schwitzenden Backen.

Es ächzte das Land, wand sich unter dem würgenden Druck. Korn wuchs, Wein wuchs, Gewerbefleiß rührte sich, schuf. Der Herzog lag darauf mit seinem Hof und seinen Soldaten, das Land trug ihn. Zweihundert Städte, zwölfhundert Dörfer, sie seufzten, bluteten. Der Herzog sog an ihnen, sog durch den Juden. Und das Land trug ihn und den Juden.

In den Brüdergemeinden, Konventikeln, Bibelkollegien der Pietisten sammelten sich die Mühseligen und Beladenen. Sie krochen zu Gott wie getretene Hunde, leckten ihm die Füße. Überall im Herzogtum, trotz der scharfen Erlasse und Strafen, traten Erweckte und Erleuchtete auf. In Bietigheim pries der Prädikant Ludwig Bronnquell, ein Jünger Swedenborgs und der Beata Sturmin, der schon als Helfer in Groß-Bottwar wegen seiner Ideen über das Tausendjährige Reich und die Bekehrung der Juden einen Verweis vom Konsistorium bekommen hatte, den Süß als willkommene Geißel. Wenn man einen Hund den ganzen Tag schlage, predigte er, so gehe er durch und suche einen andern Herrn. Die gemeinen Leute seien solcher Hund. Der Herzog schlägt auf sie hinein, die Soldaten schlagen auf sie hinein, die Amtmänner, die Offiziere schlagen auf sie hinein, der vornehmste Stock aber sei der Jude Süß. Das stehen sie nicht aus, gehen also durch und suchen einen andern Herrn: Christum. Der Prädikant wurde zwar entlassen und irrte in dickem Elend in Deutschland herum. Aber seine Lehrmeinung blieb, und in ihren Versammlungen dankten die Pietisten Gott für den Juden, für die Peitsche, mit der er sie zu sich trieb.

Die Demoiselle Magdalen Sibylle Weißenseein war in Hirsau zurückgeblieben, als ihr Vater nach Stuttgart übersiedelte. Seitdem sie im Wald den Teufel gesehen hatte, konnte sie nicht mehr los von diesem Gesicht. Sie fühlte sich berufen, mit dem Teufel zu kämpfen, ihn zu Gott herüberzuziehen. Sehnsucht, aus Kitzel und Grauen gemischt, trieb sie immer wieder in den Wald, aber sie begegnete dem Teufel kein zweites Mal.

Seltsam war, daß sie von dieser Begegnung den Brüdern und Schwestern im Bibelkollegium nicht sprechen konnte. Selbst der Beata Sturmin, der Führerin, der Erweckten, der Blinden, Heiligen, hielt sie dieses Gesicht geheim. Es war ihr vorbehalten, ihre Aufgabe, ihr Beruf, mit dem Teufel zu kämpfen. Seine Augen wurden noch fressender, gewölbter, feuriger in ihrem Erinnern, sein Mund stand noch röter, lüsterner, gefährlicher in dem sehr weißen Gesicht. Luzifer war schön, dies war seine stärkste Kraft und Lockung. Ihn an der Hand zu nehmen, nicht loszulassen, zu Gott zu führen, das mußte ein Triumph sein, in dem man verging. Man mußte die Augen schließen, so wohlig war es, sich solchen Sieg auszumalen.

Die armen Brüder und Schwestern indes im Bibelkollegium sprachen von den kleinen Sendlingen des Beelzebub, von dem Herzog und dem Juden. Magdalen Sibylle hörte fast mitleidig zu. Ein Jud, ein katholischer Herzog, was waren das für winzige, harmlose Teufelchen gegen den wahren und wahrhaftigen Satan, den sie geschaut hatte, den sie zu bestehen haben wird.

Auch der Magister Jaakob Polykarp Schober hatte sein Geheimnis. Den Brüdern und Schwestern des Kollegiums sogar, die schlicht vor sich hin lebten und keine scharfen Beobachter waren, fiel der heilige Glanz auf, den das sanfte, etwas pausbäckige Gesicht des jungen Menschen aussonnte, wenn man die frommen Lieder vom Himmlischen Jerusalem sang. Er sah dann vor dem weißen Haus mit den Blumenterrassen das Mädchen im Zelt, sich dehnend und verträumt, nach fremder Sitte gekleidet, mattweißes Gesicht unter blauschwarzem Haar. Er war noch mehrmals schüchtern und in Herzensangst über den Zaun gedrungen, er hatte auch ein zweites Mal das Mädchen gesehen, aber das war an einem kahlen, widrigen Herbsttag gewesen, sie war dunkel gekleidet, und ihr Bild verfahlte vor jenem ersten, viel seltsameren, prall besonnten. Dann später einmal hatte ihn die Stuttgarter Brüdergemeinde veranlaßt, sich um die herzogliche Bibliothekarstelle zu bewerben, aber das war daran gescheitert, daß er das Geld nicht hatte, das von dem Gratialamt für die Stelle gefordert wurde. Und er war im Grund sehr froh darüber, denn so konnte er in Hirsau bleiben und um den Wald und das weiße Haus herumträumen.

Es stellte sich aber zwischen ihm und Magdalen Sibylle im Kollegium eine merkwürdige innigere Verbindung her. Die Brüder und Schwestern seufzten demütig und dankbar von den schweren, seligen Zeiten der Not und der Erweckung, von dem grauslichen Juden, den der Herr über das Herzogtum gesandt hatte, und der Magister sah das himmlische Mädchen, und Magdalen Sibylle sah den Luzifer, und ihre Träume woben über alle und gingen durch ihre einfältigen Gesänge und verschlangen alle miteinander und erfüllten den kahlen, nüchternen, niederen Raum.

Die Schimmelstute Assjadah, zu deutsch Die Morgenländische, gewöhnte sich rasch an die milde schwäbische Luft; aber sie mochte die Schwaben nicht, ihre Hände nicht, ihr Enges, Muffiges, Unweites, Verquertes nicht. Sie war in Jemen geboren, mit einer Tributzahlung in die Ställe des Kalifen gekommen, von einem Untersäckelmeister an den Levantiner Daniele Foa verhandelt worden, der wieder hatte sie an seinen Geschäftsfreund, den Süß, verkauft. Süß pflegte das Tier sorglich, denn es war sein Eigentum, und er machte gute Figur darauf. Aber er liebte es nicht. Er wußte damals noch nicht, daß in allem Lebendigen etwas von ihm selber war, er ahnte es dumpf und unbehaglich, wenn Rabbi Gabriel zu ihm sprach, es rann ihm lieblich durchs Blut, wenn er bei Naemi war. Aber waren diese kurzen Stunden vorbei, versank es ihm, und er wußte es nicht.

Doch die Schimmelstute Assjadah wußte es. Sie kannte den Schritt ihres Herrn, seine Hand, seinen Schenkel, seinen Dunst. Sie dachte, während sie unter ihm leicht und ziervoll hinschritt:

Er mag mich nicht. Aber er ist schön zu tragen. Man spürt ihn gar nicht. Er ist wie ein Stück von mir selber. Er hebt und senkt sich mit meinem Atem und meinen Muskeln. Wenn mich die anderen ansehen, ist mir eng, und ich gehöre nicht zu ihnen. Aber er ist ein Stück von mir. Sein Aug ist weit, und ich möchte rennen und fliegen, wenn er mich ansieht. Wenn seine Hand an meine Haut klopft, bin ich sicherer und voll Ruhe und Kraft. Ich gehöre zu ihm, und ich bin in meinem rechten Land, wenn ich bei ihm bin. Und sie reckte den Kopf hoch auf, und sie wieherte hell und triumphierend den aufhorchenden Bürgern zu: Aufgepaßt! Er kommt! Er!

Denn Süß trug jetzt seine Macht offen und in aller Sonne vor sich her und zeigte kokett und prahlerisch seine Meisterschaft in den Künsten des Hofs und der Gesellschaft. Nur eine von den Vergnügungen des Kavaliers haßte er: die modische Treibjagd. Es schien ihm unsäglich albern und widerwärtig, Tiere auf einen Haufen zu treiben und dann die wehrlosen, hin und her gescheuchten niederzuschießen. Sah er die hochgeschichteten Kadaver, so stieg ihm Übelkeit den Magen hinauf, er konnte sich, sosehr er den groben Spott des Hofes scheute, nicht überwinden, von dem Aas der erlegten Tiere zu essen. Die Tötung der Ochsen, Kälber, Schafe, Schweine überließ man den Metzgern; es war ein ehrbarer, nützlicher Beruf, immerhin drängte man sich nicht des Pläsiers wegen dazu und hielt diejenigen, die ihn ausübten, nicht für Kavaliere. Der Jude begriff durchaus nicht, daß die Tötung eines Kalbes kleinbürgerliches Metier, die zusammengetriebener Rehe ritterliches Vergnügen war.

Sonst aber hielt er darauf, das Zentrum der höfischen Veranstaltungen zu sein. Kein Fremder von Stand kam nach Stuttgart, der nicht dem allmächtigen Günstling seine Aufwartung gemacht hätte. Er vermehrte seine Dienerschaft, daß seine Leibhusaren in ihrer weinroten Livree schier eine kleine Kompanie bildeten. Die Minister und hohen Beamten hielt er in knechtischer Unterwürfigkeit. Sie fürchteten ihn fast mehr als den Herzog; pfiff er, so kamen sie in vollem Sprung daher. Beim leisesten Widerspruch drohte er mit Kreuzweisschließenlassen, Auspeitschen, Untermgalgenbegraben.

Süß wirbelte, und es wirbelte um ihn. Geschäfte, Politik, fürstliche Geselligkeit, Frauen. Er befahl zur Audienz, und keiner weigerte sich ihm. Er konnte, wollte er es, von einer Liebenswürdigkeit sein, vor der jede Schranke niederbrach.

Den Herzog hatte Süß durchaus in seiner Gewalt. Karl Alexander fühlte sich geheimnisvoll gebunden an diesen Mann, der als erster an seinen Aufstieg geglaubt und auf diese schwanke Basis so vertrauend sein ganzes Leben gestellt hatte. Der ihm wie durch Zauberei alle Hindernisse aus dem Weg schaffte, an denen er und seine Räte sich vergebens abzappelten. Voll ehrlicher Bewunderung, und ein ganz leises Grauen war ihr beigemischt, sah er, wie dieser Jude aus dem Nichts beibrachte, was man von ihm verlangte: Geld, Weiber, Soldaten. Und blind folgte er jedem Rat seines Finanzdirektors.

Süß hatte von frühester Jugend an ein grenzenloses Zutrauen zu sich selbst. Dennoch hatte er jetzt wohl auf Augenblicke ein gelähmtes, starres Staunen, welche Aufgabe er auf sich genommen und wie spielerisch er sie bewältigte. Wohl hatten auch bisher die großen Geldmänner seines Stammes gewaltige Entschlüsse zu fassen gehabt, die gefüllte Schale der Macht in den Händen getragen. Aber sie hatten sich im Schatten gehalten oder waren wie sein Bruder Christen geworden. Er stand, der Jude, vor ganz Europa einsam auf seinem gefährlichen Gipfel und lächelte und war elegant und selbstverständlich, und auch der späherischste Blick konnte ihm kein leises Zucken nachspotten.

Um sein Haus so fürstlich zu führen, um den Herzog ganz und immer in der Hand zu halten, brauchte er Geld, Geld in phantastischen Mengen und immer in Fluß und zu seiner Verfügung. Er hatte bei den Wiener Oppenheimers, den kaiserlichen Bankiers, seinen Verwandten, gelernt, mit großen Ziffern zu operieren. Doch jetzt lief die Administration des gesamten Herzogtums durch seine Hand, das Vermögen von zweihundert Städten und zwölfhundert Dörfern stand ihm für seine Transaktionen zur Verfügung. Bei seiner fieberhaften Betriebsamkeit warf er es dahin, dorthin, ließ es rollen in rasendem Umlauf. Er hatte Beziehungen zu allen Geldmännern Europas, durch seine zahllosen, zumeist jüdischen Hintermänner floß das schwäbische Geld die kompliziertesten Kanäle, pflanzte Plantagen in Niederländisch-Indien, kaufte Pferde in der Berberei, jagte Elefanten und schwarze Sklaven an der afrikanischen Küste. Sein Grundsatz war, sein erstrebtes Ziel, ein rasender, taumelnder Umsatz. Nicht großer Gewinn im einzelnen, aber riesiger Gewinn dadurch, daß man von allem ein winziges Bruchteil in der Hand behielt. So mühte er sich, seine Hand in allen Gelddingen Deutschlands zu haben, er kontrollierte Industrie und Kommerz in allen Ecken und Winkeln Europas, und ein ansehnlicher Teil des gesamten deutschen Vermögens lief durch seine Kassen.

Seine privaten Einkünfte waren überreich. Wer am württembergischen Hof etwas erreichen wollte, bemühte sich um ihn mit Douceurs und Präsenten. Der Herzog, von Remchingen darauf aufmerksam gemacht, lachte: »Laß den Kujonen profitieren. Von jedem Profit, den er hat, profitier ich das Doppelte.« Sein Handel mit edlen Pferden dehnte sich weit, vor allem aber wuchs sein Kommerz mit edlen Steinen. Von je hatte er Juwelen fanatisiert geliebt; doch bisher war ihm bei jeder größeren Affäre ein Portugiese in die Quer gekommen, ein gewisser Dom Bartelemi Pancorbo, ein langer, stiller unheimlicher Mensch, der überall, wo wirklich edler Schmuck zu erlauern war, unversehens wie durch magische Mittel verständigt auf dem Platz war, mit seinem eingedrückten, entfleischten Totengesicht und immer in verschollener, schlecht sitzender, schlotternder portugiesischer Hoftracht. Am kurpfälzischen Hof hatte er hohe Titel und Würden inne, durch seine diplomatischen Beziehungen beherrschte er den Amsterdamer Markt und von da aus den ganzen deutschen Juwelenhandel. Jetzt nützte Süß seinen politischen Einfluß, den verhaßten Konkurrenten auszuschalten. Der Jude führte den Kampf wild und mit Leidenschaft; kalt, zäh, lauernd wich der andere, der hagere, unheimliche Portugiese, und nur Schritt um Schritt. Ganz tot zu machen war er nicht, sein Schatten fiel immer wieder über die Geschäfte des Süß, aber es war doch an dem, daß man die besten und seltensten Steine jetzt zuerst dem Juden anbot und daß gewisse ganz erlesene Kostbarkeiten nur durch ihn zu erlangen waren.

War dies ein spielerischer Handel, der neben großen Gewinnen auch dicke Verluste brachte, so wußte Süß aus vielen anderen Quellen sich stetigen und sicheren Zufluß zu sichern. Er wußte es etwa einzurichten, daß in ständiger Wiederkehr, wenn die herzogliche Kasse größere Zahlungen zu leisten hatte, Besoldung der Beamten, der Truppen, kein Bargeld da war. Dann schoß er aus seinen Kassen das fehlende vor und behielt als Entgelt vom Gulden einen Groschen zurück. Bürger und Bauer sahen in dieser klar durchschaubaren Finanzoperation die Quelle ihres ganzen Unheils, und kein Mangel, keine Armut drückte so sehr wie dieser fehlende Judengroschen.

Auch die Münze hatte er gepachtet. Aber er verschmähte es, an mindergewichtigem Geld zu verdienen. Zu einem so plumpen und subalternen Manöver hatte er damals greifen müssen, als er noch ganz verkannt und gering war, beim Darmstädter Münzakkord, als ihm kein anderes Mittel übrigblieb. Jetzt war es großzügiger, an dem erhöhten Umsatz des guten Geldes zu profitieren. So war das Geld, das er prägte, das beste unter allen deutschen Scheidemünzen, das gangbarste und gesuchteste. Vor allem aber juckte es ihn, durch die Solidität seiner Münzgebarung seine Feinde mundtot zu machen. Er wußte, hier würden seine Gegner zuerst einsetzen, hier konnte er über den kleinsten Fehltritt stolpern; wurde er andererseits hier reell befunden, so mußte sein Kredit ungeheuer steigen. Gespannt wartete er auf eine Anklage, suchte sie zu beschleunigen. Der plumpe Remchingen, von anderen in solchen primitiven Finanzanschauungen bestärkt, konnte sich denn auch den zunehmenden Reichtum des Süß nicht anders erklären als mit der konventionellen Annahme, der Jude präge Schwindelgeld. Er hetzte den Herzog auf, bis der endlich eine Untersuchung anordnete. Und Süß, bescheidenstolz lächelnd, wies die Briefe der Agenten vor, seine Stücke fielen zu schwer aus, es sei zu wenig Gewinn dabei, und sonnte sich in seiner Unantastbarkeit.

Er war beteiligt auch an vielerlei andern Akkorden und Pachtungen. Überall hatte er Warenniederlagen und Verkaufsstapel, und ein fürstliches Patent befreite ihn von Zoll und Akzise; auch zwangen die fürstlichen Beamten, Stadt- und Amtsvögte den Untertanen zu seinem privaten Nutzen Frondienste und Fronfuhren ab. Er ließ sich Lotterien privilegieren und kitzelte durch Glückshäfen und Spielkasinos das Geld aus allen Taschen.

So spannte er ein Netz von Unternehmungen, vielfältig verästelt, übers Land. Er dehnte sich und badete in der Macht. Aber manchmal war es ihm, als sei es nicht er, von dem der ganze glänzende Wirbel ausgehe. Dann hob er wohl die Schultern, überfrostet, wie in Abwehr. Jäh schnürte ihn eine unheimliche Gebundenheit. Die Dinge um ihn verfahlten; er sah sich schreiten in einer stummen, schattenhaften Quadrille, Rabbi Gabriel hielt seine rechte, der Herzog seine linke Hand. Sie schlängelten sich, machten ihre Pas, verneigten sich. Schritt da drüben in der Kette, durch viele Hände mit ihm verstrickt, nicht auch Isaak Landauer? Wie schaurig possierlich er aussah mit seinem Kaftan und den Schläfenlöckchen in dem ernsthaften, schweigenden, gezirkelten Schreiten, Neigen, Sichwinden.

Aber das trübe, nebelhafte Bild quälte ihn nur für kurze

Augenblicke. Dann tauchte es hinunter vor dem Tag, der um ihn war, nebelte ins Nichts, zerweste. Und es blieb das Gold, das man wiegen und zählen, das Frauenfleisch, das man tasten, streicheln, packen, haben konnte. Es war da und blieb. Glanz, Macht, Wirbel, Leben.

In Urach war eine Leinwandkompanie, die der Familie Schertlin gehörte. Die Schertlin hatten unter Herzog Eberhard Ludwig klein angefangen, jetzt waren sie weit im Land verzweigt. Ihr Geschäft blühte, sie hatten eine Niederlassung in Maulbronn, betrieben in Stuttgart eine Seidenmanufaktur. Kräftig, glücklich und geschickt hatte seinerzeit, als die Fabrik noch klein und unbedeutend war, der Seniorchef der Familie, Christoph Adam Schertlin, ihre Umwandlung in eine Aktiengesellschaft durchgesetzt und der Gräfin Grävenitz Anteilscheine weit unterm Wert überlassen. Auf diese simple Manier war die mächtige Favoritin für das Unternehmen interessiert worden, sie verschaffte der Gesellschaft Privilegien und Aufträge. Dann später, als die Gräfin in Ungnade war und ihr in Württemberg liegendes Vermögen liquidieren mußte, konnte Christoph Adam Schertlin ihre Aktien durch gewisse Unterhandlungen mit Isaak Landauer billig zurückerwerben. Jetzt hatte er sich vom Kommerz zurückgezogen, das herzogliche Gebiet verlassen, in der freien Reichsstadt Eßlingen ein Patrizierhaus gekauft und neu eingerichtet. Dort saß er nun, stattlich, reich, Ratsherr, hoch angesehen.

Die Geschäfte der Stuttgarter, Uracher, Maulbronner Manufaktur leitete jetzt Johann Ulrich Schertlin, ein fester, kundiger, zupackender Mann, mit der erste unter den schwäbischen Industriellen. Er hatte sich eine Französin zur Frau genommen, aus der Emigrantenkolonie Pinache im Oberamt Maulbronn, die zu Ende des vorigen Jahrhunderts die vertriebenen Waldenser angelegt hatten, eine schöne, fremdartige Frau, kurzer, roter Mund in weißem Gesicht, hochmütige, längliche Augen unter rötlichblondem, leuchtendem Haar. Freunde, Verwandte konnten mit ihr nichts Rechtes anfangen. Sie war ein Staatsweib, das war nicht zu leugnen, aber sie war verdammt stolz, sie antwortete karg und kurz, meist schwieg sie gelangweilt, auch sprach sie, obwohl in Deutschland geboren, fast immer welsch und die Landessprache nur stockend. Aber Johann Ulrich Schertlin konnte sich das leisten, er saß dick in Geld und Würden, er hatte ein Haus in Stuttgart, eines in Urach, abgesehen von den

Manufakturen. Er stellte, Teufel noch eins, seinem Hauswesen vor, wen er für gut hielt. Und er wandelte stattlich hin mit der Frau, die er liebte, und sein Haus und Tagewerk gedieh.

Nun hatte aber Süß einen Geschäftsfreund, einen gewissen Daniele Foa in Venedig, der ihm aus der Levante Kapital, Pferde, Juwelen, Stoffe und Wein vermittelte. Auch die Schimmelstute Assjadah hatte er beigebracht. Diesen Daniele Foa kannte Süß schon von der Pfalz her, wo ihm seine Unterstützung in dem Kampf gegen Dom Bartelemi Pancorbo sehr wertvoll gewesen war. Der Levantiner, ein großzügiger, gerissener Geschäftsmann, hatte den Rhein hinauf, hinunter einen ausgedehnten Handel mit Textilien in Gang gesetzt und benützte den Einfluß des Süß, jetzt ins Schwäbische hinüberzugreifen. Er erhielt Freiheiten und Gerechtsame, stieß aber hart auf die Konkurrenz der Schertlinschen Manufakturen, die überall in diesen Gegenden ausgezeichnet eingeführt waren. Süß, der dem Levantiner gern gefällig sein wollte, machte sich mit gewohnter, kalter Umsicht daran, diese Konkurrenz rücksichtslos niederzutreten. Die Fabriken der Schertlin wurden schikaniert, ihre Privilegien ins Wertlose kommentiert, ihre Verträge mit dem Kammergut gekündigt, Akzise und Steuern so erhöht, daß sie nicht weiter konkurrieren konnten. Dagegen errichtete der Finanzdirektor als Strohmann des Daniele Foa auf eigenen Namen eine Manufaktur, und die Zollbehörden wagten es nicht, dem Allmächtigen die Gebühren in der gewaltigen vorgeschriebenen Höhe zu berechnen, es wurden von seinen Sendungen nur ganz geringe oder gar keine Abgaben erhoben.

Auch die Schertlin persönlich begann man zu bedrängen. Einem hängte unter nichtigem Vorwand das Fiskalatsamt einen Prozeß an, aus dem er sich nicht herauswinden konnte, zwei jüngere Schertlin wurden, trotzdem sie hohen Loskauf boten, zur Armee eingezogen. An den alten Christoph Adam freilich, der in dem freien Eßlingen saß, konnte man nicht heran, und auch an Johann Ulrich wagte man sich vorläufg noch nicht. Aber die Hand des Juden lag schwerer auf dieser Familie als auf den anderen, und Johann Ulrich würgte an dem Kummer über den Niedergang seines Geschäfts, an der Schmach, zwei junge Schertlin zur Armee gepreßt zu sehen, an dem Gram, seine schöne Frau nicht in den fürstlichen Glanz setzen zu können, den er für sie träumte.

Da bekam endlich Süß eine Schlinge in die Hand, den Johann

Ulrich zu fangen. Der eine junge Schertlin, der Soldat, hatte Urlaub erhalten nach Eßlingen zu seinem Großvater und kam von dort nicht zurück. Verhandlungen zwischen dem Herzog und der Stadt über die Auslieferung von Deserteuren schwebten, waren aber noch nicht abgeschlossen. Auf Betreiben des alten Ratsherrn weigerte sich die Stadt, den jungen Menschen herauszugeben. Da fingen die Leibhusaren des Süß einen Brief Johann Ulrichs auf, in dem er den Alten bestärkte in der Ablehnung, den Deserteur den herzoglichen Kommissarien zu überlassen. Dies war Kriegsverbrechen, Hochverrat.

Süß, alle Trümpfe in der Hand, ging langsam, sänftlich vor. Zunächst wurde Johann Ulrich aufgefordert, sich herzoglichen Kriegsinquisitoren zu stellen. Da der stolze Mann knirschend fernblieb, wurde er aufgehoben, auf den Hohentwiel gebracht. Man munkelte, ein Militärgericht werde ihn aburteilen, lebenslänglich Kugeln zu schleifen.

In dem verödeten Haus saß blaß die Französin. Das neugierige Mitleid der Verwandten und Befreundeten hörte sie schweigend, die kurzen, roten Lippen fest verkniffen. Als man es müde ward, die Hochmütige zu trösten, die einem ja doch nicht den Gefallen tat, zu jammern, und sie allein ließ, erschien bei ihr der Rat Bühler vom Fiskalatsamt, ein weitläufig Verschwägerter der Schertlin. Die hatten als vor einer Süßischen Kreatur immer vor ihm ausgespuckt. Jetzt kam er wichtig, fraß seine Genugtuung, spielte den Großmäuligen, protzig Mitleidigen, fand die Waldenserin in ihrem starren, hochmütigen Kummer sehr apart, riet ihr, sie solle den Süß aufsuchen. Der werde verleumdet, er sei im Geschäft hart auf hart, das sei natürlich, aber rachsüchtig sei er nicht.

Ob die Waldenserin ihren Mann liebte, wußte niemand, und sie selbst nicht. Aber wie sein Prozeß immer näher kam, ging sie zu Süß.

Sie war aus gutem Haus, in ihrer Familie lebte die Tradition französischen Hoflebens, Glanz und herrenhaftes Gehabe. Sie sah die Säle des Juden, die weinroten Lakaien, die Pagen. Die Teppiche, Statuen, Chinoiserien. Das war anders als die solide Behäbigkeit der Schertlin. Das war die Fülle, der Überfluß, jenes Überflüssige, das das Leben aus einem Gezwungenen, zu Tragenden zu etwas Leichtem, Herrlichem, Liebens- und Sehenswertem machte. Süß war guten Humors, und die Frau gefiel ihm. Er traktierte sie ganz als große Dame, sprach, da er sah, es war ihr lieber, nur französisch, streichelte sie mit mondänen Komplimenten, redete mit keinem Wort von ihrer Bedrängnis. Das war ihre Luft; wäre sie nicht als Supplikantin gekommen, sie wäre ihm wie von selbst zugefallen. So aber, wie er plötzlich mit zynischer Galanterie eine Brücke schlug von ihrem Anliegen zu seiner Begierde, stand sie eine kleine Weile reglos, totenhaft fahl. Dann warf sie ihm ins Gesicht, sie schäme sich, daß sie nicht eh bedacht habe, sie habe mit einem Juden zu tun. Worauf er sich, glatt und ohne eine Miene zu ändern, lächelnd und tief verneigte: »Dann also nicht!«, sie höflich zur Tür geleitete und ihr Abschied nehmend die Hand küßte.

Er entließ Johann Ulrich aus seiner Haft, begnügte sich, die Affäre durch das Fiskalatsamt regeln zu lassen. Johann Ulrich kam mit einer Geldbuße davon, die allerdings so hoch war, daß sein Handel daran für immer erlahmen mußte.

In der Waldenserin brannte die Begegnung mit Süß weiter. Bisher hatte sie nicht gewußt, ob sie ihren Mann liebte oder nicht. Jetzt wußte sie, daß sie ihn verachtete. Er hatte die Pflicht zum Erfolg. Er war sie nicht wert, wenn er keinen Erfolg hatte. Sie verachtete ihn, weil er nicht Glanz und Überfluß und weinrote Lakaien und Chinoiserien vor sie hinbreiten konnte wie jener, weil er sich von jenem hatte besiegen lassen, weil sie seinethalb so kläglich vor jenem gestanden war. Sie verachtete ihn, weil sie seinethalb die Galanterie des Süß zurückgewiesen hatte. Der war Welt, zu dem gehörte sie, Johann Ulrich war Bürgerpöbel. Sie sprach von alledem zu Johann Ulrich kein Wort, nicht einmal von ihrem Besuch bei dem Juden. Er tobte gegen den Süß, schrie, vermaß sich blutrünstigster Heimzahlung. Aber es war hohles Gepolter. Sie sah ihn aus ihren länglichen Augen mit kalter, hochmütiger Gleichgültigkeit an, und er wußte so gut wie sie, daß er zerknickt und ohne Kraft war und nie etwas tun werde.

Er verkam mehr und mehr. Die Manufaktur in Urach wurde versteigert, versteigert die Filialen in Stuttgart und Maulbronn. Der Levantiner erwarb sie. Man bot, Hohn und Almosen, ihm eine Verwalterstelle in seinen früheren Fabriken. Vielleicht hätte er akzeptiert, hätte nicht die Frau, den Süß hinter dem Angebot witternd, scharf und kurz abgelehnt. Auch die anderen Schertlin gerieten mit in den Sturz. Verkauft die Häuser in Urach und Stuttgart, verkauft die Weinberge und Felder. Nur der alte Christoph Adam hielt sich, in Eßlingen. Er trug den großen, verwitternden Kopf noch höher, stieß noch heftiger mit dem Rohrstock gegen den Boden, den goldenen Knopf fest umschließend mit dürrer, doch nicht zitternder Hand.

Johann Ulrich wie viele andere, die bei währendem Regiment des Süß von Haus und Geld gekommen waren, traf Vorbereitungen, sich einem Auswandererzug anzuschließen, der nach Pennsylvanien wollte. Die Waldenserin widersetzte sich. Es gab einen kurzen, wilden Kampf. Er schlug sie, aber er blieb im Land. Er machte einen Kramladen auf in Urach. Verlotterte mehr und mehr, saß in den Kneipen, besoff sich, fluchte gotteslästerlich gegen den Herzog und die höllische hebräische Wirtschaft. Aber während man sonst jede solche Unmutsäußerung schwer strafte, ließ man ihn ruhig gewähren. Auch sein Kramladen wurde vom Amt in jeder Weise unterstützt. Die Behörden mußten von einflußreicher Stelle einen Wink bekommen haben.

Die Waldenserin ging herum, in ihrem ärmlichen Kleid so stolz wie früher. Hochmütige Blicke warf sie mit den länglichen Augen. Wollte eine Kundschaft sich in einen breiteren Diskurs einlassen, antwortete sie karg und kurz. Meist schwieg sie gelangweilt. Auch sprach sie, obwohl in Deutschland geboren, fast immer welsch und die Landessprache nur stockend.

Durch die prunkenden Säle des Süß schleifte Isaak Landauer seinen Kaftan, aufdringlich am Ärmel trug er das württembergische Judenzeichen, das niemand von ihm verlangte, das S mit dem Horn. Die glänzenden Spiegel warfen zwischen Lapislazuli und Gold sein Bild zurück, den klugen, fleischlosen Kopf mit den Schläfenlöckchen, dem schütteren, rotblond verfärbten Bart. Der Finanzdirektor zeigte ihm sein Haus. Der Mann im Kaftan stand vor den Vasen, Gobelins, klingelnden Pagoden, sah mit aufreizend spöttischem Lächeln hinauf zu dem Triumph des Merkur, klopfte mit der dürren, kalten Hand die Schimmelstute Assjadah, schritt durch die beiden Pagen, die Söhne des Domänenpräsidenten Lamprechts, die in Haltung am Eingang zu den Privatgemächern standen. Prüfte mit den Fingern die kostbaren Stoffe der Möbel, nannte mit stupender Sachkenntnis die Preise. Stand kopfschüttelnd vor den Büsten des Moses, Homer, Salomo, Aristoteles, äußerte: »So hat Moses, unser Lehrer, sein Tage nicht ausgesehen.« Aber aus dem Bauer krächzte der Papagei Akiba: »Wie geruhen Euer Durchlaucht geschlafen zu haben?« Süß hatte Isaak Landauer lang erwartet. Er hatte für diesen Besuch sein Palais sorglicher vorbereitet als für den Besuch manches Fürsten. Er lauerte auf eine Bewegung der Überraschung, staunenden Anerkennens; dem Mann im Kaftan, gerade dem zu imponieren, verspürte er eine aufreizende, quälende Gier. Aber Isaak Landauer wiegte nur den Kopf, rieb die fröstelnden Hände, lächelte, sagte: »Wozu, Reb Josef Süß?«

Durch das Kabinett ging neugierig die Sophie Fischerin, die Tochter des Kammerfiskals Fischer, die der Finanzdirektor seit zwei Wochen als seine erklärte Mätresse im Haus hielt, ein großes, stattliches Mädchen, weiß, üppig, rotblond, sehr schön, leicht ordinär. Als Süß sie wegen der Störung anfuhr, warf sie einen lässigen Vorwand hin, beschaute, die Lippen geschürzt, den Isaak Landauer, entfernte sich.

»Wozu, Reb Josef Süß?« wiederholte Isaak Landauer. »Wozu gleich dreißig Diener? Könnt Ihr besser essen, besser schlafen, wenn Ihr habt dreißig Diener statt drei? Ich begreife, daß Ihr Euch die Schickse haltet, ich begreife, daß Ihr ein schönes Zimmer zum Essen wollt, ein gutes, breites Bett. Aber wozu den Papagei? Was braucht ein Jud einen Papagei?«

Süß schwieg, bis unters Haar erfüllt von zehrendem Ärger. Dies war nicht Einfältigkeit, dies war Hohn, klarer, offensichtlicher Hohn. Was kein Minister sich erkühnte, der Mensch im Kaftan tat es mit der schlichtesten Selbstverständlichkeit: machte sich ihm ins Gesicht hinein lustig über ihn. Und er war machtlos gegen ihn, er brauchte ihn, er konnte nur schweigen. Sicherlich wird er auch wieder von den altmodischen Geschichten anfangen, die für die Gegenwart ganz ohne Sinn und Bezug sind, dem Ravensburger Kindermordprozeß und solcher Narretei. Und er, Süß, mußte das alles anhören. Es war unmöglich, Geschäfte zu machen ohne Isaak Landauer. Ach, wenn man diesen kompromittierenden Burschen beiseite drängen könnte! Aber man mußte froh sein, wenn er einen an sich heranließ. Es gab vorläufig keinen Weg um ihn herum.

Man sprach von den Affären, die zu erledigen waren, belauerte sich, schacherte scharf. Eigentlich war Süß überall der Gebende; aber er mußte viel mehr sprechen als der andere und kam sich trotz allen Großgetues wie in der Verteidigung vor. Im Blick Isaak Landauers hielt keine noch so kunstvoll gepinselte Tünche stand, er drang sofort dahinter, alles Scheinwesen zerfiel vor ihm; mit kopfwackelndem Unglauben räumte er das schimmernde Beiwerk weg und nahm in seine fröstelnden Hände das

Herz der Süßischen Dinge, die Ziffer. Je größer Süß sich spreizte, so leidiger füllte ihn Ärger und Unbehagen. Er gestand es sich nicht ein, aber der andere hatte ihn am Seil, der Mann im Kaftan ließ ihn tanzen.

Die Geschäfte beendet und signiert, kam Isaak Landauer diesmal nicht auf den Ravensburger Kindermord zu sprechen, sondern auf eine andere jüdische Historie aus den württembergischen Läuften. Das war die Sache mit dem großen Judenkünstler Abraham Calorno aus Italien – es mochte jetzt gut ein Jahrhundert her sein, unter Herzog Friedrich I. – und seinem Generalkonsul Maggino Gabrieli. Der Herzog hatte diese welschen Juden mit großen Versprechungen ins Land gezogen. Er war von dem aimablen Wesen, der Gelehrsamkeit, dem finanztechnischen Geschick des großen Judenkünstlers wie verhext, er hatte grenzenloses Zutrauen zu ihm, wies alle Beschwerden der Pfaffen und der Landschaft barsch und ungnädig zurück, ja, er verbannte der Juden wegen den Oberpfaffen Osiander aus dem Herzogtum, und Abraham Calorno und die Seinen saßen groß und prächtig in Stuttgart. Aber schließlich endete die Geschichte doch mit Graus und Schrecken, etliche wurden martervoll hingerichtet, der Rest nackt und bloß aus dem Land gejagt, Juden auf lange Zeit nicht mehr ins Herzogtum gelassen. »Nagende Würmer haben sie uns geschimpft«, sagte Isaak Landauer. »Nun ja, nagen sie selber etwa nicht? Was lebt, nagt. Einer nagt am andern. Jetzt seid Ihr dran, Reb Josef Süß. Nagt, nagt, solang sie Euch dalassen!« Und er lachte sein kleines, gurgelndes Lachen.

Als der Mann im Kaftan den unmutig zuhörenden Finanzdirektor endlich verließ, schritt er im Vorzimmer durch das spöttische und grimmige Getuschel Wartender. Unter der Tür begegnete er neuen Besuchern: dem Präsidenten des Kirchenrats, Weißensee, und seiner Tochter. Magdalen Sibylle, wie sie Isaak Landauer sah, hielt ihn für den Süß. So hatte sie sich, schmuddelig und mit Kaftan und Schläfenlöckchen, nach gelegentlichen Judenbildern den kleinen, widerlichen Sendling Beelzebubs ausgemalt.

Dem Prälaten Weißensee hatte Süß, wie er als Präsident des Kirchenrats ihm einen Dankbesuch machte, beiläufig und sehr höflich gesagt, er habe gehört, der Herr Präsident habe eine so aimable Demoiselle Tochter. Es sei nicht wünschenswert, daß der Flor der schwäbischen Damen fern von der Residenz blühe; Ludwigsburg und Stuttgart seien nicht reich genug, daß sie eine

Dame der Art entbehren könnten, wie man ihm die Demoiselle Weißenseein schildere. Weißensee schnupperte verbindlich, freute sich an dem ehrenvollen Interesse Seiner Exzellenz. Es war ihm dann leichter gelungen, als er erwartet hatte, seine Tochter zu vermögen, daß sie mit ihm nach Stuttgart gehe, dem Süß aufzuwarten. Sie vermutete in der Aufforderung des Vaters Berufung und Schickung. Wo sonst sollte sie ihre Sendung erfüllen, wo eher dem Teufel wieder begegnen können als bei seinen kleinen Sendlingen, bei dem Herzog und dem Juden? So fuhr sie mit ihrem Vater in die Residenz, wach und in Bereitschaft.

Als sie erfuhr, daß Isaak Landauer nicht der Jude sei, spürte sie leise Enttäuschung und saß in stärker gespannter Erwartung. Sie wurden vor den andern vorgelassen. An dem Lakaien in Haltung vorbei schritt sie vor dem Vater in das Kabinett, sah den Süß, erkannte, daß er der Teufel war, schwankte, sank um. Die Sinne zurück, hatte sie eine dunkle, samtene Stimme im Ohr: »Ich bin desolat, daß der Demoiselle Tochter der Akzident zustößt, just wie sie das erstemal meine Schwelle passiert.« Ihr Vater erwiderte etwas. Ein Riechfläschchen wurde ihr unter die Nase gehalten. Jetzt nicht die Augen aufmachen, jetzt nicht gezwungen sein, ihn zu sprechen, ihm ins Aug zu schauen. Wie sie endlich wohl oder übel lebendig werden mußte, sah sie Beelzebubs Augen, die fliegenden, heißen, gewölbten, um ihre Brust, ihre Hüften gleiten, und sie schämte sich wild und gekitzelt.

Süß hatte das Mädchen in ihrer Schlaffheit auf und ab gesehen, er sah, daß sie schön war, ungebraucht, voll Saft. Ihre Ohnmacht, der ungeheure Eindruck, der offensichtlich von ihm zu ihr ging, war ihm nach der ungemütlichen Unterhaltung mit Isaak Landauer Labsal und große Bestätigung. Wie sie lag und atmete! Wie bräunlich blaß und männlich kühn das Gesicht geschnitten war, wie erregend der Schwung der starken Brauen. Während Lakaien nach Essenzen liefen, nach einem Arzt, überlegte er, ob er es wagen solle, ihr das Mieder zu öffnen. Mit Weißensee, dem alten, servilen Höfling, brauchte man nicht viel Umstände zu machen.

Aber da schlug sie die Augen auf, starkblau in seltsamem Widerspiel zu dem dunklen Haar. Er richtete sie vollends hoch, glitt mit Blick und Tonfall und sanfter Berührung streichelnd, ergeben, galant, demütig um sie herum, brauchte alle geölte Kunst seiner langen Übung. Über das holperichte Gestammel des

Mädchens, das die verwirrten Augen aus dem bräunlich fahlen Gesicht drohend halb, halb gezogen auf ihn hielt, breitete er seine gewandte Konversation. Stellte Sänfte, Wagen, Arzt zur Verfügung. Hielt den sich verabschiedenden Präsidenten mit keinem Wort zurück. Geleitete selbst durch die ehrfurchtsvoll grüßende Antichambre Magdalen Sibylle stützend vors Haus an den Wagen. Während sie die Eingangshalle durchschritten, kreuzte sie die Sophie Fischerin. Faul schleifte das blonde, üppige Geschöpf durch den Raum, äugte neugierig, schief, gehässig nach Magdalen Sibylle.

Vor dem Haus in der Seegasse gaffendes Volk. Nacht, trübes Gemisch von Regen und Schnee, Windstöße, die Kleider unbehaglich um die Glieder peitschend. Die Leute stehen gepreßt, harren aus, schauen zu, wie die Karossen vorfahren, leuchtend, lärmend durch die Nacht, zur Redoute des Süß.

Pechpfannen flackern am Eingang. Alle Fenster strahlend. Weit auf das Tor, weinrot ragend der Huissier mit seinem Stab, drei Lakaien zum Öffnen der Wagentüren.

In rascher Folge die Kutschen. Es ist keiner der öffentlichen Bälle, an denen Süß verdienen will, wo er durch Listen kontrollieren läßt, wer von Hof, Beamtenschaft, Volk fehlt. Hat er durch seine öffentlichen Feste der Haupt- und Residenzstadt Stuttgart einen rauschenderen Karneval aufgezwungen als je zuvor, sie genötigt, bei diesen Redouten auf einen Sitz für seine Tasche mehr Geld zu verbrauchen und zu verbrausen als sonst in Wochen, so sollte dieser intime Maskenball lediglich der privaten Schaustellung seiner Größe und seines Glanzes dienen. Nur die ersten Herren, nur die schönsten Damen aus der Umgebung des Herzogs waren zu diesem Fest geladen.

Hinter den Leibhusaren des Süß, hinter den städtischen Bütteln reckt sich das Volk die Hälse aus, unter den Mänteln der Aussteigenden etwas von den Kostümen der Gäste zu erspähen. Anlangen die Minister, die Generäle, der Hof. Sehr hager und die Hakennase doppelt mächtig über der spanischen Halskrause seines Grandenmantels der Geheimrat Schütz. Aber Remchingen, hochrot und massig, schwitzt schon in der Kutsche im dicken, pelzigen Rock seines Bojarenmantels. Seine Laune wird noch knurriger, wie er im Tor mit Herrn von Riolles zusammentrifft, einem jener vagierenden Kavaliere, die, an allen Höfen zu Haus, den Klatsch der internationalen Hocharistokratie durch

Europa tragen, Verwalter und Makler des mondänen Rufs der großen Gesellschaft. Ein paar Weiber pruschen heraus, selbst die Polizeisoldaten müssen grinsen, wie sie den mageren, kleinen, zappeligen Herrn sehen, der einen Chinesen darstellt, doch ohne auf die Allongeperücke zu verzichten. Er sieht auch gar zu possierlich aus, wie er zwerghaft, mit dem lasterhaften, vergreisten Knabengesicht neben dem wuchtigen Remchingen einhertrippelt. Der General klirrt massig und imposant neben dem kleinen, geckigen Welschen; aber er weiß, die Herzogin wird, sei es aus Lust an Abwechslung, sei es, um ihn wütig zu machen, heute wie immer in den letzten Tagen den albern schwatzenden Franzosen ihm vorziehen.

Zu Fuß drängt sich der Landschaftskonsulent Neuffer durch das Volk, undefinierbar von Tracht, düster und scharlachfarben; Gemurr und Schimpfworte folgen ihm; er ist neben Weißensee der einzige Parlamentarier, der geladen ist. Ihn überholt die vornehme, sorglich alles Auffällige meidende Karosse des alten Fürsten Thurn und Taxis. Der Fürst ist gestern zu Besuch aus Regensburg eingetroffen; sein magerer, eleganter Windhundschädel hebt sich aus dem weinroten Kostüm eines genuesischen Nobile, er freut sich darauf, diese Tracht, in der er besonders schlank erscheint, zum erstenmal vorzuführen. Aber er hat offenbar Pech mit diesem verdammten Juden. Hat damals in dem Schlößchen Monbijou der blaßgelbe Salon seinen blaßgelben Rock geschlagen, so hat jetzt diese hebräische Bestie ihre ganzen Domestiken in Weinrot gesteckt, so daß man ihn, den Fürsten, für einen Lakaien halten muß, daß jedenfalls sein weinrotes Kostüm um allen Effekt gebracht ist. Doch neben dem verärgerten Fürsten watschelt klein, dick und unscheinbar der Geheimrat Fichtel, mit Briefen des Würzburger Bischofs auf zwei Tage in Stuttgart; er steckt kugelig in Pumphosen und türkischem Rock, vergnügt unter dem Fez schaut sein schlauer Kopf, jovial winkt er mit der kleinen, fleischigen Hand dem über die Katholiken raunenden Volk zu.

Eine wackelige, dunkle Kutsche fuhr vor, ein einziger Diener hintenauf in einer ganz alten, ausgestorbenen Tracht; ein langer Herr stieg heraus, merkwürdig lautlos, blaurotes, entfleischtes Gesicht, glitt durch verstummendes Volk ins Portal, der kurpfälzische Geheimrat Dom Bartelemi Pancorbo; der Herzog selbst hatte den widerwilligen Süß veranlaßt, den jetzt auf lange in Stuttgart weilenden Juwelenhändler einzuladen. Dom Bartelemi

Pancorbo erschien wie stets, den eingedrückten Totenkopf herausgereckt aus schlotternder, schlecht sitzender, verschollener Hoftracht, er brauchte weiter kein Kostüm.

Pünktlich zur festgesetzten Stunde fuhr die herzogliche Karosse vor. Karl Alexander entstieg ihr, heute nur leicht hinkend, als antiker Held mächtig und imposant: Marie Auguste aber, die Taille dünnstielig aus dem üppigen pfauenblauen Reifrock herauswachsend, den Eidechsenkopf zierlich züngelnd, war die Göttin Minerva. Sie trug eine Perücke diesmal, einen artigen Goldhelm darauf, um die Brust schmiegte sich die Andeutung einer feinen, goldenen Rüstung; ein Page trug ihr den Schild nach, ein anderer die Eule.

Schon wollten die Fanfaren einsetzen, das herzogliche Paar zu begrüßen, schon erschien Süß an der Türe des Empfangssaals, schon rangierte man sich im Saal, als der Herzog im Vestibül verzog. Er hatte an Seite seines Kirchenratspräsidenten ein Mädchen gesehen, groß und schön von Wuchs, im Gewand einer Florentiner Gärtnerin; wie sie, den Mantel abnehmend, sich den riesigen, bebänderten Strohhut zurechtsetzend, auf einen Augenblick die Maske abnahm, sah er männlich kühne, bräunliche Wangen, starkblaue Augen in seltsamem Widerspiel zu dunkeln, dichten Brauen. Er fühlte sich gepackt wie seit Jahren nicht mehr beim Anblick einer Frau, die Beine wurden ihm schwach, ein hohles Gefühl kroch ihm den Magen herauf. Die Herzogin, leicht lächelnd, schickte die flinken Augen von Karl Alexander zu dem Mädchen, das die Larve sogleich wieder vorgenommen hatte. »Ich denke, Euer Liebden, wir sollten hineingehen«, sagte sie. Da kam auch schon Süß, schlank und elegant in sarazenischem Kostüm, sie einzuholen. »Wer ist die Dame?« fragte Karl Alexander. »Die Demoiselle Tochter des Weißensee, supponier ich«, antwortete der Jude, »die Demoiselle Magdalen Sibylle Weißenseein.« Dann betraten die Herrschaften den Saal, tief in die Knie sanken, sich neigend, die Gäste, Fanfaren klangen.

Da die Herzogin Komödie sehr liebte, begann Süß den Abend mit der Aufführung einer kleinen italienischen Oper »Der Wüstling wider Willen«. Die neue Sängerin trat bei diesem Anlaß zum erstenmal auf, Graziella Vitali, eine Napolitanerin, ein kleines, lebendiges Ding, leicht fett, gelbes, hübsches, etwas derbes Gesicht mit zappelnden Augen. Süß hatte sich von ihrer Wirkung auf den Herzog viel versprochen, so was war sonst Karl Alexanders Schlag und Pläsier. Daraufhin hatte Süß auch der

Sängerin große Aussichten gemacht, und als sie nach der Komödie dem Herzog präsentiert wurde, strich sie höchst beflissen um ihn herum, bot sich vor aller Augen mit Gesten, Blicken ihm an, nur darauf wartend, daß er sich mit ihr in ein verschlossenes Kabinett zurückziehe. Aber Karl Alexander hatte nur zerstreutes, beiläufiges Interesse für sie, er sagte was wie: Auf später, auf später! Es war offensichtlich, daß ihm für heute eine andere im Sinn lag. Die Napolitanerin hatte alle Mühe, ihre strahlende, beflissene Maske zu wahren, und als sie dann den Süß allein zu sprechen kriegte, sprang sie ihm fast ins Gesicht.

Magdalen Sibylle hatte auch während der Komödie die Maske kaum abgenommen. Hinter ihr, unter dem großen Strohhut, versteckt sie das nervöse, zuckende Gesicht. Sie hat sich gern zwingen lassen, mit dem Vater hierherzukommen; aber jetzt versagt sie. Sie hat die Kraft nicht, den Teufel zu bestehen. Wäre sie nie in diesen Saal gegangen. Sie ist ganz zerrissen und zerstört von der Aufgabe. Wäre sie in Hirsau geblieben. Wäre sie dem Teufel nicht begegnet. Jetzt nagt und kaut sie an dem Bissen und kann ihn nicht hinunterschlucken und ist krank daran. Es war Eitelkeit und Vermessenheit, den Teufel mit ihren armen Händen zu Gott hinüberzuziehen. Seit sie erkannt hat, daß der Jud der Teufel ist, hat sie eine nagende Ratte in der Brust. Wie hat sie zu Gott geschrien. Aber Gott schwieg. Die Bücher der Demut, Erkenntnis, Versenkung sind Papier. Sie starrt in die Luft, sie will in Gott untertauchen; aber die Luft bleibt leer, kein Gesicht erscheint, es trägt sie nicht, alles ist schlaff und kahl und dumm und tot. Im Swedenborg stehen Worte, und sie klingen nicht, und sie packen sie nicht, sie läuft zur Beata Sturmin, der Heiligen, Blinden, aber sie kann ihr nichts mehr sagen, die Heilige ist ein armes, krankes, altjüngferliches Geschöpf, kahle, säuerliche Luft ist um sie her.

Sie hat den Juden seit damals nicht wieder gesehen. Er hat mehrmals nach ihrem Befinden fragen lassen, ihr Blumen geschickt, auch einmal den Vater besucht, aber sie hat ihn gemieden. Einmal nur hat sie ihn gesehen, auf dem Schloßplatz, reitend auf seiner Schimmelstute Assjadah, sehr glänzend. Fluch, Haß, Neid prallte gegen den schlanken Rücken des Reiters, aber er prallte ab daran, Luzifer schaute nicht um. Sie sah ihm nach, ohnmächtiger als das fluchende Volk. Die hatten wenigstens Worte, ihr schrumpften Herz, Zunge, Schultern unter ihrer Ohnmacht.

Sie hatte lange geschwankt, ehe sie zu der Assemblee gegangen war. Nun war ihr der Abend eine Enttäuschung und arge Verstörung. Süß kümmerte sich nicht um sie, er hatte kaum ein kaltes Wort glatt höflicher Begrüßung an sie gerichtet. Sie konnte nicht wissen, daß dies kluge Berechnung war, sie sah nur, Luzifer hatte kein Aug für sie. Sie nahm die Larve ab von dem bräunlich kühnen, bewegend verstörten, zuckenden Gesicht: Luzifer hatte kein Aug für sie. Dies schlug sie tiefer als eine Niederlage.

Aber ein anderer sah jetzt zum zweitenmal das bräunliche, bewegte Antlitz, sah es lange kennerisch, genießerisch, sah es auf und ab, die starkblauen, dringlichen Augen, ihr seltsames Widerspiel zu dem dunklen Haar. Kotz Donner, diese Weißenseein! So was gab es also; so was war eine Schwäbin, eine Untertanin. War eine Schwäbin besonderer Art. Das hätte Karl Alexander nie gedacht, daß dem Weißensee, dem Fuchs, so ein feines Gewächs im Haus heraufblühe. Er war auf das Fest gegangen mit der vagen, ziellosen Gier nach was Neuem. Er hatte Arbeit hinter sich, war ausgeruht, fühlte sich frisch. Das war was anderes, Neues. Jetzt hatte die Soiree ein Ziel. Die welsche Komödiantin, von der Süß ihm vorgeschwärmt, machte ihm nur neuen Appetit auf die feste, junge, besondere Schwäbin.

Bald nach der Oper tafelt man. Das Souper ist weitläufig und voll Pracht. Die Masken werden abgenommen, die erhitzten Gesichter schauen aus den Kostümen fremdartig und vertraut und reizen doppelt. Gewürzte Speisen, starke, fremde Weine, kräftige Trinksprüche. Aus einem Wunderwerk von Pastete springt ein Kinderquartett heraus, Paris und die drei Göttinnen, aber Paris reicht keiner von ihnen, er reicht der Herzogin den Apfel. Der Geheimrat Fichtel, dick und kugelig in seinem türkischen Kostüm, bringt einen Toast aus, in ganz pfiffigen Alexandrinern, voll von feinen, boshaften Spitzen gegen die Landschaft, und die katholischen Offiziere huldigen lärmend dem Herzog.

Gnomen tanzen herein, plündern die Schmuckvitrinen, überreichen possierlich den Frauen die glitzernden Geschenke, die Süß ihnen bestimmt hat. Dom Bartelemi schaute scharf zu, wie sie Stein um Stein, Kettlein um Kettlein, Spänglein um Spänglein verteilten. Der ungeheuer lange Mensch, die rechte Schulter kurios hochgezogen, das blaurote, entfleischte Gesicht auf dürrem Hals aus der zeremoniösen Krause der altertümlichen Portugiesertracht reckend, schickte hinter faltigem Lid die länglichen, starren, schmalen Augen auf unablässige Wanderschaft. Tief in den Höhlen lagen sie, lauerten sie aus dem zerdrückten Totenkopf. Der kurpfälzische Geheimrat, auch Tabakmanufaktur- und Kommerzien-Generaldirektor, ließ sich von den Damen die einzelnen Geschenke weisen, wertete sie sachkundig. Mit tiefem Unbehagen hörte Süß die hohle, kalte, langsame Stimme, die seine Offerten so oft unterboten, ihm so manchen Handel gehindert, ihn so lange klein und unscheinbar gemacht hatte. Angewidert sah er und kalt überschauert die ausgeglühte Leidenschaft, mit der Dom Bartelemi die flirrenden Steine durch seine langen, dürren, blauroten Hände rieseln ließ. Sie schauten sich an, sie beschielten sich, zwei stoßgierige Raubvögel, alt, kahl, ungeheuer erfahren der eine, der andere kleiner, jünger, spielerisch wilder.

»Feine Steine, gute Steine«, sagte Dom Bartelemi. »Aber ein Dreck gegen den Solitär. Laßt mich Euren Solitär anschauen«, sagte er zu Süß. Und, den Solitär zärtlich zwischen den Spinnenfingern, bellte er mit seiner kellerigen Stimme durch die aufhorchenden Gäste: »Was verlangt Ihr für den Stein, Herr Finanzdirektor?« – »Ich verkauf ihn nicht«, sagte Süß. »Ich biete Euch die pfälzische Tabakmanufaktur«, drängte der Portugiese. »Ich verkauf ihn nicht«, wiederholte heftig der Jude. Zögernd gab Dom Bartelemi den Stein zurück, und die Herzogin erklärte: »Nun steckt sich mein Jud die pfälzische Tabakmanufaktur an den Finger.«

Aber da schickte der welsche Konfiseur das Dessert herein. Es war ein herrliches Kunstwerk, und der Konditor Benz hätte eine Woche nicht schlafen können vor Neid, wenn er es gesehen hätte. Es stellte aus Kuchen und Gefrorenem Festungen dar, die Karl Alexander erobert hatte, und ein ganz besonders bewundertes Schaustück bildete den Triumph des Merkur nach, der oben auf der Decke posaunte.

Nach Tafel, während der Ball beginnt, sitzt das Herzogspaar mit den bevorzugtesten der Gäste im Wintergarten. Marie Auguste medisiert mit Herrn von Riolles, der in seinem weiten Kimono mit dem kahlen, beweglichen, gelüstigen Gesicht unter den Pflanzen wie ein maskierter Affe wirkt. Dom Bartelemi klopft und kratzt an Stuck, Marmor, Lapislazuli herum, steht vor den Schmuckvitrinen. Aber der Geheimrat Fichtel sitzt vor seinem Kaffee und führt mit seinem Freund Weißensee ein hintergründiges, umwegiges diplomatisches Gespräch. Und Remchingen läßt seinen Unmut über die Herzogin an Süß aus und überschüttet den Gelassenen, Höflichen mit plump unflätigen Späßen.

Abseits sitzt der Herzog mit Magdalen Sibylle. Gleich nach Tafel, er hat stark getrunken, hat er dem Süß einen Wink gegeben, er solle ihm sein Schlafzimmer und das Kabinett überlassen und die Magdalen Sibylle auf irgendeine Manier dorthin bringen. Den Süß, wie er das hörte, stach es fein und ganz spitz, er sah das Mädchen, wie sie ihn im Wald das erstemal erblickte und schrie und davonlief, und später in seinem Arbeitszimmer, wie sie umfiel und bräunlich-fahl und ohnmächtig und sehr jung dalag; eigentlich gehörte die Magdalen Sibylle ganz ihm, man brauchte keine scharfen Augen zu haben und sah, daß das Mädel ein einziger Drang zu ihm war, und er hatte, wie jetzt Karl Alexander von ihr sprach, eine rasende Begier nach ihr. Aber er war so gewohnt, daß erst das Geschäft und der Herzog kam und Weiber und Geilheit und Sentiment erst hinterher, daß er sogleich mit dem üblichen hemmungslos ergebenen Blick sagte, er freue sich, Seiner Hoheit dienen zu dürfen. Er mache Seine Durchlaucht bloß submissest darauf aufmerksam, daß die Demoiselle, soviel er wisse, eine Erweckte sei, somit schwer traktabel und leicht Zustände kriegend; auch sei seines Bedünkens dieses Faß noch nicht angestochen. »Hat Er's probiert?« lachte schallend der Herzog, und nochmals: »Hat Er's probiert?« Und gerade nach so was jücke es ihn heut, und daß sie eine Pietistin sei, würze den Braten doppelt. Und er nickte dem Weißensee, der nicht fern mit Fichtel und Schütz Konversation machte, jovial und gnädig zu.

Wie er jetzt mit ihr im Wintergarten saß, begann er also, sie um ihre Pietisterei zu hänseln. Er sei zwar ein Katholik und ganz gemeiner Ketzer, aber sein Hofkirchenrat, der doch darin kompetent sein müsse, ihr Herr Vater voran, sei gar nicht einverstanden mit den schwärmerischen Lehrmeinungen; er habe erst gestern ein Reskript unterzeichnen müssen, das einer gewissen Frau von Molk die Abhaltung sektiererischer Zusammenkünfte bei schwerer Strafe verbiete. Wie er die Beata Sturmin gesehen habe, die Heilige, das Haupt der ganzen Bewegung, habe er sich gedacht, so viel sei sicher, daß der Umgang mit Engeln eine Frau nicht just reizvoll mache; jetzt, da er sie kenne, die Magdalen Sibylle, vermeine er, daß der Verkehr mit Gott und den Engeln doch viel für sich habe. Ob sie ihn nicht ein weniges unterweisen wolle. Magdalen Sibylle hörte dem platten Gewitzel gequält zu. Sie hatte Furcht vor Karl Alexander, vor seinem erhitzten Gesicht, seinen gefräßigen Augen. Seine Frivolitäten reizten sie nicht, sie fühlte sich leer von Gott, sonst wäre sie ob solcher Lästerung wohl aufgewallt und hätte nicht gebangt, auch diesem wütigen Nebukadnezar ihre zornige Verachtung ins Gesicht zu glühen. Jetzt fühlte sie nur Widerwillen, sie war so müd und traurig, und Gott blieb im Dunkel sitzen, Gott würdigte sie keiner Antwort, Gott verwarf sie.

Sie hörte wieder die laute, polternde Stimme Karl Alexanders. Sie solle nicht glauben, er verstehe gar nichts von ihren Dingen. In Venedig habe er sich viel mit Geistersehern abgegeben, und wenn er auch keinen Swedenborg gelesen habe, so kenne er doch auch in Deutschland einen Magus, der in die Zukunft schauen könne und erstaunlich gute Relation mit unserm Herrgott habe. Es sei freilich ein alter Jud, Magdalen Sibylle sei ihm lieber, und wenn er fürderhin eine Auskunft vom lieben Gott brauche, rechne er darauf, daß er sich an sie wenden dürfe. Dabei nahm er ihr die Larve ab, und seine gefräßigen und gewalttätigen Augen drangen zügellos auf sie ein.

Es war furchtbar heiß im Wintergarten, die fremdartigen Bäume und Gewächse bewegten sich im Schein der Kerzen wie Menschen, Musik schwamm erregend herein, Magdalen Sibylle hatte rasende Kopfschmerzen, die Augen und die Worte des Herzogs zerrten an ihr wie etwas Scharfes, Schneidendes. Sie sah, wie die Worte herauskamen aus seinem üppigen, geilen und bedrohlichen Mund, auf sie zukamen, sie stachen, zwickten, an der Haut ihrer Seele rissen. Sie fühlte sich gespannt zum Zerreißen, gleich wird sie etwas Wildes, Unsinniges tun; da, im letzten Augenblick, erlöst sie ein Page der Herzogin, bringt ihr den Auftrag, Ihrer Durchlaucht aufzuwarten.

Marie Auguste saß in einem größeren Kreis. Süß war um sie, Herr von Riolles, der Geheimrat Schütz, dann der junge Aktuarius Götz, blond, dumm, frisch, aus einer der angesehensten Familien, im Schäferkostüm, mit seiner Mutter, der Geheimrätin Götz, und seiner Schwester Elisabeth Salomea. Die beiden Damen, Mutter und Tochter, sahen sich lächerlich ähnlich, sie sahen aus wie Schwestern, beide blaßfarbig, zart und langgliedrig, sehr hübsch, mit hellem, reichem Haar und großen, schwärmerischen, törichten Augen. Sie saßen, flachsblond und lieblich, in nicht sehr originellen, etwas aus der Mode gekommenen Schäferinnenkostümen, und himmelten mit ihren hellen, naiven Stimmen, ihren liebenswerten, unklugen Augen die Herzogin an. Eben schritt träg und statiös die Sophie Fischerin zurück in den Wintergarten, die schöne, üppige Mätresse des Süß, und Marie Auguste konnte sich nicht enthalten, ihren Hausjuden ein weniges mit ihr aufzuziehen. Der hatte nämlich, offenbar als Entgelt für die Tochter, die Ernennung des Vaters, des Kammerfiskals Fischer, zum Expeditionsrat durchgesetzt. Süß stand in seinem sarazenischen Kostüm männlich rank und elegant vor den Damen; gewandt und unverlegen spöttelte er zurück, gewiß, die Jungfer Fischerin sei ihm eine liebe und willkommene Hausdame gewesen; aber nachdem Seine Durchlaucht geruht hätten, ihren Vater in ein so angesehenes Amt zu erheben, könne er ihre Dienste doch wohl nicht mehr in Anspruch nehmen; die Tochter eines so hohen Beamten, das schicke sich doch nicht. Er lächelte und schloß frech-gleichgültig, er werde sie also morgen aus seinem Hause entlassen. Die kleine Gesellschaft war erstaunt über die zynische Offenheit, mit der er seine Mätresse so elegant höhnend entlohnte und entließ. Die Herzogin amüsierte sich, auch Herrn von Schütz gefiel diese weltmännische Art offensichtlich, der junge, dumme Aktuarius Götz wußte nicht recht, was er machen solle, er legte großes Gewicht auf korrekte Form, er wußte nicht, solle er dem Juden beipflichten oder ihm zu Leib, er entschied sich schließlich für ein stummes, martialisches Gesicht. Die zarten und süßen Damen Götz aber, Mutter wie Tochter, bestaunten die überlegene Eleganz, mit der dieser Kavalier eine Amour beendete, und schauten voll Bewunderung und zärtlichen Interesses zu ihm auf.

In diesen Kreis trat jetzt Magdalen Sibylle. Die Herzogin hatte bemerkt, wie sehr sich Karl Alexander mit ihr beschäftigte, auch ihr gefiel das Mädchen mit dem bräunlich kühnen, bewegten Antlitz und dem seltsamen Widerspiel der blauen Augen zu dem dunklen Haar. Neugierig wollte sie näher beschauen, was an ihr Attraktives sei. Sie reichte ihr wohlwollend die Hand zum Kuß, betrachtete sie lässig und ungeniert. Magdalen Sibylle hatte einen kleinen, scheuen Seitenblick hinüber zu Süß. Der hatte sich, wie sie kam, tief verneigt, jetzt stand er ernst und förmlich. Sie war wie erlöst, daß sie den Herzog nicht mehr hören mußte, sie spürte das Wohlwollen, das von der Herzogin zu ihr herüberging, aber die gleichgültige Förmlichkeit im Gesicht des Süß verwirrte sie von neuem. Sie saß stumm, während die anderen weiter leicht und belanglos konversierten, und plötzlich löste sich Furcht, Spannung, Enttäuschung, Empörung, Erwartung in ein ungehemmtes Schluchzen, das sie vor die Herzogin hinwarf. Betretenheit und leichtes Schmunzeln bei den anderen, Marie Auguste streichelte mit der kleinen, zierlichen, fleischigen Hand die große, kalte des Mädchens. Süß aber nützte geschickt die Gelegenheit, sagte, er werde sorgen, daß sie sich beruhige, führte die Befangene, Geschüttelte fort. Es feixte der Chinese Riolles, es lächelte der Spanier Schütz, der Phantasieschäfer Aktuarius Götz fand wieder keinen anderen Ausweg als eine kriegerische Miene. Aber die Herzogin, unbefangen weiterschwatzend, suchte mit den Augen ihren Gemahl und konstatierte befriedigt, wie er, da Süß das Mädchen in seiner Nähe vorbeiführte, ihm zublinzelte.

Das Zimmer, in das der Jude Magdalen Sibylle führte, war kühl, wenn man aus den von Kerzen, Wein und Menschen überheißen Sälen kam. Es war das Zimmer vor dem Schlafgemach, durch eine Portiere sah man das Prunkbett mit den goldenen Amoretten. Hierher hatte man aus den übrigen Räumen allerlei Dinge zusammengestellt, die dort dem Maskenfest im Weg gestanden wären, Zerbrechliches, Porzellan, Chinoiserien, das Bauer mit dem Papagei Akiba. Der Lärm des Festes klang hier nur sehr leise, nach den menschenvollen Sälen wirkte das kleine Zimmer mit seiner frischeren Luft, seiner Leere, Stille, Kühle wohlig sänftigend.

Magdalen Sibylle saß auf einem niedrigen Diwan, ruhiger atmend, gelöster die Haltung. Sie sah groß aus, wie sie so dasaß, warm und gelockert von all der Wirrung und Erregung, und Süß, der geschmeidig und verbindlich vor ihr stand, begehrte sie sehr. Es traf sich schlecht und ungeschickt, daß jetzt der andere kommen wird, der wahrscheinlich gar nicht zu schmecken verstand, was Köstliches ihm da zufiel.

Das Mädchen schaute langsam mit seinen großen, erfüllten Augen den Mann an. Süß hielt es für angebracht, den Blick mit jener hemmungslosen Hingabe zu erwidern, in der er geübt war, und solcher Hingabe im besonderen Fall etwas Väterlichkeit beizumischen. Armer Luzifer! dachte Magdalen Sibylle. Er ist ein sehr Verirrter und Unglücklicher. Es hat keinen Sinn, zu eifern und ihm mit wilder und empörter Beschwörung zu Leib zu rücken. Ich werde ihn ganz sacht an der Hand nehmen und ihm mit sänftlichen Worten zureden, bis er zu Gott zurückfindet.

Wie konnte ich zweifeln, ob ich die Kraft haben werde zu meiner Sendung. Er wartet ja nur darauf, daß jemand komme und ihn mit Gott versöhne.

»Ich bin untröstlich, Demoiselle«, sagte mittlerweile mit seiner dunklen, streichelnden Stimme der Jude, »daß Ihnen immer in meiner Gegenwart ein Akzident unterläuft. Das erstemal, als ich das Glück hatte, Sie zu sehen, im Wald von Hirsau, unter den Bäumen, liefen Sie vor mir davon. Als Sie mir dann mit Ihrem Herrn Vater die Ehre Ihrer Aufwartung machten, wurde Ihnen in meinem Hause nicht wohl. Heute, wo ich glaubte, nach meinen bescheidenen Kräften alles getan zu haben, meine Gäste in guten Humor zu setzen, sehe ich zu meinem schmerzhaftesten Bedauern, daß ich es wieder nicht getroffen habe. Ist meine Visage wirklich so abominabel und widerwärtig, Demoiselle? Oder sind es vielleicht doch nur fatale Zufälle?« Und er neigte sich zu ihr, die groß und gerötet auf dem Diwan saß.

»Simulieren Sie nicht länger, Herr Finanzdirektor«, sagte sie plötzlich mit einem tapferen Anlauf und sah ihn groß, fromm und dringlich an. »Ich weiß sehr gut, daß Sie Luzifer sind, Sohn des Belial, und Sie wissen, daß ich gesandt und gekommen bin, mit Ihnen zu ringen und Sie Gott zu unterwerfen.«

Süß hatte viel Übung mit Weibern, er war an Überraschungen gewöhnt, er verlor nie seine Fassung und zeigte sich nie perplex. Aber diese Anrede kam ihm völlig unerwartet, verschlug ihm die Sprache, er wußte, zum erstenmal, keine Antwort. Es schickte sich glücklich für ihn, daß Magdalen Sibylle offenbar auch gar keine Antwort erwartete, sondern nach einer Atempause weitersprach. Sie begreife es sehr wohl, daß er glaube, Gott, sein Widersacher, werde ihn zurückstoßen; es sei gewiß auch ein ungeheurer Entschluß, von tausendjährigem Trotz zu lassen. Aber wenn dieser Trotz und arge Verstocktheit erst abfalle, dann sei die Seele wie befreit von bösem Schorf und bade in Gott wie in liebem, lauem, sichtigem Wasser. Dergleichen redete sie mehr und dringlich und streckte ihm im Eifer die Hand hin.

Süß hatte sich mit der ihm eigenen Flinkheit auf das pietistische Diktionär eingestellt, er ergriff ihre Hand, begann eine rasch präparierte Antwort, und sie waren beide auf dem besten Wege, als plötzlich der Herzog im Zimmer stand. Mit weiteren Pupillen, erschreckt, hilfesuchend, starrte Magdalen Sibylle auf Süß, gepreßt, hörbar atmend. Aber der Jude sagte verbindlich, er müsse zurück zu seinen Gästen, und auf einmal war sie allein mit dem Herzog, und der Papagei gellte: »Ma vie pour mon souverain«, und im Nebenraum in hellerem, nacktem Licht stand das freche, prunkende Bett. Karl Alexander sagte mit heiserer, unfreier Stimme etwas Scherzendes, Belangloses. Sie sah sein rotes Gesicht, das leicht schwitzte, sie sah seine Augen, die sich verdunkelten und verwilderten, roch seinen trunkenen, erhitzten Dunst. Sie ging mit mühsamen Schritten zur Tür, lallte eine Entschuldigung, wollte Süß nach, zurück zu den Gästen. Aber die Tür war verschlossen. Karl Alexander lachte ein belegtes Lachen, schnallte umständlich den kostbaren antikischen Brustpanzer ab, schweigend, daß nur ihr Atem hörbar war. Kam mit grauenhafter Freundlichkeit auf sie zu, nahm ihre Hand in die seine, die seltsam war, der Rücken schmal, lang, knochig, behaart, das Innere fleischig, fett, kurz. Sie wich zurück, er faßte sie fester, dünstend, erhitzt fauchend. Sie bekam ihre Kraft zurück, wehrte sich wild, doch ohne Aussicht, gegen den schweren, starken, erregten Mann. Fetzen ferner Musik kamen herein, sie schrie, erregt und krächzend flatterte der Papagei.

Draußen der Maskenball entlöste sich immer mehr den Zügeln gemessener Form. Aus allen schattigeren Winkeln Gekreisch, Gegröl, gekitzelte, halbe Schreie. Anerkennend meinte Herr von Riolles zu Herrn von Schütz, selbst am Hofe der polnischen Majestät hebe die Freude die Schwingen nicht höher.

Süß, aus dem Kabinett zurück, stürzte sich mit einer gewissen grimmigen Erhitztheit in das Gewühl. Er wich der Herzogin aus, die ihn mit einem kleinen, lüsternen und amüsierten Lächeln nach Magdalen Sibylle fragte, und machte den Damen Götz, Mutter wie Tochter, für die sich auch der Herzog interessierte, mit so wütiger Dringlichkeit den Hof, daß der Aktuarius Götz, da er seine drohende Miene nicht beachtet sah, sich in einer Ecke stumm und ratlos besoff, während die beiden Damen die zynischen Galanterien des Juden hingegeben und töricht himmelnd erwiderten. Die kleine napolitanische Komödiantin, gelb, leicht fett und verderbt, hatte sich an den alten Fürsten Thurn und Taxis herangemacht. Sie tat, als wüßte sie nicht, wer er sei, als streiche, kitzle, schmeichle sie nur wegen seines eleganten und distinkten Aussehens und Geweses um ihn herum. Der alte Fürst, als er sah, daß er trotz der gleichfarbigen Domestikenlivree auch in Weinrot wirkte, lebte auf, sein Ärger fiel zusehends von ihm ab. Zumal sich auch Remchingen um die

Komödiantin bemühte und sie den stark trunkenen General, der mit schon verglasenden Augen an ihr fraß, geschickt neben dem feinen, alten, reichen Fürsten abfallen ließ. Aber aus seiner Ecke starrte der Aktuarius Götz auf die Napolitanerin, hingerissen, mit Augen, von Schwärmerei viel mehr noch als von Trunkenheit verschleiert; und während sie den General fernhielt und den alten Fürsten anzog, fand sie noch Gelegenheit, mit einem einzigen, doch unendlich beredten Blick den jungen, dummen, blonden, frischen Schäfer für immer in ihre Geleise zu zwingen.

Weißensee, der Konsulent Neuffer und der Würzburger Geheimrat Fichtel waren mit Schütz und Herrn von Riolles beim Pharao gesessen, jetzt trank der Würzburger seinen Kaffee, Weißensee und Neuffer kosteten von dem schweren, schwarzroten Sekt, der im westlichen Deutschland nur bei Süß zu finden war, und man sprach von Politik. Eifrig und mit düsterer Dringlichkeit sog Neuffer, in seinem scharlachenen, zusammengestapelten Kostüm komisch anzusehen und viel bespöttelt, die absolutistischen Theorien ein, die der Jesuit mit feiner und sachter Selbstverständlichkeit entwickelte.

Weißensee indes war nicht so bei der Sache wie sonst wohl. Er schnupperte mit dem klugen, mageren Kopf rastlos herum, er fragte den und jenen, ob er seine Tochter nicht gesehen habe; aber niemand hatte Magdalen Sibylle gesehen. Und Weißensee schwitzte an den langen, feinen Händen, und seine skeptischen Augen suchten bedrängt rechts und links.

Plötzlich, wie er den Süß sah, entschuldigte er sich bei den zwei anderen Herren, flatterte in seinem seidenen Venezianer Mantel ungewohnt hastig auf ihn zu und fragte nach seiner Tochter. Süß sagte leichthin, die Demoiselle habe etwas Kopfschmerz, sie habe sich in ein stilleres und kühleres Zimmer zurückgezogen. Der Kirchenratspräsident, ziemlich aus der Fassung, wollte zu ihr. Aber Süß meinte, es sei wohl am besten, die Demoiselle ruhen zu lassen; zumal, soviel er wisse, Serenissimus selbst sich um sie bemühe. Dabei schaute er den Weißensee mit einem unentwegten, frechen und verbindlichen Lächeln an. Der begann zu zittern, mußte sich setzen. Süß, nach einem kleinen Schweigen, meinte unvermittelt, immer lächelnd, der Herzog habe sich über den neuen Kirchenratspräsidenten ungewöhnlich gnädig geäußert, Rangerhöhung und Orden würden wohl nicht lang auf sich warten lassen. Weißensee nickte ein paarmal auf eine seltsame, abwesende, greisenhafte Art, starrte mit höflichem, leicht verzerrtem Lächeln in das Getobe des Festes, begann sehr plötzlich, die Stimme belegt und unsicher, und ohne den Süß anzuschauen, von seinem geräumigen Haus in Hirsau zu erzählen. Er malte den behaglichen Landsitz: Weinberge, Erntekranz, Haus und Hof wohlbestellt, dörflicher Friede; wie er dort an seinem Neuen Testament gearbeitet, in Muße, die Händel der Welt sehr ferne, verbrausend, nur ab und zu ein bißchen Schaum, man genießt ihn kennerisch; und wie zwischen alldem schlicht und still und sachlich und erfüllt seine Tochter herumgegangen sei.

Mitten in diesem Geträume, davon er mehr zu sich als zu Süß redete, verstummte er so plötzlich, wie er begonnen hatte. Er sah verfallen aus, der elegante Venezianer Mantel hing schlaff, unorganisch, wie zusammenklappende Fledermausflügel um ihn herum. Der Jude, stehend vor dem Sichpreisgebenden, hilflos, versunken Sitzenden, schaute ihn auf und ab, spöttelte mit leichter, wacher, schleierloser Stimme in sein Schweigen hinein: »Ich hätte gar nicht gedacht, daß Sie so sentimentalisch sein könnten.« – »Nicht doch, nicht doch!« erwiderte eifrig, sich zusammenraffend, Weißensee. »Ich bin kein Deserteur am Leben, Exzellenz. Ich bin nie keiner Aventüre ausgewichen, all meine Tage nicht. Neugier war das Prinzipium, nach dem ich meine Existenz eingerichtet.« Er versuchte sein gewohntes, leichtfertiges Lächeln. »Es muß ein sehr rastloser Stern sein, unter dem ich geboren bin. Er hat mich nie stille stehen lassen, hat mich durch viele Länder und übers Meer gejagt und hat mich heißen allen Kreaturen Gottes und des Satans in die Töpfe gucken. Ah, meine Souvenirs!«

Aber während er sich mühte, diese Souvenirs herbeizurufen, geschah es, daß sich ihm das weiße, lächelnde Gesicht des Juden mit den gewölbten braunen Augen und den üppigen Lippen verzerrte. Es geschah, daß er plötzlich ganz genau wußte, wie wenige Schritte von ihm hinter einer versperrten Tür sein Kind sich abrang, um sich schlug, mit versagenden Kräften, aussichtslos. Er sah sie, er sah, wie die Wärme aus ihren bräunlich kühnen Wangen wich, wie die starkblauen Augen unter dem dunklen Haar sich stier und glasig verdrehten. Und in dieses Gesicht hinein hörte er die sachliche, zifferscharfe Stimme des Süß: »Wie die Dinge heute abend liegen, darf ich Ihnen Orden und Rangerhöhung mit aller Bestimmtheit in Aussicht stellen.«

Das Merkwürdige war, daß er dabei diesen Mann, der mit dem frechen und verbindlichen Lächeln vor ihm lehnte, durchaus nicht haßte. Er spielte bloß mit dem Wunsch und der Vorstellung, daß der andere so fahrig und zerrissen dasitzen möge, während er, Weißensee, lächelnd und wach vor ihm stünde. Er benahm sich dann weiterhin ganz wie immer, nur war alles, was er tat und sagte, beklemmend unwirklich, wie aus Schlaf heraus gedämpft, marionettenhaft. Er verneigte sich immerzu, höflich, freundlich, er erwiderte ein Scherzwort der Herzogin, er sprach sacht und diplomatisch mit dem Geheimrat Fichtel, er setzte auf eine abgründige und sehr feine Zote des Herrn von Riolles eine noch feinere und obszönere. Aber alle diese Stimmen klangen seltsam mechanisch und scheppernd, und die Menschen gingen puppenhaft und sehr künstlich, und alles war wie aus Wachs. Auch der Herzog, der jetzt wieder schwer und groß und mit müden, schlaffen und gelösten Gliedern, mehr hinkend als sonst, im Saal war, schien ihm wie eine Wachspuppe, wie hinter Rauch und Nebel.

Aber dennoch gelang es ihm, beim Anblick des Herzogs eine kleine, neue Hoffnung hochzuschüren. Er verjagte seine Gesichte, er hieß sein Wissen stumm sein und wollte es nicht wahrhaben. Mit einer eiligen, flatternden Bewegung raffte er den Venezianer Mantel und trat dem Herzog in den Weg, der ganze Mann ein einziges, dringliches, flehendes Fragen, ob es vielleicht doch nicht geschehen sei. Aber der Herzog sah ihn nicht, er wollte ihn offenbar nicht sehen, er hatte kein Aug für ihn; er ging, trotzdem Weißensee ganz nah an ihm war, starr gerade vor sich hin schauend an ihm vorbei, mit einem merkwürdig scheuen und gewalttätigen Rülpsen.

Da war Weißensee auf einmal furchtbar alt und müde. Er suchte sich eine stille Ecke und geriet an den Tisch, wo der einsame Aktuarius Götz saß und soff. Der fühlte sich sehr geehrt durch die Gesellschaft des Herrn Kirchenratspräsidenten, stand, wiewohl schon stark unter Wein, zeremoniös auf und machte vielerlei umständliche Reverenzen. Und dann saßen die beiden Männer, der alte, feine, traurige, zerrissene und der junge, plumpe, in Hilflosigkeit und Schwärmerei dumpf brodelnde, enttäuschte, und sie waren stumm und starrten in das festliche und überhitzte Getriebe und tranken.

Karl Alexander aber ging satt, stolz und befriedigt durch den Saal. Wohl hatte er manchmal ein kleines, verlegenes und trotziges Lachen wie wohl ein Knabe, der etwas angerichtet hat, sich damit brüstet, um sich über seine Scham wegzuhelfen. Aber gerade darum stellte er es so an, daß jeder es sehen mußte, daß er aus einer Umarmung kam. Er winkte seiner Frau, die ihn wie fragend ansah, mit einer weiten Geste zu, die sie mühelos als ein stolzes Eingeständnis deuten konnte. Er ging an den Pharaotischen vorbei, wo glühende und über die Störung im geheimen sehr erboste Spieler sich ehrfürchtig erhoben, und versicherte, daß er sich heute abend außerordentlich, aber ganz außerordentlich amüsiere. Er stürzte durstig zwei große Gläser Tokaier hinunter und war sehr betrunken. Er machte sich an seinen Schwiegervater, der jetzt ganz in der Napolitanerin aufging, was Karl Alexander anerkennend und gönnerisch zur Kenntnis nahm. Er fiel dem alten Fürsten mehrmals um den Hals, sagte zärtlich: »Euer Liebden! Euer Liebden! Ist recht, daß sich Euer Liebden so jung fühlen.« Dann prahlte er eitel und sentimental mit seiner italienischen Jugend, seiner lombardischen Kampagne, seinen venezianischen Aventüren. Cassano hat er zwar mit dem lahmen Fuß bezahlen müssen, aber es war kein zu hoher Preis. Ah, Venedig, Venedig! Vagabundieren, die Maske vor dem Gesicht, und Frauen und Duelle und hohe Politik und Alchimisten und Geisterseher und die Lagune und die Paläste und über allem die heimliche Hand der Zehn. Sie, die Graziella Vitali, ruft es ihm zurück, so ein Hui, so ein wohliges, rasches, welsches Parfüm wie sie ist. Und seine Augen schätzen die Napolitanerin ab, eingehend und kennerisch. »Es geht Euer Liebden nicht schlecht«, lallte er, »es geht mir auch nicht schlecht. Suum cuique! Suum cuique! Der Herrgott hat uns alle beide in diesem Mistbeet Welt auf ein Plätzchen gesetzt, wo es warm und mollig und viel Sonne ist.« Und er tätschelt anerkennend den nackten, gelben, mürben Arm der Komödiantin und gratuliert dem Alten zu dem feinen Hühnchen, das er da zu rupfen im Begriff sei.

Süß weicht dem Herzog aus. Er ist neidisch und erbittert, er weiß, Karl Alexander wird ihm jetzt die Affäre mit Magdalen Sibylle schildern, klotzig und umständlich und mit allen Details, und er ist nicht in der Laune, sich von diesen Freuden, deren Primeurs eigentlich ihm gebührten, erzählen zu lassen. Die Gedanken daran loszuwerden, schaukelt er in den hohen Wellen seines Festes. Ihn zu feiern, daß er auf der Welt ist, seinen Geburtstag zu feiern, sind all diese Lichter angezündet, diese Tafeln und prunkvollen Räume gerichtet, diese schönen Damen und großen Herren gekommen. Er ist sehr hoch hinaufgelangt, niemals in Deutschland stand ein Jud so hoch und glänzend wie er. Und er wird noch ganz anders dastehen. Schon ist sein Adelsgesuch auf dem Weg nach Wien zum Kaiserhof; er wird – Karl Alexander, ihm von Tag zu Tag mehr verpflichtet, muß ihm das durchsetzen – nobilitiert sein. Er ist kein Narr wie Isaak Landauer, er läuft nicht in Kaftan und Schläfenlöckchen; aber er denkt auch nicht daran, sich wie sein Bruder durch das billige Mittel eines Glaubenswechsels Titel und Rang zu schaffen. Durch sein Genie, nur durch sein Glück und sein Genie wird er ganz oben stehen. Er hat rechtzeitig auf den Herzog gesetzt, wie der noch klein war und ganz gering. Er wird auch die paar Stufen nicht mankieren, die noch zu steigen sind. Er wird Jude bleiben und wird trotzdem, und gerade das wird sein Triumph sein, adlig sein und Landhofmeister und den rechten Platz im Herzogtum einnehmen in aller Form und vor aller Welt.

Man tanzte. Er füllte Herz und Aug und Ohr mit dem bunten, huldigenden Lärm. Sein Geträume kletterte hinauf an den Läufen der Geigen, die Pauken dröhnten seine Macht in den Saal, die Schönheit der Frauen, der seidene Prunk der Herren huldigte ihm. Er schaut hinein in sein Fest, träumt seine Hoffart hinein, den sehr roten Mund halb offen, ein verzücktes Lächeln in dem weißen Gesicht. Doch plötzlich wischt ihm ein Unsichtbares die befriedigte, genießerische Sattheit fort vom Antlitz. Weggeblasen der farbig gekräuselte, fröhliche Schaum, verfahlt das bunt rauschende Fest; wohl sieht er die Musikanten sich abarbeiten, aber er hört keine Musik mehr. Er sieht sich schreiten in einem andern nebelhaften, grinsenden, beklemmenden Tanz. Vor ihm, seine Hand haltend, schreitet sein Oheim, Rabbi Gabriel, hinter ihm, an seiner andern Hand schleift, stärker hinkend, der Herzog den lahmen Fuß. Ganz vorn aber, durch viele Hände mit ihm verkettet, ist das nicht Isaak Landauer, der kopfwackelnd, dürr, in albern flatterndem Kaftan, rhythmisch die Beine setzt?

Wie er sich aus dem Gesicht reißt, steht in seiner verschollenen Portugiesertracht Dom Bartelemi Pancorbo vor ihm, aus tiefen Höhlen langen die lauersamen Augen nach ihm, langsam kriecht ihm die kellerige, makabre Stimme ins Ohr: »Wie ist's, Herr Finanzdirektor? Ich leg zu der Tabakmanufaktur noch die Schnapssteuer auf einen Monat: laßt Ihr ihn ab, den Solitär?«

Und das Fest ging weiter. Für den zweiten Teil des Abends hatte Nicklas Pfäffle, der gleichmütig, schläfrig und präzis den komplizierten Mechanismus des Balles leitete, eine Überraschung ausgedacht. Die Decke mit dem Gemälde vom Triumph des Merkur öffnete sich, auf einer Flugmaschine erschien der Knabe Cupido, er schwebte über den Gästen, streute Rosen, huldigte in zierlich gedrechselten Alexandrinern dem herzoglichen Paar, gratulierte dem Süß zum Geburtstag. Es war ein sehr anstelliger Knabe, er sprach seine Verse sehr hübsch, und wenn Cupido auch ein weniges schwäbelte, so war das, meinte Remchingen sehr laut, immerhin besser, als wenn er etwan gemauschelt hätte.

Als unmittelbar darauf der Tanz wieder einsetzte, kam es zu einer kleinen Störung. Ein verdächtig aussehender, verwahrloster Mensch stand auf einmal im Saal und hielt eine Ansprache. Man sammelte sich lachend um ihn, glaubte, sein Gewese sei Maskenscherz, so war er wohl auch hereingekommen. Aber es zeigte sich bald, daß die wilden und unflätigen Reden gegen die hebräische Justiz und die ganze hebräische Raub-, Mord- und Sauwirtschaft ernst gemeint waren.

Der Verwahrloste, Fluchende war Johann Ulrich Schertlin. Er hatte in Stuttgart einen kleinen Handel zu erledigen gehabt, war in die Kneipe »Zum Blauen Bock« gegangen, hatte sich unter schimpfenden Kleinbürgern besoffen, während der Konditor Benz schweigend, giftig und befriedigt zuhörte und nur einmal sagte: »Unterm vorigen Herzog regierte eine Hur«, worauf allgemeines Grunzen und Gegrinse entstand. Dort also hatte Johann Ulrich Schertlin gesessen, er hatte sich wohl gefühlt wie lange nicht, denn jetzt stand er nicht unter dem länglichen, vorwurfs- und verachtungsvollen Aug der Waldenserin, er hatte viel getrunken und war schließlich in das Haus des Juden gegangen, um dem die Meinung zu sagen. Etliche von seinen Trinkkumpanen waren mitgezogen, die standen nun draußen im Schnee im Schein der Kerzen, der aus den Festsälen auf die Straße fiel, die Kutscher der herrschaftlichen Wagen, die zur Heimfahrt vorgefahren waren, hatten sich ihnen zugesellt, und da standen sie nun, mehr neugierig als empört, bis Johann Ulrich in Ketten auf die Wache geführt würde. Der aber stand eben inmitten der seidenen Gäste, schmutzig, stinkend, voll von schlechtem Wein, maßlos und unflätig schimpfend. Schon wollte man ihn der Polizei übergeben; doch Süß, wie er hörte, das sei der Schertlin, gab Befehl, ihn für diese Nacht ins Narrenhäusel zu sperren und ihn morgen seiner Frau nach Urach heimzuschicken.

Und das Fest ging weiter. Karl Alexander hat, sehr betrunken, von der Affäre mit Johann Ulrich wenig gemerkt und nichts begriffen. Jetzt endlich gelingt es ihm doch, sich des Süß zu bemächtigen, und er setzt sich abseits mit ihm, willens, einem Kenner von den gehabten Genüssen zu reden. Er schnaubt und schnauft, er ist wirklich sehr betrunken, er hat das Kostüm des antiken Heroen nicht ganz richtig zugeschnallt, er sitzt warm, weindunstig, rotköpfig, schwer, er lacht und lallt und klopft dem ehrfürchtig und ergeben zuhörenden Juden die Schenkel. »Ein delikater Bissen!« schmatzt und schnalzt er. »Das hat Er gut gemacht, Jud, daß Er mir die hat eingeladen. Ich wird's Ihm auch am rechten Douceur nicht mangeln lassen. Ein deutscher Fürst läßt sich nicht lumpen. Ein delikater Bissen!« Er schilderte Magdalen Sibylle, malte mit seinen roten, plumpen Händen, die seltsam waren mit dem schmalen Rücken und dem kurzen, fetten Innern, die Einzelheiten ihres Körpers, Schenkel, Brüste. »Ein Füllen, ein wildes! Schlägt aus und bockt und beißt und glüht. Und ist eiskalt, wenn sie sich dreinfinden muß.« Er wies auf die kleine, gelbe, geschwinde Napolitanerin, die bei allem Getue mit dem alten Fürsten Zeit fand, ihm zuzuäugen, spitzbübisch, die Zunge lasterhaft im Mundwinkel. »Das da ist ein Wind, ein Hui, ein wohliges Parfüm. Mag Seine Durchlaucht der Herr Schwiegerpapa glücklich werden damit.« Er gluckste ein kleines, verächtliches Lachen. »Aber die andere, die meine Herzdame, Kotz Donner!, die ist kein welsches Gelump. Knickst nicht und knickt einem nicht zusammen im Arm.« Er lehnte sich verträumt und sentimental zurück. »Die meine ist wie ein See im Wald«, sagte er mit einer vagen, rudernden Handbewegung. »Wie ein See im Wald«, wiederholte er lallend, sank ein wenig vornüber, machte die Augen zu, schnaufte.

Süß wollte sich schon wütend, vorsichtig und ehrerbietig entfernen, da begann Karl Alexander von neuem, malend, fuchtelnd, wichtig. »Augen hat sie, das Luder! Augen! Weißt du, an was ich hab denken müssen? Das rätst du nicht. Das rätst du dein Tage nicht.« Ein Lachen stieg auf in ihm, still zuerst, röchelnd dann, glucksend, ihn schütternd, immer lauter: »An deinen Magus hab ich denken müssen, an den Zauberonkel ... Augen hat sie, das Luder! – Der Magus ... Das Erste sag ich Euch nicht ...« Jäh packte ihn Zorn: »Sagt er mir nicht, der Zauberhund, der verfluchte, hintertückische! Soll er's verschlucken, soll er erwürgen dran und ersticken, der Hexer, der jüdische, vermaledeite!«

Süß, erschreckt, sehr blaß, war zurückgewichen, atmend, machte eine abwehrende, beschwörende Handbewegung. Aber Karl Alexander, mühsam, betrunken und zornig, richtete sich hoch, versuchte eine stolze, statuarische Feldherrnhaltung einzunehmen so wie auf dem Bild mit den siebenhundert Axtmännern und Belgrad, grölte, rülpste, schrie: »Mir kann einer prophezeien, was er mag. Ich fürcht mich nicht. Attempto! Ich wag's! Ich bin Karl Alexander, Herzog von Württemberg und Teck! Von Gottes Gnaden! Ich steh über dem Schicksal! Der deutsche Achill! Von Gottes Gnaden!« Und er stand wie sein eigenes Monument.

Sehr bald aber fiel er zurück in seinen Stuhl. Lächelte unvermittelt. »Wie ein See im Wald«, lallte er noch, schnaubte, schnarchte, rasselte, röchelte, schlief ein.

Und das Fest ging weiter. Tobend, wie ein Füllen, das ohne Reiter und Zügel übers Feld rast. Sein Gelärm drang hinaus auf die Straße, wo Johann Ulrich weggeführt wurde inmitten seiner wispernden Kumpane, ernüchtert, müd, fahl, drang weiter über die Stadt, über das Land, das schlief, ächzte, sich wand, sich hin und her warf, aus dem Schlaf auffuhr, vor sich hin mummelte, knurrte. Und wieder einschlief und weitertrug.

DRITTES BUCH
DIE JUDEN

In den Städten des Mittelmeers, des Atlantischen Ozeans saßen die Juden groß und mächtig. Sie verwalteten den Austausch zwischen Orient und Okzident. Sie langten übers Meer. Sie rüsteten mit die ersten Schiffe nach Westindien. Organisierten den Handel mit Süd- und Mittelamerika. Erschlossen Brasilien. Begründeten die Zuckerindustrie des westlichen Erdteils. Legten zur Entwicklung New Yorks die Fundamente.

Aber in Deutschland saßen sie klein und kümmerlich. Im vierzehnten Jahrhundert waren sie hier in mehr als dreihundertundfünfzig Gemeinden erschlagen, ertränkt, verbrannt, gerädert, erdrosselt, lebendig begraben worden. Die Überlebenden waren zumeist nach Polen ausgewandert. Seitdem saßen sie spärlich im Römischen Reich. Auf sechshundert Deutsche kam ein Jude. Unter raffinierten Plackereien des Volkes und der Behörden lebten sie eng, kümmerlich, dunkel, hingegeben jeder Willkür. Untersagt war ihnen Handwerk und freier Beruf, die Vorschriften der Ämter drängten sie in verwickelten und verwinkelten Schacher und Wucher. Beschränkten sie im Einkauf der Lebensmittel, ließen sie den Bart nicht scheren, steckten sie in eine lächerliche, erniedrigende Tracht. Pferchten sie in engen Raum, verrammelten die Tore ihres Ghettos, sperrten sie zu, Abend um Abend, bewachten Ein- und Ausgang. Dicht zusammengepreßt saßen sie; sie mehrten sich, aber man gönnte ihnen nicht weiteren Raum. Da sie nicht in die Breite bauen durften, schichteten sie in die Höhe, Stockwerk um Stockwerk. Immer enger, düsterer, verwinkelter wurden ihre Gassen. Nicht Baum, nicht Gras, nicht Blume hatte Raum; ohne Sonne standen sie, ohne Luft, einer dem andern im Licht, in dickem, seuchenzeugendem Schmutz. Abgeschnürt waren sie von der fruchtbaren Erde, vom Himmel, vom Grün. Der wehende Wind verfing sich in ihren grauen, stinkenden Gassen, die hohen, verschachtelten

Häuser versperrten den Blick auf die ziehenden Wolken, die blaue Höhe. Gebückt schlichen ihre Männer, ihre schönen Frauen welkten früh, von zehn Kindern, die sie gebaren, starben sieben. Totes, brackiges Wasser waren sie, abgesperrt vom flutenden Leben draußen, abgedämmt von der Sprache, der Kunst, dem Geist der anderen. Dick aufeinander saßen sie, in übler Vertraulichkeit, jeder kannte jedes Heimlichkeit, klatschsüchtig, mißtrauisch rieben sie sich, die gelähmten Beweglichen, scheuerten sie sich wund einer am andern, einer des andern Feind, einer im andern verfilzt. Denn jedes einzelnen kleinster Fehl oder Ungeschick konnte das Unheil aller werden.

Doch mit der sicheren Witterung, die sie für das Neue, für das Morgen hatten, spürten sie die äußere Umschichtung der Welt, den Ersatz der Geburt und Würde durch das Geld. Sie hatten es erfahren: in Unsicherheit, Rechtlosigkeit, Fährnis gab es einen einzigen Schild, zwischen lauter wankendem, versagendem Grund ein einziges Festes: Geld. Den Juden mit Geld hielten die Wächter nicht an den Toren des Ghettos, der Jude mit Geld stank nicht mehr, keine Behörde mehr setzte ihm einen lächerlichen, spitzen Hut auf. Die Fürsten und großen Herren brauchten ihn, sie konnten nicht Krieg und Regiment führen ohne ihn. Die Grävenitz und die schwäbischen Herzöge ließen Isaak Landauer und Josef Süß groß und stattlich werden; es wuchsen in der Sonne des brandenburgischen Kurfürsten die Lipmann Gomperz und Salomon Elias, am Hofe des Kaisers die Oppenheimer.

Aber die dicke Masse der Gedrückten, Rechtlosen und die einzelnen Mächtigen, die stolzen Juden der Levante und der großen Seestädte, die die Handelsstraßen Europas und der Neuen Welt beherrschten und in ihren Kontoren über Krieg und Frieden entschieden, und die verschmutzten, verkommenen, niedrigen, lächerlichen Juden der deutschen Ghettos, die jüdischen Leibärzte und Minister des Kalifen, des Perserschahs, des Sultans von Marokko in Herrlichkeit und großem Glanz, und in Dreck und Verachtung der lausige Pöbel der polnischen Judenstädte, die Bankiers des Kaisers und der Fürsten, umworben und umhaßt in ihren Kabinetten, und der Hausierjude der Landstraße, mit Hunden gehetzt, von den Straßenjungen und der Polizei in widerwärtige, komische Erniedrigung gepreßt, alle hatten sie ein sicheres, heimliches Wissen gemein. Vielen war es nicht klar, aussprechen hätten es nur wenige können, manche hätten sich gegen die deutliche Erkenntnis gewehrt. Aber im Blut stak es allen, im innersten Gefühl, es war da: das tiefe, heimliche, sichere Bewußtsein von der Sinnlosigkeit, der Wandelbarkeit, dem Unwert der Macht. Sie waren so lange klein und gering gesessen unter den Völkern der Erde, zwerghaft, lächerlich in Atome verspellt. Sie wußten, Macht üben und Macht erleiden ist nicht das Wirkliche, Wichtige. Zersplitterten nicht einer um den anderen die Kolosse der Gewalt? Aber sie, die Gewaltlosen, hatten der Welt ihr Gesicht gegeben.

Und es wußten diese Lehre von der Eitelkeit und Belanglosigkeit der Macht die Großen und die Kleinen unter den Juden, die Freien und die Beladenen, die Fernen und die Nahen. Nicht mit deutlichen Worten, nicht mit meßbarem Begriff, aber von Bluts und Gefühls wegen. Dies heimliche Wissen war es, das ihnen plötzlich jenes rätselhafte, milde, überlegene Lächeln um die Lippen legte, das ihre Feinde doppelt reizte, weil sie es als zersetzende Frechheit deuteten und weil all ihr Graus und Marter davor versagte. Dies heimliche Wissen war es, was die Juden einte und ineinanderschmolz, nichts sonst. Denn dies heimliche Wissen war der Sinn des Buches.

Des Buches, ja, ihres Buches. Sie hatten keinen Staat, der sie zusammenhielt, kein Land, keine Erde, keinen König, keine gemeinsame Lebensform. Wenn sie dennoch eins waren, mehr eins als alle anderen Völker der Welt, so war es das Buch, das sie zusammenschweißte. Braune, weiße, schwarze, gelbe Juden, große und kleine, prunkende und zerlumpte, gottlose und fromme, sie mochten in stillen Stuben ihr Leben verhocken und verträumen oder in farbigem, goldenem Wirbel herrlich herfahren über die Erde: tief versenkt in ihnen allen war die Lehre des Buches. Vielfältig ist die Welt, aber sie ist eitel und Haschen nach Wind; eins aber und einzig ist der Gott Israels, das Seiende, das Überwirkliche, Jahve. Manchmal wohl überwucherte ihnen das Leben dieses Wort, aber es stak in jedem, und in den Stunden, wo sie sie selber wurden, wenn sich ihr Leben gipfelte, war es da, und wenn sie starben, war es da, und was von einem zum andern flutete, war dieses Wort. Sie schnürten es sich mit Gebetriemen um Herz und Hirn, sie hefteten es an ihre Türen, sie eröffneten mit ihm ihren Tag, und sie schlossen ihn mit ihm; als erstes den Säugling lehrten sie das Wort, und der Sterbende verröchelte mit dem Wort. Aus dem Wort sogen sie die Kraft, die gehäuften Qualen ihres Wegs zu überdauern. Blaß und heimlich lächelten sie über die Macht Edoms, über seine Raserei und den Wahnsinn seines Geweses und Getriebes. Dies alles verging; was blieb, war das Wort.

Sie hatten das Buch mit sich geschleppt durch zwei Jahrtausende. Es war ihr Volk, Staat, Heimat, Erbteil und Besitz. Sie hatten es allen Völkern vermittelt, und alle Völker bekannten sich zu ihm. Aber die einzigen rechtmäßigen Besitzer, Erkenner und Verweser waren sie allein.

Sechshundertsiebenundvierzigtausenddreihundertundneunzehn Buchstaben hatte das Buch. Jeder Buchstab war gezählt und gewogen, geprüft und erkannt. Jeder Buchstab war bezahlt mit Leben, Tausende hatten sich martern und töten lassen um jeden Buchstaben. Nun war das Buch ganz ihr eigen. Und in ihren Bethäusern, an ihrem höchsten Feiertag, riefen sie, bekannten sie, die Stolzen, herrenhaft Schreitenden so überzeugt wie die Kleinen, Getretenen, Geduckten: nichts haben wir, nur das Buch.

Karl Alexander schickte Magdalen Sibylle prächtige Geschenke, flandrische und venezianische Gobelins, goldene Parfümfläschchen, spanische Arbeit, mit persischem Rosenöl, ein arabisches Reitpferd, ein Perlengehänge. Er war kein Filz, er ließ sich nicht lumpen, und er betrachtete Magdalen Sibylle als seine erklärte Mätresse. Täglich kam der Kammerdiener Neuffer, fragte förmlich im Auftrag des Herzogs nach dem Befinden der Demoiselle.

Magdalen Sibylle ließ sich alles kalt und wortlos gefallen. Sie ging stumm wie eine Tote, starr das männlich kühne, schöne Gesicht, verpreßt die Lippen, die Arme seltsam steif. Sie verließ das Haus nicht, sie sagte guten Morgen, guten Abend, sonst nichts, sie aß allein, sie kümmerte sich nicht um das Hauswesen. Sie hatte zu niemandem, zu ihrem Vater nicht, zu niemandem über die Sache mit dem Herzog gesprochen, es kam vor, daß sie ihren Vater tagelang nicht sah.

Weißensee wagte keinen Versuch, sie aus ihrer Starre zu wecken. Er war nobilitiert worden, er hatte jetzt den Rang eines Konferenzministers. Er war flatterig und sehr elend, er fühlte das Mißtrauen seiner Kollegen vom engeren landschaftlichen Ausschuß, er wollte sich aussprechen mit Harpprecht, dem Juristen, mit Bilfinger, der ein rechter, ehrlicher Mann war und sein Freund. Er wagte es nicht.

Magdalen Sibylle saß stundenlang und starrte. Sie war aus

sich herausgeworfen, zertrampelt, zerfetzt, zerwüstet. Waren dies ihre Arme? Wenn sie sich stach, war das ihr Blut? Das Furchtbarste war: sie hatte keinen Haß gegen den Herzog. Sie suchte sich müd und nervös den Vorgang zurückzurufen. Sie roch in der Erinnerung den Weindunst und Schweiß Karl Alexanders, sie sah etwas Rotes, Widriges auf sie zukommen, das waren seine Hände und sein Gesicht. Zuweilen wohl stieg, wenn sie daran dachte, ein laues, übles Gefühl des Ekels in ihr auf. Was später kam, wußte sie nicht mehr recht. Sie wußte nur, daß sie den Herzog durchaus nicht haßte. Er war wie ein großes Tier, ein Pferd oder ein Stier, warm und mächtig groß und in sich eingesperrt. Manchmal spürte man in den Augen eines solchen Tiers, wie fremd und unerreichlich anders es war, manchmal fühlte man sich ihm nah. Aber man haßte es nicht und niemals.

Dies war das Grauenvolle und was ihre Welt und sie selber in einen dummen und lächerlichen Trümmerhaufen niederbrach: daß der andere ein Tier war, das man unmöglich hassen konnte. So war sie selber wohl solch Tier, sanfter vielleicht, nicht so rot und fauchend und dunstend, aber doch ein Tier. Und das, was sie geträumt hatte, von Gott und Schweben und Aufgehen in ihm und Seligkeit, das war alles dummes, kindisches, albernes Gespinst und Gefasel und Narretei. Ein Tier war man und keine Blume.

Sie ging zur Beata Sturmin. Sie hörte die frommen, gefriedeten, sicheren Reden des alternden, heiligen, blinden Mädchens, und sie hatte Mühe, nicht dreist und trocken herauszulachen. Was wußte denn die! Die war eben blind. Das war ja ahnungslos und Heu und Stroh, was die daherpredigte! Du hast vor dich hin gelebt, heilig und keusch und selig beflissen, und war kein schmutziger Gedanke an dir. Und nun kommt ein Tier, rot, weindunstend, schnaufend, und zertrampelt dich und wühlt seinen Schmutz und Glitsch in dich: und du kannst es nicht hassen. Erklär das doch! Deut das doch aus!

Der Herzog ließ Weißensee und seine Tochter zu sich bitten. Weißensee sprach, zaghaft, Magdalen Sibylle davon. Sie antwortete nicht, kam nicht. Der Herzog bat ein zweites Mal. Magdalen Sibylle hörte nicht. Der Herzog ließ dem Konsistorialpräsidenten durch den Neuffer seine Ungeduld und seinen Unwillen vermelden. Weißensee wagte es nicht, ihr darüber zu sprechen. Er steckte sich hinter die Beata Sturmin, machte dem heiligen Mädchen Andeutungen, die sie in ihrer Naivität nicht verstand. Immerhin bat sie die Magdalen Sibylle zu sich, sprach zu ihr, sagte, der Herzog habe nach dem, was ihr Vater erzähle, offenbar Wohlgefallen an ihr gefunden, und sie solle doch zu ihm gehen und ihm in seine Verstocktheit hineinreden. Vielleicht habe sie Gott auserwählt, wie Esther dem Ahasverus. Magdalen Sibylle lachte haltlos, höhnisch. Die Blinde richtete sanft und ohne Verständnis die erloschenen Augen auf sie.

Dennoch ging sie. Sie ging zu dem Tier in einer Art toter Neugier. Es war alles so fratzenhaft und lächerlich. Da hasteten alle herum und hatten sich wichtig und machten sich Gründe vor, aus denen sie so heftig und wichtig herumzappelten. Und in Wahrheit war alles ganz ohne Verstand, hatte nicht mehr Sinn als das Gekrabbel von Maikäfern, die ein Bub in eine Schachtel gesperrt hat.

Sie saß bei Karl Alexander. Sagte: Guten Tag, Durchlaucht, führte die Schokolade zum Mund. Er sprach zu ihr, nett, fröhlich, wohlwollend wie zu einem kleinen Kind. Sie erwiderte Belangloses, Mechanisches. Was sie tat, sagte, war wie angeschminkt, nicht zu ihr gehörig. Er bemühte sich weiter um sie. Sie dachte, er ist doch eher ein schweres Pferd als ein Stier, wartete darauf, mit einer stillen, angewiderten Neugier, ob er sie nehmen werde. Im Verlauf, wie gar nichts mit ihr anzufangen war, wurde er zornig. Gewiß, eine Jungfer hatte sich zu zieren und hernach beleidigt zu tun, das war in aller Welt so. Aber schließlich war es doch etwas, seine, des Herzogs von Württemberg, Herzdame zu sein. So kostbar wie die hatte keine getan, so ein kaltes, frostiges Gewese war ihm noch nie passiert. Er wurde heftig. Sie sah ihn an, nicht mit Vorwurf, auch nicht mit Hoheit; aber es war ein so abgründiger, ätzender Hohn darin, er fühlte sich unbehaglich, kam sich vor wie ein heruntergeputzter kleiner Fahnenjunker. Wurde wieder freundlich, zärtlich. Sie schwieg. Schließlich nahm er sie. Sie ließ es kalt geschehen, ohne sich zu wehren, und er blieb ohne Genuß. Als er sie die Treppe heruntergeleitete an den Wagen, starb den Lakaien das Grinsen auf den Gesichtern, so wie eine Tote oder eine Wahnsinnige ging sie.

Sie ließ es auch weiterhin, ohne sich zu wehren, geschehen, daß er sie hielt wie seine erklärte Mätresse. Sie kam, wenn er es befahl. Zeigte sich öffentlich mit ihm. Das Volk freute sich, daß sein Fürst so eine anständige, schöne und saubere Mätresse hatte, die noch dazu im Geruch der Heiligkeit stand und eine

Einheimische war. Daß Karl Alexander zu seiner schönen Herzogin so eine schöne und anständige und schwäbische Mätresse hatte, versöhnte das Volk zwar nicht mit seinem Juden, aber es machte manches wieder gut, was seiner Popularität abträglich war. Die Bürger zogen die Mützen vor Magdalen Sibylle, und viele schrien »Hoch!«.

Auch dem Weißensee kam diese Stimmung sehr zustatten. Sein Ansehen stieg, sogar im Parlament. Und wenn man unter den Elf des engeren Ausschusses auch polterte, so wären doch bis auf zwei, drei alle gern an seiner Stelle gewesen und beneideten ihn herzlich um sein Glück. Neuffer gar sah zu ihm als dem gewissermaßen stellvertretenden Schwiegervater des Herzogs mit düsterer Ehrerbietung auf.

Langsam kehrte Magdalen Sibylle, nach Wochen, das Gefühl zurück. Wie wohl ein Erfrorener, wieder zum Leben gebracht, schmerzhaft fühlt, wie sein Blut neu zu kreisen anfängt, so spürte sie schmerzhaft Wallungen aufsteigen, fluten, immer wilder alle Poren anfüllen, Haß und Begier. Immer noch blieb Karl Alexander das gleichgültige, mit leichtem Widerwillen fremd angestaunte Tier, das sie litt: aber ihr Denken und ihre Triebe alle zielten auf einen andern, kreisten um den andern. Der Herzog, bah!, was wußte der!, was verstand der! Er war ein Unglück für sie. Man haßte ihn so wenig wie die Apfelschale auf der Straße, über die man ausgeglitten war. Aber der andere, der wußte, der war verantwortlich, der wußte besser als jeder andere, sah klarer, wog, zählte genau, war hassenswert, war in Wahrheit der Teufel und alles Böse. Es war ein rechtes Gefühl und große, gnadenhafte Warnung gewesen, die sie damals im Wald von Hirsau so grauenhaft bei seinem Anblick aufgeschüttert hatte. Er wußte sehr gut, der freche, glatte, gescheite, ruchlose, eiskalte Teufel, der er war, wußte so gut wie sie, daß sie um ein ehrliches, warmes Wort erlöst zu ihm hingeglitten wäre, daß alle ihre kindischen, geheimnisfrohen, nebelhaften Gott- und Teufel-Träume sich in ein heißes, menschliches Gefühl gelöst hätten, wenn er nur die Kraft gehabt hätte, zu seinem Gefühl zu stehen, seine wahrhafte Neigung nicht preiszugeben für ein Lächeln und einen Brocken Geld oder Titel von dem Herzog. Denn er liebte sie. So schaute einer nicht, so sprach und neigte sich einer nicht, wenn sein Gefühl nicht echt war. Wenn einer aus einem Trieb heraus Soldaten preßte, seine Untertanen verelendete, Frauen vergewaltigte, das war das Tierhafte, da war keine Verantwortung.

Aber jener andere, der sein Gefühl verschacherte, pfui! pfui!, das war das wahrhaft Jüdische und Teuflische.

Sie wußte nicht, wie versprenkelt und wie eingesprenkelt in tausend anderes das Gefühl war, mit dem Süß an sie dachte. Vielleicht hatte er wirklich für den Bruchteil eines Augenblicks ehrlich und ganz und nur sie gespürt; doch er war viel zu zerspellt und in tausend Interessen zerteilt, war viel zu sehr Mann des Augenblicks, um solch Gefühl, selbst wenn er es gewollt hätte, halten zu können. Und die Grundmelodie seines Seins, seine Bindung mit dem Herzog, für eine Frau aufs Spiel zu setzen, auch nur der Gedanke daran wäre ihm absurd vorgekommen.

Einmal sah sie ihn. Das Herz stieg ihr hoch: was wird er tun? Wenn er es wagen sollte, sie anzusprechen! Aber er sprach nicht. Sondern grüßte nur tief und mit stillem, ernstem, ehrerbietigem Blick. Und sie haßte ihn doppelt.

Die Herzogin hatte sich vom ersten Abend an für Magdalen Sibylle interessiert. Das große Mädchen mit dem männlich kühnen Gesicht gefiel ihr, sie suchte an sie heranzukommen. Sie merkte gut, daß jener der Herzog sehr gleichgültig war, daß er sie nicht verstand, sie ihn nur kalt und leidend gewähren ließ. Das begriff nun sie wieder nicht, so betastete sie doppelt neugierig das Mädchen mit dem sonderbaren Widerspiel der blauen Augen und des dunklen Haars. Magdalen Sibylle spürte das Wohlwollen, das von Marie Auguste zu ihr herüberströmte, und ließ es sich lässig gefallen. Die Herzogin, wie getrieben, schmiegte und schmeichelte sich immer enger an sie heran, sie gab sich wie eine jüngere Schwester, legte den Arm vertraulich um die Taille der andern, zeigte, sie, die sonst an allen Frauen gern ihre selbstsichere, spitze Zunge übte, allen offen ihre Freundschaft für die schöne Herzdame ihres Mannes.

Sie machte sich klein, stellte hübsche Posen, machte Mündchen. Ach, sie war so kindisch und dumm! Magdalen Sibylle mußte ihr soviel erklären. Sie war ja so gescheit, sie hatte sich mit so abgründigen Dingen beschäftigt wie Gott, und dem Tausendjährigen Reich und der philadelphischen Sozietät. Es wäre nett, eine so gescheite Freundin zu haben. Sie, Marie Auguste, ging fromm zur Kirche und beichtete. Aber sie wußte von Gott eigentlich nur, was im Katechismus steht, und verstand sich so recht nur auf gesellschaftliche und modische Fragen. Die Ärmel müßte Magdalen Sibylle übrigens kürzer tragen und bauschiger, das hebe die braunen, schönen Arme. Auch mit der Frisur sei sie nicht ganz einverstanden.

Sie legte die kleine, fleischige Hand auf die große, warme Magdalen Sibyllens, lächelte ein spitzbübisches, amüsiertes Lächeln: »Haben Sie übrigens bemerkt, Liebe, gestern, als dem Lord Suffolk das Jabot verrutschte, daß er ganz verzottelt auf der Brust ist? Er hat soviel Haare wie der Herzog.«

Marie Auguste war um jene Zeit schöner als je. Wie schwarze Seide glänzte das Haar, matt leuchtete, ein kostbares Pastell, das Gesicht mit den länglichen Augen unter der sehr heiteren Stirn. Der Gang war harmonisches, zufriedenes Schweben. Ihr Tag war erfüllt und befriedet, ihr einziger Wunsch, immer so weiter zu leben. Es stand an ihrer Straße Remchingen, der so zornig und männlich war und den man so amüsant und mit leiser Furcht ärgern konnte; einmal hatte er ganz im Ernst nach ihr geschlagen. Und es stand an ihrer Straße der junge Lord Suffolk, der wortkarg war und der, trotzdem seine Obliegenheiten in seiner Heimat nach ihm schrien, sein Leben damit vertat, sie ernsthaft und unentwegt anzustarren. Vielleicht wird sie ihn eines Tages erhören. Warum soll man einem jungen Menschen nicht gnädig sein, der so seriöse Beweise seiner Neigung gibt? Vielleicht auch wird sie ihn schlecht behandeln, daß er, und das ist doch vielleicht das Interessantere, sich erschießt. Und es stand an ihrer Straße der Herr von Riolles, der entzückend häßlich war und mit seiner leisen, hohen Stimme die boshaftesten Witze machte, vor allem über plumpe Frauen. Und es stand ganz in der Ferne ihr Jud, auf den sie sehr stolz war und der ihr mit der größten Ehrerbietung die insolentesten Komplimente zu sagen wußte.

Und sie trieb die Männer an. Und sie jagte und sie hielt Feste und sie sah Komödie und sie spielte selber Komödie und sie fuhr spazieren und sie reiste ins Bad und nach Regensburg und Wien. Und sie war sehr glücklich.

Magdalen Sibylle aber schaute ihr zu wie einer kleinen, spielenden Katze. Ach, wer so hinhüpfen könnte über die Dinge, und nichts rührt viel tiefer als an die Haut, und man ist leicht und schwerlos und lächelt.

Als die Saat höher wuchs, als Felder, Wiesen, Blumenbeete Farbe und Gesicht bekamen, wuchsen Schriftzeichen aus dem Boden des Herzogtums. Es war wie eine geheime Verabredung.

An den Rändern der Städte, überall im Land, hatten die Bauern in ihre Äcker, Wiesen, Gärten mit Kornblumensamen, mit Mohn- und Kleesamen, aber auch mit dem Samen edlerer Blumen Schriftzeichen gesät. Nun wuchs es hoch, nun wuchs es aus dem schwarzen Boden ans Licht, mit ungefügen Buchstaben und mit zierlich gedrechselten, nun schrie es rot mit Mohnblüten, blau mit Kornblumen, gelb mit Löwenzahn, aber auch mit Lilien weiß und sehr künstlich: »Süß Saujud.« Oder auch: »Josef Süß Saujud und Verderber.«

Da und dort griffen die Behörden ein, aber gegen die Gewohnheit läßlich und ohne Strenge. Man schmunzelte, der Herzog lachte, Marie Auguste fuhr eigens vor die Stadt, ein derartiges besonders kunstvolles Arrangement amüsiert zu besichtigen. Sie erzählte dann ausführlich Magdalen Sibyllen davon, die unter einem Vorwand nicht mitgekommen war.

Auch in dem Forst von Hirsau, in der großen Wiese der Lichtung nahe bei dem Holzzaun des Hauses mit den Blumenterrassen, hatte ein Bauer die Inschrift gesät. Es war ein junger Mensch, und er saß in der Brüdergemeinde des Magisters Jaakob Polykarp Schober. Hier in dem Bibelkollegium war es seit dem Weggang Magdalen Sibyllens lahm und fahl geworden. Wohl waren es stille, demütige und bescheidene Menschen, die da zusammensaßen. Aber daß die Tochter des Prälaten unter ihnen war, hatte sie doch eigentlich sehr stolz gemacht, und nun sie fehlte, ging es in dem kleinen Kreise recht trist und geduckt zu. Auch kamen so merkwürdige Gerüchte über Magdalen Sibylle aus der Residenz, und wenngleich es den frommen Seelen fernlag, von ihrer weiland Schwester Böses zu glauben, so trugen diese Gerüchte jedenfalls dazu bei, den Haß und den Abscheu zu nähren gegen den Herodes, den Herzog, und seinen Trabanten, den Juden, als welcher offenbar der leibhaftige Satanas war. Aus solchem christlichen Abscheu heraus hatte der junge Bauer säuberlich und gewissenhaft mit Blumen in die Waldlichtung geschrieben: »Josef Süß Saujud Und Satanas«.

Dem Magister Jaakob Polykarp Schober selbst war mit Magdalen Sibylle eine Tröstung und großes Licht erloschen. Bei aller Demut und Niedrigkeit spürte er doch zwischen sich und Magdalen Sibylle ein heimliches, einverstehendes Wissen, das ihn über die anderen hoch hinaushob. Sicherlich ahnte ihr von seinem großen, seligen Geheimnis, und so ging der fette, stille, pausbäckige Mensch sanft und gehoben neben ihr her. Es war so schön gewesen, jemanden mit solcher Ahnung neben sich zu wissen, es war gewiß kein unfrommer Stolz, sich auf diese Art gewissermaßen bestätigt zu fühlen. Er liebte die Einsamkeit mit Gott, aber Magdalen Sibylle ging ihm doch sehr ab, und jetzt erst war es ihm so recht leid, daß an der Geldforderung des Gratialamts seine Bewerbung um die herzogliche Bibliothekarstelle gescheitert war, und jetzt erst hob sich in ihm neben dem allgemeinen Abscheu gegen Süß ein höchst persönlicher, kräftiger Haß, dessen Unchristlichkeit er sich oft zerknirscht vorwarf. Er konnte ihn aber nicht loswerden, und wenn er im Wald seine sinnierenden Spaziergänge machte, so stand er oft in der Lichtung vor der Blumenschrift und verfolgte befriedigt die Linien: »Josef Süß Saujud *Und* Satanas«.

Einmal, wie es ihn wieder hingetrieben hatte, fand er, und das Herz stockte ihm, einen andern Gast vor der Blumenschrift, das Mädchen, das blauschwarze, mattweiße, die Prinzessin aus dem Himmlischen Jerusalem. Sie lag hingeworfen auf der Erde, verströmend. Eine dickliche Person von gutmütigem Aussehen bemühte sich ratlos und verstört um die wie ohnmächtig Hingestreckte.

Dem weichherzigen Magister schnürten sich die Eingeweide vor Mitleid. Es war keine Frage: hier einzugreifen war unbedingte Forderung christlicher Nächstenliebe. Dennoch brauchte er lange Zeit, bis er die Schüchternheit vor der ihm sehr jenseitigen Erscheinung überwand, und ganz heimlich fürchtete er bereits, die Prinzessin könnte aus ihrem Zusammenbruch auferstehen, eh daß er den Mut gefunden hätte, sie anzureden.

Aber schließlich überwand er sich, trat, über eine Wurzel stolpernd, näher, zog tief den Hut und äußerte unter mehrfachen Reverenzen: »Demoiselle! Demoiselle!« Die Dickliche fuhr erschreckt herum, die Prinzessin wandte ihm langsam Augen zu, die woanders waren und ihn nicht sahen. Er war kein großer Kombinierer, aber er begriff, daß die Verstörung der Dame mit der Blumenschrift zusammenhing, und froh über diese Erkenntnis sagte er hurtig, höflich und mit dem zärtlichst ergebenen Tonfall der Welt: »Ist er Ihnen auch zu nahe getreten, Demoiselle, der arge Jud? Ja, dieser ist wohl ein Verderber und stinkender Satanas.«

Aber seine freundlich gemeinte Anrede hatte eine erschreckende Wirkung, indem nämlich die Zarte aufsprang, ihn anflammte und mit unerwarteter Gewalt rief: »Verleumder!

Niedriger, giftiger, schleichender Verleumder!« Der Magister tat einen bestürzten, unbeholfenen Sprung hinter sich; aber die Dame fuhr mit einer süßen, vorwurfsvollen Stimme unter stürzenden Tränen fort: »Und Blumen, unschuldige Blumen mißbrauchen zu solchem Gift und Niedrigkeit!«

Den Magister Jaakob Polykarp Schober, wie er die Liebliche aus dem Himmlischen Jerusalem so verloren weinen sah, überkam eine große Unsicherheit und Bedrängnis. Er stammelte ungeschickt: »Aber es war keineswegs böslich vermeint, Demoiselle. Es erweisen ihn doch seine Taten, Demoiselle. Es ist doch bekannt in allem Land, Demoiselle.« Er machte erneut etliche Reverenzen, während die Süße, Blauschwarze still und strömend vor sich hin weinte und die dickliche Person auf sie einsprach und sie wegzuziehen versuchte. Sie stützend, tröstend, führte sie sie endlich von den unseligen Blumen fort.

Aber der Magister konnte doch den Vorwurf, er sei ein giftiger Verleumder, nicht so auf sich sitzen lassen. Er zottelte nebenher, gekränkt, sich immer wieder verteidigend, es sei doch bekannt in allem Land, und es sei nicht böslich vermeint gewesen. Doch das Mädchen, und ihre Augen standen groß und wild in dem sehr weißen Gesicht, eiferte: »Satanas! Er! Er Satanas! Weiß und rot ist er, hervorragend aus Myriaden. Sein Haupt feinstes Gold, seine Locken ringeln sich herab, rabenschwarz. Seine Wangen ein würziges Beet, getürmte Wohlgerüche, seine Lippen fließende Myrrhe. Goldene Ringe seine Hände, besetzt mit Chrysolith, sein Leib von Elfenbein ein Schaft, eingehüllt von Saphiren.« Und heiligste Hingerissenheit und Überzeugtheit lächelte von ihren Lippen, strahlte von der klaren Stirn, während sie so sprach.

Jaakob Polykarp Schober, wie er die Bibelverse hörte, fühlte sich sogleich wohler und gefaßter. Jetzt konnte er sich auch ihre Verstörtheit zusammenreimen. Aha! Dies war eine von denen, die der Jude mit seiner Zauberei und Hexenkunst verführt hatte. Es gab ja so viele Liebestränke und arge schwarze Künste, die auch den reinsten Sinn verwirrten und ihn dem Teufel zutrieben. Gegen die Mandragorawurzel hatte kein noch so weißes Herz eine Wehr, da hätte er für sich selber nicht einstehen können. Der Jude war arg aus auf Weiber; wenn auch an den Historien über Magdalen Sibylle nichts Wahres sein mochte, daß der Jude sie mit Zauberkünsten zu verlocken suchte, so viel war gewiß. Und diese also, die Prinzessin aus dem Himmlischen Jerusalem, war sicherlich ein Opfer von ihm. Wie rein und lauter sie war, erhellte daraus, daß sie jetzt noch, in ihrer Verstrickung und tiefem Fall, die Bibel zitierte. Die heiligen Worte flossen süß und lieblich von ihren Lippen; bestimmt war Beelzebub ihr in heiliger, englischer Vermummung genaht, als er sie verlockte.

Den pausbäckigen Magister hob es wie mit Himmelsflügeln, während er diese Erwägungen anstellte. Sein Leben war mit dem Weggang Magdalen Sibyllens doch eigentlich recht kahl und dürftig geworden. Jetzt schickte ihm die Gnade des Herrn die beglückende Aufgabe, diese zarte und feine Prinzessin aus den Zähnen des leckerischen und gefräßigen Satanas zu retten. Er begann weitschweifig und behutsam von der Freude, die im Himmel über reuige Sünder sei, kam dann auf die büßende Magdalena und endete schließlich bei den feinen und schlauen Schlingen, vor denen auch der Reinste und Zarteste nicht sicher sei. Denn der Feind, der Satanas und Buhler –

Aber da warf ihn die Entrüstung des Mädchens ein zweites Mal und noch viel schlimmer zurück. »Mein Vater ist kein Satan und Buhler«, glühte sie, während die Dickliche sie verzweifelt und dringlich zurückzuhalten suchte. »Das ist schwarze, niedrige, scheusälige Verleumdung.«

Das freundliche, pausbäckige Gesicht des Magisters wurde ganz gelb und fahl. Der Jude ihr Vater! Der moosichte Boden unter ihm hob und senkte sich, die Bäume fielen um, über ihn, stachen ihn, deckten ihn zu. Der Jude ihr Vater! Seine ganze Welt, Gott, Teufel, Offenbarung stand kopf.

Wie ihm langsam Überlegung und Verstand zurückkehrte, sagte er sich, wenn der Jude eine solche Tochter habe, sei doch wohl vieles Fabel und tückisches Geschwätz, was von ihm in Schwang und Gerede sei. Die Welt ist übel, die Zungen sind vergiftete Schwerter, manch einer wurde für einen Herodes und Barrabas hingestellt und war hernach nicht viel anders als unsereins. Immerhin, die Tatsache blieb, daß man ihm, der fromm und demütig war, die Bibliothekarstelle verweigert hatte, bloß weil er ohne Geld war. Und diese Institution war bestimmt eine Einführung des Juden. Und wenn auch die Jungfrau hier rein und unschuldig einherging, sehr viele andere Werke des Juden waren heillos und verrucht und ebenso mit Augen zu schauen wie dieses freilich sehr weiße und englische Bild.

Das Kind hatte die Verwirrung des Magisters sehr wohl bemerkt. »Ah«, rief sie, »jetzt erschreckt Ihr, weil Ihr hört, daß er mein Vater ist. Fürchtet Euch nicht! Er ist zu hoch, als daß er auch nur die Ferse rührt gegen seine armseligen Schwärzer und Verleumder.«

Aber das ließ sich nun wieder Jaakob Polykarp Schober nicht gefallen. Er sei demütig und sehr gering, sagte er. Aber Furcht vor Menschen kenne er nicht. Und wenn der Herr Jud und Vater der Demoiselle auch ein wütiger Nebukadnezar sei und ihn könne in einen feurigen Ofen werfen lassen, Gott werde er doch immer die Ehre geben.

Unter solchen Gesprächen waren sie an den Holzzaun gekommen, und die Dickliche sagte, er müsse jetzt gehen. Sie nahm ihn beiseit, und mit ungefügen, holperigen Worten in fremdartigem Akzent beschwor sie ihn, der Kleinen nicht zu glauben. Sie sei natürlich nicht die Tochter des Finanzdirektors, sie träume sich das nur so zusammen. Und er solle um des Himmels willen keinem Menschen von der Sache erzählen. Dem Magister, der sonst sehr langsam von Begriffen war und dem von der Begegnung und dem ganzen Auf und Ab wirbelte, sah, daß die ganze Seligkeit in wenigen Sekunden für immer vergehen werde, und da faßte er unerwartet einen gar nicht demütigen Entschluß. Er sagte, er sei es seiner christlichen Ehre schuldig, die Demoiselle ganz darüber aufzuklären, daß er kein schurkischer Verleumder sei, und er müsse sie zu solchem Behuf unbedingt noch einmal und ausführlich sprechen. Nur wenn ihm das eingeräumt werde, verpflichte er sich, reinen Mund zu halten. Die Dickliche, unter solchem Druck, sagte zaudernd für einen spätern Tag zu und verschwand mit der Prinzessin, die wieder klagte: »Und Blumen so zu vergiften, arme, unschuldige Blumen!«

Um Jaakob Polykarp Schober aber war von jenem Tag an viel Wichtigkeit und Gehobenheit. Gott hatte ihn an den Hebel großer und schwerer Ereignisse gestellt. Denn es war klar, daß die Prinzessin doch die Tochter der hebräischen Exzellenz war, und was das dickliche Frauenzimmer geredet hatte, war Schwatz, und er war klug, ihn führte man nicht so leicht hinters Licht. Und nun liegt es an ihm, die Seele der Jungfrau zu retten, ja, vielleicht wird er auf diesem Weg an den Juden selber gelangen und ihm ins Gewissen reden; denn es ist doch keineswegs ausgemacht, daß ein Jud von vornherein kein Gewissen hat. Und wenn der Herr Zebaoth seiner Rede Kraft verleiht, dann wird vielleicht durch ihn das ganze Herzogtum von seinem heillosen Druck Erlösung finden.

In solcher Erwartung ging der pausbäckige Magister herum, und er war voll Gehobenheit, und es war großes Licht um ihn. Er ließ sich auch in seiner Zuversicht nicht stören, als er hörte, daß die Bibliothekarstelle mit einem ganz Unwürdigen besetzt wurde, der außer seinen Talern keinerlei Eignung mitbrachte. Die Gnade war jetzt sichtbarlich über ihm, seine Rede floß ihm lieblich vom Mund, ja, es traf sich, daß sich ihm die Worte zu Reimen fügten. So dichtete er gerade nach der Botschaft von der Besetzung der Bibliothekarstelle ein Lied, das er »Nahrungssorgen und Gottvertrauen« betitelte und das mit den Versen anhub:

Solang es anoch eine Krähe,
Solang es einen Sperling gibt,
Solang ich andere Tiere sehe,
Solange bin ich unbetrübt.
Wenn die nicht ohne Nahrung sind,
Warum denn ich als Gotteskind?

Und ein anderes hieß »Jesus, der beste Rechenmeister« und bekannte:

Mein Jesus kann addieren
Und kann multiplizieren
Auch da, wo lauter Nullen sind.

Beide Lieder wurden im Bibelkollegium demütig bestaunt. Die Brüder und Schwestern lernten sie auswendig, sie sangen sie in allen Lebenslagen, wenn sie in großer Not waren und wenn sie günstig verkauften und wenn sie starben und wenn sie Kinder kriegten. Den Jaakob Polykarp Schober befriedigte das bei aller Demut sehr, und es tröstete ihn über den Weggang Magdalen Sibyllens.

Jantje, die fette Zofe, erzählte schuldbewußt Rabbi Gabriel von dem unglücklichen Zusammentreffen. Der Rabbi winkte ihr zu gehen, schwieg.

Die Zofe gegangen, verdüsterte sich noch schwerer das steinern mürrische Gesicht, zackten sich noch schärfer die drei senkrechten Falten über der Nase. Das Fragen verhindern. Das Kind durfte nicht fragen. Schütz ihn, Himmel und alle wohlwollenden Engel, daß das Kind nicht frage. Ihr lügen konnte er nicht. Ihr das Bild des Vaters zerhauen, das leuchtende, er hätte es auf sich genommen, aber damit wäre ihm ein letztes entglitten. Lieber hätte er seine Blumenterrassen in Jauchgruben verwandelt als das.

Und die Seraphim und Ophanim schützten den traurigen, mürrischen Mann. Naemi fragte nicht. Wohl, er sah es, öffnete sie einmal die Lippen schon, wölkte sich schon ihr Aug. Doch sie schwieg.

Wäre Frage nicht Zweifel gewesen? Nein, ihr Vater war herrlich und in großem Glanz, und die Verleumdung der Heiden und Philister schmutzte ihm nicht die Sohle. Die blockigen Buchstaben der hebräischen Schriften schichteten sich zu Quadern seines Ruhmes. Er war Simson, der die Philister schlug, er war Salomo, der weise war über alle Menschen, er war, und dies glitt immer öfter in ihre Träume, er war Josef, der milde, kluge, den Pharao setzte über alles Volk und der das Volk zinste für die künftige Hungersnot. Aber sie waren töricht und sahen seine Weisheit nicht ein. Oh, wenn er käme, endlich! An seinem Hals verströmen! Vor seinen feuervollen Augen verbrennt, verweht in Asche das Geschwätz des dicken jungen Menschen.

Rabbi Gabriel aber las in der Schrift des Meisters Isaak Luria Aschkinasi, des Kabbalisten: »Es kann geschehen, daß in einem Menschenleib nicht nur *eine* Seele das Erdendasein von neuem durchmacht, sondern daß zu gleicher Zeit zwei, ja mehrere Seelen sich mit diesem Körper zu neuer Wanderung verbinden. Der Zweck solcher Vereinigung ist ihre gegenseitige Unterstützung in der Sühnung der Schuld, derentwegen sie die neue Wanderung erleiden.«

Die Wange in die Hand gestützt, saß er, sann er, zwang er die Bilder zurück, die er auf seinen Wanderungen durchforscht. Sah die Linien der maßlosen Berglandschaft, des Steins, der Ödnis, des zerschrundeten Eises. Das zarte, höhnische Leuchten der klaren Gipfel darüber, die schattende Wolke, den Vogelflug, die finster tolle Willkür der übers Eis verstreuten Blöcke, die Ahnung tieferer Menschen, weidenden Viehs. Er suchte die Entsprechung in jenem Antlitz, daran er gebunden war.

Das Zimmer um ihn vernebelte, die Bücher vor ihm, so senkte er sich in jenes Gesicht, prüfte Zug um Zug. Er sah die wölbigen Augen, die kleinen, üppigen Lippen, das reiche, kastanienfarbene Haar. Er fand Haut und Fleisch und Haar, nichts sonst.

Da schüttelte er die Schultern, saß schlaff, müd, dicklich, atmete schwer, knurrend, wie ein Tier, das zu hoch beladen den Hang nicht weiter hinauf kann.

Bei Heilbronn lieblich zwischen Weinbergen lag das Schloß Stettenfels. Der Graf Johann Albrecht Fugger saß darauf, Jesuitenzögling, eifervoller Katholik, befreundet mit dem Würzburger Fürstbischof. Sein Schloß war der schwäbischen Reichsritterschaft inkorporiert, er besaß es ebenso wie seine Herrschaft Gruppenbach, das Dorf unterm Schloß, als württembergisches Lehen. Schon unter Eberhard Ludwig hatte der regsame Herr mehrmals um Gestattung katholischen Privatgottesdienstes nachgesucht, immer vergebens. Jetzt unter dem katholischen Herzog nahm er ohne Federlesen Kapuziner ins Schloß, begann auf seinem Berg weitläufig Kloster und Kirche zu bauen. Es unterstützte ihn der Fürstbischof von Würzburg, Kollekten liefen für ihn an den katholischen Höfen, er war auf vorgeschobenem Posten ein wackerer Kämpfer der Kirche, sehr in Sicht.

Offener Bruch der Gesetze, Sturm im Parlament, drohende Aufforderung an das Kabinett, dem frechen Unwesen zu steuern. Verärgert, mit gebundenen Händen der Herzog. Er hatte in jenen Religionsreversalien ausdrücklich auf alle Einmischung in solche Fragen verzichtet, hatte das Kirchenregiment dem Ministerium übertragen, auf seine bischöflichen Rechte über die Evangelischen, auf die persönliche Teilnahme an Konsistorialdingen in aller Form resigniert. Nirgends sollten, hatte er feierlich eingeräumt, katholische Kirchen errichtet werden, der katholische Gottesdienst sollte einzig beschränkt sein auf seine Privatandacht.

Der Fall lag klar. Harpprecht, der Jurist, hatte das Referat in der Kabinettssitzung, das Korreferat Bilfinger. Die beiden ehrlichen, geraden Männer waren im Innersten froh, daß diese Affäre der Kompetenz des Herzogs entzogen war. Mit tiefem Mißbehagen sahen sie das Land mehr und mehr verkommen, alle Ämter verlottert und korrupt. Wenn sie im Amt blieben, war es, weil sie nicht auch in ihre Stellen Kreaturen des Süß einrücken sehen wollten. Hier endlich war ein Fall, wo kein Herzog und kein Jud einreden durfte; hier konnte man den evangelischen Brüdern erweisen, daß das Land, so verkommen es von außen sah, sich in Gewissensdingen, in Religionssachen fest und bieder und ohne leisesten Flecken hielt. Gegen die zögernden und bedenklichen Schütz und Scheffer setzten Harpprecht und

Bilfinger einen Beschluß durch, daß eine Untersuchungskommission, eine Lehensvisitation nach Gruppenbach zu dem Grafen entsandt wurde, an ihrer Spitze der Regierungsrat Johann Jaakob Moser, der Publizist, erst neuerdings wieder durch Wort und Tat und Schrift als unbeugsamer Protestant erwiesen. Er bekam weite Vollmacht.

Er fand den Grafen höhnisch, trotzig, durchaus nicht zur leisesten Unterordnung geneigt. Er ließ die Regierungskommission vor dem Schlosse stehen, in Wind und Wetter, schlecht und hochmütig grüßend. Als die Herren auf den Neubau von Kloster und Kirche wiesen, wo schon hoch am Turm gearbeitet wurde, fragten, wie er gegen das ausdrückliche gesetzliche Verbot und gegen ministerielle Verwarnung auf herzoglichem Boden katholische Baulichkeiten errichten könne, musterte der kleine, bewegliche, hagere Herr grimmig, stramm, hochmütig die Kommission, warf dann nachlässig, provokatorisch hin, das seien seine neuen Wirtschaftsgebäude. Näheren Zutritt verwehrte er. Kapuziner, paarweise, erschienen. Der kleine Graf, immer mit dem gleichen Hohn, erklärte, das sei seine neue Livree, er wünsche, die Mode möge recht bald überall im Land im Schwang sein. Unverrichteterdinge zog die Kommission nach Heilbronn ab. Erzwang schließlich die Besichtigung der Baulichkeiten. Schickte dem Grafen durch Gerichtsdiener ein grobes Schreiben mit gemessenem Befehl, Kloster und Kirche niederzureißen, binnen drei Tagen damit zu beginnen. Der Graf schmiß den Mann eigenhändig die Rampe hinab, hetzte ihn mit Hunden den Berg hinunter. Da erschien Moser, der stattliche, wichtige, komödiantische Mann, mit einem Detachement Soldaten, ließ Kirche und Kloster schleifen, zog erst ab, als der Graf, heiser vom Schimpfen, diese Arbeit sowie die militärische Exekution auf Heller und Groschen bezahlt hatte. Im Grundstein des Klosters fand man eine Schrift, nach der dieses Kloster Stettenfels der Verbreitung des alleinseligmachenden katholischen Glaubens und der Bekehrung des ketzerischen württembergischen Landes geweiht sein sollte.

Jubel im Land, im Parlament. Es polterte im engeren Ausschuß der massige, grobe Bürgermeister Johann Friedrich von Brackenheim: »Man ist noch wer. Wenn man recht will, zwingt man die ketzerischen Hunde noch immer, ihren eigenen Kot zu fressen.« Der finstere Neuffer sinnierte: »Viele Hemmungen sind auf den Wegen der Fürsten. Sie sind nur Reizungen; überwunden, würzen sie doppelt den Geschmack der Macht.« Unterm Volk lautes Frohlocken. Im »Blauen Bock« ließ sich der Konditor Benz noch einen Schoppen Wein geben, feixte: »Es gibt noch Dinge, wo weder keine Hur noch kein Jud einreden darf.« Herzinnige Freude der Harpprecht und Bilfinger. Stiller, demütiger Dank an den Herrn in den Bibelkollegien der Pietisten. Die Beata Sturmin, die blinde Heilige, hatte es vorausgewußt. Sie hatte gedäumelt, sie hatte die Stelle aufgeschlagen: »Verflucht sei der Mann, der ein gehauenes oder gegossenes Bild macht, den Greuel des Ewigen, ein Werk von Künstlers Hand, und aufstellt im geheimen.« Im Bibelkollegium von Hirsau aber sang der fromme Chor gleich dreimal hintereinander das Lied des Magisters Jaakob Polykarp Schober: Jesus, der beste Rechenmeister.

Aber auch weit hinaus über die schwäbischen Grenzen, im ganzen deutschen Reich erregte dieser Stettenfelsische Handel das größte Aufsehen. Der Würzburger Fürstbischof beschwerte sich offiziell beim Herzog durch seine Räte Fichtel und Raab. Der Herzog, im Glauben, man habe ihn bei seinen eigenen Religionsverwandten mit Absicht verdächtigt und verächtlich machen wollen, war schwer erzürnt. Dennoch stieß ihn der sehr kluge Würzburger Bischof nicht weiter. Er wußte, Karl Alexander war durch anderes sehr beansprucht, er sparte sich eine energische Aktion für später.

Karl Alexander hatte wirklich alle Hände voll mit lauter kleinen, mißlichen Angelegenheiten. Süß dachte nun ernstlich daran, sich nobilitieren zu lassen. Seine Stellung war gefestigt genug, er begehrte zum Besitz der Macht jetzt auch ihre Titel und Würden, er trug sich mit dem Plan, das Amt des Landhofmeisters in aller Form zu übernehmen. Hätte er sich taufen lassen, so wäre das von heute auf morgen möglich gewesen. Aber es war sein Ehrgeiz, diese höchste Stelle im Herzogtum trotz seines Judentums vor Kaiser und Reich innezuhaben. Der Herzog hatte auch, nachdem Süß bei seiner Redoute ihm Magdalen Sibylle zugeführt hatte, durch seinen Wiener Gesandten, den Geheimrat Keller, das Gesuch seines Hoffaktors unterstützt, ein Adelsdiplom für ihn verlangt und tausend Dukaten dafür geboten. Aber nicht nur das württembergische Parlament, auch die Ministerkollegen des Süß intrigierten am Wiener Hof, so geriet die Angelegenheit ins Stocken. Süß, um den Herzog zu spornen und sich unentbehrlich zu zeigen, stoppte seinen Eifer für Karl Alexander, erbat unter dem Vorwand dringlicher persönlicher

Geschäfte einen Urlaub ins Ausland. Sofort klappte die Rekrutierung nicht mehr, die Geldmittel fürs Heer kamen nicht mehr herein, die Weiber wurden schwieriger, tausend kleine Mißhelligkeiten, die die Gewandtheit seines Finanzdirektors bisher ihm ferngehalten, zeigten dem Herzog jetzt ihr widerwärtiges Gesicht. Unzuträglichkeiten bei der Deckung seines ungeheuren persönlichen Geldbedarfs, von Süß künstlich gesteigert, bei den Militärlieferungen. Dazu reizte Karl Alexander die immer gleiche Festigkeit Magdalen Sibyllens, auch die beiden Damen Götz, Mutter wie Tochter, von Süß aus der Ferne klug und unmerklich so geleitet, leisteten unerwarteten Widerstand. Remchingen war langweilig, mit Bilfinger wollte er nicht zusammen sein, weil er sich über seine Haltung in dem Stettenfelser Handel ärgerte, der Franzose Riolles war ihm zu affig, zu gescheit und zu spitz. Er seufzte nach seinem Juden. Wäre der dagewesen, wäre bestimmt auch der Stettenfelser Handel anders gegangen; es war eine Schande, daß seine Minister die christlichen Affären nicht ohne den Juden glatt erledigen konnten.

Mit offenen Armen wurde der Rückkehrende empfangen. Er war in Holland gewesen, in England. Hatte sich in Frankfurt feiern lassen, hatte in Darmstadt den Bruder, den Baron, den Getauften, verhöhnt; er wird ohne so verächtliche Mittel das gleiche erreichen. Zudem hatte er in den Niederlanden eine portugiesische Dame kennengelernt, eine Madame de Castro, rotblond, stattlich, noch jung, fein, adlig, hochmütig von Ansehen und Haltung. Witwe des portugiesischen Residenten in den Generalstaaten, sehr vermöglich. Er wollte sie heiraten. Sie schlug es nicht ab; Voraussetzung blieb nur seine Nobilitierung. Auf alle Fälle wird sie ihn, und das schon in nächster Zeit, in Stuttgart besuchen. Marie Auguste lachte stürmisch, wie sie von dem Projekt hörte. Dem Herzog war die geplante Mariage seines Hofjuden nicht angenehm, er polterte, er erlaube ihm ja, sich Mätressen zu halten. »Du Jud schleckst mir sowieso in alle Teller«, brummte er. Aber Süß ließ bei aller lächelnden Ehrerbietung nicht von seinem Plan und erwirkte von dem widerstrebenden Herzog ein neues Schreiben nach Wien wegen der Nobilitierung. Karl Alexander schrieb eigenhändig und dringlich. Er betonte, wie er mit seinem Hofjuden allein weit mehreres als mit all seinen anderen Räten und Biensteten ausrichten könne, wie er seines Genies und seiner vorzüglichen Geschicklichkeit halber zu allen nützlichen Vorkommenheiten zu brauchen sei; und wie er, der Herzog, ihm als einzige seiner fürstlichen Dignité angemessene Reconnaissance das Adelsdiplom geradezu schuldig sei. Nach solchem Schreiben glaubte Süß alles auf bestem Wege.

Er ritt durch die Straßen auf seiner Schimmelstute Assjadah. Er sah zehn Jahre jünger aus, als er war, er war weitum in Schwaben der erste Kavalier. Schmeidig und rank, nicht groß saß er zu Pferde, die sehr roten Lippen leicht offen in dem weißen Gesicht, die kastanienfarbenen Haare drängten gefallsam unter dem breiten Hut vor, mit edlen Steinen besetzt blitzte die Peitsche, unter der heiteren Stirn wölbten sich die fliegenden Augen. Die Köpfe der Frauen wurden herumgerissen: Er ist wieder da! Die Damen Götz lagen im Fenster, himmelten, während er voll Ehrfurcht hinaufgrüßte. Er ist wieder da! Er ist wieder da! knurrte das Volk, aber er gefiel ihm. Und Dom Bartelemi Pancorbo sah an der Hand, die seinen Gruß erwiderte, den riesigen, strahlenden Solitär. Er ist wieder da! lächelte er mit den entfleischten Lippen, und über der zeremoniösen Halskrause der altertümlichen portugiesischen Hoftracht schickte er begehrlich und lauersam die starren, schmalen, wandernden Augen dem entschwindenden Reiter nach.

Die Stute Assjadah aber reckte den Kopf hoch auf, und sie wieherte hell und triumphierend den aufhorchenden Bürgern, den höhnisch neidvollen Kavalieren, den gekitzelten Weibern zu: Er ist wieder da!

Der Aufenthalt des herzoglichen Paares in Ludwigsburg wurde mit einer Festvorstellung beschlossen. Die Herzogin spielte mit, der junge Götz, der mittlerweile Expeditionsrat geworden war, der Geheime Finanzienrat Süß. Alles Schwierige und weniger Dankbare hatten die Sänger und Schauspieler der herzoglichen Truppe übernommen.

Théâtre paré. Allongeperücke der Herren, nackte Schultern der Damen Vorschrift. Schon von der vierten Reihe an konnte durch den Wald der mächtig getürmten Perücken nur spärlich über die Lichtung einer nackten Damenschulter ein Stückchen Bühne erspäht werden.

Auf der Bühne die Herzogin. Wie ist sie schön in der spanischen Tracht, der goldene Pfeil hebt den schwarzen Glanz der Haare über dem Profil, das in der Farbe alten edlen Marmors leuchtet. Remchingen, wie er sie sieht, stößt einen merkwürdig knurrenden Laut aus wie ein Tier, der Herzog kann sich nur mühsam beherrschen, nicht zu schnalzen, der junge Lord Suffolk wird ganz blaß bei ihrem Anblick.

Man spielt das Stück eines alten großen spanischen Meisters. Das Werk ist durch viele Hände gegangen, italienische Komödianten haben es auf ihre Wanderschaft mitgenommen und umgemodelt, man hat Arien und Ballett eingelegt. Jetzt hat der Tübinger Hofpoet sich darübergemacht, er hat alles in gewissenhafte, säuberliche Alexandriner gegossen. Aber die gelbe, kleine Napolitanerin, der naturgemäß die wichtigste und schwerste Rolle übertragen war, hatte darauf bestanden, ihre Hauptszenen italienisch zu spielen und zu singen. Da hatte sich der schwäbische Poet grollend zurückgezogen, Süß, der Tausendhändige, hatte in aller Eile aus dem Kreis seiner Mutter einen anderen Dichter und Regisseur beschafft, und jetzt wurden einzelne Szenen deutsch, einzelne italienisch gespielt, was von vornherein für Abwechslung sorgte und keine Langeweile aufkommen ließ.

Aber es war überhaupt eine spannende und anregende Komödie. Ein Held stand oben auf der Bühne, ein Kavalier und wilder Liebender. Sein Metier war Krieg und Liebe. Er hatte bloß die Eigenheit, daß ihm jede Frau, erst einmal genossen, sogleich zum Ekel ward.

»Die Schönheit, die uns lockt,
Ist Huld und süßes Wunder;
Die Schönheit, die gekost't,
Ist wüster Dreck und Plunder«,

äußerte er, und die Allongeperücken der Zuhörer nickten nachdenklich Zustimmung. Der Held oben auf der Bühne handelte indes nach seiner Maxime, er hatte ein immer wüsteres Gewese mit den Frauen, in jeder Szene entführte er, stach er Liebhaber tot, ließ er Frauen sitzen. Nur die Herzogin, die sehr edel war, tat ihm den Willen nicht, sondern gab es ihm immer wieder und das gründlich, wie es sich eben für eine so hohe Dame schickt. Marie Auguste machte das sehr stolz; doch Herr von Riolles, der unter den Zuschauern das schärfste Aug für so etwas hatte, merkte, daß sie heimlich lächelte über die geschraubte und gespreizte Sprödigkeit, die sie spielte. Kaum abgetreten, stieß sie denn auch lächelnd den Expeditionsrat Götz in die Seite: »Den hab ich fein abfahren lassen, nicht?« Der Expeditionsrat verneigte sich mehrmals tief und respektvoll. Er war eigentlich bereits tot. Denn er war einer von den Nebenbuhlern des Helden und gleich zu Beginn des Stückes abgestochen worden. Er hatte aber dem Komödianten die Sache verflucht sauer gemacht, denn er wollte, wie sich das für einen jungen schwäbischen Herrn aus so gutem Hause geziemt, durchaus nicht so ohne weiteres fallen, er zeigte alle seine Fechtkünste, hätte um ein Haar den Komödianten schwer verletzt und mußte schließlich, sonst wäre das Stück nie zu Ende gegangen, fast mit Gewalt zur Bühne hinausgeschleift werden.

Und die Komödie ging weiter. Der Held hatte durchaus kein Glück mit der Herzogin. Er wollte sie entführen. Aber die kleine gelbe Napolitanerin, die er in wildem Gebirg hatte sitzenlassen, war zwar den Mauren, die dort streiften, in die Hände gefallen, doch sie war wieder befreit worden, und infolge einer besonders kunstvollen Verwicklung des Dichters muß nun der Held in der Dunkelheit, ohne sie zu erkennen, wieder sie entführen an Stelle der Herzogin. Er bringt sie in die Berge, dort merkt er den Irrtum, schäumt, beschließt, die Unselige an die Mauren zu verkaufen. Doch die kleine gelbe Napolitanerin, hingeworfen, jammert und fleht zu ihm. Dies war die schönste Szene des Stückes, der große spanische Meister hatte all seine Kraft darangesetzt, und selbst unter der Verschmutzung und Vernüchterung der langen Wanderschaft waren noch Reste ihrer Schönheit geblieben. Die Napolitanerin also kniete vor dem geschminkten, hochmütig und gelangweilt sich spreizenden Komödianten zwischen Öllampen und drei braunen, primitiv geschnittenen Versatzstücken, die wildes Gebirg darstellten, und sie sprach: »Du schworst dich mir zum Gatten. So es dich verdrießt, gern lös ich dich des Eids. Sperr mich für alle Zeit ins Kloster! Oder mache mich, soll ich denn Sklavin sein, zu deiner Magd! Nie will ich dir anderes als Glück erflehn. Bist du im Krieg, in deinem Zelt will ich dir kochen, dir die Kleider säubern. Oder führe mich zu deiner Liebsten, gib mich ihr als Magd! Wenn ich sie kämme, und du stehst dabei, will ich nicht klagen, sie am Haar nicht zerren, und sprichst du sanfte Worte dann zu ihr, zärtliche, kosende, wie ehmals zu mir, will ich die Lippen pressen, will ganz stumm dies schlimmste Weiberschicksal auf mich nehmen: ihr Sklavin sein, die der Geliebte liebt. Doch nicht verkaufen! Nicht den Mauren mich verkaufen!«

Sie war aber durchaus nicht mehr die kleine, gelbe, fette, verderbte Napolitanerin, während sie dies sprach, sondern die

Verse trugen sie, und sie war eine arme, preisgegebene, mißbrauchte und klagende Kreatur. Es wurde ganz still im Saal, man hörte einen Tropfen von einer Öllampe auf die Bühne niederfallen, und in ihren Leuchtern an den Wänden sangen die Kerzen.

Die blonden, zarten, feinen Damen Götz waren sehr gerührt, ja, die Tochter schluchzte ganz laut, aber sie hütete sich, zu weinen, denn dann hätte sie eine rote Nase bekommen, und das stand ihr nicht. Doch Madame de Castro, die Portugiesin, die Süß heiraten wollte und die ihren Vorsatz ausgeführt hatte und nach Stuttgart gekommen war, war eine praktische Dame und suchte aus allem, was sie sah, hörte und erlebte, Nutzanwendungen für sich selber zu ziehen, und sie dachte Praktisches und überlegte: Ja, so sind die Männer. Sie versprechen alles, ehe sie einen haben, und nach der ersten Nacht werden sie brutal. Wenn ich ihn heirate, werde ich auf alle Fälle mein Vermögen sicherstellen, und was er mir auszusetzen hat, so hoch veranschlagen, daß ich bei allen Eventualitäten auf meine Rechnung komme. Überhaupt werde ich mir das Für und Wider noch reiflich überlegen.

Man muß die Weiber in Kandare halten, sinnierte der Herzog, das ist richtig. Aber der da oben treibt es doch zu toll. Ich würde ihn stäupen lassen. Die Welsche ist sehr gut. Sie hat mir gleich gefallen. Merkwürdig, daß ich sie noch nicht ins Bett kommandiert habe. Daran ist die Magdalen Sibylle schuld. Ich bin ein Esel, über der einen so den Blick für die anderen zu verlieren. Aber das werd ich heute nacht noch nachholen.

Remchingen fraß mit seinen stieren Augen an der Komödiantin. Er hatte sie gehabt, aber da er sie schlecht entlohnt hatte, denn er war filzig, hielt sie ihn kurz. Ich werde noch ein paar Dukaten springen lassen müssen, seufzte er. Ich werde mich an dem Juden schadlos halten. Er muß mich an den neuen Stiefellieferungen beteiligen. Dieser verfluchte Jud ist eigentlich an allem schuld. Er verwöhnt einem die Weiber, daß sie einem nicht auf eins, zwei parieren und soviel verlangen für etwas, das sie nichts kostet.

Aber ganz hinten in der Ecke war der Schwarzbraune. Er stand aufrecht und sah über die Perücken hinweg, und er hob sich noch auf die Zehen, um nichts zu verlieren. Mit seinen großen Tieraugen schlang er die Aufgelöste, Hingegossene. Und er konnte einen dunklen, heisern Kehllaut nicht unterdrücken, als die Schauspielerin endete: »Mein süßer Herr! Mein Glück!

Mein Himmel! Kehr zurück in dich! Du selber werde wieder! Finde dich! Noch ist die Reu Verdienst und nicht Verbrechen. Denn tätst du's nicht, sieh, Himmel, Mond und Sterne, Menschen und Tiere, Berg und Wald und Baum, die Elemente selbst verweigerten den Dienst dir, stünden auf, empört ob solchen Frevels, wider dich. Hör mich! Steh ab! Señor Gomez Arias! Sieh mich im Elend hie! Verkauf mich nicht dem Mauren nach Benamegi!« Dieses Letzte sang sie mit einer kleinen, stillen, rührenden Stimme. Remchingen und andere bezogen ihre Bewegtheit in irgendwelchem vagen Zusammenhang auf sich selber; niemand ahnte, daß die Komödiantin, während sie sprach, an den ungelenken, semmelblonden Expeditionsrat Götz dachte.

Doch dann trat Süß auf. Er war der Maurenfürst, an den der schurkische Spanier die Napolitanerin verkaufte. »Natürlich«, sagte Remchingen zu seinem Nachbar, »wo es was zu kaufen gibt, ist der Jud da.« Aber Süß benahm sich sehr edel und ritterlich. Trotzdem er sie heiß liebte, rührte er die Frau, die er als Sklavin gekauft hatte, nicht an. Er äußerte:

»Schlecht gilt die Liebe mir,
Die nicht durch innern Wert,
Die sich durch Zwang erwirbt,
Was glühend sie begehrt.«

Wobei er, über und über von Edelsteinen strotzend, in den seidenen maurischen Hosen, die allerdings mit flandrischen Spitzen geziert waren, sehr glänzend aussah.

Der Braunschwarze freute sich, daß der Moslem auf der Bühne sich so nobel aufführte. Der Herzog lachte: »In Wirklichkeit würde mein Jud nicht so lange Faxen machen.« Aber Dom Bartelemi Pancorbo dachte: Da deklamiert er und macht groß Gemauschel um das Weib, was alles er für sie gäbe. Wenn ich sie wäre, ich würde den Solitär verlangen. Aber da würde er sich drücken. Und er reckte den dürren Hals mit dem blauroten, entfleischten Kopf und blinzelte aus tiefen Höhlen nach dem Stein.

In der Schertlinschen Manufaktur in Urach war ein gewisser Kaspar Dieterle beschäftigt gewesen, ein vierzigjähriger Mensch, gedunsenes Gesicht, wasserblaue Augen, rötlicher Seehundsbart, kein Hinterkopf. Als die Manufaktur an die Sozietät Foa-Oppenheimer überging, wurde der Mann als Webmeister beibehalten. Er führte sich unterwürfig und geduckt, schimpfte aber im geheimen um so unflätiger gegen die jüdische Sauwirtschaft. Zettelte gelegentlich kleine Meutereien, machte, selber höchst servil, die anderen aufsässig. War dabei roh und gemein gegen die ihm Unterstellten. Wurde schließlich, als seine zweideutige Haltung aufkam, entlassen.

Er konnte sich nicht entschließen, außer Landes Arbeit zu suchen. Verkam mehr und mehr. Brachte sich sehr elend durch einen erbärmlichen Hausierhandel fort und durch gelegentlichen Schmuggel verbotener, nicht gestempelter Waren. Wurde mehrmals ins Gefängnis gesperrt, einmal auch gestäupt.

Er hatte eine kleine, verwaiste Base zu sich genommen, die ihm zusammen mit dem alten Hund den Hausierkarren schob und sonst behilflich war; fünfzehnjährig, ein verschmutztes Kind, klein, breit, scheu, frech, lauersam, verbockt, diebisch, dabei auf eine primitive Art kokett. Er hielt die Kleine schlecht, prügelte sie grausam, daß sie zuweilen lahm und blutig liegenblieb. Aber als die Behörde einschreiten, ihm das Kind wegnehmen wollte, hielt sie zu ihm, leugnete alle Mißhandlungen, ließ sich nicht von ihm trennen. Es war so, daß der Mann das verwahrloste, struppige, kleine Geschöpf durchaus als sein Weib hielt. Sie war ihm verbunden, sie liebte ihn auf eine gewisse Art, seine Roheit und sein verfranster Seehundsbart waren ihr Zeichen hoher Männlichkeit, sie liebte ihn, wenn er zärtlich zu ihr war und wenn er sie schlug. Sie wurde ihm allmählich immer unentbehrlicher, er begnügte sich, auf Messen und Märkten zu grölen, mit knauserigen Kunden und solchen, die nichts kauften, Händel anzufangen, zu saufen, ihrer beider Unterhalt lag schließlich allein auf ihren Schultern.

Als sie sah, wie sie ihm nötig war, und ihre Macht über ihn spürte, begann sie widerborstig zu werden, ihn zu verhöhnen, vor allem reizte sie es, wenn er betrunken war, ein gefährliches Spiel mit ihm zu treiben. Immer öfter kam es, daß er sie prügelte, bis sie besinnungslos liegenblieb. Ein paarmal lief sie fort; aber sie kehrte doch immer zu ihm zurück, schließlich war er der einzige Mensch, über den sie eine gewisse Macht hatte und der an ihr hing.

Auf solche Manier strolchte das seltsame Paar auf den Landstraßen herum, stahl, hausierte, lumpte sich mehr als kläglich durch. Der Kaspar Dieterle konnte gräßlich fluchen, unflätiger als sonst jemand im Land. Dies imponierte dem Mädchen ungeheuer und schien ihr besonders kraftvoll und männlich. Am schönsten war er, wenn er auf die Juden fluchte. Kaskaden von Gift und Dreck wälzten sich dann unter dem rötlichen Schnurrbart vor, das fahle Gesicht wulstete sich um die wasserblauen Augen, und das Mädchen hörte begeistert zu. Manchmal auch, in guter Laune, um die Kleine zu belohnen, mimte er einen Juden, ging krumm, mauschelte, versuchte sich, unter dem kreischenden Jubel des Kindes, den Schnurrbart als Schläfenlöckchen um die Ohren zu hängen. Ein Festtag aber war es, wenn er auf Märkten und Messen mit Juden zusammenstieß. Auf herzoglichem Gebiet zwar nahmen gewöhnlich, wenn auch widerstrebend, unter dem Einfluß des Süß die Polizeidiener die Juden in Schutz. Aber in den freien Städten konnte er die Hilflosen fest zwacken und ihnen alle sauren Possen spielen, die sein armes Hirn auszukochen imstande war.

Nun hatten sie auf die Ostermesse in Eßlingen große Hoffnungen gesetzt. Dort aber war ein Jud Jecheskel Seligmann erschienen, früher Schutzjude der Grävenitz, jetzt mit Stillschweigen in Freudenthal, einem ehemaligen Grävenitzschen Besitz, geduldet. Der handelte mit Erzeugnissen der Manufakturen Süß-Foa und machte, da er eine viel größere Auswahl hatte als der andere, dem primitiven Kram des Kaspar Dieterle unbesiegliche Konkurrenz. Jecheskel Seligmann Freudenthal war ein älterer, dürrer, krummer, häßlicher Mensch. Kaspar Dieterle fand tausend Gründe, ihn zu verspotten, er beschmierte ihm die Bank seiner Meßbude mit Schweinefett, das dann an seinem Kaftan hängenblieb, er hetzte die Kinder auf ihn, er ließ ihn springen und Hepp-Hepp machen, und er hatte die Lacher auf seiner Seite. Der Jude ließ sich alles gefallen, er sah häßlich, dürr und erschöpft aus und hatte, kam er dann endlich unter seinen Waren zu Atem, ein japsendes, verzerrtes Lächeln. Die Leute hatten zwar an den Späßen des Kaspar Dieterle ihre Freude und verlachten den Juden weidlich mit, aber sie kauften doch bei ihm, da trotz der Sonderabgaben seine Waren billiger und mannigfaltiger waren als der arme Plunder des anderen. Kaspar Dieterle hatte eine dumpfe, unsinnige Wut auf den Jecheskel Seligmann, er beschloß, ihn des Nachts halbtot zu schinden und zu treten, aber er hatte nicht genug Geld, um noch das Nachtquartier bei dem Meß- und Judenwirt zu bezahlen, wo der andere wohnte, und er mußte vor Torschluß die Stadt verlassen.

Das Paar übernachtete in einem dünnen Wald. Sie waren, der Mann wie das Mädchen, erbittert und grimmigster Laune. Dazu setzte Regen ein, sie froren und waren hungrig. Er hatte ihr versprochen, auf der Eßlinger Messe eine Korallenkette für sie zu kaufen, sie hatte die kleine Einnahme, die sie gehabt, auch zu solchem Zweck zurückgelegt, aber er hatte ihr das Geld entrissen und Schnaps dafür gekauft. Jetzt verlangte sie, er solle sie wenigstens davon trinken lassen. Er höhnte sie, schimpfte, sie lausiges Hurenbalg sei schuld, daß man nicht mehr verdient habe. Sie schimpfte zurück, sie werde ihn anzeigen, er habe sie genotzüchtigt, auch sonst geraubt und gestohlen, der Galgen sei ihm sicher. Er schlug zu, sie schrie und schimpfte weiter, der Hund kläffte, er schlug heftiger, sie biß ihn. Er, da sie nicht abließ und sich trotz aller Schläge nur wilder in ihn verbiß, haute sie schließlich wuchtig mit der Schnapsflasche vor die Stirn. Sie fiel um, streckte sich, blieb liegen. Öfters schon war das geschehen, so ließ er sie liegen, schnaubte befriedigt. Leckte aus der zersplitterten Schnapsflasche. Hüllte sich in etliches Tuch, schlief wie ein Klotz, wüst schnarchend. Aber der Regen drang durch und weckte ihn bald wieder. Er rülpste, sie solle zu ihm rücken, ihm eine andere Decke geben, ihn wärmen. Da sie nicht antwortete, stieß er nach ihr, fluchte. Wie sie sich noch immer nicht rührte, stand er froststarrend auf, trat sie. Entzündete endlich, seufzend, rülpsend, umständlich, nach vielen vergeblichen Versuchen die blinde, zerschlagene Laterne. Leuchtete die Reglose auf und ab. Sah sie, Kiefer herunter, Augen groß auf, naß, starr.

Er stand lange im Regen, in dem dünnen Wald, frierend, blöde, ohne Sinn, allein mit der Toten und dem leise winselnden Hund. Die Laterne hatte sogleich der Wind gelöscht, es war dunkel und frostig. Aus dem Baum, an dem er lehnte, tropfte es auf ihn herab, es rann ihm den armen, platten Hinterkopf herunter in den Nacken, sein rötlichblonder Seehundsbart tropfte gleichmäßig. So stand er lange und begriff durchaus nicht, wie und warum die Babett, das einzige Wesen, an dem ihm lag, jetzt tot war. Schließlich begann er ein widriges und furchtsames Heulen, der Hund fiel ein, er hob den Fuß, nach ihm zu treten, unterließ es.

Nach einer Weile kniete er neben die Leiche; entkleidete, nicht ohne Mühe, den starren, häßlichen, schmutzigen Körper, machte überall Schnitte in die Haut, mit stumpfer, nicht zu rascher Geschäftsmäßigkeit. Er verwandte hierzu den Scherben der Schnapsflasche, trotzdem er es mit einem Messer leichter hätte tun können. Er lud dann, es regnete noch immer, die

Nackte, Verstümmelte auf den Karren, umstapelte sie hoch mit Decken und Kram, zog mit dem Hund den Karren wieder in die Stadt. Kam dort mit dem frühesten Morgen an, als das Tor geöffnet wurde. Der Torwache sagte er, er habe noch einen Handel mit dem Juden Seligmann. Man ließ ihn passieren.

Er zog seinen Karren in die Herberge, wo der Jude Jecheskel Seligmann Freudenthal wohnte. Alles wie getrieben, mit einer seltsamen, gleichmütigen Zielbewußtheit. Im Hof der Herberge stellte er seinen Karren ein. Veräußerte um ein Spottgeld auch sein Notwendigstes. Soff. Lief dazwischen immer wieder nach seinem Karren. Bis er endlich, während nur die jungen Schweine zuschauten, die Leiche in dem Unrathaufen notdürftig begraben konnte. Es regnete noch immer. Dann ging er wieder in das Schankzimmer. Soff. Zog die Kleider seiner kleinen Base heraus. Erzählte eine Geschichte. Langsam, verworren, in Stücken. Ja, man habe doch gehört, wie gestern er und die Babett mit dem Juden Jecheskel Seligmann Freudenthal ihre Händel gehabt hätten. Aber der Jud habe dem Kind doch eine Korallenkette versprochen. Sie hätte zu ihm zurückgewollt. Er, der Kaspar, habe sie gehalten. Geprügelt. Nachts, vielleicht hatte der Jude ihr was eingegeben, sei sie dann auf einmal doch weg gewesen. Manchmal müsse der Mensch auch schlafen; da könne er dann den andern nicht halten, ja. Und jetzt habe er unter den Waren des Juden draußen ein Bündel Kleider gefunden, seien die Kleider der Babett. Müßt das Kind jetzt wohl nackend herumlaufen, nur mit dem Korallenkettlein. Ja, und jetzt sei den Juden ihr Osterfest.

Dies erzählte der Kaspar Dieterle, während er seine letzte notwendige Habe versoff. Er erzählte es mehrmals, und immer mehr Leute hörten zu. Und immer gekitzelter hörten sie zu, und immer gebannter und entsetzter starrten sie auf den Mund des Menschen, wo unter dem ausgefransten rötlichen Schnurrbart schnapsstinkend, aus den fauligen, schwärzlichen Zähnen weinerlich und tückisch die grausige Geschichte hervorkroch.

Und dann fand man auf dem Unrathaufen die zerschnittene Leiche, die Schweine fraßen schon daran. Fledermausflügelig, mit phantastischen Greueln ausgeschmückt, flog der Bericht von der Untat durch die Stadt. Zusammen liefen die Leute, alles Tagewerk in Haus und auf der Straße hörte auf, die Tore wurden geschlossen, der Rat zusammenberufen. Greuel über Greuel! Ein unschuldiges Christenkind scheußlich gemartert von den Juden, ihm das Blut abgezapft für die Osterkuchen, die verstümmelte Leiche den Schweinen vorgeworfen. So weit war es gekommen durch die Judenwirtschaft des württembergischen Herzogs, daß so schwarze Mordtat arrivieren konnte in der freien Reichsstadt Eßlingen zur Schmach und Schande des ganzen schwäbischen Kreises.

Tosende Erregung in der ganzen Stadt. Seit vierzig, nein, seit genau dreiundvierzig Jahren hat man keinen so grauenvollen Kriminalfall mehr erlebt im Römischen Reich. Fast schon wußte man nur mehr aus Büchern davon. In dieser Gegend war seit dem Ravensburger Kindermord nichts mehr dergleichen arriviert. Oh, wie klug waren die Väter gewesen, daß sie die Juden ausgeschafft aus dem Eßlinger Bannkreis! Seit dem Salomo von Hechingen, dem Arzt, hatte man nicht mehr zugelassen, daß einer von ihnen mit seinem Schelmenatem die ehrsame Luft der guten Stadt verstinke. Stolz und stark konnte man, als der Kaiser die Judensteuer einverlangte, erwidern, seit zwei Jahrhunderten sei keiner mehr in diesen Mauern gesessen. Jetzt hat der Herzog, der Ketzer, der Herodes, die Schelme und schwarzen Mordbuben ins Land gezogen, die den unschuldigen Christenkindern auflauern und ihnen das Blut abzapfen. Ängstlich verwarnen die Mütter ihre Kinder. Immer schrecklichere Einzelheiten gehen um. Was heut dem fremden Kind geschehen ist, kann morgen dem eigenen geschehen. Auf lange hinaus werden die verschreckten Würmer vor jedem Fremden davonlaufen und gräßlich von Blut und Messern und wilden Bärten träumen.

Der Jude Jecheskel Seligmann Freudenthal ging indes in der Vorstadt herum, seine Geschäfte besorgen. Er wurde verhaftet, wie er gerade demütig und beharrlich von einem säumigen Schuldner Geld eintreiben wollte. Er hatte durchaus keine Ahnung, worum es ging, und beteuerte immerzu, er habe gestern weder dem Kaspar Dieterle noch sonstwem zurückgeschimpft, er habe überhaupt nicht den Mund aufgetan. Denn dies war ein beliebtes Mittel dem jüdischen Konkurrenten gegenüber, daß man ihn durch Wort und Tat zu einer Erwiderung reizte und ihn dann einsperren ließ unter der Anklage, er habe durch freche Beschimpfung Christen um ihres Glaubens willen verunglimpft. Aber die Büttel schlugen ihn übers Maul, faßten ihn hart an, fesselten ihn. Draußen wurde der dürre, zitternde, entsetzte Mann von einer Menge Volkes empfangen, er sah hundert erhobene Arme, tobende Mäuler, Kot und Steine flogen gegen ihn, er wurde zu Boden gerissen, getreten, bespien, Haar und Bart wurden ihm gerauft. Er suchte immerzu auf seine Bedränger einzureden: japsend noch unter den Mißhandlungen, während ihm Speichel und Blut aus den Mundwinkeln rann, beteuerte er, er habe kein Schimpfwort, überhaupt kein Wort geredet. Erst aus dem Gezeter einer Frau, die ihn immerzu mit einer Spindel in die Weichen stach, erkannte er jäh die Beschuldigung, verlor die Sinne. Ohnmächtig wurde er in den Turm gebracht.

Aber unter den Ratsherren war eine große, grimmige, höhnische Freude. Die Herzoglichen, die Judenzer, sind schuld an der scheußlichen Moritat. Wie wird man es ihnen vorreiben, wie wird man es ihnen zu schlucken geben! Endlich jetzt kann man dem Herzog und seinem Juden eins versetzen. Hat man nicht ständig Händel mit ihnen und Schikanen? Während einem die herzoglichen Wildsäue und Hirsche und all das Viehzeug die Felder verderben, klagt der freche Ketzer, die Eßlinger Bürger wilderten – ja, wie sonst sollen sie sich helfen? –, und nimmt sie hoch. Und queruliert er nicht ständig, die Eßlinger Straßen seien schlecht wider den Vertrag? Ho, ihr hochmögenden Herren!, was ist ein Loch in der Straße gegen einen so grauslichen Mord? Auch über die Neckar-Regulierung ist nicht mit ihm eins zu werden. Hat er nicht sogar die Einkünfte des Eßlinger Spitals aus dem Württembergischen gepfändet? Und sein Jud erst, der freche Malefizer und Schelm! Da hat etwan die Stadt, pro forma natürlich nur und um gewisse Erleichterungen zu erzwingen, den Schirmvertrag mit dem Herzog aufgehoben. Tut da dieser lausige Saujud nicht gleich, als nähme er die Geschichte ernst? Läßt einfach, als gäbe es wirklich keinen Schirmvertrag, die Eßlinger ganz wie andere Fremde behandeln! Schikaniert auf Schritt und Tritt ihren Handel und Wandel. Jedem einzelnen der Ratsherren hat er mehrere tausend Taler gehindert. Aber wart nur, Herr Jud! Jetzt wird man's dir heimzahlen! An deinem schwarzen und verruchten Glaubensgenossen wird man es dir heimzahlen. In spanische Stiefel schnüren wird man ihn, das Blut aus den Nägeln herausquetschen, ihn mit glühenden Zangen zwicken. Jetzt schon freuen sich unter den Ratsherren die Anwohner des Marktes darauf, wie man ihn dort solenn verbrennen wird, und versprechen den Verwandten und Befreundeten Fensterplätze. Nur schade, daß man es bei einer einzigen Hinrichtungsart bewenden lassen muß. Man sollte ihn können zugleich hängen und rädern und vierteilen und verbrennen.

Der Älteste unter den Ratsherren war Christoph Adam Schertlin, der seinerzeit die Uracher Manufaktur begründet hatte und der, auf Altenteil in seinem Eßlinger Patrizierhaus, sein Werk langsam und unrettbar hatte versinken, dem Juden in die Hände gleiten, seine Söhne hatte verkommen und verlottern sehen. Er war hoch in den Siebzig. Dies war eine wilde und unvermittelte Freude vor seinem Grab. Tief aus der Brust holte er malmende Worte gegen die jüdische Verruchtheit, spie sie vor den Rat, einem ach! Unsichtbaren ins Gesicht. Hoch trug er den großen, verwitternden Kopf, starken Schrittes ging er durch die Straßen; heftig, als rennte er ihn dem Feind in den Leib, stieß er den Rohrstock gegen den Boden, den goldenen Knopf fest umschließend mit dürrer, doch nicht zitternder Hand.

Bei dem Meßwirt aber saß der Kaspar Dieterle. Er hatte es nicht mehr nötig, was zu verkaufen, um Schnaps zu kriegen. Immer saß ein dicker Haufe Menschen um ihn herum, bänglich und gekitzelt. Der früher als ein Lump und Aushauser von jeder Schwelle gejagt worden war, galt jetzt als wichtiger Mann und wurde groß hofiert. Immer buntere Einzelheiten erzählte er, längst glaubte er selber, daß ihm die argen Juden seine letzte Stütze tückisch geschlachtet hätten. Als stärksten Beweis führte er die Tatsache an, daß das Kind in der Christnacht sei geboren worden, und alle starrten verstrickt und grübelnd auf seinen Mund, wenn er, die wasserblauen Augen geheimnisvoll weit auf, dies vorbrachte. Denn das war ein bewiesenes Faktum und stand in vielen Büchern zu lesen, daß, wer in der Christnacht geboren ist, besonders gefährdet ist, von den Juden umgebracht zu werden.

Vor allem die Weiber hatten groß Mitleid mit dem Mann. War er doch Ursach und Warnung, ihre armen Kinder um so ängstlicher zu hüten. Sie steckten ihm Gebackenes und Gebratenes zu, Schinken und Schmalznudeln. Seine gedunsenen Wangen nahmen Farbe an, sein rötlicher Seehundsbart war ausgekämmt und weniger verfranst; nur seine fauligen, schwärzlichen Zähne blieben. Und eine Bäckerswitwe trug sich ernstlich mit dem Gedanken, den armen, verwaisten Mann, dem die Juden so übel mitgespielt, zu heiraten.

Der Leibarzt Doktor Wendelin Breyer untersuchte den Herzog. Ein dürrer, langer Mensch, ungeheuer beflissen, ängstlich und liebenswürdig, mit weiten, entschuldigenden Bewegungen, die hohle, angestrengte Stimme tief aus der Brust hervorgrabend. Er lächelte viel und furchtsam, bat unzählige Male um Pardon, suchte seine Mitteilungen durch kleine, schüchterne, unbehilfliche Scherze zu erhellen. Der Herzog war ein schwieriger Patient, den Kollegen Georg Burkhard Seeger hatte er mit dem flachen Degen halbtot geprügelt; auch zerschmiß er gerne Medizinflaschen an den Köpfen seiner Ärzte.

»Also dann?« herrschte der Herzog den Arzt an. Der Doktor Wendelin Breyer suchte sich mit etlichen flatternden Bewegungen aus dem Bereich Karl Alexanders zu bringen. »Eine Goutte militaire!« wimmerte er dann mit seiner angestrengten Stimme und meckerte ein wenig. »Eine ganz kleine, unbedeutende Goutte militaire.« Da der Herzog finster schwieg, fügte er eilig hinzu: »Euer Durchlaucht mögen sich ja keine Melancholie und schwarze Gedanken darüber machen. Solche Goutte militaire hat nichts gemein mit der bösen Lustseuche oder französischen Krankheit. Denn während letztgenannte Krankheit aus einem in der weiblichen Scheide präexistierenden Gift stammt, so der Teufel dort hineingebannt hat, ist Eurer Durchlaucht Indisposition nur als etwas Beiläufiges, gewissermaßen als ein leichter Schnupfen der Allerhöchsten Harnblase anzusprechen. Euer Durchlaucht werden mit Gottes Hilfe in etwa drei Monaten davon befreit sein. Ich erlaube mir noch submissest anzumerken, daß besagte kleine Indisposition bei allen großen Heerführern der Christenheit gang und gäbe ist. Nach den Chroniken haben auch die großen antikischen Generale Alexander und Julius Cäsar daran laboriert.«

Der Herzog winkte dem Arzt finster Entfernung, und der zog sich unter vielen weiten und entschuldigenden Bewegungen zurück.

Der Medikus fort, schnaubte Karl Alexander durch die Nase, hieb mit dem Marschallstab zornig eine kleine Porzellanfigur entzwei. In jüngeren Jahren hatte er zweimal diese schmutzige Krankheit gehabt, damals wußte er nicht, von wem. Diesmal wußte er es. Das Saumensch, das dreckige! So zier und lecker schaute sie von der Bühne her, so flink zappelten ihre Augen, so erfahren und angenehm züngelte sie, so appetitlich sah das ganze Frauenzimmer. Ein Wind, ein Hui, ein wohliges Parfüm. Und hatte den Dreck und Gift und Teufel im Leib. Metze, gottverfluchte! Aber er wird sie stäupen lassen, sie mit Ruten aus dem Land jagen.

Er begnügte sich dann, sie eine Fuhre Kot durch die Stadt fahren zu lassen, wie man es mit Weibspersonen hielt, die der Unzucht überführt waren. In grobem Kittel wurde die kleine, leicht fette, gelbe Napolitanerin durch die Straßen geführt, schwer schleppte sie an ihrer Fuhre Mist, ratlos und verhetzt schauten die lebendigen Augen, ein großer Zettel mit der Inschrift »Metze« hing ihr um den Hals. Die Bürger schnalzten bedauernd, das hätte man eher wissen sollen; der Most wäre, eh daß er sauer ward, einem gewiß sehr süffig eingegangen, da hätte man sich gern sein Schöpplein geholt. Die Frauen aber spien sie an und warfen sie mit Abfall. So wurde sie krank und ohne Geld aus der Stadt gejagt.

Es litten aber an der gleichen Krankheit wie der Herzog der General Remchingen und der Schwarzbraune.

Remchingen und Karl Alexander saßen zusammen und fluchten auf die Weiber. Mit grimmigen Späßen verfolgte der Herzog den Süß. Der hatte sie doch auch gehabt, als erster wahrscheinlich, und der war heil davongekommen. Weiß der Satan, durch was für schwarze, jüdische Kunst.

Aber semmelblond und in dicker Ratlosigkeit saß der Expeditionsrat Götz. Er war der einzige, der die Zusammenhänge überschaute. Er hatte die Krankheit überkommen von der Kellnerin im »Blauen Bock«. Er hatte sie an die Welsche weitervererbt, die er in großer Unschuld als seine liebe Herrin und Geliebte ästimierte. Bei anderer Lage der Dinge hätte er es für seine unbedingte Pflicht gehalten, alles gutzumachen, ja vielleicht sogar die Welsche zu ehelichen. So aber, wie man in der Hofgesellschaft respektvoll lächelnd von dem kleinen galanten Leiden des Herzogs flüsterte, wie er langsam begriff, wie er erkannte, daß er, der allerdemütigste und ehrerbietigste Untertan, seinem Souverän die lästige und schmutzige Affäre angehängt hatte, brach seine Welt zusammen. Daß er bei seiner Loyalität seinem Fürsten diesen schmutzigen Tort antun konnte, daß es möglich war, schuldlos in solche Schuld verstrickt zu werden, warf ihn um. Er beschloß zunächst, sich zu erschießen. Später indes sagte er sich, daß eigentlich die Napolitanerin an allem schuld sei; sie hatte ihn in diese üble Verstrickung mit seinem gottgewollten Herrn gebracht, und er sprach sich aller Schuld ledig, wälzte sie auf die Sängerin und sah mit grimmiger Befriedigung zu, wie sie ihre Fuhre Kot schleppte.

Nun liebte aber die Napolitanerin den unbehilflichen, semmelblonden Menschen wirklich. Sie verriet ihn nicht, trotzdem sie sich vielleicht dadurch hätte retten können. Während sie in Schimpf und großer Not durch die Straßen geführt wurde, dachte sie nur an ihn. Sie rührte die Lippen, das Volk glaubte, sie bete, aber sie sagte nur tonlos und ziemlich ohne Sinn jene Verse vor sich hin, die sie in der Komödie gesungen hatte: »Mein Herr! Mein Glück! Mein Himmel! Sieh mich im Elend hie! Laß mich nicht dem Mauren in Benamegi!« Alte Märchen spukten in ihr von dem Prinzen, der die Bettlerin zu seiner Prinzessin erhöht. Jetzt wird er, jetzt gleich hervortreten, und all dieses Gröbliche ist nur ein Alp und arger Traum. Erst als sie über die Grenze geschafft war, ohne daß er auch nur das leiseste Wort hatte hören lassen, brach sie zusammen.

Das Gerücht sickerte durch von der Erkrankung des Herzogs. In den Bibelkollegien flüsterte man, das sei die Strafe des Herrn, und man erinnerte an Nebukadnezar, der zu seinem bösen Ende Gras habe fressen müssen wie ein Ochs. Aber in der Hofgesellschaft errang diese kavaliersmäßige Erkrankung dem Herzog nur größeren Respekt. Der Tübinger Hofpoet überreichte ein Poem, in dem er sagte, daß man zuweilen die Siege im Reiche Amors mit kleinen Wunden bezahlen müsse, die aber nicht minder ehrenvoll seien als die des Schlachtfeldes. Amor schieße manchmal mit vergifteten Pfeilen. Und da er der Napolitanerin nicht vergessen hatte, daß sie damals in der Komödie seine Alexandriner nicht hatte sprechen wollen, versäumte er nicht, sie mit allerlei Geziefer und Gewürm zu vergleichen und anzudeuten, er sei sich von einer solchen welschen Verächterin der deutschen Musen von jeher alles erwartend gewesen. Zum Schluß rief er aus, wer den Türken und Franzen überwand, werde auch diese kleine Molestierung überwinden und Schwabens Alexander bald wieder Schwabens Paris sein.

Die Herzogin sah in der Erkrankung ihres Gatten Wink und Fügung. Noch immer stand an ihrem Wege der junge Lord Suffolk, mit seinem roten, primitiven, unbegrenzt verliebten Gesicht. Er hatte sich an seinem Hof und in seiner Herrschaft durch sein Fernbleiben unmöglich gemacht, er verehrte sie hartnäckig, stumm und verzweifelt, es war nur mehr eine Frage von Tagen, wann er ein Ende machen würde. Daß jetzt ihr Gatte nicht zu ihr kommen konnte, war dies nicht ein Wink? Und sie erbarmte sich des armen, treuen, zähen Menschen, lächelnd und amüsiert.

Aber der junge Engländer war offenbar ein Pechvogel und zu jedem Unstern vorbestimmt. Karl Alexander neigte gemeinhin durchaus nicht zur Eifersucht, er kam gar nicht auf den Gedanken, daß man ihn, ihn! hintergehen könnte. Aber sei es, daß er durch seine Erkrankung mißtrauisch geworden war, sei es, daß andere ihn aufgehetzt hatten, er drang unversehens in die Gemächer der Herzogin ein; gerade noch, daß der junge Lord, schlecht bekleidet und unwürdig, sich retten konnte. Der Herzog machte einen Höllenspektakel, zerschlug Spiegel und Parfüms, zerschliß mit seinem Degen kostbare Wäsche, nannte Marie Auguste mit pöbelhaften Namen, ja er schlug sie in das ziervolle, kleine, eidechsenhafte Gesicht, das von der Farbe alten, edlen Marmors war. Die Herzogin erzählte weinend und empört Magdalen Sibyllen davon, sie beteuerte theatralisch ihre Unschuld, aber bald stahl sich in ihre Empörung ein kleines, amüsiertes Lächeln, sie machte spitzbübisch die lärmende Aufregung des Herzogs nach, divertierte sich an den merkwürdigen und gröblichen Schimpfworten, suchte sie ins Französische und ins Italienische zu übersetzen. Zuletzt meinte sie lächelnd, es sei seltsam; wenn etwa Riolles oder Remchingen zu ihr kämen, sie sei gewiß, die würden auch das vierundzwanzigstemal nicht erwischt werden; aber der arme, tapsige Junge natürlich gleich das erstemal, kaum zu Ende und nicht recht wissend, wie er es anstellen sollte.

Da es sich nicht schickte, daß der Souverän sich mit dem Lord schlage, sollte für alle Fälle, ob der Engländer nun schuldig oder nicht, Remchingen sich mit ihm duellieren. Remchingen brummelte vor sich hin, eigentlich habe er ja auch allen Grund dazu. Indes zeigte er, als es ernster wurde, keine sonderliche Eile. Schließlich reiste der Engländer ab, durchaus nicht heimlich, sondern umständlich und gemächlich, aber zweifelnd an Gott, sein simples, klares Weltbild in Scherben, zerfallen mit sich und den Menschen. Der kurze Genuß hatte ihn tief verstört, er konnte sich an nichts mehr recht erinnern, das einzige, was in seinem Gedächtnis haftete, war ein etwas beschädigter Strumpfgürtel der Herzogin, um den es sich eigentlich nicht gelohnt hätte, Leben, Ruf, Stellung in der Heimat zu gefährden.

Karl Alexander hatte eine Menge Indizien, aber keinen unbedingt handgreiflichen Beweis für die Untreue Marie Augustens. Unter sonstigen Umständen hätte er sich wohl bald beruhigt;

jetzt machte ihn der Mißmut über seine Behinderung durch die Krankheit zänkisch und verbissen. Marie Auguste, der ständigen Beargwöhnung und Aufsicht bald überdrüssig, spielte zunächst die Genoveva, trumpfte aber bald groß auf, setzte den Grobheiten des Gatten eine bissige, aufreizende Ruhe und Ironie entgegen, drohte schließlich, sie werde zu ihrem Vater zurückkehren. Worauf Karl Alexander roh erwiderte, an diesem Tage werde er alle Glocken läuten lassen, Böller schießen und jedem Untertan Wein und Braten spendieren.

Dem alten, feinen Fürsten Thurn und Taxis kam das Zerwürfnis höchst ungelegen. Schön, seine Tochter hatte sich ein weniges mit einem englischen Herrn amüsiert. Warum soll man sich nicht mit einem Engländer amüsieren? Sie machen schlecht Konversation und sind hölzern von Figur, aber sie haben vor den Welschen Unverbrauchtheit, Gesundheit und vor allem Diskretion voraus. Wäre er eine Frau, er würde sich auch einen Engländer aussuchen. Darum braucht man doch keinen solchen Lärm zu machen und soviel Spanponaden. Aber freilich, sein Herr Schwiegersohn, Liebden, war ein Feldherr und als solcher gewöhnt, mit viel Geräusch aufzutreten. Auch verlangte man von einem Strategen Siege, aber keine Kinderstube. Seufzend schrieb er das seinem Freund, dem Fürstbischof von Würzburg, mit der Bitte, den kindischen Handel möglichst rasch einzurenken.

Dem klugen, schlauen, dicken Herrn kam diese Aufforderung sehr gelegen. Er hatte den Stettenfelser Handel nicht vergessen, die Niederlage der Kirche kratzte ihn sehr, er hielt den Grafen Fugger an seinem Hofe, er wartete nur auf einen Anlaß, sich unauffällig nach Stuttgart zu begeben und die Gewinnung des Landes für Rom persönlich auf glatteren, rascheren Weg zu bringen. So ließ sich die Eminenz nicht lange bitten, sondern hielt sehr bald mit den Geheimräten Fichtel und Raab in zahlreichen, stattlichen Kutschen behaglichen, fröhlichen und komfortablen Einzug in Stuttgart.

Fragte mit kleinem Schmunzeln den Herzog nach seinem Leiden, hörte mit Pläsier, daß es so gut wie geheilt sei, riet freundschaftlich, sich immerhin vorläufig noch mehr an den Kaffeetrank seines Rates Fichtel als an den Tokaier zu halten. Tätschelte onkelhaft die kleine, weiße, fleischige Hand der puppig schmollenden Herzogin. Hatte die Gatten bald so weit, daß sie sich ehrlich darauf freuten, bis sie nach völliger

Wiederherstellung des Herzogs dem Land und sich und der Kirche einen Erben schenken könnten.

Der Fürstbischof drängte darauf, daß man ihm den famosen Geheimen Finanzienrat und Hausjuden etwas aus der Nähe besehen lasse. Karl Alexander tat das nicht gern. Er fürchtete sehr, man möchte ihm seinen unentbehrlichen Juden fortlocken. Aber er konnte schließlich dem Freunde den harmlosen Wunsch nicht auf die Dauer weigern. Süß erschien vor dem Fürstbischof, mit der geübten, grenzenlos demütigen Ergebung küßte er ihm den Ring, breitete geschickte Komplimente vor das große Weltorakel, den heimlichen Kaiser, Herz und Lenker aller Politik. Aber die Würzburger Eminenz war nicht so leicht zu fangen. Die beiden Füchse berochen sich anerkennend, und keiner traute dem andern. Glatt, harmlos, fröhlich, unverfänglich plauderte der schlaue, feiste Mann mit dem schlauen, schlanken, und keiner kam dem andern näher.

In unermüdlicher Arbeit förderten der Fürstbischof und seine beiden Räte ihre Projekte. Unablässig hetzten sie an dem Herzog, an Remchingen. Offene und heimliche Konferenzen mit Weißensee, mit den verschiedenen Ordensgeistlichen, die gegen die Verfassung, im geheimen angeknirscht, in Weil der Stadt, überall im Herzogtum sich eingenistet hatten. Als der Fürstbischof das Herzogtum vergnügt verließ, hatte er Stettenfels reichlich wettgemacht, für seine Pläne Großes erreicht, zu Größerem den Grund gelegt. Die Schloßkapelle in Ludwigsburg wurde jetzt für den katholischen Gottesdienst eingerichtet, die katholische Hofgeistlichkeit umfassend organisiert, Ordensleute offiziell ins Land gerufen. Katholische Feldgeistliche lasen öffentlich Messe, nahmen Kindstaufen vor. Es war ferner ein katholisches Militärreglement bis ins kleinste Detail ausgearbeitet, vorbereitet war eine außerordentlich feine und knifflige juristische Interpretation der Religionsreversalien, die die parlamentarischen Freiheiten illusorisch machte. Vorbereitet war endlich die förmliche Gleichstellung der katholischen Religion mit der lutherischen. Solches Simultaneum hatte vor dreißig Jahren in der Kurpfalz zur Unterdrückung des Protestantismus geführt.

In geläufigem, elegantem Latein berichtete der Geheimrat Fichtel froh und fromm an Remchingens Bruder, Kämmerer am päpstlichen Hof zu Rom, was alles durch die Stuttgarter Visite des Fürstbischofs erreicht worden. Er kam dann auf den Anlaß der Reise zu sprechen, die Erkrankung des Herzogs, und schloß:

»So siehst Du, hochzuverehrender Herr und Bruder, daß sich die göttliche Vorsehung oft seltsamer Mittel bedient, um die alleinseligmachende Kirche zu fördern und den rechten Glauben zu verbreiten.«

Den Süß nagte und zwickte es. Das Verfahren seiner Nobilitierung gestaltete sich umständlicher und langwieriger, als er erwartet hatte. Der Kaiser war den Wiener Oppenheimers sehr große Beträge schuldig. Immanuel Oppenheimer drängte, der Kaiser konnte nicht zahlen. Kein Wunder, daß die Wiener Kanzlei Ausflüchte machte, ehe sie einen Oppenheimer baronisierte. Zudem hetzte der Agent des württembergischen Parlaments. Madame de Castro blieb kühl, und Süß konnte die kluge, rechnerische Frau nicht dazu bringen, sich zu resolvieren.

Auch die Projekte des Würzburger Bischofs verdarben dem Süß die Laune. Er hatte sehr wohl gemerkt, daß es ihm nicht gelungen war, das Vertrauen der Eminenz zu gewinnen, und daß man ihn in dem gewaltigen Plan, der recht eigentlich als Eckpfeiler der schwäbischen Politik des nächsten Jahrzehnts gedacht war, nicht drinhaben wollte. Wohl ließ man ihn den einen oder andern Entwurf sehen, es fanden auch Zusammenkünfte bei ihm statt. Aber Remchingen lachte seine, des Süß, Vorschläge grob aus, und es lag zutage, daß die katholischen Herren sich des Weißensee als ersten Vertrauensmannes zu bedienen gedachten. Süß fühlte sich auch auf diesem Gebiete nicht so sachkundig und sattelfest wie sonst. Er mengte sich nicht gern in Ekklesiastika, die Fragen, die man so wichtig agierte, kamen ihm läppisch und erwachsener Männer unwürdig vor. Sein klarer, sachlicher Sinn erkannte scharf, daß dahinter höchst reale Dinge lagen, Beseitigung der Verfassung und des Parlaments, Militärautokratie des Herzogs; er verstand es nicht, warum man auch unter eingeweihten Politikern peinlich darauf hielt, sich auf so weitschweifige, skurrile und umwegige Andeutungen zu beschränken. Seine Mittel und Wege waren viel geradliniger, rascher und unmittelbarer, er konnte sich in die sehr weichen, langsamen, einschläfernden Methoden der Jesuiten nicht einfinden. Er sah staunend, daß die Herren auch im engsten Kreise es peinlich vermieden, die Dinge beim Namen zu nennen, daß sie, und wenn sie nur zu zweien waren, sanft und fromm alle möglichen demütigen und moralischen Umschreibungen anwandten, und wenn er oder Remchingen scharf und sachlich einem

Ding sein rechtes Wort gaben, milde und mißbilligende Blicke in die Runde schickten.

So fühlte sich also der Jude leicht angezweifelt und brauchte Bestätigungen.

Er erreichte es bei Karl Alexander, daß der ihn beauftragte, ein besonders kostbares Geschenk Magdalen Sibyllen in seinem Namen persönlich zu überbringen. Er ließ sich den Tag vorher bei der Demoiselle melden, er erschien in großem Aufzug, mit Pagen und Läufern und Gepräng. Magdalen Sibylle hätte den Herzog beleidigt, wenn sie den auf solche Art Angekündigten brüskierte. Sie empfing ihn.

Magdalen Sibylle wohnte jetzt in einem Schlößchen vor der Stadt. Goldene Amoretten ließen Bänder von den Decken flattern, auf den kostbaren Gobelins ritten vornehme Jagdgesellschaften, glänzende Spiegel dehnten die prunkvollen Gemächer, die erfüllt waren von allem Zierat einer großen Dame. Zwei Kutschen, ein Schlitten, Portechaisen, Reitpferde warteten. Im Vorsaal spreizte sich, mit wertvollen Steinen übersät, aus Gold und Silber ein Pfau, Symbol des Reichtums. Überflüssige Dienerschaft gähnte vornehm und müßig auf den Korridoren. Karl Alexander hatte eine offene Hand für seine Herzdame; auch der König von Polen konnte seine Mätresse nicht besser in Prunk und Schimmer setzen.

Magdalen Sibylle hielt sich inmitten dieser Pracht mit gefrorener Ruhe. Sie fuhr aus, sie empfing Gäste, sie lachte und machte Konversation, alles maskenhaft starr. Der Glanz hing und stand leblos um sie herum; das Schlößchen war wie das Gehäuse einer pomphaft aufgebahrten Toten.

Mit starrer Höflichkeit empfing sie den Süß. Mächtiges, violettbraunes Kleid aus Brokat, lange, streng anliegende Ärmel, kleiner Ausschnitt. Die bräunlichen Wangen, die blauen Augen zu artiger Gemessenheit gezwungen wie etwa vor dem Baden-Durlachischen Geschäftsträger, mit dessen Hof man gespannt war, die schwarzen Haare unter der Perücke zeremoniös versteckt. Süß suchte ihrer Kälte zunächst durch ausschweifende, muntere Liebenswürdigkeit und hemmungslose Galanterie beizukommen. Sie hatte nur verächtlich knappe Antworten, war aus ihrer gepanzerten Frostigkeit nicht herauszulocken. Da versuchte er es anders, reizte sie zum Angriff, dankte ihr überschwenglich, daß sie sich resolviert habe, ihn zu empfangen. Sie erwiderte, sie habe es auf Ordre Seiner Durchlaucht getan.

Schwieg ein kleines, konnte sich nicht enthalten, hinzufügen, nachdem sie so vieles hingenommen, könne sie auch das noch über sich ergehen lassen.

Jetzt war Süß in seiner Strömung. Hinnehmen! Über sich ergehen lassen! Des Herzogs von Württemberg Herzdame zu sein, welch Unglück! Die Töchter des ganzen schwäbischen Adels sehnten sich danach. Ein Prunkschloß, hundert Lakaien, Jagden, Assembleen befehlen können nach Belieben, arme Demoiselle, ach, wie schlecht es ihr erging!

Magdalen Sibylle nahm die Maske ab. Er wollte also den Kampf, er glaubte offenbar, sie habe schon vergessen, sich eingelebt, er könne da wieder ansetzen, wo er einhielt, bevor er sie, der schachernde, teuflische Jude, dem Herzog verkauft. Sie stand brüsk auf, ließ das kleine modische, asiatische Hündchen, ein Geschenk Karl Alexanders, unsanft, daß es bläffte, zur Erde gleiten, funkelte ihn an: Er solle nicht simulieren. Er wisse sehr genau, worum es gehe, was er ihr getan habe. »Sie sind ja schuld an allem!« rief sie, und in ihre bräunlichen, männlich kühnen Wangen stieg Blut, und der feine Flaum darauf belebte sich.

Süß sah den festen, glatten Hals, die Kehle sich heben, sich senken. Er hatte sie, wo er sie wollte. Sie solle sich nicht unterschätzen, meinte er mit seiner geschmeidigen, streichelnden, aufreizenden Stimme. Sie sei Seiner Durchlaucht schon von selbst ins Blut gegangen, da habe es seiner Nachhilfe nicht bedurft. Aber gesetzt den Fall, er sei wirklich die Ursache, und er schaute sie dreist lächelnd, einverständnisvoll auf und ab, was er ihr dann Böses getan habe. Sie wollten doch hier nicht nach dem Diktionär der Bürgermoral reden, sondern sachlich, als Leute von Welt. Ernstlich also, was er ihr Leides getan habe?

Sie atmete stark, machte raschere Bewegungen, als das feierlich stolze Kleid eigentlich erlaubte, ihre eingeborene Heftigkeit brach durch. Was er ihr getan habe? Versteller er und arger Jud! Gewandelt in Falschheit und Schminke alles, was sie redet, was sie tut! Erstickt den lebendigen Odem Gottes in ihr! »Wenn die Worte der Schrift«, rief sie, »wenn die heiligen Worte keine Farbe haben und keinen Sinn mehr: Sie sind schuld daran, Sie haben sie tot und fahl gemacht! Sie!«

Aber das war es doch nicht, was sie sagen wollte. Warum log sie denn und warf ihm nicht nackt und wahr seinen Gefühlsschacher und seine ganze klägliche Niedrigkeit ins Gesicht? Warum, um Gottes willen, log sie denn?

Und da hatte er auch schon das Unredliche ihrer Worte erkannt. Sie solle so nicht reden, sagte er, zu ihm solle sie so nicht reden. Das seien doch nur Ausflüchte, Selbstbetrug. Das Bibelkollegium von Hirsau und der Odem Gottes und Gesichte und Träume, das sei doch alles Schminke und Mummenschanz, gut für Schwächliche und Männer ohne Atem und ohne Schenkel und Bresthafte und häßliche Jungfern. Er sah sie auf und ab mit seinen frechen, dringlichen, abschätzigen Augen. »Wer gewachsen ist wie Sie«, rief er, »wer Ihre Augen hat, Demoiselle, und, wenn Sie es auch verstecken, Ihr Haar, der hat Gott nicht nötig. Seien Sie doch ehrlich! Belügen Sie sich nicht selber! Die Heiligkeit war ein Vorwand, solange Sie warteten.«

Sie wehrte sich, sie schlug zurück. »Sie haben mir stehlen können, was ich hatte«, sagte sie. »Aber es wird Ihrer teuflischen Kunst nicht glücken, es hinterher zu besudeln. Reden Sie! Reden Sie alle Ihre armen Ruchlosigkeiten und Frivolitäten. Sie werden mir meinen Gott doch nicht zum Traum einer mannstollen Närrin hinunterschwatzen.« Sie rief sich die erfüllten Stunden über dem Swedenborg zurück, das einfältig fromme Licht der Brüdergemeinde, die Gesichte von einst bekamen wieder Farbe, sie zwang sich zurück in den gläubigen Dunst der blinden Heiligen, sie zwang das Vergangene, wieder da zu sein, auf eine Minute war sie wie früher schlicht und ohne Zweifel, war ihr Gott lebendig. »Wenn er mich auch verschmäht«, rief sie, und der andere war erstaunt über das fromme Blühen in ihrer Stimme, »Gott lebt!« Und noch einmal: »Gott lebt!« rief sie, und er war ihr in Wahrheit auferstanden.

Doch ach! auf eine Minute nur. Der Jude schwieg, genoß ihr Eifern und ihr Glühen. Dann mit glatter Hand wischte er es weg. »Wenn das so ist«, sagte er leichthin, »warum flohen Sie dann vor mir, damals, im Wald von Hirsau? Warum dann half Ihnen Ihr Gott nicht gegen den Herzog? Ich glaube nicht viel; aber das glaube ich, daß man nicht Macht haben kann über eine Frau, die des Gottes voll ist. Wenn die Beata Sturmin schön wäre, niemand würde sich an sie heranwagen, kein General nicht und kein Herzog nicht. Aber wenn sie schön wäre«, lächelte er, »dann hätte sie eben nicht Gott.« Und während ihr Gesicht erlosch und während sie ihrem entflatternden Gott nachstarrte, trat er näher an sie, und jetzt sagte er ihr, was sie gefürchtet hatte, aber er sprach es nicht triumphierend, er sprach es gutmütig, mit seiner streichelndsten Stimme: »Ich will Ihnen etwas sagen, Magdalen Sibylle. Ich will Ihnen sagen, warum Sie damals im Wald vor mir geflohen sind. Weil Sie mich liebten. Und alles, was Sie seither getan und gefühlt haben, Haß und Verzweiflung und Gegenschlag und Starrheit und Klage, das alles haben Sie nur deshalb getan und gespürt. Und ich will Ihnen weiter sagen: auch ich habe seither keinen Tag gehabt, an dem ich Ihr Gesicht nicht sah und spürte.«

Magdalen Sibylle hatte geglaubt, sie werde vergehen, sowie er das Wort sprechen wird. Nun zog er sie nackt aus, nun nannte er alle ihre erhabenen Gefühle, ihren heiligen Eifer, den Satan zu Gott hinüberzuziehen, alles nannte er bei seinem rechten, kleinen und lächerlichen Namen. Es war ja alles auch so einfach auf seine simple und alberne Formel zu bringen: sie war eben ein kleines, dummes, schwäbisches Landmädel, das sich in den erstbesten Kavalier vergaffte, der ihr unvermutet über den Weg lief, und ihre Erweckung und Gottesminne war nichts als ganz ordinäre, armselige Geilheit. Aber merkwürdigerweise verging sie durchaus nicht, als er ihr das auf den Kopf zusagte. Sie bäumte vielmehr hoch, sie stand auf wider ihn, und auf einmal konnte sie reden, und in geraden, unverkünstelten, zornigen Worten schalt sie ihn: Ja, sie habe vielleicht ihr Gefühl verkleidet und maskiert, aber er habe das Niedrigste, Schäbigste, Jüdisch-Ekelste getan, was ein Mensch tun könne, habe sein Gefühl verschachert.

Er leckte aus ihren Worten nur den Honig, nach dem seine Eitelkeit gelüstig war, sah nur mit gesättigtem Stolz, wie ganz er sie erfüllte. Und er wollte sie wieder gläubig haben, um noch glänzender vor ihr zu paradieren. Mit geübter Sophistik, er war ja längst vorbereitet, entfaltete er denn auch sogleich das Argument, das sie schlagen, das sie ihm fangen mußte. Schmeichlerisch und gewandt breitete er es vor sie hin: Wie sie ihm unrecht tue! Ja, er wisse, er hätte damals leicht ihr Gefühl in seine Hand bekommen können, so daß sie sich ihm willig gegeben hätte. Doch er sei kein Freund der billigen Mittel. Mit seiner Macht und seinem Glanz auf das schwäbische Landmädel Eindruck zu machen, das sei ihm zu wohlfeil vorgekommen. So sei es ihm wie ein Wink gewesen, wie der Herzog nach ihr verlangt habe. Jetzt habe sie die Macht gekostet, jetzt stünden sie gleich zu gleich, und er kämpfe mit ehrlicher Waffe. Und er freute sich, wie fein und glänzend er den Handel zu seinem Vorteil gedreht hatte.

Im tiefsten wußte Magdalen Sibylle, daß es Phrasen waren, galante Ausreden. Aber seine Worte gingen ihr lieblich ein, sie hatte so lange gekämpft, sie ließ sich gerne so wohlig belügen. Er indes berauschte sich an seiner Rede, steigerte sich weiter. Er sah nicht oder befahl sich nicht zu sehen den Zwiespalt zwischen dem geraden, natürlich gewachsenen, durch seine Schlichtheit schönen Landmädchen und dem höfisch zeremoniösen, überfeinen Prunk an ihr. Nicht mehr sah er, daß mit dem unter der Perücke versteckten dunklen Haar ihr ein Wesentliches genommen war, daß der braunviolette Brokat das lebendige, atmende Mädchen zu einer Puppe weitete und schnürte, daß der schlanke Lauf ihrer Glieder, das unschuldige, unbeherrschte Feuer ihrer Augen, jetzt, artig gezügelt und eingeteilt, sie als gleiche unter die anderen herunterzog. Er wollte sie sehen, wie er sie brauchte, sich vor ihr zu spreizen, sein eigenes Denkmal auf ihrem Sockel zu postieren. Er sprach: »Wer gewachsen ist wie Sie, wer den Kopf wirft wie Sie, der ist nicht geboren, um Gott im Bibelkollegium von Hirsau fromme Lieder zu singen.« Er stand hinter seinem Stuhl, die Ellbogen auf der Lehne, beugte er sich vor zu ihr, sprach zu ihr, nicht laut, mit seiner dringlichen, eingängigen Stimme, die gewölbten Augen heiß auf ihr: »Haben Sie es nicht gespürt jetzt, was es heißt, Macht haben? Versuchen Sie es doch, kehren Sie doch zurück in Ihr Bibelkollegium! Trocknen Sie Birnen in Ihrer Freizeit, stricken Sie Strümpfe! Versuchen Sie es doch! Sie können es nicht mehr!« schloß er triumphierend. »Sie haben geschmeckt jetzt, was Ihre Bestimmung ist.«

Sie war aufgestanden, atmend, in halber Abwehr die Hand gehoben. Das Hündchen hatte sich ängstlich in einen Winkel verkrochen. Sich sträubend, ungläubig, doch, nun er schwieg, gierig nach mehr, erregt stand sie ihm gegenüber in der anderen Ecke des kleinen mit Zierat überfüllten Gemachs, von dem sie in dem mächtigen Prunkgewand einen großen Teil einnahm. Schlank, geschmeidig, unhörbar auf dem weichen Teppich kam er ihr nach und nahe.

»Lassen Sie doch Ihre naiven Träume hinter sich, Magdalen Sibylle! Die waren gut für den Wald von Hirsau. Jetzt ist das Schloß von Ludwigsburg Ihre Wirklichkeit. Schauen Sie sie an! Packen Sie sie fest! Es ist eine gute, schöne Wirklichkeit. Ich bin stolz, daß ich sie Ihnen wies.«

Er war jetzt ganz nahe an ihr, daß sie sich wie flüchtend in die

Ecke drücken mußte. »Magdalen Sibylle!« beteuerte er, und er glaubte es beinahe selbst, während er sprach; sie jedenfalls, das sah er, von Anfang an geneigt, sich überzeugen zu lassen, war bracher Acker für solche Saat. »Magdalen Sibylle! Ich habe Sie, weiß Gott, nicht darum dem Herzog überlassen, einen Stein mehr im Brett zu haben. Ihretwillen hab ich es getan. Sie auf den Weg zu bringen. Wir haben nämlich *einen* Weg, Magdalen Sibylle, Sie und ich: er heißt Macht.«

Und während sie ihm, das letzte Mißtrauen in die fernsten Winkel gescheucht, zuschaute, ängstlich und bewundernd wie einem Seiltänzer, spielte er sich ihr vor. Seiner Mutter zu imponieren, die von Anfang an ihn glaubte, ah, das war leicht, das war keine Aufgabe. Aber diese hier, die Mißtrauische, sich Sträubende, zu sich herüberzuziehen, das lockte, das war, geglückt, Triumph, die ersehnte notwendige Bestätigung. Wie wohl auf erleuchteter Bühne ein großer Komödiant, gereizt durch ein kaltes, ungestimmtes Publikum, immer mehr von sich hergibt, gerade diese Widerspenstigen hinzureißen, so steigerte er sich immer höher, schwelgend an seinem eigenen Wesen, unvorsichtig geheime Wünsche preisgebend und Erkenntnisse und Urteile, die besser verschlossen geblieben wären. Auf und nieder ging er, sich berauschend an der eigenen Rede, immer glänzender den Spiegel reibend, in dem er sein Bild sah, ein eitler Schauspieler seiner selbst.

Stumm, aufgewühlt, hörte sie, wie er sprach: »So, endlich, stehen wir gleich zu gleich, Magdalen Sibylle. Sie und ich, jeder die Hand am Hebel der Macht. Nicht dieser Herzog hat ein Recht auf Sie. Wer ist er denn, dieser Herzog?«

Der erhitzte Mann redete sich in eine Geringschätzung hinein, die er sich selber sonst nie eingestand und vor deren Enthüllung später dem Ernüchterten bangte.

»Dieser Herzog! Glaubt, ein Land mit dem Exerzierreglement regieren zu können. Hat keine Ahnung von den Zusammenhängen. Kein eigenes Aug, kein eigenes Gehirn, kaum ein eigenes Herz. Mißt den Genuß nach der Zahl der Weiber, nach der Zahl der Bouteillen. Hält das wüste Gegröl seines Remchingen für dionysische Lust. Es ist ein Zufall, es ist gutes Glück, daß er auf Sie gefallen ist. Er sieht ja nichts, er begreift ja nichts von Ihrem Reiz. Ich hab den Anspruch, ich! Ich hab Sie hingebracht, wo Sie jetzt stehen, ich hab Sie gesehen vom ersten Tag an, ich weiß um Sie. Ich bin hinaufgeklettert, selber, Jud und verachtet und gering, Griff um Griff, Schritt vor Schritt, daß ich jetzt vor diesen schwäbischen Tölpeln stehe wie meine Stute Assjadah vor ihren dicken Ackergäulen. Und so hab ich Sie höhergestellt als die anderen braven, wackeren, hausbackenen schwäbischen Fräuleins. So steh ich vor Ihnen, der Gleiche vor der Gleichen. So sag ich Ihnen meinen Anspruch und verlange Sie. Wären Sie unbewußt und dumpf in mein Bett geglitten, wie Sie aus dem Wald von Hirsau kamen, solcher Sieg wäre mir zu leicht gewesen und wie Betrug. Jetzt, erfahren, wissend, wer ich bin, wer Sie sind, sollen Sie sich entscheiden. Jetzt sollen Sie mir sagen: ich gehöre zu dir, ich komme.«

In tiefer Verwirrung stand sie, schwieg sie. Doch er, klug seinen Eindruck nicht scheuchend, kehrte plötzlich aus seiner Erhitzung in kalten Konversationston zurück. Und eh daß sie wieder recht zu sich selbst kam, hatte er schon, sich neigend, ihr zeremoniös die Hand küssend, die Zerrissene, Verwirrte, allein gelassen.

Leicht, heiter kehrte er mit seinem Gefolge in die Stadt zurück. Er hatte die Bestätigung, die er brauchte. Fühlte sich hoch und sicher über denen, die ihn gefährdeten. Ho! Soll es ihm doch einer nachtun, der plumpe Remchingen, der dicke Fürstbischof. Die anderen hatten die Geburt, er hatte die Frau vor ihnen voraus. Das andere war müheloser einzuholen. Er war der Stärkere.

Und die Stute Assjadah fühlte ihn auf ihrem Rücken leichter, beschwingter jetzt, da er zurückritt, als da er kam. Es war eine Lust, ihn zu tragen, und sie wieherte hell seinen Ruhm in die Stadt.

Der Eßlinger Kindermord erregte weithin im Reich das größte Aufsehen und Geschrei. Immer schauerlichere Einzelheiten wurden erzählt, wie der Jude dem Mädchen martervoll das Blut abgezapft und in seine Osterkuchen gebacken, um so Macht zu erringen über alle Christen, mit denen er zu tun habe. Alle die alten Historien wurden wieder lebendig, die Legende von dem heiligen Simon Martyr von Trier, dem Kind, so die Juden auf die gleiche Weise abgeschlachtet, und von dem Knaben Ludwig Etterlein in Ravensburg. Immer strahlender hob sich das Bild des toten Mädchens, was für eine süße, englische, kleine Jungfer sie gewesen. In den Schenken sangen die vagierenden Musikanten die Moritat, Zeitungen und fliegende Blätter erzählten sie in wilden Versen und blutrünstigen Holzschnitten.

Schon regte es sich im Volk, sich tätlich an den Juden zu rächen. Rottete sich zusammen an den Toren des Ghettos, wer sich zu zeigen wagte, wurde mit Steinwurf, Kot und unflätigem Schimpfwort empfangen. Der Handel stockte, der christliche Schuldner trat mit Hohn vor den jüdischen Gläubiger, raufte ihm den Bart, bespie ihn. Die Gerichte zogen die Prozesse in die Länge, versagten. Im Bayrischen, in der Gegend von Rosenheim, an der großen Handelsstraße von Wien nach dem Westen, hatte ein Getreidewucherer, dem Juden das Geschäft gehindert, zusammen mit einem entlaufenen Schreiber eine Bande organisiert, den jüdischen Handelsleuten aufzulauern und ihre Transporte zu plündern. Die kurfürstliche Regierung schaute untätig und wohlgefällig zu. Erst scharfe schwäbische Reklamationen und energische Vorstellungen der Wiener Kanzlei machten dem Unfug ein Ende.

Auch an den Höfen und in den Kabinetten verfolgte man den Eßlinger Handel mit größtem Interesse. Man sah, wie schwach und lückenhaft der Indizienbeweis aufgebaut war, man schmunzelte, auf welch primitive Manier die Reichsstadt dem württembergischen Herzog und seinem Finanzdirektor mit dem toten Kind zu Leibe wollte. Fand aber schadenfroh gerade diese Naivität sehr geschickt. Das Hauptstück des Beweises blieb die glückliche Spekulation auf den Volksglauben, daß in der Christnacht Geborene von den Juden besonders gefährdet seien und daß eben das ermordete Kind in der Heiligen Nacht geboren war.

Doch gegen die Juden zog es herauf, schwere, atemschnürende, lehmfarbene Wolken. Geduckt in ihre Winkel krochen die Verängsteten, stierten auf das gestaltlos Nahende. Ai! Ai! Immer wenn einer von ihnen gepackt wurde um so tückisch dumme Beschuldigung, wurden gemetzelt Tausende, verbrannt, gehängt Tausende, hin und her gehetzt über die Erde Zehntausende. Vergraust hockten sie in ihren Winkeln, es legte sich um sie eine Stille, entsetzlich, mordschwanger, unausweichlich, mit keinem Namen zu nennen, nicht zu tasten, als wiche die Luft aus ihren Straßen, daß sie vergebens um Atem japsten. Das Furchtbarste war die erste Woche. Dies Warten, dies schreckhafte, gelähmte Hocken und Nichtwissen: wer, wo, wie. Die Angesehensten liefen zu den Behörden. Sonst, wenn man sie brauchte, wurden sie umschmeichelt; jetzt wurden sie nicht vorgelassen. Dies Achselzucken in den Vorzimmern, diese Augen- und Herzensweide an ihrer Angst, dieser lauersame Hohn, dies Preisgeben, dieses Handzurückziehen von den Schutzlosen. Ai! diese Behörden, die sich das teure Geld zahlen lassen für ihre Schutzbriefe und keine Zeit haben für die Fährnis und hohe Not ihrer Juden. Ai! diese zwei kahlen und lässigen Stadtsoldaten am Tor des Ghettos, wie sollen die schützen vor einer Horde von tausend Räubern und Mördern! Ai! man sieht deutlich, wie die Ämter und Ratsherren die Augen und die Ohren zumachen und die Hände auf den Rücken legen, daß das Gesindel ungehindert kann herfallen über die Wehrlosen! Ai die grausige Not! Soll helfen der allgewaltige Gott, gelobt sein Name! Ai du armes Israel! Ai die schutzlosen, zerrissenen Zelte Jaakobs!

Schwarzgeflügelt, geierschnäbelig, herzlähmend flog die Nachricht durch alle jüdischen Gemeinden, von Polen bis ins Elsaß, von Mantua bis Amsterdam. Sitzt einer gefangen im Schwäbischen, in Eßlingen, der bösen Stadt, Brutstätte der Bosheit und Niedertracht. Sagen die Gojim, er habe geschlachtet eines von ihren Kindern. Rüstet sich Edom, will herfallen über uns, heute, morgen, wer weiß. Höre Israel!

Fahl und grau wurden die Männer da und vergaßen ihre Geschäfte, verschreckt, mit ratlosen, törichten Augen flatterten in die Winkel ihre schönen, geschmückten Frauen und sahen gläubig auf die Männer, bereit, blind zu befolgen, was sie rieten. Den Atem an hielt die ganze Judenheit des Römischen Reichs und weit hinaus über die Grenzen. In ihren Betsälen sammelten sie sich, schlugen die Brüste sich, bekannten ihre Sünden, fasteten den Montag, den Donnerstag und wieder den Montag vom Abend zum Abend. Aßen nicht, tranken nicht, rührten keine Frau an. Standen eng gepreßt in ihren übelgelüfteten Betsälen, eingehüllt in ihre Gebetmäntel und in ihre Totengewänder, den Leib fanatisch schaukelnd und werfend. Schrien zu Gott, schrien zu Adonai Elohim, schrien mit gellen, verzweifelten Stimmen, die an die gellen, mißtönigen Widderhörner erinnerten, die sie am Neujahrsfest bliesen. Sie zählten auf ihre Sünden, sie schrien: »Nicht unsertwillen, o Herr, begnade uns, nicht unsertwillen! Sondern um der Verdienste der Erzväter willen.« Sie zählten auf die endlosen Namenslisten der Vorfahren, getötet für die Heiligung des göttlichen Namens, die Gemarterten von den Syrern, die Gefolterten von den Römern, die Geschlachteten, Gewürgten, Verbannten von den Christen, die Märtyrer von den polnischen Gemeinden bis zu den Gemeinden von Trier, Speyer, Worms. Sie standen weiß eingehüllt in ihre Leichenlaken, den Kopf bestreut mit Asche, sie standen den ganzen Tag, alle Glieder ekstatisch geschüttelt bis zur Erschöpfung, sie schacherten und zeterten mit Gott, wenn der Tag graute, und wenn der Tag trüb wurde und sich neigte, standen sie noch und schrien mit ihren häßlichen, ausgeschrienen Stimmen: »Gedenke des Bundes mit Abraham und der Opferung Isaaks!« Aber auf hundert Umwegen mündeten alle Gebete immer wieder in den wilden, gellenden Chor des Bekenntnisses: »Eins und einzig ist Adonai Elohim, eins und einzig ist der Gott Israels, das Seiende, Überwirkliche, Jahve.«

Aber durch Gitter getrennt, den Männern unsichtbar, waren die Frauen. Verschüchtert, ängstlich, mit großen Augen, wie Vögel aufgereiht auf einem Stab im Käfig, saßen sie, plapperten sie leis und fromm und töricht aus ihren Andachtsbüchern, die, in rabbinischen Lettern, in einem Mischmasch von Deutsch und Hebräisch die biblischen Geschichten und andere fromme Legenden erzählten.

In allen Tempeln und Betsälen von Mantua bis Amsterdam, von Polen bis ins Elsaß standen die Männer so, fasteten, beteten. Zu gleicher Stunde, wenn der Tag kam und wenn er sich neigte, stand die ganze Judenheit, gewendet gegen Osten, gegen Zion, die Gebetriemen an Herz und Hirn, gehüllt in Leichenlaken, stand und bekannte: »Nichts ist uns geblieben, nur das Buch«, stand und schrie: »Eins und einzig ist der Gott Israels, das Seiende, Überwirkliche, Jahve.«

Doch wie die ersten Tage des großen Schreckens vorbei waren, zeigte sich, daß die Reichsstadt Eßlingen den Prozeß des Juden Jecheskel Seligmann Freudenthal in die Länge zog. Sei es aus politischen Gründen, vielleicht wollte man bei Gelegenheit in konkretem Fall den Prozeß gegen das herzogliche Kabinett ausspielen, sei es aus bloßer Lust an längerer, zögernder Quälerei, sei es, daß man hoffte, noch irgendein kräftigeres Indizium beizubringen. Monate vergingen, und der Jude lag noch immer im Turm, seine Sache war über Vorverhandlungen und den ersten Grad der Folter nicht hinausgediehen.

Die Juden aber, an jede Art von Verfolgung durch die Jahrtausende gewöhnt, aus der ersten lähmenden Angst sich aufraffend, liefen, rannten, bohrten in jede Ecke Schlupfwinkel, sich zu verkriechen, wenn der Graus losbrach. Besiegeln und bestätigen ließen sie ihre Schutzbriefe, Bewaffnete und Stadtknechte mieteten sie zu ihrer Verteidigung, auf allen Straßen liefen ihre Kuriere, gemeinsam den Schutz zu organisieren, an allen Höfen, in allen Ratsstuben arbeiteten ihre Agenten, die Gutgesinnten zu Maßnahmen zu bewegen; in Wechseln und Kreditbriefen ging ein Großteil ihres Kapitals ins Ausland, in Sicherheit.

Doch über allem, was sie dachten und handelten, lag die lehmfarbene Wolke. Der heranziehende Graus zerstückelte ihren Schlaf, machte ihre Speisen zu faden, schmacklosen Brocken, ihren Wein schal, nahm ihren Gewürzen den Duft, lähmte ihre flinken, heftigen, eifernden, liebevollen Dispute über den Talmud, daß sie mitten im Wort versanken und verstummten, blutwitternd vor sich stierten. Ja, hinein sogar hing die lehmfarbene Wolke, tief hinein in ihre stolzen, triumphierenden Sabbate, die sonst, träumend vom Glanz des versunkenen Reichs und des künftigen Messias, ihrer Bettler ärmster prinzlich feierte.

Man hatte jede Sicherung getroffen, aber das war wie Stroh, wie das Tannenreiser- und Palmendach ihrer Laubhütten. Die Wolke war da, und das half nicht gegen die Wolke. Und wenn sie ihren Alltag trieben, ihre Feste feierten, aus jedem Winkel sprang die schnürende Angst sie an.

Der Rabbiner von Frankfurt, Rabbi Jaakob Josua Falk, saß über der Schrift. Und ob er es gleich nicht wollte, rollten seine mageren, gerunzelten Hände jenes Kapitel auf im Fünften Buch Mose, die grausigste Verfluchung, die je ein Menschenhirn erdacht. Jene Verfluchung, die der Jude angstvoll zu überschlagen pflegt, über die der Vorbeter bei der alljährlichen Verlesung der Schrift scheu und eilig und mit halber Stimme hinweggleitet, sie nicht zu berufen. Aber die Augen des alten Rabbi blieben kleben an den drohenden, klotzigen Buchstaben, und er las:

»Senden wird Adonai gegen dich das Unglück, die Zerrüttung und das Verderben in allem Geschäft deiner Hand, das du unternimmst. Ein Weib wirst du dir verloben und ein anderer liegt bei ihr, ein Haus wirst du dir bauen und du wohnst nicht darin. Adonai wird dich geschlagen hingeben deinem Feinde; auf *einem* Wege wirst du ihm entgegenziehen und auf sieben Wegen wirst du vor ihm fliehen. Und er wird zum Haupte und du wirst zum Schwanze sein. Und er wird dich bedrängen und dich einengen, daß du aufissest deine Leibesfrucht, das Fleisch deiner

Söhne und Töchter, die Adonai dir gegeben, in der Drängnis und Enge, in die dein Feind dich engen wird. Die Frau, die unter dir die weichlichste ist und sehr verzärtelt, deren Fußballen es nicht versucht, auf die Erde zu treten vor Verzärtelung und Weichlichkeit, deren Auge wird feindselig schauen auf den Mann ihres Schoßes und auf ihren Sohn und ihre Tochter. Wegen des Säuglings, den sie geboren zwischen ihren Füßen, daß jene nicht ihr zuvor ihn aufäßen aus Mangel an allem, im geheimen, in der Drängnis und Enge, in die dein Feind dich engen wird in allen deinen Toren. Und Adonai wird dich zerstreuen unter allen Völkern; und du wirst nicht rasten unter diesen Völkern, und es wird keine Ruhestatt sein für den Ballen deines Fußes. Und Adonai wird dir daselbst geben ein zitterndes Herz, ein bängliches Aug und ein schwächliches Geblüt; und du wirst Angst haben Nacht und Tag und nicht trauen deinem Leben. Am Morgen wirst du sprechen: Wer gäbe Abend!, und am Abend wirst du sprechen: Wer gäbe Morgen! vor Bangigkeit deines Herzens, die du bangen wirst, und vor dem Gesicht deiner Augen, das du sehen wirst.«

So las der alte Mann, und sein Herz war voll von grauer Furcht, und er schlug seinen Gebetmantel über den Kopf, die großen, drohenden Buchstaben nicht länger zu sehen, und er weinte und stöhnte. Seine Frau, die nicht wagte, ihn beim Studium zu stören, stand erschreckt an der Tür und hörte, wie er stöhnte, und sie zitterte, und ihr altes Herz schlug vor Angst bis hinauf in ihren dürren Hals. Aber sie wagte nicht, ihn zu stören.

Rabbi Jaakob Josua Falk aber weinte aus seinen eingesunkenen, müden, betagten Augen, und sein Gebetmantel war ganz naß von Tränen.

Der Kirchenratsdirektor Philipp Heinrich Weißensee, von Weißensee jetzt, hatte sich sehr verändert seit jener Nacht, da Magdalen Sibylle dem Herzog zugefallen war. Wohl gab es noch immer keine politische Affäre im Reich, und im schwäbischen Kreis im besonderen, darein er nicht seine gelüstig schnuppernde Nase, seine feinen, spielerischen Finger gesteckt hätte. Aber seine Flinkheit hatte jetzt etwas Fahriges, seltsam Lebloses, Mechanisches. Es kam vor, daß der gewandte, welt- und redekundige Mann mitten im Gespräch absprang, von Abseitigem zu reden begann. Oder daß er mitten im Wort einhielt, mit dem Kopf wackelte, mummelte, ganz schwieg. Dann wieder erschien etwa der peinlich nach der letzten Mode Gekleidete ohne Kniegürtel oder machte sonst einen unbegreiflichen Toilettefehler. Sehr merkwürdig war sein Benehmen zu den Frauen. Er sprach und bewegte sich vor ihnen mit größter Courtoisie, aber es konnte geschehen, daß er ihnen in aller Verbindlichkeit etwas dermaßen Zotiges sagte, daß selbst der General Remchingen darüber stutzte. Auch wollte man wissen, daß er, von dem früher nie dergleichen bekannt war, jetzt galante Liaisons unterhielt. Sonderbarerweise bevorzugte er solche Damen, die nach allgemeiner Meinung durch die Hände des Süß gegangen waren.

An den Süß attachierte er sich noch mehr als früher. Dies fiel auf. Denn in der nächsten Umgebung des Herzogs wußte man, daß der Jude nicht mehr so unmittelbar im Nabel der Macht saß wie vor Monaten. Auch hätte Weißensee bei der Vertrauensstellung, die er als Haupt des katholischen Projekts genoß, dieses Schwänzeln und Schmeicheln um den Finanzdirektor nicht not gehabt. Allein er ließ keine Gelegenheit ungenutzt, ihn zu sprechen, ihn zu betasten, ja er gab sich so vertraulich, daß der argwöhnische Süß glaubte, er wolle ihn ausholen, ihn stürzen, und sich vor ihm mit jeder Vorsicht spickte. Dann wieder geschah es unvermutet, daß der Kirchenratsdirektor mit unziemlichem Gespöttel auf des Süß Judentum hinwies, was er bisher sorglich vermieden hatte. Er fragte ihn etwa nach der Bedeutung gewisser hebräischer Worte, und trotzdem Süß sehr ablehnend betonte, er habe sein bißchen Hebräisch längst vergessen, wiederholte er diese Frage mehrmals, und dies in größerer Gesellschaft.

Für einen Abend bat er plötzlich und sehr wichtig Bilfinger und Harpprecht zu sich, seine beiden alten Freunde. Die Herren kamen auch sogleich, fragten besorgt, hilfsbereit, was es denn sei. Aber es war nichts; Weißensee brauchte irgendeine durchsichtig leere Ausflucht. Die Herren, verblüfft, sahen sich an, sahen ihn an, erkannten seine Not, blieben. Da saßen sie nun, Schulkameraden, sehr umgetrieben alle drei, begabt von Natur alle drei und wohlgefüllt mit allem Wissen der Zeit, geachtete Namen, in starker Position. Da saßen sie und tranken, und die beiden breiten und behäbigen Männer waren einsilbig, während der schlanke, elegante Weißensee sehr vieles und Gleichgültig-Geistreiches sprach und fast ängstlich bemüht war, kein Schweigen aufkommen zu lassen. Unvermittelt fragte ihn Bilfinger, wie weit sein Bibelkommentar gediehen sei. Die Bücher der Andreas Adam Hochstetter, Christian Eberhard Weißmann, Johann Reinhard Hedinger über diese Materie seien doch eigentlich bestenfalls braver Durchschnitt, und man entbehre sehr des Freundes vorhabendes Werk. Weißensee mit einem fahlen und fahrigen Lächeln und einer leeren Handbewegung meinte, es wäre vielleicht besser gewesen, er hätte sich nie von Hirsau weggerührt und wäre zeitlebens über dieser Arbeit gesessen. »Ja«, sagte Harpprecht, und eigentlich war dies keine Antwort, »es ist eine schmutzige Zeit, alle Wege sind schmutzig, und es ist verflucht schwer, sich sauberzuhalten.«

Die politische Stellung Weißensees wurde immer mehrdeutiger. Er vereinte Unvereinbares. Er saß im Elfer-Ausschuß des Parlaments, formulierte und stilisierte die Beschwerden der Demokraten gegen das Willkürregiment des Herzogs und war eben dieses Herzogs illegitimer Schwiegervater und Vertrauter. Er konferierte mit Süß, mit den Jesuiten, den Generälen und verfaßte schwungvolle Apologien der Konstitution und der evangelischen Freiheiten. Er hatte seine Töpfe auf allen Feuern, seine Schlingen in allen Wäldern. Der frühere Weißensee wäre selig gewesen, so vieler Komplotte, Intrigen, Konventikel, komplizierter Machinationen Hebel und Angel zu sein. Wäre selig aufgegangen in diesem atemlosen Betrieb, dieser zappelnd-wirbelnden, hunderthändig wichtigen Geschäftigkeit. Der Kirchenratsdirektor ließ wohl auch jetzt Aug und Hand in jeder Aktion, aber zum Staunen aller zog er sich plötzlich mitten im tollsten Getriebe zurück, erklärte, er müsse rasten, setzte sich nach Hirsau in sein verödetes Haus über seinen Bibelkommentar.

Er kam nicht voran damit. Verdrießlich sah er auf die dicken Kompendien der Weißmann, Hedinger, Hochstetter, die umständlich und wacker den gleichen Acker gepflügt hatten. Ach, noch lange werden die Studenten an dieser zähen Weisheit zu kauen haben. Ach, es wird noch gute Weile dauern, bis er diesen Riesenkörper wird mit Herz und Leben gefüllt haben.

Nein, es ging nicht voran mit dem Werk. Wohl brannte die Lampe tief in die Nacht über seinen Büchern; aber seine Augen sahen nicht die Buchstaben, nicht die krausen griechischen, nicht die festen deutschen, nicht die blockigen hebräischen. Sahen eine, die nicht da war; bräunliche, flaumige, männlich kühne Wangen, blaue, starke Augen in seltsamem Widerspiel zu dem dunklen Haar. Sahen sie im stillen Kreis der Lampe, verschlossen, mit kindhaft wichtigem Gesicht. Die Tage schlurfte er durch die Räume, wie waren sie weit und leer!, schlurfte in Pantoffeln, ohne Perücke, vernachlässigt, schnupperte in die Winkel, strich mit der feinen, dürren Hand zärtlich über eine Tischdecke, die Lehne des Sofas, abwesend, mit verrenktem Lächeln.

Dann ließ er den Magister Jaakob Polykarp Schober vor sich rufen. Der erschrak gewaltig. Sicher wird ihn der Kirchenratsdirektor wegen seines Glaubens zur Rede stellen, ihn der Sektiererei bezichtigen, vor Gericht schleppen, einkerkern, unstet und flüchtig über die Erde jagen. Jetzt, wo seine Tochter nicht mehr im Bibelkollegium sitzt, kann er ja alle Rücksicht fallenlassen. Dem pausbäckigen Mann brach der Schweiß aus, seine frommen Kinderaugen wurden sehr rund und ängstlich, er lief mit kurzen Schritten, bedrückt schnaufend, auf und ab. Aber sehr bald kriegte er seinen Schreck klein. Wenn Gott ihn zum Märtyrer bestimmt hat, so wird er solche Auserwählung dankbar auf sich nehmen. So trat er, wenngleich merklich schwitzend, so doch aufrecht und mannesmutig vor den Prälaten und hub sogleich an, streitbar von den drei Männern im Feuerofen zu sprechen. Doch Weißensee, zunächst erstaunt, unterbrach ihn bald, erklärte verbindlich, er habe ihn durchaus nicht in amtlicher Eigenschaft zu sich gebeten, er habe nur den alten Freund seiner Tochter wieder einmal sehen und sprechen wollen. Der Magister, sehr erleichtert, sprach einfältig, herzlich und ehrerbietig von Magdalen Sibylle, und wie der ganze Kreis diese fromme, edle und erlesene Schwester vermisse. Weißensee hörte gierig zu, der Magister machte sich im stillen Vorwürfe, daß er den aimablen Herrn für einen Wüterich und Holofernes habe ästimieren können, und taute mehr und mehr auf. Der Kirchenratsdirektor befriedete sich sichtlich an dem wohltuend schlichten Geschwätz, er kam öfters mit dem Magister zusammen, ja, die beiden machten gemeinsame Spaziergänge im Wald. Zaghaft begann schließlich Schober von seinen Versen zu sprechen, er rezitierte sein Poem: »Nahrungssorgen und Gottvertrauen« und jenes andere von Jesus dem besten Rechenmeister. Als Weißensee freundlich zuhörte, als er gar etwas von Drucklegung verlauten ließ, gewann diese Leutseligkeit des großen und gelehrten Herrn den jungen Menschen ganz ohne Vorbehalt. So, daß er, dem schon lange das Herz fast bersten wollte, ihm sein Geheimnis von der Prinzessin aus dem Himmlischen Jerusalem und dem argen Juden, ihrem Vater, anvertraute.

Aufhorchte da Weißensee. Abfiel seine Müdigkeit, Fahrigkeit. Tagelang streifte er mit dem über solche Ehre strahlenden Magister durch den Wald. Stand am Holzzaun, ließ sich jede Einzelheit wieder und wieder erzählen. Forschte nach dem Alten, dem Holländer, Mynheer Gabriel Oppenheimer van Straaten. Kombinierte. Bekam zwar Naemi nicht zu sehen, setzte sich aber aus all dem Mosaik die Wahrheit ziemlich getreu zusammen.

Lang in die Nacht hinein brannte auch jetzt seine Lampe. Aber nicht mehr schlurfte der Prälat mit unsicheren, vergreisten Schritten; federnd, jung ging er durch seine weiten, weißen Räume, seine regen Träume füllten sie mit Menschen und künftigen Begebenheiten. Tief und gekitzelt lächelten seine feinen und sehr beweglichen Lippen, und manchmal wohl sprach er, Akteur seiner Träume, vor sich hin: »Voyons donc, mein Herr Geheimer Finanzienrat!« oder: »Ei, ei, wer war sich das vermutend, Exzellenz?«

Ja, wer war sich das vermutend! Man war ein alter Fuchs, man hatte das Leben und die Menschen von allen Seiten bewittert und beschnuppert. Man bildete sich ein, sich auf Menschengesichter zu verstehen. Und mußte wieder einmal erkennen, daß auf diesem großen Welttheater doch immer noch mehr Schminke und Maske ist, als selbst der ausgekochteste Zweifler supponiert. Wer hätte das geahnt? Er rief das Gesicht des Juden vor sich in sein einsames, nachtstilles Zimmer. Er schloß die Augen und spähte es aus, Zug um Zug, den gelüstigen, sehr roten Mund, die weißen, kalten eleganten Wangen, das unbarmherzige, zufahrende Kinn, die lauersamen, raschen, fliegenden Augen, die glatte, unverträumte Stirn mit den Rechnerbuckeln über den Brauen. Wer hätte hinter diesem eiskalten, eisklaren Geschäfts- und Machtmenschen die sentimentalische Idylle im Wald von Hirsau gesucht! Ei, ei, mein Herr Finanzdirektor! Wie Sie vor mir gestanden waren an jenem üblen Abend in Ihrem Palais! Was für eine wache, mondäne, medisante Miene Sie hatten! Ei, ei, mein Herr Hebräer, ich hätte mich wohl sollen ein weniges mehr zusammennehmen. Ich war wohl ein wenig faselig und plapperig und habe mich nicht ganz à la mode geführt an jenem Abend. Ich saß wohl sehr elend und vertan auf meinem Stuhl, dieweilen Sie rank und schlank und schneidig vor mir standen, und das Mark krümelte sich kurios in meinem Gebein.

Nun ja, ich wäre wohl neugierig, wie sich Euer Exzellenz führen in einem ähnlichen Fall.

Der Kirchenratsdirektor Philipp Heinrich von Weißensee hielt ein auf seinem Gang durchs Zimmer. Die Lampe brannte still durch den weiten Raum, plump surrte ein Nachtfalter, die vielen Bücher ringsum schauten stumm und gelassen, durch das offene Fenster drang stark der Hauch des nächtlichen Waldes. War das Rache, womit er sich da abgab? Waren das Rachepläne? Fi donc, er besudelte sich nicht mit so bürgerlich gemeinen Empfindungen. Er war nur – ja, was war er? – neugierig, neugierig war er, wie der Jude sich halten wird. Ob er auch plötzlich so schlapp und alt sein wird und was überhaupt er tun wird. Ei ja, sehr sehenswert wird das sein, höchst lehrreich wird das sein, viel interessanter, als was es gemeinhin in den Romanen zu lesen, auf den Komödienbühnen zu sehen gibt.

»Voyons donc, Exzellenz! Eh voilà, mein Herr Geheimderat!« sagte der feine, elegante Prälat vor sich hin, tief und gekitzelt lächelnd. Dann setzte er sich über seinen Bibelkommentar, sehr belebt; mit abschätzigen, spöttischen Augen glitt er über die wackeren Arbeiten der Hochstetter, Weißmann, Hedinger, der braven, umständlichen, gelehrten Männer, und flink und fröhlich ging ihm jetzt das Werk vonstatten.

Unterdes hatten die Sendlinge des Würzburger Bischofs still und zäh in Stuttgart weitergearbeitet. Hell im Licht standen jetzt neue Männer, Militärs zumeist, die sich wenig um den Süß kümmerten und bei äußerlich gutem Einvernehmen ihre Verachtung des Juden nicht verbargen. Da war der General Oberburggraf von Röder, ein ungeschlachter Mann, dann der Kommandant vom Asperg, Oberstleutnant von Bouwighausen, ferner ein Rudel lärmvoller und farbiger Offiziere, die jetzt immerzu wie ein Zaun um den Herzog waren, die Obersten Tornacka und Laubsky, der Rittmeister Buckow. Ein anderer Offizier sodann, der dem Süß besonders zuwider war, der Major von Röder, Vetter des Burggrafen, Kommandant der berittenen Stuttgarter Bürgergarde, des Stadtreiterkorps, ein knarrender Mann, niedere Stirn, harter Mund, rohe Tatzen, doppelt unförmig in den Handschuhen. Doch am meisten zu Haß und Ekel blieb dem Juden jener Dom Bartelemi Pancorbo, der kurpfälzische Geheimrat, Tabakmanufaktur- und Kommerziengeneraldirektor, der Juwelenhändler, der jetzt wieder ins Licht rückte, die rechte Schulter wie stets kurios hochgezogen, immer in streng zeremoniöser, verschollener portugiesischer Hoftracht, über mächtiger Halskrause das blaurote, verdrückte, entfleischte Gesicht mit der Geiernase und dem gefärbten Knebelbart, hinter faltigem Lid nach dem Süß äugend mit länglichen, starren, schmalen Augen.

Diese alle, dazu die anderen alten Feinde, Remchingen, der Kammerdiener Neuffer, staken jetzt in dem katholischen Projekt. Süß, so klar und weit er das Ganze überschaute, viel klarer als die groben, großspurig törichten Offiziere, sah sich außerhalb dieses Planes. Er erfuhr Wichtiges nebenher oder gar nicht; nur wenn man seinen finanztechnischen Rat unbedingt brauchte, teilte man ihm lustlos, von oben her, beiläufig das eine oder andere mit. Ja, einmal, wie er sich leise etwas weiter vortastete, schnauzte ihn der Herzog grob an, er solle solche Spioniererei ein für allemal lassen. Wenn es Zeit sei, mit dieser Katze durch den Bach zu fahren, werde man es ihm, vielleicht!, sagen.

Karl Alexander, rascher als er erhofft und völlig wiederhergestellt, war groß tätig und gut gelaunt. Dazu kam, daß die von dem Würzburger erwirkte Versöhnung mit Marie Auguste die erwünschten Folgen gehabt hatte; die Herzogin war schwanger. Das Land hörte diese Botschaft mißvergnügt. Wäre der Herzog kinderlos gestorben, so wäre die protestantische Linie wieder ans Regiment gekommen; so aber sah man sich Rom und den Jesuiten aufs Unabsehbare ausgeliefert. Die angeordneten Bittgottesdienste für die Herzogin waren schlecht besucht; nur wer mußte, kam.

Aber der Herzog freute sich täppisch. Er sprach jedem von dem zu erwartenden Erben, breites Vergnügen über dem fleischigen, sanguinischen Gesicht, er machte derbe Witze, umgab Marie Auguste mit plumpen Rücksichten. Der war diese Schwangerschaft durchaus nicht gelegen gekommen. Sie fürchtete die Entstellung, sie fürchtete auch sonst Behinderung durch das Kind, sie hatte Angst und Ekel vor der Entbindung; überdies erschien ihr Mutterschaft an sich als etwas Genantes, Plebejisches, einer Aristokratin nicht Anstehendes. Sie dachte auch daran, die Schwangerschaft beseitigen zu lassen, ja, sie machte schon dem Doktor Wendelin Breyer Andeutungen solcher Art. Doch der Medikus verstand sie nicht oder wollte sie nicht verstehen. Mit weitläufigen, entschuldigenden Bewegungen sprach er mit seiner hohlen, angestrengten Stimme vom Glück der Mutterschaft, er bezog sich auf die Antike, erwähnte die Mutter der

Gracchen und jene andere Heldenmutter, die ihren Sohn lieber auf dem Schild als ohne ihn zurückkehren sehen wollte. Seufzend, in Gedanken auch an die simpel generalsmäßige Einstellung des Herzogs, gab Marie Auguste es auf.

Gierig hingegen und angenehm übergruselt hörte sie zu, wie Süß gelegentlich von Lilith erzählte, der Dämonenkönigin. Diese, die langhaarige, geflügelte, Adams erste Frau, hatte Streit mit ihrem Gatten; denn er war ihr beim fleischligen Verkehr nicht so zu Willen, wie sie es verlangte. Da sprach sie mit schwarzer Kunst den verbotenen Gottesnamen und flog nach Ägypten, dem Land alles bösen Zaubers. Seither, hassend Eva und jede gesunde Ehe, bedroht sie Wöchnerin und Säugling mit Fluch und argem Schaden. Doch es ereilten sie in Ägypten die drei Engel, die Gott ihr nachgesandt, Senoi, Sansenoi und Semangelof. Zuerst wollten sie sie ertränken; dann aber ließen sie sie frei, nachdem sie mit dem Eid der Dämonen hatte schwören müssen, keine Wöchnerin zu schädigen und keinen Säugling, die durch die Namen der drei Engel geschützt sind. Deshalb schützen die jüdischen Frauen ihr Wochenbett durch Amulette mit den Namen der drei Engel.

Gekitzelt, leise überschauert, fragte die Herzogin vertraulich den Juden, ob er ihr nicht ein solches Amulett beschaffen könne. Gewiß könne er das, versicherte er eifrig ergeben. Sie erzählte dann bei Gelegenheit ihrem Beichtvater davon, dem Pater Florian. Der verwarnte sie wild und dringlich. Aber sie beschloß dennoch, sich das Amulett geben zu lassen. Besser war besser, und nach Benützung konnte sie es ja beichten.

Im übrigen nahm sie ihre Schwangerschaft nach der ihr gemäßen Art in einer leichten, spöttischen Manier. Sie gab sich wie jemand, der, in leichtem Sommergewand in ein Gewitter geraten, die durchnäßten Kleider gegen Bauerntracht vertauscht und sich jetzt über solche Mummerei überlegen amüsiert.

So saß sie am Weihnachtsabend gebrechlich und ziervoll, ganz in weißen, hauchenden Spitzen, aus denen überzart in der Farbe alten, edlen Marmors der Eidechsenkopf unter dem strahlend schwarzen Haar spitzbübisch züngelte. Um sie her die kleine Assemblee der Vertrauten, die für den Christabend geladen waren. Der Herzog hatte den Süß ausschließen wollen. Aber Marie Auguste hatte mit ihrem amüsanten und galanten Hofjuden, seitdem er ihr jene Geschichte von dem Amulett gegen die Lilith erzählt hatte, ein besonderes, heimliches und wortloses Einverständnis und wollte ihn auch an diesem Abend nicht missen. Er empfand es gerade in der Isolierung dieser Zeit als Genugtuung, zugezogen zu werden. In ehrlicher Dankbarkeit verehrte er der Herzogin als Präsent eine sehr hübsche Gemme, in die ein gefatschter Säugling geschnitten war, und eine ziervolle chinesische Kinderklapper aus Porzellan und Elfenbein; äußerst fein geschnitzte bezopfte Männer kletterten den Stiel hinauf mit beweglichen Köpfen, und winzig kleine Pagoden läuteten und klapperten. Als drittes aber mit einem Lächeln voll Geheimnis und Verehrung überreichte er ihr ein kleines goldenen Etui; sie wußte, darin war das Amulett.

Doch die anderen, mißvergnügt, daß Süß noch immer so fest in Gunst stand, empfanden ihn gerade an diesem Abend als Eindringling und fielen mit plumpen, bösartigen Späßen über ihn her. Der Herzog, ein Wort Remchingens aufnehmend, mahnte Marie Auguste, sie solle sich nicht an dem Juden versehen, daß Württemberg keinen krummnäsigen Herzog bekomme. Marie Auguste lächelte nur. Heimlich streichelte sie das kleine Etui; heimlich, von den anderen ungesehen, nahm sie das Amulett heraus, betrachtete es: ein Pergamentstreifen mit roten, blockigen hebräischen Buchstaben beschrieben; dazwischen schlangen sich, zackten sich beunruhigend krause Figuren, hockten komisch und bedrohlich primitive Vögel.

Süß hörte indes Sticheleien und grobe Attacken mit der gleichen aufmerksamen und gelassenen Verbindlichkeit an. Später dann wandte er sich an den Herzog und Weißensee, er habe gehört, wie der Herzog und der Herr Kirchenratsdirektor gelegentlich über den katholischen und den evangelischen Text des Weihnachtsevangeliums debattiert hätten, ob die evangelische Lesart: »und den Menschen ein Wohlgefallen« oder die katholische: »den Menschen, die guten Willens sind« die richtige sei. Er freute sich, als kleines Weihnachtsgeschenk einen Beitrag zur Lösung dieses Problems beibringen zu können. Einigermaßen verblüfft sahen die Herren ihn an, auch die anderen schwiegen und horchten skeptisch und spöttisch auf, während Süß höflich und gleichmütig fortfuhr: seit dem Professor Baruch d'Espinosa, den der höchstselige pfälzische Kurfürst an seine Universität Heidelberg habe berufen wollen, hätten seine Glaubensgenossen sich eingehend mit dem wissenschaftlichen Studium auch des Neuen Testaments befaßt. Er habe nun wegen der besagten Textstelle an einen Geschäftsfreund nach Amsterdam geschrieben und folgende Auskunft erhalten. Im griechischen Text heiße es »eudokias«, was die Vulgata und die Katholiken richtig mit »bonae voluntatis, guten Willens« übersetzten. Erasmus aber habe seine Bibel nach einem Manuskript gedruckt, in dem fälschlich »eudokia«,ohne s, stand, und danach habe Luther: »ein Wohlgefallen« übersetzt. Erasmus wäre sicherlich auf den Fehler gekommen, wenn er nicht solche Eile gehabt hätte. Aber er hatte den Ehrgeiz, mit seinem Bibeldruck dem des Kardinals Ximenes zuvorzukommen. Darum also sei bei allem Respekt vor der Gelehrsamkeit des Herrn Kirchenratsdirektors das lutherische Weihnachtsevangelium hier nicht in Ordnung und Seine Durchlaucht hätten den rechten Text.

Süß brachte diese Erklärung bescheiden, höflich und sachlich vor. Was er sagte, war so einleuchtend, daß sogar von den Offizieren der eine oder andere es verstand; und Marie Auguste freute sich über die Gescheitheit ihres Hofjuden. Aber die anderen alle ärgerten sich, daß der Jude am Weihnachtsabend das Evangelium so sachkundig auseinanderblätterte, und Remchingen polterte, jetzt also schacherten die Juden nicht nur mit Wechseln und Juwelen, sondern auch mit dem Wort Gottes. Weißensee verbreitete sich über die Stellung der Frau im Alten und im Neuen Testament. Dies war ein Thema, in das er sich unter dem schmerzhaften Erkennen und Erleben der letzten Zeit auch in seinem Bibelkommentar wild verbissen hatte. Im Neuen Testament: die Madonna, im Alten: die tausend Weiber des Salomo. Er sprach glatt, elegant, geschmeidig, verbindlich, wie das seine Art war. Aber es klang irgend etwas Verstecktes, so Feindseliges durch, daß Magdalen Sibylle tief erblaßte und daß ihre Hand ganz kalt wurde.

Sie saß neben der ziervollen, launischen Marie Auguste schön und stattlich. Die Herzogin hielt ihre Hand, streichelte sie, es tat ihr wohl, mit ihrer kleinen, gepflegten, fleischigen Hand die große des Mädchens zu streicheln. Magdalen Sibylle rang von neuem und leidvoller um den Süß. Sie übersah nicht klar die politische Konstellation, aber sie sah, daß er sehr allein stand, sie sah lauter Feinde um ihn herum, er kam ihr vor wie ein schlanker, schmeidiger Panther unter plumpen, zottigen Bären. Und sie ahnte auch die seltsame Verstrickung zwischen ihm und dem Herzog und zwischen ihm und ihrem Vater.

Süß sagte leichthin, nach seinem Geschmack seien weder die Damen aus dem Alten noch die aus dem Neuen Testament. Die einen seien ihm zu heroisch, die anderen zu sentimentalisch. Und seine Augen glitten mit beredtem Schmeicheln von der Herzogin, deren neugierig lüsternes Wohlwollen ihn angenehm überrieselte, zu Magdalen Sibylle, die ihm willkommen fester Grund und Bestätigung war, von der rotblonden, pompösen Madame de Castro, der klugen Rechnerin, die, merklich kühler, die Mariage immer noch nicht ganz aufgegeben hatte, zu den süßen Damen Götz, die, genau nach dem Vorbild der Mutter die Tochter, sich dem Herzog noch immer weigerten.

Remchingen beharrte bei dem Thema von dem Alten Testament. In dem plärrenden Wienerisch, das er, der im Augsburgischen Geborene, sich angewöhnt hatte, weil er es für aristokratisch hielt, meinte er, nach dem Gemauschel, das man zuzeiten höre, müsse die Heilige Schrift im Urtext als recht ein ärgerliches und zuwideres Gequäke und Gegurgel klingen. »Glauben Sie, Exzellenz«, fragte sehr höflich Süß zurück, »daß unser Herrgott mit Adam im Paradies wird wienerisch oder daß er mit ihm wird hebräisch parliert haben?« Die Herzogin lachte, freute sich über ihres Juden feines Maulwerk, über Remchingens Abfuhr, streichelte verstohlen das Etui mit ihrem Amulett, ließ in ein Schweigen hinein die Glöckchen der Kinderklapper fein und zärtlich klingeln. Aber der Burggraf Röder erachtete es für nötig, dem Remchingen zu sekundieren. Er wandte sich an die Herzogin, es sei gut, daß Ihre Durchlaucht noch nicht soweit seien. Die Kinder, die heute nacht geboren würden, hätten nichts zu lachen. Und da war man denn endlich da, wo man schon lange hin wollte, und man sprach eingehend, umständlich und gewichtig, dieweil Süß zäh schwieg, von dem Eßlinger Kindermord. Die Offiziere vor allem hatte das Argument, daß das Mädchen in der Christnacht geboren war, durchaus überzeugt. Nur Herr von Riolles, der ein Freigeist war, meinte, wenn wirklich die Juden die in der Christnacht Geborenen gefährdeten, so hätte Jesus von Nazareth einfach eine andere Nacht sollen für seine Geburt wählen; dann wäre ihm das Kreuz, uns allen das Christentum erspart geblieben.

Indessen hatte der Geheimrat Pancorbo die Herzogin gebeten, die Geschenke des Süß näher betrachten zu dürfen. Mit seinen dürren, blauroten, gichtknotigen Fingern betastete er sie, nah an die Geiernase vor die starren, länglichen, tief in den Höhlen versteckten Augen führte er sie; dann äußerte er sich sachlich und eingehend über das wertlose Material der von Süß geschenkten Gemme und der Kinderklapper und daß es im Juwelenhandel Usus sei, solches Zeug umsonst dreinzugeben. Hämisch im Gegensatz wies er wieder einmal darauf hin, wie ungeheuren Wert der Solitär habe, den Süß selber am Finger trage, und aus ihren tiefen Höhlen blinzelten hinter faltigem Lid die schmalen Augen gierig nach dem Ring. Doch Marie Auguste verteidigte ihren Juden. Dies sei keineswegs alles, was er ihr geschenkt habe, sagte sie mit ihrer gleitenden, lässigen, leicht spöttischen Stimme, und sie wies das Amulett vor, und sie erzählte die Geschichte von Lilith, der Dämonenkönigin. Scheu und gekitzelt hörte man zu, beschaute man die primitiven, bedrohlichen Vögel, die blockigen, unheimlichen Buchstaben des Pergaments. Bis endlich Karl Alexander mit lautem, etwas gewaltsamem Lachen die Lähmung löste, gutmütig und lärmvoll spottend, sie werde noch Jüdin werden, und sie könne sich freuen, daß sie sich wenigstens nicht werde müssen beschneiden lassen.

Doch nach der Tafel nahm er den Süß beiseite, haute ihn auf die Schulter, war sehr gnädig. Das mit dem katholischen und evangelischen Text, wie er da eine so runde, einleuchtende Erklärung habe schaffen können, das sei sehr amüsant gewesen, und er sei doch ein Tausendsassa. Unvermittelt dann sprach er dem geschmeichelten Süß von dem Magus, ob man den nicht einmal könne wieder zu sehen kriegen. Er wisse schon, von wegen dem, womit er nicht habe herausrücken wollen. Süß, unbehaglich, wich aus. Karl Alexander bestand nicht, sagte, es sei ja wahr, dem Magus sei schwer beizukommen, er sei ein schwieriger Onkel. Aber eines müsse der Süß ihm schaffen: ein Horoskop von dem Magus über das, was er sich für die Zukunft von den Frauen Böses oder Gutes zu versehen habe. Nach der Affäre mit der Napolitanerin, nach dem Auf und Ab mit der Herzogin, bei dem blöden, zimpferlichen Getue der Damen Götz wolle er darüber was wissen. Es sei nur recht und billig, daß ihm der Süß von dem Kabbalisten das Horoskop darüber stellen lasse. Nachdem er der Herzogin das Amulett beschafft habe, werde er ihm wohl auch den Gefallen tun; und nachdem er so Schwieriges beigebracht habe wie jene Bibelerklärung, müsse ihm das doch ein leichtes sein. Süß konnte nicht wohl ablehnen, zauderte, gab nach.

Man trennte sich bald. Die katholischen Herrschaften wollten noch in die Schloßkapelle zur Mette. Weißensee bat den Süß, ihn begleiten zu dürfen.

Die Herren schickten die Wagen voraus, gingen zu Fuß. Die Nacht war lau, starker, erregender Wind ging. Weißensee kam auf sein Thema zurück, wie seltsam es sei, daß die morgenländischen Geschichten sich nun im ganzen Erdteil so fest angesiedelt hätten. Er sprach vom deutschen Wald, wie kurios es sein müßte, wenn man dahinein plötzlich so irgendein morgenländisches Gebäu stelle. In seiner Gegend, im Wald von Hirsau, habe ein Holländer diese sonderbare Intention gehabt. Unter solchen Reden war man vor dem Haus des Juden in der Seegasse angelangt, und der Kirchenratsdirektor verabschiedete sich besonders umständlich und verbindlich. Sowie sein Bibelkommentar, in dem die liebenswürdige Auskunft des Süß eine besondere Stelle finden werde, fertig sei, werde er sich die Ehre geben, dem Herrn Finanzdirektor mit als erstem ein Exemplar zu überreichen.

Süß schritt durch die matterleuchtete Vorhalle. Es klang ihm in den Ohren: O du fröhliche, o du selige, gnadenbringende Weihnachtszeit. Auf leisen Sohlen erschien der Kammerdiener, ob er Seine Exzellenz schon auskleiden dürfe. Süß winkte ab. Er konnte nicht schlafen. Lag ihm der Föhn im Blut? Und was der alte Fuchs da gesagt hatte von Hirsau, es klang ja sehr harmlos, auch war ja das Haus des Oheims eigentlich nicht morgenländisch; aber war in den Worten des Weißensee nicht doch ein Hinterhalt?

Er setzte sich an seine Akten. Allein die Ziffern schauten ihn nicht mit der kalten Sachlichkeit an wie sonst. Das krause Gerank des weißen Hauses mit seinen Blumen hängte sich an sie. Er warf den Kiel weg, ging auf und ab in splitternden, unbehaglichen Gedanken, während ringsum die Glocken der Mette läuteten.

Isaak Landauer saß in unschöner, unbequemer Haltung in einem der prunkvollen Sessel des Süß. Man hatte die geschäftlichen Dinge zu Ende gesprochen, und Süß, durch die schmuddelige Gegenwart des anderen gereizt, wartete nervös auf seinen Aufbruch. Doch Isaak Landauer traf keinerlei Anstalt, er strähnte sich den rotblonden, verfärbten Bart und sagte: »Ja, der Prozeß gegen den Reb Jecheskel Seligmann Freudenthal ist also in vier Wochen. Unbehaglich, Reb Josef Süß. Muß Euch sein besonders unbehaglich. Da habt Ihr Eure Lakaien, Eure Chineser, Euren goldenen Rock, Euren Papagei. Aber die Eßlinger spucken Euch drauf und bringen um den Reb Jecheskel Seligmann Freudenthal.« Da der andere schwieg, fuhr er fort: »Wenn ich Euch gesprochen hab von dem Ravensburger Kindermord, habt Ihr gemacht ein Gesicht, hoffärtig wie ein Goi, und habt gesagt: alte Geschichten. Jetzt seht Ihr's mit Euren alten Geschichten, jetzt springt Euch das Schlamassel an den eigenen Hals.«

Aber Josef Süß schwieg zäh. Als die ersten Nachrichten gekommen waren von den Maßnahmen der Eßlinger, hatte er natürlich sogleich erkannt, daß sie gegen ihn gerichtet waren, nur gegen ihn. Er wollte zufahren, zwang sich, seinen Zorn zu überschlafen, das Für und Wider eines Eingreifens in aller Ruhe zu überdenken. Nahm er Partei für den Jecheskel Seligmann, so gefährdete er seine Nobilitierung und die Mariage mit der Portugiesin, beschwor tausend aufreibende Kämpfe mit dem Parlament herauf, mußte als Kompensation mannigfache Vorteile gegen die Eßlinger preisgeben. Somit war seine Taktik klar. Er kannte den Juden Jecheskel Seligmann nicht. Wenn die Eßlinger, bloß um ihn zu ärgern, ihre Justiz durch einen offenbaren Fehlspruch kompromittieren wollten, mochten sie es. Ihre Sache. Er wird sich nicht einmengen. Streng neutral bleiben. Eisern schweigen.

Demgemäß handelte er. Beschränkte sich auf wirksame Schutzmaßnahmen für die von ihm im Herzogtum zugelassenen Juden und ihre etwas zweifelhaften Rechte. Ließ sich im übrigen durch keine Stichelei und keinen Hohn aus seiner Passivität herauslocken.

Auch für die Reden Isaak Landauers, so sehr sie ihn ägrierten, hatte er keine Antwort. Doch der andere beharrte eigensinnig: »Ich hab aufgekauft mit ein paar anderen alle Schuldforderungen an die Stadt Eßlingen. Besteht sie auf dem Prozeß, komme ich acht Tage vorher mit meinen Obligationen. Läßt sie nach, laß ich nach. Drückt sie zu, drück ich zu. Aber man kann nicht wissen«, schloß er bekümmert und rieb sich die fröstelnden Hände. »Diese Gojim sind geschlagen mit aller Bosheit und Dummheit. Wenn es gegen einen Juden geht, wollen sie Blut lieber als Geld. Und Ihr, Reb Josef Süß?« fragte er endlich geradezu, da sonst kein Wort aus ihm herauszupressen war.

Süß, lang vorbereitet, erwiderte ablehnend: »Ich kenne den Juden Seligmann nicht. In meinem Bezirk werde ich mich zu schützen wissen.«

Aber Isaak Landauer erregte sich: »Kennt nicht! Werdet Euch zu schützen wissen! Was heißt das! Sitzt da mit seinen Lakaien, seinem goldenen Rock, seinen Chinesern und kennt nicht! Wird sich zu schützen wissen! Laßt Euch sagen von einem alten Geschäftsmann: Wozu ist gut das ganze Gelump, wer glaubt Euch das ganze Gelump, wer läßt sich dumm machen davon, wenn Ihr nicht könnt schützen den Reb Jecheskel Seligmann Freudenthal?« Und er schwenkte aufgebracht die Hände vor dem Gesicht des anderen, sein Kaftan flatterte zornig. »Papagei, Gobelins, Steinköpfe! Wozu sind gut Steinköpfe?« höhnte er giftig. »Moses der Prophet und Salomo der König haben ihrer Lebtage nicht ausgeschaut wie Eure weißen Steinköpfe! Und die Augen haben sie auch nicht immer zu gehabt. Sonst hätten sie es nie so weit gebracht.« Und er starrte, empört durch das gelassene Schweigen des anderen, hitzig vor sich hin.

»Ein guter Jud wird sich hüten, mit Euch in Zukunft zu machen Geschäfte«, spielte er plötzlich starr, lauernd, bösartig seinen letzten Trumpf aus. Aber Süß achselzuckte nur: »Ich lasse mir nichts abpressen«, und wandte ein feindseliges, hochfahrendes Gesicht weg. Es blieb Isaak Landauer nichts übrig, als vor sich hin kläffend, heftig den schütteren Bart strähnend, zu gehen.

Einige Wochen später, der Eßlinger Prozeß mußte nun bald stattfinden, standen im Vorzimmer des Süß zehn jüdische Männer, an der Spitze Jaakob Josua Falk, der kleine, welke Rabbiner von Frankfurt mit den eingesunkenen Augen, mit ihm der Pfleger und die drei angesehensten Vorstände seiner Gemeinde, und eine Deputation der Fürther Juden, gleichermaßen zusammengesetzt. Sie waren in Freudenthal zusammengetroffen, wo seit den Zeiten der Grävenitz eine kleine jüdische Gemeinde saß, sie hatten die Frau des Jecheskel Seligmann aufgesucht; doch die war stumpf und keiner Tröstung erreichbar. Sie waren dann, vom Volk bösartig angeknurrt, nach Stuttgart gefahren, bei dem widerwilligen Judenwirt abgestiegen. Sie hatten in großer und umständlicher Ordnung gebetet, früh, nachmittags und am Abend, denn zehn Männer bildeten eine Gemeinde, in der alle Feinheiten und Umwege der Gebetsordnung abgewandelt werden konnten. Sie waren feierlich vor der Rolle der Heiligen Schrift gestanden, die sie mit sich schleppten, sie hatten sie geküßt, erregt und gesammelt, eingehüllt in ihre Gebetmäntel, die Riemen an Herz und Hirn, das Gesicht gerichtet gegen

Osten, gegen Zion. So hatten sie mit Händen, Lippen und allen Gebeinen in großer, flackernder Not und Andacht gebetet. Und nun standen sie matt und erregt, in Schläfenlocken und schwerem Kaftan, den spitzen Judenhut auf dem Kopf, den Fleck am Ärmel, im Vorzimmer des Süß zwischen Büsten, Stuck, Gobelins, Gold und Lapislazuli. Sie schwitzten und sprachen nur selten ein flüsterndes, heiser gurgelndes Wort. Eine Spieluhr schlug die volle Stunde und spielte eine dünne, silbern rieselnde Melodie, und sie warteten, bis der Geheime Finanzienrat sie vorlassen würde.

Es fasteten aber an diesem Tag alle Juden in Deutschland, so über dreizehn Jahr alt waren, achtzigtausend an Zahl.

Süß hätte die Deputation am liebsten nicht empfangen. Diese Leute waren töricht. Sie mußten sich doch selber sagen, wenn er hätte eingreifen wollen, hätte er es von alleine getan. So konnten sie ihn nur kompromittieren. Das Parlament wies immer energischer auf die längst nicht mehr beachteten, aber formal noch gültigen Gesetze hin, die die Anwesenheit von Juden im Herzogtum nur in Sonderfällen und mit vielen Verklausulierungen erlaubten. Von dem Herzog hatte er nicht mehr erlangen können als eine Erklärung, was seinen Finanzdirektor und die von diesem zugelassenen Juden anlange, so lasse er sich die Hände nicht binden; im übrigen möge es bei den alten Vorschriften bleiben. Die Landschaft hatte daraufhin, den Eßlinger Fall nützend, diese alten, strengen Vorschriften neuerlich und mit Nachdruck veröffentlicht. Seltsam war, daß an der Spitze dieser Agitation im Parlament Weißensee stand. Wollte er seine katholische Intrige hinter dem Kampf gegen die Juden verstecken?

Jedenfalls war unter solchen Umständen die jüdische Deputation überflüssig, wenn nicht schädlich. Andererseits waren es die angesehensten Männer deutscher Judenheit, die ihn zu sprechen wünschten; er mußte sie wohl empfangen. Hätte er ihrer Bitte stattgeben können, so hätte es ihm geschmeichelt, sie großartig als Schutzflehende anzuhören. So empfing er sie ungern, fest gewillt, sie mit einem hinhaltenden Bescheid zu entlassen.

Eintraten die zehn jüdischen Männer, ungelenk, scharrend, hüstelnd, umständlich, das kleine Kabinett sehr füllend. Schlank, elegant, gemessen stand Süß den Schwerfälligen, Schnaufenden, Sich-bewegt-Wiegenden gegenüber.

Es sprach Jaakob Josua Falk, der Rabbiner von Frankfurt: »Wir haben uns zusammengetan, die ganze Judenheit, und haben gewirkt mit Geld und mit Präsentern. Aber es hat nicht wollen fruchten. Denn das Volk ist sehr verhetzt, der Rat von Eßlingen will seine Judenheit schinden; es ist wohl auch, um Euch zu ärgern, weil Ihr so mächtig seid bei Eurem Herzog. Die Bosheit der Frevler ist groß, die Tücke Edoms hebt sich mächtig auf gegen Israel. Sie frißt Geld, aber sie wird nicht sanfter.«

Da Süß nicht antwortete, sondern abwartend schwieg, begann der Rabbiner von Fürth, ein beleibter, bekümmerter, behaarter Mann: »Es ist keine Hilfe mehr, Reb Josef Süß, nur bei Euch. Der Reb Jecheskel Seligmann Freudenthal ist zuständig nach Württemberg. Wir bitten Euch, daß Ihr verlangt seine Auslieferung an den Herzog, daß seine Sach kann verhandelt werden nach württembergischem Recht. Es ist keine andere Hilfe mehr«, schloß er, dringlich fordernd, gurgelnd, nah an Süß heranrückend.

Der lehnte an seinem Schreibtisch, höflich, elegant, unberührt. »Der Jud Jecheskel Seligmann«, erwiderte er sachlich, »hat keinen ordentlichen Konsens von mir, er steht nicht in meinen Listen; es ist zweifelhaft, ob er nach dem Herzogtum zuständig ist. Die Stadt Eßlingen wird opponieren bei Kaiserlicher Majestät in Wien, die Landschaft wird sich dreinmelieren. Es ist nicht opportun, daß ich seine Auslieferung verlange.«

»Nicht opportun!« eiferte der Rabbiner von Fürth. Aber der kleine, welke, milde Rabbiner von Frankfurt fiel ihm ins Wort: »Ihr habt viel für uns getan. So haben wir gehofft, daß Ihr uns werdet helfen auch diesmal, damit nicht vergossen werde dies unschuldige Blut.« Doch der dicke, hitzige Rabbiner von Fürth ließ sich nicht beschwichtigen. »Nicht opportun!« erregte er sich. »Ein Menschenleben retten, einen Juden retten, der nichts getan hat, nur daß er Jud ist, nicht opportun!«

»Ihr seht immer nur eins, Rabbi unser Lehrer«, erwiderte Süß, und er blieb höflich und ruhig und gab ihm seinen Titel. »Ich muß weiter sehen, Zusammenhänge sehen, Zukunft sehen. Gesetzt den Fall, ich könnte den Reb Jecheskel Seligmann retten, dann müßte ich solche Rettung bezahlen mit Konzessionen an die Stadt Eßlingen, an den Kaiser. Ich kann mir solche Mildherzigkeit nicht gestatten. Ihr habt Euer simples, klares Prinzip: da ist ein Jud, der soll nicht sterben. Ich darf nicht so einfach handeln; ich muß rechnen, zählen, wägen. Ihr habt bloß Eure jüdischen Sorgen, ich hab tausend andere.«

Mit seiner milden, zittrigen Stimme erwiderte Jaakob Josua

Falk, der Rabbiner von Frankfurt: »Wie viele in Israel gäben ihr ganzes Hab und Gut und mehr als das, um zu verhüten, daß dies unschuldige Blut vergossen werde. Ihr könnt es hindern mit einem einzigen Federstrich. Sperrt Euer Herz nicht zu, Reb Josef Süß!« Und der feiste Rabbiner von Fürth fügte hinzu: »Wollt Ihr die ganze Judenheit im Stich lassen, weil Ihr Angst habt vor ein paar schalen Redereien, die sie könnten machen in der Landschaft?«

Süß lehnte noch immer am Schreibtisch, schlank, höflich, elegant, und seine Ruhe war ein Damm gegen die Erregung der anderen, die schnaufend und sehr bewegt das kleine Kabinett füllten. Aus seinen wölbigen, braunen Augen schickte er einen raschen, bösen, hochmütigen Blick zu dem dreisten, eifernden Rabbi; aber er hatte sich sogleich wieder im Zaum und erwiderte gelassen: »Ich hab genug für die deutsche Judenheit getan, daß jeder sieht, es fehlt mir nicht an gutem Willen. Wäre ich Christ geworden, hätte ich mich abgekehrt von der Judenheit, nach dem römischen Kaiser wäre ich heute der erste Mann im Reich. Aber ich war nicht feig, ich hab mich hingestellt vor die Judenheit, ich hab es nicht hinausgebrüllt, aber ich hab es auch nie geleugnet, daß ich ein Jud bin.«

»Dann bekennt Euch jetzt dazu! Jetzt, jetzt!« gurgelte zufahrend, drängend, den schweren, behaarten Kopf vorstoßend, der Rabbiner von Fürth.

Doch Süß, mit größerer Kälte, sagte: »Ihr könnt doch sonst wägen, messen. Meßt doch! Wägt doch! Schaut weiter als in den Augenblick! Den Reb Jecheskel Seligmann Freudenthal anfordern? Ich wäge in der rechten Hand seinen Tod, in der linken die Verdrießlichkeiten, Schimpf, Gefahr, Komplikationen, die mich treffen, wenn ich ihn salviere.« Er hielt ein, schaute ruhig in die zehn Gesichter, die aufmerksam, erregt, gespannt in seines starrten. Er schloß leichthin: »Ich will mich heute nicht entscheiden. Aber es ist leicht möglich, daß, wäge ich so, ich keinen Sturm riskiere wegen einer Lappalie.«

Auffuhren die Männer da. Empört fuchtelten Hände durch die Luft, öffneten sich Münder. Kleine Rufe: Ai! ai! Aufgebrachte, sich überstürzende, halbe Sätze. Gurgelnd, drohend darüber die unschmiegsame, ungebärdige Prophetenstimme des Rabbiners von Fürth: »Lappalie! Ein Mensch wie Ihr, ein Jud, Euer Bruder, wird gemartert, soll hingerichtet werden voll Qual und Schmach, um nichts und wieder nichts. Mir steht das Herz still, wenn ich dran denke, daß ich soll müßig zuschauen. Und Ihr achselzuckt: Lappalie!« Und er drang schnaufend, feist und zornig auf ihn ein.

Aber der kleine Rabbiner von Frankfurt schob ihn zurück. Mit seiner sehr alten, sanften Stimme sagte er: »Wir wollen Euch nicht drängen, Reb Josef Süß, wir wollten Euch nur bitten. Gott hat Euch sichtbarlich erhöht wie noch nie einen Juden in Deutschland. Er hat das Herz Eures Fürsten wie Wachs gemacht in Eurer Hand: wollet nicht das Eure verhärten vor der Not Eurer Brüder!«

Die anderen waren ganz still geworden, während der alte Mann mit seiner nicht lauten Stimme dies sagte. Auch der Rabbiner von Fürth schwieg. Süß, nach einem Schweigen, erwiderte, und seine Stimme klang weniger sicher als sonst: Er habe ja keineswegs abgelehnt, einzugreifen. Bloß, wenn er nach reiflichem Erwägen nicht intervenieren könne, sollten sie ihn nicht für bösen Willens halten und seine Gründe verstehen.

Damit gingen sie, und er geleitete sie höflich durch das Vorzimmer.

Allein geblieben, ärgerte er sich. Er war wärmer geworden, als er beabsichtigt hatte. Er hatte ihnen einen Teil seiner wirklichen Gründe gezeigt. Warum eigentlich und wozu? Er hätte kühler, höflicher bleiben sollen, wie er es in wichtigeren und schwierigeren Unterredungen hundertmal gewesen war. Hier war doch eigentlich jedes Wort klar vorgeschrieben gewesen. Er hätte mehr und unverbindlicher versprechen sollen. Sie sind ja doch nicht zugänglich für feinere Argumente. Sie stieren zäh und wie behext immer auf das eine: sie wollen ihren lumpigen Jecheskel Seligmann salviert haben.

Er ging in immer dickerer Verdrießlichkeit in seinem Kabinett auf und ab. Daß sie so gar nichts begriffen! Hatte er ihnen nicht in Frankfurt ungeheure Spenden zukommen lassen? Förderte er nicht, wo er konnte, ihren Handel? Schaffte hier, dort, überall Erleichterungen? Wenn heute gegen die Landesgesetze mehrere hundert Juden im Herzogtum saßen, des war er alleinige Ursach. Wie hatten sie damals in Frankfurt ihn hofiert und die Hände vor ihm zusammengeschlagen! Und jetzt galt das alles nicht mehr, und sie wollten seine Verdienste nicht sehen, nur weil er ihnen in dem einen Fall nicht zu Willen sein konnte. Die Undankbaren! Sie verstanden nicht und würden nie verstehen, welches Opfer er eigentlich mit seiner Zugehörigkeit zu ihnen brachte. Man sollte wirklich, weiß Gott, weiß Gott, schon um es ihnen zu zeigen, sollte man sich taufen lassen.

Immerhin, es wäre ein angenehmes Gefühl gewesen, ihnen seine Allmacht auch diesmal zu präsentieren. Es traf sich zu dumm, daß er den Eßlingern ihren Juden nicht ohne weiteres entreißen konnte. Sicherlich wird er in Zukunft der ganzen Judenheit viel weniger imponieren. Dies nagte an ihm.

Er beschloß mit aller Energie, nicht mehr daran zu denken. Stürzte sich in Arbeit. Entfesselte einen neuen Wirbel von Frauen um sich her. Aber seine Nächte waren schlecht. Er träumte, vor ihm gehe ganz langsam und feierlich der Hinrichtungszug mit dem Juden Jecheskel Seligmann Freudenthal. Er, Süß, brauste auf seiner Schimmelstute Assjadah hinterdrein, wollte den Zug zum Stehen bringen. Aber so langsam der Zug unmittelbar vor ihm dahinschlich und so sehr er seine rasche Stute spornte, er konnte und konnte ihn nicht einholen. Er schrie, winkte heftig mit den Einspruchsakten. Aber es war großer Wind, und die vor ihm gingen und gingen. Plötzlich war Dom Bartelemi Pancorbo da. Mit seinem entfleischten Gesicht, die eine Schulter hoch, in seiner großen, verschollenen Halskrause stand er vor ihm, sagte, wenn er den Solitär an seinem Finger gebe, werde er den Zug zum Halten bringen. Süß war, schwitzend und bekümmert, einverstanden. Aber wie er den Ring vom Finger ziehen wollte, saß der wie eingewachsen, und Dom Bartelemi sagte, ja, da müsse er eben die Hand abhacken.

Darüber erwachte Süß, unerquickt und mit Kopfschmerzen. Wenn er noch so müde war, hatte er jetzt Angst vor dem Schlaf. Denn der Reb Jecheskel Seligmann Freudenthal, der seine von Arbeit und Frauen berstenden Tage nicht behelligte, schlich sich in seine kurzen, unerfreulichen Nächte.

Vor dem erschreckten, in sich zurückgescheuchten Süß hockte mürrisch Rabbi Gabriel. Saß da, dicklich, vergrämt, die drei scharfen, senkrechten Falten in der Stirn. Erzählte mit kargen, altfränkischen, vieldeutigen, bedrohlichen Worten.

Es waren also Gerüchte zu dem Kind geflogen, böse, ätzende Gerüchte über Süß. Das Kind hatte nicht gesprochen, aber das Kind war aus seiner Ruhe, getrübt. Süß, erschreckt, ängstlich: Was er denn tun könne? Und Rabbi Gabriel mürrisch, grimmig: Hier nützten Worte nichts, Ausflüchte nichts. Stellen müsse er sich dem Kind. In seinem Gesicht lesen lassen müsse er das

Kind. Vielleicht, setzte er höhnisch hinzu, entdeckte das Kind mehr als er, der Rabbi. Vielleicht finde es mehr in dem Antlitz des Süß als Fleisch und Haut und Knochen.

Den Süß, wie er allein war, hob es hoch, tauchte es hinunter. Warf es, den Umgewühlten, hin und her. Dabei war er, im Grund, von Anfang an entschlossen. Dabei kam ihm, im Grund, diese gefährliche und höhnische Forderung des Rabbi als Zeichen und großes Licht und sehr erwünscht.

Dem Kind sich stellen, dem Kind ein Gesicht zeigen, rein und leuchtend von innen her. Er war abgebrüht und hielt sich gemeinhin an das, was man sehen und tasten konnte, aber daß solche Nötigung just in diesem Augenblick kam, das mußte auch dem Zweifelsüchtigsten Wink und Zeichen sein. Er war kein Hundsfott, sicher nicht, er konnte sich sehen lassen, jederzeit und vor jedermann, und wenn es wirklich einen Gott geben sollte, der prüfte und Buch führte und Wechsel zog: er konnte beruhigt sein und brauchte vor Saldo und Tratten keine Angst zu haben. Immerhin, wenn er sich jetzt dem Kind stellen soll, so ein Kind hat sonderbare Augen, es sieht immer bloß Blumen und lichten Himmel, es hat keine Ahnung von menschlichen Komplikationen, und es sieht vielleicht Makel und Schmutz, wo unsereinem Herz und Hände leidlich sauber scheinen. Und wenn bereits Gerüchte zu ihr geflogen sind, wenn sie von vornherein voll Angst und Zittern ist, dann ist es sicher geraten, sich nochmals gründlich zu säubern, eh daß man vor sie hintritt.

Er geht, den Kopf gesenkt, die schlemmerischen Lippen aneinanderreibend, die Arme sehr straff, auf und ab. Er ist, Teufel noch eins!, nicht der Mann, Opfer zu bringen. Er schenkt ringsumher, er verstreut rings um sich, weil er generös ist und ein großer Herr und Kavalier. Aber Opfer? Ihm hat auch noch niemand Opfer gebracht, im Leben geht es hart auf hart und Keil auf Klotz, und wer Bangen hat und weichmütig ist, muß unten bleiben und sich auf den Kopf speien lassen. Er hat kein Bangen, vor murrender Populace nicht und vor frechen großen Herren nicht und vor keinem Parlament und keinem eventuellen Herrgott nicht. Dennoch: in diesem einen Fall ein Opfer zu bringen, es wäre ein kitzelnd wollüstiger Schmerz, man könnte dann vor das Kind hintreten, blitzblank, und auch ein Aug, das nur Blumen gewohnt ist und lichten Himmel, könnte kein winziges Staubkorn an einem finden.

Aber was alles schwämme hinunter, wenn er das Opfer

brächte! Es war sinnlos, es war, nahm man es politisch, barer Widersinn, den Jecheskel Seligmann zu salvieren, nur um ein paar krause Gedanken des Kindes wegzujagen. Die Mariage mit der Portugiesin schwämme hin, die Nobilitierung schwämme hin, ein gut Stück Grund und Boden, darauf er stand, schwämme hin. Nein, nein! Und wenn es auch vielleicht Zeichen und Wink war, er wird sich nicht soweit nachgeben, er wird nicht um eine kindische Laune soviel blutig Erkämpftes einfach hinschmeißen.

Im Grund wußte er, daß er es tun wird. Im Grund wußte er es von dem ersten Augenblick an, da er Rabbi Gabriel sah. Während er sich bejammerte und sich sentimental streichelte, welche Opfer man von ihm postuliere, war in seinem heimlichsten Winkel ein großes Aufatmen. Und er hatte harte Mühe, gewisse nebelhaftige Vorstellungen, die immer wieder in ihm heraufdrängten, nicht allzu greifbare Bilder werden zu lassen: wie er nun doch fortan der ganzen Judenheit imponieren wird, wie er überall in Europa als erster der Juden im Römischen Reich wird erhöht und gepriesen werden, wie er das Einmalige und Unausdenkliche wird zu Rand bringen, als einzelner Jude einer ganzen christlichen Stadt einen verfallenen Menschen zu entreißen.

Und während dies eitel und schwellend in ihm hochdrängte, hatte er Mühe, sich selber die schwere Größe so opfermütigen Entschlusses vorzuspielen.

Andern Tages ging er zum Herzog. Er machte weniger Umschweife als sonst, war weniger servil, forderte dringlicher. Er betonte, es vertrage sich nicht mit der Dignité des Herzogs, daß er den Eßlingern seinen Juden so ohne weiteres überlasse; auch seine, des Süß, Autorität leide unter den kontinuierlichen Hohnund Stichelreden der insolenten Eßlinger. Karl Alexander fuhr ihn barsch an, er solle ihn in Frieden lassen mit seinen blöden Judengeschichten, er habe genug Scherereien davon mit seinem Parlament, er sei als Judenzer im ganzen Reich verschrien, und jetzt solle er sein freches Maul halten. Doch Süß, gegen seine Gewohnheit, bestand auf seinem Thema, er ließ durchaus nicht locker, er häufte, trotzdem der Herzog ihn erneut anschrie, die Argumente. Er verlangte, daß zumindest Johann Daniel Harpprecht, der erste Jurist des Landes, gutachtlich gehört werde über die Kompetenz des Eßlinger Gerichts, wenn anders er, Süß, seine mühevollen und gefährlichen Arbeiten für den Herzog fortführen solle. Denn würde weiter seine Autorität durch die Eßlinger in gleichem Maße geschwächt, so müsse er submissest um Enthebung von seinen Funktionen bitten. Karl Alexander, hochrot und schnaufend, brüllte ihn an, er solle sich scheren.

Süß entfernte sich vergnügt und lächelnd. Er wußte, dies war Phrase; morgen wird der Herzog tun, als ob nichts gewesen wäre. Karl Alexander konnte ihn nicht entbehren, mußte ihm willfahren, mußte ihm den Gefallen tun. Er teilte also tags darauf dem Rabbi Gabriel mit, daß er die Befreiung des Jecheskel Seligmann so gut wie erwirkt habe, spreizte sich, prahlte, welch ungeheure Last er dafür auf sich nehme. Während er dies weitläufig prunkend dem steinern schweigenden Kabbalisten auseinandersetzte, polterte unwirsch, von der Parade kommend, in großer Uniform mit Stern und Band der Herzog ins Kabinett. War es Zufall, daß er hier mit dem Magus zusammenstieß? Hatte er von seiner Gegenwart gehört und wollte es machen wie damals in Wildbad? Jedenfalls war er nun da und füllte das Kabinett mit Lärm und Prunk und Getöse. Ei, wie habe er sich kostbar, schrie er mit gemachter Lustigkeit dem Magus zu. Oder ob er es überhaupt verweigere, Unbeschnittenen das Horoskop zu stellen? Süß vermittelte, beschwichtigte. Es handle sich um das Horoskop von wegen der Frauen, er habe ja dem Oheim mehrmals dringlich geschrieben. Er hatte zwar nur einmal geschrieben, und da nur tastend, leise andeutend; doch Rabbi Gabriel wußte, worum es ging. Allein er schwieg. Sah dem drängenden, langsam sich verdüsternden Herzog ins Gesicht und schwieg. Schließlich setzte Karl Alexander von neuem an und fragte, immer mit gemacht überlegener Scherzhaftigkeit, ob etwa seine Frauengeschichten zusammenhingen mit dem fatalen Ausgang, den der Magus bei ihrem Zusammentreffen vorausgesagt, oder recte, vorausverschwiegen. Der Herzog erwartete keine Antwort auf diese Frage, auch Süß vermutete, der Oheim werde ausweichen. Aber Rabbi Gabriel, immer die Steinaugen auf dem Herzog, erwiderte ein mürrisches, quarrendes, unzweideutiges: »Ja.« Karl Alexander, auf so runden Bescheid nicht gefaßt, langte nach dem Herzen, atmete schwer, Schweigen lag dick und beklemmend auf dem Zimmer. Schließlich sagte Karl Alexander noch mit mattem Scherz, sieh da, nun habe er ja Bescheid, brach ab und sprach von anderem. Warf dem Süß hin: Ja, weshalb er gekommen sei: er habe also dem Harpprecht ein Gutachten aufgetragen wegen seines lumpigen Eßlinger Juden. Sein Kreuz und lauter Schweinerei habe man mit ihm! Verlangte nach seiner Kutsche, entfernte sich mißlaunig, nach einem schlechten, verärgerten Witz über die Büste des Moses.

Der Herzog gegangen, trumpfte Süß groß auf. Nun habe er also den Juden Jecheskel Seligmann Freundenthal glücklich los aus den Händen Edoms. Was bisher niemals geglückt sei im Römischen Reich, habe er, Süß, jetzt erreicht. Ob der Oheim immer noch sein Leben und große Mühe für so eitel und Haschen nach Wind ansehe?

Widerwillig nur entgegnete der Rabbi dem sich Blähenden: Des Süß Leben sei kein Leben. Sei vor sich selber und der eigenen Leere fliehende Zappelei.

Gekränkt und fast kindlich schmollend, schwieg Süß zuerst. Holte, den Blick des Rabbi meidend, stumm vor dem Stummen auf und ab gehend, aus allen Winkeln Argumente zusammen. Ei, hatte er nicht eben erst einen edelmütigen Entschluß gefaßt und mit so gewaltigen Opfern durchgesetzt? Sein reiches, fruchtvolles Leben leere Zappelei? Angesichts der frommen Tat, die er soeben getan, sagte man ihm das? Ja, war nicht solche Tat allein Sinns genug für ein Leben? Und wenn diese Tat, dieses Erreichnis nur eine Perle in einer Kette wäre? Wenn sein ganzes Leben, von diesem Punkt aus zu erklären, nichts als Aufopferung, Auswirkung einer frommen, jenseitigen Idee wäre?

Er hielt inne in seinem Gang durchs Zimmer, kittete sich sofort fester an diesen Gedanken. Es gefiel ihm, dem Mann des Augenblicks, dem großen Komödianten seiner selbst, sein Leben sentimentalisch von diesem Punkt aus zu sehen. Es reizte ihn, seine leer wirbelnden Tage als die erhebende Vita eines großen Frommen zu kommentieren. Sein Leben sinnlos, gar verächtlich, von jemandem mit einer vagen Handbewegung wegzuschieben? Dies empörte seine Eitelkeit. Starkwillig entriß er sich dem lähmenden Ring, in den Rabbi Gabriels Gegenwart ihn band. Er zwang sich selber, an einen tiefen, schicksalhaften, frommen Sinn seines Lebens zu glauben, in seinem Aufstieg Lehre und Gleichnis zu sehen. Eifrig schritt er hin und her, flüsternd und geheimnisvoll mit seiner geübten Stimme auf den schweigenden Hörer einredend. Mit seiner ganzen fließenden, flutenden, ebbenden, advokatischen Beredsamkeit, mit der Beflissenheit, mit der er um eine große Staatsaktion warb, brannte er vor dem Rabbi ein brillantes Feuer frommer Eitelkeit ab.

Wenn er nur hätte Karriere machen wollen, ei, warum dann

sei er Jude geblieben? Warum dann habe er sich nicht taufen lassen wie sein Bruder? Nein, der Oheim tue ihm groß Unrecht, wenn er sein Leben so gar gering und verächtlich ansehe. Durchaus nicht aus bloßer Lust am Gold oder an der Macht stehe er hier, auf so hoher, umneideter und gefährlicher Stelle.

Er klammerte sich an die Idee, sie schmeichelte ihm, er suggerierte sie sich, um sie dem andern suggerieren zu können. Er flüsterte sie dem Kabbalisten zu als großes Geheimnis, er spielte, vor sich fast mehr als vor dem andern, Schicksal, Überzeugtheit, Sendung. Wie? Wenn er nun ausersehen wäre, Israel zu rächen an Edom? Das kann doch nicht blinder Zufall sein, daß er dasteht wie Josef, den Pharao erhöht hat. Wenn er jetzt so hoch ist und sehr in Glanz, daß die, welche sonst Israel anspucken und mit Füßen treten und sich den Ärmel wischen, wenn sie an einen Juden gestreift sind, den Rücken rund machen müssen vor ihm und seinen Staub lecken: ist das nicht Rache? Heut liegt er, der Jud, über dem Land und saugt von seinem Blut und wird fett von seinem Mark. Und wenn einer von den Seinen bedrängt ist, hält er die Hand über ihn, und Edom schleicht sich fort, den Schwanz gekniffen wie ein geprügelter Hund. Ist das nicht Kern und Sinn und Rückgrat für ein Leben?

Aber Rabbi Gabriel schwieg, und wie er den Schweigenden sah, wurden auch seine fliegenden Worte immer lahmer, und schließlich fielen sie ganz zu Boden. Er verstummte und stand da wie ein Schuljunge, der sein Pensum schlecht gelernt hat und nicht zu Ende weiß, und seine Worte waren wie schlechte, übelriechende Schminke, rasch eintrocknend und abblätternd.

Der Kabbalist erwiderte nicht auf die lange, feurige und empfindliche Rede des Süß. Er stand auf und sagte: »Bevor du dich dem Kind zeigst, fahr nach Frankfurt zu deiner Mutter.«

Damit ging er. Süß blieb in dumpfer Wut. Nun hatte er das Opfer gebracht, nun hatte er sich die Tat abgerungen. Was noch wollte der Alte von ihm? Was noch sollte er tun? Warum schwieg er seine Tat an mit seinem hochmütigen und klein machenden Schweigen? Und was war das mit Frankfurt? Ei, gewiß wird er nach Frankfurt gehen, zu seiner Mutter. Die Frankfurter werden mehr Verstand haben für das, was er getan. Seine Mutter wird ihm andächtig zuhören. Und die Frankfurter Juden, der weise, kleine Rabbi Jaakob Josua Falk und der Vorsteher und alle, wie wird er sich tragen lassen von ihrem Raunen, Segnen, Rühmen und Bewundern. Schweigt Rabbi Gabriel, so werden zehntausend andere Münder so lauter reden und Zeugnis ablegen für ihn und seine Tat.

In der Bibliothek des Professors Johann Daniel Harpprecht, über Akten und Urkunden, lächelte der Hausherr seinem Freunde, dem Geheimrat Bilfinger, mit verstehender und gütiger Abwehr zu. In das geräumige, solid möblierte Zimmer schrägte die Sonne eine Lichtsäule aus Myriaden Staubflöckchen.

Die beiden gewichtigen Männer hatten ernsthaft die württembergischen Dinge durchgesprochen, insonderheit das umständlich und mit großem Eifer vorgetragene, von Weißensee verfaßte Anliegen des landschaftlichen Ausschusses, sich unter keinen Umständen in den Eßlinger Judenhandel zu mengen. »Sieht Er, Herr Bruder«, sagte Harpprecht und legte dem Freund die Hand auf die schwere Schulter, »es wäre mir auch wärmer ums Herz, könnte ich den Juden Jecheskel in der Patsche sitzenlassen und dem Süß eins auswischen; auch dem Weißensee gönnte ich den Triumph. Und wenn ich denk, was wir zahlen müssen als Kompensation für die Auslieferung dieses Stinkjuden und was für Emolumenta und wohlverdiente Ansprüche wir den konfiszierten Eßlinger Krämern dafür müssen in ihren gierigen Schlund schmeißen und wie wir dafür nichts anderes haben, als daß wir im ganzen Reich als Judenzer werden verlästert und verlacht werden, Herr Bruder, ich brauch Ihm nicht zu sagen, wie es mir gallenbitter hochsteigt, wenn ich das denk. Aber der Herzog hat von mir ein juristisches Judizium verlangt, kein politisches. Und wenn's mich noch so fest verdrießt und wenn ich dem Juden noch so gern möchte alle Kompendien und Kommentare um seine insolente Fratze schlagen: zuständig ist der Jecheskel zu uns; und wenn es Recht und Gesetz gelten soll, dann zählen alle die kleinen Formalia nicht, die man mit Rabulisterei ins contrarium kann kommentieren. Als Jurist muß ich judizieren: der Jecheskel muß ausgeliefert werden an die herzoglichen Gerichte.«

Bilfinger senkte den massigen Nacken. Gewußt hatte er das, gewußt hatten das alle; gewußt hatte es sicher auch der Herzog, und wie er ein Gutachten von Harpprecht gefordert hatte, war die Affäre eigentlich schon entschieden. Aber schön wäre es doch gewesen, wenn der Harpprecht anders judiziert hätte. Der Herzog hätte die Auslieferung wahrscheinlich doch verlangt, aber der Jud hätte einen derben Stoß gekriegt. »So steht er fest oben«, grollte er, »und lacht, wie wir uns müssen abzappeln, ihm den Gefallen zu tun.«

Aber er machte weiter keinen Versuch; er wußte, der Jurist wird sich eher die Finger abhacken, eh daß er in ein Judizium ein Wort hineinsetzt, das Recht um Fadenbreite zu krümmen. Er verabschiedete sich von dem Freund, verdüstert und ohne Hoffnung, aber mit festem, gutem Händedruck.

Allein geblieben, war Harpprecht nicht disponiert, sich sogleich wieder an die Arbeit zu setzen. Er schenkte sich das Glas neu voll, schaute in die schräge Lichtsäule aus tanzenden Stäubchen. Dachte. Er war gewohnt, die Dinge aus großer Höhe zu beschauen. Er reihte den Fall ein. Er sah über die Grenzen des Herzogtums hinaus. Er sah die Affäre des kleinen Handelsjuden als Welle im Fluß europäischen Werdens und Geschehens.

Denn der kleine Hausierjude, gefoltert, willkürlich um Mord verklagt, und Süß, der allmächtige, umneidete Finanzdirektor, wichtiger Faktor in den Kalküls der europäischen Höfe, schaukelten auf einer Welle. Wie sonderbar das Los dieser beiden sich ineinanderschlang. Wäre Süß nicht hoch und in Glanz, hätten die Eßlinger den armen Teufel sicherlich laufen lassen. Wäre Süß nicht hoch und in Glanz, könnte er den armen Teufel nicht erlösen. Was band den Finanzdirektor an den Hausierjuden? Das gemeinsame Blut? Dummes Zeug! Der gemeinsame Glaube? Schwatz! Nichts war gemeinsam zwischen den beiden, nur eines: der Haß, der anbrandete gegen den großen Juden wie gegen den kleinen.

Nachdenklich blätterte Harpprecht in den Chroniken und historischen Urkunden der Gabelkhover, Magnus Hessenthaler, Johann Ulrich Pregizer, in den Verordnungen, Reskripten, Landtagsabschieden, die vor ihm gestapelt lagen. Darin war verzeichnet, wie man es bisher mit den Juden im Land gehalten hatte, das war die Gesetzgebung der schwäbischen Herzöge und Stände, die Juden anlangend, war der schwäbischen Juden Geschichte und Recht.

Seit Urzeiten saßen sie da. Immer wieder waren sie verklagt worden um Mord, Brunnenvergiftung, Hostienschändung und vor allem um ihren unleidlichen, volksverderblichen Wucher. Immer wieder hatte man sie totgeschlagen und ihre Forderungen null und nichtig erklärt, in Calw, in Weil der Stadt, in Bulach, Tübingen, Kirchheim, Horb, Nagold, Öhringen, Cannstatt,

Stuttgart. Aber immer wieder hatte man sie zurückgerufen. Man solle allenthalb im Reich ihr Gut nehmen, stand da in einer kaiserlichen Urkunde, und dazu ihr Leben und sie töten, bis auf eine geringe Anzahl, so verschont bleiben solle, um ihr Gedächtnis zu erhalten. Ein andermal, in einem Gutachten des Konsistoriums, hieß es, nächst dem Teufel hätten die Christen keine größeren Feinde als die Juden. In einem Vertrag zwischen dem deutschen König und dem Grafen Ulrich dem Vielgeliebten waren Maßregeln getroffen wegen der vielfältigen Klagen über die Jüdischheit, die nach ihrer gewöhnlichen Härtigkeit geistliche und weltliche Reichsuntertanen durch ihren Wucher unziemlich und unleidentlich beschwere und sich auch in anderweg so grob und unordentlich halte, daß dadurch Uneinigkeit, Krieg und Mißhelligkeit entstehe. Und im Testament des Grafen Eberhard im Bart wurden die Juden gescholten als Gott dem Allmächtigen, der Natur und der christlichen Ordnung gehässig, verschmäht und widerwärtig, als nagende Würmer, dem gemeinen armen Mann und Untertanen verderblich und unleidentlich, und sie wurden Gott dem Allmächtigen zu Ehren und des gemeinen Nutzens wegen hart und scharf des Landes verwiesen.

Warum aber, wenn man so urteilte, ließ man oder rief man gar sie immer wieder ins Herzogtum? Warum schützten sie Eberhard der Greiner, Graf Ulrich? Warum, wenn Eberhard im Bart, die Herzöge Ulrich, Christoph, Ludwig sie austrieben, riefen sie Friedrich der Erste, Eberhard Ludwig wieder ins Land? Es war zu billig, sie ein vermaledeites, von Gott verworfenes Volk zu nennen. Warum konnte man nicht gleichgültig vor ihnen bleiben wie vor anderen Fremden, den eingewanderten französischen Emigranten etwa? Warum stießen sie ab oder zogen an oder waren gar widerlich und reizvoll in *einem*?

Johann Daniel Harpprecht hob den Kopf von den Papieren. In den tanzenden Stäubchen der schrägen Sonnensäule formte sich ihm das Bild des Herzogs und das Bild des Juden, eines im anderen, eines ins andere rätselhaft übergleitend. Beide waren ein Unglück. Gegen den Herzog gab es ein Bollwerk: die Verfassung; aber es war löcherig und frommte nicht. Gegen die Juden gab es Gesetze, Reskripte; aber sie nützten nichts. Die nagenden Würmer, so stand in den Gutachten, Verboten. Das Land verkam, Armut, Elend, Verbitterung, Verlotterung, Verzweiflung riß ein. Die nagenden Würmer saßen im Land, fraßen in seinem Mark. Nagten, wurden fett. Obenauf, sich ineinanderringelnd, der Herzog und der Jud, sich spreizend in frecher, gemästeter Nacktheit, schillernd, üppig.

Dem festen, geraden, sachlichen Mann knäuelten sich die Gedanken. Hier war so schwer fester Boden zu gewinnen; diese Juden und alles, was mit ihnen zusammenhing, waren beunruhigend und voller Rätsel. Sie austreiben nützte nichts, man rief sie doch immer wieder zurück; ja selbst das primitive Mittel, sie totzuschlagen, brachte keine Lösung. Das Rätsel quälte doch weiter, hinterher; und dann plötzlich, von wo man sie nie vermutete, tauchten sie neu auf.

Du siehst einen Hausierjuden, er geht herum, wackelnd, häßlich, schmutzig, lauersam, geduckt, hinterhältig, krumm an Seel und Leib, du hast ein ekles Gefühl vor ihm, hütest dich, an seinen dreckigen Kaftan zu streifen; aber auf einmal schlägt in seinem Gesicht eine uralte, weisere Welt das Aug auf und schaut dich mild und verwirrend an, und der lausige Saujud, eben noch zu schlecht, als daß du ihn mit deinem guten Stiefel hättest in den Kot treten mögen, hebt sich wie eine Wolke, schwebt über dir, hoch, lächelnd, unerreichbar weit.

Es war widerwärtig und unbehaglich, zu denken, daß so ein schmutziger Trödeljude sollte aus dem Samen Abrahams sein. Es war ärgerlich und beunruhigend, daß ein Weltweiser wie Benediktus d'Espinosa dem verfluchten Stamm angehörte. Es war, als hätte an diesem Stamm die Natur beispielsmäßig wollen demonstrieren, wie bis zu den Sternen hoch ein Mensch sich heben, wie tief in Schlamm er einsinken kann.

Nagende Würmer. Nagende, schädliche Würmer. Der Professor Johann Daniel Harpprecht zwang sich zurück zu seinen Urkunden, aber sieh da!, der vernünftige, ruhige Mann hatte Gesichte wie ein Schwärmer. Die Buchstaben selber wurden zu Würmern, kriechend, ekel sich streckend, feucht, klebrig, schleimig, mit Köpfen des Herzogs und des Süß. Nagende Würmer, nagende Würmer. Er verzog den Mund, spie aus.

Rettete seine Gedanken in das Bereich, wo Wallungen und Gesichte am leichtesten konnten gehemmt werden, in sein eigenstes Bereich, ins Staatswirtschaftliche. Was die Juden am Leben erhielt, war die wirtschaftliche Notwendigkeit. Umschichtete sich die Welt. Früher war eines Mannes Wert bestimmt von Stand und Geburt, jetzt war er bestimmt durch das Geld. Als man die Verachteten und Gehaßten zu den monopolisierten Verwaltern des Geldes gemacht, hatte man selber ihnen das Seil zugeworfen, an dem sie hochkletterten. Jetzt war das Getriebe des Geldes das lebendige Blut des Staates und der Gesellschaft, und die Juden waren dieses Getriebes wichtigstes Rad, waren der ganzen komplizierten Maschinerie Angelpunkt und erster Hebel. Nahm man sie heraus, so brach Gesellschaft ein und Staat. Der Herzog, Zeichen und Symbol der alten Ordnung, des Standes und der Geburt, und der Jude, Zeichen und Symbol der neuen Ordnung, des Geldes, reichten einer dem andern die Hand, waren verknüpft miteinander, lagen auf dem Volk, einträchtig, sogen sein Mark, einer für den andern.

Nagende Würmer, nagende Würmer. Aufseufzend kehrte Harpprecht zurück zu seiner Arbeit. Zurück wandelte sich unter seinem festen Willen das ekle Geringel in klare, trockene Buchstaben, und sachlich, sorglich, gewissenhaft, umständlich schrieb er sein Gutachten.

Die Eßlinger, nach hartem Feilschen und gegen fette Kompensationen, übergaben den Juden Jecheskel Seligmann den herzoglichen Gerichten, nach außen gewaltig schimpfend, in der Seele heilfroh. Die württembergischen Gerichte ließen ihn schon nach wenigen Tagen ledig. Zerbrochen, fahrig, irr und verstört von dem Schreck, der Todesangst, der Folter kehrte Jecheskel nach Freudenthal zurück, auf den Rest seiner Tage von dem Ausgestandenen bis ins Mark zerwest. Oft fiel ihn nervöses Zucken an, schütterte ihn, riß ihm die Schultern, die Arme lächerlich zappelnd hin und her, zerrte sein Gesicht; oft auch, unversehens wimmerte er, heulte leise, tierhaft. Andere Juden sorgten für ihn, schafften ihn außer Landes, nach Amsterdam.

Ehe er Deutschland verließ, schrieb er dem Finanzdirektor, ob er bei ihm vorsprechen dürfe, ihm zu danken. Süß überlegte, schwankte. Es wäre Triumph gewesen, den Stuttgartern die Beute vorzuführen, die er den Eßlingern entrissen. Aber andernteils sah diese Beute doch gar zu schäbig und gerupft aus, die Stuttgarter hätten, wenn nicht laut geschimpft, zumindest grobe Witze gemacht, und dann wagte er nicht, den Herzog, den der ganze Handel arg verdroß, durch Aufführung des Jecheskel weiter zu reizen. Großmütig verzichtete er also darauf, persönlich den Dank des Befreiten entgegenzunehmen. Gestand sich aber, wie dies in letzter Zeit seine Art war, die wahren Gründe nicht ein, sondern spreizte sich vor sich selber, wie es sich nun erweise, daß er nicht um Dank, sondern nur aus reinen und edlen Motiven die Tat getan habe.

Um so fetter mästete er in Frankfurt seine Eitelkeit. Ei, wie drängten sich in den Gassen des Ghettos die Juden, ihn zu sehen, gurgelten Bewunderung, flehten allen Segen Gottes auf ihn herab, hoben ihre Kinder hoch, daß sie mit ihren fremdartigen, schönen, länglichen Augen sein seliges und beglückendes Bild einfingen. Wie über einen Teppich schritt er über hemmungslose Bewunderung und gute Wünsche. Ei, was für einen Retter und großen Frommen hat da der Herr, gelobt sein Name, Israel in seiner großen Not geschickt. Und in der Synagoge stand er, wurde aufgerufen zur Vorlesung der Schrift, und während das Gesumme, das den menschenvollen Raum immer füllte, so stumm ward, daß das ergriffene Schweigen der aus wildester Furcht Erlösten die Mauern fast sprengte, ließ mit seiner zittrigen Stimme der welke Rabbiner die schönen, milden, alten Segnungen wie aus edler Schale laues, wohlriechendes Wasser auf ihn niederrieseln.

Nur eine breitete ihre Bewunderung nicht so weich und willig vor ihn hin, wie er erwartet hatte: seine Mutter. Sie, sonst seine demütigste, seligste Anhängerin, schien dieses Mal eng, ängstlich, gehemmt. Wohl fand sie immer neu Lob und Preis, wie groß und herrlich und schlank und reich und edelmütig und elegant und gescheit und tief und mächtig er sei, wie begabt er sei an allen Gütern der Welt, an Geld und Gemüt und Schönheit der Gestalt und Edelsinn und Frauen. Aber sie ging nicht so auf in ihm wie sonst. Die törichten, großen Augen in dem schönen, weißen Gesicht wurden plötzlich wie in tiefster Angst erschreckt von ihm weggerissen; ihre Hände, die an ihrem gescheiten, eleganten, mächtigen Sohn herumstreichelten, hielten unvermittelt, ohne Anlaß, inne. Die schöne, heitere, gern plappernde, leichtlebige alte Dame hatte gegen ihre Art etwas Fahriges, Nervös-Verschrecktes, Gepreßtes.

Während sie so in dumpfer Luft unfrei zusammensaßen, trat Rabbi Gabriel in ihr Gespräch. Michaele fuhr mit einem kleinen Schrei hoch, hob wie flehend und in leichter Abwehr die Hände.

»Hast du sie ihm gegeben?« fragte der Kabbalist. Michaele, fahl, die Augen weit auf, trat einen Schritt hinter sich. »Gib sie ihm jetzt!« sagte der Rabbi, ohne die Stimme zu heben, doch so, daß Widerstand starb. Michaele, mit schlaffen Gliedern, gepreßt wimmernd, ging.

»Was soll das!« fragte betreten und unmutig Süß. »Warum quält Ihr sie? Was wollt Ihr von ihr?«

»Du hast mir gesagt«, erwiderte der Rabbi, »was du vor das Kind hinstellen willst als Sinn und Rechtfertigung. Ich nehme deine Rechtfertigung in die Hand und zeige sie dir, wie sie wirklich ist.«

Schleppend, wie gezogen, kam Michaele zurück. Brachte einen Pack Schriften, Briefe, wie es schien. Legte sie scheu vor den Erstaunten. »Muß ich bleiben?« fragte sie mühsam, und ihre Stimme war ganz klein und voll Furcht. »Geh nur!« sagte, fast gütig, der Rabbi.

Zögernd griff, nachdem sie eilig sich entfernt, Süß nach den Schriften, hielt sie in der Hand, unentschlossen, begann endlich zu lesen. Galante Briefe, leicht altmodisch, gleichgültiges Zeug. Er wunderte sich, verstand nicht. Was soll das? Sah schließlich Zusammenhänge, kombinierte rasch weiter, sah getroffen wie nach einer jähen, schlaghaften Erhellung von den Papieren auf, sah nach dem Rabbi. Der war nicht da, er war allein im Zimmer.

Auf sprang er, schritt, schleifte sich hin und her. Die Augen hell, wieder dunkel, wieder hell. Gehetzte Wolken, wieder Sonne, wieder Nacht überm Gesicht. Flatternde, ungereimte Armbewegungen, die Füße taumelig, wie trunken. Gelall, Wortfetzen, dann, während der ganze Körper sich straffte, ein klarer Satz. Und schon wieder zusammengefallen, schlaff, stammelnd, zerschlagen alle Gliedmaßen. Der beherrschte Mann wie ein Komödiant, der eine Rolle lernt, die ihn zu allen Sternen hochtreibt, in alle Schlünde hinunterstürzt. Bis er wie ein Sack zusammenfällt, sitzend, alle Arbeit tief innen wühlend, Gesicht und Glieder reglos. Eine lange, ewige Weile wie tot.

So also griff das ineinander. So waren auf einmal alle diese schattenden, düsteren Winkel hell. Man hatte ihn ja, der verfluchte, hexenmeisterische Rabbi und die Mutter, gemein, niederträchtig, infam betrogen, daß man ihm das so lange gehehlt und verheimlicht hatte. Es war ein arger Possen und echt jüdischer, tückischer Schelmenstreich, ihn so lange an diese schlechte, niedrige, gemeine, lächerliche und verachtete Gemeinschaft zu binden. Er hatte sich freilich, Gott sei Dank, vermöge seines Genies und seines eingeborenen adeligen Blutes doch nicht unterkriegen lassen. Sein Ingenium hatte strahlend floriert trotz allen gemeinen Hemmungen und Bindungen. Aber wie viele empörende, blutvergiftende Demütigungen, wie viele erniedrigende, krumme Schleich- und Umwege hätte er sich erspart, wie viele bizarre, alberne Kanten und Winkel wären glatt und gerade gewesen, hätte man ihn nicht verbrecherisch in diesem falschen und pöbelhaften Stand und Glauben belassen.

Aber wie das? Nur Ruhe! Nur keine Wallungen! Alles ruhig wägen und überdenken! Lag jetzt sein Weg wirklich so glatt und im Licht vor ihm?

Es war also nicht der kleine Kantor und Komödiant Issaschar Süß sein Vater. Es war klar und unumstößlich zu erweisen, daß Georg Eberhard von Heydersdorff sein Vater war, Baron und Feldmarschall. Er war nicht aus schlechtem Samen, seine Allüren, seine Tenue, sein Temperament war nicht willkürlich angenommen, war nicht erlernt und künstlich. Seine kavaliersmäßigen Neigungen, sein Aufstieg, sein herrenmäßiges, adeliges Gewese war selbstverständlich, brach notwendig durch alle Hemmungen; denn es kam aus dem Geblüt und innerster Natur. Er war Christ von Geburt und Kavalier.

Bastard? Je nun, das waren die Fähigsten und Besten, die in solchem wilden, von ungezügeltem Trieb bestimmten Bett gezeugt waren. Wo sich nicht erkältend und ernüchternd praktische Erwägung zwischen Blüte und Frucht gestellt hatte. Wenn nicht auf dem Thron selbst, so doch auf seinen höchsten Stufen saßen, überall in Europa, Bastarde. Es ehrte seinen Vater, daß er sich von keiner sauern Aristokratentochter, daß er sich von der schönen Jüdin den Sohn gebären ließ.

Heydersdorff sein Vater, Georg Eberhard von Heydersdorff. Ein schöner Name. Ein wilder Name. Ein blutiger, zerfetzter, unseliger Name. Er kannte Bilder dieses Mannes. In tapferer Schamlosigkeit hatte die Mutter das Bild in ihrem Zimmer hängenlassen, auch als der Mann diffamiert und in letzte Not gejagt war. Wie oft war er als Junge davorgestanden, vor dem Bild des prunkenden Generals, an seinem Namen hatte ihn die Mutter sprechen gelehrt, der umständliche Name Georg Eberhard von Heydersdorff war mit das erste gewesen, was das frühreife Kind fehlerlos hatte aussprechen können; die Mutter hatte ihm ein Zuckerlein in den Mund gesteckt, als er das erstemal damit zu Rande kam. Ah, von ihm also hatte er das kastanienbraune Haar, von ihm die herrenhaft schlanke Haltung, und die rote, stolze Uniform war es, was ihm vorschwebte, was ihn immer weiterlockte auf dem Weg, den er so märchenhaft hinaufgelangt war.

Georg Eberhard Heydersdorff: ein Schicksal, das in steilem Triumph hinaufführte und jäher hinab. Feldmarschall-Leutenant, hochverdient in den Türkenkriegen, Komtur des Deutsch-Ritterordens zu Heilbronn, Kommandant zu Heidelberg im französischen Krieg. Neid und Eifersucht schleppten ihn nach dem Fall der Festung vors Kriegsgericht. Er habe sie feig und voreilig übergeben, er hätte sie halten sollen bis zur Ankunft Ludwigs von Baden. Todesurteil. Der Kaiser begnadigt ihn. Doch wie! Der Knabe hatte Bilder gesehen, wie die Begnadigung vollzogen ward. Deutlich noch jetzt sieht er jede Einzelheit der fliegenden Blätter. Das rechte Neckarufer entlang hat der scheelsüchtige Markgraf die Truppen aufgestellt. Wie steif er sich hält auf seinem dürren Gaul. Das war also sein Vater, der da die Front des ganzen kaiserlichen Heeres entlanggeführt wird. Eine endlose Front; die Soldaten schlängeln sich das ganze Blatt hindurch in immer neuen Zeilen. Und sein Vater hockt auf dem Schinderkarren, schimpflich ausgestoßen aus dem Deutsch-Ritterorden, entsetzt all seiner Ehren, und der Heilbronner Scharfrichter und seine Knechte führen ihn.

Noch andere Stiche und Schnitte und fliegenden Blätter hat er gesehen. Doch die sind ihm minder klar in der Erinnerung. Auf einem sieht er noch ganz deutlich, wie jemand einen Säbel zerbricht. Das ist offenbar, wie dem Feldmarschall vor dem Regiment, das seinen Namen führt, sein Todesurteil vorgelesen wird und die Verwandlung in Verbannung. Als treuloser Schelm wird er verbannt aus Österreich und Schwaben. Der Henker reißt ihm den Degen von der Seite, schlägt ihn dem Delinquenten dreimal ums Maul, zerbricht ihn. Laut wehklagend wird der Verbannte über den Neckar geführt, in einem Nachen.

Das Weitere blieb Gerücht. Er soll zu den Kapuzinern geflohen sein nach Neckarsulm, als Kapuziner gestorben in Hildesheim. Die Mutter weiß wohl Näheres. Jedenfalls hat heute der Name nicht mehr schlechten Klang. Scheelsucht und Ungerechtigkeit soll das Urteil gefällt haben. Als Held gilt dem Volke Heydersdorff der Soldat, als Märtyrer Heydersdorff der Mönch.

Solcher Mann also ist sein Vater. Ein wilder Name, ein wildes Schicksal. Der Kabbalist mochte für sein Fatum allerlei herausdeuten aus dem sehr rastlosen Stern des Vaters. Waren da nicht bis ins kleinste geheime Relationen? Der Vater Kapuziner: und er ist hineinverwoben in das katholische Projekt Karl Alexanders. Der Vater Soldat: was Wunder, daß geheime Magie den Herzog, den Soldaten, und ihn aneinanderbindet.

Weg mit dem Geträume! Zugepackt! Was nun? Was wird nun sein? Was wird er jetzt tun?

Er wird vor den Herzog hintreten mit den Papieren, Legalisierung verlangen, Anerkennung seiner christlichen Geburt. Vielleicht wird er selber nach Wien fahren. Er wird die Nobilitierung mühelos durchdrücken, er wird dann in aller Form Landhofmeister werden, auch Präsident des Konseils. Dies also wird sein. Ja, und dann?

Ist er dann anderes, als er jetzt ist? Er wird es leichter haben, seine Hände in das katholische Projekt zu mischen. Der Fürstbischof von Würzburg wird sich nicht mehr vor ihm verschließen, die höhnischen Mäuler unter den Offizieren werden stumm bleiben. Er wird zum faktischen Besitz der Macht auch ihren Namen haben und ihren Schein. Ja, und dann?

Ist er dann mehr als jetzt? Er ist weniger. Ein Schock solcher Diplomaten gibt es im Reich, wie er dann einer sein wird. Das Singuläre, Einmalige, Besondere wird weg sein, das jetzt um ihn ist. Jetzt ist er der jüdische Minister. Das ist etwas. Man lacht, man höhnt; aber unter diesem Lachen steckt Staunen vermummt und Bewunderung. Daß ein Aristokrat Minister wird, was da weiter? Aber ein Jud, der so einsam hochklettert, das ist doch wohl mehr als ein Schock Aristokraten. Soll er das hinwerfen? Wofür? Wozu? Schließlich hätte er sich doch früher schon taufen lassen können. Hätte vielleicht sogar mehr erreicht, als wenn er jetzt als geborener Christ sich offenbarte. Christ sein, das war *einer* unter vielen sein. Aber Juden gab es auf sechshundert Christen nur *einen*. Jude sein, das hieß verachtet, verfolgt, erniedrigt sein, aber auch einmalig sein, immer bewußt, aller Augen auf sich zu haben, immer gezwungen, gespannt, gerafft zu sein, alle Sinne lebendig und auf der Hut.

Warum zeigte ihm der Rabbi diese Dokumente jetzt, so unvermittelt, wo er längst in der zweiten Hälfte seines Lebens stand? Gönnte man ihm den Triumph nicht, den er in der Affäre des Jecheskel Seligmann gehabt? Wollte man ihn arglistig um ein bestes Erbteil betrügen? Ihm schlau und verächtlich seine wertvollste Zugehörigkeit ablauern?

Der große Geschäftsmann sah sich in einen Handel verstrickt, wo man mit Ziffern und Kalkulationen nicht weiterkam, wo auch seine kluge Kunst, Menschen zu erraten, versagte. Was, zum Teufel, wollte dieser Rabbi damit, daß er ihm jetzt die Papiere vorlegte? Welche Absicht hatte er dabei? Wenn er, Süß, jetzt als Christ auftrat, was hatte Rabbi Gabriel damit gewonnen? Er konnte sich nicht losreißen von seinem Geschäftsprinzip, daß bei jeder Handlung der Mensch etwas gewinnen, den Partner um etwas prellen wolle.

Die polnischen Juden, wenn sie sich taufen ließen, der lausigste Dreckjude selbst, erhielten sie den Adel. Warum taten sie es nicht? Warum verschmähten sie, diese schlauen Geschäftsleute, so leichten Gewinn? Ließen sich totschlagen lieber, eh daß sie ihn nahmen? Frömmigkeit? Glaube? Überzeugung? Sollte doch etwas an diesen Worten sein? Und war es denkbar, daß solch ein dreckiger polnischer Jude das hatte, was sich hinter so tiefem und tönendem Schall verbarg? War es denkbar, daß solch ein Niedriger in seinem primitiven Gefühl weiser war, für ein dunkles Drüben besser vorbereitet, als er in seiner vielverschlungenen Klugheit? Er fühlte sich wie ein Kind unsicher und ohne Rat und Hilfe.

Heute war er der erste unter den deutschen Juden. Man hob die Kinder hoch an seiner Straße, flehte, aufgeregt und mit vielen dringlichen Gebärden, alles Heil des Himmels auf ihn herab. Er dachte, wie er in der Synagoge gestanden war, mitten in dem ergriffenen Schweigen der sonst so Lauten und Beweglichen, überrieselt von den milden, zitternden Segnungen des Rabbiners, und ein laues, süßes, schlaffes Gefühl überkam ihn. Es kostete Entschluß, man mußte die Zähne zusammenbeißen, auf dies alles zu verzichten. Wenn er einen Erfolg erzwungen hatte, gewiß, es war schön, ihn den höhnenden Gegnern paradierend in das verzerrte Gesicht zu werfen, es war schön, damit vor Frauen, vor Magdalen Sibylle zu strahlen, aber der satteste Triumph war es doch, ihn vor Isaak Landauer, in der Judengasse, vor der Mutter ihn auszubreiten. Hier konnte man behaglich, ohne Furcht vor hämischem Wort und Blick, an seinem Erfolg kauen, seinen letzten Saft auskosten, und wußte, im Grund freuten die anderen sich mit. Hier war man zu Hause, hier konnte man Miene, Geste, Wort lockern, ausspannen. Hier war man in Frieden und wohlgebettet.

Seine Mutter. Sie hat sich also, wie sagt man?, vergangen. Seltsam, daß sie dadurch nicht um ein Haar anders für ihn wird. Der, den er für seinen Vater gehalten, der sanftmütige, höfliche, geschwinde, liebenswürdige, betuliche Sänger und Komödiant, den sollte er jetzt wohl verachten. Merkwürdig, daß er kein anderes Gefühl für ihn aufbringen konnte als Zärtlichkeit. Wie muß dieser Mann seine Mutter geliebt haben, daß er sie den Bastard nie entgelten ließ. Er hatte kein häßliches Wort gehört von ihm zu ihr. Und wie war auch zu ihm selber dieser Mann zeitlebens zart und einfühlsam und väterlich gewesen. Ihn in Gedanken anders als Vater zu nennen gelang nicht.

Und die edlen Regungen in der Affäre des Jecheskel Seligmann, das Opfer, das war also alles Selbstbetrug, Schwindel? Das hat er sich selber vorgespielt? Er bäumte hoch. Die Gehobenheit, die er damals verspürt, als er sich die Tat abgerungen, dies selige Schwimmen und Sichlösen und Aufgehen und Verströmen: das soll alles Lüge und Eitelkeit gewesen sein? Und das mit Edom, die Rache an Edom, das war nur Schwatz, schöne Rednerei, den Rabbi hinters Ohr zu hauen? Aber es hatte ihn doch gehoben, aus seinen Grenzen, über sich selber hinausgehoben! Er hatte es doch geglaubt, er hatte doch gewußt, daß es wahr war! Und das Kind? Wenn man ihm die Papiere nicht gewiesen hätte, dann wäre er also mit der Lüge vor das Kind getreten, hätte selber an die Lüge geglaubt und durch den eigenen auch das Kind zum Glauben an die Lüge verführt. Nein, nein, das war nicht möglich. So war es, daß, was er damals gespürt hatte, Repräsentant Judas gegen Edom, Schutz und Rächer, daß dies ehrlich war und unverfälscht. Das war schon seines Lebens Sinn und Hebel. Er war eben seiner Mutter Sohn, nicht seines Vaters.

Aber daß er sich nur in Glanz und Macht zu Hause fühlte? Das war zu Recht, das war von Erb und Bluts wegen, daß die Dinge sich ihm schmiegten! Daß Gold, Glanz, Macht ihm zufiel wie von selbst, ihm stand wie ein Kleid, sorglich für ihn gefertigt, das war seines Vaters rechtens überkommenes Erbteil. Darum zog es den Herzog zu ihm, daß er sein Herz vertrauend in seine Hand legte. Er war seines Vaters Sohn. Es war Recht und Pflicht, herauszutreten aus den Reihen der Niedrigen und Verachteten, groß zu stehen im Licht, die Hand zu legen auf seinen Namen, Erbe und Stellung.

Die Gedanken wirrten sich ihm. Was tun? Wohin sich bekennen? An goldenen Fäden zog die Macht; doch auch die Lockung, unter den Verachteten zu stehen, war so zäh wie mild. Reizvoll war es, jede Rüstung abzutun; aber auch in dem goldenen Panzer zu prangen war Versuchung und starke Lust.

Mitten im Traum sah er sich, der zuweilen ihn anfiel. Sah sich schreiten in jenem gespenstischen Tanz, an einer Hand hielt ihn der Herzog, der Rabbi an der andern. Schritt da vorne nicht sein Vater, der Feldmarschall, abgerissen die Epauletten, im Takt klirrend mit dem zerbrochenen Degen, winkend mit den Urkunden seiner Abkunft? Aber der Mönch dort hinten, der Kapuziner, der ist doch auch wieder sein Vater! Sonderbar, daß man nicht erkennen kann, ob das der zerbrochene Degen ist oder der Rosenkranz, was ihm da herunterhängt. Aber wer dort vorne lächerlich im Kaftan hüpfend sich ihm zuneigt, mit dem strähnigen Bart, das ist Isaak Landauer. Nein, nicht Isaak Landauer ist es, sondern Jecheskel Seligmann. Er kommt sich zu bedanken, und er verbeugt sich albern, und er knickst tief und küßt ihm den Rock, und es sieht komisch und beklemmend aus, wie er immer wieder mit dem von der Folter zerrissenen Gesicht lächelt und dann wieder knicksend mit dem Kaftan den Boden schleift.

Mit Gewalt aus seiner Benommenheit und Dämmer reißt sich Süß. Er will jetzt seine Mutter sehen. Er will sich jetzt nicht entschließen; mit Ziffern und Kalküls kommt er hier nicht weiter. Und er hat jetzt diese Gedanken satt, und er will jetzt Ruhe haben vor diesen albernen Träumen, und er will jetzt das Gesicht seiner Mutter sehen.

Doch wie er geht, an der Schwelle des Zimmers, tritt ihm Rabbi Gabriel entgegen. Das massige Gesicht scheint minder steinern als sonst, weniger scharf über der platten Nase zacken die drei Falten, selbst sein Mißmut scheint gelöster, bewegter, menschlicher.

»Willst du mich anzeigen?« fragt er höhnisch. »Es kann deiner Karriere nur nützen, wenn du mich einem Kirchengericht übergibst, weil ich einen gebürtigen Christen so lang im falschen Glauben hielt.«

Und da Süß einen ungestümen Schritt vorwärts tut: »Oder willst du mit deiner Mutter rechten? Sie schelten, weil sie dir so lange schwieg? Ihr danken, daß sie dir einen so kavaliersmäßigen Vater gab?«

Eine wilde, unsinnige Wut steigt in Süß hoch. Wie kommt dieser Mann dazu, so ohne weiteres anzunehmen, daß er nun in ein bequemes Christentum schlüpfen wird? Wie steht er höhnisch da mit seinen trüben grauen Augen, die gipfelhoch auf einen niederschauen, wie ein Hofmeister, der den dummen Zögling über einer albern armseligen Ausrede ertappt. Will er ihm jetzt etwa seine jüdische Geburt abstreiten, sein Opfer, sein großes Spüren als Schaum und Lüge abtun, ihn um sein bestes Erbteil prellen?

Seine Empörung gegen den Rabbi, so dumpf sie war, war ehrlich. Zum erstenmal, spürte er, war er ohne Rabulistik gegen ihn im Recht, zum erstenmal verhöhnte ihn jener ohne Grund. Ganz fort war die lähmende Enge, die sonst von dem Kabbalisten ausging, und plötzlich war der Entschluß da, der so lang gestaltlos im Dunkel sich versteckt hatte, sprang klar und sicher ins Licht, war da, selbstverständlich, unumstößlich.

Die Stimme frei, sachlich, sagte er: »Ich fahre nach Hirsau. Zu Naemi.«

Näher an Süß riß es den Überraschten. Heller das Gesicht, halb ungläubig, mit fast gutmütigem Scherz: »Als Rächer an Edom?«

Doch Süß blieb ruhig. Ohne Gereiztheit, zuversichtlich und fest sagte er: »Sie will mich sehen. Ich stelle mich ihr.«

Rabbi Gabriel nahm seine Hand. Sah sein Gesicht. Sah Unreines, Unwahres, Schutt. Sah darunter anderes. Sah unter Haut, Fleisch, Knochen zum erstenmal Licht.

»Sei es!« sagte er, schon klang seine Stimme wieder mißlaunig wie sonst. »Komm mit zu dem Kind!«

VIERTES BUCH

DER HERZOG

Am Tiberiassee erging sich mit seinem Lieblingsschüler Chajjim Vital Calabrese der Meister der Kabbala, Rabbi Isaak Luria. Aus der Mirjamquelle tranken die Männer, fuhren hinaus auf den See. Der Meister sprach von seiner Lehre. Es schwebten die Geister über den Wassern, der Nachen stand still. Es war ein Wunder, daß er nicht sank; denn schwer vom Leben von Millionen war der Rabbi und sein Wort.

Zurück zum Quell der Mirjam kehrten die Männer. Und wieder tranken sie. Da änderte die Quelle plötzlich ihren Lauf. Einen Bogen in die Luft bildete sie, zwei senkrechte Strahlen, einen Querstrahl darüber. Hinein in den Bogen trat der Rabbi als dritter senkrechter Strahl. So ward aus ihm und dem Quell der Buchstab Schin, der Anfang des erhabensten Gottesnamens Schaddai. Und der Buchstab wuchs und wuchs und spannte sich über den See und spannte sich über die Welt. Als der Schüler Chajjim Vital zurückfand aus seiner Verwirrung, floß die Quelle wie früher, doch der Rabbi Isaak Luria war nicht mehr da.

Es war aber dieses Mittelglied des allerheiligsten Buchstabens das einzige, was er niedergeschrieben von seiner Lehre. Denn die Worte seiner Lehre fielen von seinen Lippen und waren wie Schnee. Er ist da, er ist weiß und leuchtet und kühlt; doch halten kann man ihn nicht. So fiel von seinem Mund die Lehre, und man konnte sie nicht halten. Der Rabbi schrieb sie nicht nieder und duldete auch nicht, daß ein anderer sie schrieb. Weil das Geschriebene verwandelt ist und der Tod des Gesprochenen. So ist auch die Schrift nicht das Wort Gottes, sondern Maske und Verzerrung und ist, was Holz ist vor dem lebendigen Baum. Erst im Mund des Wissenden steht sie auf und lebt.

Allein nachdem der Rabbi verschwunden war, konnte sich der Schüler nicht enthalten, die Lehre aufs Papier zu zeichnen mit den geschwätzigen, lügnerischen Zeichen der Schrift. Und er schrieb das Buch vom Lebensbaum, und er schrieb das Buch von den Verwandlungen der Seele.

Ach, wie weise war der Meister gewesen, daß er seine Erkenntnis nicht besudelt durch die Schrift, daß er die Lehre nicht verzerrt durch den üblen Zauber der Buchstaben. In seine Gesichte war Elia der Prophet getreten, Simon ben Jochai in seine Nächte. Die Sprache der Vögel war ihm erschlossen, der Bäume, der Flamme, des Steins. Die Seelen derer in den Gräbern konnte er sehen und die Seelen der Lebenden, wenn sie sich an den Sabbatabenden zum Paradies schwangen; auch konnte er von den Stirnen der Menschen ihre Seele ablesen, sie an sich ziehen, mit ihnen sprechen, sie dann wieder zu ihren Eignern entlassen. Die Kabbala hatte sich ihm geweitet, durchsichtig war ihm der Leib der Dinge, er sah in einem Körper, Geist und Seele; Luft, Wasser, Erde war voll von Stimmen und Gesichten, er sah das Weben Gottes in der Welt, die Engel kamen und hielten Zwiesprach mit ihm. Er wußte, daß überall Geheimnis war, aber ihm schlug das Geheimnis das Aug auf, schmiegte sich ihm wie ein folgsamer Hund. Wunder blühten an seinem Weg. Der Baum der Kabbala ging durch ihn durch, seine Wurzeln waren tief im Innern der Erde, seine Wipfel im Himmel fächelten das Gesicht Gottes.

Ach, aber wie wandelte sich in den Büchern des Schülers diese Weisheit. In wilder Unzucht keimte aus ihnen Narrheit und Erkenntnis. Falsche Propheten und Messiasse wuchsen aus den Buchstaben, Zauberei und Wirrwarr, Entrückung und Wunder und Hurerei und Machttaumel und Gottesversunkenheit entgoß sich aus ihnen in die Welt. Das fahle Antlitz des Simon ben Jochai schaute aus diesen Buchstaben, und im Gestrüpp seines silbernen Bartes lagen gesichert und entrückt Myriaden von Frommen und Heiligen, und es prunkten aus den Zeichen dieser Bücher nackt und frech die Brüste der Lilith, und an ihren Zitzen hingen taumelnd und lallend und mit schwindenden Sinnen die Kinder der Lust und der Macht.

Und dies sind einige Sätze aus der Geheimlehre des Rabbi Isaak Luria Aschkinasi:

»Es kann geschehen, daß in *einem* Menschenleib nicht nur *eine* Seele eine neue Wanderung erleidet, sondern daß zu gleicher Zeit zwei, ja mehrere Seelen sich mit diesem Leib zu neuer Erdenwanderung einen. Mag sein, die eine ist Balsam, die andere Gift; mag sein, die eine war eines Tieres, die andere eines

Priesters und Beflissenen. Nun sind sie in *eines* gebannt, *einem* Leib zugehörig wie rechte und linke Hand. Sie durchdringen sich, sie verbeißen sich ineinander, sie schwängern sich, sie fließen ineinander wie Wasser. Wie immer aber, sich zermalmend, sich aufbauend, stets ist solche Vereinigung Hilfe von einer Seele zur andern um der Sühnung der Schuld willen, um die sie die neue Wanderung erleidet.«

Dies sind einige Sätze aus der Geheimlehre des Rabbi Isaak Luria, des Adlers der Kabbalisten, der geboren war in Jerusalem, der sieben Jahre sich kasteite, einsam an den Ufern des Nils, der seine Weisheit nach Galiläa trug und Wunder tat unter den Menschen, der niemals seine Lehre entweihte durch Schrift und Papier, und der geheimnisvoll verschwand auf dem Tiberiassee im achtunddreißigsten Jahre seines Lebens.

Der Fürstbischof von Würzburg fuhr behaglich durch das gesegnete Land. Wohlig atmete der dicke Herr, bequem zurückliegend in den weichen Polstern des gut federnden Wagens, den milden Duft der ersten Obstblüte; alles schwamm in junger Sonne, flaumig lag und zärtlich das junge Grün auf Boden, Baum und Strauch. Der Bischof reiste nach Stuttgart zur Taufe des Erbprinzen. Er war heiterster Laune. Das feine Land! das reiche, gesegnete Land! Das war nun Rom und der Kirche gesichert.

Friedrich Karl von Schönborn, Fürstbischof von Würzburg und Bamberg, der erste Diplomat der Kirche, von den Katholiken als das große Weltorakel, der deutsche Ulysses gefeiert, von den Evangelischen als tückische Schlange, Haman und Herodes begeifert und verlästert, war ein jovialer, behäbiger Herr. Sehr weltmännisch, am Wiener und am päpstlichen Hofe zu Hause, vielgereist und beweglich, war er von einer weit überschauenden, gütigen Menschenverachtung, sah er in einem gütigen Absolutismus, in einem heiteren Katholizismus das Heil der Welt. Die Masse war dumpf, dumm und finster, das war gottgewollt, das hatte Gott nun so eingerichtet, Lebensklugheit forderte, sich damit abzufinden. Es war schmerzlich, daß soviel Elend in der Welt war; je nun, man mußte das beklagen. Doch es genügte, zuweilen darüber zu seufzen; immer darob Trübsal zu blasen oder verkniffen finster auf Änderung solcher Naturordnung zu sinnen war Sache von Toren und dunklen Schwärmern. Er, Schönborn, hatte seine besten Jahre in Italien verbracht, hatte seine diplomatischen Künste in Venedig erlernt, er liebte die helle, südliche Luft, er fand sie in seinem Würzburg wieder. Sein Katholizismus kam ihm tief aus dem Blut, sein Essen und Trinken, wie er stand und ging, war katholisch. Er sah die Kirche, wie er sie in Italien mit allen Sinnen eingesogen hatte. Die Sammlungen des Vatikans waren ein Teil davon, die venezianische Diplomatie war ein Teil davon, selbst das Albanergebirge war ein Teil davon. Alles, was schön war in der Welt, und das war, Gott sei Dank!, sehr vieles, Messen und Kirchen und Wein und Kunstwerke und Staatsstreiche und eine schöne Predigt und eine gut gewachsene Frau, alles, was hell und heiter war in der Welt, war römisch und katholisch. Aber was dumpf war und verquollen und nebelig und spinnwebfarben, das war evangelisch, sächsisch, brandenburgisch. Er haßte den Protestantismus nicht; denn er haßte nichts auf der Welt. Aber er war ihm tief zuwider. Diese graue, nüchterne Liturgie, diese fahle, verzwickte, dunstige Theologie, das war schlechte Luft, war Pöbelweisheit, steriles Gewäsche. Die Apostel selber, wenn sie heute wiederkämen, verstünden nichts von den Dingen, um die diese sogenannten Theologen stritten. Nicht atmen konnte man in dieser dumpfen, grauen Welt. Aber, gloria in excelsis!, von diesen heiteren schwäbischen Fluren hob sich der Nebel jetzt, er, Friedrich Karl, hatte sein gut Teil dazu beigetragen, dem Land die helle, katholische Luft zu schaffen, die ihm soviel besser anstand. Jetzt fuhr er, einen neuen Herzog im rechten Glauben zu taufen. Ei, wohl war es eine gut eingerichtete Welt! Ei, wohl war es eine Lust zu leben. Und er atmete fröhlich die milde Luft und er scherzte mit seinen klugen Räten und er schenkte den Kindern an seinem Wege Münzen und er schaute wohlgefällig auf das artige Aufwartemädchen im Wirtshaus. Und sein schwerer Leib schwankte zufrieden und sein feistes, kluges Gesicht strahlte Heiterkeit über alle seine Umgebung.

Aber dem Land ging er auf wie ein blutig roter, Unglück kündender Vollmond. Ach, der Sieg, den man im Stettenfelser Handel errungen, war nur eine kurze Aufhellung gewesen. Jetzt zeigte sich, daß das Land umstellt war, daß die Maschen des Netzes von allen Seiten geknüpft waren. Was halfen alle Klauseln und fürsorglichen Reversalien gegen die höllisch schlauen Interpretierungskünste der Würzburger Räte! Und selbst wenn man dagegen aufkam, wenn man sie säuberlich Punkt um Punkt widerlegte, frommte es doch zu nichts; denn hinter den Würzburgern stand das Militär, standen die Bajonette der herzoglichen Armee. Hatte der Jud den Leib und das Geld genommen, so kam jetzt der Katholik und fraß die Seele. Katholizismus, das hieß Preisgabe seiner selbst, Preisgabe aller menschlichen und politischen Freiheit. Das hieß Militär-Absolutismus, hieß Löcherung aller bürgerlichen Tugend und Tüchtigkeit, hieß eine große, dumpfe Masse von Knechten und ein kleines Häuflein zuchtloser Höflinge schrankenlos darüber. Katholizismus, daß hieß die Herrschaft Beelzebubs, hieß Üppigkeit, Schamlosigkeit, Tyrannei, Hurerei, Völlerei. Wie eine Raupe schlug das Land um sich. Aber es war ein kraftloses, hoffnungsloses Umsichschlagen. Der Jud hatte gut vorgearbeitet, so hatte der Katholik leichtes Werken. Resigniert und stumpf, eingeschüchtert von dem herrischen Gewese der Beamten, den Fußtritten der katholischen Offiziere, hockten in den Schenken die Bürger, hatten für die neuerliche Ankunft des Würzburgers nur ein ohnmächtiges, höhnisch stumpfes Gelächter. Da hat man's ja! Da sieht man's ja! Aber weiter nicht wirkte der Zorn sich aus, und alle saßen sie jetzt wie der schweinsäugige Konditor Benz giftig und geduckt.

Die Geheimen Räte Harpprecht und Bilfinger stemmten sich schwer und kräftig den Absichten des Herzogs entgegen. Doch wenn sie auf administrativem Gebiet manches erreichten, so besagte das nicht viel. Denn sie sahen sehr wohl, die Gefahr kam von anderer Seite her, sie lag in der Katholisierung der Armee. Und die war nicht aufzuhalten. Die Würzburger Herren, die Räte Fichtel und Raab, sahen denn auch den Bestrebungen der Württemberger still, vergnügt und kennerisch zu; ja, sie ließen ihnen höflich und mit ironischem Wohlwollen gelegentlich sogar einen kleinen Vorsprung. Es war amüsant zuzuschauen, wie die beiden schweren, biederen Protestanten sich fruchtlos abzappelten, während sie ihre Pläne einfach von der Zeit reifen ließen. So gewiß dem April der Mai, so gewiß mußte ihren Projekten die Erfüllung folgen.

Nur eine ernsthafte Schlappe erlitten die Katholischen. Der Elfer-Ausschuß des Parlaments benützte eine leichte Erkrankung des Weißensee, an Stelle des zweideutigen Mannes einen zuverlässigen Evangelischen und Demokraten zu setzen, den Regierungsrat Moser, den Publizisten, der sich im Stettenfelser Handel so sichtbarlich ausgezeichnet hatte. Da saßen nun die Elf, wüteten, tobten, fluchten. Mannhaft und ernst vertrat die Sache des Landes der Präsident Sturm, grobzornig und unflätig schimpfend die Bürgermeister von Brackenheim und Weinsberg, schwungvoll pathetisch Moser, doch düster und Weltverachtung in den Mundwinkeln der Konsulent Neuffer. Ja, Neuffer saß nicht mehr auf den Stufen des Throns. Er hatte erkannt: die Macht fuhr nicht brausend und alles niederrennend einher, mit Donner und Blitz und in großem Glanz, wie er es sich vorgestellt; nein, sie war zusammengesetzt aus lauter kleinen Kniffen, sie kämpfte mit lauter schäbigen Tricks und mesquinen Mittelchen, kurz, es war um sie nicht besser bestellt als um die Freiheit. Es stank hier wie dort aus tausend Löchern, alles war ekles Flickwerk, Macht oder Freiheit, Absolutismus oder Demokratie, es war nur ein prunkender Mantel, unter dem sich widerliche, kleinliche, alberne Gelüste und Gefühlchen versteckten. Da war es schon besser, auf der Seite zu stehen, auf die man von Geburt geworfen war. Er kehrte finster und menschenverachtend der Sache des Hofs den Rücken und stellte seinen verkniffenen, gravitätischen Fanatismus wieder in den Dienst des Volkes, des Parlaments, der Evangelischen.

Doch ob man ernsthaft sachlich und gewichtig opponierte wie Sturm oder mit düsterem Eifer wie Neuffer oder mit grobem Geschimpf wie die Bürgermeister Jäger und Bellon, es fruchtete wenig. Auf die mannigfachen, umständlichen Reklamationen, Beschwerden, Petitionen, submissesten Vorstellungen des Parlaments kam aus der herzoglichen Kanzlei hochfahrend kurzer oder überhaupt kein Bescheid. Hingegen hörte man von drohenden und gewalttätigen Reden des Herzogs, er wolle ein Bataillon Grenadiere vors Landhaus marschieren und es den Kujonen drinnen machen lassen, wie schon einmal ein Herzog von Württemberg getan. Mehrmals äußerte er, nun werde er bald dieser tückischen und aufrührerischen Hydra den Kopf zertreten. Eine Reklamation des parlamentarischen Ausschusses wegen der Regelung des Pupillenwesens war in besonders scharfen und unklugen Worten abgefaßt. Karl Alexander ließ sich daraufhin von dem Geheimrat Fichtel, der als erster Kenner des Verfassungswesens galt, gutachtlich bestätigen, keine Landschaft dürfe Beschwerden und Gegenvorstellungen erheben, in welchen die Ehrfurcht gegen den Fürsten so außer acht gelassen sei. Der Urheber solchen Schriftstücks verdiene, daß ihm der Kopf vor die Füße gelegt werde. Audienzen landschaftlicher Deputationen beim Herzog hatten keine bessere Folge. Ja, das vierschrötige Gehabe des Bürgermeisters von Brackenheim erbitterte Karl Alexander einmal derart, daß er auf den Mann losging, ihm mit dem flachen Degen seine Untertanenpflicht beizubringen; knapp und mit Mühe konnte der atemlose Deputierte sich retten.

So standen die Läufte, als Johann Jaakob Moser an Stelle des Weißensee in den Elfer-Ausschuß berufen wurde. Er war der Jüngste im Ausschuß, doch trotzdem er erst im Anfang der Dreißig stand, ein umgetriebener Mann; hitzig, wichtigmacherisch, mit einem Abenteuerhang zum Wechsel, ein Liebhaber rascher, großer Worte und pathetischer Gesten, sehr geübt mit der Feder, ein leidenschaftlicher Publizist. Von frühester Jugend an hatte sich der rastlose Mensch mit massenhaftem Wissen vollgestopft. Mit siebzehn Jahren schon hatte er Diskurse drucken lassen, mit neunzehn hatte er sich dreist und voll flinken Selbstbewußtseins an den Herzog Eberhard Ludwig herangemacht und war außerordentlicher Professor in Tübingen geworden. Mit zwanzig Jahren wechselte er hinüber an den Wiener Hof, wurde Regierungsrat, pürschte sich an den Kaiser heran. Um sich vor Zwischenträgereien zu sichern, rief man ihn nach Württemberg zurück. Es war indes mit dem starren und anmaßenden Mann nicht auszukommen, er ging nach Preußen, wurde Rektor der abgelegenen und vernachlässigten Universität Frankfurt an der Oder, warf das undankbare Amt sehr bald wieder hin und kehrte unter Karl Alexander nach Stuttgart zurück. Während dieser Jahre schrieb und redete er immerzu und in großen Massen, es gab kein Ding des Tages und der Ewigkeit, daran er nicht seine Rede und seine Feder geübt hätte. Bei alldem fand er, Skeptiker zuerst, dann Deist, noch Muße, erweckt zu werden und sich in die Reihe der Luther, Arndt, Spener, Francke zu stellen.

Er hatte durch sein rasches und kühnliches Zupacken im Stettenfelser Handel großes Aufsehen erregt und fühlte sich jetzt als berufener Erlöser Württembergs. Er beschloß, vertrauend auf seine Rhetorik, ganz einfach und schlechthin, wie Nathan der Prophet zu David, zum Herzog zu gehen und dem Fürsten kraftvoll und dringlich als Mann zum Mann ins Gewissen zu reden. Überzeugt von der Macht und dem Eindruck seiner Persönlichkeit erbat er sich also Audienz und ging, ausgezeichnet disponiert, publizistisch, advokatisch, prophetisch in bester Form, zum Herzog, geschwellt und in hoher Stimmung, wie ein Komödiant sich auf eine gut geübte Rolle freut, die ihm liegt. Doch die

Audienz verlief unerwartet. Karl Alexander empfing ihn in Gegenwart des Süß. Moser ließ sich dadurch nicht aus dem Konzept bringen. Er sprach gelehrt, gründlich, mit Überzeugung, brachte moral-theologische Argumente, Exempel aus der heiligen, der antiken, der neuen Geschichte, mischte Staatsrechtliches mit Praktisch-Billigem, brachte Vergleiche aus der Natur, kurz, er fand sich hinreißend. Der Herzog und der Jude hörten aufmerksam zu; ja, als dem im Eifer Hin- und Herschreitenden ein Sessel im Wege stand, rückte der Herzog eigenhändig ihn weg, damit Moser nicht behindert sei. Doch als der Publizist nach etwa zwanzig Minuten innehielt, den einen Arm rund und mit schöner Geste erhoben, klopfte der Herzog ihm auf die Schulter und sagte anerkennend: »Wenn das Kind, das die Herzogin erwartet, ein Junge wird, muß Er ihm die Rhetorik beibringen.« Süß hingegen machte etliche Anmerkungen über den Unterschied in der deutschen und der welschen Deklamation. Und als der schwitzende Publizist von dem schmunzelnden Karl Alexander verblüfft entlassen war, mußte er sich gestehen: »Armes Land! Armes Vaterland! Dir kann selbst ich nicht helfen.«

Der Würzburger hatte also alle Ursach zu heiterster Laune, als er jetzt in Stuttgart einzog. Die Taufe des schwäbischen Erbprinzen unter so günstigen Auspizien war ein Triumph der katholischen Sache weit über die württembergischen Grenzen hinaus. Sie wurde denn auch mit den größten Feierlichkeiten und unter solennem Zustrom katholischer Fürsten und Herren vollzogen. Der Papst ließ bei diesem Anlaß durch einen Sondergesandten die Herzogin mit dem Ritterkreuz des Malteserordens schmücken. Nur zwei Damen außer ihr besaßen diesen Orden, die Königin von Spanien und die Fürstin Ucella in Rom.

Marie Auguste lag ziervoll, das Pastellgesicht ganz durchsichtig, in ihrem mächtigen Prunkbett. Das Amulett des Süß mit den primitiven, bedrohlichen Vögeln und den blockigen, unheimlichen Buchstaben lag trotz des Verbots ihres Beichtvaters unter ihrem Kopfkissen; sie lächelte spitzbübisch, wenn sie dachte, wie der wohl, wüßte er es, wütete. Sie war fest überzeugt, nur das Amulett habe sie gerettet; denn die Entbindung war langwierig und schmerzhaft gewesen. Jetzt, nachdem die Geburt vorbei war, fürchtete sie sehr, sie möchte dauernd entstellt sein, und die Medici Doktor Wendelin Breyer und Doktor Georg Burkhard Seeger mußten ihr immer wieder versichern, daß keinerlei Narben und silberne Furchen den Körper Ihrer Durchlaucht verunzieren würden. Mehr aber als auf die Ärzte hörte sie auf die Beruhigungen der alten Barbara Holzin, die ungeheuer kundig und autoritativ die Aussagen der Ärzte bestätigte. Im übrigen fand Marie Auguste die Situation höchst komisch. Sie betrachtete neugierig und amüsiert dies Menschlein, das sie zur Welt gebracht. Sie hatte also, ei, ei!, dem Land einen Erbprinzen geschenkt, sie beschaute sich neugierig in dem Spiegel mit dem mächtigen Rand von getriebenem Gold: nun war sie demnach im wahrsten Sinn Landesmutter. Kurios war das, kurios. Karl Alexander wußte nicht recht, was er sagen sollte; er überhäufte sie ziemlich wahllos mit Geschenken, die mehr den guten Willen als den Takt des Spenders verrieten. Dann, als sie Besuche empfangen durfte, schickte sie die fließenden Augen über Remchingen, über Riolles, weidete sich an der Unbeholfenheit der Herren, die, Kindern sehr fremd, sich mühsam bewundernde Phrasen über den Säugling abzwangen.

Es taufte aber der Fürstbischof von Würzburg den Erbprinzen von Württemberg und Teck, Erbgrafen von Mömpelgard, Erbgrafen von Urach, Erbherrn von Heidenheim und Forbach und so weiter, und so weiter, auf den Namen Karl Eugen.

Und es krachten die Böller, es läuteten die Glocken. Galatafel, Feuerwerk. Braten wurde gegen einen Glückwunsch, gegen ein Vergelt's Gott Wein verschenkt. Und sosehr das Volk über den katholischen Erbprinzen fluchte, war doch schon am frühen Nachmittag kein Bissen Braten, von den zahllosen ungeheuren Fässern kein Schlückchen Wein mehr da.

Süß hielt sich während dieser Feierlichkeiten sehr im Schatten. Früher hatte er sich auf jede Art an den Bischof und die Würzburger Herren herangemacht; nun schien es beinahe, als meide er sie mit Absicht. Das katholische Projekt, jetzt ausschließliches Zentrum der schwäbischen Politik, lag ganz in den Händen der Würzburger Diplomaten und der Militärs. Hatten sich die Herren darauf gerüstet, den Finanzdirektor nur mit Mühe und unter allen möglichen Tifteleien und Vorwänden auszuschalten, so sahen sie jetzt verwundert, daß er allem, was mit dieser Frage zusammenhing, sorglich auswich. Sie verstanden das nicht, sie glaubten an eine Finte, vermuteten, der Jude intrigiere direkt beim Herzog. Doch auch zu Karl Alexander kam Süß nur, wenn er gerufen wurde. Der Herzog war ungnädig, daß er in der peinlichen Eßlinger Affäre zum Spott des ganzen Reichs dem Juden seinen Willen hatte tun müssen, er zeigte dem Süß bei jeder Gelegenheit ein verdrießlich abweisendes, gereiztes Gesicht; doch der, ganz gegen seine Art, blieb zurückhaltend und gelassen, tat nichts, um die alte Vertraulichkeit des Fürsten wiederzugewinnen.

Er beschränkte sich streng auf die Verwaltung der Finanzen. Früher hatte er, da schließlich alles an irgendeinem Faden mit Geld zusammenhing, in der Eigenschaft des Finanzdirektors jedes kleinste Rädchen des Regierungsapparates kontrolliert; nun wies er fast alles, was man ihm vorlegte, zurück als nicht in sein Ressort gehörig. Die Männer der Regierung betrachteten ihn mit Mißtrauen, schnüffelten nach seinen heimlichen, gefährlichen Motiven, fühlten sich unbehaglich in der Erwartung, solche scheinbare Untätigkeit sei nur Vorbereitung eines großen Coups.

Wenn der Herzog nicht wie schon einmal die Zurückhaltung des Juden durch Stockung des Geldzuflusses empfindlich spüren mußte, so dankte er dies dem kurpfälzischen Rat, den er jetzt ständig in seiner Umgebung hielt, dem Dom Bartelemi Pancorbo. Wild zupackend stürzte sich der hagere Mann mit dem blauroten, fleischlosen Gesicht auf alles, was Süß aus den Händen ließ, hakte sich fest, drohend, wie für die Ewigkeit, auf jeden Platz, den jener freigab, schlang gierig, wovon jener die Zähne löste. Die schwierige, sehr komplizierte und verästelte Finanzierung des katholischen Projekts besorgte er fast ganz allein; damit glitt ihm die Oberleitung der Staatsgeschäfte in die Hand. Ja, er drang ein in den eigentlichsten Fug und Besitz des Juden. Da war etwa die Sache mit dem Tabaksmonopol. Auf Betreiben des Süß hatte nach mannigfachen halben Experimenten eine jüdische Sozietät in Ludwigsburg eine Tabakfabrik gegründet. Die Gesellschaft arbeitete mit großen Mitteln und auf weite Sicht, errichtete Filialen in Stuttgart, Tübingen, Göppingen, Brackenheim, griff über die Grenzen hinaus. Dom Bartelemi Pancorbo, Inhaber des kurpfälzischen Tabaksmonopols und Sachverständiger in diesen Fragen, maulte vor dem Herzog, die Abgabe, die diese Juden entrichten müßten, sei viel zu niedrig, bot mehr. Süß wich kampflos, auf den ersten Anhieb, entschädigte mit großen Opfern die jüdischen Sozietärs, überließ die wohleingerichtete Fabrik dem erstaunten, grinsenden Portugiesen.

Auch die Geselligkeit, die früher so wild um ihn wirbelte, ließ er abflauen. Es kam jetzt vor, daß er einen Flirt begann und ihn vor dem Ziel müd und gelangweilt abbrach. Unter den zahllosen Frauen seines Bettes, die er verlassen, die er zum Teil vergessen hatte, waren welche, die in jeden Spott einstimmten, der ihn ankotete; welche bewahrten das Erlebnis als etwas Kitzelndes, Verboten-Köstliches wie wohl einen Schmuck, den man, ach!, nur in verschlossener Kammer vor dem Spiegel antun darf, und sie schwiegen, sprach man von ihm; welche standen an seinem Weg, wenn er vorüberritt, lächelten großäugig, standen, bis er außer Sicht war, und sie trugen es ihm nicht nach, daß er sie so bald weggeworfen, sie dankten ihm täglich für jene kurzen Stunden, sie bewahrten die Worte, die er wer weiß wie vielen gesagt und längst vergessen hatte, als teuersten Besitz.

Um jene Zeit bekam Josef Süß Augen für seinen Diener und Sekretär Nicklas Pfäffle. Er hatte den fetten, gleichmütigen, langsamen und unermüdlichen Burschen immer gut gehalten, wie man eben einen so ungewöhnlich verwendbaren und zuverlässigen Menschen hält. Aber daß dieser Mensch außer seiner Verwendbarkeit und Zuverlässigkeit auch noch andere Eigenschaften hatte, daß er Regungen und Erlebnisse hatte, die sich nicht auf seinen Herrn bezogen, dies durchzuspüren, nahm sich Süß jetzt zum erstenmal die Mühe. Er sprach darum nicht viel anders zu Nicklas Pfäffle. Es wäre untunlich, ja ganz unmöglich erschienen, zu dem blassen, fetten Burschen ein Wort über das Sachliche und Notwendige hinaus zu sprechen. Aber sein Ton war anders zu ihm, seine Augen gingen anders zu ihm, seine Haltung war vom Menschen zum Menschen.

Auch die Stute Assjadah spürte, daß ihr Herr als ein anderer auf ihr saß. Vielleicht ritt er jetzt nicht mehr in so großem Glanz als früher, vielleicht fühlte man rings im Volk, daß seine Hand nicht mehr die einzige war am Hebel des Regiments; aber die Stute Assjadah spürte, daß sie ihm jetzt anderes war als sein Kleid und sein Schmuck und Hausrat, daß er jetzt ihre Augen sah, daß er jetzt merkte, wie ein Leben floß in ihm und ihr.

Kurz nach der Affäre mit dem Tabaksmonopol, während man in Stuttgart und Ludwigsburg fieberhaft an der Exekution des katholischen Projekts arbeitete, mit den anderen katholischen Höfen und Herren zettelte, Militärkonventionen schloß, bei Kaiser und Reich die Landschaft ins Unrecht zu setzen, die evangelischen Höfe zu begütigen suchte, während Pancorbo, nach neuen Geldquellen spähend, immer mehr in die Bezirke des

Juden eindrang, zog sich der rätselvolle Mann plötzlich aus allen Geschäften zurück, nahm Urlaub, betraute mit der Wahrung des Wichtigsten den Nicklas Pfäffle, verließ mit unbekanntem Ziel und ohne jede Begleitung die Hauptstadt.

Er fuhr nach Hirsau. Er kam sich auf dieser ungewohnt einsamen Fahrt ungeheuer edelmütig und erhaben vor. Zu denken, daß er mit einem einzigen Wort, mit einer einzigen Enthüllung den Herzog ganz für sich gewinnen, sich in die Mitte des katholischen Projekts setzen, die hämischen, triumphierend grinsenden Nebenbuhler an die Peripherie zurückwerfen könnte. Zu denken, daß er einfach die Hände aufmachte, das mühsam Errungene, Einzigartige, letztes, sehnlichst erahntes Ziel aller Welt, wie Wegwurf fallenließ. Wie edel war er, wie jenseitig, wie opferfroh! Er legte Ernst, Weltabgewandtheit, priesterhafte Getragenheit über sein Gesicht, er befahl seinem flinken, eleganten Körper, würdevoll langsam zu sein, seinen fliegenden, rastlosen Augen, ernst und sinnierend zu schauen.

Wählte er sonst für seine Besuche Zeiten, in denen er den Kabbalisten fern glaubte, so suchte er jetzt seine Gegenwart. Die verströmende Hingabe des Kindes schien ihm selbstverständliche, fast geschuldete Gegengabe des Schicksals. Naemi, obzwar ihr Gesicht, Stimme, Haltung des Vaters schon bei seiner ersten Ankunft die Verdächtigungen des Magisters doppelt leer und haltlos hatten erscheinen lassen, war durch seine neue Maske leicht verwirrt. Sie sah den Vater als Simson, der die Philister, als David, der den Goliath erschlägt. Sein neues Antlitz stimmte nicht recht dazu, und wenngleich nur flüchtig, so doch wieder und immer wieder drängte sich kitzelnd und beklemmend jenes Gesicht vor, da an dem reichen Haar Absalom im Geäst hängt, und seine Züge sind die Züge des Vaters.

Süß war sehr gekränkt, daß der Kabbalist ihm nicht die Achtung und Würdigung zeigte, auf die er jetzt doch offenbar Anspruch hatte. Einmal sagte ihm Rabbi Gabriel: »Du hast erkannt, daß du den Weg suchen mußt; das ist etwas. Aber du hast noch nicht den Weg.«

In der Stille des weißen Hauses mit den Blumenterrassen nahm Süß das Schicksal seines Vaters in die Hand, beschaute es, drehte es hin und her. In der langen Weile überkamen die alten Anfechtungen den rastlosen Mann. Wenn er nun zu seiner väterlichen Herkunft sich bekannte, wer durfte ihn darum tadeln? Er hatte zur Genüge gezeigt, daß er demütig sein konnte: hatte er nicht nach solcher Probe das Recht, aus der Demut aufzutauchen in den Glanz, der ihm rechtens zustand? Wenn er jetzt die Stricke zerschneidet, die ihn immer wieder hinunterreißen wollen zu den Verachteten, kaum daß er eine Sprosse aufwärts klomm? Wenn er den Schmutz und den Ekel und die Verachtung der Menge abstreift, die als an einem Juden an ihm kleben? Wenn er sein schönes Kind an die Hand nimmt, aus der Vermummung schlüpft wie der arabische Kalif und strahlend, daß ihnen das Grinsen stirbt, unter seine frechen Gegner tritt, nicht nur an Genie ihr Erster, nein, Christ auch und Edelmann von Geburt?

Hochmütig steilten die Tulpen in seine Träume, ein weißer, besonnter Würfel lag das Haus. Flüchtig schatteten hinter seinen Erwägungen die seltsamen Formen der magischen Figuren, die blockigen hebräischen Buchstaben, schematisch stand der himmlische Mensch, es blühte der kabbalistische Baum.

Sein Vater. In Braus gelebt, in Schmach verkommen, im Kloster gestorben. Je nun, ihn hatte das Glück verlassen, das Leben von sich gestoßen, er war ohne Erfolg. Was blieb ihm übrig, als nach seiner Seele zu jagen? Wer keinen Erfolg hatte, der mußte sich wohl verkriechen und nach innen schauen. Bei ihm, Süß, lagen die Dinge anders. Er hatte Erfolg. Ihm schmiegte sich das Leben, schmeichelte ihm, duckte sich ihm, unterworfen, gezähmt.

Er sah auf. Der Oheim stand vor ihm. Ei, hatte er ihn ertappt? Der Schleicher, der Spionierer, der nach jedem Gedanken jagte, den er einem höhnisch hinhalten konnte. Ach, er wird nie mehr so unbeschwert leben können wie früher. Wenn er es täte, was doch nur natürlich und sein gutes Recht wäre, wenn er sich als Christ bekennte, immer würde er die Verachtung dieses lächerlichen, schlecht angezogenen Mannes eisig im Nacken spüren. Oh, leben können wie früher! Den Tag nehmen, wie er fällt! Wozu diese albernen, überflüssigen Grübeleien? Wenn er sie nur herausbrächte aus dem Blut, die giftig-süße, faulige Lockung, die aus dem Hause drang, von Jenseitigem und Demut und Verzichten.

Naemi kam. Und rasch flüchtete er sich in seine Maske von Stille und Getragenheit.

Während er so hin und her gerissen wurde zwischen sich krampfender, prahlerischer Demut und zappelndem Tat- und Ehrhunger, langte unvermutet Nicklas Pfäffle an. Berichtete, eine herzogliche Kommission habe Bücher und Kassen des Süß beschlagnahmt, sie zu revidieren. Der Finanzdirektor sei verdächtigt, in amtlichen und privaten Affären formidabel defraudiert zu haben, peinliche Untersuchung sei angeordnet.

Die Feinde des Süß hatten seine Abwesenheit zu einem weiten Vorstoß genützt. Freunde, auf die er sich verlassen konnte, hatte er kaum mehr. Der Hofkanzler Scheffer, der Geheimrat Pfau waren offen zu der katholischen Militärpartei übergetreten und attackierten ihn in aller Öffentlichkeit. Der Domänenpräsident Lamprechts zog seine Jungen als zu erwachsen aus dem Pagendienst bei ihm zurück. Remchingen, die beiden Röder, der General und der Major, die Obersten Laubsky und Tornacka, der Kammerdiener Neuffer lagen dem Herzog ständig mit Verdächtigungen des Juden in den Ohren. In der Umgebung Karl Alexanders nahmen nur Bilfinger und Harpprecht nicht an dem Treiben teil. Ihnen waren die jesuitischen Sendlinge noch mehr zuwider als der Jude.

Nun hatte Dom Bartelemi Pancorbo seit langem den Juwelenhandel des Süß genau überwacht. Er legte dem Herzog dar, der Jude mache alle Einkäufe auf dem Juwelenmarkt im Namen des Herzogs. Es seien aber hier die Preise sehr variabel; fielen sie, so erkläre, oft noch fast ein Jahr später, Süß die zu teuer gekauften Steine als Eigentum des Herzogs; stiegen sie, so halte er sie als sein Eigentum. So also, daß der Jude das ganze Risiko auf den Herzog abwälze, den Verlust den Fürsten tragen lasse, den Profit für sich einsacke. Allein zum großen Verdruß des Portugiesen machten diese Feststellungen auf Karl Alexander weiter gar keinen Eindruck; er meinte gleichmütig, dafür sei Süß eben ein Jud, im übrigen werde er künftig mehr auf der Hut sein. Weitere Konsequenzen zu ziehen, war er durchaus nicht geneigt.

Merkwürdigerweise war es eine ganz belanglose Maßnahme des Süß, über die ihn seine Gegner zu Fall bringen konnten. Der Finanzdirektor hatte das Kaminfegen von Staats wegen geregelt dergestalt, daß gegen eine zu entrichtende Pauschalgebühr die Behörde die Reinigung der Schornsteine übernahm. Diese Anordnung hatte Gelächter und Unmut erregt, und der Kammerdiener Neuffer spielte Karl Alexander ein Pasquill darüber in die Hände, ein greulich illustriertes fliegendes Blatt mit dem Titel: »Untertäniges Danksagungskompliment sämtlicher Hexen und Unholde an seine jüdische Hexelenz Jud Josef Süß Oppenheimer, im Namen aller aufgesetzt und überreicht von gesamter nachtliebender Sozietät Urgroßmutter, der Zigeunerin in Endor.«

Während der Herzog dieses Blatt las, überkamen ihn die alten Gesichte. Er sah sich schreiten in jenem rätselhaften, gebundenen Tanz, er hörte die knarrende, mißlaunige Stimme des Magus, er hörte, hörte körperlich, sein Schweigen, sah das Verschwiegene auf sich zukriechen, vielarmig gestaltlos. Er wollte los aus dieser verdammten Hexerei. Warum hielt er denn den Juden? Er hatte doch bloß Spott und Schererei von ihm. Rot angelaufen, schnaubend, den einen Fuß stark lahmend, stapfte er hin und her. Er wollte es ihm zeigen, dem Filou und Schelmen mit seiner Gaunerei und schwarzen Kunst. Heiser noch und wütend diktierte er die Ordre, die die Untersuchung und genaue Prüfung der Rechnungen und Bücher des Finanzdirektors befahl.

Und es lief der Hofkanzler, es liefen die Generäle, es lief der Portugiese, reckte über der Krause den dürren Hals, hackte zu mit dem entfleischten, blauroten Kopf. Eifrig hockten die Revisoren, schwitzend, vertieft, spähten durch die Brillen, ließen ihre Kiele rascheln übers Papier. Rechneten, luchsten, witterten. Bauten Säulen von Ziffern, Wälder von Ziffern. Schütteten sie aus, klaubten sie wieder zusammen. Spähten, schnüffelten, schwitzten.

Unterdes raste auf gehetzten, auf jeder Station gewechselten Gäulen der Finanzdirektor nach Stuttgart. Diese Inquisition gegen ihn, dieser Stoß und Sturz war ihm ein Wink. Das Glück, das Fatum wollte gepackt, wollte gezwungen sein. Sowie man es nicht umklammerte mit allen Sinnen, sowie man nicht unverrückt Gemüt und Willen darauf richtete, lockerte es, löste es sich. Hätte das Gesindel in Stuttgart nicht seine Lässigkeit gespürt, nie hätten sie den frechen, plumpen Angriff gewagt.

So war er in der ersten Wallung gleich nach der Meldung des Nicklas Pfäffle stürmisch aufgebrochen. Nicht sah er mehr das steinern massige Gesicht des Oheims, dachte mit keinem Gedanken mehr, ob aus den trübgrauen Augen Spott oder Gram auf ihn schaute, wischte flüchtig und rasch die Trauer des Mädchens aus seinem Sinn. Eines nur dachte er, zu Pferde, im Wagen, drehte es hin und her von allen Seiten: Was tun? Was jetzt tun? Dumm war ja, hirnrissig, was seine Gegner da gemacht hatten. Ihn für einen solchen Esel zu halten, daß man aus seinen Schriften ihm die geringste Unregelmäßigkeit nachweisen könnte! Tapsig sind diese Gojim, ohne Nase, ohne Witterung. Er mußte lächeln: Nein, zu denen gehörte er wirklich nicht.

Er kalkulierte. Man wird also nichts finden. Was wird man dann tun? Eingestehen, daß man ihm unrecht getan hat? Niemals. Man wird bei irgendeiner formalen Niaiserie einhaken, ihm wegen eines an den Haaren herbeigezerrten Formfehlers einen sanften Verweis erteilen. Ihm ernster zu Leib zu gehen, hatte wohl auch Karl Alexander nie beabsichtigt. Eine Lektion wollte man ihm erteilen, ihm zeigen, daß er sich nicht zu sicher fühlen möge. Man wird es also bei einer milden Rüge bewenden lassen. Für ihn dann wäre das klügste, dem leicht gereizten Herzog äußerlich recht zu lassen, solchen sanften Tadel still einzustecken, dann aber die Affären fest mit beiden Händen zu packen, den Feinden heimzuzahlen, mit allen Mitteln sich in das katholische Projekt zu drängen.

Da war es schon wieder: warum dann nicht gleich seine Geburt ausspielen?

Nein, nein, das alles wäre dem früheren Süß angestanden. Wie er jetzt war, umsäumt mit Demut und Weltüberwindung, mußte er es anders halten. Wohl war dieser Einbruch der Feinde in seine Geschäfte und seine Papiere Wink und Zeichen. Aber nicht er ließ sich vom Glück auf die Probe stellen. Gefehlt! Er selber wird das Fatum zwingen, sich zu entschleiern, die festverschlossenen Lider aufzuschlagen.

Klar formte sich ihm, während schon die Pferde in Sicht der Hauptstadt dahinhetzten, sein Entschluß. Jeder Schritt seines Weges, jedes Wort, das er sprechen wollte, lag deutlich vor ihm. Nicht klug sein wird er, nicht geschäftstüchtig, nicht politisch. Das Schicksal herausfordern wird er. Zum Herzog gehen, seine Entlassung verlangen. Gibt sie der Fürst, gut, dann hat das Fatum gesprochen. Resignieren wird er dann, in der Stille leben irgendwo, sich versenken wie sein Vater. Hält ihn der Herzog, dann, ja dann –: als der Feind wird er dann leben, als der Rächer. Denn dann wird er sich die Demütigung bezahlen lassen. Die Hand den Feinden an den Hals! Zudrücken! Würgen! Pressen!

Bei Hof hatte man erwartet, Süß werde sich verteidigen, geschmeidig, vielwortig, advokatisch; oder auf seine Meriten hinweisen, pathetisch seine Unschuld beteuern; oder um sich schlagen, wüten. Nichts dergleichen. Gelassen ging er zum Herzog.

Erwiderte auf die kollernden, polternden Vorwürfe des Tobenden mit keiner Silbe. Bat, als endlich der Herzog verschnaufend einhielt, in ruhigen, gesetzten Worten um seine Entlassung. Für allenfallsige Fehlbeträge hinterbleibe haftend sein gesamtes liegendes und mobiles Vermögen. Dem erst sprachlosen, dann sinnlos schimpfenden, wutlallenden Herzog wiederholte er höflich und steinruhig sein Verlangen. Da Karl Alexander hinkend, mit gehobenem Arm auf ihn eindrang, ging er, in bestimmten Worten auf rasche Verbescheidung seines wohlüberdachten gehorsamen Wunsches drängend.

Die Ankläger vor sich rufen ließ Karl Alexander. Fragte, die Stimme gepreßt vor Wut, ob sie Beweise gefunden hätten. Überhäufte, stimmlos keifend, die Stammelnden, Ausweichenden, Schlotternden mit wüsten, kotigen, pöbelhaften Schimpfworten. Im Arsch habe der Jud mehr Gehirn als sie in ihren Schlammschädeln. Er begreife nicht, wie er auf ihre ohnmächtig neidischen, hirnrissigen, blöd giftigen Stänkereien habe hereinfallen können. Was ihm der Jud lieber sei als sie saudummen Christenschelmen!

Mürrisch schickte er dem Süß die Akten zurück nebst einem riesigen Douceur und Schenkbriefen auf reiche Liegenschaften. Fahl in ihre Winkel krochen die Feinde. Fast ohne Kampf gewann sich Süß die verlorenen Positionen zurück. Dem katholischen Projekt hielt er sich noch immer fern; aber in jedem andern Bereich wieder drängte er zu, griff zu, wo man an seine Interessen streifte.

Da saß er nun in der alten Macht, straffte die Zügel, und jeder im Herzogtum spürte seine Hand. Was in der Zwischenzeit geschehen war, wurde überprüft, korrigiert. Die Kaminfeger-Verordnung, schon zurückgezogen, wurde nun doch Gesetz; die fliegenden Blätter verschwanden, nur heimlich im Abort des »Blauen Bocks« zeigte der Konditor Benz seinen Vertrauten das Dankschreiben der nachtliebenden Sozietät an Seine jüdische Hexelenz. Auch der Domänenpräsident Lamprechts schickte seine Söhne wieder in den Dienst des Juden; er hatte es sich anders überlegt, sie waren doch nicht zu alt.

So schien äußerlich die Stellung des Süß in Stuttgart wie früher. Auch trieb er wieder die brausende Geselligkeit von eh. Doch war er herrischer, minder liebenswürdig. Er leistete sich bissige, schädliche Witze, hielt auch nicht still, wenn man sich auf seine Kosten erlustierte. Den General Remchingen, als der ihn einmal in seiner gewohnten Art wegen seines Judentums gröblich verschimpfierte, sah er an von oben bis unten, von unten bis oben, und als vor seinem seltsam dringlichen, drohenden Blick dem General das Grinsen verging, lachte ihm plötzlich der Jude seinesteils greulich und unheimlich ins Gesicht.

Marie Auguste konstatierte bedauernd, daß ihr Hausjud bei weitem nicht mehr so nett und amüsant sei. Ach, es war so vieles weniger amüsant geworden!

Auch die Beziehungen zwischen dem Herzog und Süß hatten sich geändert. Karl Alexander war sehr häufig mit ihm zusammen, zeigte ihm, sein Mißtrauen wettzumachen, dicke Gunst und Gnade. Aber oft sagte er sich, es wäre eigentlich besser, des Juden ledig zu sein. Wenn er gleichwohl nichts dazu tat, so schob er es auf Befürchtungen, Süß wisse zuviel, könne ihn zu leicht kompromittieren; auch wäre es töricht, ihn, nachdem er sich dermaßen am Land gemästet, mit allem Fett aus den Grenzen zu lassen. Er gestand sich nicht, daß, was ihn an den Juden band wie das, was ihn abstieß, viel tiefer und unheimlicher in seinem Blut lag.

Auch jetzt geschah es wohl, daß Süß plötzlich die Hände fallen ließ, in sich versank, in rätselvoller Gelähmtheit weitab war. Dann streckte wohl aus dem Winkel, in den er ihn gescheucht, Dom Bartelemi Pancorbo den zerdrückten, blauroten Kopf, schickte hinter faltigem Lid das Aug nach dem Solitär an des Juden Hand. Blinzelte, krümmte die Finger zum Griff. Doch er war sehr vorsichtig geworden und begnügte sich, zu äugen und zu tasten.

Marie Auguste stand vor dem Spiegel, nackt, reckte sich, beschaute sich. Angstvoll, genau, Zug um Zug, Glied um Glied. Atmete auf, lächelte. Nein, nein, sie war heil geblieben, sie war nicht entstellt. Sie war glatt und glau und rank wie früher. Mit den kleinen, fleischigen Händen tastete sie, knetete sie an ihrem Leib. Oh, er war weich wie früher und doch fest. Mit den länglichen Augen prüfte sie ernsthaft und schonungslos den kleinen, eidechsenhaften Kopf im Glas. Die Beschwerden der langen Schwangerschaft, die wilden Qualen der Entbindung hatten keinen Zug und keine Zerrung hinterlassen. Klar und leicht und ohne Runzel rundete sich unter dem strahlend schwarzen Haar die Stirn, keine Falte schnitt von dem Backen herunter zu den sehr roten Lippen. Sie hob, die nackte Frau, mit halb hieratischer, halb obszöner Gebärde beide Arme eckig zum Kopf, daß das schwarze Gekräusel in den Achseln sichtbar war, und feucht atmend, lächelnd, schritt sie mit biegsamen Schritten, tanzend fast, durch das Zimmer. Oh, noch glitt sie wie fließendes Wasser über die Erde, noch spielten ihr gehorsam und wie von selbst alle Glieder schmiegsam ineinander. Und sie dehnte sich wellig und sie lächelte tiefer und der Tag lag blau und schwerlos vor ihr.

Doch in der nächsten Nacht schon schlich die gleiche Angst sie an, kroch heran, umklammerte sie immer fester, atemklemmender. Und den andern Tag stand sie noch länger vor dem Spiegel, prüfte sie noch länger jede Biegung ihres Leibes, Fleisch und Haut. Eine krankhafte, grauenvolle Furcht vor dem Altern war in ihr. Es war nicht auszudenken, daß dieses Haar verfärben, diese Haut verrunzeln, dieses Fleisch vermürben sollte. Sie wird mühsam einherhumpeln, hüsteln, spucken, die Männer werden froh sein, wenn sie die zeremoniösen Handküsse und Konversationen hinter sich haben, die Frauen sie nicht beneiden. Ihre Augen schleierten sich, wenn sie es dachte; sie war vergiftet mit solchen Vorstellungen.

Erwog sie, daß das Kind ihr Welken beschleunigte, so ärgerte sie sich über den Säugling. Er war ihr fremd, er war durchaus kein Teil von ihr, es war unbegreiflich, daß das da einmal in ihrem Leib sollte gewachsen sein. Es war ein großes, gesundes Kind, vom Vater hatte es die starke Nase, die wulstige Unterlippe; trotzdem sah es hübsch und geweckt aus. Man versicherte Marie Auguste, das Kind stehe ihr sehr gut, sie gebe als Mutter ein scharmantes und zärtliches Bild, aber sie konnte Tieferes für den Säugling nicht fühlen als etwa für den kleinen modischen Pinscher, von dem sie wußte, daß er hübsch aussah, wenn er unter dem Saum ihres weiten Rockes vorlugte.

Ihr Tag war wie früher bis zum Rand gefüllt mit bunter, lärmvoller Heiterkeit. Aber sie war jetzt fahriger, nervöser. Herr von Riolles begann sie zu langweilen, auch war sie seinen spitzen Geistreicheleien nicht mehr recht gewachsen, der Jude war weniger amüsant und fügte sich nicht mehr so in jedes Spiel, Remchingen mit seinen plumpen Zoten widerte sie geradezu an. Dafür zog sie jetzt den Deputierten Johann Jaakob Moser in ihren Kreis und wandte alle Mittel an, die Omphale dieses stattlichen, pathetischen, feurig von sich überzeugten Publizisten zu werden.

Für den Regierungsrat war das ein großes Glück. Wenn auch der Herzog und Süß, nobel genug, seine Niederlage still für sich ausgekostet und nichts davon weitergeschwatzt hatten, so war doch sein Selbstbewußtsein arg ramponiert. Jetzt unter dem Wohlgefallen und der Gunst der Herzogin richtete es sich auf wie gebeugtes Korn bei der rechten Witterung. Kotz Donner! Er mußte doch ein Kerl sein, wenn jemand wie Marie Auguste, in ganz Europa berühmt um ihre Schönheit, die erste Dame Deutschlands, ihm, dem Gegner, so offensichtlich ihre Huld zeigte. Den Krämerseelen im Parlament mochte es vielleicht nicht ganz eingehen, daß er, der Demokrat, der große Tyrannenhasser, soviel zu Hofe ging. Doch mochten diese Ärmlichen denken was immer: er fühlte sich Ulyß genug, der schwäbischen Circe zu widerstehen.

Der imposante, wichtig sich habende, eitle Mann verbrachte also jede Stunde, die er durfte, bei der Herzogin. Er war bei ihrem Lever, er saß, war sie im Bad, auf den Holzbrettern, die, nur den Kopf freilassend, die Wanne bedeckten. Er deklamierte mühelos und feuervoll, die großen Augen seines massigen Cäsarenkopfes blitzten, der Degen schwankte rhythmisch auf und ab, lang hinrollend flossen die Worte aus seinem Mund. So saß er, Schwabens Demosthenes, und sein mächtiger Schädel bebte, daß die Perücke stäubte. Er perorierte der Herzogin von allem Möglichen, er las ihr Manuskripte vor, für Zeitschriften bestimmte, und größere Werke und Broschüren, theologische, juristische, nationalökonomische, Abhandlungen über politische Tagesfragen, doch auch Ästhetisches, Botanisches, Mineralogisches; denn Johann Jaakob Moser war sehr gelehrt. Er rezitierte alles mit dem gleichen Feuer und mit vielem Ausdruck. Gewöhnlich hörte Marie Auguste nicht recht hin; sie ließ sich frisieren, während er sprach, oder maniküren, las wohl auch den »Mercure galant«; häufig hätte sie nicht sagen können, ob er ihr deutsch vorlas oder lateinisch. Aber das gleichmäßige Geräusch, das dieser Cicero mit solcher Beflissenheit hervorbrachte, ging angenehm ins Ohr, es war auch amüsant, die stattliche, bewegte Statur des erregten, komödiantischen Mannes vor Augen zu haben, und es kitzelte, daß dieser Demokrat und Fürstengegner sie so jungenhaft und gegen sich selber knirschend anschwärmte. Manchmal dann, wenn er seine großen, etwas leeren Augen himmelnd und dringlich auf sie richtete, glitt sie mit langsam fließendem Blick in den seinen und lachte, wenn er, sich rötend, schwerer atmete. Er aber, zu Hause, schilderte umständlich und mit vielen geläufigen Worten seiner Frau die Schönheit der Herzogin, und wie sie offensichtlich Wohlgefallen an ihm finde, wie aber sein Herz gepanzert sei mit dreifachem Erz. Und er warf sich auf die Knie und betete zusammen mit seinem Weib brünstig und in sehr wohlgesetzter Rede, Gott möge ihm auch künftig die Kraft leihen, gegebenenfalls den Mantel im Haus der Herzogin zurückzulassen.

Unter den Frauen schloß sich jetzt wie früher Marie Auguste an eine einzige enger an, Magdalen Sibylle. Ihr schmeichelte sie, schmiegte sich an sie, machte sich klein, sprach zu ihr wie eine dumme, kleine Schwester zu der alles wissenden älteren. Ach, Magdalen Sibylle, wie war sie ernsthaft und gescheit und voll Erfahrung und Gewissen. In ihrem, der Herzogin, kleinen Kopf flatterte alles bunt und wirr durcheinander wie farbige Mücken, und alles glitt an ihr ab wie Wasser, und nichts haftete. Aber Magdalen Sibylle bewahrte alles, was gesagt wurde und was geschah, sorgsam auf und betrachtete es und gab sich damit ab und verwandelte es in ihr Eigen. Darum war sie auch so schwer von Erlebnissen und Erfahrungen, und sie, die Herzogin, war ganz klein und dumm vor ihr, trotzdem sie doch eine Krone trug und im eigentlichsten Sinn Landesmutter war und sogar Inhaberin des Malteserkreuzes.

Magdalen Sibylle war mit Zurückhaltung freundschaftlich zu ihr, suchte sich, so gut es gehen wollte, in das wellenhaft wandelbare Geschöpf einzuspüren. Manchmal freilich überkam sie fast ein Grauen vor solch tänzelnder Schwerlosigkeit. War denn diese Frau, an der alles abglitt, Mann, Kind, Land, diese nicht zu haltende, nur ihrer leiblichen Gestalt lebende, war sie denn wirklich, war sie nicht ein Gebild aus Luft, eine Spiegelung, etwas Entwestes, ein farbiger Schatten?

Das große Mädchen mit den bräunlichen, männlich kühnen Wangen war müde geworden. Der tiefe Glanz der blauen Augen, so unwirklich und unwahrscheinlich unter dem dunklen Haar, wurde blasser, die Haltung der straffen Glieder lässiger, fraulicher. Sie hatte sich abgekämpft, sie war niedergebrannt, nun war sie still und nicht mehr geneigt, wild und empört zu lodern.

Sie war durch Demut und Entzückung der Brüdergemeinde gegangen, die Schrift hatte ihr Klang und Sinn gehabt, sie hatte Gott geschaut, die Apostel hatten sich an ihr Bett gesetzt und mit ihr gesprochen. Dann hatte sie im Wald den Teufel gesehen, sie war, Fackel und heiliger Brand, ausgezogen, ihn zu bestehen. Und dann waren der Herzog und der Jud gekommen und hatten wie eine große Schlammflut ihren Garten überschwemmt und verwüstet. Alle Blüte und Frucht und Baum und Grün war tot und verschlammt gewesen, und als die Wasser sich verlaufen hatten, war nichts geblieben als nasser, unfruchtbarer Kot.

Und dann war die Werbung des Süß gekommen. Sie hatte trotz der ersten Enttäuschung ihn für eine große, lebenzeugende Sonne angeschaut und hatte sich ihm ganz erschlossen, alle Poren des Leibes und der Seele ihm willig und mit gewußter, grenzenloser Hingabe geöffnet. Aber er war eine Sonne gewesen, die nicht wärmt und die fahl und mitleidlos und unerreichlich ihre Straße zieht. Sie hatte allen Willen darauf gerichtet, ihn zu begreifen, sie hatte sich mitreißen lassen von ihm, und sie hatte auch, mehr als jeder andere, von seinen Verwicklungen gespürt, mehr verstanden von seiner Isolierung, seinen Kämpfen, seinen Niederlagen, seiner Gelähmtheit, seinem neuerlichen Aufstieg. Aber ihr scheues und ihr offenes Werben um ihn blieb ohne Krone; er war zu ihr von einer sehr höflichen, vertrauensvollen Freundschaftlichkeit, doch alle männliche Glut war verascht.

Sie verzweifelte daran kein zweites Mal; sie beschied sich. Sie ging ihre graue und sonnenlose Straße. Sie überlegte klar, fest, sachlich: sie hätte zur Gutsherrin getaugt, ein großer Landedelmann etwa, nicht sich verschließend vor der Welt, doch am stärksten und sichersten auf seinem Boden, bei seinen Bauern, wäre ihr der Rechte gewesen. Nun hatte sie ein böser Irrstern in die falsche Welt getrieben. Sie selber war nicht schuldlos daran: ungerufen erscheint Beelzebub nicht, wer, wie sie damals im Wald, ihn sieht, der hat sich im Innersten, Verstecktesten nach ihm gesehnt. Sei es wie immer, es war unsinnig, darüber weiterzugrübeln. Jetzt jedenfalls war sie an diesen Hof gebannt, der ihr ein sinnlos wirbelndes Durcheinander bunter Tiere erschien, und der einzige Mensch unter ihnen, zu dem es sie mit tausend Stricken zog, war durch seine höfliche, vertrauensvolle Freundschaftlichkeit ihr ach! tausendmal ferner als damals der Teufel im Wald von Hirsau.

Häufiger wieder ging sie zu Beata Sturmin. Schon war ihr die blinde Heilige kein törichtes, altes Mädchen mehr, die Stille, in der sie selber lebte, war ihr in Gegenwart der gefriedeten, frommen, begnadeten Frau minder kahl und dumpf, ja manchmal fühlte sie diese Stille fast körperlich wie einen guten, warmen Mantel.

Bei der Beata Sturmin traf sie öfters den Stadtdekan Johann Konrad Rieger, Stuttgarts besten Prediger, und seinen jüngeren Bruder Immanuel Rieger, Expeditionsrat. Johann Konrad, der Prediger, konnte seine flutende Beredsamkeit auch in der ruhigen Stube der Heiligen nicht zügeln. Er war ein gutmütiger, rechtschaffener Mann, aber warum sollte er nicht wuchern mit dem Pfund, damit die Gnade des Herrn ihn begabt? Und er breitete seine schönen, dunkelhallenden Worte vor seine Hörer wie kostbaren Samt, damit sie sich daran ergötzten. Magdalen Sibylle ward durch den beredsamen Mann an Johann Jaakob Moser erinnert, den sie zuweilen bei Marie Auguste traf, und einmal sprach sie auch von dem Publizisten und seiner geübten Rhetorik, harmlos und ohne große Anteilnahme. Aber da schwoll der sonst so gütige Prediger giftig an, er geiferte gegen die satanische Eitelkeit jenes Redners, und wie überhaupt solche profane Rhetorik Blendwerk sei und Erfindung des Teufels, und die blinde Heilige konnte die Wut des Mannes gegen den weltlichen Konkurrenten nur mühsam zähmen, bis er endlich, noch lange nachgrollend, sich beschied.

Immanuel Rieger, der Expeditionsrat, hörte ehrbar und andächtig zu, wenn sein berühmter Bruder sprach. Er war ein kleiner, hagerer, unscheinbarer Mensch; um seinem knabenhaft schüchternen Gesicht ein bißchen Männlichkeit zu geben, trug er der Mode zuwider einen kurzen Schnurrbart. Sehr geneigt, an jedem Menschen nur das Gute zu sehen, betrübte es ihn tief, daß sein Bruder über den allseitig verehrten Publizisten sich derart abfällig äußerte; doch seine Bescheidenheit wagte nicht, seine abweichende Meinung anders als durch leicht wehrende Handbewegungen kundzutun. Es war dem fleißigen und gewissenhaften Beamten ein tiefes, inneres Bedürfnis, es war seine Erholung und einzige Lust, große Männer verehren zu dürfen, und es war nicht sehr schwer, ihm als großer Mann zu gelten. Es gab so viele Leute, die Gott mit hohen Gaben reich begnadet hatte, er sah gerne voll Hingebung und wahrer Bewunderung zu ihnen auf, er war selig, in dem Kreis der blinden Heiligen mit so vielen wahrhaft bedeutenden Männern und Frauen verkehren zu dürfen.

Zu Magdalen Sibylle blickte er in hemmungsloser Verehrung,

knienden Herzens empor. Welche Frau! Welche Märtyrerin! Dieses reinste und tugendhafteste Weib des ganzen schwäbischen Kreises, was mußte sie gelitten haben, wieviel tausend Tode mußte sie gestorben sein, als der ketzerische Souverän sein Aug auf sie warf. Sein Aug auf sie warf, eine andere Formulierung wagten seine dreistesten Träume nicht. Und wie würdig trug sie, diese mit allen Wundern des Leibes und der Seele begabte Heilige, ihre Dornenkrone.

Schüchtern wagte der kleine, unscheinbare, schnurrbärtige Herr manchmal ein Wort an sie. Er sprach nicht von seiner ungeheuren Bewunderung, nie hätte er sich des erkühnt, er sprach von einem gemeinsamen Bekannten, dem Magister Jaakob Polykarp Schober in Hirsau. Magdalen Sibylle lächelte ein kleines, zwielichtiges Lächeln. Ach Hirsau! Ach der dickliche, gutmütige, pausbäckige Magister! Der Duft gebratener Äpfel und der andächtige, plärrende Gesang vom Himmlischen Jerusalem floß in ihrer Erinnerung zusammen. Unterdes sprach der Expeditionsrat Rieger weiter von dem Magister, er erzählte bescheiden, umständlich und mit großer Achtung von seinen Poesien, von dem Lied: »Nahrungssorgen und Gottvertrauen« und auch von jenem andern: »Jesus der beste Rechenmeister«, und Magdalen Sibylle hörte den ehrbaren Worten des Expeditionsrats still und friedlich zu.

Die grenzenlose, andächtige Verehrung, die aus seinem ganzen Wesen so selbstverständlich zu ihr aufstieg, tat ihr wohl. Ihr Leben bei Hof, auch wenn sie nur die nötigsten Visiten erstattete und empfing, warf ihr zahllose Menschen vor die Augen, die sich vor ihr sehr künstlich und krampfig zierten und vermummten, mit ihrer sehr absonderlichen Stellung nichts anzufangen wußten. Sie war Mätresse des Herzogs und Pietistin und Freundin der katholischen Herzogin, das reimte sich nicht, daraus konnte man nicht klug werden. So stieg aus den Menschen, mit denen sie zusammenkam, ein dumpfes Gemisch von Spottlust und Befangenheit und Unbehagen und frecher Neugier und Servilität zu ihr auf, dergestalt, daß ihr ein unverfälschtes, freies Menschenwort sehr selten ins Ohr klang. Deshalb ging ihr die naive, selbstverständliche Bewunderung des Mannes freundlich ein.

Sie sehnte sich immer mehr nach Ruhe und kleinem Leben. Dem wilden und leeren Getriebe des Hofes, dem glänzenden und aufreibenden Apparat der Macht schrieb sie es zu, daß Süß kein inneres Aug für sie hatte, und dieses höfische Dasein ward ihr mehr und mehr zuwider. Es gor etwas hoch in ihr von dem dumpfen, vererbten Haß ihrer Vorfahren gegen die glänzenden, brausenden Herren; unter den Eltern ihrer Mutter war einer Führer im Aufstand des Armen Konrad gewesen und schmählich hingerichtet worden. Sie richtete ihr Haus vor dem Tor immer schlichter ein, kleidete sich immer fraulicher und bürgerlicher, verschmähte, wo es ging, die Perücke. Karl Alexander, der wenig mit ihr zu reden wußte und sie eigentlich nur mehr deshalb hielt, weil er glaubte, diese Liaison stehe ihm gut und sei populär, sah erstaunt zu, begnügte sich aber, da auch die Herzogin belustigt mehr als schockiert schien, mit verständnislosem Kopfschütteln.

Wer aber Magdalen Sibyllens Verbürgerlichung mit tiefem, machtlosem und erbittertem Kummer sah, war Weißensee. Er war der Tochter nie nahegekommen, ja, das ernsthafte, schwersinnige Mädchen war ihm die Jahre in Hirsau über eigentlich etwas unbequem gewesen. Aber doch war sie seine Erfüllung und heimlicher Stolz. Sie war aus feinerem Stoff als die anderen Menschen, sie war anders, über ihnen. Sie hatte ihre eigene Luft um sich, und selbst der Skeptiker, auch wenn er lächelte, sprach zarter zu ihr und unwillkürlich achtungsvoller. Der sehr kluge und urteilskräftige Mann wußte genau, daß ihm bei aller Begabung letzte menschliche Schwerkraft fehlte, daß er kernlos war; Magdalen Sibylle aber hatte diesen Kern, ihr Schritt, ihr Atem, ihre Stimme hatte jenes natürliche innere Gewicht, er sah in ihr seine Vollendung, daß sie seiner Lenden Kind war, schien ihm Rechtfertigung vor sich selbst. Er wagte an ihr auch keine heimliche innere Kritik. Einerlei, was sie war, ob Dame, ob Heilige, sie war jedenfalls gemeinen Menschen fern und unerreichlich, war anders, Inhalt und Zweck einer höheren, in sich geschlossenen Welt. Als dann der Herzog kam und sie zertrampelte, konnte dies, sosehr es ihn umwarf und aushöhlte, an ihr Bild in seinem Inneren nicht rühren. Sie war in Gestalt eines schwäbischen Mädchens Athena, unter die Sterblichen sich mischend, oder eine Halbgöttin zumindest.

Wie sie aber in Kleidung, Lebenshaltung und Wort mehr und mehr verbürgerte, zerbrach ihm dieser sein liebster Gedanke, seine kräftigste Stütze und bestes Argument gegen Selbstvorwurf und nagendes Nichtgenügen. Oh, diese schien nicht nur, sie war eine Bürgerfrau. Die philadelphische Schwärmerin, die marmorstarre Herzogsmätresse, ihrer Allmacht nicht achtend, mit der Seele auf einem anderen Stern zu Haus, waren Verpuppungen gewesen. Die nüchterne Bürgerfrau, praktisch im Alltag wirkend und an ihm zufrieden, war die ridiküle, endgültige, höchst ordinäre letzte Form und Wirklichkeit. Wäre sie Komödiantin geworden, Vagantin, Herzogin, Hure, Heilige, nichts hätte seinen Glauben an sie entwurzelt. Nur dies eine durfte nicht sein, in die Reihen der braven, gemeinen, niedrigen, alltäglichen anderen durfte sie nicht zurückschrumpfen, diese Enge, diese schlechte, muffige Luft durfte nicht die ihre sein.

Mit feiner Spürung witterte er, daß auch an dieser nüchtern endgültigen Wandlung Magdalen Sibyllens der Jude schuld war. Auch jetzt nicht überkam ihn billiges Rachegelüst. Nur die Neugier verstärkte sich, die feine, rätselvolle, kitzelnde, bohrende Neugier: Was wird jener tun im gleichen Fall? Wie wird sein Gesicht sich ändern, seine Haltung, seine Hände? Diese Neugier stach ihn spitz, war wellig um ihn, wenn er einschlief, kroch ihm juckend, kratzend vom Kreuz her die Wirbelsäule hinauf, füllte ihn ganz an.

Mit dem Glauben an die Tochter brachen seine letzten Hemmungen nieder. Er hatte damit rechnen müssen, daß seine Stellung bei Hof, seine Teilnahme an dem katholischen Projekt auf die Dauer sich nicht vereinen lassen werde mit der Zugehörigkeit zum engeren parlamentarischen Ausschuß. Aber als man ihn dann, seine Krankheit nutzend, in der mildesten Form aus der Elfer-Kommission ausschloß, wurmte es ihn doch tief und schmerzhaft. Er nahm nun ohne weitere Rücksichten immer offener Partei für die Regierung des Herzogs. Klüger und von feinerer Witterung als der plumpe Remchingen, der gierige Pancorbo, hatte er sich an den Treibereien gegen Süß nicht beteiligt, der scheinbaren Lähmung und Ohnmacht des Juden nicht trauend. So konnte er jetzt am leichtesten die Verbindung zwischen den Trägern des katholischen Projekts und dem Finanzdirektor herstellen, ohne den es nun einmal offensichtlich nicht ging. Er kam im Hause des Süß mit den Kapuzinern aus Weil der Stadt zusammen, auch mit einem italienischen Abbé, einem Abgesandten des Fürstabts von Einsiedeln. Ging Weißensee zu solchen Zusammenkünften, so betrat er zwar das Haus des Süß der Form wegen durch die Hintertür, doch tat er es am lichten Tag und so ostentativ, daß solche Heimlichkeit als Herausforderung wirken mußte. Von den alten Freunden Bilfinger und Harpprecht löste er sich immer mehr; sie sahen ihn ernst, traurig und ohne Haß in heil- und ruchlose Verstrickung sinken.

Enger von Tag zu Tag schmiegte er sich dem Herzog an, nützte jetzt bedenkenlos die seltsame Stellung als illegitimer Schwiegervater. All seine Menschenkunde bot er auf, sich den Launen Karl Alexanders einzupassen, und der Herzog, seinen engeren Ratgebern noch grollend wegen der Intrigen gegen den Süß und vor diesem unbehaglich und ohne die frühere Vertraulichkeit, ließ sich die Schmeichelei und Willigkeit des Weißensee gern gefallen. Viele von den kleinen Diensten, die früher der Jude besorgt hatte, Entlohnung persönlicher Verpflichtungen, Zuführung und Abfertigung von Frauen und mehr dergleichen, nahm nun unmerklich und gewandt der Kirchenratsdirektor auf sich. Der würzburgische Geheimrat Fichtel freute sich, daß sein verehrter Freund nun hemmungslos Hofmann geworden; viel lieber als den zwielichtigen Juden, mit dem man sich so schwer zurechtfand, sah er den von ihm wohlgelittenen Weißensee als Vertrauten und intimsten Begleiter des Herzogs. Er gönnte dem Konsistorialdirektor von Herzen Einfluß und Macht, und oft, wenn er, behaglich den heißen Kaffeetrank schlürfend, mit ihm zusammensaß, gab er ihm, doch nur vorsichtig und indirekt, Winke, wie er solche Vertraulichkeit des Herzogs noch weiter nähren und festigen könne.

Weißensee lenkte, um ihn enger zu fesseln, Karl Alexander auf raffinierte, lasterhaft künstliche Abwege, und der an sich gesunde Mann, der an solchen Genüssen im Grund wenig Geschmack fand und derbere Kost vorzog, glaubte es doch seiner fürstlichen und weltmännischen Reputation schuldig zu sein, auch von diesen Tafeln zu probieren. Der Prälat verschaffte ihm Frauen, die ihm eigentlich gar nicht gefielen, die aber in dem übersättigten Paris gerade Mode waren, und er verschaffte ihm welsche Arcana und Aphrodisiaka; er führte ihn immer tiefer in den vergifteten Garten und machte sich als Mentor unentbehrlich. Seltsam war, daß die Herzogin Karl Alexander nicht gern in dieser Freundschaft sah. Sie war durchaus nicht prüde, sie liebte es, sich von lasterhaften Dingen erzählen zu lassen, und bekam dabei ein angestrengt nachdenkliches, verträumtes Gesicht; sie liebte auch auf ihre Art das Antlitz des Vaters, das zerknittert war von vielen kundigen und verderbten Fältchen. Doch das Gesicht des Weißensee, vielleicht weil seine Verderbtheit nicht ursprünglich, sondern umwegig war, gehörte zu den wenigen, die sie nicht leiden mochte.

Karl Alexander pflegte große, glänzende Jagden zu veranstalten, er wandte ungeheure Summen daran; in einem seiner Wälder ließ er einen künstlichen See anlegen, das Wild hineinzutreiben. Bei solchem Anlaß regte Weißensee an, man solle doch einmal in ganz kleiner Gesellschaft jagen gehen. Eine Jagd wie die heutige sei eine Repräsentation, kein Divertissement. Der Herzog stimmte zu. Später gelegentlich sprach der Kirchenratsdirektor von dem schönen, wildreichen Forst bei Hirsau; es wäre vielleicht willkommene Abwechslung, dort einmal ohne Jagdschloß, Komfort, große Dienerschaft, inkognito, nur von zwei, drei Herren akkompagniert, ein paar Tage zu bleiben, auszuruhen, die Krone abzutun, wie ein Landedelmann sich den Freuden der Jagd hinzugeben. Welche Ehre es ihm sei, die Durchlaucht als Gast in seinem Haus dort zu begrüßen, davon wolle er nicht erst reden. Karl Alexander nahm ohne Umstände und vergnügt an, Weißensee hatte Tag und Stunde seiner Proposition geschickt gewählt; auch traf es sich gut, daß der Herzog nur zweimal in dem berühmten Kloster gewesen war. Schon für die allernächste Zeit und, um das Inkognito zu wahren, in großer Heimlichkeit wurde die Partie festgesetzt.

Von da an zeigte Weißensee eine merkwürdige Geschäftigkeit und Gehobenheit. Er verjüngte sich, sein Gang wurde schmiegsamer, behender, seine klugen Augen faßten mit tieferem Glanz nach Menschen und Dingen. Sehr suchte er die Gesellschaft des Süß; wann immer es anging, war er um ihn. Ein kleines, wollüstiges Lächeln um den feinen, schmeckerischen Mund, hörte er zu, wenn er sprach, den schmalen, gescheiten Kopf beflissen, wie schnuppernd vorgeneigt. Wenn Süß es nicht achtete, schaute er ihn dann wohl auf und ab, gierig fraß er seinen Anblick in sich hinein, und der andere, leicht überfrostet und nicht wissend, woher, stockte unbehaglich und verstummte endlich ganz.

Rabbi Gabriel verließ das Haus mit den Blumenterrassen, begann eine seiner einsamen Reisen.

Durchquerte von West nach Ost Schwaben, wandelte in Augsburgs stattlichen, alten Straßen, scheu umgafft. Fuhr, blöd und mißtrauisch angestarrt, in die farbige Residenzstadt des bayrischen Kurfürsten. Bog nach Süden in die Berge. Am Fluß lag, behäbig hingebreitet, bunt, ein lärmender Markt. Von da an wurde das Tal enger, verwinkelter, die Straße folgte in endlosen Biegungen dem reißenden, weißgrünen Fluß. Hoch oben auf einer Matte lag zwischen weiten, weißlichbraunen, riesig getürmten Wänden ein kurfürstliches Jagdhaus.

Die Straße gabelte sich. Rabbi Gabriel tauchte in dicken, endlosen Forst. Den immer dünneren, tosenden Fluß entlang stieg er, der hell und fröhlich laut durch den dunklen Wald seine Bahn brach. Der Kabbalist überschritt die Grenze, betrat kaiserliches Gebiet. Schweigend und in großer Einsamkeit lag die Gegend; wo das Flußtal sich weitete, nach einer Wanderung von fast zwei Tagen, stieß er auf ein paar ärmliche Häuser um eine kleine Kirche. Hier nächtigte er.

Wenige Meilen später sperrte ein hoher Gebirgsstock das Flußtal, dem er bisher gefolgt war. Vorher zweigten drei Nebentäler ab, von Gießbächen gebildet, die in den Fluß des Haupttales mündeten. Er folgte dem ersten. Es stieg nicht sehr rasch an, war freundlich ernst, die Bergwände waren hoch hinauf bewaldet. Er folgte dem zweiten. Es war sehr kurz, stieg rauh und beschwerlich und endete bald in einem zirkusartigen Halbrund riesenhafter, grausig kahler, weißlichbrauner Felswände. Er folgte dem dritten. Dies war länger und weiter als die anderen. Der Bach, der es gebildet, hatte minder starkes Gefäll, oft verlor er sich ganz, floß unterirdisch. Rabbi Gabriel stieß auf Weidengehölz, auf Moorboden. Weiter oben stand eine verlassene, ganz kleine Hütte, die letzte offenbar dieser Gegend.

Der Tag war bewölkt, nicht warm, aber schwül. Der dickliche Mann atmete schwer, wanderte weglos und mühsam.

Hinter der Hütte, überraschend, weitete sich das Tal. Fremdartig stand plötzlich ein Ahornbaum da. Mehrere. Ein ganzer Hain. Die alten Bäume standen groß und sehr still, kein Hauch ging, kein Blatt rührte sich. Nur undeutlich sah man durch die Bäume die riesigen, weißen Bergwände, die weit und unwiderruflich ringsum das Tal schlossen, und sie waren so hoch, daß man durch die Bäume ihre Gipfel nicht sah. Beklemmend lastete die Luft, der Hain der alten, ernsten, fahlfarbigen Bäume war zwischen den Bergen wie aus einer südlichen Landschaft hergehext, leibhaft fast lag die tiefe, drückende Stille, das ganze, reglose Tal war verzaubert, man stand eingesperrt in ihm wie am Ende der Welt.

Der Rabbi hockte nieder, schwer, müde, leicht ächzend, unter einen Baum. Er zog heraus einen Brief des Süß in hebräischen

Lettern, einen ernsthaften, mit einer fast gekränkten Frommheit angeschminkten Brief. Er vertiefte sich in die Schriftzüge, trank sie ein. Senkte dann den Kopf zum Schoß, zwang das Gesicht des Mannes vor sich, der nach seiner Seele jagte, des Mannes, an den er gefesselt war. Ihm helfen! Der verschütteten Seele an den Tag helfen, daß die eigene, mit jener verkettete, leichter atme.

Doch dieses Tal war zur Vertiefung nicht der rechte Ort. Oh, dieser Druck der reglosen Luft! Hatte Samael, der Linke, seine mächtigsten Geister hierhergeschickt, ihn zu engen und von seinem Werk abzuziehen! Errette meine Seele vom Schwert und mein Leben aus der Gewalt des Hundes!

Unheimlich reglos, leichenhaft, standen die fremdartigen, unerwarteten Bäume. Ei, Dämonen überall, gestaltlos und in Myriaden Gestalten, waren um den Menschen und beirrten den zur oberen Welt Dringenden. Eingebannt in Millionen Dinge büßen die Seelen der Toten, eingebannt in Tier und Pflanze und Stein. Eingekörpert in die summende Biene ist die Seele des Schwätzers, der das Wort mißbraucht, in die zuckende Flamme der Unkeusche, in den stummen Stein der Schmähsüchtige und Verleumder. Rabbi Isaak Luria, der weise war vor den anderen Menschen, sah die Seelen, die aus den Körpern herausgingen, auch der Lebenden, wenn sie an den Sabbatabenden zum Paradies emporflogen.

Oh, könnte er jenes Mannes Seele sehen! Zu ihr reden, mit ihr reden, ihr helfen. Die Seele des Menschen, der dahinhetzt über die Erde nur um der Güter dieser Erde willen, fährt nach dem Tode in Wasser. Ruhelos im Wasser wellt sie hin und her, zerwälzt, zerrieben, hundertfach zerstäubt in jedem Augenblick. Kennten die Menschen diese Pein, sie hörten nicht auf zu weinen. Mann, rastloser, jagender, gehetzter! Denk es! Denk es, Mann!

Dumpfer umschnürte es ihn, drückender, atemsperrender. Zwang ihn, aufzuschauen. Zwischen dem Laub tausend Augen waren auf ihm, die Augen des Kindes, die bräunlich goldenen, erfüllten, ja, sein Herz setzte aus, Naemis Augen. Und sie riefen, flehten mit dringlicher, inniger, angstvoller Beschwörung: »Hilf!«

»Hilf!« riefen sie, immer dringlicher, gepreßter, flehender, und ließen nicht ab von ihm. Er strich sich über die Stirn, strich sich das Geträumte weg, lehnte den Kopf zurück, schaute hinauf zum Himmel. Da waren Wolkenfetzen, seltsam geordnet, sie standen starr und zogen nicht. Jäh erkannte er, sie formten Buchstaben, zwei hebräische Buchstaben, die sagten: »Hilf!« Weg riß er das Antlitz, da sah er, die Äste des Baumes, unter dem er saß, formten die gleichen Buchstaben: »Hilf!« Die Wurzeln die gleichen: »Hilf!« Aufsprang er, schwer atmend, schwitzend, trockenen Gaumens, überschauert die Haut des Rückens; die Eingeweide kroch es herauf, engte wie Reifen die Brust. Er ging zurück. Die Rinnsale in den Bergwänden, der Lauf des Baches, alles immer wieder formte die gleichen Buchstaben, das ganze stumme Tal war ein Mund, seine Wände, Steine, Wasser flehten dringlich, beschworen ihn, schrien in Not und Graus: »Hilf!«

Da hastete der dickliche Mann in seinen schweren Kleidern das Tal hinab, keuchte, stolperte, fiel, hastete weiter. Kam zu Menschen, hetzte seine Straße zurück, auf Maultieren, Pferden, im Wagen. Im Nacken die bräunlich goldenen, dringlichen, angstvollen Augen des Kindes, gepreßt ins Hirn die jagenden, beschwörenden, schreienden Buchstaben: »Hilf!«

In Hirsau, in den stillen, geräumigen Stuben des Weißensee, mit den großen Vorhängen, saßen mit dem Hausherrn der Herzog, der geschmeidige Geheimrat Schütz mit der Hakennase, der knarrende Major von Röder mit den rohen, fast immer behandschuhten Tatzen. Noch hingen im Raum die kindlich verschwärmten Gesichte Magdalen Sibyllens, noch sah der Vater das Mädchen sitzen im stillen Kreis der Lampe über ihrem Buch mit kindhaft wichtigem Antlitz, verschlossen. Sah sie, wie sie früher war, die bräunlichen, flaumigen, männlich kühnen Wangen, die blauen, starken Augen in dem seltsamen Widerspiel zu dem dunklen Haar. Wieviel Licht, ach, und Hoffnung hatte er gesogen aus diesem Gesicht! Wie trüb und frostig war es erloschen!

In dem Raum, der noch erfüllt war von seinen Erwartungen, von seiner Arbeit an dem Bibelkommentar und von den Träumen des Mädchens, soff und grölte jetzt mit seinen Kumpanen der vergnügte Herzog. Karl Alexander fühlte sich jung, frisch, sauwohl. Er hatte den grünen Rock weit offen, das Wams gelüftet, das blonde, melierte Haar frei. Das war ein blitzgescheiter Gedanke gewesen, hierher zur Jagd zu gehen. In Stuttgart und Ludwigsburg standen die Affären vortrefflich, das katholische Projekt marschierte mit guter Chance. Dazu das neue Mensch an der Oper, die Ilonka, die ihm vortrefflich anschlug; man hätte sie eigentlich können mitnehmen. Aber nein, es war doch besser so. Tags nur Wind ins Gesicht, abends Wein und gutes, kräftiges Männergespräch. Keine Weiber! Keine Politik! Kein Parlamentsgesindel! Wie war man jung! Man spürte, mille tonnerre!, nichts von seinen Fünfzig. Wie konnte man noch lachen und an nichts als einem bißchen Wald und einem guten Schuß seine Lust haben.

Der Neuffer ging auf und ab und schenkte Wein ein. Im Dämmer, außerhalb des Lichtkreises der Lampe, hockte stumm der Schwarzbraune. Karl Alexander trank stark, streckte die Beine vor sich, lachte dröhnend über die plumpen Zoten Röders, die feinen Weißensees, über die sehr schweinischen Anekdoten, die Herr von Schütz vornehm und untermischt mit vielem Französisch hernäselte. Erzählte dann selber, Geschichten aus dem Feldlager, Aventüren aus seiner Venezianer Zeit.

Mit ingrimmiger Lust hörte Weißensee zu. Wenn man es recht überlegte, war der Jude daran schuld, daß er jetzt mit dieser Roheit und stumpfem Gewäsch seine weißen Stuben verschmutzen mußte. Ei nun, wenn man was wissen wollte, wenn man neugierig war, dann mußte man wohl zahlen für solche Neugier. Aber lohnen wird es, es wird lohnen!

Als die Herren zu Bett gingen, schwer vom Wein, sagte Weißensee dem Herzog, er habe für den morgigen Nachmittag eine Surprise bereit. Er rate submissest, man solle ausschlafen morgen, dann gut tafeln, und dann werde er Seine Durchlaucht in den Wald führen und seine feine Überraschung vorzeigen. »Weißensee!« lachte der Herzog. »Alter Fuchs! Exzellenz! Präsident! Ich bin zufrieden mit Ihm. Er weiß für jeden Tag was Neues. Er ist ein sehr brauchbarer Prälat.« Und er klopfte ihm auf die Schulter und torkelte in sein Schlafzimmer.

Anderentags, dampfend vom vielen Essen, dunstend von den alten Weinen des sachkundigen Weißensee, fuhr man. Erst die Landstraße entlang, dann abzweigend einen Karrenweg. Ließ hier den Wagen zurück, folgte einem Fußpfad, stand schließlich vor einem starken, sehr hohen Holzzaun. Bäume sperrten den Blick weiter.

Da standen nun die Männer vor dem Zaun. Föhn ging. Der Wein war ihnen noch nicht verflogen. Sie schnauften, schwitzten, rissen Witze. Dahinter stecke also die Überraschung; ob es denn lohne; ob Weißensee nichts verraten wolle. Der bat, sie möchten die Mühe nicht scheuen, kletterte voran über den

Zaun. Sie folgten prustend, mühsam. Drangen weiter, neugierig, angeregt, amüsiert.

Gelangten an die Blumenterrassen, den weißen Würfel des Hauses. Standen, staunten. Wirre Vorstellungen zuckten auf in Karl Alexander: Venedig, Belgrad. Doch keiner wußte mit dem weißen, fremdartigen Ding mitten in dem schwäbischen Wald was anzufangen.

»Das Haus gehört dem Magus«, sagte Weißensee, »dem Oheim des Herrn Finanzdirektors.« Verblüffte, großäugig dumme Gesichter. Ein leicht übler Nachgeschmack des Weines stieg dem Herzog auf, er fühlte sich plötzlich schwerer, spürte den lahmenden Fuß, den schlechten, holperichten Weg durch den Wald. Mit einer schleierigen Befangenheit schaute er auf das Haus, in einem vagen Gefühl, als blickten daraus steinerne, trübgraue Augen auf ihn. »Dem Magus? So?« sagte er dann mit einer heiseren, belegten Stimme. »Ei freilich ist das eine Surprise.«

»Das ist nicht alles«, lächelte Weißensee mit feinem, breitgezogenem, genießerischem Mund. »Befehlen Euer Durchlaucht, daß wir näher treten?«

Karl Alexander riß sich zusammen, räusperte sich frei. »Der alte Hexer ist mir ohnehin noch einen Bescheid schuldig«, lärmte er. »Scheuchen wir den Schuhu in seinem Gemäuer auf.«

Näher traten die Herren, pochten, gingen, da niemand sich rührte, ins Haus. Der alte, gebrechliche Diener kam ihnen entgegen: was sie suchten? – Seinen Herrn. – Der sei nicht da. Empfange im übrigen auch niemanden, setzte er verdrießlich hinzu. So würden sie sich das Haus ein wenig anschauen, meinte Weißensee. Was ihnen beifalle, kläffte mürrisch der Diener. Sie sollten sich scheren. Hier habe niemand was zu suchen.

»Maul halten!« schrie der zornige Major Röder. Doch der Alte wiederholte zäh keifend: »Niemand hat hier was zu suchen. Niemand hat hier zu befehlen, nur mein Herr.«

»Und der Herzog von Württemberg«, sagte Karl Alexander. Und an dem erstarrten Diener vorbei gingen die Herren ins Zimmer. Beschauten scheu und spöttisch die Folianten, die Zeichnungen des kabbalistischen Baumes, des himmlischen Menschen, die seltsamen Inschriften. Tauschten über das magische Gewese und Gewerke ironische Anmerkungen aus. Doch der unheimliche Raum hemmte den gewohnten Lärm und machte sie bänglich und gedämpft.

»Kotz Donner!« schrie plötzlich Karl Alexander in die Befangenheit hinein. »Wir sind hier doch in keiner Kirche. Den Wein, Neuffer! Wenn der alte Hexer nicht zu Haus ist, wollen wir sehen, ob wir seine Geister nicht durch ein gutes Glas Wein an unseren Tisch hexen können.«

»Wollen wir nicht erst auch die anderen Stuben anschauen?« bat Weißensee. »Vielleicht spüren wir doch noch etwas auf!« Und seine feine, lange Nase schnupperte, und seine klugen, rastlosen Augen gingen in alle Winkel.

Während Neuffer den Wein zurechtstellte, besah man die wenigen anderen Räume des kleinen Hauses. Vor einer Tür stand Jantje, die dicke, plappernde Zofe, sie suchte die Herren zurückzuhalten. Doch sie drängten sie beiseite und schoben sich ins Zimmer. Da saß im äußersten Winkel angstvoll, großäugig und abwehrend empört in östlicher Gewandung das Mädchen. Zurückprallten vor der Lieblichkeit des mattweißen Gesichts, des blauschwarzen Haars, der redenden, erfüllten Augen die Herren. »Daß dich der Langschwänzige!« fluchte halblaut der Herzog vor sich hin. »So was also hält sich mein Jud! So was versteckt er vor mir, der Filou! Möcht sich allein delektieren an dem Braten.«

Noch immer war ein paar Schritte Raum zwischen dem Mädchen und den Herren. Ein Schweigen fiel ein. Naemi war aufgesprungen, stand hinter ihrem Sitz, zurückweichend ganz in die Ecke. Die Männer, gehalten durch das Fremdartige der Erscheinung, blieben in der Nähe der Tür, starrten.

In die Stummheit hinein sagte höflich die geschmeidige Stimme des Konsistorialpräsidenten: »Die Demoiselle ist die Tochter des Herrn Finanzdirektors.« Und, auf die mundaufreißende Verblüffung der Herren, liebenswürdig lächelnd: »Ja, das war meine Überraschung.«

»Kotz Donner! Kotz Donner!« sagte mehrmals hintereinander knarrend der Major Röder; sonst fiel ihm nichts ein. Doch der Herzog, aus seiner Überraschung zurück, enthusiasmiert, mit seinen großen blauen Augen an ihr fressend, erging sich geläufig in entzückten, modischen Bildern: »Ein Meisterstück das Mädel! Ein Kopf wie aus Ebenholz und Elfenbein. Wie eine Fabel aus Morgenland.« Gewandt stimmte der Geheimrat Schütz zu: Der Finanzdirektor sei ein Genie; aber das Produkt seiner Lenden sei doch noch besser als alle Geburten seines Hirns.

Weißensee schwieg. Und hätte doch, der feine Kenner, dem

Herzog zu Dank das Mädchen besser preisen können als dieser selbst zusamt dem trockenen Schütz und dem plumpen Röder, der kein anderes Kompliment fand als sein rülpsendes »Kotz Donner! Kotz Donner!« Doch Weißensee stand stumm. Er schaute nur das Mädchen an, schaute es auf und ab, ein tieferes Lächeln um seine genießerischen Lippen. Ei ja, mein Herr Geheimrat Finanzienrat, gewiß doch, diese war wohl ein Kleinod und sehr wert, gehütet zu sein. Achtes Weltwunder! Hebräische Venus! Augen hat sie wie aus dem Alten Testament. Und sieht nicht aus, als wäre sie nur lieblich anzuschauen. Zu der Magdalen Sibylle kamen die Apostel und sprachen zu ihr. Zu dieser mögen die Propheten kommen. Sie waren schlauer als ich, Herr Finanzdirektor; aber doch nicht schlau genug. Hätten sie noch ferner und heimlicher müssen hüten. Voilà! Jetzt werden wir sehen, was Sie für kurioses Gesicht ziehen.

Mittlerweile hatten die anderen ferners von dem Mädchen groß Rühmens gemacht. Selbst Herr von Röder fand ein Weiteres und sagte: »Wer hätte dem alten Fuchs solch Junges zugetraut?« Naemi aber stand in ihrer Ecke, den ganzen Leib gespannt in Scheu und Abwehr, und schaute auf die Männer. »Wie heißt Sie denn, Demoiselle?« fragte jetzt der Herzog. Und, da sie nicht antwortete: »Sulamit? Salomea? Sollen Wir jemandes Kopf zu Ihren Füßen legen?«

Doch Naemi schwieg weiter, sich windend in fast leiblichem Schmerz vor Widerwillen und Scheu. »Vom Vater hat sie sie nicht, diese Schüchternheit«, konstatierte Herr von Schütz. Aber der Major von Röder fuhr grob und ungeduldig auf das Kind her: »Gib Antwort, Judenbalg, wenn dein Herzog dich fragt.«

»Halt's Maul, Röder!« sagte Karl Alexander. Und zu der Verschreckten, in ihre Ecke sich Pressenden, freundlich wie zu einem Kind: »Ich tu dir nichts, ich freß dich nicht. Gemslein, verschüchtertes! Mimosa! Sei Sie nicht so zimpferlich!«

Jantje, die Zofe, hatte sich mittlerweile neben das Mädchen geschoben, dick und gutmütig stand sie neben ihr, in heller Angst und Ratlosigkeit. »Ich bin wirklich dein Landesherr«, fuhr leicht ungeduldig Karl Alexander fort, »dein und deines Vaters wohlaffektionierter Herzog und Herr. Und jetzt sag endlich, wie du heißt!«

»Die Demoiselle heißt Naemi«, sagte statt ihrer die Zofe. »Nun wissen wir's also«, grunzte befriedigt Röder. »Naemi, komischer Name!« und pruschte heraus. Aber der Herzog befahl:

»Komm Sie her, Naemi! Küsse Sie Ihrem Landesvater die Hand!« Die Zofe sprach auf das Kind ein, schob sie sanft vor. Langsam, die Augen am Boden, und wie gezogen schritt sie, und mit gierigen Blicken, fröhlich gespannt, schaute Weißensee zu.

Sie gingen in die Studierstube, trinken. Zwangen das Kind, ihnen Bescheid zu tun. An den Wänden blühte der kabbalistische Baum, ketteten sich blockige Buchstaben und verwirrende Bildzeichen, schaute starr der himmlische Mensch. Das Kind nippte. Doch weiter war sie nicht zu halten. Sie floh, schloß in ihr Zimmer sich ein, überschauert, zitternd den ganzen Leib und eiskalt.

In der Studierstube aber, unter den Trinkenden, konstatierte Herr von Schütz, auf die magischen Bilder weisend: »Zuerst hat es hier nach Judenschul und Kirchhof gerochen. Jetzt riecht es nach Paris hier und nach Parfüm und nach ›Mercure galant‹, und die ganze Gespensterluft ist weg. Merkwürdig, wie ein bißchen frisches Weiberfleisch den gelehrtesten Magus um sein Prestige bringt.«

Man brach auf. Röder und Schütz voraus, dann der Herzog mit Weißensee, als letzter Neuffer. Der schwere Herzog stützte sich vertraulich auf den feinen, schlanken Weißensee. »Das hat Er schlau gemacht«, freute er sich. »Da werden wir noch lang unseren Spaß haben. So ein Heimlicher und Duckmäuser, mein Jud. Na, wir werden ihn frotzeln, daß er soll rot und blaß werden.«

So aber lag es nicht in der Absicht Weißensees. Jetzt fortgehen und den Juden ein weniges aufziehen, was war da groß? Darum hatte er sich nicht die Mühe gemacht. Der Jud war schlau, der Jud wußte, was er an dem Kind hatte. Er wird sie außer Landes schicken, fernab, jedenfalls wird er sie nicht an den Hof bringen wie er, Weißensee. Der Jud war gewitzt; und selbst wenn es ihn kitzelte, der Jud hatte den Magus, der ihn hielt. Ging aber der Herzog jetzt, dann war er kein zweites Mal nach Hirsau zu bringen. Dann mußte des Weißensee große, verzehrende Neugier auf immer ungestillt bleiben.

Der Kirchenratsdirektor sah das Kind vor sich, in die Ecke gepreßt, die großen Augen in dem mattweißen Gesicht verschüchtert, angewidert, und ein streichelndes, zärtliches Gefühl kam über ihn. Aber dieses Gefühl zerstäubte in der wilden, zerreißenden Neugier, die ihn ganz anfüllte, ihm süß beklemmend die Eingeweide heraufkroch, den Atem schnürte.

Er verlangsamte den Schritt, bat den Herzog, er solle sich nicht überanstrengen, riet, kleine Rast zu machen. Neuffer hatte noch Wein, Weißensee bediente den Herzog. Der trank. Weißensee lenkte immer von neuem die Rede auf das Mädchen; mit seiner höflichen, geschmeidigen Stimme, in halben Worten, sehr kennerisch, rühmte er ihre Reize, wie jung und doch reif sie sei. In solcher Blüte seien diese Jüdinnen schön und einzigartig, über allen Frauen, kühles Feuer wie südlicher Wein. Doch diese Blüte daure sehr kurz, dann seien sie welk und zum Abscheu. So müßten sie genommen werden, so, scheu und heiß wie die; wer der den Schaum abtrinke, der habe ein seltenes Glück gekostet und das ihm bleiben werde seiner Tage.

So träufelte er sein feines Gift in den Herzog. Karl Alexander trank, fühlte sein Blut wellen, steigen, fallen. Der Abend kam, Föhn ging in warmen Stößen, in den Bäumen nebelte vor ihm das Bild des Mädchens, ihre weichen, scheuen Formen; er schnaufte leise. »So mögen die Weiber ausgeschaut haben«, sprach Weißensee seine Träume vor sich hin, und sie galten dem Herzog, »die Weiber, die der König Salomo sich hielt. Tausend Weiber hielt er sich. So waren die Könige aus dem Alten Testament. Des Herrn Finanzdirektors seinem Testament.« Und er lachte ein kleines, stilles Lachen.

Karl Alexander stand plötzlich auf, klopfte sich Reiser und welkes Laub des Waldbodens vom Rock, sagte, die Stimme gepreßt, zu Weißensee, er wolle noch ein weniges allein im Wald spazierengehen. Weißensee möge ihn bei den anderen Herren entschuldigen; sie sollten nicht auf ihn warten, sollten nach Hause kehren, ihm den Wagen zurückschicken; den Neuffer behalte er da. Der Konsistorialpräsident neigte sich, ging. Erst wie er allein war, atmete er hoch, breitete die Arme, verzerrte das bewegliche Gesicht, stieß seltsame, schnurrende, glucksende Laute aus.

Karl Alexander ging indes, so rasch es der lahmende Fuß zuließ, gefolgt von dem Kammerdiener, zurück durch den Wald, in den der Abend einfiel. Als er an das Haus mit den Terrassen kam, war es schon ganz dunkel, fetzig, schwärzlich zogen schnelle Wolken, kein Mond war, in starken, warmen Stößen riß ihm der Wind den Atem weg. Das gute Abenteuer! Jung war man, jung! Stieg über Zäune, schlich nächtlich durch den Wald. Ei, gut war das, besser als mit dem lausigen Parlamentsgesindel sich über Paragraphen streiten. Hätte man noch die Larve vorm Gesicht, fühlte man sich wie in Venedig so jung.

Schlug kein Hund an? Vielleicht hatte der Magus Zauberkreise gezogen, die Schwelle mit Hexerei gebannt, daß, wer sie überschritt, sich nicht regen konnte.

Er ließ den Neuffer zurückbleiben, umstrich späherisch das Haus. Er hatte sich den einfachen Grundriß leicht gemerkt. Dort war das Zimmer des Mädchens, es lag dunkel. Wo das Licht brannte, das war der Raum mit den magischen Zeichnungen. Sollte sie dort –? An dem Spalier war leicht hinaufzuklettern. Er wird ja sehen.

Leicht ächzend kletterte er ins Fenster. Ja, dort saß sie, Arme schlaff, ganz still, mit ihren großen, ängstlichen ratlosen Augen. »Pst!« rief er sie flüsternd an, schmunzelnd, blinzelnd, schlau.

Sie schrak auf, sah das rote, massige Gesicht, die blauen, gierig hervorquellenden Augen. Warf krampfig den Oberkörper zurück, starrte vergraust auf den Schnaufenden. Er lachte: »Hab ich Sie erschreckt? Dummes Kind! Hab Sie keine Angst!« Er schwang sich vollends ins Zimmer, kam schnaufend, schwitzend auf sie zu: »Gelt, da schaut Sie, was Ihr Landesvater für ein Kletterer ist.« Sie, im letzten Augenblick, flatterte in die äußerste Ecke des Zimmers, sinnlos unhörbare Gebete lallend, kauerte sich in sich zusammen. Er, ihr nach, sprach beruhigend wie zu einem kleinen Kinde auf sie ein; doch seine grauenhafte Freundlichkeit ließ sie noch schreckhafter schauern. Die Augen wie gefrorene Seen, die Lippen weiß, starrte sie auf ihn, bis er endlich ungeduldig, brutal sie an sich riß, küssend über die Eiskalte herfiel, nach ihrer Brust tastete. Unter den Händen fort glitt sie ihm, schrie mit kleiner, tonloser Kinderstimme nach dem Oheim, riß sich los, gewann die Tür, wehte eine Treppe hinauf. Die Treppe führte zum Dach.

Oben angelangt, atmete sie heftig, hastig die nächtige Föhnluft ein. Der warme, feuchte Wind nahm sie in seine Arme, trieb sie vor. Sie lauschte hinter sich, es blieb still. Sie breitete die Arme, fühlte sich frei, der Oheim hatte geholfen, jetzt wehte der feuchte, wohlige Wind den Dunst und Atem des Tieres fort von ihr. Sie schritt, tanzend fast, vor an den Rand des sehr flachen Daches. Kamen nicht Stimmen aus dem Wald? Die tiefe, samten streichelnde des Vaters und die knarrende, mißlaunige und doch, oh!, so tröstliche des Oheims. Und sie lächelte in die Nacht hinaus.

Da stapfte es die Treppe herauf, schnaufend, leise fluchend. Das Tier. Aber jetzt blieb sie ohne Angst. Da wehte es schon her vom Wald, ein Wagen mit luftigen Pferden bespannt, hielt am Dach. Lächelnd, mit gleitendem Schritt stieg sie ein.

Karl Alexander, wie er oben war, sah nichts. Sie war doch die Treppe heraufgeweht, und die bot keinen andern Ausgang. Hatte sie, Gift und Opperment!, von den hexischen Künsten des Alten gelernt, sich in den Nachtvogel dort verwandelt, segelte sie dort als der schwarze Wolkenfetzen und lachte ihn aus? Verfluchtes, kleines Mensch! Er stand enttäuscht und grimmig, starker Wind ging, riß ihm den Rock zurück, die schweißklebenden Haare. Alter Esel, der er war! Hätte er doch unten den Judenbalg genommen, den zimpferlichen, über den Tisch ihn geworfen, nicht achtend das Gezier und Getue. Wozu, in Teufels Namen, war er der Herr? Jetzt kam er um seine Nacht, und die in Hirsau hatten recht, wenn sie ihn auslachten.

Verdrießlich tappte er sich die Treppe wieder hinunter. Der Fuß schmerzte ihn, und er war hundsmüde. Mühsam und umständlich durchs Fenster stieg er aus dem Haus. Da hörte er flüsternd, furchtsam und erregt heiser die Stimme des Kammerdieners: »In den Blumen liegt sie!« Er dachte, sie habe sich dort versteckt, lachte: »Der Racker!«, hastete stolpernd durch das unsichere Dämmerlicht der Nacht in der Richtung, die Neuffer gewiesen.

Ja, da lag sie zwischen den Blumen. Die Blumen schwankten heftig im Wind hin und her, schüttelten tausend Arme, sie aber lag ganz reglos. Er rief sie schäkernd an: »Racker! Wie bist du bloß herausgekommen?« Da sie nicht antwortete, griff er sie sacht beim Arm, bog ihr den Kopf zurück, tastete hastig, erschreckt sie ab. Erkannte, daß sie tot war. Begriff nicht.

Fetziges Gewölk jagte. Starkfarbig krümmte sich, wenig Licht gebend, der junge Mond. Der Diener stand abseits, scheu. Der Herzog von Württemberg aber kniete an der Leiche der jungen Jüdin, im Föhn, zwischen den Blumen, in dumpfem, ratlosem Unbehagen, ein armer, kleiner Mensch in Wind und Nacht.

Was eigentlich war geschehen? War sie ins Leere getreten? War es Absicht? Auf irgendeine Art war er mit dieser Toten verknüpft, war er Ursach dieses Todes.

Bah! Er hatte geschäkert ein weniges. Wer konnte ahnen, daß die Jungfer so zimpferlich war. Er hatte andere solchen Alters ganz anders angepackt; und was für welche! Töchter ersten schwäbischen Adels! Da brauchte die Jüdin sich nicht so zu haben und zu zieren. Es kam vor, daß Kinder, gab man ihnen nur ein böses Wort, ins Wasser gingen, sich was antaten. Das kam vor. Die waren eben verrückt, die gehörten nicht ins Leben. Da war der, so vielleicht Ursach war, ohne Schuld.

Dennoch konnte er das klemmende, pressende Unbehagen nicht loswerden. Der Jud hatte sie versteckt, so tief und heimlich versteckt, und nun lag sie doch und war starr und steif, und der Jud hat sie mit aller Schläue nicht wahren können. Das blies einen an, wer weiß woher, und man war ausgelöscht. Absonderlich war das und sehr verwickelt. Da war sie vorhin noch im Licht gesessen, und ihre Augen hatten gebrannt von Leben, und jetzt lag sie da in der Nacht, und kein warmer Wind half ihr vorm Erkalten.

Der Wald lag schwärzlich, feindselig und voll Geheimnis. Stimmen kamen aus ihm, verwirrend, höhnisch. Den Mann im Föhn überschauerte es. Kindheitsmärchen nebelten herauf, bliesen ihn an, Vorstellungen von einem Zauberwald, gefüllt mit verdammten Geistern, es zerrte ihn im Nacken, an den Haaren, lange, gespenstische Arme streckten sich. Und plötzlich wieder schritt er in jenem stummen, schattenhaften Tanz; der Magus vor ihm hielt seine rechte Hand, Süß hinter ihm die linke. Tanzte da nicht auch nickend, sich neigend das Mädchen mit im Reigen? Und er hörte die knarrende, mißlaunige Stimme des Magus. Er hörte deutlich jeden Laut, strengte sich an, zu verstehen; aber er verstand nicht. Dies quälte ihn. Und alles war so trüb, nebelhaft, farblos.

Mit einem knurrenden, bösen Laut riß er sich los aus der Gebundenheit. Er war hundsmüde, er wird jetzt schlafen. Da lag eine Tote im Wind. Je nun, er hat schon viele Tote gesehen. Wenn er eine Attacke befahl und dann lagen die Toten herum, war schließlich auch er die Ursach. Das war Unsinn und überhirnisch, darüber lange zu meditieren. Was hing er mehr Gedanken an die tote Jüdin als an tausend brave christliche Offiziere und Soldaten, die rings um ihn, durch ihn gestorben waren? Dafür war er der Herzog. Das hatte Gott so eingerichtet, daß, wo er hintrat, Leben blühte oder Tod einfiel.

Er wird also jetzt schlafen gehen. Und das Mädchen? Sie so liegenlassen? Ihr schadet freilich kein Wind und kein Regen mehr. Wenn er jetzt geht, dann ist die Affäre aus, fertig, finito. Die Domestiken werden morgen das Mädchen finden, den Süß benachrichtigen. Der wird sich zergrübeln, warum sie eigentlich und wieso tot ist. Aber vermutlich wird er weiter keinen Schnaufer tun. Hüten wird er sich. Eingraben in aller Stille wird er sein Mädchen und das Maul halten. Und die mit ihm waren, Weißensee und die anderen, item. Aus sein wird die Affäre, tot und stumm und begraben, und Schluß. Ex, ex, ex!

Er wird also … Nein, er wird nicht. Soll er sich etwa davonmachen? Hoho! Das könnte ja aussehen, als hätte er Angst vor dem Juden. Wecken wird er die Domestiken, einen Reitenden wird er dem Süß schicken, ihn abwarten hier, ihm sagen: Nette Historien stellst du an, du Filou! Da findet man dein Mädel, im Wind, tot. Hättest du sie nicht versteckt, du Jud, du Heimlicher, du Heimtückischer, hättest du sie nach Stuttgart gebracht, nie wäre das arriviert.

Ein großer Schlag und ein dickes Unwetter mußte das ja sein für den Juden. Das verfluchte, unheimliche, rätselvolle Pack! Erst zwang er einen in die Lächerlichkeit und das Unbehagen mit dem Eßlinger Handel hinein. Und auf einmal hatte er dann dieses sonderbare Kind, und wie man es anfassen wollte, war es tot. Die Geschichte wäre nie aus und ex gewesen, auch wenn er jetzt einfach wegginge und nach Stuttgart zurückführe und niemals jemand ein Wort darüber spräche. Das Gesicht dieses Kindes war schwerer zu vergessen als tausend tote, verzerrte, zerstümmelte Soldatengesichter. Er rief sich das Gesicht des Juden zurück, sehr weiß mit den roten, kurzen, üppigen Lippen, den fliegenden, wölbigen Augen. Mattweiß war es wie das Gesicht des Kindes. Wie sich der Kerl gleich zuerst an ihn herangemacht hatte, in ihn hereingeschlüpft war mit seinem verfluchten, sklavischen, orientalischen Hundeblick. Freilich, wenn man es durchdachte, war damals nicht viel aus ihm herauszuholen gewesen. Ein kleiner Prinz, dem nicht einmal das Parlament die paar Batzen Vorschuß verwilligte, groß Kapital und Zins war aus dem nicht herauszuschlagen. Und wenn es schließlich auch anders ging und der Süß sein Vertrauen sich mit Wucher bezahlen ließ, gut war ihm zum Ende das Geschäft doch nicht bekommen. Wenn ihm schon an dem Juden Jecheskel soviel lag, mußte ihm wohl das Kind, das zärtlich gehütete, noch viel mehr sein. Und da lag es jetzt auf dem Boden, ein Häuflein Würmerfraß, und lag im Wind und war tot.

Los sein! Den Juden los sein! Er wird ihm aufsagen. Er soll sein ganzes Vermögen und Gold und Edelsteine und Verschreibungen, und was er sich alles aus dem Land ergaunert hat, mit sich nehmen, ungehindert. Er wird ihm noch ein riesiges Douceur zulegen. Aber fort soll er! Gehen soll er!

Nein, er soll doch nicht gehen. Das wäre, als hätte er ein übles, drückendes Gefühl bei seinem Anblick. Er wird ihm doch nicht aufsagen.

Aber Schluß jetzt! Er wird sich das später überlegen. Jetzt wird er sich, Teufel noch eins!, schlafen legen. Er ging ans Tor, pochte laut, brutal. Wies dem öffnenden, verschlafenen, mürrischen alten Diener die Leiche. Ging ohne weitere Erklärungen an dem Versteinerten vorbei. Das tierhafte Gestöhn des Alten, das Gewinsel, Gezeter, Gelalle der aufgelösten Zofe. Karl Alexander kümmerte sich um nichts, ging ins Haus, hatte für die zaghaften Vorstellungen des Neuffer, der sich in dem verzauberten Haus mit der Toten ängstigte, nur eine zornige Grimasse. Warf sich in den Kleidern auf eine Ottomane. Schlief röchelnd, schnarchend, totenhaft tief.

Als er erwachte, strahlte klarer Tag ins Zimmer. Er fühlte sich steif und schmutzig. In einer Ecke, eingenickt, kauerte der Neuffer. Karl Alexander streckte sich. Ah, er wird jetzt das unbehagliche Haus verlassen, nach Hirsau zurückkehren, in den bequemen Räumen des Weißensee baden, gut frühstücken. Den Juden abwarten, ihm auf die Schulter klopfen, ein paar fürstlich huldvolle Trostworte sagen. Und damit war dann diese Jagdpartie erledigt, und es war nur schade, daß sie nicht so angenehm endigte, wie sie anging. Er trat hart auf, daß der Neuffer aus dem Schlaf schrak und sich aufrappelte. Ging dann, bis der sich zurechtmachte, in die Studierstube. Da lag die Tote, die Fenster waren verhängt, große Lichter brannten, auch das magische Bild des himmlischen Menschen war verhängt. Zu Häupten des Mädchens aber stand Rabbi Gabriel. Über der platten Nase die trübgrauen Augen hoben sich nicht, als der Herzog eintrat. Der Rabbi fragte nichts, forschte nichts. Mit seiner knarrenden, mißlaunigen Stimme sagte er: »Gehen Sie, Herr Herzog!« Und der Herzog, betreten, ging. Er zürnte nicht, es war eine große Dumpfheit und Benommenheit über ihm, er verließ das Haus, er sah nicht, wie festlich und heiter die Blumen in dem hellen Tag standen, er sprach nicht mit dem Neuffer, der ihm ängstlich und nach einem Menschenwort gierig folgte, er ging eilends, ging durch den Wald, und bis er an den Karrenweg kam, wo der Wagen wartete, sprach er kein Wort.

Noch in der Nacht, ohne daß man ihn benachrichtigt, war Rabbi Gabriel gekommen. Er schien nicht groß erstaunt, die sehr dichten Brauen zogen sich zusammen, die drei senkrechten Falten zackten noch tiefer in die breite, nicht hohe Stirn. Den Segensspruch sprach er, der zu sprechen war beim Anblick eines Toten: »Gerühmt seist du, Jahve, Gott, gerechter Richter.« Er bettete das Mädchen, zur Brust faltete er ihr die starren Arme, richtete der Toten Zeige-, Mittel- und Goldfinger so, daß sie das Schin bildeten, den Anfangsbuchstaben des allerheiligsten Namens: Schaddai. Er verhängte die Fenster, entzündete Kerzen, verhängte das Bild des himmlischen Menschen. Wasser goß er hinter sich, da er das Totenzimmer betrat, Wasser zu Häupten, Wasser zu Füßen des Mädchens. Denn es scheucht das Wasser die Dämonen, die der Tod anlockt. Nur Samael, der Linke, der Engel des Todes, läßt sich nicht vertreiben. So blieb der Rabbi allein mit der Toten und mit Samael, dem Linken.

Zwischen die Knie senkte er den Kopf, in die Erde hinein sprach er die drei Hymnen, der großen Heiligung, der Entzückung in den dritten Himmel, der Heere der Toten. Da war die Seele des Mädchens da, und der Linke konnte sie nicht verbergen. Ach, Rabbi Gabriel hatte gewußt, sie war noch da, sie wird nicht auf geradem Fluge eingehen in die Obere Welt; noch wartete ein Werk auf sie in der Untern Welt, und darum auch hatte das Kind gerufen. Er aber konnte sie nicht erreichen, und so war sie gestorben, eh daß er gekommen war.

Ein kleines, verlorenes Bündel, hockte der dickliche Mann in dem Raum, der ganz erfüllt war von Samael, dem Linken, und der flatternden, verschüchterten Seele des Kindes. Und er sprach zu ihr mit seiner knarrenden, mißtönigen Stimme; doch er konnte ihr nichts sagen, sie war ja schon über der Schwelle der dritten Welt, und sosehr sie es wollte, er konnte sie nicht halten.

Und da er spürte, wie es sie weitertrieb und wie der Linke sie überdeckte, rief er der Entgleitenden nach mit jenen Worten der Schrift, die sie am liebsten liebte: »Wie warst du mir süß, Naemi, meine Tochter! Liebe! Liebliche! Lilie des Tals! Rose von Saaron!«

Da spürte er ein letztes flatterndes Grüßen. Aber Samael war stärker als er und trieb sie weiter. Da fiel er auf sein Angesicht, nie war er so schwer und erdig gewesen wie jetzt, und er lag viele Stunden in grauenvoller Schwäche. Und die Kerzen brannten, und die Tote hatte die Finger gestreckt im Zeichen des Schin; aber kein Zeichen half, niemand war im Raum, und er blieb allein und hilflos und stumpf und in herzschnürender Not mit Samael, dem Linken.

Mit halben Worten deutete der Herzog dem Weißensee an, was geschehen war. Der Reitende an Süß war längst unterwegs. Karl Alexander, während er den Juden erwartete, entfaltete eine lärmende Heiterkeit, aß mächtig, trank, zotete, jagte.

Weißensee hörte nur, daß das Kind tot war. Es gelang ihm, im Angesicht des Herzogs höflich und gefaßt zu bleiben. Allein, zersplitterte er wie Glas. Der Jud war ihm über. Wieder hatte der Jud gesiegt. Das Kind war tot. Es war nicht beschmutzt, besudelt, zerknickt, es war einfach tot; entschwebt, rein, aus Höhen geisterhaft und lieblich lächelnd. Der Jud war kein komischer, zerknitterter, schmieriger Kuppler wie er, der Jud war tragisch fast und ein Märtyrer, sein Kleinod war nicht getrübt und verschlammt; wie ein anderer mit kotiger Hand danach greifen wollte, hat es sich aufgelöst in die reine Gottesluft. Jetzt hat es keinen Sinn mehr, neugierig zu sein, jetzt kitzelte es ihn durchaus nicht mehr, das Gesicht des Juden zu sehen. Schlaff saß er, ausgehöhlt, zerkrümmt im Lehnstuhl, lallte ziemlich sinnlos und immer wieder vor sich hin: »Nenikekas, Judaie! Nenikekas, Judaie!«

Unterdes jagte Süß nach Hirsau. Als er die Meldung erhielt, der Herzog sei in Hirsau, er solle sogleich und ohne eine Minute Verzug hinkommen, war ihm der Gaumen kalt geworden vor Schreck. Gewißheit war ihm, daß dem Kind etwas drohte, vielleicht schon geschehen war. Doch in Hirsau, im Hause des Weißensee, hieß es, der Herzog sei ausgefahren, er sei wohl im Wald, ob er den Herrn Konsistorialpräsidenten sprechen wolle. Aber Süß wartete den zögernden, hilflos verwirrten Weißensee nicht erst ab, er eilte sogleich weiter in den Wald. Der Karrenweg. Der Holzzaun. Die hohen Bäume. Die Blumenterrassen. Das weiße Haus. Kein Diener. Kein Herzog. Kein Rabbi. Wie gezogen, ohne kleinste Irrung, ohne Überlegen, Verweilen, geraden Weges schritt er in das große Studierzimmer. Die verhängten Fenster. Die großen Kerzen. Die Tote, Arme zur Brust, Zeige-, Mittel-, Goldfinger im Zeichen des Schin. Süß fiel um. Lag viele Stunden ohne Besinnung.

Der Rabbi stand vor ihm, als er die Augen aufschlug. Der

Rabbi sah einen verfallenen, ergreisten Mann. Den schmiegsamen, elastischen Rücken krumm und schlaff, die glatten weißen Wangen hohl und unsauber, farblos häßlich das braune Haar. Der Rabbi hatte die Tote balsamiert, jetzt ging er ab und zu, zündete die Kerzen neu, goß dämonenscheuchendes Wasser.

Nach einem langen, ewigen Schweigen fragte Süß: »Ist sie um den Herzog gestorben?«

»Sie ist um dich gestorben«, sagte Rabbi Gabriel.

»Wenn ich fortgegangen wäre mit ihr«, fragte Süß, »längst, weit fort, in die Stille, wäre sie dann nicht gestorben?«

»Sie ist um dich gestorben«, sagte Rabbi Gabriel.

»Kann man mit Toten reden?« fragte Süß.

Rabbi Gabriel zitterte. Dann sagte er: »Es steht im Buch von den Heeren der Toten: Denkt eines Verstorbenen nur recht, und er ist da. Ihr könnt ihn innerlich beschwören, er muß kommen; ihn halten, er muß bleiben. Denkt seiner mit Liebe oder mit Haß, er spürt es. Mit stärkerer Liebe, stärkerem Haß, er spürt es stärker. An jedem Fest, das ihr dem Toten gebt, steigt er herauf, um jedes Bild, das ihr ihm weiht, schwebt er, hört jedem Worte zu, das von ihm klingt.«

»Kann ich mit ihr reden?« fragte Süß.

Da zitterte Rabbi Gabriel stärker. Dann sagte er: »Sei rein, und sie wird in Ruhe sein. Wenn du einströmst in die dritte Welt, mit dir wird auch sie in das Meer der dritten Welt tauchen.«

Da schwieg Süß. Er aß nicht, er trank nicht. Nacht fiel ein, Tag graute herauf, er rührte sich nicht.

Der Rabbi sagte: »Der Herzog will dich sprechen.« Süß antwortete nicht. Karl Alexander trat ein. Fuhr zurück. Fast hätte er den Mann nicht erkannt. Dieser Mensch mit den schwärzlichen, schmutzigen Stoppeln um den Mund und die Wangen hinauf, mit dem häßlich farblosen Haar, den eingesunkenen, rötlichen, stieren, triefenden Augen: war das Süß, sein Jud und Finanzdirektor, der große Kavalier, der lüsterne Traum der Frauen?

Mit rauher, heiserer Stimme, sich räuspernd und mehrmals ansetzend, sagte Karl Alexander: »Sei Er ein Mann, Süß! Verbohr Er sich nicht in Seinen Schmerz. Ich hab das Mädel gesehen, ich weiß, wie sie war. Ich spür es sehr gut, was Er da verliert. Aber denk Er, Er hat noch sehr viel anderes im Leben. Er hat die Gunst, Er hat die Liebe Seines Herzogs. Dies mag Ihm Trost sein.«

Mit einer stillen, gleichförmigen, merkwürdig gefrorenen Demut erwiderte der verwahrloste, häßliche Mann: »Ja, Herr Herzog.«

Karl Alexander wurde es unbehaglich bei diesem stillen Ja. Es wäre ihm lieber gewesen, Süß hätte seine Kränkung gezeigt und er, der Herzog, hätte ein weniges schreien und dann wieder gut sein können. Dieses mönchische Gewese paßte ihm gar nicht. Wie hatte Schütz gesagt: es roch nach Judenschul und Kirchhof. Ein vages Erinnern wellte hoch an die knarrende Stimme des Magus, an das, was er verschwieg. Er wollte glatten Tisch haben, er wird jetzt einfach mit der Katze durch den Bach fahren. Mit einer gewissen gutmütigen, grobschlächtigen Ehrlichkeit sagte er: »Es ist dumm, daß das arriviert ist, just wie ich da war. Was es eigentlich für ein Akzident war, weiß kein Mensch und wird kein Jud und kein Christ und kein Magus herauskitzeln können. Ich hab sie gefunden, da lag sie in den Blumen und war tot. Er wird natürlich supponieren, ich sei schuld daran. Aber ich vermein, da ist Er auf dem Holzweg.«

Da Süß schwieg, fügte er hinzu: »Es ist mir in der Seele leid, Jud, wahr und wahrhaftig. Er darf mich nicht für einen Débaucheur halten, der coûte que coûte seinen Willen haben muß. Natürlich hab ich ihr ein bißle meinen Hof gemacht. Aber wenn ich das hätte voraussehen können, ich hätte mich getrollt. Nicht keinen Handkuß hätte ich verlangt. Parole d'honneur! Wer hätte auch denken können, daß das Mädel so wenig Spaß versteht.«

Mit der gleichen stillen, gefrorenen Demut sagte Süß: »Ja, Durchlaucht, wer hätte das denken können.«

Karl Alexander, betreten, schwieg. Dann, mit neuem Anlauf, sagte er: »Ich glaub nicht, daß ich in Seiner Schuld bin. Aber wenn, bitt ich Ihn um Pardon in aller Form. Ich möcht nicht, daß irgendwas zwischen uns soll treten. Sei Er mir nicht nachträgerisch! Tu Er mir treue Dienste wie bisher! Geb Er mir die Hand!«

Da legte Süß seine Hand, die sehr kalt war, in die große Hand des Herzogs. Eine kurze Weile standen die beiden Männer so, die Hände ohne Druck ineinander, eine pressende, engende Lähmung ging vom einen zum andern. Die Fenster waren verhängt, in dem zuckenden Licht der Kerzen regten und streckten sich die magischen Figuren, Samael, der Linke, war im Raum. So standen sie, in Wahrheit nun eine Figur jenes blassen Reigens, den sie in Traum und Nebel getanzt.

Aus der Gebundenheit riß sich der Herzog. »Bien!« sagte er. »Bestatte Er jetzt Seine Tote! Fahr er dann nach Ludwigsburg! Es gibt zu tun.«

Damit ging er. Atmete, die peinliche Affäre hinter sich, fröhlich den hellen Tag. Er hatte sich, weiß Gott, geführt als ein Fürst von Herz und Welt. Vergnügt und sehr zufrieden brach er sich eine der festlich heiteren Blumen von den Terrassen. Stapfte, das weiße Haus im Rücken, pfeifend durch den Wald, freute sich der Sonnenflecke, fuhr in guter Laune zurück in seine Hauptstadt.

Bei der Toten hockte Süß. Unter den häßlichen Stoppeln mit fahlen Lippen lächelte er ein tiefes, listiges Lächeln. Ohne Worte rief er das Kind, und das Kind hörte. Er erzählte der Toten, wie schlau er gewesen war, und er erzählte ihr von seiner vorhabenden Rache. War er nicht ein Mann? Hatte er sich nicht gezähmt und war kalt gewesen? Nicht nur nicht an die Gurgel gesprungen war er jenem, freundliche Worte hatte er ihm gesagt, und die Zunge war ihm nicht lahm geworden. Die Hand hatte er ihm gereicht und hatte ihn nicht gedrosselt, seinen Dunstkreis hatte er geatmet und war nicht erstickt. Wie verwirrt er war, der andere. So gar nicht konnte er es kapieren, daß das Kind sich fortgemacht, ganz simpel davongegangen war, eh daß er Hochseine Lust hatte stillen können.

Was hatte er zuletzt gesagt? Es gibt zu tun in Ludwigsburg? Abkaufen wollte er ihm, durch Geschäfte, durch Affären abschachern ihm den Tod seines Kindes! Der Narr der, der siebenfach verblendete! Aber er war ruhig geblieben, freundlich und demütig hatte er geantwortet und war ruhig geblieben. Er freute sich wohl, der andere, daß er so wohlfeil losgekommen war. Da lag das Kind, ein Bündel totes Fleisch, ein armes Häuflein Anklage und Verwesung. Ei ja, dachte er wohl, der andere, wenn er mir im Angesicht dieser Toten nicht an die Gurgel springt, dann ist er fürderhin erst recht zu miserabel. Gefehlt, Herr Herzog! Gefehlt, allerdurchlauchtigster Herr Mörder! So simpel grob ist der Süß nicht, er ist kein Landsknecht und Bauer und Töffel, daß ihm so plump einfältige Rache genügt. Er arrangiert seine Rache raffinierter. Er siedet sie und brät sie und kocht von allen Seiten sie gar.

Er lächelte tiefer, er zog die fahlen Lippen hoch hinauf, und die Zähne, sonst glänzend weiß, lagen gelblich und beinern trocken bloß.

Rabbi Gabriel ging durch das Zimmer, dicklich, mit seinen umständlichen Schritten. »Dies ist nicht der Weg, Josef«, sagte er plötzlich mit seiner knarrenden, mißtönigen Stimme.

Süß sah auf, sah ihn feindselig an. Ho! War der wieder da? Wollte er ihm wieder einreden? Was denn sonst blieb ihm als Rache? Wollte der sich dazwischenstellen mit seinen edlen Sprüchen? Wirf einen in einen Abgrund und sag ihm: Falle nicht! Und er sah ihn mit seinen müden, entzündeten Augen gehässig an. Aber er sagte nichts.

Auch Rabbi Gabriel schwieg. Stumm an der Leiche saßen die beiden. Ihre Gedanken gingen sehr verschieden. Aber Samael, der Linke, war im Raum, und auf allen Wegen kehrten ihre Gedanken immer wieder zurück zu Samael, dem Linken.

Durch die jüdischen Gemeinden des Römischen Reichs flog die Nachricht: Dem Reb Josef Süß Oppenheimer, Minister und großen Herrn beim Herzog von Württemberg, Retter Israels in schrecklicher, grausiger Not, ist gestorben ein Kind. Er hat gehabt eine Tochter, ein einziges Kind. Ist ihm gestorben das Kind. Wird er hingehen und es begraben in Frankfurt. Gerühmt seist du, Jahve, Gott, gerechter Richter.

Da machten sich auf Männer aus allen Gemeinden, aus Ost und West und Süd und Nord, zu bestatten das Kind des Reb Josef Süß Oppenheimer, Retters Israels aus großer Not. Es kamen die Rabbiner von Fürth und von Prag und von Worms, ja, es kam aus Hamburg Unser Lehrer Rabbi Jonathan Eybeschütz, der Angefeindete und Gefürchtete, heimlicher Jünger und Nachfahr des kabbalistischen Messias Sabbatai Zewi.

Nach Hirsau in das weiße Haus mit den Blumenterrassen kam der Rabbiner von Frankfurt und mit ihm Isaak Landauer, der große Finanzmann. Er drückte dem Süß heftig und ohne Wort die Hand. Eigentlich hätte er sich freuen müssen, daß der württembergische Finanzdirektor nun gar nicht mehr geckenhaft aussah und wie ein Goi und Kavalier; nein, mit seinem häßlichen, ungepflegten Bart und den schmuddelig hängenden Kleidern sah er sehr jüdisch aus und roch nach Ghetto. Aber Isaak Landauer, sosehr es ihn reizte, unterdrückte jede solche Bemerkung, er rieb sich fröstelnd die Hände, wackelte mit dem Kopf, strähnte sich den rotblonden, verfärbten Bart, schluckte und blieb stumm.

Dann sargte man das Kind ein. Rabbi Gabriel legte ihr ein

kleines, goldenes Amulett um den Hals, umzirkt vom Schild Davids das Wort Schaddai. Er winkte dem Süß, mit gelblicher, blutloser Hand hob der den Kopf der Toten, und unter das strahlend schwarze Haar, das noch immer nicht stumpf und erloschen war, streute er ein Häuflein Erde, fette, schwarze, krümelnde Erde, Erde aus Palästina, Zions Erde. Dann wurde der Sarg zugenagelt; auf ihren Schultern trugen die vier Männer, der dickliche Rabbi Gabriel, der verfallene, schmutzig gebartete Süß, der milde, welke Jaakob Josua Falk, Rabbiner von Frankfurt, und der in seinem Kaftan schlotternde Isaak Landauer, auf ihren Schultern trugen sie die Tote aus dem weißen Haus, durch die festlich heiteren Blumen, durch den Wald, an den Holzzaun. Dort warteten andere jüdische Männer, sie nahmen ihnen die leichte Bürde ab, trugen auf ihren Schultern sie weiter, und nach einer halben Meile warteten wieder andere, und aber nach einer halben Meile wieder. So trugen sie das Kind des Josef Süß Oppenheimer durch das Land und über die Grenze und bis nach der Stadt Frankfurt. Und der kleine Sarg rührte nicht den Boden, fuhr auch in keinem Wagen, von einer lebendigen Schulter auf die andere lebendige Schulter glitt er, bis in die Stadt Frankfurt. Hinter dem Sarg aber fuhr ein großer Karren. Und es standen viele Juden an der Straße des Sarges, und wenn der schweigende, karge Zug vorüberkam, sprachen sie: »Gerühmt seist du, Jahve, Gott, gerechter Richter!« Und sie streuten jeder eine Handvoll Erde in den Karren, fette, schwarze, krümelnde Erde, Erde aus Palästina, Zions Erde. Sie war bestimmt für das eigene Haupt und den eigenen Sarg; aber sie streuten sie in den Karren und gaben sie gern. Auf daß bestattet werden könne ganz in heiliger Heimaterde das Kind Unseres Lehrers und Herrn, des Reb Josef Süß Oppenheimer, der gerettet hat Israel aus schrecklicher, grausiger Not.

In der Stadt Frankfurt aber die Gräberstatt der Juden war schwarz von Volk. Sie standen lautlos, die Beweglichen, Schreienden, als Josef Süß im Angesicht des Sarges bekannte: »Gerühmt seist du, Jahve, Gott, gerechter Richter.« Und sie antworteten im Chor: »Eitel ist und vielfältig ist und Haschen nach Wind ist die Welt; doch eins und ewig ist der Gott Israels, das Seiende, Überwirkliche, Jahve.« Und dann sank der kleine Sarg in die Erde Zions, und die Erde Zions überdeckte den kleinen Sarg. Und inmitten der schweigenden Tausende sprach Süß mit ausgetrockneter, klangloser Stimme das Gebet von der

Heiligung des göttlichen Namens. Und sie rissen Gras aus und warfen es hinter sich. Und sie sprachen: »Wie das Gras welken wir aus dem Licht.« Und sie sprachen: »Wir gedenken, daß wir Staub sind.« Und dann wuschen sie die Hände in fließendem, dämonenscheuchendem Wasser und verließen den Friedhof.

Und dreißig Tage in allen jüdischen Gemeinden des Römischen Reichs wurde gesprochen das Gebet von der Heiligung des göttlichen Namens für die Jungfrau Naemi, Tochter des Josef Süß Oppenheimer, Unseres Lehrers und Herrn.

Nach Stuttgart zurückgekehrt, stürzte sich Süß verbissen wild in die Arbeit. Rücksichtslos drängte er sich jetzt in das katholische Projekt, riß alles an sich, was irgend an der äußersten Grenze seines Bereiches lag. Fort warf er die Krücke seiner Servilität und Liebenswürdigkeit. Mit einem maßlosen, finstern, höhnischen Hochmut behandelte er seine ganze Umgebung, ließ die Minister springen wie Lakaien. Es flackerte aus ihm eine düstere, grimmige Verachtung alles des, was man gemeinhin menschliche Würde, Freiheit und Verantwortung nannte. In grauenhafter, spielerischer Laune zwang er die Abhängigen zu immer neuen, überflüssigen Demütigungen, und standen sie entblößt, ihr bißchen Menschtum abgetan und zerfetzt, dann verhöhnte er sie mit stillem, nacktem Hohn und weidete seine abgründige Menschenverachtung an ihrer kriecherischen Geduld.

Sehr offen und im größten Ausmaß räuberte er in den herzoglichen Kassen. Er berechnete sich ungeheuerliche Provisionen, verkaufte an den Herzog zu Riesenpreisen wertlose Preziosen. Neue Lasten legte er auf das ächzende, zusammenbrechende Land, und was er auf solche Art erpreßte, leitete er unverhohlen in seine, nicht Karl Alexanders Tresore. Hatte er bisher das Herzogtum bedrückt, um Geld herauszupressen, sachlich und zweckmäßig, so würgte und drückte er jetzt das Land aus raffinierter, düsterer Freude an der Pressung. Er tat dies alles mit dreister Offenheit, legte es sichtlich darauf an, daß Karl Alexander es merke, suchte auf jede Art durch seine Geschäftsführung den Herzog zu reizen. Doch der schwieg.

Das Aussehen des Juden blieb anders. Der gleitende, federnde Gang war härter, offiziersmäßig brutaler. Härter, entschlossener auch die Wangen, und das reiche, wellende, kastanienbraune Haar, das er früher, wo es anging, frei getragen hatte, versteckte er jetzt für immer unter strenger Perücke. Älter war, verhärteter der ganze Mann. Die dunkle Stimme hatte ihr Streichelndes, Beredendes verloren; oft gurgelte sie nun, herrisch, widerwärtig, unschön; mauschelnd, sagten die Feinde. Die wölbigen, fliegenden Augen blieben rasch und lauersam, ja, gewöhnlich sogar voll beflissener Ergebenheit; doch, ungewahrt, hatten sie wohl zuweilen ein Stechendes, sehr Giftiges und zähmten mühsam nur ein feindseliges, gelblich dunkles Feuer.

Schwerer schritt unter ihrem Reiter die Stute Assjadah. Nicht mehr trug sie den glänzenden, angehaßten und doch bewunderten, adlig freien Herrn; eine Last trug sie, einen dumpfen Fronvogt, der an sich selber schleppte, den Feind aller und von allen befeindet.

Prunkende Feste gab er nach wie vor. Doch diese Feste waren vergiftet und keine Freude für die Gäste. Er liebte es, bei solchem Anlaß dem oder jenem in größter Öffentlichkeit in der Komödie oder sonstwie wohlzielende, herzkränkende Bosheiten zu sagen, das häusliche oder politische Elend eines Geladenen bloßzustellen; er traf sehr gut die Stelle, wo es am wehesten tat, und sehr viele seiner Gäste saßen in nagender, kribbelnder Unrast, ob sie verschont blieben.

Zu den Frauen war er von einer höhnischen, wegwerfenden Galanterie. Eine Frau hatte es gegeben; mattweiß war ihre Haut, in ihren Augen träumten die Träume der Jahrtausende; sprach sie, dann war die Stimme der Nachtigall Krächzen vor ihrer kleinen Stimme. Jetzt lag sie in Frankfurt, Erde über ihr, Erde unter ihr. Was wollten da die anderen? Sie atmeten, plapperten, lachten und spreizten, redete man ihnen gut zu, die Schenkel. Nun ja, so waren diese: aber die eine hatte gelebt.

Weißensee war aus seiner tiefen Verwirrung und Ratlosigkeit aufgetaucht, schnupperte an Süß herum. Hier gor etwas herauf, in diesem ungeheuren, maßlosen Mann, der anders war als alle anderen, schwelte etwas gar, eine grandiose, prasselnde, tausendfarbige Katastrophe. Der war nicht wie er, der war nicht der Mann, sich zu krümmen und stillezuhalten. Wollüstig schon in der Erwartung roch der Konsistorialpräsident den Schwefelgeruch des Ausbruchs, und nur die Gier, ihn mitzuerleben, hielt den Ausgehöhlten aufrecht.

Und des Süß herausfordernder Übermut wuchs. Er gab sich offen wie der Herr des Landes, scheute keine Grenze.

In diese Zeit fiel auch die Affäre des jungen Michael Koppenhöfer. Dieser Fall lag so:

Nach zweijähriger Studienreise durch Flandern, Frankreich, England war der junge Mensch, Neffe des Professors Johann Daniel Harpprecht, verwandt auch mit Philipp Heinrich von Weißensee, in die schwäbische Heimat zurückgekehrt, um als Aktuarius in herzoglich württembergischen Dienst zu treten. Sehr groß, bräunliche, kühne Wangen, starkblaue Augen unter dunklem Haar, sah der Dreiundzwanzigjährige aus wie ein Bruder Magdalen Sibyllens. Der Jüngling hatte von seiner Reise stürmische Ideen mitgebracht von menschlicher Freiheit und menschlicher Verantwortung, einen wilden Haß gegen jede Despotie; alle die jungen, märzlich grünen, reinen Gedanken neuen, besseren Staatsgefüges, einer gerechteren, humaneren Ordnung drängten ihn mit Schuß und Saft und Überschuß, sprengten dem jungen, glühenden Menschen fast die Brust.

Er wohnte bei Harpprecht. Der alternde Herr, dem die Frau nach einer Ehe von wenigen Monaten in sehr jungen Jahren gestorben war, hatte den Neffen großgezogen, er hatte ihn die zwei Jahre im Ausland bitter vermißt, er warf jetzt alle seine wortarme, herbe Liebe auf den Jüngling.

Michael Koppenhöfer war durch seine Reise doppelt stolz geworden auf die vor den anderen deutschen Staatsverträgen freiheitliche Verfassung seiner Heimat. Wohl hatte er immer gewußt um die militärische Autokratie des Herzogs, die jesuitische des Würzburgers, die ökonomische des Juden. Aber ein anderes war es, in Briefen und Broschüren davon zu lesen, ein anderes, mitteninne zu stehen, die freche Unterdrückung, die nackte, höhnende Gewalt mit Augen zu schauen, mit Händen zu greifen. Der junge Mensch sah den Stellen- und Ämterhandel, den Schacher mit der Gerechtigkeit, die Ausquetschung des Volkes. Verlumpt und ausgehaust die Schertlins von Urach, außer Landes getrieben sein junger, vor allen anderen begabter Vetter und Freund Friedrich Christoph Koppenhöfer, in Verzweiflung und Tod gejagt der Hauptzoller Wolff, der Kammerdirektor Georgii. Ausgelaugt und zerfressen das reiche, schöne, gesegnete Land, zu den Fahnen gepreßt Tausende, in Lumpen und Hunger Zehntausende, zerlottert an Leib und Gewissen Hunderttausende. In Völlerei und Unzucht sich blähend ein schrankenloser Hof, in bunten Uniformen frech sich spreizend die Gewalt, höhnische Rabulisterei über die klare, edle Verfassung giftig triumphierend. Zerwuchert die Verwaltung, zerhurt die Justiz, die Freiheit, die liebe, gepriesene Freiheit ein Spott und Lumpen, mit dem der Herzog, der Jesuit und der Jud sich den Hintern wischen.

Eine heilige, fressende Empörung füllte den Jüngling an, füllte ihn ganz, spannte männlicher sein kühnes, braunes Gesicht, entzündete dringlicher die starke Bläue seiner Augen. Oh, seine schlanke, junge Beredsamkeit! Oh, sein adliges Zürnen und Sichbäumen! Der zehrende Gram über die Fäulnis der Heimat hatte den alten Johann Daniel Harpprecht doch arg geschüttelt und zerhöhlt. Jetzt hing der feste, gerade Mann seine ganze Hoffnung an den Jungen, und die trockenen Abende des Einsamen wurden grün und blühend durch seine frische, ranke Gegenwart.

Dem Süß war der Aktuarius immer unsympathisch gewesen. Ihn hatte der hohe Wuchs des jungen Menschen, seine straffe, eckige Stattlichkeit, an der gleichwohl nichts Tölpisches, Bäurisches war, von je geärgert. Auch die offensichtliche Ehrlichkeit der politischen Überzeugung hatte ihn verstimmt. Hinter politischer Opposition stak gemeinhin der eigene Vorteil; wenn der nicht, dann mangelnde Begabung. Daß der Junge sich zur Demokratie seines berühmten Oheims bekannte, wäre nicht weiter verwunderlich gewesen; aber daß der Bewegliche, mit allen guten, dem Aufstieg förderlichen Gaben Bedachte durch so wildes Feuer gegen die herrschende Richtung seine Karriere gefährdete, war Beweis, daß immer noch politische Überzeugung an sich im Lande war, und als solcher verstimmend. Immerhin hatte Süß in der Praxis das junge Ungestüm des Aktuarius Michael Koppenhöfer so wenig gefürchtet wie das routinierte Pathos des Publizisten Moser, er hatte, vor dem Schlag in Hirsau, den wie jenen unbehelligt gelassen, und der Beamte mit der rebellantischen Gesinnung war nicht durch die leiseste Rüge geahndet worden.

Jetzt, nach Hirsau, entzündete sich finsterer das Feuer des vergifteten Mannes an der ungebrochenen freiheitlichen und guten Kühnheit des Jünglings. Den dunklen Blick richtete er auf ihn, duckte spielerisch bösartig zum Sprung. Bei der Unvorsichtigkeit des jungen Menschen fand sich sehr bald ein Grund, ihn scharf und strafweise zu verwarnen.

Der alte Johann Daniel Harpprecht hatte solche Konflikte längst vorausgesehen; doch er brachte es nicht über sich, das schöne Glühen Michaels zu dämpfen. Es war das gute Recht der Jugend, unklug zu sein, sich auf Verbogenes zu stürzen, um es gerade zu machen, auch wenn der Arm daran erlahmen mußte. Aber es schnürte ihm die Brust, preßte ihm den Atem, stieg ihm bitter die Kehle herauf, wenn er dachte, daß er seine müden Abende wieder allein sein sollte, ohne den wärmenden Schein des Jünglings. Immerhin hoffte er, sein, des Harpprecht, großes Ansehen werde den Süß hindern, stärker gegen den Michael vorzugehen.

In dem Elend des Vaterlandes, in der wüsten Verlotterung ringsumher sah der Aktuarius Michael Koppenhöfer ein großes und zartes Licht. Das war die Demoiselle Elisabeth Salomea Götzin, die Tochter. Ihre blonde, pastellfarbene Lieblichkeit ging dem Schwärmerischen, leicht Entzündlichen tief ein. Als er gar hörte, wie sie den Nachstellungen Karl Alexanders sanft, aber beharrlich sich weigerte, erschien sie ihm als Symbol der menschlichen Freiheit. Die Bilder schwammen ihm eines ins andere, und er sprach von der lieben Freiheit und der holden Demoiselle Elisabeth Salomea Götzin in der gleichen Terminologie.

Jetzt glaubte Süß auch auf Harpprecht keine Rücksicht weiter nehmen zu müssen. Der junge Michael Koppenhöfer wurde, weil er trotz der Verwarnung weiterhin die Ehrfurcht gegen den Herzog außer acht gelassen und unziemliche, gottlose und lästerliche Reden gegen ihn geführt habe, seines Amtes entsetzt. Aus besonderer Huld und Gnaden wurde von einem Kriminalverfahren gegen ihn abgesehen. Doch hatte er binnen vierzehn Tagen das Land zu verlassen und wurde auf Lebzeiten seiner Grenzen verwiesen.

Dies war immer am Horizont gestanden. Aber wie es nun kam, war es doch unerwartet und warf den alten Harpprecht um. Oh, allein und kahl in dem großen, leeren Zimmer sitzen, nur mit Büchern und Pergamenten; und die einzige Kumpanei sind die Schatten in dem Raum außerhalb des Lampenlichts. Sie dichten sich zu mageren, krummen Auswanderern, zu Hungernden und zu Zerlumpten, oder sie strecken hagere, gierige Judenfinger nach einem. Wie immer, sie fallen über einen her und nehmen einem die Luft weg. Und da wäre nun der Junge, trotzig und lebendig, und wenn er seine dicken, dunklen Brauen hochzieht, zergehen die Schatten, seine starkblauen Augen jagen aus allen Winkeln die bedrohliche, erkältende Dämmerung. Aber er ist nicht da; der Jud hat ihn des Landes verwiesen, der Jud läßt ihn nicht zu ihm.

Der schwere Herr rang sich ab, entschloß sich, stand vor dem

Herzog. Er hatte nie gebeten, er hatte immer nur guten Anspruch eingefordert, er war gewohnt, daß man zu ihm kam und bat. Es war dem aufrechten Mann arge Pein, als Supplikant dazustehen, und die Worte kamen ihm umständlich und stockend. Das Urteil sei gerecht und nicht einmal sehr hart. Doch solle der Herzog bedenken, vieles im Land stehe wirklich nicht gut, und wenn der junge Mensch seinen Unmut offen heraussage, sei das vielleicht besser, als braute er, wie andere, im heimlichen Gift. Karl Alexander hörte finster zu, drückte dem peinvoll Dastehenden fest die Hand, versprach unsicher, er werde es überdenken.

Unwirsch forderte er Bericht ein. Süß selber kam zum Rapport. Ja, es war alles so, wie der Professor es dargestellt. Nur seien eben er, Süß, und der Professor verschiedener Meinung, was zur Wahrung fürstlicher Dignité not sei. Verdrießlich warf der Herzog dem Süß hin, in was für ärgerliche Situation er ihn gebracht habe, daß er jetzt entweder müsse retirieren oder dem verdienten und hochangesehenen Mann die erste und einzige Bitte abschlagen. Frech und giftig erwiderte Süß, er kapiere, daß es Seiner Durchlaucht schwerer falle, dem schwäbischen Professor einen Wunsch zu refüsieren als dem jüdischen Finanzienrat. Er habe aber noch andere, sehr gute Gründe gehabt, den Aktuarius aus dem Weg zu schaffen. Wenn nämlich, fügte er mit dreister Vertraulichkeit hinzu, der Herzog bei den Damen Götz nicht recht wolle avancieren, so sei des der junge Mensch mit die erste Ursach, der Seiner Durchlaucht zumindest bei der Demoiselle Elisabeth Salomea sehr in die Quere käme. Finster knurrend schwieg der Herzog.

Allein, beschloß er, jetzt erst recht den Aktuarius im Land zu lassen. Der Jud ist so hirnrissig wie insolent. Ho! Soll etwan er, Karl Alexander, Angst haben, der lumpige Demokrat und Rebellant komme bei der Demoiselle vor ihm ans Ziel? Oder vermeint der Jud, jetzt, nach Hirsau, habe er, der Herzog, Scheu vor jedem Jüngferlein und traue nicht mehr auf seine Männlichkeit? Eine grimmige Geilheit überkam ihn. Mille tonnerre! Er heißt Karl Alexander, Herzog von Württemberg und Teck, und er wird die Jungfer trotz allen rebellantischen Lausbuben klein und kirre machen. Jedenfalls scheut er die Konkurrenz nicht und wird jetzt das Urteil annullieren.

Aber wie er die Ordre diktieren wollte, nahm er sich vor, es doch noch einmal zu überdenken, und schob es auf morgen.

Anderntags ging er nach Ludwigsburg. Amüsements, Repräsentation, andere politische Geschäfte drängten vor. Der Tag kam, da das Urteil rechtskräftig wurde, und keine Gegenordre war erschienen. Der junge Michael Koppenhöfer mußte wie sein Vetter Friedrich Christoph außer Landes gehen, und der Abend des Professors Johann Daniel Harpprecht wurde kahl und ohne Licht.

Nun konnte Karl Alexander vorderhand nicht mehr gut etwas rückgängig machen. Dachte er an die Damen Götz, so war er eigentlich sehr befriedigt darüber. Doch dies gestand er sich nicht ein. Es faßte ihn vielmehr eine dumpfe Wut gegen den Juden. Der war schuld an allem; der hatte ihn vor die Wahl gestellt: Harpprecht oder ihn, den Juden.

Süß wußte, Karl Alexander hatte eigentlich nie eine bewußte Schurkerei begangen; sicherlich auch wird er sich die wahren Motive dieser Ausweisung nicht eingestehen. Darum juckte es ihn, den Herzog so darauf zu stoßen, daß dieses Urteil fortan an ihm nagen sollte. Er warf gelegentlich hin: »Jetzt wird die Affäre der Damen Götz besser marschieren, nachdem wir den jungen Koppenhöfer haben aus dem Licht geschafft.« Der Herzog wollte zufahren, aber er brachte es nur zu einem Knurren und erwiderte ohne viel Nachdruck: »Wir? Wir?« Süß aber begnügte sich, zu lächeln, und schwieg.

Seinen Feinden kam zu Ohren, daß dem Herzog das Vorgehen des Juden gegen den jungen Koppenhöfer zu rasch gewesen sei und nicht erwünscht. Sie begriffen nicht die Langmut des Herzogs, nützten den Anlaß, gegen solche unfaßliche Geduld Sturm zu laufen. Sie wiesen darauf hin und belegten es mit vielen Ziffern, wie Süß an dem Land presse und sauge, nur für seine Kassen, ohne daß für den Herzog was dabei herausspringe, wie er in jedem Geschäft den Herzog begaunere und bewuchere. Sie sprachen fast zwei Stunden, und Karl Alexander wies sie nicht zurück; er hörte sie zu Ende, ja, er ließ sich Details, die er nicht recht verstand, genauer erklären; vor allem ließ er sich von Dom Bartelemi Pancorbo auseinandersetzen, wie schamlos Süß ihn mit minderwertigen Steinen prelle und betrüge. Als die Herren fertig waren, entließ er sie höflich, ohne jede Äußerung.

Anderntags, unaufgefordert, erschien Süß in der Residenz. Er höre, sagte er, man intrigiere von neuem gegen ihn. Er möchte sich die Beschämung ersparen, daß man ein zweites Mal seine

Papiere durchschnüffle. Er bitte darum wiederholt, submissest und dringlich um seine Entlassung.

»Hör, Jud!« sagte Karl Alexander. »Du hast mir im Oktober einen Stein verkauft um was mehr als fünftausend Dukaten. Was ist der Stein wert?«

»Heut keine fünfhundert«, sagte der Jude. Und das Aug in dem des Herzogs, mit einem frechen, fatalen Lächeln fügte er hinzu: »Ja, solche Steine haben Liebhaberpreise, und ihr Wert wechselt.«

»Es ist gut«, sagte Karl Alexander. Dann schwiegen beide. Der Herzog läutete und befahl sogleich den Hofkanzler Scheffer, prestissimo. Es vergingen aber zwanzig Minuten, bis der Kanzler kam, und während dieser zwanzig Minuten sprachen die beiden Männer kein Wort. Sie dachten auch nicht einer des andern. Es war ein tiefes, wunderliches, erfülltes Schweigen in dem hellen, weiten, prunkenden Raum. Bilder und Träume kamen und gingen vom Herzog zu Süß, von Süß zu dem Herzog. Die knarrende Stimme des Magus war in diesen Träumen, und das tote Kind war darin, die Finger gestreckt im Zeichen des Schin.

Endlich kam Herr von Scheffer. Er zählte jetzt zu den Feinden des Süß, er schwitzte, da er den Juden sah, vermutete, der Herzog wolle ihn dem Juden gegenüberstellen, und er werde gegen den teufelsgewandten Mann einen schweren Stand haben.

Allein es ging anders. Der Herzog, kaum daß der Kanzler eingetreten war, nahm Haltung an und sagte streng, militärisch, eiskalt, befehlsmäßig zu dem betroffenen Minister: »Der gegenwärtige Herr Finanzdirektor klagt über Verleumdung seiner Geschäftsführung und postuliert seine Entlassung. In Ansehung seiner zu Unserm völligen, gnädigen Vergnügen geleisteten Dienste wünschen Wir, daß alles geschehe, ihn zu halten. Wollen Sie also, Exzellenz, sogleich eine Urkunde aufsetzen, eine Legitimationsurkunde oder Absolutorium oder wie Sie es benennen wollen, eine herzogliche Gesetzes-Ordre, die den Herrn Finanzdirektor für alle seine Handlungen, die vergangenen wie die zukünftigen, außer aller Verantwortung setzt. Von niemand, mag er sein, wer er will, soll er können wegen seines Tuns zur Rechenschaft gezogen werden. Wollen Sie dieses Schriftstück sogleich in aller Form aufsetzen und Uns zur Unterschrift vorlegen, daß es kann im nächsten Wochenamtsblatt publiziert werden. Wir warten.«

Die Stimme Karl Alexanders, während er dies sprach, klang

so eisig gemessen, daß der erschreckte Kanzler keine Einrede wagte. Nicht der Herzog, nicht der Jude sprach ein einziges Wort, während Scheffer die Urkunde konzipierte. Wortlos auch unterzeichnete Karl Alexander. Herrschte dann, kaum noch an sich haltend, den Kanzler an: »In das Amtsblatt den Wisch!« Zitternd retirierte der Minister.

Süß dankte mit den servilsten, devotesten Bezeugungen für die enorme, unverdiente Gnade und das extraordinäre Vertrauen. Doch seine Augen waren nicht dankbar, sie waren dreist und fordernd und höhnisch. Stumm und feindselig maßen sich die beiden Männer, und Karl Alexander erkannte, daß er sich nicht losgekauft hatte.

»Geh, Jud!« schrie er endlich, tobend. Und Süß ging. Doch nicht wie der Kanzler. Langsam ging er und erhobenen Hauptes und mit einem tiefen, machtbewußten, bösen Lächeln.

Der Herzog aber, allein, schäumte, raste. Riß, zerrte, scheuerte sich wund an der unsichtbaren, unzerreißbaren, grauenhaften Bindung von ihm zu jenem.

Der semmelblonde Expeditionsrat Götz, der jetzt, auffällig jung, als Kammerprokurator in die Geheimkanzlei avanciert war, sah mit Unbehagen die galanten Bemühungen des Herzogs um seine Mutter, die Geheimrätin Johanna Ulrike Götz, und seine Schwester, die Demoiselle Elisabeth Salomea. Er wußte nicht recht, wie er sich verhalten solle. Einesteils war es ehrenvoll, wenn der Souverän einer Dame seinen Hof machte, und es war Pflicht der Untertanin, dem gottgewollten Herrn mit Leib und Seele zu gehören; auch für seine Karriere konnte solche Neigung des Souveräns nur gewinnbringend sein. Andernteils führte der Weg vom Herzog und zum Herzog immer wieder über den fatalen Juden; ja, er hatte den Eindruck, Elisabeth Salomea sehe den Juden fast lieber als den Herzog. Und wenn auch Süß durch seine Stellung bei Hofe vom üblichen Gestank des Juden gewissermaßen purifiziert war, so blieb es doch eine peinliche Imagination, sich Schwester und Mutter in näherer Relation zu besagtem Juden zu denken. Der Expeditionsrat hätte auch vielleicht seinem inneren Widerstreit ein kurzes Ende gemacht, den Abschied genommen, sich mit Mutter und Schwester auf sein Landgut bei Heilbronn zurückgezogen. Doch die Affäre mit der Napolitanerin und die Erkrankung Karl Alexanders hatte ihn tief verwirrt, er sah sich seinem Fürsten in schwerer Schuld verstrickt, und sein Gewissen erlaubte ihm nicht diesen Ausweg. Stumm und in unklarer Not ließ er die Dinge laufen.

Sie gingen aber zunächst stockend und schwerfällig. Süß zog immer wieder die Bremse an und ließ den Herzog nicht vorwärtskommen. Der spielte wohl manchmal mit dem Plan, auch diesmal wie so oft die Frucht mit Gewalt zu pflücken; aber er wollte sich vor dem Juden brüsten, daß er mit den bloßen Waffen der Galanterie sich könne den Eingang in den versperrten Schoß erzwingen. So wartete er zu; doch fachte das lange Warten seine Brunst immer höher.

Er schickte den Damen, abwechselnd der Mutter und der Tochter, schöne Geschenke. Der Schwarzbraune brachte sie, der Mameluck, der immer schwieg, so daß man ihn im Volk für stumm hielt. Der geschmeidige, dunkelglänzende Mensch gefiel den Frauen, er sah so fern und melancholisch und tierhaft aus, er hatte bei den Mägden im Schloß und auch viel höher hinauf große Erfolge. Die süßen, blonden, zarten Damen Götz reizten ihn sehr; stumm, wenn er die Geschenke überbrachte, fraß er an ihrer pastellfarbenen Lieblichkeit mit seinen tiefen, wüstentraurigen Augen. Aber die Demoiselle Elisabeth Salomea, wie sie seine dringlichen und ungebührlichen Blicke gewahrte, lachte ihm nur hell und backfischhaft empfindungslos ins Gesicht.

Süß hielt die zwei Frauen fest an der Schnur. Sie waren beide töricht und maßlos in ihn verliebt, ohne daß sie aufeinander eifersüchtig gewesen wären. Sie steigerten sich vielmehr gegenseitig in der Bewunderung seiner mannigfachen Gaben. Während die Mutter sein Genie pries, sie hatte längst erkannt, daß er im Herzogtum regierte und nicht Karl Alexander, und während sie ihn rühmte, wie er so gewaltig, furchtbar und gefürchtet und doch liebenswert sei, fand die Tochter ihn männlich, kraftvoll und gleichwohl nicht plump und grobmäulig. Wie anders war er als der ungebärdige Michael Koppenhöfer, wie anders aber auch als die lauten, brutalen Offiziers. Und aneinanderlehnend, gleich Schwestern, himmelten sie von ihm, kosteten sie es aus, wie die beiden ersten Männer des Landes, der Herzog und der Jud, sie hofierten, während der Expeditionsrat unbehaglich schwieg.

Süß hätte wohl die beiden Frauen vor dem Herzog haben können. Doch er lächelte dunkel, wenn er es dachte; er tat, als seien sie zu hoch für seine Berührung, bemerkte ihr Entgegenkommen nicht, begnügte sich, sie so zu leiten, daß sie den Herzog nicht ans Ziel ließen.

Es begab sich aber um diese Zeit, daß ein holländischer Juwelenhändler einen besonders kostbaren Stein feilbot, das Auge des Paradieses genannt. Er stammte aus Indien, ein englischer Abenteurer hatte ihn von dort mitgebracht, er war wohl auf nicht ganz saubere Manier erworben. Wie immer, das Auges des Paradieses war der schönste und reinste Stein seiner Art in Europa. Der Großwesir wollte einen ungeheuren Preis dafür zahlen; bevor aber der Schatz wieder ins Morgenland entschwand, fragte der Amsterdamer Händler bei den großen Herren der Christenheit an, ob keiner den Preis des Heiden überbiete.

Wie nun die Damen Götz gelegentlich die Geschenke Karl Alexanders rühmten, sprach Süß vom Auge des Paradieses und daß der Stein jetzt feil sei. Wer einer Dame ein solches Geschenk präsentiere, der erweise, daß er sie wirklich liebe; wer einen solchen Preis biete, an den sei keiner Dame Gunst verschleudert.

Es geschah, wie Süß es gewollt. Kitzelnd redete und leichthin die Demoiselle Elisabeth Salomea dem Herzog vom Auge des Paradieses. Karl Alexander sprach mit dem Dom Bartelemi Pancorbo über den Stein, und was er kosten könne. Ei, das sei wohl ein Demant und große Köstlichkeit, sagte mit seiner moderigen Stimme der Portugiese und streckte begehrlich den dürren Hals aus der riesigen Krause. Doch was er koste! Und er nannte den Preis, den der Großwesir geboten. Fünf Herrschaften hätte man und die zugehörigen Dörfer dafür kaufen können. Karl Alexander stutzte, wie er die ungeheure Summe hörte, und gab den Auftrag nicht.

Er ahnte, er wußte sehr wohl, wer in dem zarten, blonden Kopf die begehrliche Laune angezündet hatte. Aber er war kein Narr, daß er das gewaltige Geld – was konnte man Land und Soldaten darum kaufen! – hinwarf für ein Weib, das er schließlich ohne weiteres hätte aufs Bett schmeißen können; und durfte keiner ihn drum schelten nach dem, was er Zeit, Galanterie und Präsenter an die Weiber gehängt hatte. Allein jetzt wird der Jud ihn für einen Filz und Knauser ästimieren. Wird auf seine undurchdringliche, glatte, hundsföttische Manier den Weibern solche Mucken in den Kopf setzen, daß er vor ihnen steht als ein Filz und Harpagon. Auch seine Geilheit stieg hoch. Gift und Opperment! Kann eine Frau einem solchen mit Lust den Willen tun, der so als dreckiger Knauser vor ihr steht? Er ließ Dom Bartelemi rufen, gab dem Aufblühenden Ordre, den Stein zu erwerben.

Allein das Aug des Paradieses war, als Pancorbo eilends und giervoll zu dem Händler kam, verkauft. An wen? Der Händler wußte es nicht. Ein Mittelsmann hatte, ohne zu feilschen, den Preis des Großwesirs unwahrscheinlich hoch überboten.

»Um so besser!« schmunzelte der Herzog, erzählte den Damen Götz die Sache, bedauerte, daß er ihnen die Freude nicht habe machen können.

Zwei Tage darauf schenkte Süß der Demoiselle Elisabeth Salomea das Auge des Paradieses. Es war ein aus der Maßen kostbares Präsent, im ganzen westlichen Deutschland sprach man davon, der junge Expeditionsrat Götz wußte durchaus nicht, was er anfangen solle.

Ungerufen erschien Süß vor dem finstern Herzog. Auf die Art, wie es Karl Alexander zu tun pflegte, rühmte er frech, schmalzig, umständlich und sehr ins Detail die angenehmen Eigenschaften der Demoiselle.

Die Faust erhoben, stapfte der wütige Karl Alexander massig und bedrohlich auf den Juden zu. Der stand und rührte sich nicht und schaute ihn an.

Doch Karl Alexander hielt ein. Schnaufte röchelnd. »Wir sind quitt, Jud!« sagte er endlich heiser.

Aber der Jude schwieg. Und der Herzog wußte, daß er nicht erlöst war.

Unterdes hatte man in der Hofburg des Fürstbischofs von Würzburg einen besonders feinen, kniffligen Plan ausgetiftelt. Nach dem Muster der Regierung der österreichischen Niederlande sollte Württemberg eingeteilt werden in zwölf militärische Obervogteien. Jedem Obervogt sollte ein Regiment Soldaten zugeordnet, die Beamten ihm unmittelbar unterstellt sein. Das bedeutete die rein militärische Verwaltung des Landes, die Legalisierung der Militärautokratie.

Um das Parlament vollends lahmzulegen, war ein Dekret vorbereitet, das jeder Sitzung des Elfer-Ausschusses einen vom Herzog bestimmten Geheimrat beiordnete. Dieser Beamte sollte die herzoglichen Anträge begründen, zugleich aber auch achthaben auf diejenigen, welche sich gegen die Vorlagen aussprächen; sei ihre Meinung die bessere, so werde man sie annehmen, geschehe aber die Opposition aus purer Böswilligkeit und Widerspruchsgeist, so werde man eben ein Stück oder mehrere auf die Festung setzen.

Unter Vertilgung von zahllosen Schalen Kaffee arbeitete der unscheinbare Geheimrat Fichtel, assistiert von dem Konsistorialpräsidenten, eine umständliche, höllisch schlaue Deduktion aus, die vor Kaiser, Reichstag und Corpus Evangelicorum diese Willkürmaßnahmen rechtfertigen sollte. Mit treuherziger Biederkeit war die Verfassung ins Gegenteil kommentiert, mit feinster advokatischer Kunst war vor allem das Argument ausgespielt, bei den zwischen Herrn und Landschaft errichteten alten Verträgen sei wohl zu beachten, in was für Zeiten solche gemacht worden; mit dem, was vor Jahren gut gewesen, sei in heutigen Tagen nicht mehr hinauszugelangen.

Tausend Hände arbeiteten geschäftig ineinander. Papst und Kaiser gaben wohlwollend ermunternde Winke, und jene alten, nebelhaften Abmachungen, die Karl Alexander bei Regierungsantritt mit den Wiener Räten getroffen hatte, wonach er den Kaiser im Franzosenkrieg, der Kaiser ihn bei Wahrung seiner Souveränität mit Truppen solle unterstützen müssen, gewannen plötzlich einen für die württembergische Verfassungspartei sehr bedrohlichen Sinn. Der alte Fürst Thurn und Taxis reiste in den österreichischen Niederlanden und gab von dort Direktiven für die Stuttgarter Verwaltungsreform. Die militärische Organisation besorgte straff und grob Remchingen, die finanzielle Süß, die diplomatische Fichtel, die Aushöhlung und Zermürbung des Parlaments Weißensee.

Karl Alexander arbeitete rastlos, fieberig. Hielt Konferenzen, schrieb selber zahllose Briefe, visitierte die Truppen. Er stürzte sich in das katholische Projekt wie in ein heilendes Bad. Kein Aderlaß hatte ihm, keine Schröpfkur der Doktoren Breyer und Seeger ihm geholfen, wenn der dumpfe Zorn über den Juden ihm das Blut dick und schwer zu Kopfe steigen machte. Jetzt hatte er ein vages Gefühl, es könne ihn das katholische Projekt frei und los machen.

Der Herzog war keineswegs fromm. Es war weiß Gott nicht die himmlische Maria gewesen, um derentwillen er sich zur römischen Kirche bekannt hatte, sondern Marie Auguste von Thurn und Taxis und ein Sack voll Dukaten. Aber er war auch trotz gelegentlicher freigeistiger Scherze nicht geneigt zu einem prinzipiellen und bedingungslosen à-la-mode-Atheismus. Er fühlte sich in den Riten der Kirche sehr behaglich, einem Soldaten und großen Herrn stand aus mancherlei Gründen diese Religion viel schöner an, insonderheit paßte der prunkvolle Glaube viel besser zu den reichen und prächtigen Uniformen, die er liebte. Auch war es bequem, dem milden und behäbigen Pater Kaspar zuweilen zu beichten, obzwar man seine heimlichsten und sündigsten Gedanken einem andern schwerlich sagen, ja für sich selber kaum ein zweites Mal recht packen konnte.

Jetzt wurde sein lässiger Glaube ernsthaft, gewann Kern. War früher sein Religionsbekenntnis nichts gewesen als politisches Mittel, als praktische Vorbedingung einer von Kaiser und Rom unterstützten schwäbischen Militärautokratie oder bestenfalls Dekoration, so begann sich ihm der erstrebte Absolutismus jetzt allmählich mystisch zu vernebeln. Er sah sich im Dienst einer großen, göttlichen Idee; die Macht, um die er rang, war etwas Heiliges, der Kampf um sie Gottesdienst. Er wurde zur Freude Pater Kaspars und der befreundeten geistlichen Fürsten sichtlich frömmer und strenger in der Befolgung der Bräuche.

Es war aber dies, daß er, ohne es sich zu gestehen, in solchem Gottesdienst eine Sühnung sah für seine seltsame, haßvolle, unzerstörbare Neigung zu dem Juden. Mit verschmitzter, von den Jesuiten erlernter Rabulistik machte er sich vor, er habe den Juden aus politischen Gründen nötig, nur darum toleriere er seine aufreizende Gegenwart. Sowie er aber am Ziel sei, werde er den Kujon am Kopf packen und auf die Festung setzen. Manchmal wieder sagte er sich, erreiche er den Triumph der Kirche in Schwaben, dann werde Gott ihn sicherlich belohnen und ihn lösen aus der peinvollen Bindung mit dem Juden.

Oh, er hätte nicht sollen des jüdischen Magus Orakel anrufen und annehmen. Er hatte das zweite angenommen, nun brannte ihn jenes: »Das Erste sage ich Euch nicht.« Er schrieb dringlich an seinen Freund, den Fürstabt von Einsiedeln in der Schweiz, daß der, selber ein großer Astrolog, ihm einen katholischen Stern- und Zeichendeuter schicke. Bald auch traf ein solcher Magus ein. Er war sehr anders als der Kabbalist. Der hatte in Tracht und Gewese nichts Ungewöhnliches gehabt, und doch war jedem, der ihn sah, fremd und unbehaglich zumut geworden. Der Magus des Fürstabts aber rückte an mit allem Prunk und Gerät des professionellen Schwarzkünstlers. Er brachte Gestelle, Dreiecke, Fernrohre, Kolben, zauberische Hufeisen mit, verlangte ein einsames Turmzimmer, stieg nächtlich in vielfigurigem Hemd auf das Dach des Schlosses unter seltsamen Beschwörungen, ließ Erde vom Gottesacker holen, sammelte Fensterschweiß bei zunehmendem Mond, brannte

Espen zu Kohlen und trieb dergleichen wunderliche Hantierung mehr. Oft auch klang um Mitternacht wildes Getöse aus seinem Zimmer, und den trotz aller Bangnis neugierig lauschenden Lakaien war es, als brause schellenklingelnd mit dickem Rollgeschirr ein Pferd durchs Fenster. Der Astrolog versprach dem Herzog, ihm für sein vorhabendes Unternehmen den sternrechten Tag, ja die Stunde aufs genaueste anzugeben. Der Herzog verhehlte sich nicht, daß der Mensch mit all seinem Zauber ihm weniger Eindruck und Zutrauen gab als mit seiner stillen, unauffälligen Gegenwart der Kabbalist; und als Süß ihm, den Astrologen geradezu ins Gesicht höhnend, auf eine Kanone wies: »Herr Herzog, dies sind die besten Stern- und Zeichendeuter«, lachte er schallend mit. Dennoch fühlte er, nun er den christlichen Weisen berufen, sein Gewissen ruhiger; übrigens war aus dem jüdischen Hexer ohnedies nichts mehr herauszukriegen.

Karl Alexander hatte, trotzdem Süß ihm vorgeschmaust, der Lockung nicht widerstehen können, nun auch seinerseits die Damen Götz zu probieren, die der Jude mit lässigem Hohn ihm zuspielte. Allein er hatte, wohl auch in Gedanken an jenen, nicht den erhofften Genuß. Immer wütiger sich in das katholische Projekt verbeißend, hatte er dann die Damen bald ganz vernachlässigt. Da saßen jetzt die Gedemütigten; sie konnten auf ihren zarten Pastellgesichtern den Kummer nicht verstecken, insonderheit die Mutter alterte zusehends. Der Expeditionsrat knirschte vor sich hin jenen Vers aus der Komödie, darin er die Napolitanerin kennengelernt: »Die Schönheit, die uns lockt, ist Huld und süßes Wunder; die Schönheit, die gekost't, ist wüster Dreck und Plunder«, und er wußte nicht, wie er sich verhalten solle. Er schäumte, er dachte jetzt ernstlich daran, sich auf sein Gut bei Heilbronn zurückzuziehen, und selbst als er avancierte, knurrte sein Zorn noch leise nach.

Am meisten aber grämte das Leid der blonden, lieblichen Damen den Schwarzbraunen, Otman, den Mamelucken. Er war wie immer vor der Schwelle gelegen in jener Nacht, da Johanna Ulrike, und in jener schlimmeren, da Elisabeth Samolea zu dem Herzog gekommen war. Er hatte nicht geschlafen in jener zweiten Nacht, er hatte, vor der Schwelle kauernd, scharfhörig auf jeden leisesten Laut gelauscht, und als Elisabeth Salomea das Schloß verließ, verwandelte sich im Rücken des sie geleitenden, lärmenden Herzogs plötzlich sein verschlossenes Gesicht, und er starrte Karl Alexander mit so wildem, tierhaftem Haß nach, daß der in unwillkürlicher Abwehr den Rücken rundete.

Der Schwarzbraune wußte sehr gut alle Zusammenhänge. Er wußte, von wem Elisabeth Salomea das Aug des Paradieses hatte, und er wußte, was dieser Besitz bedeutete. Wunderlicherweise haßte er nicht den Süß darum; ja, er spürte eine sonderbare Genugtuung, daß der und nicht ein Christ sie zuerst gehabt hatte. Um so tiefer war sein fressender Haß gegen Karl Alexander.

Der Herzog hielt seinen Mamelucken wie einen guten Hund. Er glaubte wohl auch, der Schwarzbraune verstehe von seinen Affären nicht mehr als ein Tier, und hatte nichts Heimliches vor ihm. Wo Karl Alexander war, stand, saß, lehnte, hockte, kauerte, lag in einer Ecke Otman; des Nachts sogar lag er in einem Winkel des Schlafzimmers oder vor der Tür. Er war aber ein viel besserer Kombinierer, als der Herzog ahnte, er hatte Aug und Ohr gut auf und konnte sich auch Abliegendes sehr wohl zusammenreimen. Auf seine verschlossene, lautlose Manier erschien er jetzt zuweilen bei Süß, auf seine verschlossene, stille Manier, lässig, breitete er ihm diese und jene Heimlichkeit des Fürsten hin, die der Jude nicht wissen konnte und sollte. Und dann schauten die beiden Männer sich an, die fliegenden, jetzt minder gewölbten Augen des einen gingen in die stillen, tierhaften des andern, und in beider Augen war das gleiche, wilde, zähe Hassen.

Einige stillere Tage nutzte Süß, nach Hirsau zu fahren. Das weiße Haus lag jetzt ganz schweigsam. Rabbi Gabriel sprach kein Wort; die Männer begrüßten sich, sonst sahen sie sich nicht. Endlich, nach Tagen, zwang es dem Rabbi den Mund auf: »Ich sehe unter Fleisch und Knochen dein Gesicht, Josef.«

»Bin ich anders geworden?« fragte Süß. Und, grimmiger, setzte er hinzu: »Jetzt seh ich wohl in Wahrheit aus wie ein rechter Jud. Oder bin ich noch immer meines Vaters Sohn?«

»Leid kratzt die Tünche vom Gesicht«, sagte Rabbi Gabriel. »Du hast ein zerlittenes Gesicht, du hast ein jüdisches Gesicht. Dein Weg ist falsch, Josef«, sagte er nach einer Weile noch, »du wirst ihn müssen zurückgehen.« Aber Süß schwieg und änderte keinen Zug, und man konnte nicht erkennen, ob er gehört hatte. Von dem Kind sprachen sie nicht.

Süß ging durch die feierlich fröhlichen Blumenterrassen, die das Kind geliebt hatte, er starrte auf die Bilder des kabbalistischen Baums und des himmlischen Menschen, mit denen sie ihre Augen erfüllt hatte, er starrte auf die Seiten mit den großen, blockigen Buchstaben des Hohenlieds, das sie vor den anderen Büchern der Bibel geliebt hatte. Aber die süßen und lieblichen Worte läuteten ihm nicht ihr holdes Gekling, eine heiße, wilde Mahnung fauchte ihn an daraus, er konnte die Seiten nicht länger anschauen.

Unvermutet, im Wald, traf er den Kirchenratspräsidenten. Weißensee hatte sich wieder zu seinem Bibelkommentar zurückgezogen, schlurfte herum in seinen geräumigen Stuben mit den weißen Vorhängen, führte nachdenklich Konversation mit dem Magister Schober. Jetzt bat er den Süß, seine Begleitung zu erlauben. Da der Jude nicht antwortete, nahm er es für Zustimmung, schloß sich ihm an. Langsam, behutsam, wortkarg ging er mit ihm durch den sonngesprenkelten Wald, folgte ihm, da er es nicht wehrte, durch die Terrassen in das weiße Haus. Saß mit ihm, stumm, in sonderbarer Befangenheit, in dem Zimmer mit den magischen Figuren. Nach einer Weile gesellte sich auch Rabbi Gabriel zu. Da hockten die drei Männer, rundrückig, schwersinnig, müde. Sie sahen, daß sie alt waren, sie spürten, wie ihnen das Leben aus den Leibern glitt, in die Vergangenheit entrann, Augenblick um Augenblick, sie spürten es deutlich, leibhaft, mit einer wehen Wollust, wie einer, der krank vor Müdigkeit die Glieder streckt, sie spürten einer des andern Druck, und sie spürten sich einer im andern in solcher lüstigen Mattheit.

Anderntags verabschiedete sich Rabbi Gabriel von Süß. Er war gewillt, nicht mehr in das Land zurückzukehren. Süß war weicher, gelöster als sonst. Sosehr er sich gegen den Rabbi aufbäumte, so höhnisch er jene Forderung, seinen Weg zurückzugehen, als weichmütiges Gefasel abtat, er hätte ihn doch gern in seiner Nähe gewußt. Es war auf dem Antlitz des dicken, häßlichen Mannes ein Abglanz des Kindes, Naemis Träume waren hinter seiner breiten, nicht hohen, vorgebauten Stirn mit den eingezackten Furchen des Schin. Wenn er nun fort ist, wird Süß sehr allein sein. Aber dies gestand er sich nicht ein; er machte sich vor, er sei verdrossen nur deshalb, weil er jetzt keinen Zeugen mehr haben wird, wie sein Weg der rechte ist und seine meisterliche Rache das einzige Mittel, ihn wieder mit dem Kinde zu verbinden.

Er stand gespalten vor dem Kabbalisten und sehr bereit, ein milderes Wort zu geben und zu nehmen. Aber der Rabbi war mürrisch und mißlaunig wie sonst. Seine Bücher und das kabbalistische Gerät war fast alles schon weggebracht. Mit seiner knarrenden Stimme gab er dem alten Diener noch die und jene kurze Weisung. Dann, nach Osten gerichtet, nach Zion, sprach er das Gebet vor Antritt einer großen Reise, je dreimal in drei Wendungen das Bekenntnis zum Vertrauen auf die Hilfe Jahves. Richtete nochmals die trübgrauen Steinaugen auf Süß, knarrte ihm kurz und mißtönig den letzten Gruß: »Friede mit dir.« Dann ging er, gefolgt von Jantje, der dicken, watschelnden Zofe, die er in ihre Heimat bringen wollte. Süß sah seinen breiten, gedrungenen, leicht runden Rücken in der altfränkischen Tracht zwischen den Blumenterrassen, dann im Wald verschwinden. Ganz leise hatte er gewünscht, der Rabbi möchte sich noch einmal wenden. Doch mit seinem so schwerfälligen wie steten und unbeirrbaren Schritt stapfte er geradeaus und fort.

Wenige Tage später verließen auch Süß und der alte Diener das weiße Haus. Nun lag der kleine, fremdartige Bau ganz ohne Laut in besonnter Einsamkeit. Die Räume standen schmerzhaft kahl, die weißen Fensterläden waren abweisend und gespenstisch zugenagelt, die festlich heiteren Blumen verdarben, und niemand erneute sie. Geraun erhob sich um das verlassene, seltsame, hochmütige Gebäu; kindisch blutrünstige Phantastereien wurden darum gewoben, drangen bis in die Hauptstadt. Im Wirtshaus »Zum Blauen Bock« flüsterte der Konditor Benz, die Schweinsäuglein weit und bedeutsam aufgerissen, den übergrausten Gästen das neueste Geheimnis zu: in einem Wald habe die hebräische Hexelenz eine versteckte Zauberwerkstatt. Aus dem Blut von christlichen Jungfrauen, die er unter Martern gebunden vom Dach stürze, daß sie sich unten an eisernen Blumen aufspießten, koche er einen Teufelssud, sich die Sympathie des Herzogs immer neu zu gewinnen. Satanas gehe in dem Hexenschloß ein und aus in Gestalt eines fetten Mannes mit Schwanz und Horn und Pferdefuß.

Die Zofe Jantje hatte eine Katze gehabt, ein schwarzgraues, altes, unedles Tier. Rabbi Gabriel hatte die Katze nicht leiden mögen, und Jantje wagte nicht, sie auf die weite Reise mitzunehmen. Nachdenklich, bei wem das Tier am besten gewartet sei, kam sie auf den Magister Jaakob Polykarp Schober. Der Magister war, sooft es anging, an Naemis Weg gestanden, hatte fromme, ehrerbietige Worte zu ihr gesprochen, hatte auch etliche zaghafte Versuche gemacht, sie zu seinem sauberen, tiefsinnigen Glauben zu erwecken; vor allem hatte er sie durch inbrünstige Rezitation seiner Verse zu retten versucht. Als sie aber solche Bemühungen brennend und empört zurückwies, hatte er abgelassen und sich begnügt, sein Herz in Züchten an ihrem englischen Anblick zu erfreuen. Wie sie dann so plötzlich weggerafft war, ging der pausbäckige Mann tagelang in tiefster, schmerzhaftester Beklommenheit herum, fahl, die Kinderaugen vogelhaft verstört, angefüllt von innerem Vorwurf, daß er sie nicht mit mehr Eifer aus dem falschen, giftigen Fluß ihres Lebens in das gute Meer Gott hineingesteuert habe. Er war dann am Weg gestanden, als der kleine Sarg aus dem weißen Haus getragen wurde, mit einem Kranz einfacher Blumen, und er war in der Seele betrübt, als die vier finsteren Männer, die den Sarg trugen und die ausschauten wie dunkle und falsche Propheten, seine freundwillige Gabe nicht nahmen. Verdüstert ging er nach Hause, nahm Kiel und Papier zur Hand und schrieb eine gereimte »Totenklage, auch Nänie genannt, für die abgelebte Demoiselle Naemi Süßin, Jüdin, doch ehrbar«, ein Poem, welches anhub mit den Versen: »Itzt hat der harte Tod, so vielen Übels Quelle, / Hinabgerafft auch dich, ebräische Demoiselle.« Dieses Poem rezitierte er dann der Zofe Jantje, wobei ihm wie ihr dicke, bittere Tränen kamen.

Dem gutmütigen, redlichen Menschen also anvertraute die Zofe ihre schwarzgraue Katze, und er empfing sie gern und mit freundlichen Vorsätzen. Bei diesem Anlaß sah Süß den Magister. Der Jude ging jetzt, wenige Tage, bevor das Haus mit den Blumenterrassen verlassen wurde, um für immer in weiße Stille und Vergessenheit zu versinken, in großer Unrast und Getriebenheit herum. Stand zwischen den Tulpen, vor der Wand, in die der himmlische Mensch, der kabbalistische Baum gezeichnet war. Wie er den Magister sah, winkte er ihn herrisch her, tat ihm einige rauhe und hochmütige Fragen. Jaakob Polykarp Schober, der vor jeder Freundlichkeit schüchtern und sanft war, sah in dem heftigen und finstern Gewese des Juden eine Prüfung und Versuchung, vor der er seine angeborene Feigheit sogleich in die letzten Winkel zurückschickte. Der pausbäckige Mann richtete sich also herzklopfend, schnaufend und streitbar hoch und rüstete sich, die Katze im Arm, den Satanas Finanzdirektor mit der scharfen, guten Waffe seiner Gläubigkeit zu bestehen und ihn auf den rechten Weg zu zwingen. Süß, der durch Magdalen Sibylle von dem Magister wußte, auch über seine Zusammenkünfte mit Naemi unterrichtet war, hörte ihn eine Weile schweigend an, doch nicht ironisch wie sonst wohl, sondern eher nachdenklich, so daß jener schon zu hoffen begann und seinen Eifer verstärkte, wodurch ihm, infolge der heftigeren Armbewegungen, die Katze entlief. Während er, ohne seine eifernde Rede zu unterbrechen, des Tieres wieder habhaft zu werden suchte, schien der Finanzdirektor zu einem Entschluß gekommen, er winkte unversehens, doch milde, dem Magister ab, sprach von anderem. Ohne Mühe machte er den jungen Menschen zutraulich, lockerte ihn auf. So bekam er bald etliches von den privaten Umständen und Wünschen des Magisters zu hören, auch von der unbilligerweise verweigerten Bibliothekarstelle.

Er zeigte sich zur Verwunderung Schobers durchaus nicht als der wütige Holofernes, als welcher er allenthalben verschrien war. Geduldig ließ er den weit Ausholenden zu Ende reden, bekundete Interesse für seine Verse, sicherte, nachdem Weißensee sich für die Poemata ausgesprochen habe, dem Beglückten die Drucklegung mit aller Bestimmtheit zu. Die Bibliothekarstelle, schloß er, sei zwar definitiv vergeben, aber vielleicht gebe es dafür Ausweg und Ersatz. Schon andern Tages ließ er Schober wiederkommen und schlug ihm vor, als Sekretär in seine Dienste zu treten; not sei dabei Redlichkeit und Rhetorik, was beides ja der Magister in illustrem Grade besitze. Jaakob Polykarp Schober sah sich so auf eine herrliche, gottgefügte Art in die Hauptstadt und den Dunstkreis der Schwester Magdalen Sibylle kommen, sah sich in der Stuttgarter Brüdergemeinde, bei der heiligen Beata Sturmin, dem guten, freundhaften Immanuel Rieger. Er sah die Möglichkeit, dringlich und fromm dem Juden, ja vielleicht dem verirrten Herzog zuzusprechen; er hörte alle Engel im Himmel singen und sagte strahlend ja. Suchte dann die Katze, die er gestern in seiner seligen Verblüffung vergessen hatte, und trug sorgsam das schwarzgraue, unschöne Tier auf seinem Arm nach Hause.

In Stuttgart aber, in dem prunkenden Haus in der Seestraße, war nichts von der erhofften Seligkeit, sondern nur Druck und Wirrung. Magdalen Sibylle zwar fand er frei von jeder Hoffart, und war alles böser Schwatz gewesen, womit man vermeint hatte, sie zu verleumden und zu schwärzen; aber es war auch nichts mehr da von jener heiligen und beglückenden Heimlichkeit, von jenem strahlenden Anderssein, das früher um sie gewesen war und ihn hochgetragen hatte. Sein Gefühl blühte nicht mehr in ihrer Gegenwart, es blieb kahl, dies engte ihn und verwirrte ihn. War sie doch so untadelig, bieder, brav, fromm. Daß seine Ernüchterung gerade daraus kam, gestand er sich nicht ein.

Nie geahnte Qual und Wirrung aber brachte ihm seine Tätigkeit bei Süß. Er hatte reichlich Muße; denn es waren außer ihm und Nicklas Pfäffle noch zwei Sekretäre da für die weitläufige Privatkorrespondenz des Finanzdirektors. Süß befahl ihn also nur sehr spärlich zu sich. Dann aber diktierte er ihm Schriftstücke allergefährlichsten Inhalts, so beschaffene, daß sie auch dem Arglosesten die ganzen schwarzen Pläne zum Verderb evangelischer und parlamentarischer Freiheit nackt dartun mußten. Akten, von denen jede Zeile den Herzog und den Finanzdirektor schwer kompromittierten, Dokumente, die dem Magister die heimlichsten, wichtigsten, schlüsselhaftesten Details des katholischen Projekts in die Hand gaben.

Taumelig drehte und wirbelte es dem unseligen Jaakob Polykarp Schober das ganze Innere. Süß diktierte seine schwarzen, ruchlosen Heimlichkeiten mit glatter, unbewegter Stirn und Stimme; er mußte unbegrenztes Vertrauen in seinen Sekretär setzen. Schober war bei ihm in Amt und Pflicht. Sollte er nun hingehen, wortbrüchig sein, seine Wissenschaft verraten, das Vertrauen des Juden kalt beschwindeln? Es war freilich nur ein Jud: aber hatte dann nicht jeder Lump und Hundsfott ein Recht, ihn, den Schober, einen Schurken und zweizüngigen Schuft zu nennen? Wenn er aber hinwiederum schweigend zusah, wie der Glaube und die Freiheit seines Landes arglistig und schmählich zu Tode gedrosselt und viele hunderttausend evangelische Seelen in den Pfuhl und letzten Höllenschlund gestürzt wurden, war er dann nicht noch mehr ein Schelm und Verdammter?

Gezwickt und zerfetzt von allen Hunden des Zweifels war der Magister. Wie erwählt war er sich in Hirsau vorgekommen, als er die dünne Hoffnung hatte, von Gott an den Hebel großen Schicksals und Erlösung gestellt zu werden. Und nun ging sein vermessener, überheblicher Wunsch auf so grausame, zwielichtige Art in Erfüllung, daß er die Hunderttausende der schwäbischen evangelischen Brüder nur durch Preisgabe der eigenen Seele retten konnte. Qualvoll stand er und zitternd wie ein geschorener Hund. Er fiel vom Fett; jähe Hitzen überflogen ihn des Tags, wechselnd mit kaltem Schweiß, des Nachts trieb es ihn schlaflos hoch, daß er aufstand, über die alte, häßliche Katze stolpernd, stöhnend auf und ab lief.

Er ging zur Beata Sturmin, bat sie zu däumeln. Die blinde Heilige schlug auf: »Und die Kinder Israels brachen auf von Rithma und lagerten in Rimon Perez.« Der Magister dachte lang und scharf nach, was darunter verstanden sei, und erkannte: Rithma war das, was er lassen, Rimon Perez das, was er tun sollte. Aber er brachte nicht heraus, war Rithma der Treubruch gegen den Juden und Rimon Perez die Erlösung der evangelischen Brüder oder umgekehrt. Und er lebte weiter in Schweiß und Zweifel und arger Not und wog Tag und Nacht das Seelenheil des ganzen Landes in seinen dicken, unwissenden, unentschlossenen Händen.

Kurz und seine Unzufriedenheit kaum verbergend, entließ Karl Alexander die Herren, denen er die Leitung des katholischen Projekts anvertraut hatte, aus der geheimen Sitzung. Den Juden hielt er mit ungeduldigem Wink zurück. »Er hat gar nichts gesagt, Jud!« herrschte er den höflich Abwartenden an.

»Es war nicht wert, daß man antwortete«, erwiderte Süß und wischte mit einer leichten Schulterbewegung glatt weg, was in der Sitzung geredet war.

Karl Alexander schnaubte leise, hieb mit den Fingerknöcheln die Tischplatte. Gift und Opperment! Es war eine Schweinerei, daß der Jud recht hatte.

Der nahm ihm, schon wieder, die Gedanken aus dem Hirn, formulierte sie. »Die Herren tifteln herum«, sagte er mit seiner geschmeidigen, höhnischen Stimme. »Messen das Detail, den Spinnwebfaden, haben keinen Blick fürs Ganze. Was wissen denn die!« Und sein Ton verwies sie in die unterste Region der Dummheit und Unfähigkeit. »Als ob es darauf ankäme, mit fadenscheinigen Advokatenkniffen den Reversalien da ein Komma wegzupraktizieren und dort einen I-Punkt. Was für armselige, schäbige Krämermethoden! Ein Reskript, ein einziges, genügt: Wir, Karl Alexander, Herzog von Württemberg und Teck, nehmen die Rechte, die Uns Gott gegeben und die man Uns gaunerisch, tückisch, rebellantisch abgezwackt hat, wieder an Uns. Wir sind von heut an in Wahrheit der Herr des Landes. Wir sind Württemberg! Aber davor zucken die Herren feig und lahmarschig zurück. Das verstehen sie nicht, da schütteln sie die Köpfe und haben Bedenken und Zungenschnalz und Oh und Ach und Aber. Der Gedanke ist ihnen zu einfach, zu groß, zu fürstlich, zu königlich.«

Karl Alexander, bei allem dumpfen Zorn, den er gegen den Juden nährte, spürte wieder, daß nur der ihn verstand, daß nur der wußte, worauf es ankam. Mit einer widerwilligen, ingrimmigen Bewunderung sagte er sich, daß er nur durch ihn, mit ihm das katholische Projekt wird zu Ende führen können. Was Süß in seine kräftigen, unheimlich gewandten Hände nahm, das knetete er wie durch Zauber rund und fügsam. Vor seinem fanatisch schwelenden Feuer ward all die brave und gewissenhafte Mühe lächerlich, mit der die anderen zappelnd und qualvoll halbe Erfolge zettelten. Was überhaupt wußten denn die anderen? Für sie war das katholische Projekt ein Geschäft, eine Aufgabe, eine lebenswichtige Aufgabe vielleicht. Aber daß es doch in Wahrheit viel mehr war, daß dieser Staatsstreich sein, Karl Alexander, Leben und Sinn selber war, das wußten doch, spürten doch nur er und der Jude.

Denn so hatte sich ihm langsam das Projekt umgebildet, so hatte es unter dem knetenden, hetzenden Auftrieb des Süß sich ihm ins Blut gebrannt. Erst war es ihm Politik gewesen, Mittel zur Macht, Dekoration, nichts weiter; dann war es Mystik geworden, ersehnte Lösung aus einer Bindung, Religion. Jetzt hatte es sich verwandelt in sein Leben und Blut selber. Er wird jetzt, das ist der Sinn und Krone des Planes, das Land selber werden. Nicht ein Diener oder Fürst des Landes, nicht ein Gesetzgeber oder Feldherr, dies alles ist armseliges Gestümper und Unsinn. Er wird das Land ganz in sich hineinschlingen, wird so in das Land hineinschlüpfen, daß er das Land selber ist. Das Land kann nur atmen, wenn er atmet, schreiten, wenn er schreitet, wenn er stille steht, steht es still. Leibhaft geradezu, körperhaft ward ihm diese Vorstellung. Stuttgart ist sein Herz, der Neckar seine große Schlagader, das schwäbische Gebirg ist seine Brust, der schwäbische Wald sein Haar. Er ist Württemberg, leibhaft, Württemberg nichts als er.

So Großes, süß und bluthaft schwellend Lebendiges konnte nicht mit kleinen, kniffligen Advokatenmitteln ertiftelt werden. Hatte er das gedacht? Hatte der Jude es gesprochen? Jedenfalls fuhr der jetzt fort: »Geniehaft und in *einem* muß es gepackt sein. Auf solche Art muß es geschehen, daß das Land eines Morgens aufwacht und einfach in dem Herzog steckt, in seinem gottgewollten Fürsten, nichts ist als des Fürsten Haut und Fleisch und Blut. Nicht kleiner Kampf und Scharmützel und albernes, leidiges Hin und Her zuvor. Nein, selbstverständlich, naturhaft muß es geschehen, wie eine Knospe aufspringt, wenn sie soweit ist.«

Ja, ja, ja! Recht hat der Jud. Unmöglich ist es und unvorstellbar, daß man darum soll streiten und disputieren. Denn dann wäre er ein Hanswurst und alberner Fant und sein Leben Narretei und Gestümper und ein ausgeblasenes Ei. Aber das begriffen sie nicht, die Remchingen und Fichtel und Pancorbo. Sie waren treue Diener, gute Offiziers und gewitzte Diplomaten: doch das Genie, das Lebendige, um so etwas Wundervolles in seiner ganzen heiligen Selbstverständlichkeit zu fassen, das hatten sie nicht. Das hatte – es war verteufelt, es machte einem das Hirn sieden, aber es war nun einmal so –, das hatte nur der Jude.

Es wurde nichts Wort von alledem zwischen dem Herzog und Süß. Aber es wellte vom einen zum andern, pulste ungesagt herüber, hinüber. So war es immer gewesen in diesen letzten Wochen. Es war *ein* Leben in ihnen, der Jude antwortete wortlos durch die Tat auf wortloses Fragen, Heischen Karl Alexanders, es war, als atmete er die Luft aus, die jener einzog; sie waren Teile *eines* Körpers, unlöslich verknüpft.

Immer wilder hatte der Jude die finstere, brünstige Sehnsucht des Fürsten geschürt nach dem Tag, da das Land sich in ihn wandeln solle und nichts mehr sein außer ihm, ihn hineingehetzt in seine Gottähnlichkeit, in seine cäsarisch hemmungslosen Träume, ihm sein ganzes schwelendes, fanatisches Feuer ins Blut gebrannt. Der vergiftete Fürst suchte gierig Bestätigung, neuen, wilderen Antrieb in dem heimlich einverständnisvollen Blick des Juden. Manchmal freilich, auf Augenblicke, tauchte er auf aus seinem Fieber, überlegte dann, wohinaus diese seltsame, hexerische Kumpanei führen solle. Es war unausdenkbar grauenhaft, auf Lebenszeit solchen unheimlichen Mitwisser seines Blutes und seiner vergrabensten Heimlichkeit zu haben. Man wußte selber kaum, was alles Trübes, Giftiges man zuunterst im Herzen trug, man stieß es hinunter, wenn es zutage drängte, gestand es sich selber nicht ein. Ein anderer gar, in den soviel von dem eigenen Dunkeln hinübergewachsen ist, es war nicht zu denken, daß so jemand am Tag ist, am Licht ist, lebt. Jetzt braucht er ihn, das Projekt kann nicht gewirkt werden ohne ihn; nur die heutige Sitzung wieder hat es erwiesen. Aber ist es erst gewirkt, dann wird er ihn stumm machen, vergraben wird er ihn in den tiefsten Kasematten irgendeiner Festung, wie man das Wilde, Verderbliche, Ur-Böse des eigenen Herzens nicht ans Licht läßt.

Er sah hinüber zu dem Juden, mißtrauisch, haßerfüllt. Wußte der nicht schon wieder um diese seine Gedanken? »Setz Er also das Reskript auf, wie Er es für gut hält!« herrschte er ihn an. Süß neigte sich höflich, beflissen vor dem Atmenden, Erhitzten. Aber in seinen Augen wölkte dunkle, höhnische, wölfische, triumphsichere Erwartung.

Das Land wälzte sich stöhnend, in kaum mehr erträglicher Spannung und Beklommenheit. Es war klar, daß die Katholischen mit ihren Vorbereitungen fast am Ende waren und in allernächster Zeit schon losschlagen würden. Überall häufte sich Bedrohliches, das keine bloßen Vermutungen mehr erlaubte, sondern auch dem Sorglosen Gewißheit aufzwang. In der Nähe der Grenzen wurde allerorts fremdes Militär zusammengezogen, bayrisches, würzburgisches. Der Elfer-Ausschuß hatte sichere Nachricht, daß dem Herzog neunzehntausend Mann Hilfsvölker allein von Würzburg zugesagt waren; ihre Vorhut stand bereits in Mergentheim, dem Sitz des Deutschmeisterordens, wartete dort auf Befehl zum Vormarsch. Auch im Land selbst mehrten sich Soldaten, die fremde Dialekte sprachen, bayrische, fränkische. Sie marschierten des Nachts in kleinen Trupps. Die herzoglichen Schlösser und Forts barsten von Truppen. Alle Festungen, Asperg, Neuffen, Urach, Hohentwiel, das starke Schloß Tübingen waren mit den Künsten modernster Strategie instand gesetzt worden; der schlechte Weg auf den Asperg mußte in Tag- und Nachtschichten in der Fron ausgebessert werden. Ein glänzend organisierter Nachrichtendienst durch besondere Kuriere, die Vogtläufer, besorgte die Verbindung zwischen den einzelnen Festungen. Die Pulvermühlen des Landes, vor allem die ausgedehnte Fabrik des Hans Semminger, arbeiteten Tag und Nacht, Schieß- und Zündkraut herzustellen. In endlosen Transporten wurden Kanonen und Munition herbeigeschafft; das Volk, wenn es die geheimnisvollen Wagen sah, behauptete, sie enthielten lauter Rosenkränze für die vorhabende Bekehrung; aber sie bargen andere Kugeln.

Einer jener Vogtläufer, ein gewisser Bilhuber, geriet in der Nähe von Nürtingen ins Geräufe mit Johannes Kraus, dem Sohn des Stuttgarter Stadtmetzgers. Dabei nahm der Bürgerssohn dem Kurier seine Depeschen ab, Schriftstücke, die vom Eintreffen fremder Hilfsvölker handelten und die staatsverräterischen Pläne der Katholischen ins hellste Licht rückten. Der Herzog wollte den Kraus verhaften lassen. Doch der hatte sich schon nach der freien Reichsstadt Reutlingen und ein paar Tage später nach der Reichsstadt Eßlingen geflüchtet, wo sich eine größere Kolonie verfolgter verfassungstreuer Emigranten aus herzoglichem Gebiet gesammelt hatte.

Kraus hatte die kompromittierenden Depeschen dem Bürgermeister von Stuttgart übergeben, der parlamentarische Ausschuß ließ sie vervielfältigen, verbreitete sie im Volk. Dieser Beweis der unmittelbaren Bedrohung des Glaubens stieß auch die Ruhigsten aus ihrem Frieden. Überall bildeten sich Konventikel und Geheimbünde zur Erhaltung der Religion, Bürger und Bauer versahen sich insgeheim mit Waffen, die beherzte Zunft der Schuhmacher und Küfer in der Hauptstadt entlehnte sich von den Zunftgenossen der Freistadt Eßlingen Schrot- und Standbüchsen; aus dem Stuttgarter Zeughaus sogar verschwanden mehrmals Waffen in größeren Stapeln auf rätselhafte Art, die friedfertigsten Kleinbürger aber wiesen plötzlich schmunzelnd und mit ängstlichem Stolz ihren Freunden versteckte Gewehre. So hochauf gor es, daß der Herzog seine persönlichen Garden verstärken, den Erbprinzen außer Landes zu seinem Großvater, dem Fürsten von Thurn und Taxis, in die kaiserlichen Niederlande schaffen lassen mußte. Selbstverständlich erwog Karl Alexander unter solchen Umständen eine gewaltsame, methodische Entwaffnung des ganzen Landes; er bereitete ein Edikt vor, das unter dem Vorwand des zunehmenden Wilderns eine solche Entwaffnung anordnete. Aber das Waffentragen gehörte zu den bürgerlichen Grundrechten, war in der Verfassung festgelegt; wollte man Bürgerkrieg vermeiden, so mußte man mit der Veröffentlichung des Edikts bis zur Durchführung des Staatsstreichs warten.

Doch konnte der Herzog wenigstens bei der berittenen Stuttgarter Bürgergarde die Einstellung der Waffenübungen erzwingen. Kommandant dieser stärksten Milizgruppe des Herzogtums war der Major von Röder, jener Offizier aus dem intimsten Freundeskreis Karl Alexanders. Er war guter Protestant und gleichzeitig Remchingens bester Adjutant bei der militärischen Organisation des katholischen Projekts. Der dumpfe, enge Mann fand den geplanten Staatsstreich durchaus in der Ordnung, verstand nicht die Aufregung ringsum, sah überall nur Verhetzung und bösen Willen. Wenn der Herzog mehr Raum für die Katholiken haben wollte, warum denn nicht? Das Land war groß, Platz für Kirchen war da. Verfassung? Parlament? Freiheit? Unsinn. Wichtigmacherei, aufmuckende Pöbelfaulheit, die mehr fressen und weniger arbeiten wollte. Was schrien denn die Burschen? Er war doch, Kreuztürken!, ein guter Protestant, und hatte ihn doch noch nie jemand im geringsten gehindert. Konnte jedermann in die Kirche gehen, wann und wie es ihm beliebte, und die Herren Überschläge – so nannte er die Prälaten und Prediger – nahmen, weiß Gott, das Maul voll genug, ohne daß sie der Herzog und sein Kabinett genierten und schikanierten. Die Welt war so einfach. Man mußte nur ein bißchen guten Willen haben, treu sein, brav sein und vor allem seinem gottgewollten Fürsten gehorsamen. Merkwürdig war, daß Herr von Röder trotz solcher Anschauungen, seiner intimen Freundschaft mit dem Herzog, der führenden Stellung im katholischen Projekt beim Volk zunehmend beliebt war. Seine plumpen, banalen Scherze wurden weitererzählt, Anekdoten herumgetragen und beifällig belacht, die von einer gewissen grobianischen Leutseligkeit zeugten. Jedenfalls hatte, wie es zuweilen kommt, das Volk ohne ersichtlichen Grund auf den massigen Mann mit der niederen Stirn, dem harten Mund, den unförmigen, immer behandschuhten Händen, der brutal rissigen Stimme seine ganzen Sympathien geworfen; er war fraglos der populärste Militär in Stuttgart. Seiner Beliebtheit war es zu danken, daß die Einstellung der Waffenübungen des Stadtreiterkorps nicht zu Tumulten führte.

Unterdes lag jeder Winkel der Stadt in dumpfer Spannung. Die oberste Kirchenbehörde ordnete eine allgemeine Buß- und Betwoche an. Viele machten ihr Testament. Am Sonntag Judika drängten sich solche Massen zum Genuß des Abendmahls, daß die Kirchen lang in die Nacht hinein erleuchtet bleiben mußten. Das Parlament organisierte einen sorgfältigen Nachrichtendienst, schickte Fronreitende durch das Land nach allen Richtungen, auf Kundschaft, ob fremdes Kriegsvolk im Anzug sei. Erhielt auch bald aus Wimpfen Meldung, der bischöfliche Vortrab in Mergentheim habe das Komtureigebiet verlassen in der Richtung Ellwangen, das gleiche besagten Depeschen aus dem Hohenlohischen.

An jenem Sonntag Judika hatte der Stadtdekan Johann Konrad Rieger so wuchtig gepredigt wie noch nie. Prophetenhaft hatte er von dem Greuel gesprochen derer, so die heiligen Tafeln des evangelischen Glaubens und christlicher Freiheit zerbrechen, er hatte allen eindringlich und bedeutend die ungeheure Verantwortung vor Augen gestellt, die diejenigen, so solches unternahmen, vor Gott und Welt und Römischem Reich auf sich luden. Hatte dann rollend und mannhaft gewarnt, auch in der Hand des Schwächeren werde die ärmste Waffe stark und furchtbar, wenn Gott sie führe. Zum Ende aber hatte er, allen Samt seines glatten, dunklen, lang hinhallenden Organs vor die andächtige Gemeinde breitend, zur Buße und Einkehr gemahnt mit großen, starken Worten, daß in der weiten Stiftskirche ein Schluchzen war und mächtige Ergriffenheit.

In der ganzen Stadt sprach man von dieser Predigt. Grimmig fiel solcher Triumph des Nebenbuhlers den Regierungsrat Johann Jaakob Moser an, und in einer Nacht ohne Schlaf beschloß der Publizist, nun seinerseits zum Volk zu sprechen. Aber er wird es sich nicht so leicht und billig machen wie der Prediger, wird nicht die Weihe des Hauses als wohlfeile Folie verwenden wie jener; nein, auf offenem, freiem Platz wird er zu den Bürgern sprechen, die Schergen des Herzogs nicht scheuend. Hin und her ging er in seiner Studierstube, konzipierend, mit heftigen, großen Gesten, rundete die herzaufwühlenden Worte, dünkte sich ein Gracchus, ein Harmodios oder Aristogeiton, ein Marcus Junius Brutus, warf mit statuarischer Bewegung die Falten einer imaginären Toga.

Er erhitzte sich mehr und mehr, Blut drang ihm zu Kopf, Schweiß brach aus. Er führte solche Hitze zurück auf schlechte Verdauung; vielleicht hatte er des Mittags zuviel Heidelbeerwein getrunken, so daß der an sich träge Darm jetzt den Dienst ganz versagte. Er sprach seiner Frau von seinen Beschwerden, denn er hielt besorgt auf Hygiene, und die ängstliche Frau richtete ihm einen Trank Glaubersalzes zurecht. Er nahm dann wieder die Beschäftigung mit seiner vorhabenden Rede auf, und im Verein mit der damit verbundenen heftigen Bewegung tat denn auch die Medizin die gewünschte Wirkung.

Andern Tages sammelte er dunkel und bedeutend eine Menge Volkes um sich. Rottierer und Demonstrierer mußten öfters auseinandergesprengt werden in diesen letzten Tagen; es zeigten sich sogleich und drohend herzogliche Wachoffiziere, Büttel, Landhusaren. Der Publizist fühlte sich schon gröblich gepackt, in die ewige Nacht der Kasematten geschleppt. Aber er holte all seinen Mut zusammen und setzte mit krampfhafter Todesverachtung zu reden an, als es ihm im Leib öde wurde, kneipte und stach. Sei es durch die Nachwirkung der Medizin vom Vorabend, sei es, daß durch die gewaltsam erkämpfte Tapferkeit seine Natur eben doch durchbrach: er mußte vom Platz weichen, unter den höhnischen Augen der Herzoglichen und ohne den Ruhm des Konkurrenten. Andern Tages, in dem amarantfarbenen Kabinett Marie Augustens, hielt er dann die Rede, um soviel Feuer nicht ganz unnütz gesammelt zu haben, vor ihr und Magdalen Sibylle. Die saß schlicht, friedsam und etwas behäbig, Marie Auguste aber, weiß und hauchig im Negligé, blätterte im »Mercure galant«, hetzte manchmal heimlich, spitzbübisch lächelnd, ihr winziges Chineserhündchen gegen die Beine des Redners; doch der, ein wenig schwitzend zwar, ließ sich nicht aus dem Konzept bringen.

In ihrer Not und Bedrängnis beschloß die Bürgerschaft, nochmals eine Deputation zum Herzog zu schicken, ernst, doch mit Untertanendemut, ihm Vorstellungen zu machen. Um Karl Alexander nicht zu reizen, sandte man keine Mitglieder des Elfer-Ausschusses, deren bloßer Anblick schon ihn rasen machte, sondern drei stille, würdige Bürger, gesetzt von Ansehen und Gemüt. Sie fuhren nach Ludwigsburg, wo der Herzog seine Rüstungen betrieb. Bevor sie ins Schloß aufbrachen, nahmen sie Imbiß und ein Glas Wein im Gasthof. Der eine sagte: »Das ist eine kleine Stärkung vor einem so schweren Gang.« – »Wenn des Herzogs Gemüt so trüb ist wie heute der Tag«, sagte der zweite, »dann scheint uns keine Sonne.« – »Sei alles Gott befohlen!« sagte der dritte.

Vor der Türe des Saals, in dem Karl Alexander sie empfing, hockte Otman, der Schwarzbraune. Er hörte dumpf die wutschnaubende, heisere Stimme des Fürsten: »Ketzer, Mörder, Hochverräter!« Fußgestampf dann, nach und nach endigend. Nach wenigen Minuten schon sah er die Männer zurückkehren, zweie erst, sehr bald auch den dritten. Er sah sehr wohl, wie verschreckt und verstört sie waren, er sah ihnen nach mit seinen großen, bräunlichen Tieraugen, und er lächelte tief und leise. Hastig stiegen die Männer die Treppe hinab, sprangen in die wartende Kutsche, nahmen sich nicht die Zeit, ein herausgefallenes Barett aufzuheben. Sie saßen schweigsam während der Fahrt, nur der Älteste, einmal, betete laut und aus großer Bedrängnis: »Herr Zebaoth, aus der Tiefe schreien wir zu dir, laß uns Hilfe kommen aus deinen Bergen.« In Stuttgart warteten viele auf die Rückkehr der Deputierten. Als sie die Gesichter sahen, zerstreuten sie sich kopfhängend und mit gepreßter Brust.

Sehr anders als das herzogliche Gebiet protestierten die freien Städte gegen die Umtriebe der Katholischen. Besonders in Eßlingen wurde Karl Alexander jetzt Tag für Tag öffentlich beschimpft und verhöhnt. Hier war eine größere Kolonie von Emigranten aus dem Herzoglichen, von Unterdrückten, widerrechtlich Beraubten, Vertriebenen. Johannes Kraus hatte sich hergeflüchtet, der junge Michael Koppenhöfer saß hier, der uralte Christoph Adam Schertlin, den nur mehr der Haß aufrechthielt. Der fressende, Eingeweide aufwühlende Hohn dieser aller, ihre giftigen, glühenden, schwelenden Reden. Ängstlich in ihre Häuser verschlossen sich die paar Anhänger des Herzogs; etwelche Katholiken auf der Durchreise wurden verprügelt. Den Expeditionsrat Fischer, früher Kammerfiskal, Vater der Sophie Fischerin, der abgedankten Mätresse des Süß, der in Geschäften in der Stadt war, wollten Eßlinger Bürgersöhne, nachdem sie ihm in seinem Gasthof eine Katzenmusik gebracht hatten, lynchen; nur mit Mühe konnte die Stadtwache den aus dem Bett Geschreckten, notdürftig Bekleideten schützen, in aller Hast brachte sie den fetten, schlotternden Mann aus dem Bannkreis der Stadt.

Zum Skandal und offenen Konflikt mit dem Herzog kam es am Sonntag der Buß- und Betwoche. In der Nacht vorher hatten, von der sich blind stellenden Stadtpolizei unbehelligt, junge Burschen zwei Strohpuppen, als der Herzog und sein Jud gekennzeichnet, an den Schandpfahl gebunden, diffamierende, unflätige Inschriften dazugeschrieben. Den ganzen Sonntag beschaute sich lachend, grölend, hänselnd, schreiend, pfeifend, mit schenkelschlagendem Behagen vom Greis bis zum Hosenmatz die ganze Stadt das Schandwerk. Gegen Abend dann wurde ein Scheiterhaufen errichtet, die Puppen feierlich darauf gefesselt, ein paar jener Bilder, auf denen der Herzog mit seinen siebenhundert Axtmännern Belgrad stürmt, mit Kot beschmiert, um die Puppen gereiht, das Ganze schließlich mit parodistischem Zeremoniell angezündet. Loh brannten die Puppen, gellend kreischte das entzückte Volk, drehte sich, puffte sich, krümmte sich in jaulendem, japsendem Vergnügen.

In der Menge stand der junge Michael Koppenhöfer, die

starkblauen Augen in dem bräunlichen Gesicht brannten Begeisterung, tief atmete er: Oh, daß alle Tyrannen so endeten! In der Menge stand der alte Christoph Adam Schertlin, dunkel rasselte es aus seinem dürren Hals, sein Rohrstock stieß gegen den Boden, rhythmisch wie im Tanz, sein mumienbraunes, zerbröckelndes Gesicht war wild übersonnt vom Haß. In der Menge stand, schön und fremd, die Frau des Johann Ulrich Schertlin, die Französin, die Waldenserin. Sie war ärmlich gekleidet, ihr Mann war nun ganz verkommen, versoffen und ausgehaust, aber sie trug den Kopf mit dem kurzen, roten Mund so hoch wie immer. Aus den länglichen Augen warf sie hochmütige Blicke auf das gelle, kreischende Volk, das die Puppen verbrannte und den Rücken krumm machte vor dem Urbild; ihre Nachbarin richtete das Wort an sie; sie schaute fremd, verächtlich an ihr hinunter, sagte nichts, verließ langsam den Platz, mit gefeilten, kostbaren, hoffärtigen Schritten.

In der großen, nüchternen, kahlen Stube der Beata Sturmin saßen um die blinde Heilige Magdalen Sibylle, Johann Konrad Rieger, der Prediger, sein Bruder Immanuel, der Expeditionsrat, der Magister Schober. Magdalen Sibylle trug ein hechtgraues Kleid, sehr kostbar von Stoff und sehr schlicht von Ausführung und Schnitt. Sie war behäbiger geworden, die starkblauen Augen stumpfer, die bräunlichen Wangen schlaffer, alle Glieder träger. Leicht fett und zufrieden fast saß sie, eine Bürgersfrau, und hörte aufmerksam dem Stiftsdekan zu, der von seiner Predigt erzählte, von ihrer starken, gottgefälligen Wirkung, und Partien daraus wiederholte, jetzt noch hallender, geübter.

Bescheiden in seiner Ecke saß Jaakob Polykarp Schober. Der arme, gehetzte Mensch, leidend an seiner zwielichtigen Stellung bei Süß, an dem Hin und Her seines Gewissens, wollte hier ein wenig Ruhe finden vor der Unrast der eigenen Brust. Er hatte ein Gedicht gemacht, in dem er sich mit dem toten Gemahl Johannas der Wahnsinnigen verglich. Den schleppte die Fürstin im Sarg durch alles Land, an Stelle des Herzens hatte sie eine tickende Uhr setzen lassen, das Leben vorzutäuschen. So tickte ihm immerfort das Gewissen; nur hier bei den stillen, frommen Brüdern und Schwestern fand er ein wenig Ruhe. Er schaute aus seiner Ecke auf den Prediger, der auf und ab schritt, deklamierend, ausgefüllt, er schaute von ihm auf die blinde Heilige, die sanft, grau, farblos hockte und hörte, er schaute von ihr auf den

Expeditionsrat Immanuel, der ehrfurchtsvoll an den Lippen seines großen und bedeutenden Bruders hing. Er sah aber auch aus seiner Ecke, wie bei aller Verehrung das Aug des hageren, bescheidenen, trotz des auffallenden Schnurrbarts unscheinbaren Mannes langsam von dem Bruder abließ, hinüber zu Magdalen Sibylle glitt, tierhaft ergeben auf ihr verweilte, die behäbig, fast matronenhaft dasaß, die großen, etwas fetten und doch kindlichen Hände lässig in dem mächtigen Schoß des weiten, hechtsilbernen Kleides. Er sah diesen demütig begehrenden Blick, er deutete diesen Blick, und langsam sah er einen Weg, seine Gewissensqual durch eine schwere, gottgefällige Tat ein weniges sanfter zu machen. Hatte er nicht durch seine ehrbare und submisse Verehrung der Demoiselle während der langen Hirsauer Jahre ein sicheres Anrecht auf sie? Aber er wird sich bescheiden, er wird, so schwer ihm das fällt, seinen Wünschen keine Statt mehr geben, er wird resignieren und dem Herrn und Bruder Immanuel Rieger den Weg ganz und gar frei lassen.

Unterdes hatte der Stiftsdekan seine Predigt und Erzählung geendet, und nun ereignete sich etwas Seltsames. Magdalen Sibylle sagte nämlich, und dies mit großer Selbstverständlichkeit, ohne Hemmung und Ziererei, sie habe, angeregt durch das Exempel des lieben Bruders Jaakob Polykarp Schober, auch ihrerseits Verse gemacht. Und jetzt werde sie den Brüdern und der frommen Schwester ihre Carmina vorlesen. Was sie dann las, waren unbeschwingte, triste, banale, kahl und schal moralisierende Reimereien. Die Hörer aber merkten nichts von der Öde dieser Poemata, sie ließen sich schlicht und ehrlich packen, und dem Expeditionsrat Immanuel Rieger liefen vor Weichmut und Verehrung die Tränen über den Schnurrbart.

Als sie dann gingen, schloß sich der Magister dem Expeditionsrat an. Der schwärmte in seiner nüchternen, hilflosen Art von Magdalen Sibylle. Da raffte sich Schober zusammen, schluckte und teilte, sehr gerührt, dem andern Entschluß und Verzicht mit. Die blassen Augen des Expeditionsrats feuchteten sich, mit seiner dünnen, von Bewegtheit fast gelähmten Stimme fragte er den Freund, ob er denn glaube, daß da irgendeine Möglichkeit sei; wenn er die Augen zu ihr aufhebt, wird sich diese große, erhabene, illustre Frau nicht erstaunt und mit befremdeter Mißbilligung von soviel Vermessenheit abwenden? Aber Schober glaubte ihn trösten zu dürfen, und er war beglückt.

Magdalen Sibylle hörte seinen gestotterten Antrag ernst, doch nicht mißwollend an. Sie erbat sich Bedenkzeit, setzte sich dann hin, um in Versen zu antworten. So am Schreibtisch zu sitzen, wartend auf Reim und Rhythmus, das waren jetzt ihre besten Stunden. Das trug, das hob, das fügte sich. Irgendwo, verschwommen, dachte sie: Im Anfang war das Wort; das Wort ist Gott. Wie hold, sich vom fließenden Wort tragen zu lassen, auf Reim und Gleichmaß schwimmend in endloses Geträume, in Gott zu tauchen. Die Welt war ohne Ordnung, ohne Maß und Fug, war wild, dumm, sinnlos, schmutzig. Hier war Sinn und Fug und Reinheit, hier glitt man sänftlich weg über alles Aufwühlende, über Schlamm und bedrohliche Tiefe, plätschernd, leicht träumend. Die Hitze, die einem früher das Blut vergiftete, verdampfte harmlos-lau und behaglich in dem glatten, schaukelnden Auf und Nieder. Die Gipfel und die Schlünde der Welt ebneten sich, verebbten in platten, sehr korrekten Alexandrinern.

So saß sie auch heute, dem Immanuel Rieger antwortend. Ihre Gedanken und lässigen Triebe glitten sanft hoch und nieder, rundeten sich schließlich in einem vielwortigen, umständlichen, schlechten, ernsthaften Poem zu einem erst zögernden, dann immer festeren Ja. Die Reime häuften lang und ausführlich alle Argumente für und wider, ergingen sich über Freiheit und Verantwortung, priesen Gesetz, Ordnung, Stille, gefestigte Begrenzung.

Es kam freilich, während sie diese klugen, gelassen biederen Betrachtungen niederschrieb, ein Augenblick, in dem ihr plötzlich Reim und Rhythmus aussetzten. In einer unendlichen, tristen Müdigkeit lösten sich ihr die Glieder, sie sah gewölbte, fliegende Augen heiß auf sich, spürte sich von einer dringlichen, eingängigen Stimme schmeichlerisch überrieselt wie von wohlig lauem Wasser, und auf Sekunden erkannte sie, was für ärmlich kahler Ersatz ihre alberne Poetenspielerei war. Aber rasch schob sie als üble Anfechtung solche Erkenntnis beiseit, und mit sich finsternder Entschlossenheit, mit fast fanatischer Andacht zur Nüchternheit schrieb sie die Verse zu Ende.

Solche Mariage der Demoiselle Weißenseein, trotzdem natürlich ihre Verbürgerlichung aufgefallen war, überraschte immerhin. Der Herzog ärgerte sich, daß nun ein so alberner kleiner Pedant und Subalterner für alle Zeit offiziell an seinem Nachtisch sitzen sollte. Filzig indes war er nie gewesen, und er schenkte ihr zum Verlöbnis die Herrschaft Würtingheim, berühmt wegen ihrer herrlichen Obstkulturen. Sogar Süß schrak auf aus seinem immer ums gleiche schwelenden Gebrodel. So war die Welt; albern, klein, kahl, säuerlich, erbärmlich erwies sich im Kern alles, was zuerst und von außen so kraftvoll und süß geschimmert hatte. War übrigens nicht auch diese von Karl Alexander in Schlamm und Alltagsniedrigkeit getreten worden? Sieh da!, das war zwar nicht die Absicht, aber er wird am Ende wirklich noch die Erde von einem üblen und gefährlichen Tier befreien, wenn er nur seinem privaten Trieb und Gesetz folgt. Mit keinem leisesten Gedanken kam ihn an, daß ihn an Magdalen Sibyllens Versinken Schuld treffen könnte. Die Stute Assjadah satteln ließ er, herrlich und in großem Glanz ritt er nach dem Schlößchen Magdalen Sibyllens, eine dunkle, wilde Großheit ging aus von dem Mann, der bitter und zerklüftet noch ein letztes Mal alle seine Galanterie vor der Frau spielen ließ. Magdalen Sibylle tauchte langsam nur und erst nach Tagen aus der tiefen Verwirrung dieses Gratulationsbesuchs.

Zu Weißensee sagte die Herzogin, hurtig und leicht spöttisch kamen die Worte aus dem kleinen, roten, geschwellten Mund: »Sie scheinen nicht zufrieden, liebe Exzellenz, mit der Wahl Magdalen Sibyllens?« Und, ihm plötzlich das ziervolle, eidechsenhafte Gesicht zuwendend, das unter dem strahlend schwarzen Haar in der Farbe alten, edlen Marmors matt leuchtete, lächelte sie spitzbübisch: »Hätte sie etwa gar sollen unsern Hofjuden heiraten?«

»Ja, Durchlaucht«, sagte Weißensee. »Hundertmal lieber.« Und es klang aus dem Mund des feinen, liebenswürdigen Herrn so bitter und grimmig und wie ein Aufschrei, daß die Herzogin neugierig und ein wenig betreten aufsah und nach einem kleinen Schweigen von anderem sprach.

In der Antichambre schloß der Kammerdiener Neuffer die Tür hinter dem ins Kabinett des Herzogs tretenden Süß. Sogleich dann im Rücken des Finanzdirektors, erschreckend und ihn fast unkenntlich machend, verwandelte sich die Steifheit und Gravität seines Lakaiengesichtes in brutale, klobige, ohnmächtige Wut. Der Jud! Immer der Jud! Wohl hatte der Herzog einmal, als der Neuffer ihn auskleidete, in einem Anfall sinnlosen Zornes geschäumt, auf die Festung setzen werde er den Juden, drei Jahre ihn Kugeln schleifen und dann ihn hängen lassen. Was aber nützte das! Regent des Landes war und blieb doch der Jud. Der Herzog schimpfte auf seine Ratschläge, lobte die anderen: aber kam es zum Schlag, tat er doch nur, was der Jud ihm einblies.

In der andern Ecke der Antichambre hockte auf einem Teppich der Schwarzbraune. Er hatte wohl gesehen, wie das Gesicht des Kammerdieners auf einen Augenblick die Livree abwarf, und ganz im Innern amüsierte er sich über die plumpe Nacktheit des christlichen Kollegen. Aber er verharrte lautlos, tierhaft träge hockend, verschlossenen Gesichts.

Währenddes hielt Süß dem Herzog Vortrag. Heute in zwei Tagen wollten die Verschworenen losschlagen; alle Vorbereitungen waren beendet. Offiziell sollte der Herzog verreisen, um in seiner Eigenschaft als Feldmarschall des Reichs zunächst die Festungen Kehl und Philippsburg zu inspizieren, dann wegen seines Fußleidens den Danziger Medicus Hulderop, den größten Orthopäden der Zeit, zu konsultieren. Für die Zeit seiner Abwesenheit setzte Karl Alexander eine stellvertretende Regierung ein: unter dem Vorsitz der Herzogin – die sich in dieser Rolle sehr gravitätisch vorkam –, die Minister Scheffer, Pfau, den Staatsrat Lauz, die Generäle Remchingen und Röder. Diese Regierung sollte in Abwesenheit Karl Alexanders den Staatsstreich durchführen: nach Besetzung aller strategischen Punkte des Landes die Gleichstellung der katholischen Religion, Entwaffnung der Bürger, Annullierung vieler Verfassungsparagraphen, Eintreibung des Beichtpfennigs, zwangsmäßige Ablieferung allen Silbers in die herzogliche Münze und mehr derart durch Gesetz verkünden.

Süß legte noch einmal zusammenfassend dar, worauf es ankam: auf die reibungslose, kampflose Durchführung des Projekts in einer einzigen Nacht. Als konstitutioneller Herzog verließ Karl Alexander sein Land, als absoluter Souverän wird er in wenigen Stunden zurückgerufen. Zog sich die Durchführung in die Länge, kamen Reibungen dazwischen, Kampf, Blutvergießen, dann war alles verloren, dann hatten die Zauderer und Zager recht gehabt. Denn weiter, als man die Verfassung verbogen hatte, ließ sie sich eben nicht mehr biegen; es ließ sich mit aller jesuitischen Kunst nichts weiter aus ihr heraustifteln. Blieb als einziges übrig, sie zu brechen, und das konnte man nicht allmählich, das konnte man nur in *einer* Anspannung erreichen. Mißlang die im kleinsten, dann hatte die bloße Tatsache der Gewaltanwendung erwiesen, wie sehr man sich im Unrecht fühlte; das Corpus Evangelicorum wird über einen herfallen, die Schranken der Verfassung werden dann noch viel fester und enger gestellt werden. Setzte erst Kampf ein, dann hatte die Verfassungspartei zu viele und zu mächtige Anhänger im Reich. Die geglückte Überrumpelung nur wird man, schmunzelnd die einen, die anderen knirschend, anerkennen. Er war bisher, wenn die anderen brutal zufahren wollten, immer für das Leise, Langsame gewesen; in diesem Fall gab es nur *eines*, das Laute, Zupackende, Entscheidende, das in einem *Schoße* Flor oder Verderb trug.

Mit zwingender Logik, Sachlichkeit, Wissenschaftlichkeit setzte Süß dem Herzog dies noch einmal auseinander. Glühender dann und beredter führte er aus, wie jenseits aller praktischen Erwägungen die Idee verhunzt wäre, die herrliche Idee von der Göttlichkeit fürstlicher Macht, wenn sie erst zerzettelt und zerknabbert würde durch Streitereien und Prozeßkniffe und kleine Scharmützel mit Bürgergarden und ridikülem, miserablem Kleinkampf. Hier ging es in Wahrheit um alles oder nichts. Entweder kehrte das Herzogtum naturhaft in seinen Fürsten zurück, oder dieser Stoff war zu schlecht, als daß die große Idee sich in ihm auswirken könnte.

In drängendem, schwülem Zorn stand Karl Alexander. Der Jud hatte recht, wie immer, und gut hatte er das gesagt. Aber wie abgründig er in einen hineinschaute! Fort, fort mußte er, auf ewig ins Dunkel mußte er! Und was hatte er da gesagt: dieser Stoff war zu schlecht für die große Idee? Welcher Stoff? Es war ja selbstverständlich unmöglich, daß das Projekt mißlang; aber trotzdem: welcher Stoff war zu schlecht? Das Land? Oder – wagte er es, wagte er es wirklich, der Jud? – oder er, der Fürst? Natürlich wagte er es! Hinter seiner höflichen, servilen Fratze stak höhnisch, hänselnd der freche, achselzuckende, aufreizende Zweifel. Über den schamlos dreisten Rebellanten! Der war hundertmal schlimmer als die stiernackig blöden Meuterer vom Parlament! Das waren verbohrte Esel! Aber dieser Lächelnde, Höfliche war wissend, und seine feixenden, unverschämten Zweifel gingen vergiftend ins Innerste. Weg mußte er! Ins Nichts mußte er! Für ewig ins Dunkel mußte er!

»Haben Euer Durchlaucht jetzt das Losungswort bestimmt?« fragte die unbewegte, sachliche Stimme des Juden.

»Ja«, sagte Karl Alexander, kurz, barsch, militärisch. »Es heißt: Attempto!«

Überrascht sah, mit einem kleinen, anerkennenden Lächeln Süß auf. »Attempto! Ich wag's!« , das war ein frecher, ein kühner, ein fast genialer Witz. »Attempto! Ich wag's!« hatte Eberhard im Barte gesagt und als erster deutscher Fürst seinem Land eine Verfassung gegeben. »Attempto! Ich wag's!« war die große Inschrift auf dem Attribut dieses Fürsten, dem Zedernstamm, den er vom Kreuzzug mitgebracht. So hing sein Bild überall im Herzogtum. Mit diesem tapfern Wahlspruch hatte er den Großteil seiner Macht von sich abgetan und dem Volke zurückgegeben. Wenn einer im Land kein Wort Latein sprach, dieses »Attempto!« verstand er; denn es war die Grundlage der Verfassung und aller bürgerlichen Freiheit. Und dieses gleiche »Attempto! Ich wag's?« wählte jetzt Karl Alexander als Losungswort, eben diese von seinem Ahn begründete Verfassung zu zerschlagen, die Macht wieder an sich zu reißen, an Stelle der ausgebildetsten Demokratie den nackten Absolutismus zu setzen. Donnerwetter! Dazu gehörte soviel Mut wie Geist. Dieser Karl Alexander war doch ein Kerl!

Gehoben, in drängendem, brustweitendem Lustgefühl ging Süß nach Hause. Er hatte diesen Mann dazu gemacht, hatte das Licht in ihm angezündet, hatte aus einem hitzigen, brünstigen, brutalen Stück Fleisch einen Fürsten geknetet. Oh, sein Weg war schon der rechte. Wie plump wäre es und simpel gewesen, ihm dazumal an die Gurgel zu springen. Jetzt hatte er sein Opfer herangemästet, hatte es erhöht, es ansehnlich und wert gemacht. Ein verhungertes Tier anzunehmen weigerte sich der Priester wie der Gott. Das Opfer, dessen Blut er jetzt darbot, konnte bestehen.

Er ging in seinem Arbeitskabinett auf und nieder, angeregt, geschwellt, alle Kerzen brannten, auch in den anstoßenden Zimmern. Was hatte Rabbi Gabriel gesagt? An jedem Fest, das ihr dem Toten gebt, steigt er herauf, um jedes Bild, das ihr ihm weiht, schwebt er, hört jedem Worte zu, das von ihm klingt. Mit allen Gedanken hatte er und Blut und Nerven die Tote gerufen; aber sie war nicht gekommen, nur in Dämmer und Nebel hat er sie ahnen dürfen. Jetzt wird er ihr ein Opferfest bereiten, zu dem sie heraufsteigen muß. Nicht nur leibhaft wird er ihr diesen Herzog opfern, auch seine Seele hat er so präpariert, daß sie just in dem Moment aus dem Körper sich lösen soll, wenn sie in ihrer Hoffart Blüte strotzt. Und die Seele des Hoffärtigen wird eingekörpert in Feuer; in Feuer zerzuckt sie, tausendfach zerrissen in jeder Sekunde, durch eine neue Ewigkeit. Steig auf, Naemi! Steig auf, Kind, mein Kind, mein bestes, mein reinstes, Lilie im Tal, steig herauf! Ein Scherbenmal eines zerschmissenen Königtums richte ich dir auf, einen Fürsten opfere ich dir, eine Seele einkörpere ich in ewig zerzuckendes Feuer! So ruf ich dich, Naemi, mein Kind! Steig herauf! Taube im Felsenriß, auf heimlichem Hang! Laß mich schauen deine Gestalt, laß mich deine Stimme hören! Denn deine Stimme ist süß und lieblich deine Gestalt.

Er hielt ein, rief sich zurück. Ei ja, dies mußte ja noch geschehen. Er wollte nicht, unter keinen Umständen wollte er, daß es scheinen könnte, er verquicke seine Sache gegen Karl Alexander mit irgendwelcher persönlichen Sicherung oder gar mit Vorteilen für sich. Vor anderen nicht und vor sich selber nicht durfte er leisesten solchen Verdacht aufkommen lassen. Sprang für das Land Profit dabei heraus, so war das nebensächlich, nicht zu erstreben, nicht zu vermeiden; für sich selber jedenfalls wollte er jeden Gewinn daraus im vorhinein zerstören. Er war jetzt da, um das Herz dieses Fürsten Karl Alexander von Württemberg fett und hoch zu züchten, und wenn es am fettesten strotzte und schwoll, zu zerdrücken. Für solche Opferung und Sühne war er da. Was dann kam, ach, wie fern das war und wie nichts!

Er befahl den Magister Schober zu sich. Der erschien, verschreckt, aus dem Schlaf gestört, in Angst, der Finanzdirektor möchte ihn in neue Nöte des Gewissens treiben. Unglücklich, in einem nachschleifenden Schlafrock, denn der Befehl des Süß hatte ihm keine Zeit gelassen, mit runden, furchtsamen Kinderaugen, stand er vor seinem Herrn. Süß war munter, vergnügt, gütig wie lange nicht. Er fragte nach den Gedichten des Magisters, wieso die Edition sich so lange verzögere, das Geld sei der Druckerei doch schon seit Wochen angewiesen. »Wie geruhen Euer Durchlaucht geschlafen zu haben?« fragte der Papagei Akiba. Der Magister stotterte etwas, er sitze schon über den Korrekturen, und in zwei, drei Wochen würden die Carmina säuberlich gedruckt sein. Süß plötzlich abbiegend, legte ihm die Hand auf die Schulter, verzog pfiffig, schmunzelnd die Lippen, sagte vertraulich, jovial: »Er ist, Teufel noch eins!, ein schlechter Protestant, Magister.« Und da der Zitternde nur Unverständliches stammelte, fuhr er fort: »Ich mit meiner jüdischen, rechnerischen Moral hätte mir an Seiner Statt gesagt: Wenn ich den Juden verrat, dann verrat ich einen einzigen und dazu bloß einen Juden; aber wenn ich den Juden nicht verrat, dann verrat ich eine Million evangelischer Christen. Und dann wär ich hingegangen und hätte dem Sturm und dem Jäger oder sonst einem vom Elfer-Ausschuß die Geschichte haarklein erzählt. Ich muß sagen, Magister, Er ist von einer Treue und Diskretion, die schon zum Himmel stinkt.«

Jaakob Polykarp Schober stand schlotterícht unter den hellen Kerzen, wagte nicht, den grausamen Schweiß wegzuwischen, der ihm über das fahle, dicke Kindergesicht troff, starrte aus runden, entgeisterten Augen den Juden an. »Jetzt hält Er mich wohl für verrückt?« fragte der nach einer Weile, gutmütig. »Nein, Magister, ich bin durchaus nicht verrückt«, sagte er, wieder nach einem Schweigen, trocken. »Oder zumindest nicht mehr als jeder andere.«

Es war totenstill in dem hellen Raum. Draußen tappte der Schritt der Nachtwache. Süß hatte sich gesetzt, krümmte sich, trotzdem die Zimmer überheizt waren, wie leicht frierend, schien den reglosen, in einer seltsam verknüllten, unbequemen Haltung stehenden Schober vergessen zu haben. Unversehens wieder begann er: »Ich will Ihm aus Seinem Dilemma heraushelfen. Geh Er hin zu den Herren vom Parlament, sag Er ihnen: die Zeit ist die Nacht zum Dienstag, die Losung: Attempto, und wenn die Herren Blutvergießen vermeiden wollen, dergestalt, daß das ganze Projekt zusammenklappt wie eine Marionette nach zerschnittenem Draht, dann sollen sie den Montag abend eine Deputation nach Ludwigsburg schicken. Der Mameluck erwartet sie am Seiteneingang des linken Flügels und bringt sie zum Herzog.«

Dem Schober quollen, wie Süß das sachlich und geschäftsmäßig an ihn hin sagte, die Augen aus dem Kopf vor angestrengter Aufmerksamkeit, Unverstand und Erregung. »Bedingung ist«, fuhr Süß mit der gleichen geschäftsmäßigen Kühle fort, »und diese Bedingung muß Er mir in die Hand schwören, daß niemals eine Menschenseele erfährt, daß ich Ihm das gesagt oder gar Ihn geschickt habe.«

»Exzellenz«, stammelte endlich Schober, »ich versteh das nicht, ich versteh das durchaus nicht. Ich bin ja so selig, daß der Herr Sie erweckt hat und daß Sie den evangelischen Glauben salvieren wollen. Aber wenn das ketzerische Projekt zuschanden wird und man weiß nicht, daß Sie es haben kaputt gemacht, dann wird doch, mit Euer Gnaden Verlaub, die Landschaft zuerst Ihnen den Kriminalprozeß machen. Ich bin nicht stark in politicis, aber der Herzog wird Sie dann nicht können schützen.«

»Nein, der Herzog wird mich nicht schützen«, sagte Süß trocken. »Laß Er's gut sein, Magister«, fügte er sanft, mild, väterlich fast hinzu. »Die Affäre ist zu kurios. Ein katholischer Herzog will ein evangelisches Land katholisch machen, und ein Jud geht lieber an den lichten Galgen, eh daß er's zuläßt. Daraus kann Er sich keinen Reim machen, und wenn Er noch so sehr ein Poet ist.«

Taumelig schlich, die Knie schwach und mit schleifendem Schlafrock, Jaakob Polykarp Schober nach dieser Unterredung über die dunklen Korridore des Hauses. Hin und her in seinem Zimmer trieb es ihn bis zum Morgen. Er sah nicht klar, es war alles voll Rauch und Nebel. Aber soviel war gewiß: Gott hatte ihn dennoch ersehen und auserlesen. Durch das Zimmer schleifte er, ruhelos, Saum und Quaste des Schlafrocks fegten den Boden. Die alte schwarzgraue Katze wachte auf, begleitete ihn. Sie war eine verwöhnte alte Katze und wollte, daß er sie in den Arm nehme oder ins Bett wie oft, und sie miaute. Aber er ging auf und ab und hörte sie nicht.

Der Jude, als der Magister ihn verlassen hatte, streckte sich, entblößte die starken Zähne. Vor dem Bild des Herzogs über seinem Schreibtisch, Karl Alexander hatte eigenhändig, mit sehr huldvoller Widmung, seine gewalttätigen Schriftzüge daruntergesetzt, verweilte er, sagte leise: »Adieu, Louis Quatorze! Fahr hin, deutscher Achill!« Und noch einmal, wilder: »Fahr hin, deutscher Achill! Adieu, Louis Quatorze!«

Er dachte nicht mehr an das Kind. Es war ein Handel nur zwischen ihm und Karl Alexander, ohne das Kind. Er schwamm auf einem dunklen, violettroten Meer herz- und sinnausfüllenden Hasses. Wie es rauschte! Wie es in die Ohren ging und ins Innerste! Wie es wild und selig betäubend roch! Er hörte den Wutschrei des zu Tode getäuschten Fürsten, sah den blutigen Blick des Mannes, dem er das Erreichnis seines starken, ungestümen Lebens aus der Hand schlug, just wie er, eratmend, die Finger drum schließen wollte. Herrlich war es, das Knie auf die Brust des Feindes zu setzen, süß und herrlich war es, die Daumen auf die Gurgel des Feindes zu legen, wenn der Mund schnappte nach der lieben Gottesluft, zuzudrücken, fester, ganz langsam, das Auge höhnisch sieghaft in dem brechenden des andern. Das hieß lebenl Das lohnte zu leben!

In sein wildes, süchtiges Geträume hinein glitt plötzlich leibhaft, lautlos und erschreckend ein Mensch. Otman, der Schwarzbraune. Er neigte sich, teilte mit, der Herzog habe dem General Remchingen die Ordre gegeben. – Welche Ordre? – Die Liste. – Ach so, die Liste der zu Verhaftenden, die Süß dem Herzog zusammengestellt hatte. Aber daß Karl Alexander ihm mitten in der Nacht so Belangloses melden ließ? Unwahrscheinlich. Sicher hatte der Schwarzbraune Wesentlicheres, Heimliches zu berichten. Aufmerksam sah Süß ihm in das verschlossene Gesicht. Da begann er auch schon Namen aufzuzählen. Johann Georg Andreä, Johann Friedrich Bellon. Ei ja, die Verhaftungsliste, fein säuberlich alphabetisch geordnet. Aber was sollte das? Das weiß er doch, er hat doch selber die Liste aufgesetzt. Der Schwarzbraune zählte weiter her: Friedrich Ludwig Stöfflen, Johann Heinrich Sturm, Josef Süß Oppenheimer. Süß machte keine Bewegung. Auch der Schwarzbraune, die Liste geschlossen, sprach kein Wort mehr, neigte sich, ging.

Süß, allein, vergnügt fast, pfiff durch die Zähne, lächelte. Fein war das, diese Bestätigung noch zu haben. Er war im tiefsten amüsiert. Witzig, weiß Gott, war dieser Karl Alexander. Hätte er Remchingen wenigstens durch Spezialordre beauftragt, ihn zu verhaften. Aber so, ihn einfach generaliter einzufügen in die Liste, in die eigene Liste, die er selber aufgesetzt hat, das war – souverän witzig war das. Er sah die beiden, den Herzog und Remchingen, wie sie zusammensaßen, über die Liste sich beugten, wie der Herzog mit seiner klobigen, gewalttätigen Schrift hinschmierte: Josef Süß Oppenheimer, Finanzdirektor. Wie sie sich dann, der Fürst und sein General, in die Augen schauten, wortlos, arg schmunzelnd der Herzog, breit grinsend Remchingen. Guter Karl Alexander! Wohlaffektionierter, großherziger Fürst! Da sitzest du jetzt und amüsierst dich über deinen dummen Juden, der dir erst fein säuberlich die Krone aus dem Blauen herunterholt und den du hernach zum Lohn auf die Festung setzen wirst. Hoho! Zu spät aufgestanden, Durchlaucht! Dein Jud sitzt noch eine Spirale höher, hat dir schon die Schlinge um den Hals geworfen und amüsiert sich über dein ahnungsloses Amüsement. Du Fürst! Du großer Herr und Held! Du geiler, dummer Narr und Mädchenschänder und Metzger und Schuft!

Rastlos, in wellenden Gedanken, schritt er. Erinnerte sich, wie er einmal mit einem Hund gespielt, dem Hungernden den Fraß immer wieder im letzten Augenblick weggerissen hatte, bis der Köter ihn scharf in die Hand biß. Er sah noch den heißen Haß, die rote, blutige Wut im Aug des gereizten und immer wieder betrogenen Tieres. Mit dir spiel ich ein wilderes Spiel, Karl Alexander. Dir reiß ich einen köstlicheren Happen weg. Streck dich in der Lust auf die Beute wie ein Tier zum Sprung! Schick aus deine Gieraugen! Schnapp, Fürst! Schnapp zu, mein Herr Herzog!

Zwei Tage noch, nicht einmal zwei Tage; nur mehr fünfundvierzig Stunden. Er lächelte tiefer, schritt einsam durch die kerzenhelle Flucht seiner Säle. Starr und weiß standen die Büsten des Solon, Homer, Aristoteles, des Moses und Salomon, unter den kleinen Pagoden ergingen sich bezopfte Chinesen, vielfigurig auf der Decke raste der Triumph des Merkur, aus den Vitrinen der kostbare Schmuck strahlte, und in seinem vergoldeten Bauer der Papagei Akiba krächzte: »Bonjour, madame!« und »Ma vie pour mon souverain!« Doch der einsame, ruhelos durch seine hellen Säle wandelnde Mann hörte nichts, sah nichts, war bis zum Rand gefüllt von seinen Gedanken, Bildern, Gesichten.

Der Mameluck, wie er um die gleiche Stunde ins Schloß zurückkam und sich im Schlafgemach des Herzogs auf seine Matte im Winkel streckte, hörte, wie Karl Alexander in schweren Träumen stöhnte, um sich schlug, gurgelte.

Es war schon spät am Abend, als Unser Lehrer Rabbi Gabriel Oppenheimer van Straaten in Hamburg im Hause seines Freundes Unseres Lehrers Rabbi Jonathan Eybeschütz eintraf. Das Haus war voll von Besuchern, Verehrern, Ratheischenden, und trotzdem die Schüler sie immer wieder bedeuteten, der Rabbi sei über den Büchern, in Meditation, es sei keine Aussicht, daß er sie empfange, wollten sie nicht weichen, erhofften sie noch immer wenigstens seinen Anblick. Viele waren von weither gekommen, ihn zu sehen, aus den früheren Gemeinden des Rabbi, Krakau, Metz, Prag, aber auch noch viel weiter her, aus der Provence, ja vom Schwarzen Meer. Denn der Name des Rabbi Jonathan Eybeschütz, Rabbiners von Hamburg, war in Demut verehrt über weites Land.

Aber auch verhaßt und angefeindet mit schärfster Waffe über weites Land. Ei, wie hatte Unser Lehrer Rabbi Jaakob Hirschel Emden, Rabbiner von Amsterdam, ihn verhöhnt, mit kältestem Spott zerfetzt, zerrupft, als Feind Israels, des Talmuds, der Rabbiner, des wahren Wortes ihn gebrandmarkt und verlacht. Rabbi Jonathan Eybeschütz: der Name riß die Judenheit auseinander; in allen Schulen und Bethäusern, auf allen Synoden war Kampf um diesen Namen, war Segen und Hymnus um ihn und Spott und Bannstrahl.

Wer war dieser Mann? War er ein Talmudgelehrter, eifernd, zänkisch, keifend an den Riten klebend, giftig ums Jota feilschend, den hohen Zaun des Gesetzes mit ängstlich wildem Gebläff Zoll um Zoll verteidigend? Hatte seine philosophische, historische, mathematische, astronomische Wissenschaft ihm den rechten, wort- und werkheiligen Glauben zerknabbert, ihn zum Verächter und Spötter rabbinischer Praxis gemacht? Glaubt er wirklich die Lehre der Kabbala, übt sie, ist heimlicher Jünger und Nachfahr des Messias Sabbatai Zewi, segnend, fluchend, wunderwirkend im Namen dieses Erlösers? Warum dann aber flucht er öffentlich den Jüngern des Sabbatai und tut sie feierlich in Bann? Und warum wieder schickt er seine Söhne zu den Frankisten nach Polen, den fanatischen Jüngern jenes zwielichtigen Messias? Schreibt wirklich dieser eifernde, orthodoxe Talmudlehrer den französischen Kardinälen, den Jesuvätern in Rom Briefe, sie bittend, ihn zum Zensor der hebräischen Bücher zu machen? Ist es Hohn oder was bedeutet es, daß er seine streng rabbinische Rechtgläubigkeit gegen allen solchen Verdacht ausgerechnet von dem Helmstedter Professor Karl Anton verteidigen läßt, seinem früheren Schüler, jetzt aber Christ geworden und Apologet des christlichen Evangels?

Tief neigten sich, als Rabbi Gabriel kam, die Schüler des Rabbi Jonathan. »Sei Friede mit dir!« sagten sie, und die verschlossene Tür des Meisters sprang auf vor ihm. Mild saß im Licht der Lampe seines Studierzimmers Rabbi Jonathan Eybeschütz, der weiseste und listigste der Menschen. Freundlich, kokett, mit leisem Selbstspott und erfreut lächelte er aus seinem mächtigen, mehr breit als langen, milchig weißen Bart, der nur ganz leicht nach Art der Kabbalisten zwiegezackt war, dem bartlosen, mürrischen, steinernen Kömmling entgegen. Alles an ihm war bei betonter Würde rund und behaglich. Aus schwerster Seide schmiegte sich, unendlich kostbar, sein langer Kaftan; sehr klein kam, weiß und gepflegt aus dem weiten Ärmel die Hand zur Begrüßung. Unter dem gewaltigen, weiß fließenden Bart lächelte freundlich, fast rosig und gar nicht zerwittert das Antlitz. Nur über der behaglichen, kleinen Nase und den milden, wissenden, schlauen und doch tiefen braunen Augen zackten senkrecht in die weiße, fleischige, vorgebaute Stirn die drei Falten, bildend das Schin, den Anfangsbuchstaben des allerheiligsten Namens: Schaddai.

»Es schelte mich nicht und zürne mir nicht mein Bruder und Herr!« begrüßte er hebräisch den Gast. Er lächelte, und es war in seinem Lächeln Wissen und Schwäche und Koketterie und Schuldbewußtsein und sogar ein wenig Schalkheit. Über allem aber eine magische, einlullende Liebenswürdigkeit.

Doch an Rabbi Gabriel versagte diese Magie. Über der kleinen, platten Nase die viel zu großen trübgrauen Augen schwelten dumpfe, hemmungslose Traurigkeit, und von der schweren, breiten, nicht hohen Stirn über den dichten Brauen ging lastende, beklemmende Trübnis aus. Rabbi Jonathan Eybeschütz indes war nicht gewillt, solche Trübnis an sich herankommen zu lassen. »Hast du«, fragte er leicht, fast munter, »hast du, Gabriel, die neue Streitschrift des Krethi- und Plethi- und Honigwälder-Mannes gelesen?« Dies waren die wichtigsten Werke jenes Jaakob Hirschel Emden, Rabbiners von Amsterdam, seines entbranntesten Gegners. »Jetzt hat der Gute glücklich zwölf Pasquille gegen mich losgelassen, für jeden Stamm Israels eines«, fuhr er fort, und seine braunen, weisen, listigen Augen lachten spöttisch-vergnügt. »Jaakob Hirschel aus Amsterdam ist ein Zwölfender geworden.« Mit der kleinen, gepflegten Hand blätterte er in den großen Seiten der Streitschrift. »Der arme, arme Nüchterling!« sagte er mitleidig amüsiert. »Alles muß klar sein, alles muß hell sein, alles muß Tag sein! Er ahnt nicht, der kahle, dürre Spötter, er begreift es nicht, daß eine getrocknete Blume Heu ist und nur gut für einen Ochsen. Erläßt Sendschreiben! Beweist, daß der Sohar nicht echt ist. Daß Rabbi Simon ben Jochai ihn nicht geschrieben haben kann. Schreit: Fälschung. Als ob es auf die Feder ankäme, nicht auf die Seele, die sie führt.« Und er wiegte spöttisch und amüsiert den milden Kopf mit dem riesigen, milchig fließenden Bart.

Aber Rabbi Gabriel ging nicht ein auf den Ton des andern. »Warum hast du die Schüler des Sabbatai in Bann getan?« fragte er mit seiner knarrigen Stimme. »Warum biegst du aus und krümmst dich und leugnest ab? Warum läßt du dich verteidigen von einem Goi mit dummen und albernen Sophistereien? Warum resignierst du nicht? Ist es so wichtig, daß du Rabbiner von Hamburg bist und deine Stuben voll von Menschen?

Warum hast du« – und in seiner Stimme war Klagen und Drohung – »dich selber in Bann getan?«

Jonathan Eybeschütz lachte ein kleines, angenehmes Lachen behaglich aus seinem milden Bart heraus. »Laß gut sein, Gabriel«, sagte er. »Du bist nicht sanfter geworden in den zwei Jahren, ich nicht strenger. Ich könnte sagen: ist es nicht gleich, ob einer Jud ist oder Goi oder Moslem, wenn er nur weiß um die Obere Welt? Ich könnte sagen: Gut, Karl Anton, mein Schüler, hat sich taufen lassen; aber ist nicht mehr Gemeinschaft und Bindung von ihm zu mir als von mir zu dem Reb Jaakob Hirschel Emden, der ein guter Jud ist und ein scharfer, gebenschter Kopf, aber leider ein bornierter Tagmensch, stockblind für die Obere Welt und stocktaub für ihre Stimme? Ich könnte sagen: Der Messias Sabbatai Zewi selber ist Moslem geworden, um das Prinzip, um die Idee zu retten, und sein Jünger Frank hat sich taufen lassen; soll es da mir nicht erlaubt sein, in die Vermummung eines pilpulistischen Rabbi zu schlüpfen, mit drohender Lippe und Lächeln im Herzen leere Bannflüche gegen mich selber zu exequieren? Ich könnte sagen: Es ist billig, Märtyrer sein; es ist viel schwerer, zwielichtig dastehen um der Idee willen.

Das alles könnte ich sagen. Aber ich sag es dir nicht, Gabriel.« Er stand auf und kam groß und freundlich in seinem seidenen Kaftan auf den mürrischen, dicklichen, trüben, altfränkisch beamtenhaft gekleideten Mann zu. Sehr liebenswürdig, fast knabenhaft herzlich sagte er: »Ich räum es ein, ich bin schwach und töricht und eitel. Die Sterne haben es gut mit mir gemeint, haben mich zum Gefäß großer Weisheit gemacht, ich hätte können ein Kanal sein, aus dem mächtige Ströme gehen von der Obern zur Untern Welt und der Atem Gottes. Aber ich bin ein schlechtes, brüchiges Gefäß. Ich weiß, und niemand spürt es lebendiger durch alle Eingeweide, wie selig ruhevoll es ist in Gott schweben und wie die Untere Welt eitel ist und farbiger Schaum und Haschen nach Wind. Aber ich muß hinein in sie, immer wieder. Wissen ist schön, Wissen ist jenseits vom Tun, wissend und ruhvoll sein wahrt vor neuen schlimmen Einkörperungen die Seele; und Tun ist albern, Tun ist dumm und schmutzig und tierisch und der Nachschmack schal und sehr von Übel. Aber ich muß immer wieder hinein ins Tun und Eitelkeit und Getriebe! Laß mich dumm sein, Lieber! Laß mich schmutzig und tierhaft sein! Laß mich meinen Bart mehr pflegen als meine Seele!« Und mit frechem Scherz schloß er: »Meine Seele werde ich finden und rein waschen in Myriaden Jahren; aber wer steht dafür, daß ich ein zweit Mal einen so schönen Bart finde?«

Lind rieselten diese Lästerungen von den süßen, schmeichelnden, beredten Lippen des weisen und leichtfertigen verlorenen Rabbi. Der andere hörte sie, trüb, steinern, unbewegt. Er sah plötzlich eine Landschaft. Stein, Ödnis, zerschrundetes Eis; zartes, höhnisches Leuchten darüber, schattende Wolke, Geierflug, finster tolle Willkür, riesige, aufs Eis geworfene Blöcke. Gelähmt fast von dem Bild erkannte er: die gleiche Entsprechung hier wie dort. Solche Ahnung hatte ihn hergetrieben von dem Mann, an den er gefesselt war, zu diesem. An den nackten, frechen Brüsten der Lilith lag jener; aber er sehnte sich und langte nach der Obern Welt; bei den Heiligen und Frommen, im silbernen Bart des Simon ben Jochai, lag dieser, aber es dürstete ihn nach den Zitzen der Lilith. Das gleiche Bild, die gleiche Entsprechung. Doch jener war näher an der Vollendung als dieser.

Er antwortete nicht, als Jonathan Eybeschütz endlich schwieg. Er sagte nur: »Friede mit dir, mein Bruder und Herr!« und ging in das Schlafgemach, das man ihm bereitet. Jonathan Eybeschütz sah seinen runden, dicklichen, etwas gebeugten Rücken sich entfernen, das milde, leichtfertige Lächeln schwand langsam, und trotz seines milchig weißen Bartes sah er minder würdig und überlegen aus, wie er sich wieder an seine Bücher und Pergamente setzte.

Müd und nervös lehnte Karl Alexander im Wagen. Er fuhr nach Ludwigsburg, um von da ins Ausland und erst nach vollendetem Putsch zurückzureisen. Er hatte zwei anstrengende Karnevalstage hinter sich, die er trotz der geschlossenen Zeit dem Reichsgrafen Palffy zu Ehren gegeben hatte; Graf Palffy kam in Spezialmission des Wiener Hofs, es war große Huld und Aufmerksamkeit des Kaisers, daß er durch diesen Sondergesandten den geplanten Staatsstreich augenzwinkernd im vorhinein sanktionierte. In aller Frühe dann hatte sich Karl Alexander von der Herzogin verabschiedet. Er hatte die Nacht mit ihr verbracht, hatte ihr hemmungslos von seinen großen Projekten vorgeschwärmt, dies sei die letzte Nacht, die sie als kleine deutsche Fürstin verträume; fortan werde sie zählen unter den europäischen Souveränen, und bald wohl werde man sie mit anderem Titel als mit einem lumpigen Durchlaucht grüßen. Heiß und erregt hatte er seine Phantasien in die schöne, nackte Frau hineingeflüstert, sie hatte spöttisch halb, aber doch von seiner Hitze mitgerissen zugehört, hatte seine brennendere Umarmung entbrannter als lange schon erwidert. Müde jetzt von dem gefüllten und bedeutenden Abschied, leicht matt, nervös und fieberig lehnte er im Wagen. Er war doch sonst eiskalten Blutes vor mancher Entreprise gestanden, war auf dem Schlachtfeld nicht nervös geworden, wenn ihm der Gaul war unterm Arsch weggeschossen worden. Aber heut, Gift und Opperment!, kribbelte es ihn durch alle Glieder, war' ihm, als hätte er Ameisen in den Adern. Nur gut, daß er den Grafen Palffy hatte vorausfahren lassen; so konnte er jetzt wenigstens allein sein. Auch der verdammte Fuß zuckte und zerrte und wollte nicht Ruhe halten. Kein Wunder, es war ein Wetter von seltener Scheußlichkeit. Bald Sonne, bald Schloßen, es regnete und flockte, bis einen wieder grelle Sonne blendete. Es stritt alles gegeneinander. Starker, feuchter Wind ging, Wolken in rasender Eile fetzten über den Himmel. Dazu brannte es da vorne in Eglosheim, und der Feuerschein irritierte die Pferde. Ein vages Erinnern flog Karl Alexander an; in solchem fetzigen Wind war er gestanden, nicht lange her war's, wie dort der rote Schein hatte ein starkfarbiger Mond sich gekrümmt, aus einem schwärzlichen, feindseligen Wald war es verwirrend, gespenstisch hergekommen, ein weißes, totes Mädel war auf der Erde gelegen, zwischen Blumen, im starken Wind. Blödes Erinnern. Was soll das jetzt? Er hat, weiß Gott, Besseres zu denken.

Endlich in Ludwigsburg. Auch dort nicht Ruhe. Kuriere, Meldungen von den entfernteren Garnisonen. Er empfing Scheffer, Remchingen, Pfau. Ärger, Gehetz. Wenn wenigstens das verdammte Gedudel aufhörte! Aber er selber hat angeordnet, daß vor den Zimmern des musikalischen Grafen das Orchester des Theaters spiele. Er bekam plötzlich Hunger, verlangte Fleischbrühe, wollte sie gierig hinunterstürzen, fand sie zu heiß, schmiß die Tasse an die Wand. Dazu die wimmernde Feuerglocke wegen des Eglosheimer Brandes. Der fetzende Wind, die rauchenden Kamine. Überall im Schloß klirrende Fenster, schlagende Türen. Das Orchester obendrein. Den Herzog litt es nirgends. Die Musiker und Komödianten feixten heimlich: es treibt ihn herum wie vor einer Premiere. So, endlich, kam der Abend.

In Stuttgart war es sehr still diesen Abend. Nirgends brannte ein Licht. Doch im Dunkel war Getapp von vielen Schritten, gedämpftes Klirren von Eisen und Holz, Geflüster und Hin und Her. Alle Bürgerschaft wußte, daß es in diesen Stunden um die Entscheidung ging. Die Meldung Schobers hatte gewirkt. Alle waren gerüstet, gewaffnet, voll dumpfer, klemmender Spannung, nicht ohne Zagheit, aber willens zu kämpfen. Niemand schlief in Stuttgart in dieser Nacht, nur die kleinen Kinder. Man sagte, raunend, zum hundertstenmal das gleiche, Flüche, Wünsche, prüfte, halb zaghaft, halb in die Brust geworfen, die Waffen. Und die Nacht war voll Bereitschaft.

In Ludwigsburg indes im Schloß hatte man alle Kerzen entzündet. Der Herzog gab, bevor er ins Ausland ging, dem Gesandten des Kaisers, den Würzburger Herren einen Hofball. Die Gesellschaft war nicht zahlreich, auf die in das Staatsstreichprojekt Eingeweihten beschränkt. Viele Militärs waren da, die beiden Röder, der General und der Major. Feixend hatte Karl Alexander den knarrenden, niedrigstirnigen Mann nach Ludwigsburg eingeladen; die berittene Stuttgarter Bürgergarde, deren Kommandant er war, werde ihn in dieser Nacht kaum benötigen; ohne auf den Witz einzugehen – denn er nahm seine Stellung bei dem Stadtreiterkorps sehr ernst –, dumm und stier hatte der Major, die unförmige, behandschuhte Tatze militärisch ausgereckt, die huldvolle Einladung angenommen. Durch den Saal hin äugte das blaurote, geiernäsige, entfleischte Gesicht des Dom Bartelemi Pancorbo über der riesigen, verschollenen Halskrause; in der Nähe des Süß hielt sich der verfallene Weißensee, er schnupperte, seine klugen Augen zuckten, er witterte Schwefel, Feuer, Wetter, Untergang. Süß selber hatte einen strahlenden Abend wie in seiner besten Zeit, seine wölbigen, fliegenden Augen waren überall, er war galant, witzig, siegerisch, seine sichere, festliche Laune stach sehr ab von der flackerigen Unrast Karl Alexanders. Manchmal tauchten in die seinen die bräunlichen Tieraugen des Mamelucken, dem er, dem stumm sich Neigenden, wenige knappe, stille Weisungen gegeben hatte, und es ging dann wie ein triumphierendes Fragen und Erwidern vom Aug des einen zum andern.

In den ersten Nachtstunden sollten in Stuttgart die Häupter der Verfassungspartei verhaftet werden und die würzburgischen und bayrischen Hilfstruppen ins Herzogtum einrücken. Bis der Kurier mit der Meldung käme, daß der Putsch soweit planmäßig geglückt sei, wollte Karl Alexander unter seinen Gästen bleiben, mit dieser Gewißheit schlafen gehen. Er hatte die neue Sängerin in sein Schlafgemach bestellt, die Demoiselle Teresa, eine dralle, heißäugige, warmhäutige Person. Schon die beiden letzten Jahre durch hatte er sich gewöhnt, vor jedem Beilager mit einer neuen Frau ein Aphrodisiakum zu nehmen, denn er hätte es nicht ertragen, hätte nicht jede neue Frau seine Männlichkeit für besonders stark halten müssen; heute, nach der Abschiedsnacht mit Marie Auguste, befahl er dem Schwarzbraunen, die Dosis zu verstärken.

Der Kurier mit der Glücksnachricht kam nicht und kam nicht. Die Unrast des wartenden Herzogs fuhr den Gästen kribbelnd in die Glieder, zuckte durch den ganzen Saal. Draußen der Sturm hielt in gleicher Kraft an, Regen prasselte, einmal auch Hagel gegen die Scheiben; den Rauch der schlecht ziehenden Kamine hatte man nicht ganz aus den Räumen verjagen können. Wohl brannten Myriaden Kerzen, Musik, immer üppiger, klang, aus den ältesten Fässern der erlesenste Wein wurde geschenkt, man hatte die prunkendste Gala, die feiertäglichste Laune angetan; aber man kam über eine fiebrige, erkrampfte Lustigkeit nicht hinaus.

Karl Alexander hielt Cercle, stellte seinen Gästen lärmende, huldvolle Fragen, um dann plötzlich zu versinken, ihre Antworten zu überhören, jäh abzubrechen. Der Mameluck glitt lautlos heran, meldete, die Demoiselle Teresa sei im Privatkabinett. Der Herzog, ungeniert, sagte: »Das Mensch soll warten!«, setzte sich mit Süß zum Jeu. Der Mameluck brachte ihm, in silberner Tasse, das Aphrodisiakum. Stand still, demütig. »Hast du's auch genügend stark genommen?« fragte Karl Alexander. »Ja, Durchlaucht«, erwiderte mit seiner rauhen, gleichmütigen Stimme der Mameluck.

Karl Alexander stürzte den Trank hinunter. Spielte. Gewann stark. Blieb unbeteiligt, abwesend. Den grünen Galarock zurückgeschlagen, die eine Hand bald ruhend auf der gelben Hose, bald nervös mit der goldenen Kette spielend, machte er lange Pausen zwischen Stich und Schlag. »Daß der Kurier nicht kommt!« fieberte er. »Der Sturm«, begütigte Süß, »die aufgeweichte Straße.« Der Schwarzbraune war wieder da, mit seinem stillen, gleitenden Schritt. Meldete, die Demoiselle warte noch immer. »Soll sich ausziehen derweil!« schrie der Herzog. »Ich kann meine Depeschen nicht herhexen.«

Ein Kreis ehrerbietiger Zuschauer stand um die Spielenden, begleitete das Jeu mit etwas gekünstelten, krampfhaften Witzen.

Der Herzog schlug eine siegreiche Karte auf, strich wieder einen Hügel Dukaten ein. »Heut mußt du mir einen Teil wieder hergeben, Jud«, lachte er, »des, was du mich beschissen hast.« – »Heut tu ich's gern«, sagte Süß. Die widrige Stimme des Majors Röder knurrte. »Wenn's so Leib an Leib geht, dann tut sich der Jud schwerer mit dem Bescheißen. So von der Ferne her mit Papieren und Tricks und ohne daß man dem andern muß ins Gesicht sehen, geht's leichter.« Auch den nächsten Schlag verlor Süß. Der Herzog sah den Architekten Retti unter den Umstehenden, warf ihm hin: »Wenn das so weitergeht mit meinem Schwein, dann machen wir den Umbau, den Er für die Galerie projektiert.« Der Architekt lachte laut, beflissen. Dom Bartelemi Pancorbo sagte unversehens mit seiner dumpfen, modrigen Stimme: »Den Stein verliert er nicht, der Jud.« Und alle starrten begehrlich und verträumt auf den Solitär an der Hand des Finanzdirektors und sahen, wie verwirrend in ewigem Wechsel die Strahlenbündel daraus schossen.

Endlich war der Mameluck wieder hinter dem Herzog, meldete: »Man ist da.« Karl Alexander, mit gespielter Lässigkeit, warf die Karten zusammen, schob dem Süß den ansehnlichen Haufen gewonnenen Geldes zu. »Da, Jud! Die Galerie laß ich später bauen. Das verehr ich Ihm.« Süß, wohlwollend fast und amüsiert, dachte: Sieh an, schenken läßt er sich nichts. Bezahlt mich, wo er glaubt, ich hab ihm ans Ziel geholfen, legt noch ein Trinkgeld darauf. Dann sperrt er mich in die Kasematten und steckt Bezahlung samt Trinkgeld wieder ein. Aufmerksam und dringlich sah er den Herzog an, und der, wie gezwungen von seinem Blick, sagte obenhin: »Kannst mitkommen.« Der Schwarzbraune voran, dann hinkend, schnaufend, rot Karl Alexander, zuletzt federnd, geschwellt, weiß, jung der Jude, gingen sie.

Durch die sich neigenden Lakaien der Vorsäle erst, dann durch stille Korridore, in denen nur der fetzende Atem des Sturms war, nach dem andern Flügel des Schlosses in die Privatgemächer des Herzogs. Arbeitszimmer, kleines Zwischenkabinett, das Schlafzimmer mit der wartenden Frau. Der Mameluck riß die Tür zum Arbeitskabinett auf. Nicht der Kurier war da, den Karl Alexander erwartete, sondern vier Männer, die er nicht kannte. Zwei alte, mit eisgrauen Haaren, mager und schmächtig wie Federkiele, die anderen gedrungen, von lümmelhaftem, proletarierhaftem Gehabe. Alle vier waren stumm, verneigten sich, die jüngeren schwer und plump, die älteren hastig und wiederholt, von den im Windhauch der offenen Tür flackernden Kerzen wild beschattet und erhellt.

Der schäumende, in seiner Erwartung betrogene Herzog schrie, die Stimme fast versagend vor Wut, den Mamelucken an: »Bist du verrückt? Läßt in der Nacht, heut nacht, Gesindel zu mir?« Schleuderte ihn mit einem Fußtritt in den Winkel. »Der Kurier!« brüllte er. »Wo bleibt der Kurier?«

»Wir sind kein Gesindel«, tat da einer von den Männern schwerfällig, feindselig den Mund auf. »Wir sind von der Landschaft.« Karl Alexander fuhr auf ihn los, packte den stämmigen, lümmelhaften Menschen, schüttelte ihn: »Wollt mich überfallen? Mich meucheln? Ketzer! Mörder!« Er schrie und geiferte, daß die Sängerin nebenan, die nackend wartete, sich ängstlich tief unter die Decken duckte, das Kreuz schlug. »Aber es ist aus mit euch!« brüllte der entzügelte Herzog weiter. »Vermodern bei lebendigem Leib laß ich euch, Gesindel! Rottierer! Ketzer! Hunde! Zu eueren sauberen elf Brüdern vom Ausschuß schmeiß ich euch in meine tiefsten Kasematten.«

»Es ist nicht an dem, Herr Herzog«, sagte da mit einer höflichen, feinen Stimme einer von den Alten, »es ist durchaus nicht an dem.« Und er verneigte sich viele Male. »Es ist so, daß mit Eurer Durchlaucht allergnädigstem Permiß niemand heut nacht in Stuttgart verhaftet wird. Es werden auch sehr wenig bayrische und würzburgische Truppen einrücken, und was unter der Losung: Attempto! eingetroffen ist, sind mit Eurer Durchlaucht allergnädigstem Permiß zur Hälfte evangelische Brüder. Und wenn auch der Herr Kommandant Röder hier ist, das Stadtreiterkorps ist darum nicht weniger in Bereitschaft und wird die Stadt unter allen Umständen halten.«

Süß selber hätte nicht sachlicher, schärfer, mit weniger Worten darlegen können, wie in den Grund hinein der Putsch verraten und vertan war, als der kleine, hagere Mann, der sehr höflich und mit vielen Kratzfüßen und Permiß-Einholungen noch mehr Details aufzählte. Aber er konnte nicht zu Ende kommen und zum Zweck seiner Rede; denn der Herzog hatte nur die ersten Sätze gehört; dann begab sich mit ihm eine erschreckende Veränderung. Die Hand, die den gedrungenen, proletarisch aussehenden Deputierten noch immer festhielt, ließ allmählich locker, das Gesicht lief blaurot an, ein seltsames, wundes, tierhaftes Rasseln kam aus der Brust, der Mund schnappte hilflos, und unversehens lag der schwere Mann auf dem Boden, verkrampft und gräßlich entstellt. Die vier Bürger, wie sie das sahen, fürchteten, man werde ihnen eine Schuld geben, das Schloß war voll von Feinden, sie waren von dem Mamelucken auf geheimnisvolle, verdächtige Art, ungemeldet, durch eine Hintertüre eingelassen worden, sie besorgten, sie möchten mißhandelt oder gar kurzerhand erschlagen werden; sie machten sich eilends fort und waren froh, als sie in Sturm und Regen, abseits haltend, ihre Kutsche fanden und zitternd vor Frost und Erregung glücklich wieder auf dem Weg nach Stuttgart waren.

Karl Alexander lag indes auf dem Boden, allein mit Süß und dem Schwarzbraunen. Über der mächtigen, behaarten Brust hatte er sich die Kleider bis aufs Hemd aufgerissen. Verstört lauschte von nebenan und sich duckend das nackte Mädchen auf das wilde, tierhafte Rasseln, das von ihm kam. Mit unendlicher Mühe schickte er sein erstarrendes Aug mit einer wilden, grenzlos haßvollen Frage auf die Suche. Süß, ihm entgegenkommend, sagte: »Ja, Herr Herzog.«

Der Jude wußte nicht, ob er das so gewollt hatte oder wie überhaupt er gewollt hatte, daß der Herzog Verrat und Zerschmetterung des Putsches aufnehmen solle. Er fragte sich auch nicht, ob die Ermattung durch den Karneval oder das Aphrodisiakum mit schuld waren an diesem Zusammenbruch oder ob er allein ihn und willentlich so gewirkt habe. Wie getrieben hatte er alles so geordnet, wie es dann kam, es so gelenkt, daß der erhitzte Herzog statt des erwarteten Glücksboten die nächtliche Unheilsdeputation vorfand. Daß er ins Herz treffen, daß er Sinn und Wesen des Gegners für immer lähmen und zermalmen mußte, war gewiß. Kam nun auch der äußere Zusammenbruch hinzu, so war das nicht gewollt, doch nicht unwillkommen.

Mit aller Kraft hob er den schweren Leib in einen Lehnstuhl, warf dem Schwarzbraunen hin: »Es wird gut sein, du holst den Pater Kaspar.« Zögernd nur entfernte sich Otman und ließ den Juden mit dem Sterbenden allein.

Vereisend hörte die Sängerin im Nebenzimmer, wie eine leise, von einem wilden Gefühl bis zum Zerreißen gespannte, weißbrennende Stimme auf den jetzt stummen Herzog einsprach. Die einzelnen Worte konnte sie nicht verstehen; aber sie erstarrte vor dem grauenvollen, hassenden Triumph dieser heißen, flüsternden Stimme.

Es sprach aber der Jude dies: »Herzog! Grober, einfältiger Herzog! Dummer, stier-tölpischer Karl Alexander! Jetzt möchtest du die Ohren zumachen, was? Möchtest dich davonmachen und mich nicht mehr hören? Möchtest beten und dir vom Beichtiger Linderung und ölige Verzeihung einträpfeln lassen? Aber das konzedier ich dir nicht. Ich laß dich nicht sterben, eh daß du mich gehört hast. Verdreh die Augen, raßle mit all deiner Lunge: du mußt mich hören. Ich spreche ganz leise, ich hebe die Stimme nicht, aber deine Ohren und dein freches, gewalttätiges Herz sind doch voll davon. Und du mußt ganz stillhalten und darfst nicht sterben und mußt mich hören.

Ja, das Kind ist anders gestorben. Warst hinter ihr her mit Hussa und Gegröl, dein verfluchter, stinkender Atem war über ihr; aber sie hat dürfen lächeln und leicht sein, und tausend gute Engel streckten ihr die Arme entgegen. Und du bist vor der Toten gestanden mit deinem ratlosen, dummen Metzgergesicht, und wie ich dir nicht hineinspie, hat du geglaubt, jetzt ist alles gut und es ist nichts gewesen. Sieh, Karl Alexander, sieh, du dummer, tölpischer Herzog, ich bin dir nicht in das geile Gesicht gesprungen damals, so einfältig hab ich es nicht gemacht, ich hab dich mir erst zurechtgerichtet, hab dich präpariert, daß du aussähest wie ein Mensch, ja wie ein Fürst. Bäumst du hoch? Schnaufst du? Ja, da liegst du, ein trauriges, lächerliches Stück Fleisch, höchst ridikül vor dir und den anderen. Denn sieh, du armer Narr, deine großen Gedanken, daß du zum schwäbischen Louis Quatorze dich recken solltest, deine Cäsar-Träume, die hab ich ja in dich hineingeträumt. Du warst nichts als ein kleiner, gewalttätiger Zufallsherzog all deine Tage, und ich hab dich lassen tanzen.

Glotz mich an mit deinen großen Augen. Ich drück sie dir noch nicht zu, ich bin noch nicht am Ende. Sieh, gerade mein Schlechtestes hab ich in dich hineingeträufelt, meinen verworfensten Samen. Ich hätt es können wirken, daß du mich vor aller Welt umarmtest und Bruder nanntest; ich hätt dir nur müssen die Papiere zeigen, daß ich ein Sohn vom Heydersdorff bin, ja, dem Baron und Marschall und Christen. Aber das hab ich für mein schlechtestes Teil geachtet und hab es ganz in dich hineingegossen und hab dich tanzen lassen und dich gemästet, bis daß du reif warst.«

Er ließ ab von dem Sterbenden, versank; dann wieder begann er, verändert, milder: »Ja, es hat mich zu dir gezogen, ich hätte können dein Freund sein. Aber du, wenn du so was gespürt hast, hast dich gewehrt und dagegen geknurrt, und nur mein

Schlechtes hast du aufgenommen und es blühen lassen in Schuß und Saft. Du großer Herr und Held, du deutscher Louis Quatorze! Du armer Hahn und Narr!«

Draußen auf dem Korridor hastige, erregte Stimmen. Der Doktor Wendelin Breyer kam, der Kammerdiener Neuffer; hernach auch Pater Kaspar, der Beichtiger; er war nicht so leicht zu finden gewesen, er war in der Konditorei gesessen mit dem unscheinbaren, kluggesichtigen Würzburger Geheimrat Fichtel, der, nicht angesteckt von der allgemeinen Unruhe, den Triumph dieser Nacht auskostend, behaglich viele Tassen seines braunen Kaffeetranks schlürfte. Jetzt stürzte das alles her, betätigte sich hastig, hilflos, sinnlos um den Verlöschenden, grausam Entstellten, befragte verstört den Süß, der lässige, flüchtige Auskunft gab und sich bald unbemerkt aus dem Getrieb um den Sterbenden fortmachte. Im Nebengemach die Sängerin zog sich an. Die leise, heiße, hassende, sich einfressende, triumphierende Stimme haftete ihr, sie übergrausend, im Ohr; fahl, fröstelnd, geschüttelt von großäugigem Entsetzen, schlüpfte sie unordentlich in ihre Kleider, hastete, die unheimliche Stimme hinter sich, geduckt über die Korridore, atmete befreit, als sie vor dem Tor stand, das Schloß im Rücken, im stoßenden Wind.

Der Doktor Wendelin Breyer wollte den Herzog zur Ader lassen. Aber es kam nicht soweit. Der Mameluck, mit ihnen zurückgekommen, war still ganz nah an den Mann im Lehnstuhl herangetreten; mit gespannter, grausamer Sachlichkeit beschaute er die krampfhaft geballten Hände, das aufgedunsene, blauschwarze Gesicht, die vorstehende Zunge, die groß offenen, weit herausgequollenen Augen. Dann mit seiner dunklen, sonderbar rauhen Stimme sagte er so plötzlich, daß alle zusammenfuhren – die meisten hatten ihn überhaupt noch nie sprechen gehört –: »Er ist tot.« Dem Doktor Wendelin Breyer blieb nichts übrig, als das gleiche zu konstatieren.

Während der Arzt noch, die hohle Stimme tief aus der Brust hervorgrabend, etlichen vagen Kommentar stammelte: heftig ausgebrochener Spasmus diaphragmatis, Steckfluß, stagnatio sanguinis plenaria – still und höhnisch schaute der Schwarzbraune auf den verwirrten, sich abarbeitenden, wichtig sich habenden Mann –, raunte es durch die Gänge, flog es durch die Vorzimmer, rief es der Zeremonienmeister in den Ballsaal: »Der Herzog ist tot.« Die Musik brach ab. Das ungeheure, lähmende Entsetzen, die verfahlten, verzerrten Gesichter überall. Das ratlose

Gewimmel, Durcheinanderhuschen, Sich-in-die-Ecken-Drücken. Das verlegene Von-nichts-wissen-Wollen der Gäste, der kaiserlichen, bayrischen, würzburgischen Herren. Die Offiziere standen herum wie dumme, große, bösartige Raubtiere, hinter denen unversehens eine Falle zuklappt. Solcher verwünschte Zufall just in diesem Moment konnte jedem einzelnen an Stellung nicht nur und Besitz, nein, ans Leben gehen. Sogar der kleine Geheimrat Fichtel verlor die Fassung; seit Jahrzehnten hatte er vor sich selber und aller Welt sich beherrscht; jetzt bekam er mit einem ein hartes, verkniffenes, keifendes Bauerngesicht und fluchte leise und unflätig vor sich hin. Erst nach zehn Minuten hatte er sich so weit, daß er in Kälte und Sachlichkeit denken konnte. Er überlegte, das Testament, das er dem Toten abgerungen, werde nun doch nicht mehr viel nützen; es blieb nur übrig, die ganze Maschinerie sofort stillzulegen, möglichst alle Spuren von Würzburg her zu verwischen und mit gutem Anstand, unkompromittiert, aus der Affäre herauszukommen.

Süß stand derweilen allein in einem verlorenen Seitenkabinett. Er kümmerte sich um nichts, das Auf und Ab der allgemeinen Erregung schlug nicht bis hierher. Der Sturm hatte sich ein wenig gelegt. Der Jude sah nichts, hörte nichts, achtete nichts, alles um ihn versank. Er wartete. Nun wird, jetzt gleich, das Kind da sein, um ihn sein wie die liebe Luft, lieblich in ihn einströmen, ihn leicht und schwebend machen. Er saß, still, mit einem gelösten, fast törichten Lächeln und wartete.

Sie kam nicht. Nichts kam. Er fühlte sich mit jedem rinnenden Augenblick kälter, leerer, schwerer werden. Und plötzlich wußte er, sie wird nie kommen. Er sah den Herzog, das schwarzblaue, entstellte Gesicht, die heraushängende Zunge, die vorquellenden Augen. Übelkeit fiel ihn an. Er erschrak. Er begriff nicht mehr, wie ihn das hatte ausfüllen, ihn hatte hochtragen können. Was denn, um Gottes willen, hatte das mit dem Kind zu tun? Das Kind war weiß, sänftigend, mondstill. Und sein Handel mit dem Herzog, das violettrote Meer, sein Brausen, sein wilder Geruch, ja, in welcher hirnrissigen Anwandlung hatte er denn geglaubt, darüber zu dem Kind zu kommen? In dumpfer Angst suchte er Zusammenhänge, begriff sich nicht mehr. Seine Zwiesprache mit dem sterbenden Karl Alexander, die war ein wildes Zucken und Verebben gewesen wie ein Beilager mit einer Frau, aber kein Schweben und Gelöstsein. Und jetzt war er dumpf, traurig, voll Übelkeit und weiter weg von dem Kind als je.

Es wehte ihm den Nacken hinauf, feuchtkalt. Er hob den Rücken, überfrostet, wie in Abwehr. Ein Gesicht schaute ihm über die Schulter. Es war sein eigenes Gesicht.

Er schüttelte sich, stand auf. Der Sturm hatte wieder eingesetzt; er schloß fester die Fenster. Da war eine Stimme im Wind, war in seinem Ohr, war im Zimmer, eine mißtönige, traurige Stimme, die Stimme des Oheims. Sie war nicht laut, aber sie füllte das Zimmer ganz an, sie füllte das Schloß an, die ganze Welt war voll von dieser Stimme. Da hatte er Gewißheit: er war falsch gegangen. Alles, was er gedacht, gewirkt, getrachtet hatte, sein Handel mit dem Herzog, sein ganzer künstlicher Turm und Triumph war alles falsch und Irrgang gewesen.

Seltsamerweise war er nicht enttäuscht von dieser Erkenntnis oder gar empört. Nein, es war gut so. Er sah sich wiederum schreiten in jener stummen, schattenhaften Quadrille, Rabbi Gabriel hielt seine rechte, der Herzog seine linke Hand. Sie schlängelten sich, machten ihre Pas, verneigten sich. Aber heute war keine Qual in dem nebelhaften, farblosen Bild. Denn nun lösten sich die Hände, die Tanzenden sahen sich an, still, ernsthaft, ohne Feindschaft, sie nickten einer dem andern ein letztes Mal zu, dann gingen sie auseinander.

Eine grenzenlose Mattigkeit fiel ihn an. Nie in seinem Leben war er so ausgehöhlt von dinghafter, leibhafter Schwäche und Müdigkeit gewesen. So mußte es sein, in lauem Bad sitzen und aus geöffneten Adern, ganz langsam, das Leben entströmen lassen. Dieses Schmelzen, Weichwerden, Zusammenstürzen in ihm. Dieser süße, ziehende, lüstige, alle Glieder pressende, reibende, lösende Schmerz. Dieses Sichaufgeben, Stürzen, Getragensein. Dieses Nichtwollen, dieses zum erstenmal Sichtreibenlassen, dieses selige, willenlose Vergleiten, Verströmen. Als entfließe sein Blut und mit ihm aller Drang und alle Sucht, fühlte er sich sinken in glückhafter, schmerzhafter, grenzloser Erschlaffung.

So fand ihn kurze Zeit später der alte, klapprige Leuchterbeschließer, der mit dem Löschhut kam, um das Kabinett finster zu machen. Erschreckt, wie er den blassen, hingesunkenen Mann erkannte, ließ er die Stange fallen, machte: »Jesus, der Herr Finanzdirektor!« Aber der richtete sich matt hoch und sagte, er solle ihm was zu essen bringen, was immer, es sei ihm schwach vor Hunger. Der Alte, betreten, sich bekreuzigend, machte sich fort, brachte das Verlangte. Süß, während er mit den Händen, ziemlich gierig, aß, sagte dem Alten, er solle sich in seiner

Verrichtung nicht stören lassen. Der stammelte, das gehe doch nicht an, er könne doch nicht den Herrn Finanzdirektor so im Dunkeln –. Aber Süß unterbrach ihn: »Lösch Er nur seine Lichter und kümmer Er sich nicht um mich.« Verstört machte sich der Alte an seine Arbeit. Der Sturm hatte wieder mit Macht und Heulen eingesetzt. Süß aß, kaute, schlang. Der Alte beschleunigte seine Hantierung, stieg auf die Leiter, löschte, schielte nach dem Finanzdirektor. Der aß immerzu, eilfertig, schlang, schmatzte. Schließlich, mit einer merkwürdig lustigen Stimme, sagte er: »Häng Er Sein Herz nicht an Menschen! Das steht doch im Neuen Testament, was?« – »Ich versteh Euer Exzellenz nicht«, stotterte ängstlich der Alte. »Laß Er's gut sein«, sagte Süß, die letzten Bissen kauend, »und leucht Er mir!« Das Kabinett blieb im Dunkeln; geführt von der kleinen Laterne des Mannes, schritt Süß durch finstere Saalfluchten in den Haupttrakt des Schlosses.

Hier saßen, in einem Nebenraum, die Führer des katholischen Projekts, Generale, Minister. Sie waren lauter Württemberger unter sich. Die würzburgischen und bayrischen Herren, der Gesandte der Apostolischen Majestät, sie hatten sich alle, ach wie hurtig!, trotz Sturm und Wetter davongemacht; sogar der Astrologus des Fürstabts von Einsiedeln mitsamt seinem Fensterschweiß, Kolben, Dreiecken, vielfigurigem Hemd war, ungeachtet er die Stunde als sternrecht befunden hatte, eilends verschwunden. Da saßen nun die schwäbischen Herren, fahl, schwitzend, in dicker, angestrengter Ratlosigkeit. Atmeten auf, als Süß kam, schauten ihm als dem Retter in gespannter Hoffnung entgegen.

Der Jude schickte lind, ruhig, fast lächelnd seine braunen Augen über die hilflose Runde. Sagte dann zu dem massigen Major Röder, der mehr als die anderen stier und dumm dasaß: »Sie sehen nicht recht klar, Herr Major, was in dieser seltsamen Situation zu tun ist?« Er trat sehr nahe an den stumpfen, verständnislos schauenden Mann und sagte, sehr liebenswürdig: »Verhaften Sie mich: und wer immer Oberhand behält, Sie sind für alle Fälle salviert.« Das sagte er ganz leicht, höflich, fast konversierend.

Verblüfft schauten die Herren. Aber dann stieg es auf, stieg es in ihre Augen, ein hartes, arges Glitzern. Es war nicht ganz klar, wo der Jude hinauswollte; aber soviel war gewiß: wenn man ihn packte, wenn man ihn festsetzte, dann war einer da, der ganz vorne stand, auf den alle Wut zuerst sich stürzen, alles Übelste abgeladen werden konnte. Eine lange Minute war es totenstill in dem Raum. Alle, mit den gleichen Worten fast, in der gleichen Folge fast, dachten die nämlichen Gedanken. Und alle mündeten in den Entschluß: Ja! Den Juden packen! Das ist die Rettung! Der Jud muß hängen!

Und auf solche Art war doch was getan. Auf solche Art saß man doch nicht länger in dieser drückenden, albernen, beschämenden Angst. Man stellte doch, Kreuz und Türken!, in der Bataille seinen Mann: was war denn das für ein dummes, dreckiges, hosenbekleckerndes, hündisch übles Gefühl gewesen, in das man sich da hatte hineinjagen lassen, das einem so widerwärtig Herz und Magen heraufgekrochen war. Herrlich, daß man jetzt auf so gute Manier aus diesem Schweinezustand herauskam. In einer Minute wird man die ganze scheußliche, jämmerliche, lamentable Depression hinter sich und vergessen haben.

Und da stand auch schon der Major Röder auf. Er war ganz, vor sich und den anderen, Patriot, Christ, Soldat. Massig kam er, charaktervoll, von seinem Recht und seiner Biederkeit innig überzeugt, auf Süß zu, legte ihm die unförmige, behandschuhte Tatze auf die schlanke, elegante Schulter, öffnete schwer den harten Mund: »Im Namen der Herzogin und der Verfassung: ich verhaft Ihn, Jud.«

In einem einzigen Augenblick hatte sich die beklemmende Stille in tobendes, sieghaftes, tierisches Grölen gelöst. Der Jude lächelte still, einsam, sehr fern. Durch kotiges Geschimpf, ihn stoßend und tretend, mühten sich die Herren, das Bild dieses Lächelns nicht in ihr Inneres dringen zu lassen.

FÜNFTES BUCH

DER ANDERE

Wo Morgenland und Abendland ineinandergehen, winzig klein, liegt das Land Kanaan. Und Mittagland, das uralte Mizraim, streckt seine Zunge vor, leckt hinein in die Bindung. Wo die Wege des Westens die Wege des Ostens treffen, liegt die Stadt Jerusalem, die Burg Zion. Und wenn sie sich zum Gotte Israels bekennen, dem Einen, Überwirklichen, Jahve, bei Sonnenaufgang und Sonnenuntergang, dann stehen die Juden mit geschlossenen Füßen und schauen nach der Stadt Jerusalem, nach der Burg Zion, die des Westens schauen nach Ost, die des Aufgangs nach West, alle zur gleichen Stunde, alle nach der Stadt Jerusalem.

Vom Abendland her schlägt eine wilde, ewige Welle nach dem Lande Kanaan: Durst nach Leben, nach Persönlichkeit, Wille zum Tun, zur Lust, zur Macht. Raffen, an sich reißen, Wissen, Lust, Besitz, mehr Lust, mehr Besitz, leben, kämpfen, tun. So klingt es vom Westen her. Aber im Süden unter spitzen Bergen liegen in Gold und Gewürz tote Könige, der Vernichtung herrisch ihren Leib versagend; in die Wüste gesetzt, in kolossalischen Alleen höhnen ihre Bilder den Tod. Und eine wilde, ewige Welle schlägt von Mittag her nach dem Lande Kanaan: wüstenheißes Haften am Sein, schwelende Begier, nicht die Form und Bildung, nicht den Körper zu verlieren, nicht zu vergehen. Aber von Ost her klingt sanfte Weisheit: schlafen ist besser als wachen, tot sein besser als lebendig sein. Nicht widerstreben, einströmen ins Nichts, nicht tun, verzichten. Und die milde, ewige Welle verebbt von Morgenland her nach Kanaan.

Ewig fluten die drei Wellen über das kleine Land und münden ineinander; die helle, rauschende vom Wollen und Tun, die heiße, glühende vom herrischen Nicht-dem-Tod-sich-Fügen, die milde, dunkle vom Verströmen und Verzichten. Still und aufmerksam liegt das winzige Land Kanaan und läßt die Wellen über sich hin und ineinander fluten.

In dem winzigen Land, helläugig, hellhörig, saß das Volk Israel. Lugte nach Osten, lauschte nach Westen, spähte nach Mittag. Es ist ein so kleines Volk, und es sitzt zwischen Kolossen: Babel-Assur, Mizraim, Syrien-Rom. Es muß scharf aufpassen, will es nicht unversehens zerdrückt werden oder in den Riesen zergehen. Und es will nicht zergehen, es will dasein, es ist ein kluges, kleines, tapferes Volk, es denkt nicht daran, sich zerdrücken zu lassen. Die drei Wellen kommen, in ewigem Gleichmaß, immer wieder. Aber das kleine Volk hält stand. Es ist nicht dumm, es wehrt sich nicht gegen das Unmögliche; es duckt sich, wenn eine Welle gar zu hoch einherkommt, und läßt sich ruhig bis über den Scheitel überspülen. Aber dann taucht es wieder hoch und schüttelt sich ab und ist da. Es ist zäh, aber nicht töricht obstinat. Es gibt sich allen Wellen hin, doch keiner ganz. Nimmt sich aus den drei Strömungen, was ihm tauglich scheint, paßt es sich an.

Die ständige Gefährdung zwingt das kleine Volk, keine Bewegung der gigantischen Nachbarn zu übersehen, immer vorsichtig zu spüren, zu wittern, zu sichten, zu erkennen. Sichtung, Einordnung, Erkenntnis der Welt wird ihm zur Natur. Es wächst ihm eine große Liebe zum Mittel solcher Erkenntnis, zum Wort. Durch Religionsgesetz ächtet es den Analphabeten, Kenntnis der Schrift wird göttliches Gebot. Es zeichnet auf, was ihm die drei Wellen bringen. Wandelt in eigene, selbstschaffene Worte die helle, schmetternde Lehre vom Tun, die dumpfe, schwelende vom Trotz zur Unsterblichkeit, die linde, verrieselte von der Seligkeit des Nichtwollens und Nichttuns. Und das kleine Volk schreibt die beiden Bücher, die von allen am meisten das Gesicht der Welt veränderten, das große Buch vom Tun, das Alte Testament, und das große Buch vom Verzicht, das Neue. Trotz zur Unsterblichkeit aber bleibt der Grundton in allem seinem Leben und Wort.

Die Söhne des kleinen Volkes gingen aus in die Welt und leben die Lehre des Westens. Wirken, ringen, raffen. Doch sie sind trotz allem nicht recht heimisch im Tun, sie sind zu Hause auf der Brücke zwischen Tun und Verzicht. Und immer wenden sie sich, schauen zurück nach Zion. Oft wohl, in der Erfüllung des Siegs, in der Erkenntnis der Niederlage, mitten im rasendsten Lauf bleiben sie stehen, überschauert, hören aus tausend Schällen heraus eine ganz leise, verrieselnde Stimme: nicht wollen, nicht tun, verzichten auf das Ich.

Und mancher von ihnen schreitet den Pfad ganz aus: vom rasenden Wirbel des Tuns, aus Macht, Lust, Besitz über den Trotz gegen die Zerwesung zur seligen Ledigung und Lösung, zur Verebbung in Nichtwollen und Verzicht.

Durch Nacht, Wolken, Sturm jagten die Kuriere nach Stuttgart. Zu den Herren des Parlaments, zu Remchingen, zur Herzogin. Sie überholten die Kutsche mit den Deputierten, die beim Herzog gewesen waren. Vor den Deputierten schon passierte die Kunde vom Tod Karl Alexanders das Tor, flackerte schüchtern durch die dunkle, stille Stadt, in der doch überall Geraun und Fieber war. Auf die Straßen, zum Nachbarn, eilten die Bürger. Ist es wahr? Die Strafe Gottes, der sichtbarliche Finger des Herrn. So erschütternd groß und unwahrscheinlich die Erlösung. Aber ist es auch wahr? Ist es keine Falle? Zaghafte Lichter brannten auf in den Häusern. Verstärktes Geraun, erste, unterdrückte Freudenrufe. Auf einmal zuckte ein Gerücht auf, alles wieder austretend: es war nur ein Anfall, der Herzog ist zum Leben zurückgebracht. Wie sie nach Hause schlichen, sich duckten, die Lichter löschten. Bis endlich, endlich Gewißheit kam, unzweifelbare Nachricht, vom Rathaus herab verkündet wurde: der Herzog ist tot. Jetzt toste der lang gezügelte Jubel los. Umarmen, Beten. Freude auf allen Gesichtern als der Geretteten. Lichter und Feiertag. Der schweinsäugige Konditor Benz malte, mit seinen Kumpanen aus dem »Blauen Bock«, ein Transparent, auf dem über einer Kirche mit zwei Türmen ein geflügelter Teufel einen Menschen wegtrug. Untenhin mit riesigen Lettern setzte er den Reim: »Schaut, wie den Renegat ums Gold / Leibhaftig hier der Teufel holt.« Mit freudezitternden, schwitzenden Händen stellte er das Transparent ins kerzenstrahlende Fenster, jubelte, wie die Menge davor stehenblieb, den Reim durch die Stadt trug. Bald hieß es überall, den Herzog habe der Teufel geholt. Habt ihr nicht gehört, was für schwarzblaues, gräßlich entstelltes Gesicht die Leiche hat? Mit den Krallen erwürgt hat Beelzebub den ketzerischen Fürsten.

In flatteriger Fassungslosigkeit saß Marie Auguste in ihrem Kabinett. Um sie der Hofkanzler Scheffer, der General Remchingen, ihr Beichtiger, der Kapuzinerpater Florian. Sie saß in einem entzückenden Negligé, das heute früh erst durch Spezialkurier aus Paris angelangt war, und sie mußte immer denken, wie schade es sei, daß sie das Negligé nicht schon einen Tag vorher gehabt hatte. Dann hätte sie es in jener Abschiedsnacht getragen, und Karl Alexander hätte es noch gesehen. Nun war er gräßlich tot und wird sich nie an keinem Negligé und keiner Frau mehr freuen. Sie empfand es wie eine gute Tat, daß sie wenigstens in der letzten Nacht Karl Alexander so willig gewesen war. Von unten her dröhnte der Jubel der Stadt über den Tod des Herzogs.

Der massige Remchingen, in aller Angst und Betretenheit unwillkürlich und ohne Gedanken an den nackten Armen Marie Augustens fressend, knurrte, berstend vor machtloser Wut: Dreinhauen! Dreinhauen! Trotz allem das Projekt durchführen. Man habe die Soldaten. Er stehe für die Soldaten. Schön, ein paar Regimenter werden meutern. Er werde füsilieren lassen. Man vereidige eben auf die Herzogin. Semiramis. Elisabeth. Katharina. Dreinhauen! Dreinhauen! Ängstlich wehrte der schlotterichte Hofkanzler. Nur um Gottes willen jetzt kein Blutvergießen. Der Putsch sei erledigt und vorbei. Nur behutsam jetzt und legitim. Alles legitim. Das Testament gebe Handhaben. Ähnlich argumentierte Pater Florian, doch bestimmter und minder furchtsam. Die rasche Phantasie des Kapuziners spann an einer luftigen Kette. Er, der staatskluge Mann, als Beichtiger der regierenden Herzogin, an dieser vielleicht wichtigsten, aussichtshellsten Stelle im Reich. Er träumte sich schon, während er leise, vorsichtige Worte setzte, als deutschen Richelieu oder Mazarin. Aber Marie Auguste war, während ihr pastellfarbener, kleiner Eidechsenkopf aufmerksam zu lauschen schien, sehr abwesend, sie dachte an Karl Alexander, an das Negligé, an den zu bestellenden Witwenschleier – man konnte das sehr pikant und kleidsam machen, selbst die häßliche Herzogin von Angoulême hatte gut darin ausgesehen –, und nachdem die Herren höchst positive Vorschläge gemacht hatten, sagte sie unvermittelt mit kleiner, wichtiger Stimme: »Que faire, messieurs? Que faire?«

Der engere Ausschuß des Parlaments trat noch in der Nacht zusammen; auch anderen Parlamentariern konnte man es nicht verwehren, an der Sitzung teilzunehmen. Dieser wichtig sich gehabende Jubel, dieses Machtgespreiz. Die Herren taten so, als sei der Tod des Herzogs ihr persönliches Verdienst, als hätten sie umsichtig und staatsklug diese einfachste Lösung der Krise herbeigeführt. Der Parlamentarier Neuffer glaubte wirklich, er sei der Urheber der absonderlichen Errettung. Düster phantasierend spann er sich, Tatsächliches und Gehörtes umbiegend und geheimnisvoll belichtend, eine abenteuerliche Intrigengeschichte zusammen, und er saß als Spinne und Fadenlenker mitteninne. Hatten nicht seine dringlichen Reden den Kammerdiener Neuffer, seinen Vetter, von der Verderblichkeit des Despoten überzeugt, ihn, freilich ohne daß er es eingestand, zur Sache der Verfassungspartei bekehrt? Zweifellos hatte der vertraute Diener die Dosis des Aphrodisiakums so verstärkt, daß bei der Lebensweise und der Verfettung des Herzogs der Schlag mit Notwendigkeit eintreten mußte. Er hatte schon bei Medizinern herumgefragt; alle hatten es ihm bestätigt, daß unter so beschaffenen Umständen die Katastrophe eintreten mußte, wofern Gegenmittel nicht sogleich zur Stelle waren. Und sie waren nicht zur Stelle, Karl Alexander starb – war dies Zufall, ho?, oder hatte vielleicht eine sachte, kluge Hand es so eingerichtet? –, Karl Alexander starb ganz allein. Nicht einmal sein Beichtiger war da, seine Ketzerseele in den Ketzerhimmel zu steuern; kein Lakai war auf den Korridoren, alle Dienerschaft war – merkt ihr was? – im anderen Flügel des Schlosses, um dem Tanzen zuzuschauen. Einsam, wie ein Hund, verreckte der Despot. Diesen abenteuerlichen Roman, dem Wissenden schon dadurch hinfällig, daß der Schwarzbraune und nicht der Neuffer den Trank gemischt hatte, flüsterte, teuflisch und bedeutungsvoll grinsend, der finstere Mann seinen Parlamentskollegen zu, und der Tod des Herzogs just in diesem Moment war ja auch ein so unwahrscheinliches Glück, daß viele geneigt waren, der Erzählung des dunklen Fanatikers zu glauben. Schon rückten sie und doch bewundernd von ihm ab, und einsam sonnte sich der Stuttgarter Brutus in seiner düstern Größe.

Die anderen, geschwellt, machten Pläne. Schon war die Freude über die Errettung verdrängt von dickem Besitz-, Macht-, Rachegefühl. Ho! Jetzt war man obenauf! Ho! Jetzt wird man heimzahlen, dem Juden, den Ketzern, allen, vor denen man hat kuschen müssen. Es war klar, daß der Herzog Rudolf von Neuenstadt Obervormund des kleinen Herzog-Nachfolgers werden mußte, wie immer das Testament Karl Alexanders lauten mochte. Auf den konnte man sich verlassen. Der war guter Protestant und von ihrer Partei. Noch morgen wird man ihn beschicken. Und heute noch, heute nacht noch wird man den Ketzern und Landverderbern und Judenzern zum Tanz aufspielen. Ans Militär wagte man sich nicht heran; aber was an Zivil von der Süßischen Partei in Stuttgart, nicht in Ludwigsburg, war, packte man noch in derselbigen Nacht. Es war ähnlich wie nach dem Tode Eberhard Ludwigs beim Sturze der Gräfenitzischen. Die Büttel und Gerichtsdiener gingen herum, verhafteten, schleppten die Gestürzten, schief Blickenden, wild Fluchenden, giftig Schimpfenden, verächtlich Bettelnden und Lamentierenden durch das gaffende, höhnende, jubelnde Volk auf die Wache. In Haft die Bühler, Mez, Hallwachs, in Haft die Lamprechts, Knab, ja selbst der Hofkanzler Scheffer.

Knirschend schaute Remchingen zu. Ausdrückliche Ordre der Herzogin verbot ihm, einzuschreiten. Aber sollen sie sich nur ans Militär wagen! Einen einzigen von seinen Offizieren sollen sie anlangen mit ihren stinkigen Pöbelfingern! Dann ist er nicht mehr zu halten, dann haut er drein! Doch in weitem Bogen gingen die Beauftragten der Landschaft um die Militärs herum.

Von *einem*, merkwürdigerweise, sprach man in Stuttgart nicht oder nur leise, ihn streifend, den Namen nicht nennend. Und doch war der *eine* der letzte Untergrund all ihrer Gedanken, heimliche Hoffnung der Herzogin und der Militärs, heimliche Furcht des Parlaments und der Bürger. Was tat Süß? Wo setzte er an? Wird er angreifen? Oder wie, der Aalglatte, Teufelsgewandte, sich verteidigen? Er war in Ludwigsburg, man hatte keinen Buchstab Nachricht von ihm, keine Depesche, nichts. Der erste Schimmer des Tages graute herauf, ein warmer, regnichter Märzmorgen. Man war todmüde und zerschlagen nach der wirren Nacht mit ihrem Auf und Ab, streckte sich aufs Lager. Und noch immer keine Depesche von dem Juden. Es war hinterhältig, rücksichtslos, gemein. In die ersten Träume hinein glitt den verbissen Wütenden um die Herzogin, den triumphierenden Parlamentariern, den Gestürzten, Verhafteten dumpf Furcht und Hoffnung: Was tat Süß?

In Ludwigsburg diktierte der Doktor Wendelin Breyer den ärztlichen Befund. Zusammen mit den Kollegen Georg Burkhard Seeger und Ludwig Friedrich Bilfinger und in Gegenwart des Regierungspräsidenten von Beulwiz und des Hofmarschalls von Schenk-Kastell hatte er die Leichenöffnung vorgenommen. Alle drei hatten die Leibärzte, während sie an der Leiche herumschnitten, die gleichen Gedanken: Ei du! Jetzt liegst du fein still, stößt nicht mit dem Fuß, schmeißt mir keine Medizinflasche an den Kopf. Aber ihre Mienen blieben ernsthaft und voll gravitätischer Trauer, wie es Wissenschaftlern ziemt. Und jetzt diktierte der Doktor Wendelin Breyer mit seiner hohlen Stimme und mit großen, flatterigen Bewegungen das umständliche und gewissenhafte Judicium medicochirurgicum, den Befund des Kollegiums. »Aus diesem Viso reperto«, diktierte er, »erhellet genugsam, daß Seine Hochfürstliche Durchlaucht nicht an einem Schlagfluß, nicht an einer Inflammation oder Gangraena, nicht an einem Blutsturz, auch nicht an einem Polypo etc., sondern an einem Steckfluß verschieden und in dem Blut recht ersticket ist. Zu dieser so schnellen Veränderung hat ohne allen Zweifel Gelegenheit gegeben einesteils der ehemals öfters rekurierte, letzthin aber allzu heftig ausgebrochene Spasmus diaphragmatis etc. und der große, das Zwerchfell über sich pressende, mit vielen Blähungen angefüllte Magen, andernteils aber die ad stagnationem sanguinis plenariam, ob atoniam et debilitatem connatam (allermaßen die betrübte Erfahrung nur allzu deutlich zeigt, daß die meisten Durchlauchtigen Fürsten vom Haus Württemberg an Brustzuständen dahingehen) ohnehin disponierte Pulmones.«

In Stuttgart wurde unterdes, schon am Tag nach dem Tode Karl Alexanders, sein Testament eröffnet. Das Testament setzte in seiner ursprünglichen Fassung die Herzogin zusammen mit dem Herzog Karl Rudolf von Neuenstadt als Vormünder ein. Ein späteres, von den Geheimräten Fichtel und Raab veranlaßtes Kodizill bestimmte indes den Erzbischof von Würzburg als Mitvormund, ein zweiter, von Karl Alexander erst kurz vor seinem Tod unterschriebener Zusatz stattete den Bischof mit besonderer Machtvollkommenheit aus.

Sogleich fuhr eine Deputation des Elfer-Ausschusses nach dem stillen Neuenstadt zu Herzog Karl Rudolf, ihn um sofortige Übernahme der Regentschaft untertänigst zu bitten. Karl Rudolf war ein karger, hochbetagter Herr. Er hatte in Tübingen studiert, in jungen Jahren schon die Welt von allen Seiten berochen, war in der Schweiz, in Frankreich, England, in den Niederlanden gewesen. Er hatte dann venezianische Dienste genommen, in Morea gefochten, sich bei der Belagerung von Negroponte groß ausgezeichnet. Hatte als Freiwilliger in Irland gekämpft, im spanischen Erbfolgekrieg die zwölftausend dänischen Söldner geführt, den blutigen Sieg bei Ramillies hatte er entschieden. Prinz Eugen und Marlborough schätzten ihn hoch, sein Name glänzte unter den Heerführern Europas. Plötzlich dann, als durch den Tod seines Bruders ihm die Württembergisch-Neuenstädtischen Apanagegüter zufielen, legte der Fünfzigjährige alle Kriegsstellen nieder, zog sich in die kleine Stadt zurück, lebte als Bauer, als strenger, gewissenhafter Hausvater seines kleinen Volkes.

Er hatte keinen Verkehr mit Karl Alexander gehabt. Der prächtige Fürst mit seinem üppigen Hof, seinem frechen, gaunerischen Juden war ihm tief zuwider. Er war ein strenger, karger Herr und nun über siebzig. Er liebte seine kleine, versponnene, umblühte Stadt; sprach man von Marie Auguste, der Ketzerin, der frivolen Liebhaberin von Putz und Komödianten, verzog er sauer und angeekelt die harten Lippen. Er war klein, dürr, etwas schief, sein Wort von militärischer Kürze, seine Kleidung und sein Hofhalt streng geregelt, sauber, schäbig. Er sagte: Pflicht! Er sagte: Gerechtigkeit! Er sagte: Autorität! Er war trotz seines Alters ein starker Arbeiter.

Er hörte die Stuttgarter Herren schweigend an, ließ sie ihre umständlichen Sätze zu Ende reden und wiederholen und schwieg noch immer. Er war sehr betagt, er wäre gern seine wenigen Jahre noch in seiner kleinen, umblühten Stadt geblieben, hätte, ein alter Bauer, seine Felder inspiziert und seine Weinberge und die einzelnen seiner Untertanen beaufsichtigt, wie sie ihre Kinder hielten und ihr Vieh. Nun legte Gott ihm alten Mann diese harte Arbeit auf, das verlotterte Land zu säubern und auszumisten, sich vor seinem Sterben noch mit Kaiser und Reich herumzuschlagen, sich mit dem fetten, schlauen Jesuiten von Würzburg abzuärgern. Gott kommandierte; er war Soldat und kannte Subordination, hielt Disziplin, fügte sich. Er sagte den Stuttgartern, er nehme die Verweserschaft an, doch unter dem Beding, daß kein zweiter Vormund neben ihm sei, die Herzogin nicht, die Katholikin, die Regensburgerin, und gar erst nicht der Jesuit, der Würzburger. Er sagte, er werde schon anderntags in die Residenz kommen.

Sehr vergnügt fuhren die Stuttgarter zurück. Das war der Mann, den sie brauchten. Der wird mit dem Remchingen fertig werden und auch mit dem Juden, von dem man, seltsamerweise, noch immer nichts hörte.

Remchingen schlug sogleich wild um sich. Er haßte den dürren Neuenstadter von je, hatte sich öfters lustig gemacht über den Filz und Kleinkrämer. Jetzt stützte er sich auf das Kodizill des Testaments, auf die Vollmachten des Fürstbischofs von

Würzburg, auf die Truppen, die ihm ergeben waren. Er verweigerte dem Herzog-Verweser die Handtreue, nahm von ihm keine Parole an, verbot beides auch seinen Untergebenen, vereidigte sie auf Karl Alexanders Testament. Verstärkte ohne Wissen und gegen den Willen des Herzog-Verwesers die Stuttgarter Garnison, gab den Kommandanten der Festungen und der Garnisonen im Land Weisung, keine Ordres anzunehmen als unmittelbar von ihm oder der Herzogin. Um die Armee gegen Karl Rudolf aufzureizen, sprengte er aus, der neue Herr gehe mit dem Parlament auf eine Verringerung des Heeres aus, große Entlassungen stünden bevor.

Unter solchen Umständen zog Karl Rudolf still und karg in Stuttgart ein, bezog Wohnung in einem Nebenflügel des Schlosses, wollte der Herzogin-Witwe seine Aufwartung machen, die nahm ihn nicht an. Er kümmerte sich nicht darum, saß, der Einundsiebzigjährige, andern Morgens schon um sechs Uhr, wie er es gewohnt war, bei der Arbeit. Er mistete, zunächst in der Hauptstadt, rücksichtslos aus, alle unzuverlässigen Beamten wurden entlassen, ihre Papiere beschlagnahmt, viele verhaftet. Die Mehrzahl der Führer der katholischen Partei war bereits geflohen.

Im Volk verhöhnte man laut und allenthalben den toten Herzog, der noch nicht unter der Erde lag, die Herzogin-Witwe, die grollend und zappelig und machtlos in ihren Zimmern saß. Der Herzog-Verweser ließ strenge Ordres ausgehen, die solche Äußerungen verboten. Er sagte: Pflicht! Er sagte: Gerechtigkeit! Er sagte: Autorität!

Mit anderen wurde auch der Konditor Benz, der das poetische Transparent mit dem Herzog und dem Teufel fabriziert hatte, infolge solcher Ordres drei Tage auf die Bürgerwache gesetzt. Hierbei holte sich der schweinsäugige Mann eine starke Influenza. Wieder in seinem Haus, mußte er sich ins Bett legen, er trank allerlei Tee, bald wußte man, er wird nicht mehr aufkommen. An seinem Lager standen seine Freunde aus dem »Blauen Bock«. Er feixte schief: »Unterm vorletzten Herzog regierte eine Hur, unterm letzten ein Jud, unterm jetzigen ein Narr.« Er tobte gräßlich, als er starb, spie scheusälige, kotige Flüche von sich. Im »Blauen Bock« sagten sie, der Ketzerherzog und sein Jud seien jetzt auch am Tod dieses guten Bürgers schuld.

Marie Auguste arbeitete mit Remchingen wild und fahrig

gegen Karl Rudolf und das Parlament. Es schmeichelte ihr, sich als große Frau bewundern zu lassen. Die erste Dame Deutschlands war sie lange genug gewesen, jetzt reizte es sie, ein weibliches Gegenspiel zu dem jungen Preußenkönig zu werden, der eben den Thron bestieg. Ei, sie wird der katholische Widerpart dieses großen Protestanten sein. Hatte sie nicht den Kaiser, Kurbayern, ihren Vater, ja selbst Frankreich für sich? Sie sollte, die kluge, mondäne Frau, es nicht aufnehmen können mit diesem alten Kracher und Bauern und versauerten Trottel und Tappergreis, dem frechen Usurpator Karl Rudolf? Zusammen mit Remchingen, ihrem Kapuzinerpater Florian und ihrem Bibliothekar Hophan, den sie für einen großen Politikus ästimierte, spann sie unzählige, kleine, kindische Intrigen, schmollend, wenn etwas nicht sogleich gelang. Tausend Depeschen liefen, nach Wien, nach Würzburg, nach Brüssel zu ihrem Vater. Als trauernde Witwe zeigte sie sich dem Hof und dem Land, sehr ziervoll der kleine, langäugige, blasse Kopf in dem schwarzen Pomp. Ihr Söhnchen, den Herzog, ließ sie aus Brüssel kommen, wies die fürstliche Waise, das Kind mit den strahlend großen Augen, dem gerührten Volk.

Aber Karl Rudolf, der alte Soldat, ließ sich nicht irremachen. Er veröffentlichte eine Erklärung, er denke nicht daran, die Armee zu verringern, veranlaßte auch das Parlament zu einer ähnlichen Kundgebung. Tags darauf stellte er die Truppen unter den Oberbefehl des Generals von Gaisberg, diktierte dem schäumenden Remchingen Hausarrest, stellte Wachen vor seine Tür. Dies war kühn, es konnte Blutvergießen, Krieg, bewaffneten Widerstand von innen und von außen zur Folge haben, alles verderben oder alles retten. Es verdarb nichts. Die Truppen und mit ihnen das Land fügten sich, huldigten dem Herzog-Administrator.

Der Kaiser zögerte mit der Bestätigung dieser gewaltsamen Regelung. Die Jesuiten der Herzogin drängten darauf, daß der Wiener Hof Karl Alexanders letztes Testament für rechtsgültig erkläre, den Fürstbischof und die Herzogin als Vormünder sanktioniere. Der Fürstbischof selber reklamierte, protestierte in eigenhändigen Briefen an den Kaiser, ließ durch seinen Hofrat und Professor Ikstatt eine ausgezeichnete Deduktion verfassen, die »Württembergische Grundfeste«, in der mit scharfsichtigen Argumenten die Legitimität des letzten, angestrittenen Testaments erwiesen wurde. Man bewunderte allgemein, selbst unter den Gegnern, die Subtilität dieser Beweisführung. Aber praktische Folgen hatte sie nicht. Karl Rudolf saß, nach der Ausschaltung Remchingens, fest im Besitz der Macht, war ohne Krieg, den niemand wollte, nicht zu beseitigen. Die Proteste, Reklamationen blieben platonisch.

Der kluge Würzburger hatte anderes wohl auch nicht erwartet. Er ließ seine Maschinerie ohne inneren Schwung arbeiten, nur um das Gesicht zu wahren. Er hörte den Vortrag seines höllisch schlauen, unscheinbaren Rates Fichtel. Er pflichtete ihm durchaus bei. Hier war für jetzt mit Gewalt gar nichts auszurichten. Die Kirche hatte Zeit, die Kirche arbeitete auf lange Sicht. Es galt, nun auf den jungen Herzog zu rechnen, ihn fest im katholischen Glauben zu erziehen; er freilich, der Bischof, wird diese Frucht nicht mehr reifen sehen. Im übrigen, armer Karl Alexander! Guter, fester, angenehmer Freund! Requiescas in pace. Er wird selber Messen für ihn lesen. Was im Augenblick zu tun blieb war nur, auf gute Manier aus der württembergischen Affäre herauszukommen, unkompromittiert.

Mit größter Umsicht wurde alles, was Würzburg und die Katholischen bloßstellen konnte, aus Stuttgart vertuscht und wegpraktiziert. Einige Dokumente, die am meisten belastenden, lagen bei Remchingen in Verwahrung. Nachdem der General unerwartet in seiner Wohnung verhaftet war, glitt, nach mißglückten Bestechungsversuchen an den Wachtposten, ein Kaminfegerjunge über die Dächer der an Remchingens Wohnung anstoßenden Häuser durch den Schornstein in das Zimmer, wo jene Akten lagen, überbrachte sie glücklich den Patres der Herzogin, die Dokumente verschwanden nach Würzburg.

Unterdes hatte der alte Regent die Armee durch seine soldatische Art ganz fest in die Hand bekommen, er verschärfte jetzt die Haft des Generals, ließ ihn mit seinem Adjutanten, dem Hauptmann Gerhard, auf den Asperg schaffen.

Diese Behandlung ihres lieben, wichtigsten Helfers riß Marie Auguste aus ihrer stolzen Reserve gegen den Herzog-Vormünder. Sie bequemte sich, Karl Rudolf um eine Unterredung zu ersuchen. Der alte Herr erschien ohne Zeremonien, stand schäbig, schlotterlicht, dörfisch, schief vor der geschmückten, mit allen Mitteln moderner Kosmetik hergerichteten, lieblich duftenden Dame. Er war allein; sie hatte ihren Pater Florian bei sich, den Beichtiger, und ihren Bibliothekar Franz Josef Hophan, den Politikus, einen jungen, katzenhaft sanften, literarischen, modisch gekleideten Menschen; er war nach dem Fall Remchingens neben dem Kapuziner ihr vertrautester Berater. Karl Rudolf beäugte kalt und vorsichtig das unsympathische dreiblättrige Unkraut, das leider Gottes den guten Garten Württemberg so betrübt überwucherte. Marie Auguste ihrerseits beschaute hochmütig und leicht amüsiert den schäbigen, dürftigen, kleinen Soldaten, der sicherlich die raffinierte Manier ihres Trauerkleides nicht zu würdigen wußte. Stumm hörte Karl Rudolf ihre vielen Beschwerden an. Seine Stummheit reizte sie, sie wurde hastiger, zählte neben Bedeutsamem lächerliche Kindereien auf, verhaspelte sich; ihre Beiständer mußten ihre Reden wieder ins rechte Garn bringen. Verächtlich und angewidert hörte Karl Rudolf zu, wie sie, gewöhnlich am falschen Ort, mit wichtigem Gehabe juristische Fachworte gebrauchte. Die heiligen Begriffe Reversalien, bürgerliche Freiheiten schienen ihm profaniert in diesem kleinen, törichten, dirnenhaften Mund. Er antwortete kurz, behutsam, grob, griff geschickt auf, was sie Unsinniges gesagt hatte, die Einwände und Korrekturen des Kapuziners und des feinen Bibliothekars überhörte er hart und verächtlich; er hatte, der Fürst, nur mit der Fürstin zu tun. Er schalt Marie Auguste, sie sei übel beraten und es stehe ihrer Dignité nicht an, Remchingen, den schlechten, landesverräterischen Mann, zu verteidigen. In allen kleinen Etikettefragen, die sie groß und wichtig vorgebracht hatte, versprach er ungesäumte Abhilfe, um so fester bestand er auf allem politisch wirklich Wichtigen. Der Kapuziner und der Bibliothekar rangen die Hände, wie die Herzogin triumphierend diese kleinen Konzessionen einstrich, um dem schlauen, groben Usurpator dafür alles Wesentliche preiszugeben. Man kam schließlich noch auf die finanziellen Dinge zu sprechen. Davon verstand nun Marie Auguste gar nichts; sie stammte aus einem der reichsten europäischen Häuser, warf mit Herrschaften um sich wie andere mit Pfennigen, fand es plebejisch, von Gelddingen auch bloß zu reden. Karl Rudolf seinesteils gab sich zwar ungeheuer rechenhaft, wenn es um die Interessen des Landes ging; für sich selbst aber war er durchaus bedürfnislos, er war ein alter Herr, Kinder hatte er nicht, so war es gewiß, daß er sehr reichlich hinauslangen wird. Es fiel beiden nicht schwer, sich nobel zu zeigen, sie verständigten sich auf diesem Gebiet ohne Mühe, schieden in leidlichem Einvernehmen. Der Herzog war erstaunt und befriedigt zu der Überzeugung gekommen, Marie Auguste sei gar keine große Babel, sondern eine Gans, und die Herzogin hatte erstaunt und befriedigt wahrgenommen, Karl Rudolf war eigentlich gar kein stiernackiger, bäurisch zäher Usurpator, sondern schlechthin ein Esel. Auf Grund solcher Erkenntnis trennten sich die beiden fast mit einem gewissen überlegenen und verächtlichen Wohlwollen.

Es kam natürlich auch späterhin noch zu zahlreichen kleinen Streitereien. Doch der Herzog-Administrator war durch diese einzige Entrevue sich hinreichend klargeworden über die einzuschlagende Politik. Wollte er von Marie Auguste ein ernstliches Zugeständnis in Verwaltungsfragen erreichen, so kränkte er sie in Dingen der Etikette. Stritt ihr etwa einen Titel ab, schickte ihr einen Subalternoffizier statt des bisherigen Stabsoffiziers als Wache, schikanierte ihren Liebling, den feinen, modischen Bibliothekar. Reklamierte sie, so verlangte er mit Erfolg als Kompensation für die Abstellung solcher Mißlichkeit Konzessionen in politischen Fragen.

Zu einem ernsthaften Streit kam es anläßlich der Vorbereitungen zu Karl Alexanders Leichenbegängnis. Marie Auguste freute sich durch zwei Monate darauf, bei diesem Anlaß als die schönste und mondänste Witwe des Reichs, als die vielumstrittene große Fürstin, auf die Rom und die ganze katholische Welt ihre Hoffnung setzten, vor den Augen Europas zu paradieren. Allein der Herzog-Administrator verbot als aufreizend die Ausübung katholischer Riten bei der Bestattung; die katholischen Fürsten und Herren drohten daraufhin, der Feier fernzubleiben. Marie Auguste ärgerte sich krank und alt vor Wut. Der Kaiser mußte durch persönliches Handschreiben Karl Rudolf zur Nachgiebigkeit bringen. Die Trauerfeier wurde dann auch mit ungeheurem Gepräng vollzogen. Die endlosen Reihen der Trauerwagen, Kerzenträger, Gugelmänner, die schwarze Gala der Fürsten und Herren, Beamten, Livree. Der stundenlange Aufmarsch der Truppen. Die Glocken, Reden, Gesänge, Ehrensalven für den Toten. Und viele tausend bewundernde, begehrliche, heiße Augen auf der wunderschönen Herzogin-Witwe. Dünnstielig und geschmeidig über dem weiten schwarzen Brokat des Rockes die Taille; unwahrscheinlich weiß und edel Gelenk und Hände aus den schwarzen Spitzen der Ärmel heraus; kein Schmuck außer Stern und Kreuz des päpstlichen Ordens und eine Kette von sechzehn erlesenen schwarzen Perlen. Der Witwenschleier so gesetzt, daß sein Schwarz stumpf blieb vor dem strahlenden Schwarz des Haares. Der kleine Eidechsenkopf, klarstirnig, von der Farbe alten edlen Marmors, äugte bei aller fernen Hoheit ziervoll und begierdenweckend. So sonnte sich Marie Auguste in Trauer und großem Glanz.

Es war übrigens ein leerer Prunksarg, für den die Glocken läuteten, die Reden klangen, die Gesänge feierlich hochstiegen, die Salven der Geschütze krachten. Der tote Karl Alexander war während des Streites seiner Witwe mit dem Herzog-Vormünder trotz der Balsamierungskünste seiner Ärzte so zerwest und stinkend geworden, daß man ihn lange vor der offiziellen Trauerfeier in aller Stille in der neuen Gruft von Ludwigsburg hatte beisetzen müssen.

Die Diplomaten und Militärs, die in Ludwigsburg vom Tod Karl Alexanders überrascht worden waren, blieben zunächst sehr still und abwartend. In der Person des verhafteten Süß hatten sie für alle Fälle einen Beweis ihrer staatstreuen Gesinnung. Schon nach wenigen Tagen war auch den Schwerfälligen klar, daß die Verfassungspartei selbstverständliche Siegerin bleiben mußte und daß an Militärrevolte und katholisches Projekt nicht mehr zu denken war. Nur ganz wenige völlig Verbohrte unter Führung eines Prinzen Waldeck lehnten es ab, sich auf den Boden der Tatsachen zu stellen. Die anderen hatten nie an gewaltsamen Umsturz gedacht, alle ihre Maßnahmen waren natürlich immer im Rahmen der Verfassung und unter Voraussetzung parlamentarischer Billigung geplant gewesen. Es gab einen einzigen Verbrecher und Gewaltmenschen, Urheber alles Schlechten, Hebel allen Unheils, Ratgeber allen Übels, der den guten Fürsten verleitet und alle seine edlen Pläne ins Gegenteil verkehrt hatte, Landverderber und Schelm und Schurken, einen einzigen, den Juden. Und wie rein und staatstreu man sich selber fühlte, erhellte daraus, daß man sotanen Juden nicht hatte entwischen lassen, daß man ihn sogleich gepackt hatte.

Nun war ja die Verhaftung des Süß eigentlich sehr einfach gewesen und nicht gerade sehr glorios und dem Prestige der Herren förderlich. Man mußte also die simple Manier, wie man in Ludwigsburg seiner habhaft geworden, ein weniges ausstaffieren und nobler und romantischer machen. Durch Stuttgart ließ man das Gerücht wispern, schon ward es lauter, war Gewißheit, Süß habe sich gleich nach dem Tode des Herzogs aus Ludwigsburg fortgestohlen, sich in die Hauptstadt in sein Haus geschlichen, sich dort verborgen gehalten, schließlich unter Mitnahme von Preziosen und belastenden Papieren ins Ausland zu fliehen versucht. Aber die braven Offiziere, voran der wackere Major Röder, der Biedermann und gute Protestant, den die ganze Stadt liebte und ehrte, hatten Aufenthalt und Flucht des Kujonen gerade noch rechtzeitig ausgespäht. Man erzählte genaue Einzelheiten, Süß habe sich durch die Weinberge geschlichen, sei auf der hintern Kriegsbergstraße schon eine gute Strecke weit entkommen. Da aber hatte der Major Röder seine besten Stadtreiter genommen – sogar die Namen wußte man, Guckenberger, Trefts, Weis, Mann, Meier –, und so zu sechsen seien sie ihm nachgebraust. Auf der Kornwestheimer Höhe hätten sie den Flüchtling eingeholt. Mit gespannter Pistole habe der wackere Röder ihm sein Halt! entgegengedonnert. Nichts habe dem Juden seine Unverschämtheit, sein Geschrei und seine Drohungen geholfen. Die wackeren Stadtreiter hätten seinen Wagen gewendet, und jetzt, jetzt gleich werden sie ihn über die Galgensteige durch das Ludwigsburger Tor einbringen.

Eine festlich grölende Menge erwartete die Kutsche mit dem Häftling. Derbe Witze, frohe Erregung, Lausbuben hoch auf den Bäumen, auf den Vorsprüngen des Tors. In dem Wirtshaus »Zum Blauen Bock«, hart am Tor, saß mit anderen wohlhabenden Bürgersöhnen der junge Langefaß, ein aufgeräumter, fetter Bursch, sehr blond, rotes Gesicht mit blauen, kleinen Augen. Der bewirtete seine Kumpane mit altem Uhlbacher, scherzte lärmend mit den Mädchen, es war eine lustige Gesellschaft, angeregt wie beim letzten Karneval. Als endlich unter gellendem Geschrei die Kutsche mit Süß das Tor passierte, von Röder und seinen Reitern eskortiert, stürzten sich etliche vom Tisch des jungen Langefaß auf den Wagen, rissen den Gefangenen heraus, stauchten ihn hin und her, pufften ihn, schlugen ihn, stießen ihn, zerrten ihn. Der junge Langefaß ließ derweilen den Major Röder hochleben, der nahm das Glas an, tat schmunzelnd Bescheid, während das Volk den Juden verprügelte. Süß benahm sich übrigens keineswegs geduckt und ängstlich, er hieb kräftig zurück, einem Knirps, der sich in seine Wade verbiß, gab er eine Maulschelle, daß der Junge unter die Beine der Nachdrängenden kollerte; auch erwiderte er kräftig die Flüche und Beschimpfungen seiner Angreifer. Es war keine fanatische, sondern eine sachliche, saftige Rauferei. Aber schließlich wäre der Jude, trotzdem es dem Volk eine im Grund harmlose Angelegenheit war, aus purem Gaudium totgeschlagen worden, wenn nicht Stadtgrenadiere dazugekommen wären und ihn mit Hilfe der Stadtreiter dem Volk entrissen hätten. Erschöpft und atemlos hockte er im Wagen, zerrauft und zerrissen, voll Schmutz und Blut. Der junge Langefaß, der ein Spaßvogel war und deshalb bei den Frauen sehr beliebt, hatte witzigerweise die Perücke aufgehoben, die dem Juden bei dem Geraufe entfallen war, und trug sie zum allgemeinen Ergötzen auf seinem Stöckchen voraus. So fuhr unter Kreischen und Jubel Süß auf den Markt in das Herrenhaus.

Da dieser ihm entzogen war, fing sich der Pöbel unter Anleitung des jungen Herrn Langefaß die anderen Juden zusammen und trieb seine Kurzweil mit ihnen. Besonderen Spaß machte es, einem alten Juden, der sich verzweifelt wehrte, das grauweiße Haar und den Bart auszurupfen, wobei Langefaß unter dröhnendem Beifall etliches Witzige über Läuse von sich gab. Ein junges, zitterndes, nicht hübsches Mädchen, eine gewisse Jentel Hirsch, wurde unter vielem Gewieher nackt ausgezogen und nach Flöhen abgesucht. Alle Stuttgarter Juden, vom Greis zum Säugling, wurden auf solche Art von dem geschäftigen Pöbel zusammengefangen und unter einer riesigen Eskorte von Straßenjungen, unter Stein- und Kotwürfen, dem Stadtvogt überstellt. Zwei Prager Juden kamen just während dieser Vorgänge mit Eilpost an, um mit dem allvermögenden Finanzdirektor gewisse Bankgeschäfte zu regeln. Sie waren nicht sehr vertraut mit schwäbischer Politik, sie hatten insbesondere keine Ahnung, wieso das katholische Projekt mit ihren Landbankgeschäften zusammenhing; sie wußten nur, daß Süß der mächtigste Jud Europas war und daß die Judenheit Württembergs besonderen Schutz genoß. So mehr waren sie erstaunt, als sie, kaum dem Postwagen entstiegen, gepackt, geschüttelt, geprügelt, in Verhaft gebracht wurden und als sie hörten, in welchen jämmerlichen Zustand der großmächtige Finanzdirektor gestürzt war. Es kamen übrigens bei diesen Verfolgungen verschiedene Juden ums Leben, darunter drei Frankfurter Schutzjuden, weshalb die freie Reichsstadt bei der württembergischen Regierung energische Klage führte. Der Herzog-Administrator sagte denn auch: Pflicht! Autorität! Gerechtigkeit! und setzte drei von den Schuldigen für zwei Tage auf die Wache.

Ein rascher Poet brachte die Gefangennahme des Süß in eingängige Reime. Bald flog seine Dichtung durch Stuttgart und durchs ganze Land; insbesondere zwei Verse wurden allenthalben zitiert und prägten sich jung und alt fürs Leben ein: »Da sprach der Herr von Röder: / Halt! oder stirb entweder!« Die Popularität des Majors Röder hatte überhaupt durch die umsichtige Art, wie er die Flucht des arglistigen und gottlosen hebräischen Landverderbers verhindert hatte, womöglich noch zugenommen, und wo er mit seinem harten Mund, seiner niederen Stirn, seiner knarrenden Stimme auftauchte, brachten ihm begeisterte Bürger Ovationen.

Am Tage, an dem Süß nach Stuttgart eingebracht wurde, versuchte man auch sein Palais in der Seestraße zu stürmen und zu plündern. Führerin bei diesem Unternehmen war die Sophie Fischerin, die Tochter des Expeditionsrats, frühere Mätresse des Süß. Die träge, schöne, üppige Person hatte sich seltsam verändert. Sie schrie, glühte, arbeitete sich ab, dicke, blonde Strähnen zottelten ihr, Schweiß troff ihr übers Gesicht. Die Häuser der anderen Juden waren schutzlos geblieben, und manches gute Stück Hausrat, auch Schmuck und bares Geld, kam bei diesem Anlaß unter die Leute. Das Haus des Süß hingegen war durch ein starkes Militäraufgebot geschützt, Nicklas Pfäffle hatte rechtzeitig Vorsorge getroffen. Noch ein anderer hatte sich kräftig und mit Erfolg um den Schutz des Hauses bemüht, Dom Bartelemi Pancorbo. Als Regierungskommissar erschien er mit Polizei und Militär und beschlagnahmte Haus und Habe. Geleitet von Nicklas Pfäffle schlurrte er langsam durch die weiten, glänzenden, sehr geordneten Räume, äugte aus entfleischtem, blaurotem Kopf in alle Winkel. Verächtlich ging er vorbei an edlen Teppichen, Möbeln, Bildern, Nippes. Gerade von den kostbaren Steinen, nach denen sein Herz und seine Finger hungerten, war nichts da. Behutsam und mißtrauisch forschte er Nicklas Pfäffle aus; unbewegt, phlegmatisch antwortete der blasse, fette Mensch. Der Portugiese wurde drohend, aber seine modrige Stimme glitt wirkungslos ab an dem Gleichmut des Sekretärs. Schließlich verhaftete man Nicklas Pfäffle, forschte ihn peinlich aus, durchschnüffelte seine Korrespondenz. Man fand nichts und mußte den langsamen, schweigsamen, unbewegten Burschen bald wieder freilassen.

Süß wurde zunächst auf die Festung Hohenneuffen gebracht und dort nicht schlecht gehalten. Er wurde auf eigene Kosten reichlich und nach seinem Geschmack verpflegt, durfte Besuch empfangen, sich nach Belieben Garderobe und Hausrat bringen lassen. Er machte von diesen Freiheiten nicht übermäßigen

Gebrauch. Er war gern und viel allein. Dann ging er wohl auf und ab, vergnügt, schmunzelnd fast, unmelodisch vor sich hin brummend, den Kopf geruhsam listig hin und her wiegend wie ein alter Kaftanjude. Ei, wie war es gut und lieblich, in Ruhe zu sein und zuzuschauen. Rings um ihn zappelten sie sich ab. Die einen zappelten sich ab, um ihn möglichst tief zu ducken und einzutauchen, er selber zappelte, um ihnen zu entwischen, wieder an die Luft zu kommen. Hoho! Mochten sie zupacken, mochten sie ihn fangen! Die Narren die! Sie wußten nicht, daß das gar nicht er selber war, der da zappelte, den sie haschen wollten. Daß das der alte Süß war, der törichte, unwissende Süß, der noch nicht gelernt und erkannt hatte. Der wirkliche Süß, der neue Süß, hoho! – er lachte in einem wilden, hohnvollen Behagen –, der war jenseits aller Lebenszappelei, den fing kein Herzog, kein Kaiser, kein Gericht.

So hatte es die Kommission nicht eben leicht, die konstituiert war, um die vielen arglistigen, gottlosen, landesverderblichen Gewalttaten und Streiche zu untersuchen, die Josef Süß Oppenheimer, Jud und gewester Finanzienrat, mit seinen Genossen verübt hatte. Es war eine gewichtige Untersuchungskommission. An ihrer Spitze stand der Geheimrat von Gaisberg, Bruder des Generals, ein im Grunde träger Mann, der allen Dingen mit einer gewissen jovialen Barschheit beizukommen suchte; Beisitzer waren der Geheimrat von Pflug, ein hagerer, bitterer, hochmütiger Herr, angefüllt von Haß und Ekel gegen die Juden, die Professoren Harpprecht und Schöpf, die Regierungsräte Faber, Dann, Renz, Jäger, strebsame, karrierebeflissene Beamte in mittleren Jahren; Sekretäre waren der Assessor Bardili und der Aktuarius Gabler. Es bestand für diese Kommission kein Zweifel, daß Süß eine ganze Reihe todeswürdiger Verbrechen begangen hatte. Aber es zeigte sich bald, daß man ihm streng juristisch wenig anhaben konnte. Die Hauptschwierigkeit, ihn nach den Gesetzen zu verurteilen, lag darin, daß er nicht vereidigter Beamter, ja nicht einmal Staatsuntertan war. Er hatte lediglich unter dem Titel eines Geheimen Finanzienrats völlig als Privatperson dem Herzog Ratschläge erteilt. Wenn die vereidigten Minister und Räte diese verderberischen Projekte ausführten, so waren sie die Hochverräter, nicht er. So verzettelte sich die Untersuchung in der Prüfung von tausend Einzelheiten, aus denen man die Möglichkeit der Verurteilung zu konstruieren suchte. Man verzögerte die Inquisition, schleppte sie endlos hin. Warum auch sollten die Richter Eile haben? Man fühlte sich so angenehm wichtig in dieser Untersuchungskommission. Alle Bekannten fragten einen: »Nun, was habt ihr wieder Neues aus dem Juden herausgekriegt?« Es waren gewissermaßen die Augen des ganzen schwäbischen Kreises auf einen gerichtet. Dann war auch die Teilnahme an der Kommission mit sehr hohen Extrabezügen verbunden, die natürlich aus dem beschlagnahmten Vermögen des Angeklagten bezahlt wurden. Vor allem den strebsamen Beamten in mittleren Jahren kamen diese Sondereinnahmen sehr gelegen.

Die Herren verhörten Süß bald einzeln, bald in korporativen Sitzungen. Man inquirierte auf Münzverbrechen, Majestätsverbrechen, Hochverrat. Der biedere, streng rechtliche Professor Harpprecht, überzeugt, daß Süß ein Schuft, aber im Sinn des Gesetzes nicht schuldig sei, angewidert von dem Bestreben, den Juden haftbar zu machen für Verbrechen, für die andere rechtlich einzustehen hatten, zog sich bald zurück, beschränkte sich darauf, die Akten zu begutachten; sein Kollege, der Professor Schöpf, folgte ihm. Der Präsident der Kommission, der Geheimrat Gaisberg, kam allein zu Süß, haute ihm auf die Schulter, sagte in seiner barschen, jovialen Art: »Was macht Er uns und sich das Leben sauer, Jud? Daß Er auf dem Schinderkarren muß zur Hölle fahren, ist sicher. Nehm Er nicht zuviel Gepäck mit! Leg Er ein anständiges Geständnis ab!« Süß lächelte, ging auf seinen Ton ein, meinte schließlich, höher, als der Galgen sei, könnten sie ihn doch nicht hängen. Er spielte mit dem plumpen, gemütlichen Grobian, warf ihm Dinge hin, daß der schon glaubte, zupacken zu können, entzog sich ihm wieder, höflich lächelnd, ließ ihn mit langhängender Zunge stehen.

Auch die anderen versuchten, jeder für sich, ihr Glück an dem geschmeidigen Sünder. Sie besuchten ihn immer wieder, beschlichen ihn, redeten ihm gut zu, bedrohten ihn. Süß, aus seiner jenseitigen Sicherheit heraus, trieb ein fast sportliches Spiel mit ihnen, voll mildspöttischer, kopfwiegender Überlegenheit. Wie aus einem andern Erdteil, wie aus einem späteren Säkulum schaute er seinem Prozeß zu, amüsierte sich still über die Herren, ihre Besonderheiten, ihre Kniffe und Listen, ihn zu fangen. Die Armen! Wie sie sich abmühten, jagten, schwitzten! Wie sie schnüffelten, hetzten, besessen auf den Weg stierten, von dem sie glaubten, er führe hinauf. Karriere! Karriere! Und wie neugierig sie alle waren, und wie ganz fern und ohne einen

Schimmer Lichtes sie ihn beschauten, wie ohne Gefühl sie ihn betasteten, ohne Witterung ihn berochen. Dabei war der eine oder andere guten Willens, gewann im Lauf der langen Untersuchung sogar ein gewisses Wohlwollen für den Mann, der sicher ein Spitzbub, aber mit seinem behenden Witz, seiner scharfen Geistigkeit etwas sehr Ungewohntes, Aufrüttelndes war. Mit fast zärtlichem Spott sah Süß, wie sogar die beiden Sekretäre kamen, jung, dumm, schlau, streberisch, ihr Glück und ihre Geschicklichkeit an ihm zu versuchen. Die Armen, Stumpfherzigen! Süß ließ sie an sich heraufklettern wie junge Hunde und streifte sie dann sanft und lässig wieder ab.

Alle waren diese Männer mäßig begabt. Mäßig begabt von Haus aus war auch der Geheimrat Johann Christoph Pflug, der Treiber und Hebel der Untersuchungskommission. Doch ihm schärfte Judenhaß den Witz, machte ihn spürsinnig. Wäre der ehemalige Süß in der Zelle gewesen, es hätte ihm die Seele zerfressen, wieviel tausend Nuancen der hagere, scharfe, bittere Herr erfand, ihn Ekel und Verachtung spüren zu lassen. Herr von Pflug atmete nur mit Überwindung den Dunstkreis des Juden, er fühlte leiblichen Widerwillen, Übelkeit, wenn er die Zelle betrat. Aber er hielt es für seine Pflicht, diesen Verkommenen, diesen Schlechtesten der Menschen immer neu zu demütigen, seine Menschenwürde zu zerfetzen, in der Schmach dieses Halunken herumzustochern. Daß ihm dies nicht gelang, machte ihn elend, erschöpft verließ er die Zelle, um doch immer wiederzukommen. Süß schaute ihm höhnisch und mit Erbarmnis zu. Hätte der adelsstolze Herr erfahren, daß der verworfene Jud und Lump den Heydersdorff zum Vater hatte, den Feldmarschall und Baron, seine ganze Welt wäre zusammengestürzt.

Kein Advokat gab sich freiwillig dazu her, die Sache des Juden zu führen. Seine Verurteilung stand fest. Man gefährdete bei solchem Handel höchstens das eigene Weiterkommen. So mußte das Gericht dem Angeklagten einen Verteidiger stellen. Die Kommission dotierte dieses Amt sehr reich, immer aus dem konfiszierten Vermögen des Finanzdirektors, und betraute damit einen Mann aus den herrschenden Parlamentarierfamilien, den Hofgerichtsadvokaten Lizentiaten Michael Andreas Mögling. Der mußte sich also nach Stuttgart setzen und die Verteidigungsschrift abfassen, wofür er ungewöhnlich hohe Diäten bezog. Man legte ihm nahe, er solle sich nicht anstrengen, alle Welt wußte, daß diese Verteidigungsaktion eine leere Geste war. Aber der Lizentiat Mögling, ein treuherziger Blonder mit rosigem, rundem, freundlich fettem Knabengesicht, war ein redlicher Mensch, er ließ sich nichts schenken, nahm seine Sache verflucht ernst, lief, schwitzte, schrieb. Die Herren des Inquisitionsgerichts lächelten, wenn sie ihn sahen, der Jude selber lächelte. Man erschwerte dem guten Menschen seine Arbeit sehr. Wichtige Aktenstücke wurden ihm vorenthalten, die Protokolle der einzelnen Verhöre ihm geradezu verweigert. Während man sonst den Süß kaum hinderte, ungestört Besuche zu empfangen, wurde der arme Lizentiat sehr schikaniert, wenn er mit seinem Klienten schriftlich oder mündlich kommunizieren wollte. Er aber ließ es sich nicht anfechten, sondern tat redlich, beflissen und ohne Talent seine Advokatenpflicht.

Süß war noch immer auf dem Hohenneuffen, gut gehalten. Um ihn herum waren die Herren des Inquisitionsgerichts, mästeten Leib und Seele und Geldbeutel an ihm. Er aber saß still und befriedet, in einer sonderbaren, wachen Rast, er saß wie in Watte, man konnte nicht heran an ihn.

Dies nagte vor allem an dem hageren, bitteren Herrn von Pflug. Man kam nicht weiter, die Untersuchung stockte, dieser Jud und Auswurf mokierte sich über einen. Er bat Herrn von Gaisberg, eine Plenarsitzung einzuberufen, er habe einen Antrag zu stellen. Die zehn Mitglieder der Kommission versammelten sich, sahen erwartungsvoll auf Herrn von Pflug. Der stand kantig schmal, geiernäsig, dünnlippig, mit trocken gierigen, harten Augen. Sagte, man habe bisher immer nur auf Majestätsverbrechen, Hochverrat, Münzfälschung inquiriert; es sei an der Zeit, die todeswürdigen Verbrechen zu untersuchen, die der Jud auf anderem Gebiet begangen habe. Das Reichskriminalgesetz bestrafe mit dem Tod den fleischlichen Umgang eines Juden mit einer Christin. Es sei aber männiglich bekannt, auf welch säuische Art der Inquisit christliche Jungfrauen defloriert, vornehme Damen und geringe Frauenspersonen profitiert habe. Es sei an der Reihe, die Untersuchung auch auf diesen Punkt auszudehnen.

Unbehaglich schwiegen die Herren. Das war eine kitzlige Sache. Wenn man hier hineinstocherte, wo endete das? Wen alles konnte man nicht kompromittieren, wenn man diese Affäre anschnitt? Es war ja sehr reizvoll, Vorhänge und Bettlaken zu lüpfen, am Wann und Wo und Wie und Vorn und Hinten sich zu erlustieren; schon malte sich auf den Gesichtern einzelner

Herren eine leicht genierte Lüsternheit. Aber das ganze Römische Reich in diesen Sumpf schauen zu lassen, solche Courage wollte gut überlegt sein. Wer auch mochte wissen, wie viele Familien dahinein verstrickt waren, mit wem allem man sich im Lauf solcher Untersuchung verfeinden konnte. Es war eine kitzlige, eine sehr kitzlige Affäre.

Sehr ferne von solchen Erwägungen erwiderte endlich Johann Daniel Harpprecht, er sei nicht der Meinung, daß diese hohe Kommission genötigt sei, in diesen Dreck und Schweinerei ihre Nase zu stecken. Wohl sei es ein betrübtes Ding, daß so viele christliche Jungfern und Frauen sich dem Juden prostituiert hätten. Aber nur für die Fleischessünden des gewesten Finanzdirektors hätte gewiß weder der Herzog-Administrator noch das Kabinett noch das Parlament ein Sondergericht eingesetzt. Diese Vergehungen des Süß hätten Fürsten und Land nicht gefährdet. Auch sei jenes Kriminalgesetz, das auf die leibliche Vermischung von Jud und Christ den Tod setze, zwar nicht formaliter aufgehoben, aber seit zwei Jahrhunderten praktisch nicht angewandt und somit außer Schwang und Übung. Ferners gebe er zu bedenken, daß nach solchem Gesetz nicht etwan allein der Jud, sondern auch die betroffenen Christinnen Strafe des Verbrennens leiden müßten. Man möge also, eh daß man in dieser Richtung prozediere, sich die Konsequenzen gut überlegen.

Mit kaltem Fanatismus entgegnete der Geheimrat Pflug, er brauche den weisen und strengen Herren nicht zu sagen, daß sie nicht bestellt seien, hier Politik zu treiben, sondern das strenge Recht zu suchen. Hier gelte es nicht, staatsklug zu sein, sondern nur, ohne Ansehen der Person, gerecht.

Die anderen hatten mittlerweile das Für und Gegen weiter überdacht. Sie sahen sich an, erspähten prüfend heimliche Hintergedanken, geheimes Einverständnis einer im andern. Dehnte man die Untersuchung auf die Bettsünden des Juden aus, ei, den Ruf und das Schicksal wie vieler Frauen, wie vieler Familien würde man in die Hand kriegen. Man kannte Namen, es waren große, weitverzweigte Familien. Man konnte sich ja darauf beschränken zu inquirieren, konnte dann das weitere Prozedere dem Herzog-Administrator und dem Kabinett überlassen. Man brauchte ja auch nicht alles zu untersuchen, man hatte weite Vollmachten, konnte nach Belieben die hereinziehen, jene laufen lassen. Jedenfalls bedeutete solche Ausdehnung der Untersuchung für den einzelnen ungeheuren Zuwachs an Macht,

Wichtigkeit, Einfluß. Man hing wie eine blitzschwangere Wolke über dem Land, konnte nach Gutdünken treffen und verschonen. Und wie viele Heimlichkeiten wird man zu hören kriegen, die man für den Augenblick gar nicht zu nutzen braucht, die man aber nach Gutdünken später verwerten kann. Wie ein spanisches Inquisitionsgericht war man mächtig und unheimlich, wie der verborgene Rat der Republik Venedig. Das zog an, das juckte, das lockte. Was wird man für verschlossene, vielsagende Gesichter machen können! Wie viele werden einen ängstlich demütig umschleichen, beklommen lauernd, ob man sie packen oder gnädig übersehen wird. Und wie viele pikante Details wird man erfahren, mit denen man einen Freund und Bruder, Frau oder Geliebte vertraulich erfreuen, später einem fröhlichen Zecherkreis Gaudium und Schall und Gelächter bieten kann. Ein leises Schmunzeln zog über das grob joviale Gesicht des Geheimrats Gaisberg, die jüngeren Herren ließen die Mienen schlaff werden und sich entspannen, senkten halb die Lider, blinzelten. Man beschloß nach dem Vorschlag des Herrn von Pflug.

Süß wurde zuerst in einer Plenarsitzung über diesen Punkt vernommen. Die Professoren Schöpf und Harpprecht waren ferngeblieben. Süß war beleibter geworden, weniger straff, der Rücken runder. Sein Gesicht schien breiter, seine braunen Augen waren weniger gewölbt, langsamer, milder. In die Stirne begannen sich über der Nasenwurzel Furchen einzuzacken. Seine Bewegungen waren sachter, es war eine milde und listige Ruhe um ihn.

Als man ihn fragte, ob er fleischlichen Umgang mit Christinnen gehabt habe, schaute er die Richter zunächst verwundert an. Das Gesetz, das solchen Verkehr mit dem Tode bestrafte, war ihm nicht gegenwärtig, so außer Übung war es. Er hielt die Frage für höhnische Neugier, lediglich bestimmt, ihn auf irgendeine Art zu demütigen, wußte nicht, worauf man hinauswollte, schwieg. Der Geheimrat von Gaisberg drängte ungestüm weiter, er solle keine Faxen machen, sondern unverweilt die Menscher herzählen, mit denen er geschlafen habe. Der Jude sah die Herren aufmerksam an, glitt mit wägendem Blick von einem zum andern, sagte sachlich, ohne Spott, er vermöge durchaus nicht einzusehen, was das solle mit Hochverrat und Münzfälschung zu tun haben. Scharf fuhr ihn Herr von Pflug an, das sei ihre, der Richter, Sache, er möge seine jüdische Frechheit zähmen.

Süß stand, wiegte den Kopf, überlegte. Da fiel ihm jener Artikel des Reichskriminalgesetzes ein, den man seit Jahrhunderten nicht ernst genommen, den man ihm vielleicht gelegentlich im Scherz zitiert hatte. Was? Mit dieser alten, rostigen Karnevalswaffe wollte man ihn hinmetzgen, auf solche Narrenweise sollte er sterben? Mit *einem* war der alte, glänzende Süß wieder da. Er straffte sich, schickte rasche, fliegende Blicke über die Richter, sagte schlank, höhnisch: »Daß ich mit christlichen Frauen geschlafen hab, leugn ich nicht. Wenn die Herren mich darum wollen zum Tod verurteilen, mögen sie es. Das ganze Römische Reich wird lachen. Nicht über mich.« Während die Empörten auf ihn losfuhren, über seine Frechheit keifend, grölend, durcheinanderschreiend, stand Süß kalt, unbewegt. Er sah seine Richter. Den tierischen, triumphierenden Haß, die Lüsternheit, die Grausamkeit, die geblähte Eitelkeit. Das freche, kalte, erpresserische Spiel, das mit den Frauen getrieben werden sollte. Er sah die menschlichen Masken abfallen, die nackten Fratzen darunter, Wölfe und Säue. Doch ehe sein geballter Zorn ausbrach, hatte er ihn schon hinter sich, Erbarmnis überkam ihn mit den Armseligen, Bösartigen da vor ihm. Das alte, milde, listige Lächeln auf den Lippen, sagte er: »Die Namen nenne ich nicht. Da müssen sich die Herren die Damen schon selber zusammensuchen.«

Die Richter, sogar die gutmütigeren und bisher wohlwollenden, ärgerten sich über ihn bis zur Erbitterung. Daß der Jude vielleicht aus Rücksicht auf die Frauen die Namen verschweigen könnte, den Gedanken ließen sie nicht hochkommen in sich selber. Denn es war doch ausgeschlossen, daß sie, die hochmögenden Herren, weniger kavaliersmäßig sein sollten als ein Jud, daß der Jude nobler sein sollte als etwa ein württembergischer Geheimrat. Nein, es war pure Bosheit und Verstocktheit von dem Halunken, eine Art jüdischen Geizes, daß er sie, die ein verbrieftes Recht darauf hatten, nicht an seinen Bettfreuden teilhaben lassen, ihnen die Namen verbergen wollte. Man hatte es sich schon so fein ausgemalt, die Sensation, den Kitzel, alles Drum und Dran, und nun wollte er es einem aus purer Bosheit verhunzen. Aber man wird den Kujonen kleinkriegen, wird dem Saujuden Respekt beibringen vor einem schwäbischen Gerichtshof.

Man hielt ihn härter, brachte ihn aus der Botmäßigkeit des freundlichen Kommandanten von Hohenneuffen. Überführte ihn in strenge Haft auf den Asperg. Hier regierte der Major Glaser, ein pedantischer Mann, dessen Atem Disziplin war. Süß wurde in ein enges, feuchtes Loch gesperrt. Der Tag war hier nicht viel anders als die Nacht, die Kleider stanken in der nassen, modrigen Luft, faulten am Leib. Er erhielt keine Lagerstatt, der Boden war nackt, kalt, bucklig, naß. Er wurde auf Wasser und Brot gesetzt, durch viele Stunden kreuzweis geschlossen. Dicke Ratten trippelten widrig über seinen verrenkten Leib, und er konnte ihnen nicht wehren.

Sein kastanienbraunes Haar verfärbte sich, seine weiche, geschmeidige Haut runzelte sich fahl, und graue, häßliche Stoppeln wuchsen aus den früher so straffen, glatten Wangen. Er ließ wohl seinen Wärtern gegenüber viele böse Worte von sich fließen, Flüche und Verwünschungen, wehrte sich auch körperlich, wenn man ihn krumm schloß. Doch wenn er allein saß, hungernd, die Glieder in Tortur verzerrt, hustend, frierend, dann sahen die Wärter, die durch den Türspalt lauerten, ihn manchmal sonderbar zufrieden den Kopf wiegen, sie hörten wohl auch, wie er vor sich hin sprach, mit häßlicher Stimme vor sich hin summte. Manchmal schien es, als spräche er mit einem zweiten, er nickte jemandem zu, wartete Antworten ab, gab Gegenrede. Es war aber niemand in der Zelle außer den Ratten. Die Wärter stießen sich an, grinsten, pruschten heraus, fingen an, ihn für gestört und irrsinnig zu halten.

Er war aber durchaus nicht irrsinnig. Es war dies. Er hatte Stunden so voll Ruhe, daß er jenseits des Hungers war und jenseits des Frostes und jenseits der ziehenden, zerrenden Schmerzen des gewaltsam verrenkten Körpers. Dann verwandelte sich ihm wohl das Rascheln der Ratten sogar in eine kleine, liebliche Stimme, und er sprach und erhielt Antwort und konnte gut lächeln.

Ein zäher Kampf begann zwischen ihm und dem Major Glaser. Dem Major hatte man gesagt, es komme alles darauf an, den Juden zum Bekenntnis der Weiber zu bringen, mit denen er Umgang gehabt; dann könne man ihn gebührend hinrichten, diese Wanze vor aller Augen zerquetschen. Der Major verhörte also den Juden täglich zwischen neun und zehn Uhr. Süß gestand zu, hohe und niedere Damen profitiert zu haben. Der Major sagte, das genüge nicht, er müsse Namen haben. Süß: er als Offizier müsse doch verstehen, daß er die Namen nicht und nie nennen werde. Der Major: was einem christlichen Offizier anstehe, zieme sich nicht für einen stinkigen Juden, und behandelte den Verstockten immer härter.

Süß legte es durchaus nicht darauf an, heroisch zu erscheinen. Er hatte nach Perioden lächelnder Resignation Wutanfälle und Depressionen. Es überkam ihn etwa solcher Ekel vor seinen übelriechenden, modrigen Kleidern, daß er sie abwarf, nackt herumlief; der Kommandant ließ ihm die Kleider mit Gewalt wieder anlegen. Der Major referierte über jede Regung des Gefangenen pedantisch genau an Herrn von Pflug mit einer erbitterten Sachlichkeit. Berichtete, weilen der Hebräer, die Bestie, von dem Wärter Hofmann Gift nicht habe erhalten können, habe er, sie für giftig ästimierend, sich die Nägel abgebissen und die Nägelabstöße verschluckt. Hätten alle weidlich gelacht über den Blödkopf. Oder, seit vier Tagen habe der Hebräer, die Bestie, nicht eines Kreuzers wert genossen und ihn in Sorge gestellt, er möchte liegenbleiben und krepieren. Heute speise er wieder, so daß er also wieder Hoffnung habe, ihn lebendig zum Galgen schicken zu können.

In arger Schwäche klagte Süß wohl auch, ob man denn nicht genug an seinem Vermögen habe, sondern ihn dazu auf so ruchlose Art ums Leben bringen wolle. Ein andermal meinte er listig, man könne ihm ja gar nichts anhaben, das alles sei eine stupide Farce, er wette fünfzigtausend Gulden, daß er nun bald frei werde. Einmal auch, unter johlender, schenkelschlagender Heiterkeit seiner Wärter, befahl er, drohte, tobte, man solle ihn sofort freilassen, das sei sein gutes Recht, er müsse nach Stuttgart, um nach seiner Haushaltung zu sehen. Der Kommandant kümmerte sich um das alles durchaus nicht, berichtete nur jedes Wort an Herrn von Pflug, verhörte den Delinquenten täglich zwischen neun und zehn Uhr, fragte nach den Namen der Weiber, wobei immer die gleichen Fragen und Antworten fielen, konstatierte die Hartnäckigkeit dieses Schurken und Landverbrechers.

Dann wieder kamen Wochen, in denen Süß still und befriedet war, in der Einsamkeit seiner Zelle zu den nassen Wänden und der modrigen Luft sprach. Er sah seinen Vater, sehr leibhaft. Er stand in der Zelle, im Habit des Kapuziners, die schlanke, elegante Gestalt verfettet und verfallen, aber mit stillen, friedlichen Augen. Und er sprach mit ihm und sie waren sehr einig und er ging Arm in Arm mit ihm, der gestürzte Marschall und der gestürzte Minister, der Bettelmönch und der gefolterte Häftling in seinen stinkenden Lumpen, und sie lächelten sich zu und sie gingen in gutem Gefühl auf und ab in dem engen, feuchten Geviert, und die Ratten raschelten über ihre Füße.

Die Herren von der Kommission untersuchten indessen weiter, stetig und sehr langsam, und sie bezogen ungeheure Diäten.

Marie Auguste, die Herzogin-Witwe, hatte solche Lust an politischer Kabale gewonnen, daß sie sogar ihre Toilette der Politik hintanstellte. Geleitet von ihrem Beichtiger, dem Pater Florian, und dem Bibliothekar Franz Josef Hophan, saß sie als Ate unzähliger Komplikationen, Ränke, Intrigen ziervoll und kokett im Stuttgarter Schloß oder auf ihrem hübschen Witwensitz Teinach und machte Karl Rudolf Schwierigkeiten. Der junge, katzenhaft sanfte, literatische, modisch gekleidete Bibliothekar entwarf, an seinem Schreibtisch phantasierend, die Projekte, der zähere Pater Florian, der Kapuziner, suchte sie auszuführen, und Marie Auguste griff überall mit blinder, liebenswürdiger Geschäftigkeit störend ein. Der geschweifte, geschnörkelte, feine Bibliothekar ging auf in seliger, wortreicher Bewunderung der Herzogin, er verglich sie in zahllosen modischen Gedichten mit allem Schönen zwischen Himmel und Erde, schrieb auch einen ungeheuer umfangreichen Roman, in dem sie als Semiramis ebenso staatsklug und heldisch wie tugendreich und herrlich von Ansehen über die Erde ging. Sie badete wohlgefällig in seiner beredten und eleganten Anbetung, ja sie nahm allmählich viel von seinem Vokabular und seinen Gesten an. Es war nicht ganz klar, war sie ihm fremd, weil er ihre Politik machte, oder machte sie Politik, weil er ihr fremd war. Das ging sehr ineinander.

Den kargen, sachlichen, soldatischen Herzog-Administrator behinderte es, daß er immer wieder Zeit verlieren mußte, um ihre albernen Gespinste zu durchhauen. Er beschloß, sich dieser lästigen Kabale-Macherin ein für allemal zu entledigen. Überall im Land tauchte plötzlich das Gerücht auf, die Herzogin-Witwe wolle nun doch mit Gewalt die Projekte ihres glücklich beseitigten Gatten durchführen, sie habe schon Anstalt gemacht, die Teinacher Kirche zum katholischen Gottesdienst einzurichten. Das Perfide lag darin, daß die Herzogin zwar tausend andere Händel angezettelt hatte, daß aber just an dieser Sache kein wahres Wort war. Es war klotzige Ironie, sie gerade darüber zu Fall zu bringen. Das Volk jedenfalls glaubte die Gerüchte. Wilde Reden, fliegende Blätter, auf der Straße, wenn sie vorüberfuhr,

Stummheit, freche Verweigerung des Grußes. Als die Polizei einschritt, etliche, die den Gruß unterließen, verhaftete, wurden, wenn die Kutsche der Herzogin erschien, die Straßen leer, eilig verschwand alles in den Häusern, in den Nebengassen, um nicht grüßen zu müssen. Marie Auguste ertrug das nicht, Pater Florian und der feine Bibliothekar streuten große Summen aus, ihre Straße mit Hochrufern zu bepflanzen. Aber sie merkte, daß die Huldigung gekauft war, und litt doppelt. Pater Florian mußte an den Herzog-Administrator schreiben, die weiße Unschuld Marie Augustens vornehmlich in dem Teinacher Handel entrüstet betonen, die freche Ungebühr der aufgehetzten Bevölkerung mit scharfen Worten brandmarken, Abhilfe heftig und hochfahrend verlangen. Karl Rudolf erwiderte nicht. Marie Auguste, schäumend, ging zu ihm. Er sagte, er habe keine Zeit, Mönchsbriefe zu erwidern. Pater Florian hatte nach der Formel seines Ordens als unwürdiger Kapuziner unterzeichnet. »Soll ich einem Menschen erwidern«, fragte schief, schäbig und grob Karl Rudolf, »der nicht einmal würdig ist, Kapuziner zu sein?« Im übrigen, schloß er, könne er den Untertanen befehlen, nicht ungebührlich gegen die Herzogin zu sein, doch er könne sie nicht zwingen, ihr Liebe und Freude zu bezeigen. Er gebe Ihrer Durchlaucht den kollegialen Rat, sich ähnlich zu führen wie er, dann würden sie die Untertanen ohne weitere Ordre und sicherlich auch ohne Gage mit geziemender Huldigung begrüßen.

Nach dieser Demütigung beschloß die Herzogin, das dumme, undankbare Schwaben zu verlassen, in Brüssel, Regensburg, Wien Hof zu halten und schmollend, ein weiblicher Coriolan, abzuwarten, bis man sie zurückrufe.

Sie verabschiedete sich von Magdalen Sibylle. Die Expeditionsrätin Magdalen Sibylle Riegerin saß ernsthaft und hausbacken vor der ziervollen, beweglich züngelnden, äugenden Herzogin, die, angeregt von der bevorstehenden Abreise, sich doppelt jung und spitzbübisch launisch gab. Magdalen Sibylle saß breit und mächtig da, sie trug ein Kind, einen kleinen Rieger. Sie hatte der Freundin ein pedantisches, hölzern ehrliches Abschiedscarmen mitgebracht, Marie Auguste hörte es mit gebührender Rührung und Dankbarkeit an. Dann jedoch, froh, das notwendige Gravitätische hinter sich zu haben, begann sie sich über die tölpischen, klotzigen Schwaben zu mokieren, die sie nun, Gott sei Dank, bald im Rücken haben wird; über den schiefen, schäbigen, eselhaften Karl Rudolf, über Johann

Jaakob Moser, den feuervollen, komischen Rhetor, über alle die grobe, ungehobelte Populace. Nur *eines* bedauerte sie: daß sie den treuen, guten, kräftigen Remchingen in Haft mußte auf dem Asperg sitzenlassen. Und, ach!, auch ihren netten, amüsanten, galanten Hausjuden. Den quälten sie und schlossen sie krumm, und sie, Marie Auguste, konnte gar nichts für ihn tun. Denn – und sie setzte ihr wichtigstes Gesicht auf – das hätte sie unpopulär gemacht und das hätte ihr lieber Bibliothekar aus politischen Gründen nie erlaubt. Nun hatte ja wahrscheinlich der Jud Kinder geschlachtet und weiß der Himmel was für schwarze Kunst getrieben. Aber er war ein galanter, gut gewachsener Mann und sicher der amüsanteste in diesem ennuyanten Stuttgart, und es war jedenfalls ein Jammer, daß diese plumpen Bestien ihn torturierten und verunstalteten. »Hélas, hélas!« machte sie mit gespitzten Lippen, wie es ihr feiner Bibliothekar zu tun pflegte.

Eine halbe Minute war Schweigen zwischen den Frauen. Beide dachten an Süß. Marie Auguste sah seine heißen, fliegenden Augen, die dringliche Ergebenheit seiner Mienen, seiner Haltung, seine einfühlende, kitzelnde, freche Galanterie. Und sie dehnte sich leicht und lächelte angenehm überrieselt. Magdalen Sibylle saß ganz still, die großen, schönen, fraulichen Hände im Schoß. Im Wald von Hirsau war sie ihm begegnet, da war er der Teufel; dann in Stuttgart hatte er sie nicht genommen, sondern sie dem Tier hingeworfen, dem Herzog; dann hatte er jenen Traum vor sie hingebreitet von Macht und Rausch und sie genommen; dann war er fremd und anders und verkrustet geworden und war höflich zu ihr. Und jetzt saß er auf dem Asperg, und sie quälten ihn und verrenkten ihm die Glieder. Sie aber trug ein Kind, es wird wohl ein braves Kind werden, denn es stammt von einem braven Mann, der sie hemmungslos verehrt. Es wird groß werden in den friedlichen, behaglichen Räumen von Würtigheim und auf Wiesen mit gepflegtem Vieh und zwischen Obstbäumen. Auf dem Asperg wird es nie sitzen, und auch dem Teufel wird es wohl nie begegnen. Vielleicht wird es dafür Verse machen, brave, redliche Verse, die jedem eingehen und manchen tröstlich erheben. Aber dem Teufel wird es wohl nie begegnen.

Marie Auguste unterbrach das erfüllte Schweigen. Daß sie es nicht vergesse, sagte sie mit einem kleinen, verschmitzten Lächeln, sie habe ja ein Abschiedsgeschenk für ihre liebe

Magdalen Sibylle, ihre Freundin und gute Vertraute, ein, wie sie hoffe, gut gewähltes und apartes Abschiedspräsent. »Cara mia!« sagte sie. »Cara mia Maddalena Sibilla!« Es sei etwas für ihre schwere Stunde, flüsterte sie geheimnisvoll, rückte ganz nahe an sie heran, streichelte die große Frau. Ihr selber habe es geholfen. Daß es bei ihr so leicht gegangen sei und daß sie jung und ohne Entstellung geblieben sei, das danke sie nur dem, was sie jetzt ihrer lieben Freundin als Präsent verehren wolle. Sie selber, auch wenn sie nicht gerade die Intention habe, ins Kloster zu gehen, werde das Remedium ja kaum mehr benötigen. Und mit süßer, spitzbübischer, gekitzelter Geste zog sie das Amulett hervor, das Etui des Juden, der nun in feuchter, stinkender Zelle saß, kreuzweis geschlossen. Den Pergamentstreifen mit den roten, blockigen, hebräischen Buchstaben, mit den Namen der Engel Senoi, Sansenoi und Semangelof, den beunruhigend krausen Figuren dazwischen, den komisch und bedrohlich hockenden, primitiven Vögeln. Kichernd erzählte sie, wie sie das Etui von Süß bekommen habe, und die kleine, unanständige Geschichte von Lilith, der ersten Frau des Adam, der ihr beim fleischlichen Verkehr nicht so zu Willen war, wie es ihr gefiel. Magdalen Sibylle streckte die Hand nach dem Amulett, ließ sie wieder sinken, nahm es schließlich, unsicher, leicht übergruselt.

Dann verließ Marie Auguste Stuttgart. Sie reiste mit großem Gefolg, in ihrer unmittelbaren Umgebung der Pater Florian und, in einem modischen Reisehabit, der sanfte Bibliothekar. In unendlich vielen Wagen war der Riesenapparat ihrer Garderobe vorausbefördert worden. Die Straße war gesäumt mit Gaffern. Man war, nun die Herzogin abzog, wohlwollend gestimmt, riß gutmütige Witze. Ihre Rendanten und Almoseniers hatten mit Douceurs nicht gespart, die Hochrufe klangen geradezu herzlich.

Auch Johann Jaakob Moser stand an ihrem Weg, in Begleitung seiner Frau. Er war gerührt. »Da zieht sie hin«, sagte er zu seiner Frau. »Glaubt, sie werde der Versuchung nicht länger standhalten können. Flieht lieber aus dem Land. Großer Gott, wie dank ich dir, daß du mich hast stark und beherrscht sein lassen und mein Blut bezähmtest.« Und er drückte fest die Hand seines Weibes.

Als ihre Karosse fertig stand, erschien am Schlag schief, klein, schäbig der Herzog-Administrator, sich zu verabschieden. Ich habe geglaubt, schmunzelte er insgeheim, ich müßte einen Teufel austreiben, aber jetzt gackert mir eine Gans aus dem Haus. Doch Marie Auguste dachte spöttisch überlegen: Was da jetzt zurückbleibt, ist einander wert: Esel reibt sich an Esel. Und unter dem riesigen schwarzen Hut nickte das zarte, pastellfarbene Gesicht mit liebenswürdigem Spott dem alten Soldaten zu, der den Schlag zuwarf, militärisch grüßte, ungewohnt höflich schmunzelte.

Die Untersuchungskommission bekam aus Süß trotz aller Tortur nichts weiter heraus als ein allgemeines Geständnis, ja, er habe mit Christinnen verkehrt. So lud man denn Lakaien vor, Kammerzofen, befragte sie peinlich nach jedem winzigsten Detail. Etliche hatten durch Schlüssellöcher geguckt, andere Schreie, Kreischen, wollüstiges Gestöhn gehört. Das alles, wann, wo, wie lange, wurde gewogen, hin und her besprochen, zerkaut, in die Akten aufgenommen. Bettlaken, Hemden, Nachttöpfe wurden berochen, der Befund in den Protokollen erörtert. So kam man allmählich auf eine lange Liste von Frauen, hohen und niederen, ledigen und verheirateten. Alle wurden sie umständlich ohne Erlaß des minutiösesten Details von den gierigen Richtern ausgeforscht, wann, wie oft, wie lange, welcher Art der Jude sie beschlafen habe. Das wurde dann verzeichnet, schwarz auf weiß, in dreifacher Ausfertigung, bestimmt, als Staatsurkunde im Archiv niedergelegt zu werden.

Das Gericht ordnete das Erscheinen auch der Damen Götz an. Wieder einmal fand sich der junge Geheimrat Götz in der äußersten Verlegenheit. Er hatte es für gut befunden, Mutter und Schwester für eine Weile auf sein Landgut bei Heilbronn zu schicken. Sie hätten können einfach in die Reichsstadt Heilbronn gehen, dann waren sie der herzoglichen Jurisdiktion entzogen; aber dann auch mußte er von seinen Ämtern zurücktreten. Oder sie stellten sich dem Gericht; dann galt es, bevor einer einen schiefen Blick wagte, ihn so kühn und drohend anzuschauen, daß ihm der Spott erstickte. Dies war anstrengend, aufreibend, denn man wird sehr viele, ja fast alle so anschauen müssen. Aber er war tapfer und entschied sich dafür.

An einem strahlenden Sommertag erschienen die Damen vor den Richtern. Auskosteten die Männer die Pikanterie, erst die Mutter, dann die Tochter zu verhören. Sie hatten Mühe, Spannung, Gier, geile Freude an der Situation hinter der gleichmütigen Gravität der Richtermasken zu verstecken. Elisabeth

Salomea, die pastellfarbene Lieblichkeit des blonden Gesichts mit den gejagten graublauen Augen durch ein schwarzes, einfaches Kleid gehoben, stand verstört und zitternd. Seltsam war, daß sie, völlig schmucklos sonst, den Ring mit dem Auge des Paradieses trug, gegen das ausdrückliche Verbot ihres Bruders, und die Blicke der Herren kamen nicht los von dem Stein. Sie wand sich unter der unerbittlichen Sachlichkeit, mit der diese Männer, durch den aufreizend wertvollen Stein vor sich selber doppelt gerechtfertigt, ihre zotig neugierigen Fragen stellten. Fröstelnd trotz der blanken Frühsommersonne bog sie sich peinvoll unter der brutalen Deutlichkeit dieser Fragen, von denen sie viele überhaupt nicht verstand, duckte sich, rückte zuckend den Kopf, den schamlosen Blicken ausweichend, bog und streckte krampfig die schmalen, knochigen Finger. Ihre Antworten kamen leise, aus gedrosseltem Kehlkopf, manche unhörbar; man beschied sich nicht, sie mußte sie wiederholen, der schwerhörige Regierungsrat Jäger machte: »Wie? Wie?« und verlangte manches dreimal. Ebenso eingehend dann kam man auf ihre Affäre mit dem Herzog zu sprechen. Vor allem der Geheimrat Pflug ließ nicht locker, er wollte daraus, daß der Jud dem Herzog vorgeschmaust, ein Majestätsverbrechen konstruieren. So krümmte sie sich, jung, blond, lieblich, an dem unsichtbaren Pfahl, und keiner schonte sie, alle drangen sie auf sie ein. Alle jagten sie. Voran der hagere, hochmütige, scharfe Herr von Pflug, der, voll Haß und angewidert wie von Gestank, immer wieder fragte, ob sie sich denn nicht vor dem Geruch des Beschnittenen geekelt habe; sodann die Regierungsräte Faber, Renz, Jäger, Dann, die strebsamen, karrierebeflissenen Beamten in mittleren Jahren, die, gekitzelt von diesem endlich einmal anregenden Amtsgeschäft, immer neue Umstände wissen wollten, erst genießerisch umschreibend, gleich als wollten sie sich sonnen, dann plump eindeutig; die Sekretäre, der Assessor Bardili, der Aktuarius Gabler, die mit übler Galanterie und fatalem Tonfall, wie wohl Männer ihre Gutmütigkeit an einer Hure repräsentativ betätigen, mildernde Umstände beizubringen suchten; der Präsident, der Geheimrat Gaisberg, der mit polternder Stimme auf sie losfuhr, sie solle sich nicht so flennerisch und zimpferlich haben, nun habe sie es getan und gekostet, jetzt solle sie sich nicht stellen wie ein zwölfjähriges Jüngferlein, sondern in Dreideibelsnamen das Maul aufmachen; sie habe ja auch andere Dinge aufmachen können. Mit fliegenden Gliedern lag sie schließlich und zuckenden Schläfen, halbtot vor Schande und Erschöpfung, in einem verdunkelten Zimmer ihres Hauses; ihr Bruder schritt grollend deklamierend auf und ab, seine Worte gingen quälend, doch ohne daß sie ihren Sinn verstand, in ihr Ohr.

Trotzdem die Herren der Untersuchungskommission verschlossene, geheimnisvolle Gesichter machten und sich verschwiegen gaben, drangen von diesen Vernehmungen viele Details in die Stadt, ins Land. Wiederum war das Haus in der Seegasse, das Prunkbett, die Leda mit dem Schwan in den Gedanken aller. Die Namen der Frauen wurden bekannt, sie konnten sich nicht heimlich genug verkriechen, sie wurden verfemt, man rief ihnen kotige Schimpfworte nach, spie sie an, schnitt ihnen die Haare ab. Auch andere Details drangen durch. Eine Welle von Geilheit schlug von den längst vergangenen Nächten des Süß aus über das Herzogtum. Die Männer zoteten in den Wirtshäusern, die Kellnerinnen konnten sich ihrer derben Liebkosungen kaum erwehren, die Huren machten gute Geschäfte. Die Frauen und jungen Mädchen kicherten, entsetzten sich, vieler Mienen wurden dürr, neidisch, bitter, andere atmeten schwerer, Gesicht und Glieder erschlafften. Ein englischer Sammler machte das Angebot, das vielumraunte Prunkbett des Juden um eine ungeheure Summe zu kaufen.

Natürlich hörte auch der junge Michael Koppenhöfer von der Schmach der Demoiselle Elisabeth Salomea Götzin. Die veränderten Läufte hatten den jungen Menschen nach Stuttgart zurückgeführt. Er war in der Verbannung männlicher geworden, er hatte für seine Überzeugung gelitten, galt als Märtyrer, vielen von den Jungen war er Führer und Ideal. Vielleicht wußte der eine oder andere von seinen Kameraden, daß ihm an der Demoiselle Götzin gelegen war, aber sie hatten darum nicht minder starke Worte des Hohns und der Verachtung gegen das Mädchen, sie dachten daran, sie zumindest durch irgendein kräftiges Symbol ihrer Erbitterung und ihres Spottes für alle Zeit zu bestrafen. Niemand hielt es für möglich, daß die Neigung Michael Koppenhöfers, des jungen, festen, tugendhaften Demokraten, eine solche Bloßstellung überdauern könnte. Michael Koppenhöfer sagte auch kein Wort zu ihrer Verteidigung. Doch auch kein Schmähwort, wie die anderen erwarteten. Er schwieg. Er litt. Er war durchaus nicht geneigt, schwächlich zu verzeihen. Aber er sah das reine, helle Gesicht, das blasse Haar und litt. Er bat den Onkel Harpprecht um die Akten. Für den hatte mit der Rückkehr des Jungen gute Zeit begonnen. Bücher, Recht, Demokratie, Vaterland, was und wofür er gelebt hatte, war jetzt lebendig, saß atmend vor ihm in dem jungen Menschen mit den bräunlich kühnen Wangen und den starkblauen Augen. Wie nun die Affäre der Demoiselle Götzin langsam in die Stadt drang, schaute der alte Herr besorgt dem Gewese des Jungen zu, er wußte, daß er schwerblütig war und daß sein Handel mit Elisabeth Salomea nicht von heut auf morgen vernarbte. Er sah das gespannte, mühsam gleichgültige Gesicht des Jungen, überlegte, gab die Akten. Michael begann zu lesen, er konnte es nicht lange, rote Wut stieg hoch in ihm gegen den Herzog, gegen den Juden, gegen die Richter, gegen diese Männer. Es erhellte aus dem Protokoll überklar, daß Süß nicht eben viel Gewalt hatte anwenden müssen. Aber Michael wollte das Mädchen mißbraucht sehen, er sah sie mißbraucht. Er sah sie hell, zart, lieblich vor den rohen, massigen Richtern. Er konnte sich nicht helfen, es war wahrscheinlich sentimental, aber das Herz stieg ihm hoch, wenn er an sie dachte, er konnte sie nicht herausreißen und mit festem Männertritt weitergehen. Er rang sich ab; wenn der alte Harpprecht ihm sanfte, andeutende Fragen stellte, bog er aus. Er suchte sich zusammen, was er alles Kühnes, Freigeistiges über den Unwert der Keuschheit gehört hatte, aber es blieb ihm Theorie, es wurde nicht lebendig, all sein Gefühl bäumte sich dagegen. Er bezwang sich schließlich. Er wird aller praktischen Politik entsagen, wird, und mag man sich noch so sehr über ihn, den Mann der Hure, lustig machen, Elisabeth Salomea zu sich emporheben, sie ehelichen, sie entmakeln, als stiller Wissenschaftler, von ihrer Reue und Dankbarkeit getragen, fern von der Welt, nur mit Büchern und ihr, auf dem Lande leben.

Er fuhr, ohne den alten Harpprecht zu verständigen, in die Nähe von Heilbronn auf das Götzische Landgut, wohin sich die Damen nach ihrer Vernehmung zurückbegeben hatten. Er wurde erst lange nicht vorgelassen. Dann fand er Elisabeth Salomea in raschen, heftigen Vorbereitungen zur Abreise. Er kam nicht dazu, sein großmütiges Anerbieten vorzubringen. Die Demoiselle war auf eine bestürzende Art verändert. Sie fuhr hastig herum zwischen Stapeln von Toilettedingen, Nippes, Büchern, Wäsche, schichtete, schnürte, packte, machte mit bitterer, höhnischer Lustigkeit frivole Konversation. Äußerte erschreckende

Prinzipien. Moral sei etwas durchaus Relatives. In Stuttgart sei es vor einem Jahr guter Ton gewesen, höfisch und galant zu sein, jetzt sei das Gegenteil Postulat. Ihrer Meinung nach sei der Jud der beste Mann im Schwäbischen und der einzige Kavalier. Im übrigen gehe sie jetzt ins Ausland, zuerst nach Dresden und Warschau, dann nach Neapel und Paris. Und somit Gott befohlen. Sie winkte ihm mit der Hand, an der in verwirrendem Feuer das Aug des Paradieses strahlte.

Aufgewühlt, mit zerpreßten Lippen, kehrte Michael Koppenhöfer zurück. Später hörte er, Elisabeth Salomea führe an den europäischen Höfen das Leben einer großen, erfolgreichen Abenteurerin. In ihrem Gefolg befand sich als ihr Leibjäger und Vertrauter Otman, der Schwarzbraune.

In die Zelle des Süß trat der Magister Jaakob Polykarp Schober. Es war dunkel und feucht in dem engen Geviert, Moder und Gestank war in der Luft. Süß hockte gebeugt, sein Atem ging beschwerlich, er war verfettet und verfallen, das Gesicht wüst umstoppelt. Der Magister erschrak ins Innerste, als er, zunächst zweifelnd, in dem verlumpten Menschen seinen weiland so großen und mächtigen Herrn erkannte. Ihm selber ging es nicht gut. Er litt darunter, daß er den Finanzdirektor in diesen Zustand gebracht hatte, eigentlich hatte doch der den evangelischen Glauben im Herzogtum gerettet, es drückte den Magister in die Erde, daß er dem Juden Schweigen zugeschworen hatte, er wollte reden, dieses Verfolgten Unschuld offenbaren, ihn befreien. Kopfwiegend hörte Süß seine unbehilflichen, verwirrten Klagen, Bitten, Beteuerungen, sagte schließlich: »Er ist ein guter Mensch, Magister. Es sind nicht viele.« Und nach einer Weile, zwielichtig lächelnd: »Wenn Er es durchaus will, kann Er jetzt reden.« Der Magister küßte ihm die Hand, ging beglückt.

Lief zu den Herren vom Parlament, denen er damals, autorisiert von Süß, das katholische Projekt verraten hatte. Erklärte, setzte auseinander, beteuerte. Erstaunt, verständnislos hörte man ihn an. Glaubte, er wolle eine nachträgliche Entlohnung für seinen damaligen Verrat des Putsches, für die Mitwirkung an seiner Entlarvung. Ziemlich reserviert versprach man ihm, sich für ihn zu verwenden, ließ etwas fallen von Anstellung im Staatsdienst. Wie er eifrig berichtigte, aufklärte, darauf beharrte, er habe mit Willen, ja im Auftrag des Süß die ketzerischen Pläne offenbart, wurde man ungeduldig, sagte, er solle keine Witze machen, glaubte an Erpressungsversuche, an irgendwelche Manöver des Juden. Vor allem der Geheimrat Pflug witterte einen ganz verruchten Verteidigungsplan des Süß und bewirkte, daß man den Magister, als er nicht abließ und die Richter immer wieder mit seinen Märchen behelligte, ins Gefängnis setzte. Da der Jude selber aber nichts in der Richtung der Schoberschen Äußerungen zu seiner Verteidigung vorbrachte, hielt man den Magister schließlich einfach für geistesgestört, für einen harmlosen Verrückten, erklärte seinen Irrsinn aus seiner Pietisterei und Schwarmgeisterei und ließ ihn mit einer scharfen Verwarnung laufen. Erschöpft vom Entsetzen über die Verstrickungen und die Blindheit der Welt, zog sich der Magister nach Hirsau zurück und lebte der Tugend, der alten Katze und der Poesie.

Nach Hirsau auch folgte ihm bald Philipp Heinrich Weißensee. Weißensee hatte auf das Amt des Konsistorialpräsidenten resignieren müssen. Vielleicht hätte der frühere Weißensee sich halten können; der Geheimrat Heinrich Andreas Schütz etwa war im Grund viel enger verstrickt in das katholische Projekt und hatte sich doch, der geschmeidige Mann, unter dem Herzog-Administrator Karl Rudolf so gut behaupten können wie in jeder früheren Regierung, und Weißensee war zumindest ebenso schmiegsam wie er. Aber er war müde und ausgelaugt, er ließ sich fallen mehr, als daß er gestürzt wurde. Magdalen Sibylle war der Vater sehr fremd geworden. Jetzt in seinem Verfall zog er sie an, sie suchte wieder an ihn heranzukommen, sie fand, es sei ihm unrecht geschehen, schrieb Verse, in denen er als nicht durch Schuld, sondern durch Glücksspiel und Menschenhaß gestürzt hingestellt wurde. Doch der alte Weißensee ließ sie nicht an sich heran, er verkrustete sich gegen sie, sie war ihm in ihrer Verbürgerlichung tief zuwider, und ihre Schwangerschaft reizte ihn bis zu leiblichem Ekel. Was hatte er mit dieser dicken Frau gemein? Er fühlte nichts für sie, es kam nichts herüber von ihr zu ihm. Was sollte ihm ein Enkel aus ihr und dem Samen des Immanuel Rieger, des hageren, unansehnlichen, schnurrbärtigen, braven, pedantischen, leergesichtigen Mannes? Nein, nein! Das ging ihn nichts an, rührte ihm nicht im leisesten Herz und Blut auf. Dazu schämte er sich der albernen Dichterei der Tochter. Ein medizinischer und poetischer Freund, der Doktor Daniel Wilhelm Triller, hatte jetzt ihre Gedichte drucken lassen, der Göttinger Pietistenkreis hatte erwirkt, daß der Prorektor der dortigen Universität, der Professor Seldner, in seiner Eigenschaft als kaiserlicher Pfalzgraf Magdalen Sibylle zur gekrönten Dichterin erhob. Armer Kurfürst von Hannover, armer König von England, der für solche Universität und solche Ästhetik, einen solchen Kritikaster und Marsyas verantwortlich war. Nun zog das hin und her mit nüchternen, törichten, gereimten Gratulationen und Dankgedichten, und die Frau, die das trieb, dieweil sie ein Kind trug, diese armselige Poeta laureata, war seine Tochter! Der alte, feine Herr, dessen Leben Takt und Weltgefühl und Erlesenheit und Diplomatie war, schämte sich. Ihn ekelte, er zog sich, arm, kahl, zurück nach Hirsau zu seinem Bibelkommentar.

Unterdes blühte das Land auf. Atmete, reckte sich, nicht mehr von drosselnder Hand gewürgt. Die Preise gingen herunter, senkten sich unter das Niveau der ersten, guten Regierungsjahre Karl Alexanders. Sechs Pfund Brot kosteten neun Kreuzer, der Schoppen alter Wein im Ausschank sechs Kreuzer, das Pfund Ochsen- oder Schweinefleisch fünf Kreuzer, die Maß Bier zwei Kreuzer drei Heller, ein Klafter buchenes Holz zehn, tannenes fünf Gulden. Und wenngleich es sonst innerpolitisch nicht eben zum besten aussah – Pflicht! sagte Karl Rudolf; Gerechtigkeit! Autorität! und war nicht gewillt, dem Parlament gegenüber von seinen fürstlichen Rechten auch nur ein Tipfelchen abzulassen –, so berief er anderseits den klugen, festen, redlichen, umsichtigen Bilfinger ins Kabinett, und solche Sicherung der religiösen und bürgerlichen Freiheiten war zusammen mit der wirtschaftlichen Entspannung Ursach genug zu allgemeiner Zufriedenheit. Man suchte altmodische Bilder her, auf denen sich Karl Rudolf an der Spitze von Truppen in verschollenen Uniformen mit pumphosigen Türken und krummsäbeligen Sarazenen herumschlug, und wo der kleine, schiefe, schäbige Soldat erschien, schrie man »Hoch!«.

Die biedere, sachliche Art des alten Regenten imponierte vor allem dem Landschaftskonsulenten Veit Ludwig Neuffer. Aus einem düster glühenden Anbeter der Macht war er ein ebenso düster schwelender Tyrannenhasser geworden. Jetzt erkannte er, dies wie jenes war nur eine Farbe, eine Fahne, nicht der Kern, nicht das Wesen. Pflicht! Gerechtigkeit! Autorität!, das war der Sinn aller Staatskunst, das Rückgrat guten Regiments. Karl Rudolf fand Gefallen an dem mageren Menschen, an seiner schäbig trotzigen Art, sich zu kleiden, sich zu geben, an seinem dürren Fanatismus. Auch stand er in irgendeinem, freilich wußte man nicht recht welchem, Zusammenhang mit der Erledigung des letzten, schlechten Herzogs und des Juden. Karl Rudolf berief auch ihn ins Kabinett. Da saß nun der trocken glühende Mann und regierte, eisern pflichttreu, eisern gerecht, Autorität fordernd und Autorität gebend.

So war mit viel Wolken und Wind ein Frühjahr vergangen, ein strahlender Frühsommer, ein drückender, vielgewittriger Sommer, jetzt neigte sich ein klarer Herbst zu Ende, erster Frost setzte ein, und Süß stak noch immer zwischen den triefenden, engen Wänden seiner Zelle. Er war jetzt gedrückt und trüb. Es war nicht schwer, Folter zu ertragen, es war vermutlich auch nicht schwer zu sterben, aber es wurde mit jedem Tag schwerere Last, die stinkige Luft dieser Haft zu atmen, das ekle Brot dieser Festung zu schlingen. Sein Rücken war gekrümmt, seine Glieder verzerrt, seine Gelenke wundgescheuert von den Fesseln. Draußen war Luft, draußen war Sonne und Wind, draußen waren Bäume und Felder, Häuser und helle Stimmen, Männer gingen geschäftig und gewichtig, Kinder sprangen, Mädchen schaukelten die Röcke. Oh, einmal einen Mund voll freier, wehender Luft, einmal sieben Schritte machen dürfen statt der fünfeinhalb durch die Zelle. Er schrieb. Er schrieb an den Herzog-Administrator. Der war ein betagter Herr; vielleicht hörte er. Er schrieb ehrerbietig, nicht servil, sachlich. Wies sachlich, ohne Erbitterung, nach, daß er nach den Gesetzen des Herzogtums nicht schuldig sei. Selbst übrigens, wenn er sich da und dort gegen die Ordnungen des Landes verfehlt habe, schütze ihn sein von dem Herzog Karl Alexander ihm zugestelltes Absolutorium, nach dem er nicht könne verantwortlich gemacht werden. Dennoch sei er erbötig, zu ersetzen, was durch seine Tätigkeit jemand an Schaden zugefügt sei. Bereits sei er vierunddreißig Wochen im Arrest und zum Teil geschlossen. Er sei auf der Festung ein alter Mann geworden. Er hoffe daher, der Herzog-Administrator, dem er sich zu Füßen lege, werde für ihn Gnade haben.

Mit einer Spannung wie lange nicht mehr wartete er auf Bescheid. Morgen kam und Abend und wieder ein Tag und noch einer und eine Woche und aber eine Woche. Endlich, bei dem täglichen Verhör zwischen neun und zehn Uhr, nachdem der Major Glaser ihm triumphierend wieder ein paar Frauennamen genannt hatte, die die Kommission ausgeschnüffelt hatte, fragte er geradezu, ob keine Antwort vom Herzog-Administrator eingelaufen sei. Der Major fragte kalt höhnend zurück, ob er im

Ernst glaube, daß man den Regenten mit seinen jüdischen Frechheiten molestiere; selbstverständlich habe man seine Expektorationen, als eines verstockten Schelmen und Juden, nicht an den Herzog, sondern nur an die Richter geleitet. An den Geheimrat Pflug berichtete er in seinem täglichen Referat, der Hebräer, die Bestie, sei ganz klein geworden bei diesem Bescheid.

Doch Süß hatte alle Räder der alten Zähigkeit und Tatkraft wieder angedreht. Er wollte atmen, er wollte am Licht sein. Seit den unglücklichen Versuchen des Magisters Schober durfte er keine Besuche mehr empfangen, selbst sein Verteidiger, der brave Lizentiat Mögling, wurde nicht mehr zugelassen. Doch in dem kranken, zerbrochenen Mann war die alte Schlauheit wach geworden. Er bat angemessen um Verstattung eines Geistlichen. Den konnte man nicht wohl verweigern. Den wollte er zur Mittelsperson machen, um durch ihn den alten Regenten zu erreichen. Allein seine Hoffnung war rasch vereitelt; man schickte ihm den Stadtvikar Hoffmann, den er als alten Anhänger der Verfassungspartei und erklärten Gegner kannte. Der Vikar glaubte natürlich, Süß in seiner jetzigen Lage sei leicht zu bekehren, und begann ihm sogleich höhnisch und salbungsvoll ins Gewissen zu reden. Der Jude sah achselzuckend durch diese unglückliche Wahl die letzte Hoffnung hinschwimmen, erwiderte, er denke nicht daran, überzutreten, gestand schlicht und klar, er habe ihn nur rufen lassen, um durch seine Vermittlung Audienz beim Herzog-Vormünder zu erwirken. Der Geistliche schnaubte, dies sei nicht seines Amtes, Süß erwiderte trocken, er danke für seinen Besuch.

Allein der Stadtvikar kam wieder. Er war ein eifriger Herr, er hatte wohl bemerkt, wie übel es um den Körper des Juden stand, und er vermeinte, in einem mürben Körper müsse auch eine mürbe Seele stecken. Süß lächelte, als er ihn wiedersah. Er hörte ihn ruhig an und mit Aufmerksamkeit. Am Ende sagte er, kopfwiegend: »Religion ändern ist Sache für einen freien Menschen und steht nicht wohl an einem Gefangenen.« Doch der Stadtvikar beschied sich nicht. Er hatte es sich in den Kopf gesetzt, diesen Mann, dessen Fama durch das ganze Römische Reich geflogen war, von den Wahrheiten der Augsburgischen Konfession zu überzeugen. Er brachte sogar einen Helfer mit, den Stiftsprediger Johann Konrad Rieger. Die beiden Herren Geistlichen arbeiteten sich ab; Johann Konrad Rieger breitete allen Samt seiner berühmten Rhetorik vor ihn hin, der Stadtvikar sekundierte, verstärkte, eine ganze Missionsgesellschaft konnte nicht mehr und gründlichere Argumente häufen. Aber Süß, als ein verstockter Jud, verharrte dennoch in seinem Irrtum.

Die anderen Gefangenen, die Scheffer, Hallwachs, Bühler, Mez wurden sehr viel glimpflicher behandelt. Sie hatten verwandtschaftliche Beziehungen zu den Familien der Parlamentarier; ihre Prozesse wurden sänftlich geführt; es wurde umgebogen, umschrieben, vertuscht. Ihre, der vereidigten Beamten, Taten, Majestätsverbrechen und Hochverrat nach dem Gesetz, erschienen als immer weniger beträchtliche Vergehen; die Untersuchung wurde zur bloßen Formsache. Zuerst wurde der Hofkanzler von Scheffer freigesprochen, lediglich zur Bezahlung der Untersuchungskosten verurteilt; mit Beibehaltung seines Geheimratstitels und voller Pension zog er nach Tübingen. Dann wurden Bühler und Mez aus der Haft entlassen, am spätesten Hallwachs. Sie wurden des Landes verwiesen. Vorsichtshalber hatten sie von den großen Summen, die sie an den Unternehmungen des Süß verdient, das Wesentliche ins Ausland geschafft. Es wäre nicht not gewesen; man tastete ihren Besitz selbst im Herzoglichen nicht an. Sie zogen nun mit anderen früheren Mitarbeitern des Süß anderthalb Meilen weiter in die freie Reichsstadt Eßlingen, lebten in der freundlichen, angenehmen Stadt in Ruhe von ihren großen Vermögen, ließen sich täglich Besuch aus Stuttgart kommen, verfolgten als behagliche Zuschauer mit wohlwollendem Interesse den Prozeß gegen Süß. Wohl murrte man in Eßlingen zunächst gegen diese neuen Kömmlinge. Aber die veränderten Läufte hatten viele Emigranten wieder zurück ins Herzogliche geführt, man spürte in Eßlingen den finanziellen Ausfall und war am Ende froh, statt ihrer die neuen, viel verzehrenden Flüchtlinge der Gegenpartei innerhalb der Stadtmauern zu wissen. So fühlten sich also die Genossen des Süß bald wohl und warteten ab, bis etwa ein Regierungswechsel sie zurückriefe; der junge Herzog blieb ja nicht ewig unmündig, und Karl Rudolf war ein alter Herr.

Das Vermögen des Süß, soweit es im Herzogtum gegriffen werden konnte, vor allem auch sein Palais, wurde vorläufig beschlagnahmt. Die Liquidierung der weitverzweigten, unübersichtlichen Geschäfte des Finanzdirektors machte ungeheure Schwierigkeiten. Dom Bartelemi Pancorbo mußte knirschend Nicklas Pfäffle zu Rate ziehen. Der blasse, fette Bursche fügte sich auch; doch stellte er in seiner gleichmütigen Art Bedingungen. Vor allem ließ er keine fremde Hand heran an Dinge, mit denen sein Herr in leiblicher Berührung gestanden war. Sowie der Portugiese hier anzutasten wagte, wurde Nicklas Pfäffle sogleich widerspenstig, verwirrte die Fäden der schwebenden Finanzangelegenheiten, übte passive Resistenz, und Dom Bartelemi mußte die dürren Finger wieder wegziehen von den Dingen, die ihm der stille Sekretär nicht erlaubte.

Die Stute Assjadah fiel ab, so gut sie gehalten wurde, seitdem sie nicht mehr die Hand ihres Herrn spürte. Der Major Röder wollte sie haben, und der Portugiese sagte sie ihm zu. Doch Nicklas Pfäffle verhinderte es. Das Angebot des Majors war plötzlich überboten; ehe der Major sich rückäußern konnte, war das edle Tier dem fremden, unbekannten Käufer überlassen worden, und Herr von Röder, dessen Lied »Halt! oder stirb entweder!« noch immer in aller Munde war, mußte sich dem stets enthusiasmierten Volk auf seinem alten Fuchs zeigen. Die schöne Morgenländische tauchte dann bei der Demoiselle Elisabeth Salomea Götzin auf, wo der Schwarzbraune sie wartete. Später in starker Geldnot mußte die Demoiselle sich ihrer entäußern. Sie verkaufte sie an einen reichen Moslem, und die Stute Assjadah verschwand wieder nach dem Osten, aus dem sie gekommen war.

Auch den Papagei Akiba, der »Ma vie pour mon souverain!« rief und: »Wie geruhen Euer Durchlaucht geschlafen zu haben?«, entzog Nicklas Pfäffle den Händen des gierigen Siegers. Er selber brachte das Bauer mit dem Vogel nach Frankfurt zu Isaak Landauer, der einen dem Nicklas Pfäffle sympathischen Käufer ausfindig gemacht hatte. Der große Finanzmann empfing den Sekretär in dem dumpfen, schlecht gelüfteten Privatkontor seines häßlichen, schiefen, verwinkelten Ghettohauses. In unschöner, unbequemer Haltung saß er in seinem schmierigen Kaftan vor dem fetten, blassen Sekretär, beschaute gehässig den kreischenden Vogel, sprach schließlich: »Ich hab es ihm rechtzeitig gesagt: was braucht ein Jud einen Papagei?« Er strähnte mit den dürren Fingern hastig den rotblonden, verfärbten Ziegenbart, schickte schiefe, eilige, mißmutige Blicke herum. Nicklas Pfäffle schwieg. Aber dann blieben die Männer doch noch einige Stunden zusammen und besprachen sehr vieles, einsilbig und gleichmütig der eine, hastig, jammernd, drohend, anklagend, heftig, dringlich der andere.

Infolge dieser Unterredung machte sowohl Isaak Landauer wie Nicklas Pfäffle einige Reisen. Von Anfang an hatte die Judenheit für den gestürzten Finanzdirektor zu wirken gesucht. Jetzt wurde diese Tätigkeit organisiert. Bei den Ministern und großen Herren an den verschiedensten europäischen Höfen saßen jüdische Bankiers herum, besprachen den württembergischen Prozeß. Legten Gewicht nicht etwa auf die Person des Süß, auch nicht auf die üble Behandlung, die er leiden mußte. Betonten vielmehr, wie willkürlich und gegen römisches und deutsches Recht sowohl wie gegen die Landesgesetze dieser Prozeß geführt werde. Die vereidigten Beamten ließ man laufen, gegen den Privatmann und Nichtuntertan inquirierte man wegen Verrats an der Verfassung. Ein herzogliches Reskript war da, das ihn vor allen Verfolgungen durch Gesetzesakt schützte. Man setzte sich über diese höchste, heiligste Unterschrift hinweg und prozessierte um Majestätsverbrechen. War das Justiz? Hatte man Rechtssicherheiten, Garantien in einem solchen Staat? Konnte man verhandeln mit einer solchen Regierung, Geschäfte mit ihr abschließen? Gegen einen einzigen Gesetzesparagraphen hatte Süß sich vergangen. Er hatte – ei du Kriminalverbrechen! – mit christlichen Frauen geschlafen. Darum konfiszierte man sein Vermögen. Hieß das Recht? Hieß das Justiz? Konnte man solch einem Staat Kredit geben?

So ging es an allen Höfen. Man hänselte die württembergischen Gesandten, mokierte sich vor allem über die profitliche Staatsmoral, die das Schäferstündchen eines Privatmannes zur Deckung des Staatsdefizits ausnützte. Auch daß die Richter den Prozeß nur hinschleppten, um an den Diäten fett zu werden, wurde überall festgestellt. An jedem Beischlaf des Juden, hieß es, schnüffelten die Herren so lange herum, bis der einzelne seine tausend Taler verdient hätte.

Johann Daniel Harpprecht erschien bei dem Herzog-Administrator, ihm über den Verlauf der Untersuchung zu referieren. Er sprach frank und geradezu. Wenn das so kontinuiere, verliere die schwäbische Justiz jedes Prestige. Man habe sich jetzt zur Genüge blamiert. Er brauche nicht zu betonen, daß er den Juden für eine schädliche Wanze ästimiere. Aber es gehe nicht an, einen Menschen in einem modernen Rechtsstaat derart physisch zu torturieren. Man möge endlich die Argumente zusammenstellen und zu Deduktion und Spruch schreiten. Es sei ein Skandal, daß man die anderen größeren Schelme habe aus dem Netz gelassen. Er begreife die politische Notwendigkeit solcher Milde; aber dann solle man sich wenigstens nicht durch überflüssig barbarisches Traktament des Juden weiter bloßstellen. Vornehmlich die Geschichte mit den Frauenzimmern, wie sie die Kommission betreibe, sei eine landesverderberische Sauerei. Der alte Jurist redete sich rot und heiß und gebrauchte starke Worte. Man müßte, gehe man nach dem nackten und längst entwesten Buchstaben des Gesetzes, auch die Weiber verbrennen. Daran denke niemand. Was also in Dreiteufelsnamen der ganze Handel solle. Es würden jede Nacht hunderttausend Weiber im Herzogtum beschlafen. Im Bett, eine Frau beschlafend, gefährde kein Jud und kein Ketzer die Sicherheit des Staates, der Religion und der Verfassung. Es wäre gut gewesen, der Jud hätte sich all seine Tag und Nächte nicht anders betätigt. Übrigens wolle ihm der Jud, der sich keinen Namen entpressen lasse, nobler erscheinen als seine eifrigen Richter. Und man solle endlich aus dieser Sauerei Hände und Nasen herauslassen. Finster hörte der alte Regent zu. Harpprecht polterte nur klar und hart heraus, was er selber schon dumpf gespürt hatte. Pflicht! Gerechtigkeit! Und er gab Weisung, die Inquisition wegen der Weiber einzustellen. Etliche von den Frauen ließ er stäupen, die übliche Fuhre Mist durch die Stadt schleifen.

Den Süß befahl er nicht weichlich, aber als einen Menschen zu behandeln. Pedantisch genau befolgte der Major Glaser diese Instruktion. Nicht weichlich. Die Zelle des Juden maß nach wie vor nur fünfundeinenhalben Schritt, er wurde jeden zweiten Tag geschlossen, erhielt Fleisch nur des Sonntags, durfte nur einfachste Kleider tragen. Als einen Menschen. Das Verhör zwischen neun und zehn Uhr fiel fort, er bekam einen Tag über den andern Waschwasser, seine Zelle hatte Holzboden und eine Pritsche zum Schlafen.

Auf die Herren der Kommission wirkte die Ordre des Regenten. Auch wurde ihnen, trotzdem sie große Worte machten, bei der immer lauteren, klug geschürten Mißbilligung des Auslands unbehaglich. Es war wirklich nicht so ganz einfach, eine Verurteilung formal einwandfrei zu begründen. Daß Harpprecht und Schöpf nicht zustimmen würden, war gewiß; aber auch andere, vornehmlich die jüngeren Herren, wurden unsicher, bekamen Angst, sich zu blamieren. Der Lizentiat Mögling, der ehrliche Advokat, blühte auf. Er hatte das Gefühl, als sei die sanfte Behandlung des Süß und der Stimmungsumschwung einzelner

Richter sein Werk. Zwar wurde ihm der Zutritt zu seinem Klienten immer noch erschwert, auch die Protokolle der Zeugenverhöre wurden ihm geradezu verweigert, so daß seine Defensionsschrift sachlich nicht recht weiter gedieh; aber formal feilte er sie immer schärfer durch, er setzte die Worte immer glatter und schöner, so daß er sich beruhigt sagen konnte, er verdiene seine Diäten mit Schweiß und redlich.

Voll Sorge und Erbitterung sah der Geheimrat Pflug, daß durch jüdische Machinationen die Verurteilung und Vernichtung des Süß ernstlich gefährdet und in Frage gestellt war. Sein trockener Fanatismus empörte sich, fraß ihm am Herzen, jagte ihn herum. Das Ziel war zu nahe gewesen; wäre es ihm nun doch entglitten, er hätte es nicht überwunden. Hager, bitter, besessen von seinem Zweck, keinem andern Argument zugänglich, saß er herum bei den Parlamentariern, die er als grimmigste Feinde des Süß kannte. Beriet unermüdlich mit Dom Bartelemi Pancorbo. Sparte nicht Geld, nicht Mühe. Flugschriften erschienen gegen den Juden, die Erbitterung des Volkes, daß die Mez, Bühler, Hallwachs so glimpflich davongekommen waren, wurde in ihrer ganzen Wucht gegen Süß gelenkt. Das Gerücht wurde ausgesprengt, auch Süß solle demnächst entlassen werden. Die Richter, von denen man annahm, sie würden milder sprechen, selbst der hochangesehene Harpprecht, wurden von allen Seiten bearbeitet, schließlich sogar im Wirtshaus belästigt. Es kam zu Rottierungen, Demonstrationen. »Der Jud muß hängen!« gaben Herr von Pflug und Dom Bartelemi die Weisung aus. »Der Jud muß hängen!« wetterte es im Parlament, von den Kanzeln. »Der Jud muß hängen!« brüllte das Volk, sangen es in einem eingängigen, gassenhauerischen Rhythmus die Buben, konstatierten schwerfällig und überzeugt in den einsamsten Höfen die Bauern.

Durch solchen Druck erreichte Herr von Pflug, daß einzelne von den Richtern aus der Kommission ausschieden. An ihre Stelle traten persönliche Feinde des Süß, deren Votum sicher in seinem Sinn ausfallen mußte. Die früheren Minister Forstner und Negendank, die Süß gestürzt hatte; der unter Karl Alexander überall von Süß gehemmte kalte, glatte Ehrgeizling Andreas Heinrich von Schütz; ja, Herr von Pflug drehte es, daß auch der junge Geheimrat von Götz in das Kollegium berufen wurde, an dem Verderber von Mutter und Schwester Wut und Rache auszutoben.

Diese alle waren nun zu Richtern des Süß bestellt. In ihnen brannte Haß viel heißer als Geldgier, das Volk drängte auf endliches Urteil, und sie waren sehr bereit, diesem Drängen stattzugeben. Sie beschleunigten die Untersuchung. Die Anklageakte des Regierungsrats Philipp Heinrich Jäger legte dem Süß ungefähr alles zur Last, was unter Karl Alexander Übles geschehen war, auch Dinge, von denen er unmöglich Kenntnis gehabt haben konnte. Machte ihn als einzigen voll verantwortlich für die Amtshandlungen sämtlicher Staatsbeamten von den Mitgliedern des Kabinetts bis zum letzten Subalternen. Die wackere Verteidigungsschrift des braven Lizentiaten Mögling wurde kaum gelesen. Haßblind setzten sich die Richter über den klaren Tatbestand hinweg, streiften in der Urteilsbegründung kaum die zahllosen Einwände, die sich gegen ihre Kompetenz erhoben und eine gesetzmäßige Verurteilung des Süß ausschlossen.

Sie erkannten den Juden für schuldig zahlloser Verbrechen: erstens gegen den Herzog, zweitens gegen dessen getreue Räte, Minister und die ganze Nation, die er bei dem Fürsten angeschwärzt und in Ungnade und Mißtrauen gesetzt habe; drittens und hauptsächlich gegen das Parlament und die Verfassung – hier mußten sehr viele Verordnungen des Süß herhalten, vor allem auch jenes Reskript wegen der Kaminfeger; und viertens gegen Gemeinden und einzelne Untertanen. Sie erkannten ihn für einen Majestätsverbrecher, Staatsverbrecher, Münzverbrecher, Hochverräter und Landverderber.

Aus diesen Gründen verurteilte das zur Untersuchung seiner Verbrechen eingesetzte Sondergericht den Josef Süß Oppenheimer, Juden und gewesten Finanzdirektor, zum Tod durch den Strang. Diese Hinrichtungsart wurde dem Angeklagten zuerkannt, weil sie ohnedies die gewöhnliche Strafe war bei verschiedenen dem Angeklagten zur Last gelegten Verbrechen; insonders aber, weil sie die Mitte hielt zwischen der gegen Majestätsverbrecher üblichen Strafe der Vierteilung, zwischen der gegen Falschmünzer zu verhängenden Strafe des Lebendigverbranntwerdens und zwischen der ehrenhafteren Hinrichtung durch das Schwert.

Die Herren gingen geschwellt herum. Sie hatten das Urteil in eine Form gekleidet, die einigermaßen passabel aussah. Mochten pedantische Juristen daran mäkeln, sie wußten, das Volk und sein gesundes Empfinden war auf ihrer Seite.

Unbehaglich und mit unruhigen Gliedern saß der Darmstädter Finanzienrat und Kabinettsfaktor Baron Tauffenberger in seinem mit Akten überstapelten Salon. Ihm gegenüber saß, ratlos, schön und töricht seine Mutter, Michaele Süß. Seit sieben Jahren, seitdem er nicht mehr Nathan Süß Oppenheimer hieß, sondern sich zum Baron Ludwig Philipp Tauffenberger hatte taufen lassen, hatte sie ihn nicht mehr besucht. Die schöne alte Dame, ihr leeres Leben mit Toilettensorgen, Korrespondenz, Theater, Protektion junger Künstler, Reisen, Geselligkeit ausfüllend, hatte Darmstadt, den Sitz ihres älteren Sohnes, immer ängstlich gemieden. Sie hätte es begriffen, wenn der jüngere, wenn Josef sich zum Glauben seines Vaters bekannt hätte, ja, sie hätte es vielleicht gern gesehen, sie suchte mit zärtlichem Schuldbewußtsein die Züge des Vaters in ihm. Aber daß Nathan, der Sohn des Kantors Isaschar Süßkind, zum Christentum übertrat, schien ihr ein großer Frevel, der sich gewiß einmal bitter rächen mußte. Scheu betrachtete sie sein Glück und seinen Aufstieg. Daß jetzt Josef, der fromme, edle, der den Jecheskel Seligmann Freudenthal gerettet hatte, der trotz Lockung und unerhörter Versuchung Jude geblieben war, daß der jetzt so grausam stürzen mußte, während der Frevler und Getaufte üppig und in Blüte stand, machte sie vollends wirr und hilflos.

Michaele Süß hatte ihren Mann, den Kantor Isaschar, auf ihre Art geliebt. Er war ein netter, betulicher Mann gewesen und ein großer Sänger und Komödiant und vor allem auch ein sanfter, bequemer Mann, der viel auf Reisen war und auf die bösen Dinge, die man ihm über seine Frau zutrug, nicht hörte, sondern immer gleich zärtlich und voll dankbarer Bewunderung ihrer Schönheit blieb. Sie hatte auch sonst in ihrem langen, reichen, leichten Leben viele Männer gern gehabt. Aber jene Monate mit dem strahlenden Georg Eberhard Heydersdorff waren doch die Krone ihrer Tage gewesen. Wie er in Schmach und Jämmerlichkeit stürzte, war dies der echteste Schmerz, den sie all ihrer Tage gespürt hatte. Sie hatte dann in ihrem Sohn Josef den Vater wiedererlebt, atemlos und schwach vor Bewunderung hatte sie seinen beglückenden Aufstieg mit angeschaut, alle Jugend und Süßigkeit, allen Glanz und Rausch liebte sie in dem Sohn, sie schwamm selig in hemmungslos gläubigem Aufblick zu seinem Genie, seinem Stern, seiner Herrlichkeit. Und nun wiederholte sich in ihm noch viel grausiger Wendung und Sturz des Vaters.

Sie hatte erst geglaubt, die Haft des Sohnes sei eine List, eine

Vermummung, aus der er bald um so glänzender auftauchen werde. Aber jetzt mußte sie sehen, daß es gräßlicher Ernst war. Das Urteil war zwar noch nicht bekannt, aber immer drohender und bestimmter hieß es im ganzen Reich, daß die Württemberger ihren gewesten Finanzienrat in den allernächsten Wochen würden aufhenken. Das Liedchen: »Der Jud muß hängen!« wurde nicht nur am Neckar, sondern auch den ganzen Rhein hinauf, hinunter gepfiffen. Sie brachte den grausigen Gassenhauer nicht aus dem Ohr, wurde immer fahriger, ratloser. Machte ungeschickte Versuche, dem Sohn zu helfen, schrieb törichte Bittbriefe in die Welt hinein. Wenn wenigstens Rabbi Gabriel von sich hätte hören lassen! Sie schrieb einen drängenden, ratlosen Brief an ihn; aber sie wußte nicht, ob er ihn erreichte; denn sie hatte nur die Vermutung, keine Gewißheit, er sei in Holland. Sie schrieb ihrer verheirateten Tochter nach Wien, schrieb mit ihrer flatterigen, marklosen Schrift eine ganze Reihe von Briefen an die Wiener Oppenheimers, entschloß sich endlich zu diesem Äußersten, suchte ihren ältesten Sohn auf, den Getauften. Da saß sie nun, den Mund ängstlich, erwartungsvoll halb offen, schaute mit gescheuchten, törichten Augen auf ihn. »Was soll man tun? Was soll man tun?« jammerte sie.

Der Baron Tauffenberger rückte unbehaglich auf seinem Sessel, kramte nervös und mechanisch in seinen Papieren, zappelte herum. Er war ein fast kleiner, etwas zu feister Herr, die Haut hell und sehr gepflegt, die raschen Augen traten zu groß aus dem Kopf heraus, die Finger krümmten sich dick, weiß und beweglich, er war unelegant trotz reicher und sorgfältiger Kleidung. Sein Christentum war ihm unbehaglich bei aller gespielten Freigeisterei. Er mokierte sich gern über jüdische Sitte und jüdisches Wesen, verkehrte auch mit dem Helmstedter Professor Karl Anton und dem als Prediger nach Stuttgart versetzten früheren Propst von Denkendorf Johann Friedrich Paulus, die, beide frühere Juden, jetzt konvertiert und fanatische Verkünder der christlichen Heilslehren waren. Aber er neidete es dem jüngeren Bruder aus tiefster Seele, daß der es soviel weiter hatte bringen können als er selber und doch Jude bleiben. Auch hatte Josef ihn als einen Getauften unverhohlen und reichlich Spott und Verachtung spüren lassen, ihm, als sie einmal am kurpfälzischen Hof zusammengetroffen waren, kalt den Rücken gekehrt. Stießen sie geschäftlich aufeinander, so begannen sie ohne Vergleichsversuch zu prozessieren, und es reizte den Getauften bis aufs Blut, daß der Bruder voll Widerwillen und Ekel auch in importanten Affären es verschmähte, mit ihm persönlich zusammenzutreffen, und lieber, Verluste nicht scheuend, alles durch Agenten erledigen ließ. Der Sturz und die Schmach des Bruders traf ihn tief, auch wurde er darüber gehöhnt und gehänselt; gleichwohl konnte er, wie jetzt die Mutter ratlos vor ihm saß, für den geliebteren und bewunderten Sohn bei ihm zu betteln, ein leises Triumphgefühl nicht niederdrücken. »Da habt Ihr's, da habt Ihr's!« sagte er mehrmals mit seiner hohen, hellen Stimme. »Es geht nicht, daß einer da hinaufsteigt und Jud bleibt. Es schickt sich auch nicht«, eiferte er, heftig gestikulierend, »es soll nicht sein, es ist gegen göttliche Ordnung und menschlichen Fug.«

Aber Michaele ging nicht darauf ein. »Was soll man tun? Was soll man tun?« jammerte sie, immer im gleichen Ton.

Der feiste Mann stand auf, lief nervös herum, legte einen Stapel Akten von einer Seite des Tisches auf die andere. »Es gibt nur ein Mittel«, sagte er endlich. Da Michaele ihn gespannt und hoffend anschaute, nahm er Anlauf und warf es wie gleichmütig und selbstverständlich hin: »Er muß sich taufen lassen.«

Michaele überlegte. Dann sagte sie mutlos: »Er wird es nicht tun.« Und, nach einer Weile: »Rabbi Gabriel erlaubt es nicht.«

Der Sohn höhnte nach: »Erlaubt es nicht! Mir hat er es auch nicht erlaubt. Hätte ich ihm gefolgt, wäre ich jetzt vielleicht so weit wie jener. Erlaubt es nicht! Erlaubt es nicht!« ärgerte er sich, mit seiner hellen Stimme vor sich hin schimpfend, stark gestikulierend. »Was anderes weiß ich nicht«, sagte er plötzlich, mit einem Ruck stehenbleibend. Und da er die Mutter mutlos und erloschen sitzen sah, fügte er noch hinzu: »Ich will gern tun, was ich kann, von seinem Vermögen zu halten, was zu halten ist. Obzwar er es nicht um mich verdient hat. Was man in Heidelberg, Frankfurt, Mannheim für ihn retten kann, ich will die Hand darauf legen. Ich will auch mit Geld nicht sparen, Versuche zu machen in Stuttgart bei der Regierung, bei den Richtern, im Gefängnis. Aber wenn er sich nicht taufen läßt«, schloß er achselzuckend, »wird es schwerlich gut ablaufen.« Michaele setzte, als sie ging, die Füße schwerer als beim Kommen.

In Stuttgart wirkte unterdessen stetig und gleichmütig Nicklas Pfäffle für seinen Herrn. Große Gelder flossen an Regierungsstellen, Gerichtsbeamte. Da der Herzog-Administrator angeordnet hatte, daß peinlich genau untersucht werden müsse, was unzweifelbarer, legitim erworbener Besitz des Süß sei und daß dieser Besitz nicht angetastet werden dürfe, hatte der Sekretär reiche Mittel zur Verfügung. Kostbare Vasen, Teppiche, Steine gingen aus dem Haus des Süß in der Form von Andenken an einflußreiche Parlamentarier, Hof- und Staatsbeamte, die offiziell mit der Affäre nichts zu tun hatten, mittelbar um so mehr wirken konnten.

Durch alle Judenheit aber lief es, raunte es, schwoll an: »Er hat gerettet den Reb Jecheskel Seligmann Freudenthal, er hat seine Hand ausgestreckt und geschützt die Juden am Neckar und am Rhein. Jetzt haben sie sich zusammengetan, Edom und alle Frevler, und sind hergefallen über ihn. Er war ihnen zu groß, er hat ihnen zuviel Glanz gestrahlt über die Judenheit. Sind sie hergefallen über ihn wie Haman der Frevler und wollen ihn totschlagen. Helft und rettet den Reb Josef Süß Oppenheimer, der ein guter Jud war und seine Hand gehalten hat, wie er in Glanz war, zu gutem Schutz über alle Judenheit.« Da wurde gebetet und gefastet in den Bethäusern, da wurde gewirkt in den Kanzleien und Kabinetten, da wurde Geld gesammelt, viel Geld, immer mehr Geld, ungeheures Geld, alles zu Händen des Reb Isaak Simon Landauer, Hoffaktors und guten Juden, der bestellt war von den Rabbinern und den Gemeinden, zu schützen mit aller Kraft und Schlauheit und Vermögen den gefallenen Reb Josef Süß Oppenheimer, Retter Israels aus großer Not. Isaak Landauer aber hatte einen Plan, keinen besonders schlauen Plan, aber kühn und geradezu, für den Fall, daß sie es wirklich wagen sollten, den Süß zu verurteilen. Zu diesem Plan brauchte er Geld, märchenhaft viel Geld. Und märchenhaft viel Geld strömte in seine Kassen, blankes Gold, Wechsel, Verschreibungen, der Geringe gab gering, der Große gab groß, aus allen Ländern, aus allen Gemeinden, von den Juden aller Welt.

Johann Daniel Harpprecht saß in seiner Bibliothek, arbeitend. Der Herzog-Administrator hatte den Spruch der Kommission nicht bestätigt, hatte befohlen, ihn vorläufig geheimzuhalten, und hatte ihm, dem Harpprecht, das Urteil nebst dem ganzen zugehörigen riesigen Aktenmaterial zur Begutachtung schicken lassen.

Ingrimmig saß der alte Herr. Dies war der vierte Winter, seitdem er das Judizium über den Fall des Jecheskel Seligmann hatte abgegeben, den Stinkjuden wider Willen hatte retten müssen.

Die nagenden Würmer hatten abgelassen jetzt und sich verkrochen; die obenan aufringelten, die fetten, gemästeten, der Herzog und der Jud, davon war der eine tot, der andere lag machtlos und unterm Fuß, und es stand bei ihm, zuzutreten. Ei, sie hatten gut genagt seither. Er, Harpprecht, war ein fester Mann gewesen, jetzt war er ein Greis durch sie, und viel Land und Wald und Acker und Menschenleib und Menschenseel war übel zerfressen und vertan durch sie, und der Junge, der Michael, war angenagt, und die sanfte, liebliche Elisabeth Salomea Götzin war eine Hur geworden durch sie. Und wenn auch jetzt das Gewürm gescheucht ist und sich verkrochen hat, es wird wiederkommen, wie es immer wiedergekommen ist, und das alte Gebäu wird vollends zusammenstürzen. Und nun also saß er und sollte judizieren, ob es rechtens sei, diesen nagenden und schädigenden Wurm zu zertreten.

Bilfinger kam. Er war jetzt der eigentliche Regent im Land, ein treuer, uneitler Regent, der arbeitete wie ein Roß und mit Erfolg. Die Arbeit schlug ihm gut an, der schwere, vollblütige Herr sah, der Gleichaltrige, zehn Jahre jünger aus als Harpprecht.

»Wie steht's, Herr Bruder?« fragte er, den Blick auf dem Wust von Akten. »Ist es das gleiche«, setzte er langsam, unbehaglich hinzu, »wie damals bei dem Juden Jecheskel?«

Draußen schneite es weich und dick. Es war sehr still im Zimmer. Von nebenan hörte man den Schritt des jungen Michael Koppenhöfer. »Ja, Herr Bruder«, sagte Harpprecht. »Es ist das gleiche. Er ist formal, nach dem Buchstaben des Kriminalrechts, nicht genug überwiesen.«

Bilfinger nahm von den Papieren, zerteilte sie, schichtete sie wieder zusammen. »Ist nicht zu bedenken, Herr Bruder«, sagte er nach einer Weile, »daß er sich im Verfassungsstaat Württemberg so viel Ausnahmen permittiert hat vom Verfassungsmäßigen, daß er es sich muß gefallen lassen, wenn man jetzt auch mit ihm eine Ausnahm macht von der Rechtsform?«

»Das ist zu bedenken«, erwiderte Harpprecht. »Aber nicht von mir. Vom Herzog.«

Indessen war auch der Prozeß gegen den General Remchingen seinem Ende entgegengeführt worden. Der Freiherr, Jesuit und österreichische Oberst wurde nicht so glimpflich behandelt wie die eingesessenen Hallwachs, Mez, Bühler, Lamprechts, Scheffer, er hatte keine Verwandten in der Kanzlei sitzen, er hatte alles Zivil als Federfuchser, alles Nichtadelige, besonders das Parlament, stets nur als Kanaillen, Rotüre, Populace traktiert und war sehr verhaßt. Man inquirierte also scharf und trug Material zusammen, das, wenn nicht zum Todesurteil, so zumindest zur Bestrafung mit lebenslänglicher Festungshaft genügte.

Nun war aber um diese Zeit der Vergleich Karl Rudolfs mit der Herzogin-Witwe über die Vormundschaft bis in alle Details fertiggestellt worden, auf eine für den Regenten sehr günstige Art, und unterlag zugleich mit dem Regierungsreglement für die Administrationszeit der Prüfung und Bestätigung der kaiserlichen Kanzlei. In solchem Augenblick durch harte Bestrafung des Katholiken und Österreichers den Wiener Hof zu reizen schien höchst inopportun. So beschloß man, die Urteilsfällung hinauszuschieben, und ließ den General einstweilen frei, gegen Handtreue und Ehrenwort. Remchingen brach, wie erwartet, schnurstracks sein Ehrenwort, floh außer Landes, trat unter dem General Schulenburg in venezianische Dienste. Wurde in Kontumaz verurteilt, tat in mehreren Klageschriften an Kaiser und Reich, besonders in der »Innocentia Remchingiana vindicata« oder »Notgedrungenen Ehrenrettung«, erbitterten Einspruch. Spie noch durch Jahre Kot, Gift und Galle gegen Württemberg.

Das Volk war empört über Remchingens Flucht. Nun waren alle Bluthunde ungestraft entkommen, saßen in Eßlingen, anderthalb Meilen entfernt, lachten sich den Buckel voll oder machten gar noch wie Remchingen Stank und Diffikultäten. Den einzigen Juden hatte man noch. Aber der wenigstens sollte büßen. Wieder waren die Geheimräte Pflug und Pancorbo vornean, schürten, zahlten Demonstrationen. Wilder, heftiger, drohender, drängender ging es durch das Land: »Der Jud muß hängen!«

So lagen die Dinge, als Harpprecht dem Herzog-Administrator sein Gutachten abstattete. Der rechtliche, wahrhaftige Mann ließ sein Urteil nicht trüben durch den Haß gegen den Juden, nicht durch das tobende Volk, das laut und wie mit *einer* Stimme nach dem Tod des Juden brüllte, nicht durch die Gunst oder Mißgunst des Kabinetts und des Parlaments. Der Rechtslehrer urteilte: Die auf Verfassung und Amt vereidigten Räte und Minister, welche die angeklagten Befehle und Verordnungen signiert hatten, müßten prozessiert und gestraft werden, nicht der unvereidigte, in keinem Staatsamt stehende Ausländer. Jene seien nach römischem und deutschem Recht des Todes schuldig, dieser nicht. Einen einzigen Punkt ausgenommen, den fleischlichen Verkehr mit Christinnen. Und dieser Punkt könne aus mancherlei Ursach ernsthaft nicht herangezogen werden, auch habe ihn die Kommission gar nicht erst in ihre Entscheidungsgründe aufgenommen. Er kam zum Schluß, auf Grund der bestehenden Gesetze des Römischen Reichs und des Herzogtums könne Inquisit zum Tod nicht verurteilt werden; man solle ihm seinen Raub, soweit er erwiesen sei, abnehmen und ihn des Landes verbannen.

Klein, schäbig, schief saß der eisgraue, verwitterte Herzog und hörte aufmerksam dem schweren, treuen, sachlichen Mann zu. »Er vermeint also«, sagte er schließlich, »die Kommission hat den Juden mehr als den Schelmen verurteilt?« – »Ja«, sagte Harpprecht. Draußen pfiff einer den Gassenhauer: »Der Jud muß hängen!« Der alte Regent hielt die Lippen hart geschlossen. »Ich wollte, ich könnte tun nach Seinem Rat«, sagte er endlich. Damit entließ er den Juristen.

Andern Tages unterzeichnete er das Todesurteil. »Besser, der Jud wird zu Unrecht erwürgt«, sagte er, »als er bleibt zu Recht leben und das Land gärt weiter.« Auch sagte er: »Das ist ein seltenes Ereignis, daß ein Jud für Christenschelmen die Zeche zahlt.«

Durch die kahlen, dumpfen Gänge der Festung Hohenasperg, über verwinkelte Treppen, ein mürrischer Korporal mit einem ungefügen Schlüsselbund voran, flatterte Michaele Süß. Der alten, verzärtelten Dame beschleunigte sich das Herz, Mauern überall und klobige Waffen, ein großer, beklemmender, bedrohlicher Apparat. Der Korporal stapfte mit raschen Schritten voraus, sie konnte nur mit Mühe folgen und kam außer Atem, aber sie wagte nichts zu sagen. Endlich knarrte rasselnd eine niedrige, häßliche Tür auf. Sie schaute, schnaufend, in ein kahles Geviert, da saß auf einer Pritsche ein alter Mann, den Rücken krumm, schlaff und übel verfettet, mit schmutzigweißem, ungepflegtem Bart, und summte und döste vor sich hin mit einem abwesenden, törichten Lächeln. Sie sagte zaghaft zu dem Korporal: »Nicht zu dem, guter Mann; ich will zu Josef Süß.« Der Korporal sagte übellaunig: »Das ist doch der Jud, Frau.«

Angefüllt von tiefem, kältendem Schrecken, schaute Michaele Süß auf den eingesperrten Mann, der ihr jetzt langsam das Gesicht zuwandte, die braunen, blinzelnden, etwas entzündeten

Augen. Der Korporal verschloß draußen umständlich rasselnd die Türe. Das ihr Sohn! Der häßliche, verwahrloste Mann, älter als sie, ihr strahlender Sohn! Oh, es war nichts mehr, nicht die leiseste Spur mehr war vom Heydersdorff in ihm, viel eher, merkte sie mit Grauen und Neugier, glich er trotz des Bartes dem Rabbi Gabriel. Sie beschaute ihn scheu, voll Grauen, sie spürte nichts von dem früheren fressenden, schmerzhaften Mitleid, sie spürte, wie er aus ihr glitt, wie sie leer wurde, es war ein fremder, schmutziger, verwahrloster Mensch, mit dem man, versteht sich!, Bedauern haben mußte, denn er war eingesperrt und es ging ihm schlecht und zudem war er ein Jud. Aber sie hatte sich schon wieder verkapselt, und ihr Inneres war umkrustet. Sie stand, eine fremde, elegante Dame, verlegen vor dem ungepflegten, in den Schmutz gerutschten Mann.

Als sie dann redeten, fand sie kein echtes Wort mehr. Er sprach mild zu ihr, mit einer leichten, überlegenen, fast scherzenden Güte, und streichelte ihre sehr weißen Hände. Sie weinte ein weniges. Aber keines seiner Worte drang zu ihr. Sie dachte immer nur: Dieser alte Mann ihr Sohn! und war umkrustet. Sie war eigentlich froh, als die Stunde um war, die sie bei ihm bleiben durfte, und der mißlaunige Korporal sie wieder abholte. Umschaute sie noch einmal aus der Tür voll scheuen Grauens nach dem alten Mann, der ihr Sohn war. Als sie dann die Festung verließ, war sie es, die den Schritt schneller nahm.

Bald darauf tauchte ein sanfter, stiller, trauriger Herr in die Zelle, neigte sich, war sehr höflich. Stille, große, weiße Hände, melancholische, fließende Augen in dem fleischigen, vom Rasieren bläulichen Gesicht. Er sprach leise, mit einer beredten, traurigen Stimme. Es war Johann Friedrich Paulus, früher Propst von Denkendorf, jetzt Prediger in Stuttgart, der Konvertit. Der Stadtvikar Hoffmann hatte ihn geschickt. Der Stadtvikar hätte zwar gern selber der Kirche diesen Verstockten gewonnen; aber er sah, hier war wenig Hoffnung, und lieber sollte ein anderer das Werk vollenden, als daß es gar nicht geschah. Der frühere Jude konnte sich vielleicht tiefer hineinschmiegen, hineintasten, hineinschmuggeln in die verhärtete Seele, sie aufzuweichen.

Still und höflich saß der Konvertit an der Wand, trotz seiner Fülle merkwürdig schattenhaft. Er ließ seine traurigen Mandelaugen herumgehen in der kahlen Zelle. Sprach leise, konversierend. »Dies alles sind nur Kleider und Masken«, sagte er. »Ihr Palais, diese Zelle, Ihr Judentum, mein Christentum: Kleider,

Masken. Es ist nur dies, daß einer den Strom Gott in sich spürt. Es ist dies, daß einer ein Schein im Schein, ein Wort im Wort ist. Ich habe Sie steigen sehen, Herr Finanzdirektor, ich habe Sie in Ihrem großen Glanz gesehen und hoch im Blau. Ich bin ein Freund und Schüler des Rabbi Jonathan Eybeschütz, der wieder ein Freund ist Ihres Onkels, des Rabbi Gabriel. Ich hatte oft Lust, mit Ihnen zu reden, Herr Finanzdirektor. Nicht weil Sie mich vielleicht verachteten um meine Taufe und mein Christentum und weil ich Sie besser belehren wollte. Wie ich Sie jetzt sehe«, schloß er, und seine streichelnde Stimme war noch leiser, und er war fast erschüttert, »sehe ich sehr genau, daß ich um unser beider willen gekommen bin, für mich nicht weniger als für Sie.«

»Sie sind doch gekommen«, sagte Süß, »um mich zum Christentum zu bekehren? Der Stadtvikar Hoffmann hat Sie doch geschickt? Ist's nicht so, ehrwürdiger Herr? Oder soll ich Sie Rabbi Unser Lehrer nennen?« lächelte er. Der stille Mann an der Wand sagte: »Es ist nicht schwer und es ist billig, zu trotzen und ein Märtyrer zu sein. Viele verachten mich, weil ich Christ wurde. Aber die Beschmutzung tut nicht weh. Ich rühre mich nicht und wische sie nicht weg. Denn ich hab es getan nicht um Brot und Kleid und Titel, nur für die Idee, für mein Gesetz. Sie haben Ihr Gesetz, Sie haben Ihre Idee. Ist es nicht vielleicht richtiger, dies Gesetz fertig zu leben, dieses Licht nicht verlöschen zu lassen, auch wenn man statt des Kleides Judentum das Kleid Christentum anziehen muß? In solcher Zelle zu leben« – sein sanfter, fließender Blick glitt über die kahlen Wände – »ist sicher hart. Aber wer sagt Ihnen, Exzellenz, daß alles, was hart ist, Verdienst ist?«

»Sie haben eine sehr liebenswürdige Manier, ehrwürdiger Herr«, sagte Süß, »die Heilslehren Ihrer Religion in eine komfortable Hülle zu verpacken. Ein weiches Bett, ein warmes Zimmer, Rehrücken, alter Madeirasekt sind unbestreitbare, eingängige, angenehme Wahrheiten; auch was Sie da sagen vom Wort im Wort und vom Schein im Schein, klingt gut und passabel. Aber sehen Sie, ich habe mein Palais in der Seegasse mit dieser Zelle vertauscht. Man hat mich in jedem Stück angezweifelt; aber nie hat jemand gezweifelt, daß ich ein tüchtiger Kaufmann bin. Ich muß also wohl« – er lächelte listig – »zu solchem Tausch meine guten Gründe gehabt haben. Sagen Sie dem Herrn Stadtvikar«, schloß er heiter und verbindlich, »und sagen Sie sich selbst: Sie haben getan und geredet, was einem Menschen möglich ist. Es liegt an mir, es liegt wirklich nur an mir.«

Allein, summte er, lächelte, wiegte den Kopf. Dachte an Michaele. Die liebe, törichte Frau. Er fühlte sich schwach, schwerlos, angenehm müde. Wie ein Kranker, wohlig im Bett, Genesung spürend. So saß er, dösend, auf der Pritsche. Da, ganz unvermutet, kam das Kind zu ihm, sprach zu ihm. Es war noch viel kleiner und jünger geworden, es war klein wie eine Puppe, und es setzte sich ihm merkwürdigerweise auf die Schulter und zupfte ihn zärtlich am Bart, und es sagte: »Dummer Vater! Dummer Vater!« Sie blieb etwa eine halbe Stunde. Sie sprach auch, aber lauter ganz kleine Dinge, sie sprach mit der Wichtigkeit und dem Ernst der Kinder, von den Tulpen, von der Auslegung einer Stelle im Hohenlied, von dem Futter seines neuen Rockes. Als sie fort war, atmete Süß wie ein Schlafender, den Mund halb auf, glücklich. So gerufen hatte er sie, und sie war nicht gekommen, mit wilden, heißen, törichten Taten sie gerufen, ein grelles, ungeheures Totenopfer ihr angezündet, und sie war nicht gekommen. Was für ein Narr war er gewesen! Sie war ja so klein, ein so kleiner, sanfter, befriedeter Mensch war sie. Was denn hätte sie sollen mit seinen großen, grellen, schreienden Taten und Opfern anfangen. Aber jetzt, nun er ganz still war und sich schon beschieden hatte, sie nicht mehr zu sehen, nun auf einmal kam sie, und es war ein großes, anfüllendes Geschenk. Er ging die Zelle auf und nieder, seine fünfeinhalb Schritte, und die Zelle war reich und voll und die ganze Welt, und er streckte die Arme aus und lachte, allein und jungenhaft und laut und glücklich, daß der Wächter draußen auf dem Gang aufschrak und mißtrauisch hereinspähte.

Der Major Glaser eröffnete dem Süß, er solle sich bereit halten, anderen Tages in der Frühe nach Stuttgart zu fahren. Der Major wußte, der Jude fahre nach Stuttgart, sein Todesurteil zu hören, aber er hatte nicht Ordre, ihm das zu sagen, und hielt es nicht für not. Süß, im linden Nachschmack der Worte Naemis, glaubte, es gehe in sein Haus zurück und in die Freiheit. Er hielt es nicht im entferntesten für möglich, man werde ihm gegen den klaren Buchstaben des Rechts ans Leben gehen. Gutmütig scherzend und in schwerloser Laune sagte er, er freue sich des schönen Wetters für die Fahrt, fragte den Kommandanten, ob er ihm, der ein großer Schnupfer war, eine Tabaksdose zum

Andenken übersenden dürfe. Gemessen lehnte der Major ab; doch gestattete er, das harte Gesicht kaum vor dem Grinsen wahrend, daß Süß einen Galarock für die Fahrt anlege. Auch vor dem Wärter erging sich Süß in leichten, schwingenden Worten über Rückkehr und Freiheit und gab dem erstaunten Mann, der nicht wußte, was tun, eine Anweisung auf eine ansehnliche Summe als Trinkgeld.

Wie er sich des Abends auf seine Pritsche legte, fand er sich ganz entlastet und selig. Er wird jetzt irgendwohin ins Ausland gehen, an einen See oder ans Meer, in ein winziges, stilles Nest und ganz klein und mild leuchtend vor sich hin leben. Ein paar Bücher oder auch keine. Und bald wird er leicht und leise verklingen und unter den Menschen wird nur ein dummer, lauter Hall bleiben von seinem Leben und von seinem Gewese und der wird im Guten und im Bösen ganz anders sein und sehr verzerrt; bald aber wird auch sein Name gar nichts mehr bedeuten, wird nichts sein als etliche Buchstaben ohne Sinn; schließlich werden auch die verklungen und es wird große, reine Stille sein und nur mehr ein Schweben und sachtes Leuchten in der Oberen Welt.

Anderen Morgens, es war ein frostklarer, weißer, sonniger Tag, fuhr Süß bei guter Zeit. Trotz der Kälte im offenen Wagen. Er hockte schwach und froh im Fond, ein Wärter neben ihm, einer ihm gegenüber. Starke Wache auch zu beiden Seiten, vor, hinter dem Wagen. Er wollte erst mit seinen Begleitern sprechen, aber die hatten strenge Weisung, nicht zu erwidern. Ihn grämte es nicht. Er lehnte zurück, atmete, kostete, schluckte, sah, tastete nach den vielen dumpfen Monaten die reine, freie, beglückende Gottesluft. Blick, nicht an Mauer stoßend, wie köstlich! Bäume, sanfter, herrlich reiner Schnee darauf. Weites, weißes Feld, weich und zärtlich in den Himmel mündend. Weite Welt, feine, herrliche, reine, weite Welt! Luft! Freie, liebe Luft! Sie griff ihn an, den Eingesperrten, Entwöhnten, er lehnte ganz schlaff und schwach und erschöpft; aber er war selig. Er hatte den roten, goldbestickten Taffetrock mit dem zottigen Samtfutter aufgeschlagen, selbst das grüne, goldbordierte Kamisol der Luft geöffnet. Die Beine in den braunen Beinkleidern zitterten und waren sehr matt. Den Samthut und die auf dem schlecht gepflegten Haar übelsitzende Perücke hatte er abgenommen, er ließ wohlig den Luftzug der raschen Fahrt durch das weiße Haar streichen.

Aber in Stuttgart am Tor stand dick der Pöbel, wartete. Schrie, johlte, als die Kutsche kam, schmiß Steine, Kot. Stürzte sich auf den Juden, riß ihn heraus, stauchte ihn hin und her, zerrte ihn an dem weißen Bart. Hob Kinder hoch: »Lugt her! Da ist er, der Schinder, Judas, Mörder, Saujud!« Spuckte, trat. Zerrissen der feine, rote Rock, in Kot getreten der artige Samthut. Die aus dem »Blauen Bock« sagten in wehmütiger, sentimentaler Genugtuung: »Das hätte der selige Konditor Benz noch erleben sollen.« Nur mit Mühe gelang es der Eskorte, den Juden herauszuhauen. Mit fliegender Brust saß er jetzt im Wagen, das graue Gesicht zerschrundet, Rinnsel von Speichel und Blut langsam in den zerrauften Bart rinnend, Soldaten um ihn, drohend gegen die Menge, die Hand an der Waffe.

Das Geschrei und Gejohle drang auch in das große Zimmer, in dem Magdalen Sibylle lag, ein Kind des Immanuel Rieger gebärend. Der Expeditionsrat hätte gern gehabt, daß sie das Kind auf dem Land, auf ihrer schönen Besitzung Würtigheim, zur Welt bringe; aber da sie aus unerklärlichen Gründen durchaus in der Stadt bleiben wollte, fügte er sich. Da lag sie nun in Wehen, eine geschwätzige, betuliche Hebamme watschelte geschäftig herum, der Expeditionsrat ging blaß, dienstwillig, demütig und schwitzend ab und zu. Trotzdem sie breit schien und gebärtüchtig, war die Entbindung nicht so leicht, wie man gehofft hatte. Sie lag, schrie, stemmte sich, preßte, keuchte. Jetzt war eine Minute der Erleichterung gekommen, zurückgesunken, fahl, schweißüberdeckt bebte sie, immer wieder überschauert. In die Stille klang das Johlen der Volksmenge herein, ganz deutlich hörte man den Gassenhauer: »Der Jud muß hängen!« Der Expeditionsrat rieb sich die Hände. »Ein gutes Omen«, sagte er, »daß das Kind im Zeichen der Gerechtigkeit geboren wird.« Aber sie schaute voll Haß auf den hageren, unscheinbaren Mann und betete unhörbar, ohne Reim und Schnörkelei, dringlich und stark: »Herrgott im Himmel! Laß es nicht werden wie der da! Herrgott im Himmel! Du hast mir soviel verhunzt. Das gib mir, das wenigstens gib mir, daß mein Kind nicht werde wie der da!«

Süß wurde inzwischen auf das Rathaus gebracht. Der große Saal war gestopft mit Zuschauern, das Richterkollegium war versammelt, feierlich in schwarzen Mänteln. Der Jude sah das jovial brutale, massige Gesicht des Gaisberg, das feine, höhnische, hakennasige des Schütz, das harte, grausame, hagere des Pflug, das des jungen Götz sogar, sonst leer, fad, rosig, schien belebt von Haß, Rache, Triumph. Da erkannte er, daß er nicht zur Freiheit, sondern zum Tod bestimmt war. Und da begann auch schon der Präsident, der Geheimrat Gaisberg, mit seiner harten, dröhnenden, ungefügen Stimme, stark schwäbelnd, das Urteil zu verlesen. Süß hörte in monotonem Wechsel Landschaden, Plünderung, Beraubung, Hochverrat, Majestätsverbrechen, Staatsverbrechen und den Schluß, daß er mit dem Strang vom Leben zum Tod solle hingerichtet werden. Er sah in dem überheizten Saal die dichtgedrängte Menge, die großen Herren alle, die Minister, Parlamentarier, Generäle, dünstend, schwitzend, voll Hochgefühl. Er sah die kleinen, eklen Tiere, da das große sich hingestreckt hatte in freiwilliger Wehrlosigkeit, darüber herfallen, sich festbeißen, geschäftig übereinanderwimmeln, daß ja ein jeder noch sinnlos die Zähne hineinschlage in die verendende Masse Lebens. Da war plötzlich wieder in ihm der frühere Süß. Er bäumte hoch, er begann zu reden, der alte, verfallene Mann, überdeckt mit dem Blut und dem Kot der Mißhandlungen, richtete sich hoch, erwiderte seinen Richtern. Kratzte, eiskalt sachlich, schneidend, dem Urteil die pathetische Tünche herunter. Lautlos hörte man seine ersten Sätze an. Dann aber, rot angelaufen über solche Frechheit, stürzten sich, nicht anders als das Volk, die vornehmen Herren auf ihn, brüllend, mit den flachen Degen auf ihn einschlagend, und wie dem Volk konnte die Eskorte auch ihnen nur mit Mühe den Delinquenten entreißen. Wie er abgeführt wurde, über den tosenden Saal hin, packten ihn die harten, höhnischen Worte des Geheimrats Pflug im Nacken: »Er hat gesagt, Jud, höher als der Galgen ist, könnten wir Ihn nicht hängen. Wir werden's Ihm weisen.«

Mit Eilwagen fuhren von Hamburg her Rabbi Gabriel Oppenheimer van Straaten und Rabbi Jonathan Eybeschütz. Die beiden Männer sprachen auf der langen Fahrt nur das Nötigste. Sie sahen die schaukelnden Schenkel der Pferde, oft gewechselt, braune, schwarze, weiße; sie sahen das vorübergleitende Land, flaches Feld, Berg, Wald, Fluß, Weinhügel. Aber nur ihre Augen waren darauf, nicht ihr Sinn. Meilenstein um Meilenstein tauchte auf, verschwand. Sie sahen nur das Antlitz, dem sie zustrebten, daß sie es erreichten, ehe es verlösche.

Rabbi Gabriel saß wie immer massigen, mißlaunigen Gesichts, den dicklichen Leib in großbürgerlichen, etwas altmodischen Kleidern. Rabbi Jonathan, in seidigem Kaftan, mild leuchtend aus dem weißen, milchig fließenden Bart das listige, nicht alte Antlitz, war nach lüstern weltlichen Wochen wieder zurückgetaucht in Versunkenheit, Erkenntnis, Gott. Die letzte Zeit und Wandlung des Süß zog ihn mit grausamer Lockung an. Es war nicht das Schauspiel dieses Untergangs. Er und Rabbi Gabriel, ohne daß sie darüber gesprochen hätten, wußten, spürten die merkwürdige Verquickung von Freiwilligkeit und Zwang in diesem Ende. Die Entsprechung, das heimliche Band, der Fluß von jenem zu ihnen hatte nun auch den Rabbi Jonathan ergriffen, hob ihn, senkte ihn. Er stak in jenem, eine stärkste Wurzel von ihm starb in jenem. So fuhren die beiden Männer, gradaus das Aug, dem Tode des Josef Süß zu, wolkig schwer brütete um sie die Erkenntnis ihrer Bindung.

Auch auf anderen Straßen zog es nach Stuttgart, zu Süß, um Süß. Mit viel Wache und Bedeckung kam der Hoffaktor Isaak Simon Landauer; er hatte, trotzdem er sehr schlicht zu reisen pflegte, mit sich drei jüdische Kassiere und außer der gemieteten Polizeiwache ein paar sehr kräftige, verlässige Burschen. Es kamen der kleine, welke Jaakob Josua Falk, Rabbiner von Frankfurt, und der dicke, hitzige Rabbiner von Fürth. Die drei Männer trafen in der Nähe von Stuttgart zusammen, sie waren beim Herzog Vormünder zur Audienz gemeldet, und es war Sorge getragen, daß sie bei der Einfahrt nicht belästigt wurden.

Karl Rudolf empfing sie in Gegenwart Bilfingers und Pancorbos. Es sagte der Rabbiner von Fürth: »Euer Durchlaucht sind hochberühmt in der ganzen Welt um der Gerechtigkeit willen. Ist es gerecht, daß die Räuber sitzen ringsum in Reutlingen, in Eßlingen und lachen und fressen ihren Raub und daß der Jud, der weniger schuld ist vor dem Gesetz, muß zahlen ihre Zeche? Euer Durchlaucht sind gerecht gegen hoch und nieder, gegen Schwaben und Österreicher, gegen Katholik und Protestant. Seien Sie gerecht auch gegen Ihren Juden.« Es sagte der Rabbiner von Frankfurt: »Reb Josef Süß Oppenheimer ist gestanden vornean unter den Juden, er ist geboren aus einer alten, angesehenen jüdischen Familie. Was er getan hat, wird man sagen, hat die ganze Jüdischheit getan. Wenn man ihn wird aufhenken und die Christen, seine Konsorten, gehen frei herum, wird man sagen, die Judenheit ist schuld an allem, und es wird kommen neuer Haß und Verfolgung und Bosheit über die ganze Judenheit. Euer Durchlaucht sind ein gnädiger Herr und Fürst, Euer

Durchlaucht wissen, daß der Jud ist nicht mehr schuld und nicht weniger als seine Genossen, die Christen. Es kommt Ärgernis in die Welt und neue Heimsuchung über die Getretenen und Gedrückten, wenn er wird anders gerichtet als die anderen. Wir bitten Euer Durchlaucht aus peinvollem und demütigem Herzen um Gnade für den einen und die ganze Judenheit.«

Es sagte Isaak Landauer: »Was getan hat der Reb Josef Süß Oppenheimer, hat gewirkt, daß Schaden hat genommen an Geld und Gut der und jener und das Land Württemberg. Was gesündigt ist durch Geld, kann gutgemacht werden durch Geld. Wir haben uns zusammengetan, alle Judenheit, und haben zusammengesteuert Geld, viel Geld, ungeheures Geld. Und so sind wir gekommen und bitten Euer Durchlaucht: lassen Sie ledig den Reb Josef Süß Oppenheimer. Wir wollen machen gut, was er kann haben gesündigt, wir wollen es machen gut und aber gut, daß das Land Württemberg kann kommen in Flor und Gedeih. Wir bieten an, wenn Sie lassen ledig den Juden Josef Süß Oppenheimer, eine freiwillige Buße von fünfmalhunderttausend Doppeldukaten.«

Schweigend hatten der Herzog-Administrator und die beiden Minister die Juden angehört. Bei dem Angebot des Isaak Landauer zuckten sie auf. Das Angebot war eine Frechheit. Aber die Summe war so ungeheuerlich, soviel größer als der höchste Betrag, der jemals im Budget des Herzogtums gestanden war, daß man diesem Angebot nicht wohl mit so simplen Worten wie Unverschämtheit und Arroganz beikommen konnte. Fünfmalhunderttausend Golddukaten! Den Josef Süß loskaufen wollen war eine Frechheit und eine Dummheit. Den Josef Süß mit einer so ungeheuren Summe loskaufen wollen war ein kühnes, geniales Projekt, das in seiner naiven Großartigkeit verblüffte. Damit auch hatte Isaak Landauer gerechnet, darauf baute er seinen Plan. Er war von Anfang an überzeugt, mit Listen, mit Argumenten, mit Pochen auf Gerechtigkeit, mit Flehen um Gnade war hier nichts auszurichten. Vielleicht wirkte so plumpes, naives Geradezu. Für Geld konnte man alles in der Welt kaufen: Boden und Vieh, Berg, Fluß und Wald, Kaiser und Papst, Kabinette und Parlamente. Warum sollte man nicht können abkaufen diesen schwäbischen Gojims ihre Rachgier und ihr albernes Gerede von Justiz. Sie war, seine dumme, schiefe Gerechtigkeit, diesem Herzog teuer. Gut, so bezahlte man sie eben teuer. Fünfmalhunderttausend Golddukaten. Damit konnte man zur Not ein kleines Herzogtum kaufen: es war ein guter Preis für ein Stückchen sogenannter Justiz.

Ehe die Herren sich von ihrer Überraschung erholen konnten, sprach Isaak Landauer weiter. »Wir zahlen nicht in Wechsel, wir zahlen nicht in Verschreibungen. Wir zahlen Gold, blankes Gold. Golddukaten, runde, unbeschnittene.« Er schlurfte zur Tür, er winkte seinen Leuten mit einem kopfwiegenden, überlegenen, Anstaunung einfordernden Lächeln. In stummer, gespannter Bannung schauten der Regent und seine Minister auf die eintretenden Burschen. Die trugen Säcke, kleine, sehr schwere Säcke, sie entleerten sie auf einen Wink des schmuddeligen Mannes. Heraus floß Gold, gemünztes Gold aller Währungen, rotes Gold, spanisches, afrikanisches, türkisches, aus allen Zonen. Häufte sich, türmte sich, hörte nicht auf, wuchs mannshoch, breitete sich dick wie eine ausgewachsene Eiche, ein Berg von Gold. Stumm schaute der kleine, schiefe, schäbige Herzog, der massige Bilfinger. Dom Bartelemi Pancorbo reckte den entfleischten, blauroten Kopf aus der verschollenen Krause, seine dürren Finger streckten sich, krümmten sich, konnten nicht länger widerstehen, streichelten das Gold, das liebe Gold, badeten in dem endlosen Fluß. Isaak Landauer stand daneben in seinem schmierigen Kaftan, die Schläfenlöckchen ungekämmt, in unschöner, unselbstverständlicher Haltung, lächelte fatal, hielt den einen Oberarm eng am Körper, die Handfläche hochgehoben nach außen, mit der andern Hand strähnte er den rotblonden, verfärbten Ziegenbart.

Das Angebot Isaak Landauers wurde abgelehnt. Aber die Worte der alten Männer klangen nach in dem Herzog. Er war ungerecht! Er war gezwungen, vor seinem Sterben ungerecht zu sein. Nicht nur gegen den Süß, auch gegen die anderen Juden. Besitz packte ihn nicht, Gold rührte ihn nicht an. Aber diese Leute hingen daran. Gold, Gold! war ihr Leben und ihr Sinn. Und dennoch hatten sie freiwillig so ungeheuer reich gesteuert und gezinst, sein Unrecht abzuwenden. Seine Pflicht war klar: er mußte vornächst seinen Schwaben recht, also den Juden unrecht tun. Aber dieser Berg von Gold drückte ihn, scheuerte ihn wund.

In einem dringlichen Brief bat er den Herzog Karl Friedrich von Württemberg-Öls um seinen Besuch. Er war gewillt, diesem die Vormundschaft und Regentschaft abzutreten. Er hatte sein Bestes getan, das Land aus dem ärgsten Dreck herauszuziehen, er hatte es wohl erreicht. Gerechtigkeit! hatte er gesagt. Pflicht! Autorität! Aber es war nicht möglich, in diesen Läuften das Regiment nach solchen Prinzipien zu führen. Er hatte müssen zusehen, wie man die todeswürdigen Schelmen hatte laufen lassen, jetzt mußte er zusehen, wie man den Juden, trotzdem es unrecht war, aufhenkte. Er war einundsiebzig Jahre alt und müde. Er fühlte seine Leibes- und Geisteskräfte merklich schwinden. Es sei ihm beschwerlich, schrieb er dem Kaiser, erklärte er den Geheimräten, dem völligen Detail einer so verwirrten als wichtigen Regierung nach eigenem Wunsche genugsam abzuwarten. Er sehnte sich, der schiefe, schäbige, ehrliche Soldat, nach der bäuerlichen Ruhe seines kleinen, umblühten Neuenstadt, nach einem stillen Sterben.

Nachdem Süß sich bei der Verkündung des Urteils so frech und widerspenstig erwiesen hatte, wurde er im Herrenhaus, wo er bis zur Vollstreckung des Urteils bleiben sollte, kreuzweis geschlossen und ohne Nahrung den Tag über in ein kahles, vollkommen leeres Gelaß gesperrt. Er war, nach dem Ausbruch vor den Richtern, sogleich wieder still geworden, beschaute, lächelnd, kopfwiegend, Blut und Schmutz, mit dem er überdeckt war. Hockte, in den Fesseln verkrümmt, auf dem Boden an der Wand des leeren, nicht dunklen Raumes. Haman, der Minister des Ahasver, besuchte ihn; er hatte die Hakennase des Herrn von Pflug und seine harte, hochmütige Stimme. Goliath kam, haute ihn mit der Bewegung des Herrn von Gaisberg plump, jovial und schmerzhaft kräftig auf die Schulter. Andere kamen. Freundlichere, machten halb schwäbisch, halb hebräisch Konversation. Der treue Elieser-Pfäffle war da, Abraham feilschte in Gestalt Johann Daniel Harpprechts mit dem Herrn um Gerechtigkeit. Und die Menschen kamen, die zu Naemi gekommen waren. Jesaja, der Prophet, knurrte und sänftete mit der übellaunigen Stimme des Oheims. An dem reichen Haar hing Absalom im Geäst; doch das Haar war weiß und das Gesicht darunter sein eigenes.

Aber da kläffte es hinein, schepperte, bellte. Ach, das war wieder der Stadtvikar Hoffmann, die Segnungen der Augsburgischen Konfession anpreisend. Ja, der eifrige Seelsorger war wieder zur Stelle, er glaubte, jetzt sei der Braten weich und mürb genug. Doch Süß war durchaus nicht gestimmt, heute mit ihm zu disputieren. Diese grobe Stimme verdrängte die sanfteren um ihn. Still und ohne Hohn bat er, von ihm abzustehen; er wolle gern, lasse man nur von ihm ab, der evangelischen Kirche zehntausend Taler für ihre Bemühungen testamentarisch verschreiben. Hoffnungslos zog sich der ergrimmte Geistliche zurück.

Anderer, unerwarteter Besuch kam. Ein feiner, älterer Herr, Windhundschädel, schnuppernd, ganz unauffällig und sehr vornehm gekleidet. Der Vater der Herzogin Witwe, der alte Fürst Thurn und Taxis. Es hatte ihm keine Ruhe gelassen, es hatte ihn aus den Niederlanden hergetrieben. So ging das nicht, so konnte man den Süß nicht sterben lassen. Einen Mann, den seine Tochter besucht, dem er selbst die Hand gegeben hatte. Einen Mann, von dem die katholische Kirche zwar nicht offiziell, doch so, daß alle Höfe es wußten, Dienste angenommen hatte. Nein, nein, es vertrug sich nicht mit seinen Anschauungen von Höflichkeit, er hatte eine zu gute Kinderstube, das geschehen zu lassen. Ein Mann, mit dem man so weit gegangen war, war ein Herr. Takt, Anstand, Manierlichkeit gebot, daß man ihn nicht mit dem Galgen in Berührung kommen ließ. Der alte Fürst fuhr selber nach Stuttgart, inkognito, als ein Baron Neuhoff. Er hatte den Juden nie leiden mögen, er hatte es ihm nie vergessen, daß der gelbe Salon von Monbijou seinen gelben Frack, die weinrote Livree seiner Dienerschaft seinen weinroten Rock geschlagen hatte. Es wäre geschmacklos gewesen, sich jetzt an den üblen Umständen des andern zu freuen; immerhin, er brauchte jetzt nicht Angst zu haben, daß das Milieu des Juden die eigene Repräsentation beschatte.

Er kam mit einem festen Plan. Er wird dem Süß zur Flucht helfen, wie er den Remchingen hat fliehen lassen. Es wird im Fall des Juden nicht so einfach gehen; aber er war entschlossen, Geld und Mühe nicht zu sparen. Vielleicht wird es am Ende sogar diesem unsympathischen, alten, bäurischen Regenten und Töffel angenehm sein, den Juden auf diese Art loszuwerden. Jedenfalls: es wird gehen. Nur wird er eine Bedingung stellen. So viele Efforts zu machen für einen Juden, das ging auch wieder nicht. Es durfte eben kein Jud mehr sein. Der Jud mußte, und wird da in seiner Situation wohl auch keine Historien machen, der Jud mußte selbstverständlich übertreten. Es war Gewinn und Triumph für die katholische Kirche, diesen schlauen Finanzmann und gerissenen Politiker, der übrigens viel kavaliermäßiger war als die meisten schwäbischen sogenannten Herren, in ihren Schoß aufzunehmen.

Angewidert schreckte der elegante Fürst zurück, als er lächelnd, der Surprise sich freuend, die Schwelle überschritten hatte. Was war das? Da hockte ein alter, krummer Mauscheljude. War das der Finanzdirektor? War das der große Seladon? Unbehagen kroch ihn an, als wäre er selber schmutzig. Süß sah das Gesicht seines Besuchers. »Ja«, sagte er mit einem ganz kleinen Lächeln, »ja, Durchlaucht, ich bin es.«

Man hatte jetzt eine Pritsche, einen Stuhl und einen Tisch in das Gelaß gestellt. Der Fürst setzte sich vorsichtig, unbehaglich. Er konnte sich den Mann, der da vor ihm hockte, durchaus nicht zusammenreimen mit dem eleganten Herrn, den er im Gedächtnis hatte. Sollte der Jude die Welt wieder einmal übertölpeln wollen? Sollte das Ganze ein Trick sein? Er hatte das gleiche unangenehme Gefühl wie damals in dem gelben Salon und vor den weinroten Livreen. Sollte der Jude das Unmögliche fertiggebracht und ihn selbst unter solchen Umständen, in dieser Zelle, geschlagen haben? Aber, wenn alle darauf hereinfallen: er nicht. Er denkt nicht daran, dem Juden auf den Leim zu kriechen. Er, der welterfahrene, skeptische Herr und Fürst, er läßt sich nicht bluffen.

»Vor mir brauchen Sie nicht zu simulieren, Exzellenz«, tastete er glatt und höflich, als säße er im Salon. »Sie können mir unmöglich zumuten, daß ich Ihnen diesen Mummenschanz glaube. Es ist ein Trick. Unterm Galgen werden Sie plötzlich den widerlichen Bart abnehmen und der gescheite, mondäne, versierte Kavalier sein von früher. Es ist ein Manöver«, sagte er sieghaft. »Natürlich ist es ein Manöver. Aber, mein gewester Herr Finanzienrat, auf ein solches Theater fallen vielleicht die Herren vom Parlament herein. Ich nicht. Mir können Sie nichts vormachen.«

Süß schwieg. »Sie haben wahrscheinlich noch Trümpfe in der Hand«, tastete wieder der Fürst, »die Sie im letzten Augenblick ausspielen wollen. Sie wollen vermutlich jetzt den leidenden Heiligen spielen, um dann eine so glänzendere Auferstehung zu halten. Seien Sie vorsichtig! Die Stimmung ist gefährlich hier. Vielleicht wird man Sie gar nicht soweit kommen lassen. Vielleicht wird man Sie – entschuldigen Sie! – aufhängen mitsamt Ihren Trümpfen in der Hand.«

Da Süß noch immer schwieg, wurde er ungeduldig. »Exzellenz! Mann! Mensch! Begreifen Sie doch! Reden Sie doch! Ich meine es gut mit Ihnen. Es ist Ihnen schwerlich an der Wiege gesungen worden, daß ein deutscher Reichsfürst sich um Sie soviel Mühe geben wird. Hören Sie! Reden Sie!« Er setzte ihm, enerviert durch seine Haltung, schwunglos, seinen Plan und seine Bedingung auseinander. Als er zu Ende war, machte Süß keine Bewegung, tat nicht den Mund auf. Tiefer als je fühlte der feine Fürst sich geschlagen. Da hatte er die Reise gemacht, und nun saß der Jude da, refüsierte nicht einmal pathetisch, sagte einfach nichts. Der Fürst fühlte sich plötzlich alt und matt, er ertrug das Schweigen nicht mehr, sagte mit gemachtem Spott: »Sie haben im Gefängnis Ihre guten Manieren verlernt. Wenn man sich so für Sie abplagt, könnten Sie doch wenigstens Mille merci sagen.«

»Mille merci«, sagte Süß.

Der Fürst stand auf. Daß dieser Jude sich nicht von ihm retten, sondern sich lieber an den lichten Galgen hängen lassen wollte, empfand er als persönliche Kränkung. »Sie sind ein Narr in Folio, mein Lieber«, sagte er, und seine verbindliche Stimme wurde überraschend scharf. »Ihr Stoizismus ist durchaus veraltet. Man stirbt nicht mehr, um in den Historienbüchern der Schuljungen eine bessere Zensur zu kriegen. Besser ein lebendiger Hund als ein toter Löwe, bemerkte sehr richtig Ihr König Salomo.« Er stäubte sich den Rock ab, schloß, schon unter der Türe: »Lassen Sie sich wenigstens den Bart balbieren und ziehen Sie sich gut an, wenn Sie« – er rümpfte die Nase – »partout dahinauf wollen. Das kann man verlangen von jemandem, den man so freundlich in seinen Kreis aufgenommen hat. Sie haben ein zahlreiches und prominentes Publikum. Ihr ganzes Leben haben Sie gute Figur gemacht. Stellen Sie sich Ihrem Kavaliersruf nicht selber in den Schatten, wenn Sie von diesem Welttheater abtreten.« Damit ging er.

Der Galgen, an dem Süß gehenkt werden sollte, war hundertundvierzig Jahre vorher erbaut worden. Es war ein sehr kostspieliger Galgen, er hatte schon in jener frühen, wohlfeilen Zeit dreitausend oberländische Gulden gekostet, er war durchaus etwas Besonderes und sehr anders als der hölzerne Ordinarigalgen. Er war hoch wie ein Turm, fünfunddreißig Fuß war er hoch. Er war ganz aus Eisen erbaut, aus den sechsunddreißig Zentnern und achtzehn Pfund Eisen, die der Alchimist Georg Honauer ausgesucht hatte, um dem Herzog Friedrich Gold zu machen, wobei er den Herzog um zwei Tonnen Goldes schädigte. Diesem Georg Honauer zu Lieb und Leid war der Galgen errichtet worden, schön rot angestrichen, auch mit Gold verziert und der Honauer daran gehenkt.

Ihm waren rasch hintereinander mehrere andere Alchimisten gefolgt, von denen sich Herzog Friedrich hatte betrügen lassen. Der erste war ein Italiener, Petrus Montanus. Ein Jahr darauf Hans Heinrich Neuscheler aus Zürich, der blinde Goldmacher genannt. Wieder ein Jahr später ein anderer Hans Heinrich, genannt von Müllenfels. Sein Glück hatte länger geblüht; er hatte sich oft lustig gemacht über die drei in freier Luft schwebenden Kunstgenossen; nun schwebte er wie sie. Dann wurde der Galgen lange nicht benützt. Bis ein Schmied aus der Grafschaft Öttingen auf den Gedanken kam, ihn sukzessive abzutragen und zu stehlen. Schon hatte er drei Stangen losgemacht und über sieben Zentner Eisen nächtlicherweile entwendet, als er gepackt und mit dem Instrument seines Verbrechens justifiziert wurde.

Über ein Jahrhundert seither war der eiserne Galgen leergestanden. Jetzt bestimmte Herr von Pflug, der das Arrangement der Exekution übernommen hatte, dem Juden als sechstem den Tod auf diese besondere Manier. Seit Beginn des Prozesses hatte der hagere, harte Mann darauf gewartet, seinem Haß dieses Fest zu rüsten. Jetzt wollte er es so feiern, daß Europa es nicht vergessen sollte.

Mit allen Raffinements des Schimpfes bereitete er die Hinrichtung vor. Die Geilheit des Juden, seine Fleischessünden, die Schändung christlicher, deutscher Frauen durch den beschnittenen Hund hatte ja leider, sehr gegen seinen Willen, in den Urteilsgründen keine Stelle finden dürfen. Jetzt bei der Exekution hatte er freie Hand. Er wird dem Juden seine Wollust und freche Luderei anstreichen. Nicht einfach am Galgen wird er ihn hängen lassen, nein, die wüste Tätigkeit seiner liederlichen Nächte mit populärem Wortspiel verhöhnend, in einem Vogelbauer.

Das Untersuchungsgericht ließ sich die solenne Vollziehung des Urteils etwas kosten. Auf dem Richtplatz, der Tunzenhofer Steige, auch Galgensteige genannt, der Prag zu gelegen, wurden komfortable Logen gebaut für die Kavaliere und Damen. Das Militär, das den Delinquenten eskortieren und die Absperrmaßnahmen durchführen sollte, übte seine Manöver ein. Der eiserne Galgen wurde sorgsam repariert, der Schinderkarren wurde mit höheren Rädern, das Malefikantenglöcklein mit einem neuen Strick versehen, die Schinderknechte bekamen neue Uniformen.

Größtes Gewicht wurde auf die solide Ausführung der witzigen Pläne des Herrn von Pflug gelegt. Der Jud hat gespottet, höher, als der Galgen ist, könnte man ihn nicht hängen. Man wird ihm zeigen, was man kann. Man wird einfach den eisernen Käfig, das Vogelbauer, über den Galgen hinaufziehen.

Die Ausführung des Käfigs und des zugehörigen umständlichen Apparats wurde den Meistern Johann Christoph Faust und Veit Ludwig Rigler anvertraut. Der Käfig war in zwei Teile zerlegbar, acht Schuh hoch, vier Schuh weit, er hatte in der Rundung vierzehn Reifen und siebzehn Stangen in die Höhe. Eine sinnreiche Maschinerie ermöglichte es, ihn leicht über den Galgen hochzuziehen. Seine Herstellung war außerordentlich teuer. Zuletzt mußte das gesamte Schlosserhandwerk einen Streich an dem Käfig tun. Sechs Pferde schleppten zwei Tage vor der geplanten Exekution das monströse Ding die steile Tunzenhofer Steige hinauf. Die Schuljugend der Hauptstadt lief mit. Ganz Stuttgart zog in diesen Tagen hinauf zur Galgensteige. In rasch errichteten Buden wurde Wein und Bier verschenkt, Händler boten fliegende Blätter aus mit dem Bild des Juden und Spottversen. In der fröhlichen Kälte trieb man sich lärmend herum auf dem Richtplatz, schaute interessiert der Aufschlagung der Logen zu, bewunderte die Polierung des Galgens, den sinnreichen Käfig.

Die Wirkung dieses Vogelbauers auf das Volk übertraf noch die Erwartungen des Herrn von Pflug. Ein ungeheures Gewieher und Gegrinse ging durch die Stadt, durch das ganze Land. Zahllose Reime mit Vögeln flogen auf, wurden von den Kindern auf den Straßen gesungen. Nur wollte man nicht glauben, daß Herr von Pflug der Autor dieses guten Witzes sei; das Volk schrieb vielmehr die ingeniöse Idee mit dem Vogelbauer seinem Liebling zu, dem allgemein geschätzten Major von Röder. Im Anschluß an die Vogelverse wurde denn auch gewöhnlich das Lied gesungen mit den Reimen: »Da sprach der Herr von Röder / Halt! oder stirb entweder!«

In der Zelle des Süß saßen Rabbi Gabriel und Rabbi Jonathan Eybeschütz. Der große Paß der Generalstaaten hatte dem Mynheer Gabriel Oppenheimer van Straaten das Gefängnis ohne weiteres geöffnet. Nun saßen die drei Männer und hielten Mahlzeit. Rabbi Gabriel hatte Früchte mitgebracht, Datteln, Feigen, Apfelsinen, auch Backwerk und starken, südlichen Wein. Süß trug den scharlachfarbenen Rock, ein Barett über dem weißen

Haar, über der Nase zackten ihm wie den beiden Rabbinern in die Stirn die drei Furchen, bildend das Schin, den Anfangsbuchstaben des göttlichen Namens Schaddai. Er tauchte Feigen in den Wein. Dies war seine letzte Mahlzeit. Rabbi Gabriel zerteilte mit den dicklichen Fingern eine Apfelsine. Die drei Männer saßen, verzehrten die Früchte, schweigend und in großem Ernst. Aber ihre Gedanken gingen schwer und flutend vom einen zum andern. Rabbi Gabriel und Süß waren eins, und Rabbi Gabriel empfand zum erstenmal diese Bindung nicht als Zwang und böses Schicksal, sondern als Geschenk. Der dritte aber, Jonathan Eybeschütz, spürte den gleichen Strom wie sie, allein er war ausgeschlossen davon, er stand am Ufer, und die Welle trug ihn nicht. Er saß mit ihnen, er trank mit ihnen, er trug das Zeichen des Schin wie sie, er war wissend und erweckt wie sie: aber die Welle trug ihn nicht. Rabbi Gabriel bestreute umständlich die Schnitten der Apfelsine mit Zucker und verteilte sie. Er schenkte von dem südlichen, schwarzfarbenen Wein. Die Zelle war voll von ungesprochenem Wort, von Gedanke, Gesicht, Gott. Doch an Rabbi Jonathan nagte es, bitter, zerrend, bösartig. Er machte sich mit zynischem Witz lustig darüber: Es war leicht, Aufschwung zu haben, wenn man gehenkt wurde. Aber dieser schlimme Trost verfing nicht, er fühlte sich, der Reiche, Wissende, als kahlen Neidling und halben Verräter. Und als er den beiden anderen die Verse des Tischgebets zurückgab, prunkend in seidigem Kaftan und milchig fließendem weißem Bart, würdig, wissend, hochgeehrt, war er ein armer, trüber, vertaner Mann.

In der Eingangshalle des Rathauses, während ihm oben nochmals das Urteil verkündet und der Stab über ihn gebrochen wurde, wartete auf Süß der milde, welke Rabbiner von Frankfurt, der beleibte, sanguinische Rabbiner von Fürth und fröstelnd und erregt Isaak Landauer. Flockiger, sich lösender Schnee fiel, durch nebelige, trübe Luft brach, immer wieder verschwindend, blasse Sonne. Draußen vor dem Portal drängte sich neugierig und unabsehbar zahllos das Volk, Herr von Röder hielt auf seinem alten Fuchs vor der starken militärischen Eskorte, auf hohen Rädern ragte kahl der Schinderkarren, der Henker mit seinen Gehilfen in grellen Farben um ihn herum.

Endlich wurde Süß die Stufen heruntergeführt. Es war den Juden verstattet worden, ihn hier nochmals zu sprechen. Er beugte den Kopf nieder. Der kleine Rabbi Jaakob Josua Falk

legte ihm die welken, milden Hände aufs Haupt und sagte: »Es segne dich Jahve und behüte dich. Es lasse leuchten Jahve sein Antlitz über dich und begnade dich. Es wende Jahve sein Antlitz dir zu und gebe dir Frieden.« – »Amen Sela«, sagten die beiden anderen.

Umständlich wurde der Jude auf den hohen Schinderkarren gesetzt und gebunden. Trotz Frost und Nässe stand der ganze Marktplatz dick voll von Volk. Alle Fenster des Herrenhauses, des Rathauses, der Apotheke, des Sonnenwirtshauses waren weiß von Gesichtern. Auf dem Röhrbrunnen, ja selbst auf dem Schnapsgalgen und dem Hölzernen Esel hingen die Buben. Stumm glotzte das Volk. Herr von Röder gab seinen Reitern mit seiner knarrenden Stimme das Kommando. In Bewegung setzte sich die Eskorte, Stadtreiter voran, zwei Trommler, dann eine Kompanie Grenadiers zu Fuß. Jetzt schwang sich ein Schinderknecht auf das Pferd des Karrens, schnalzte mit der Zunge, der Gaul zog an. Der kleine Rabbi Jaakob Josua Falk, mit fahlen Lippen, wiederholte: »Und gebe dir Frieden.« Doch der zornige Rabbiner von Fürth konnte sich nicht halten, wilde Flüche gurgelte er hinter dem Karren her gegen Edom und Amalek, die Feinde und Frevler. Isaak Landauer aber brach in ein gelles, ungezähmtes, tierisches Heulen aus. Es war sonderbar, den großen Finanzmann zu sehen, wie er den Kopf gegen den Torpfosten des Rathauses schlug und ohne Hemmung heulte. Nun begann auch die Malefikantenglocke zu läuten. Dünn, scharf, scheppernd mischte sie sich in das Geheul des Juden, drang durch die schneeige, dämpfende Luft, ins Mark reißend.

Schepperte in das Zimmer Magdalen Sibyllens. Sie hatte die Geburt gut überstanden, doch mußte sie noch liegen. Sie schaute auf das Kind, ein normales Kind, nicht groß, nicht klein, nicht schön, nicht häßlich. Sie hörte das scharfe Gewimmer der Glocke, sie krümmte sich nervös, sie schaute auf ihr und Immanuel Riegers Kind, und sie liebte es nicht.

Die Glocke schepperte auch ins Schloß, wo der alte Regent saß mit Bilfinger und Harpprecht. Die drei Männer schwiegen. Dann endlich sagte Harpprecht: »Das Läuten klingt mir nicht lieblich ins Ohr.« Karl Rudolf sagte: »Ich hab es müssen tun. Ich schäm mich, ihr Herren.«

Unterdes wurde Süß durch die Stadt geführt, der Galgensteige zu. Er saß auf dem Schinderkarren, hoch wie ein Götzenbild, in seinem scharlachfarbenen Rock, der Solitär glänzte an seinem Finger, der Herzog-Administrator hatte nicht erlaubt, daß man ihn des Ringes beraubte. Die Straßen waren gesäumt mit Menschen, es flockte, die Prozession schritt sonderbar lautlos, die Menge schaute sonderbar lautlos zu. Die Zehntausende zogen, war der Delinquent vorbei, zu Fuß, zu Pferd, zu Wagen, neben, hinter den eskortierenden Truppen her. In der blassen, nebligen Luft, in dem schmutzigen, sich lösenden Schneegeflocke war alles doppelt schwer und still. Man nahm nicht den nächsten Weg, man führte den Juden langsam und umständlich im Bogen. Viele Zuschauer waren von weither gekommen, das ganze Land wollte dabeisein, auch von jenseits der Grenzen waren viele gekommen, man wollte allen das Schauspiel zeigen. Süß thronte hoch auf dem Karren, gebunden, steif, Schnee fiel auf seine Kleider, auf seinen weißen Bart.

An seinem Weg stand der Lizentiat Mögling. Er war betrübt und bedrückt, daß seine Verteidigungsschrift so gar nichts genützt hatte. Er durfte sich zwar sagen, er habe alles getan, auch sprach die vox populi einheitlich und mächtig gegen den Verurteilten. Aber es war doch bitter und schnürend, daß dieser Angeklagte, der ihm anvertraut war, ohne juristisch zureichenden Grund gehenkt wurde. Er fühlte sich unbehaglich, angefrostet. Er veranlaßte einen Henkersknecht, dem Süß einen Becher Wein hinaufzureichen. Der nahm ihn zwar nicht, er dankte nicht einmal, er blieb vollkommen unbeweglich, aber der Lizentiat fühlte sich leichter und wärmer.

Am Wege des Juden stand auch die Frau des Schertlin, die Waldenserin. Sie sah den Süß gebunden, sonderbar still, reglos wie ein Heiligenbild, das in Prozession durch die Stadt gefahren wird, Schnee in seinem Bart, Schnee auf seinem Rock. Sie, als einzige vielleicht dieser Zuschauer, ahnte Zusammenhänge, ahnte die Freiwilligkeit dieser schimpflichen Schaustellung. Gierig starrte sie, in zerrissenem, hohnvollem Triumph, auf den Mann, ihre kurzen, sehr roten Lippen standen halb offen, ihre länglichen Augen brannten. Eine Frau neben ihr sagte halblaut, stark schwäbisch: »Er hat immer hoch hinauf wollen. Jetzt kommt er noch höher.« – »Sale bête!« sagte die Waldenserin vor sich hin in den flockenden Schnee.

An einer neuen Wegbiegung stand der Publizist Johann Jaakob Moser. Er begann, als der Zug in Sicht kam, eine kurze, markige, patriotische Ansprache. Aber seine feurigen Worte zündeten nicht, der Schnee löschte sie aus, die Leute blieben stumm, er tat den Mund zu, bevor er zu Ende war. Kurz ehe der Zug sein Ziel erreichte, stand am Wege Nicklas Pfäffle, der blasse, gleichmütige Sekretär. Wie sein Herr ein letztes Mal vorüberkam, grüßte er tief. Süß sah ihn, nickte zweimal. Nicklas Pfäffle, wie der Karren vorbei war, folgte nicht zur Richtstatt, ging abseits, schluckte.

Als der Zug vor dem Hochgericht ankam, hatte Nebel und Geflock aufgehört. Sehr klar im Frost unter dem hellen, weißlichen Himmel standen die Weinberge. Der Jude sah oben in den Rebenterrassen das kleine Wachhaus, sah unten den Wasserturm, das Andräenhaus, das Bad. Er wandte sich und sah Stuttgart. Die Stiftskirche, Sankt Leonhart, das alte Schloß und den Neuen Bau, für den er das Geld geschafft hatte. Zu seiner Linken ragte kahl der hohe Holzgalgen. Aber er schien unansehnlich vor dem abenteuerlichen, künstlichen, riesigen Eisengerüst, das für ihn bestimmt war. Eine gedoppelte Leiter mit zahllosen Sprossen, vielfach gestützt, türmte sich hinauf, Räderwerk, Ketten und Gewinde schlang sich, den Käfig hochzuziehen. Das weite Feld war besetzt mit Menschen. Das hockte gierig und gespannt auf allen Vorsprüngen, Zäunen, Bäumen. Von ganz weit her schaute es mit großen, plumpen Fernrohren. Auf dem Rock des Süß war der Schnee gefroren, in Frost und Helle schimmerten die kleinen Kristalle auf seinem Barett, in seinem weißen Bart.

Auf drei großen Tribünen, jede für sechshundert Menschen, saßen die Damen und Kavaliere, die Herren des Hofes, hohe Beamte und Militärs, die auswärtigen Gesandten, die Herren des Gerichts, des Parlaments. Der Geheimrat von Pflug vornean. Er hatte bis zuletzt gefürchtet, der Hebräer, die Bestie, werde doch noch durch irgendeinen ganz verschmitzten jüdischen Schlich entkommen. Jetzt war es an dem, jetzt war das Ziel seines Lebens erreicht. Jetzt wird, jetzt gleich, der Verhaßte hochschweben, erwürgt. Die harten Augen des Geheimrats suchten gierig unter dem Kragen des Rockes den Hals des Juden, den Platz für den Strick. Herrlich ist es, den Tod des Feindes mit anzuschauen, ein Bad für die Augen, angenehm und lieblich ist der Klang der Todestrommeln, das Scheppern des Glöckleins. Unter den Damen waren manche, die den Süß sehr genau kannten und trotzdem aus irgendwelchen Gründen der Untersuchung entgangen waren. Nun schauten sie auf den Mann, mit dem sie verstrickt waren, befremdet, angefrostet. Er hatte sich sehr jung gegeben, er hatte, weiß Gott, erwiesen, daß er die Kraft eines Jünglings besaß, er konnte auch allerhöchstens vierzig sein, und jetzt hatte er weißes Haar und sah aus wie ein alter Rabbiner. Man mußte sich eigentlich vor sich selber schämen, daß man mit ihm im Bett gelegen war. Doch merkwürdigerweise schämten sie sich nicht. Gierig und gelockt schauten sie auf den sonderbaren Mann. Jetzt wird er gleich tot sein, jetzt wird er gleich für immer stumm und alle Gefahr vorbei und ihre Verstrickung sehr gewaltsam und schauerlich gelöst sein. Sie warteten darauf, lüstern und zitternd, sehnten sich danach, fürchteten sich davor. Die meisten von ihnen hätten sich lieber für ihr ganzes ferneres Leben unter die Gefahr der Entdeckung geduckt, hätte er leben dürfen.

Auch der junge Michael Koppenhöfer war auf der Tribüne. Nun also wird der Mühlstein zermahlen, der dem Land so lang um den Hals hing, der Landverderber schimpflich justifiziert. Aber: diesen hätt die Demoiselle Elisabeth Salomea nicht verabschiedet, fahrig hin und her hastend zwischen Büchern und Stapeln von Wäsche, diesem war sie zugefallen, und er hatte sich wohl nicht einmal sonderliche Mühe zu geben brauchen. Der alte, krumme Jud, was war an ihm? Was war sein Geheimnis? Neidisch und bitter starrte er hin zu dem Mann auf dem Schinderkarren. Doch der junge Geheimrat Götz, unter den Richtern, schaute voll dummer, dumpfer Befriedigung. Jetzt wird die Schmach seiner Mutter und seiner Schwester ausgelöscht. Soll dann einer wagen, schief zu blicken. Wie wird er ihn niederblitzen! Wie wird er wissen, was er zu tun hat!

Aber fein und schwach saß auf der Tribüne der alte, verfallene Weißensee. Nenikekas, Judaie! Nenikekas, Judaie! Ach, der Jude hatte ihn wiederum besiegt. Hatte von allen Tafeln geschmaust, alle feinsten Leckerbissen dieser Welt mit Augen, Sinnen, Hirn geschmeckt, jeden Sieg und jede Niederlage ausgekostet, hatte sich angefüllt mit dem tragischen Ende des Kindes, hatte die bunte, farbige, überfeine, überwilde, höllenschweflige Rache gerüstet und vollendet, und nun starb er diesen Tod, die Augen der ganzen Welt auf sich, diesen abenteuerlichen und wahrscheinlich freiwilligen Tod, viel heroischer als etwa der Tod vor dem Feind. Umprasselt von Haß, umhegt von Liebe, zwielichtig, groß. Was blieb von ihm, von Weißensee? Ein paar jämmerliche Verse seiner armselig verbürgerten Tochter. Doch jener wird weiterleben. Immer wieder wird, was er war, lebte, sah, dachte, starb, von Späteren in die Hand genommen werden, nachdenklich beschaut, nachgelebt, nachgespürt, nachgestorben werden.

Süß war vom Schinderkarren losgebunden worden. Er stand, die Glieder steif, blinzelte. Er sah die Menschen in den Logen, die Perücken, die geschminkten Gesichter der Frauen. Er sah die Truppen, die den Platz absperrten. Ei, man hatte sich mächtig angestrengt; das waren allein um den Galgen mindestens fünf Kompanien. Selbstverständlich hatte, sichtbarlich vornean, der Major von Röder die militärische Oberleitung. Ja, ja, es brauchte viel Strategie, ihn, den Süß, jetzt vollends aus der Welt zu schaffen. Süß sah die Zehntausende von Gesichtern, neugierige Weiber, die Münder bereit zum Keifen, Männer, bereit, befriedigt zu schmatzen und zu knurren, Kindergesichter, pausbäckig, großäugig, bestimmt, so leer und bösartig zu werden wie die Fratzen der Eltern. Er sah den Atem der Menge, weißlich dampfend, sehr leibhaft in dem hellen Frost, die gierigen Augen, die gereckten Hälse, die sich vormals so devot vor ihm gebeugt hatten. Er sah das Vogelbauer, den umständlichen, schimpflichen Apparat seiner Tötung. Und während er dies sah, drang in sein Ohr etwas Plärrendes, Kläffendes. Der Stadtvikar Hoffmann hatte es sich nicht nehmen lassen, ihn unterm Galgen zu erwarten, nochmals auf ihn einzureden, von Himmel und Erde, von Verzeihung der Menschen und Gottes, von Sühnung und Glauben. Süß sah dies und hörte dies, er schaute langsam den Stadtvikar auf und ab, wandte sich weg, spie aus. Aufgerissene Augen, leises, empörtes, rasch verstummendes Schnauben der Menge.

Jetzt machten sich die Schinderknechte in ihren neuen, grellen Uniformen an ihn heran, öffneten ihm den Rock. Er spürte die rohen, ungefügen Hände, Ekel stieg hoch, er reckte sich, seine Steifheit war weg, er schlug um sich, wehrte sich verzweifelt. Alle Hälse wurden länger. Es war kurios anzusehen, wie der Mann in dem weißen Bart, in den Galakleidern, den blitzenden Edelstein an der Hand, sich mit den Knechten herumschlug, zappelte. Die Kinder lachten, jubelten, patschten in die Hände; auf den Tribünen begann eine geschminkte Frau schrill und anhaltend zu schreien, man mußte sie wegbringen. Das Barett des Juden fiel auf die nasse Erde, wurde in Kot gestampft. Die Henker packten ihn hart an, rissen ihm den Rock auf, sperrten ihn in den Käfig, legten ihm die Schlinge um den Hals.

Da stand er. Hörte leisen Wind, den Atem der Menge, die

scharrenden Hufe der Pferde, das Keifen des Geistlichen. War dies das Letzte, was er auf Erden hören wird? Er dürstete nach anderem, er tat Herz und Ohr weit auf, er wollte anderes hören. Doch er hörte nur dies, dazu den eigenen Atem und das Surren des eigenen Blutes. Schon schwankte der Käfig, hob sich. Da, durch die leeren, grausamen Geräusche ein anderer Ton, gellende, gurgelnde Stimmen, schreiende: »Eins und ewig ist das Seiende, das Überwirkliche, der Gott Israels, Jahve, Adonai.« Es sind die Juden, der kleine Jaakob Josua Falk, der dicke Rabbiner von Fürth, der schmierige Isaak Landauer. Sie stehen, in ihre Gebetmäntel gehüllt, sie und sieben andere, zehn, wie es Vorschrift ist, sie kümmern sich nicht um das Volk, das vom Galgen weg auf sie schaut, sie wiegen heftig die Leiber, stehen und schreien, gellen, gurgeln die Sterbegebete, über den weiten Platz hin: »Höre, Israel, eins und ewig ist Jahve Adonai.« Weißliche Wolken in dem starken Frost ziehen die Worte von ihren Mündern in die Ohren des Mannes im Käfig, und der Sohn des Marschalls Heydersdorff tut den Mund auf, schreit zurück: »Eins und ewig ist Jahve Adonai.«

Behend wimmeln, klettern die bunten Knechte die Leitern hinauf. Der Käfig hebt sich, die Schlinge drosselt zu. Unten flucht der Stadtvikar dem Sterbenden nach: »Fahr zur Hölle, verstockter Schelm und Jud!« Das gelle Adonai der Juden ist in der Luft und in den Ohren aller. Aus dem Käfig tönt es zurück, bis die Schlinge den Ton erdrosselt.

Ganz vorn auf der Tribüne hat sich der Geheimrat Dom Bartelemi Pancorbo erhoben, er stützt die dürren, knochigen Hände auf die Brüstung, reckt aus der riesigen Halskrause den entfleischten, blauroten Kopf. Gierig hinter faltigen Lidern äugt er dem Käfig nach, wie er hochschwebt und in ihm der Mann in dem scharlachfarbenen Galarock und an dem Finger des Mannes der Solitär, tausendfarbig blitzend in der hellen Winterluft.

Nachdem der Kordon der Truppen aufgelöst war, beschaute sich die Menge den Galgen genau, ein paar Buben erstiegen die Leiter bis zur halben Höhe, man befühlte das Gerüst, oben auf den Stangen des Käfigs saßen in dicken Scharen schwarze Vögel.

Langsam zog die Menge in die Stadt zurück. Man hielt den Tag als Feiertag, aß gut, trank gut, soff, tanzte und raufte in den Schenken. Der junge Bürger Langefaß hatte aus dem Kot das zertretene Barett des Süß erobert, er war ein lustiger Bruder, berühmt als Witzbold; er stülpte sich das Barett auf, er stülpte es auch Mädchen und Mägden auf, die vergraust kreischten unter dem Barett des gehenkten Juden. Dennoch kam die rechte Lustigkeit nicht auf. Man wußte nicht recht wie, aber man hatte sich den Tag anders, befreiter, heiterer vorgestellt. Man sang: Der Jud muß hängen, man sang: Da sprach der Herr von Röder: / Halt! oder stirb entweder! Doch das Adonai des Juden wollte nicht aus dem Ohr. Die Kinder spielten Hängen; und das Spiel ging so, daß einer oben stand und Adonai schrie und die anderen standen unten und schrien, brüllten, johlten, gellten: Adonai.

In der Nacht nach der Hinrichtung, gegen drei Uhr etwa, kam ein hagerer, großer Herr die Tunzenhofer Steige herauf zu dem eisernen Galgen. Der Weg war ein übles Gemisch von Dreck und schmelzendem Schnee, beschwerlich zu gehen. Der hagere Herr, sehr fröstelnd, hüllte sich tief in einen weiten Mantel von altmodischem, verschollenem Schnitt. Er hatte zwei Burschen mit sich, verkommene Bürgersöhne, in Stuttgart bekannt als beherzt und zu jeder Unternehmung willens, wenn sie nur Geld trug. Die beiden Burschen stiegen ungesäumt die Leiter zu dem Galgen hinauf. Sie hatten Mühe, die Sprossen waren glitschig und gefroren, sie fluchten leise vor sich hin. Um sie herum flatterten Vögel, die Tag und Nacht in dicker Menge auf dem Galgen hockten. Oben hielten sich die beiden Burschen ungebührlich lange auf. Der dürre Herr, der unten wartete, zog nervös die Schultern hoch, trat von einem Fuß auf den andern, murmelte unterdrückt und unwirsch vor sich hin. »Habt ihr ihn?« herrschte er sie, leise, an, als sie endlich wieder unten waren. »Er ist nicht da!« stammelten verstört die Burschen. »Ihr habt ihn gestohlen, ihr habt den Stein gestohlen!« bellte heiser, mühsam gedämpft, der Portugiese. »Ich lasse euch den Prozeß machen, ich lasse euch rädern!« Doch die Burschen, verängstet, versicherten: »Der ganze Jud ist nicht da. Es hängt ein anderer im Käfig. Der Teufel hat ihn geholt.« Dom Bartelemi, lang ungläubig, ließ schließlich noch in der Nacht durch Leibhusaren, amtlich, den Käfig untersuchen. Ja, die Leiche war gestohlen, ausgetauscht.

In aller Frühe schon war der wütende, geprellte Mann beim Herzog-Administrator. Das kam von der Güte Seiner Durchlaucht. Jetzt hatten die Juden den Solitär gestohlen. Den Solitär? Karl Rudolf dachte an den Berg von Gold, glaubte es nicht. Die

Leiche, ja, die konnten sie gestohlen haben. Er überlegte, hellte sich auf, schmunzelte fast. Eigentlich waren sie Teufelskerle, diese Juden. Stahlen einfach die Leiche vom lichten Galgen weg; Christen und Soldaten hätten das nicht besser machen können. Er gönnte ihnen gern den Solitär als Entgelt, ließ sie nicht verfolgen. Blaurot, dumpf wütend, mit seiner moderigen Stimme grausige Flüche vor sich hin bellend, zog der hagere Portugiese ab in seiner verschollenen Hoftracht.

Die Leiche indes, in großer Eile in Rupfen gewickelt, unter Stapeln von Waren und Kram versteckt, fuhr auf einem Karren nach Fürth. Hausierjuden geleiteten sie, wechselten ab von einem Ort zum andern. Der Solitär stak am Finger des Toten; keiner von den Geleitern fürchtete, sein Nachfolger könnte ihn stehlen.

In Fürth wurde die Leiche gewaschen, in das weiße, lange Totenleinen gehüllt, eingesargt. Zeigefinger, Mittelfinger, Goldfinger gerichtet im Zeichen des Schin, des Anfangsbuchstabens des göttlichen Namens Schaddai; ein kleines Häuflein Erde unter das Haupt, schwarze, krümelnde Erde, Zions Erde. Den Aufsichtsbehörden war gemeldet, ein nicht weiter bekannter toter Jud aus Frankfurt, gestorben auf der Landstraße, werde beerdigt. Auch den Mitgliedern der Gemeinde wurde nichts mitgeteilt. Aber es raunte von Mund zu Mund.

Da lag der Unbekannte, das schwarzblaue erwürgte Gesicht sonderbar umrahmt von dem schmutzigweißen Bart, die Augen hatten sich nicht zudrücken lassen, sie quollen trüb bräunlich heraus, doch zwischen ihnen über der Nase zackten sich tief in die Stirn die drei Furchen des Schin. Aus dem weißen, einfachen Laken leuchtete riesig und verwirrend der Solitär. Die zehn angesehensten Männer der Gemeinde saßen zwischen großen Kerzen und verhängten Fenstern und hielten Wache.

Unter sie trat ein Fremder. Dicklich, bartloses, massiges Gesicht, graue, trübe Steinaugen, altfränkische Tracht. Wasser goß er hinter sich, da er das Totenzimmer betrat, Wasser zu Häupten, Wasser zu Füßen des Toten. Die Männer erkannten den Kabbalisten, flüsterten, gaben Raum.

An die Leiche trat Rabbi Gabriel, knarrte mit seiner mißtönigen Stimme den Segensspruch: »Gerühmt seist du, Jahve, Gott, gerechter Richter.« Mit den dicklichen Fingern, behutsam, rührte er die Lider des Toten, da schlossen sich die Lider. Dann setzte er sich auf den Boden, senkte zwischen die Knie den Kopf.

Die zehn Männer waren bis zur Wand zurückgewichen. Sehr allein trotz ihrer Gegenwart, ein kleines, verlorenes Bündel, hockte Rabbi Gabriel bei dem Toten.

Alle Juden aus Fürth waren auf der Gräberstatt, als der Unbekannte beerdigt wurde. Sie senkten den Sarg in den Grund. Der Solitär war am Finger des Toten, unter seinem Haupt das kleine Häuflein Erde von der Erde Zions. Im Chor antworteten sie dem Vorbeter: »Eitel ist und vielfältig ist und Haschen nach Wind ist die Welt; doch eins und ewig ist der Gott Israels, das Seiende, Überwirkliche, Jahve.« Dann rissen sie Gras aus und warfen es hinter sich. Und sie sprachen: »Wie das Gras welken wir aus dem Licht.« Und sie sprachen: »Wir gedenken, daß wir Staub sind.« Dann wuschen sie sich die Hände in fließendem, dämonenscheuchendem Wasser und verließen den Friedhof.

ZU DIESEM BAND

Als Feuchtwanger im Herbst 1916 die Biographie »Josef Süss Oppenheimer, ein Finanzmann des 18. Jahrhunderts. Ein Stück Absolutismus- und Jesuitengeschichte« von Manfred Zimmermann las, fand er zunächst nichts Außergewöhnliches am Leben dieses Mannes. Es stellte sich ihm als eines der seit dem Mittelalter bis in die Neuzeit häufig wiederkehrenden Schicksale jüdischer Finanzleute in herrschaftlichem Dienste dar, die das Risiko trugen, »nach einem Leben voll Pracht im Kerker oder am Galgen« zu enden – als Sündenbock vorgeschickt, wenn finanzielle Manipulationen fehlschlugen. Aufmerksam wurde er erst bei der Anmerkung des Biographen, Josef Süß, »der es im übrigen mit den rituellen Vorschriften durchaus nicht genau genommen habe, habe sich geweigert, zum Christentum überzutreten, trotzdem er dadurch wahrscheinlich sein Leben hätte retten können«. In dem Aufsatz von 1928 »Über Jud Süß« erläuterte Feuchtwanger, was ihn zur literarischen Gestaltung bewog: »... was ich machen wollte, das war: den Weg des Menschen weißer Haut zu zeichnen, den Weg über die enge europäische Lehre von der Macht über die ägyptische Lehre vom Willen zur Unsterblichkeit bis hin zu der Lehre Asiens vom Nichtwollen und Nichttun. Daß ich einen Juden diesen Weg gehen ließ, geschah deshalb, weil sich in Wesen und Schicksal des Juden die Entwicklung des weißen Menschen nach Asien hin besonders deutlich zeichnet. Schon die geographische Lage seines Ursprungslandes gibt ihm jene Mischung von Asien und Europa, gibt ihm die westöstlichen Züge, die das Gesicht des Typus bestimmen, zu dem hin die Entwicklung drängt. Das Gleichnis dieses westöstlichen Menschen erblickte ich in dem Manne Josef Süß, in seinem heftigen Ergreifen und in seinem überzeugten Sichfallenlassen, in seinem wilden Tun und in seinem gelassenkräftigen Nichttun.«

Im Winter 1916/17 schrieb Feuchtwanger zunächst das Schauspiel »Jud Süß«. Der erste Druck erschien 1918 im Georg Müller Verlag, München. »Ich erkannte bald«, heißt es in seiner Niederschrift »Vom Schicksal des Buches ›Jud Süß‹«, 1958, »daß das Stück nur eine Fassade war dessen, was ich sagen wollte, ich zog es zurück und schrieb den Roman ›Jud Süß‹; die epische Form schien mir ein besseres Mittel, das auszudrücken, was mich zur Formung der Geschichte des Juden Süß gereizt hatte.« Im Mai 1922 schloß er das Manuskript ab, fand aber keinen Verleger. Schließlich wurde das Buch 1925 vom Drei Masken Verlag »lustlos hergestellt und vertrieben«, erreichte aber durch den unerwartet eingetretenen Erfolg bereits im ersten Jahr eine Auflage von hunderttausend Exemplaren und begründete Feuchtwangers Weltruhm.

Von den Nationalsozialisten wurde der Roman wie alle Werke Feuchtwangers verboten; dennoch benutzten sie ihn als Vorlage für den Veit-Harlan-Film »Jud Süß«, sein Anliegen ins Gegenteil verkehrend und ihn so zu antisemitischer Propaganda mißbrauchend. Feuchtwanger reagierte darauf 1941 mit einem »Offenen Brief an sieben Berliner Schauspieler«, die Hauptdarsteller des Films. »Jetzt … haben Sie diesen dicken Film gedreht, diesen ›Spitzenfilm‹, in ganz großer Aufmachung«, heißt es darin unter anderem. »Man wird mit Aug und Ohr nachprüfen können, wie Sie alle dazu beigetragen haben, die Geschichte jenes Juden, von dem Sie alle wußten, daß er ein großer Mann war, ins genaue Gegenteil zu verkehren. Und Sie werden nicht die bescheidenste Ausrede haben; denn Sie sind sich alle klar darüber gewesen, daß von Anfang an hinter diesem Film nicht die Spur eines künstlerischen Willens stand, sondern nur eine Tendenz, deren Dummheit und Gemeinheit allen bewußt war.«

Aufbau- und Greifenverlag, die nach 1945 Romane von Feuchtwanger herausbrachten, zögerten damit bei »Jud Süß«. Aber Feuchtwanger legte Wert auf Erscheinen gerade dieses Romans. Aus einem Brief an den Aufbau-Verlag vom 15. Januar 1951: »Da die Harlan-Prozesse um den Nazi-Film ›Jud Süß‹ so viel Staub aufgewirbelt haben, scheint es doppelt verwunderlich, daß der Roman, den die Hitler-Leute so greulich entstellt haben, von den Deutschen in seiner wirklichen Form nicht gelesen werden kann … Aber man schreibt mir aus Westdeutschland, daß dort ein stiller Boykott der Buchhändler gegen mich bestehe, da ich mich so oft und so offen für die Deutsche Demokratische Republik eingesetzt habe. Wieweit das wahr ist, kann ich hier in Kalifornien nicht nachprüfen. Aber daß auch im Osten Vorurteile gegen das Werk da sind, scheint mir erwiesen.« Daß keineswegs Vorurteile die Ursache für das Nichterscheinen waren, ergibt sich aus dem Antwortbrief Erich Wendts: »Die Nazizeit hat in den Köpfen solch große Verheerungen angerichtet, daß sogar Bücher, wie der ›Jud Süß‹, dem doch wahrhaftig niemand antisemitische Tendenzen zuschrieb und dem auch heute noch kein ernsthafter Mensch solche Tendenzen zuschreiben kann, auf die vergifteten Hirne rückständiger Schichten eine antisemitische Wirkung haben. Deshalb haben wir das Buch nicht in unser Programm aufgenommen. Die großartigen Ghettogeschichten von Egon Erwin Kisch wurden aus denselben Erwägungen zurückgestellt. Nach der Ermordung von sechs Millionen Juden, nach Strasser und Rosenberg ist die jüdische Frage noch immer eine offene Wunde, und da kann man nicht so zupacken, als wäre das gesundes Fleisch.« – Die Begründung wurde von Feuchtwanger sofort akzeptiert.

Als der Aufbau-Verlag 1957 mit der Vorbereitung einer Gesamtausgabe der Werke Feuchtwangers begann, zeigten sich beim Vergleich verschiedener Ausgaben des »Jud Süß« große textliche Abweichungen. Der Autor hatte als Druckvorlage die Knaursche Ausgabe von 1931 empfohlen; aber auch sie wies starke Kürzungen auf. Feuchtwanger, dem der Sachverhalt mitgeteilt wurde, bestätigte in einem Brief, daß tatsächlich »eine große Reihe eigenmächtiger Kürzungen und sprachlicher ›Verbesserungen‹« enthalten seien, die auch für andere Ausgaben übernommen worden waren: »Leider liegt diese Auflage der Ausgabe des Querido Verlags, Amsterdam 1934, zugrunde und der Ausgabe des Forum Verlags, Amsterdam. Auch die späteren Ausgaben des Neuen Verlags, Stockholm, sowie die der Frankfurter Verlagsanstalt und die Ausgabe von Rowohlt, die jetzt auf dem westdeutschen Markt ist, enthält diesen gekürzten und ›verbesserten‹ Text, ebenso die von Bürger herausgegebene und später von Ullstein übernommene Taschenbuch-Ausgabe.« – Nachforschungen ergaben, daß die Veränderungen auf eine Edition des Drei Masken Verlages aus dem Jahre 1930 zurückgingen. Der Aufbau-Verlag stellte daraufhin für die Gesammelten Werke in Einzelausgaben die Urfassung wieder her. Der erste Band, enthaltend die Romane »Die häßliche Herzogin Margarete Maultasch« und »Jud Süß«, erschien 1959.

Für die vorliegende Edition wurde der Text noch einmal mit der Erstausgabe verglichen, wobei lediglich offensichtliche Druckfehler korrigiert und die Rechtschreibung behutsam den geltenden Regeln vor der Rechtschreibreform von 1996 angeglichen wurde. Eigentümlichkeiten Feuchtwangers bei der Zeichensetzung blieben erhalten.

Gisela Lüttig

Feuchtwanger, Ges. Werke in Einzelb. 1–16
ISBN 978-3-351-01731-6
Bd. 1
ISBN 978-3-351-01660-9

Aufbau ist eine Marke
der Aufbau Verlag GmbH & Co. KG

2., durchgesehene Auflage 2009

Einbandgestaltung Josef Zeisz
Typographie Peter Birmele
Druck und Binden CPI – Clausen & Bosse, Leck
Printed in Germany

www.aufbau-verlag.de